LIZZIE BEATON

Traummann mit Zuckerkuss

GOLDMANN
Lesen erleben

Buch

Ihre Kindheit verbrachte Issy Randall zwischen Backöfen und köstlich duftenden Leckereien in den drei Bäckereien ihres Großvaters Joe. Und der wusste schon immer, dass Liebe durch den Magen geht und gutes Gebäck alles ist, was man zum Glücklichsein braucht.

Heute ist Issy 31 und backt selbst für ihr Leben gern. Ansonsten verläuft ihr Leben allerdings anders als erträumt: Sie versauert bei einem langweiligen Bürojob, teilt sich eine Wohnung mit ihrer besten Freundin Helena und hat eine komplizierte Affäre mit ihrem Chef Graeme. Als die Firma eines Tages Einsparungen verkündet und Graeme höchstselbst ihr die Kündigung ausspricht, fällt Issy aus allen Wolken. Der Schock sitzt tief. Aber immerhin erhält sie eine Abfindung, stolze 20 000 Pfund. Genug Geld, um sich endlich ihren größten Wunsch zu erfüllen: ihr eigenes Cupcake-Café!

Doch erstens ist Issy eine absolute Chaotin, und zweitens hat sie nicht mit den Hürden der Bürokratie gerechnet. Aber so leicht lässt sich die Kuchenliebhaberin nicht unterkriegen! Und versorgt mit den Geheimrezepten ihres Großvaters und mithilfe ihrer Freundinnen sowie ihres äußerst attraktiven Bankberaters Austin will Issy es allen beweisen …

Autorin

Lizzie Beaton ist Autorin und lebt und schreibt in London. Ob ihre Cupcakes ebenso gut sind wie die ihrer Protagonistin, ist nicht erwiesen.

Lizzie Beaton

Traummann mit Zuckerkuss

Roman

Übersetzt
von Sonja Hagemann

GOLDMANN

Die Originalausgabe erschien 2011 unter dem Titel
»Meet me at the Cupcake Café« bei Sphere Books, London.

Dieses Buch ist auch als E-Book erhältlich.

MIX
Papier aus verantwortungsvollen Quellen
FSC® C014496
FSC
www.fsc.org

Verlagsgruppe Random House FSC® N001967
Das FSC®-zertifizierte Papier *München Super* für dieses Buch
liefert Arctic Paper Mochenwangen GmbH.

1. Auflage
Deutsche Erstveröffentlichung Juli 2013

Umschlaggestaltung: UNO Werbeagentur, München
Umschlagillustration: FinePic®, München
Redaktion: Babette Leckebusch
LT · Herstellung: Str.
Satz: Buch-Werkstatt GmbH, Bad Aibling
Druck und Bindung: GGP Media GmbH, Pößneck
Printed in Germany
ISBN: 978-3-442-47746-3
www.goldmann-verlag.de

Besuchen Sie den Goldmann Verlag im Netz

Für alle,
die schon mal den Löffel abgeleckt haben.

Ein paar Zeilen von Lizzie

Ich bin kurz vor meinem siebzehnten Geburtstag bei meinen Eltern ausgezogen und hätte zuvor auf den Vorschlag, kochen oder backen zu lernen, wohl nur mit dem typischen Teenager-Schulterzucken reagiert. Als Kind war ich furchtbar mäkelig und mochte nicht einmal Käsekuchen, und während der Zeit an der Uni war auch bei mir die typische Studentenkost angesagt: Chips, Bohnen, Chili und Bier mit Cidre.

Mit einundzwanzig hatte ich einen Freund, der ganz entsetzt darüber war, dass ich so gar nicht kochen konnte, und mir aus völliger Verzweiflung beibrachte, eine weiße Soße anzurühren. Danach machte ich dann immer einen Schritt vorwärts und zwei wieder zurück: Da gab es die Zwiebelsuppe, bei der mir nicht klar gewesen war, dass man noch irgendetwas mit den Zwiebeln anstellen muss, bevor man sie ins kochende Wasser wirft, und den Zitronenkuchen, bei dem das zu reichlich dosierte Natron mit der Säure der Früchte reagierte und zu einem Endergebnis mit der chemischen Konsistenz von Kreide führte. Außerdem horte ich inzwischen – und das ist ein längerfristiges Problem – so etwa neuntausend verworfene Rezepte für Scones, weil auf meinem Backblech immer nur runde, harte, völlig geschmacksneutrale Teigkreise aus dem Ofen kommen, egal, ob ich dafür nun Milch aufgeschäumt, Tonicwater und diese oder jene Zutat bei Zimmertemperatur verwendet habe. Meine Mutter ist eine fantastische Bäckerin, die mich früher auf die Anrichte gesetzt und mir die Rührstäbe des Mixers zum Ablecken gegeben hat, wenn sie Törtchen backte. Sie macht tolle Scones und hat mir geraten, es gut sein zu lassen und einfach eine Backmischung zu kaufen, wie sie selbst es mittlerweile auch tut. Aber ich weigere mich, jetzt aufzugeben.

Egal. Dann kamen die Kinder, und ich wollte sie auf gar keinen Fall der Demütigung aussetzen, schwierige Esser zu sein. Daher beschloss ich, ihnen ein möglichst breites Geschmacksspektrum anzubieten, was natürlich auch bedeutete, dass ich kochen lernen musste.

Manchen Menschen ist diese Gabe angeboren. Meine Schwägerin zum Beispiel ist die reinste Küchenfee. Gib ihr zehn Minuten, und sie wird dir wie aus dem Nichts etwas Köstliches zaubern, während sie abschmeckt und probiert und der Sache immer noch den letzten Kick gibt. So wird das bei mir nie sein. Es regt mich immer noch auf, wenn mein Mann Rote Bete serviert.*

Heute kann ich halbwegs problemlos ein gesundes Essen für die Meinen zubereiten (lassen wir den Vorfall mit den nicht ausgenommenen Fischen mal außen vor), und obwohl ich mich in der Küche lange nicht besonders geschickt angestellt habe, weiß ich inzwischen, dass es gar nicht so zeitaufwendig ist, einen Schokoladenkuchen oder ein paar Erdnussbutterkekse zu zaubern, wenn man nur einen Mixer hat. Ich glaube fest an Jamie Olivers Mantra: »Je weniger Zutaten, desto besser.« Und mir reicht in meinem hektischen Leben schon eine halbe Stunde, um mir Mehl, Zucker, Butter und ein Ei zu schnappen und mit dem wandelbarsten aller Rezepte – dem für Cupcakes – einen Teig anzurühren und dabei wie Nigella höchstpersönlich aus-

* Jetzt mal im Ernst. Habe ich recht oder nicht? Rote Bete ist Pferdefutter. Nachdem ich einmal müde von einer Reise zurückkam, begrüßte mich meine Mutter ziemlich eifrig mit einem der schlimmsten Sätze, den ich je gehört habe: »Weißt du noch, dass du immer gesagt hast, du magst keine Rote Bete? Mit diesem neuen Rezept wird das bestimmt anders!« Ich wäre beinahe in Tränen ausgebrochen, das schwöre ich.

zusehen (wenn auch ohne die schimmernde Lockenpracht oder den prächtigen Busen). Meine Kinder halten das natürlich für selbstverständlich und wollen lautstark wissen, was es denn heute zu essen gibt. So wie wir damals auch, streiten sie sich darum, wer als Nächstes den Mixer betätigen darf, aber das ist schon in Ordnung. Ich mache das, weil es mir Spaß macht.

Und dann stand ich damit nicht mehr alleine da. Plötzlich wurden überall Cupcake Cafés eröffnet, und ich schaute mir im Fernsehen fasziniert *The Great British Bake Off an.* Es gibt sogar ein jährliches Cupcake-Festival in London. Inspiration für Issys Geschichte fand ich in alldem und letztlich auch in dem schlichten Wunsch, Menschen, die ich liebe, mit etwas Süßem zu verwöhnen.

Und ich hoffe, euch wird die Story auch gefallen – egal, ob ihr nun schon gerne backt oder überlegt, es irgendwann mal auszuprobieren, oder vielmehr sagt: »Nee, für so was werde ich mich nie erwärmen«, so wie ich das früher auch mal dachte, oder einfach nur glückliche Kuchenesser seid. Kommt, setzt euch zu uns …

Die allerherzlichsten Grüße,

Lizzie

Anmerkung der Autorin

Ich habe alle Rezepte in diesem Buch erfolgreich ausprobiert und für köstlich befunden (was die Backzeiten angeht, sollte man allerdings bedenken, dass ich keinen Umluftofen habe). Nur um Carolines Kleie-Karotten-Überraschung habe ich mich gedrückt, der müsst ihr euch selbst stellen. Achtet bitte auch darauf, dass in Grampa Joes Rezepten britische Mengenmaße benutzt werden, während Issy ihre Angaben im metrischen System macht. Caroline hingegen benutzt »Cups«. So ist sie eben.

LB x x

Kapitel 1

Schottische Pfannkuchen

8 oz (230 g) Mehl mit Backpulverzusatz
1 oz (30 g) extrafeiner Zucker. Den kann man auch vom Löffel lecken.
1 Ei. Bei kleinen Bäckern unter sieben 4 davon einrechnen.
½ pint (300 ml) Vollmilch. 10 oz (280 ml) für das Rezept und ein Glas, um es zu den Küchlein zu trinken.
Eine Prise Salz. Das ist nur ganz wenig, Issy. Weniger als dein kleiner Finger. Nicht so viel! Oh. Das war jetzt zu viel. Egal.

Die trockenen Zutaten in eine Schüssel geben und gut vermengen.

In der Mitte eine Vertiefung machen. Wie beim Häschen in der Grube. Genau. Jetzt das Ei hineinschlagen. Hoho! Gut, und jetzt die Milch.

Alles ordentlich umrühren. Der Teig sollte cremig sein. Sonst noch etwas Milch dazugeben.

Eine schwere Pfanne erhitzen und Butter hineingeben. Grampa übernimmt das mit der Pfanne. Versuch bitte nicht, die hochzuheben. Gut. Jetzt den Teig langsam vom Löffel gleiten lassen. Nur keine Eile. Eine kleine Portion an der Seite der Pfanne reicht schon. Jetzt dreht Grampa die Küchlein um, du darfst dabei aber den Pfannengriff halten … ja, genau so! Hurra!

Zusammen mit der restlichen Milch, Butter, Marmelade, Sahne und allem, was der Kühlschrank sonst noch hergibt, servieren. Und dazu gibt es noch einen dicken Kuss auf den Scheitel, weil du so ein schlaues Mädchen bist.

Issy Randall faltete den Zettel wieder zusammen und lächelte.

»Das ist alles?«, fragte sie die Gestalt im Lehnstuhl. »Das ist das ganze Rezept?« Der alte Mann nickte heftig. Er reckte einen Finger in die Höhe, eine Geste, der gewöhnlich ein Vortrag folgte, wie Issy ganz genau wusste.

»Die Sache ist doch die«, begann Grampa Joe, »backen ist …«

»Leben«, ergänzte Issy geduldig. Diese Predigt hatte sie schon oft gehört. Ihr Großvater hatte mit zwölf damit begonnen, in der Familienbäckerei den Besen zu schwingen, schließlich hatte er dann das Geschäft übernommen und drei große Bäckereien in Manchester geleitet.

Backen war alles, was er konnte.

»Es ist Leben. Brot ist die Grundlage des Daseins, unser wichtigstes Nahrungsmittel.«

»Nicht für Atkins«, bemerkte Issy, strich sich den Cordrock auf Hüfthöhe glatt und seufzte. Ihr Großvater hatte leicht reden. Er war sein Leben lang eine Bohnenstange gewesen, und seine Diät hatte aus unglaublich harter Arbeit von morgens früh bis abends spät bestanden, angefangen damit, dass er um fünf Uhr den Ofen anheizte. Es war etwas ganz anderes, wenn es sich beim Backen um ein Hobby, eine persönliche Leidenschaft handelte – man aber den ganzen Tag im Büro hockte, um seine Rechnungen zu bezahlen. Es war schwierig, dabei Zurückhaltung zu zeigen, denn schließlich wollte man ja auch alles selbst probieren … Ihre Gedanken schweiften ab und drehten sich nun um das Ananascreme-Rezept, das sie am Morgen ausprobiert hatte. Der Trick dabei war, so viel Fruchtfleisch zu verwenden, dass die Masse noch etwas Biss hatte, aber nicht so viel wie bei einem Smoothie. Sie würde eben einen neuen Versuch starten. Issy fuhr sich mit der Hand durch die schwarze Lockenmähne. Ihre Haare passten gut zu den grünen Augen, machten bei feuchtem Wetter allerdings, was sie wollten.

»Wer vom Backen spricht, muss auch das Leben beschreiben. Klar? Denn das sind ja nicht einfach nur Rezepte … als Nächstes erzählst du mir wohl noch, du arbeitest mit metrischen Mengenangaben!«

Issy biss sich auf die Unterlippe und nahm sich fest vor, ihre metrische Waage zu verstecken, wenn Grampa das nächste Mal zu Besuch kam. Er würde sich sonst nur aufregen.

»Hörst du mir überhaupt zu?«

»Ja, Gramps.«

Sie drehten sich beide um und warfen einen Blick aus dem Fenster des betreuten Wohnheims im Londoner Norden. Issy hatte Joe dort untergebracht, als immer deutlicher wurde, dass er zu zerstreut war, um noch alleine zu leben. Nach einem langen Leben in Nordengland hatte Issy ihn nur ungern in den Süden verpflanzt, um ihn so oft wie möglich besuchen zu können, ihr war es jedoch wichtig, ihn in ihrer Nähe zu haben. Joe hatte natürlich gemurrt, aber das hätte er ohnehin, immerhin war er nun an einem Ort untergebracht, an dem er nicht morgens um fünf aufstehen und Brotteig kneten durfte.

Also konnte er genauso gut hier knurrig sein, wo sie ein Auge auf ihn haben konnte. Außerdem gab es ja sonst niemanden, der sich um ihn kümmerte. Und die drei Läden mit ihren stolzen, glänzenden Messingklinken und den Schildern, die verkündeten, dass es sich um »elektrische Bäckereien« handelte, gab es längst nicht mehr. Sie waren Supermärkten und Ketten zum Opfer gefallen, die lieber billiges Weißbrot anboten als handgeformte, teurere Laibe.

Wie so oft betrachtete Grampa Joe durchs Fenster den Januarregen und las ihre Gedanken.

»Hast du in letzter Zeit etwas von … deiner Mutter gehört?«, fragte er.

Issy nickte. Ihr fiel immer wieder auf, wie ungern er den Namen seiner eigenen Tochter aussprach. Als Bäckerstochter hatte sich Marian nie wohlgefühlt. Und Issys Großmutter hatte auch keinen großen Einfluss gehabt, weil sie früh gestorben war. Da Gramps von morgens bis abends nur gearbeitet hatte, hatte Marian schon rebelliert, noch bevor sie dieses Wort auch nur schreiben konnte. Als Teenager war sie in schlechte Gesellschaft geraten, hatte mit älteren Jungen abgehangen und war früh von einem Mann schwanger geworden, der zum fahrenden Volk gehörte und von dem Issy nichts geblieben war als das schwarze Haar und die dichten Augenbrauen. Marian war ein viel zu ruheloser Geist, um sich bändigen zu lassen, also hatte sie ihr einziges Kind zurückgelassen und sich auf die Suche nach sich selbst gemacht.

Während ihrer Kindheit hatte Issy die meiste Zeit in der Bäckerei verbracht und Gramps dabei zugesehen, wie er kraftvoll den Teig knetete oder mit Fingerspitzengefühl die leichtesten, zartesten Kuchen oder Torten gestaltete, die dann beinahe auf der Zunge zergingen. Obgleich er für jeden Laden Bäcker ausgebildet hatte, hatte er weiterhin auch selbst mit angepackt, und das war mit einer der Gründe, warum Randall's einst die beliebteste Bäckerei in Manchester gewesen war.

Issy hatte unzählige Stunden damit verbracht, unter den großen Cable-Street-Öfen ihre Hausaufgaben zu erledigen, und dabei mit jeder Pore all die Zeit, Handfertigkeit und Sorgfalt in sich aufgesogen, die einen großen Bäcker ausmachen. Sie war viel konventioneller als ihre Mutter und vergötterte ihren Großvater. In der Backstube war es für sie gemütlich, und sie fühlte sich sicher, obgleich sie natürlich wusste, dass sie anders war als ihre Schulkameraden, die in ihre Häuschen zurückkehrten, in denen Mütter auf sie warteten und Väter, die für die Stadt arbeiteten, und Hunde und Geschwister. Dort aß man bei *Nachbarn* Kartoffelwaffeln mit Ketchup und wurde nicht schon im Morgengrauen vom Geruch frisch aufgehender Brote geweckt.

Marian hätte es besser wissen müssen, immerhin war auch sie ohne Mutter aufgewachsen, aber jetzt, mit einunddreißig, hatte Issy ihrer getriebenen, ruhelosen Mum längst vergeben.

Es ging ihr ja gar nicht um die Sporttage oder die Schulausflüge – schließlich hatte ihr Großvater sich keine dieser Aktivitäten entgehen lassen –, und sie war auch überaus beliebt gewesen, immerhin hatte sie zu besonderen Anlässen in der Schule fast immer eine Schachtel Scones oder French Cakes mitgebracht, die die strengen Kriterien für den Verkauf nicht erfüllt hatten. Die Festgelage an ihrem Geburtstag waren in der Gegend außerdem legendär. Sie hätte sich nur gewünscht, dass es jemanden in ihrem Leben gab, der sich etwas mehr für Mode interessierte – ihr Großvater hatte ihr, ungeachtet ihres Alters, ihrer Kleidergröße oder ihres persönlichen Stils jedes Jahr zu Weihnachten zwei Baumwollkleidchen und eins aus Wolle gekauft, während ihre Freundinnen Stulpen und Ananas-T-Shirts getragen hatten. Ihre Mutter war regelmäßig mit seltsamen Hippieklamotten aufgetaucht, die sie bei Festivals verkauft hatte und die aus Hanf oder kratziger Lamawolle oder einem ähnlich unpraktischen Material hergestellt waren. Aber es hatte Issy in der gemütlichen Wohnung über der Bäckerei, in der Gramps und sie Apfelkuchen gegessen und *Dad's Army* geguckt hatten, nie an Liebe gefehlt. Selbst Marian, die Issy bei ihren Stippvisiten stets eingeschärft hatte, keinem Mann über den Weg zu trauen, die Finger vom Cidre zu lassen und immer ihrem Regenbogen zu folgen, war eine liebevolle Mutter. Wenn Issy allerdings sah, wie andere Familien im Park herumtollten oder Eltern ihr Neugeborenes im Arm hielten, dann zog sich in ihrer Magengrube etwas zusammen, und das Verlangen nach Tradition und Sicherheit nagte an ihr.

Wer die Familie kannte, für den war es nicht verwunderlich, dass Issy Randall zur verlässlichsten und konventionellsten jungen Frau heranwuchs, die man sich nur vorstellen konnte. Gute Abschlussnoten in der Schule, ein gutes College und nun ein guter Job in einer aufstrebenden Firma für Immobilienentwicklung in der City. Als sie alt genug gewesen war, um in die Arbeitswelt einzusteigen, waren Gramps' Bäckereien längst verkauft: Sie waren seinem voranschreitenden Alter und den modernen Zeiten zum Opfer gefallen. Und außerdem hatte sie schließlich eine Ausbildung, wie er oft (traurig, dachte sie manchmal) bemerkt hatte; sie wollte doch sicher nicht für den Rest ihres Lebens im Morgengrauen aufstehen und schwere körperliche Arbeit erledigen. Auf sie wartete eine bessere Zukunft.

Aber tief in ihrem Inneren war da dennoch die Leidenschaft für den Trost, den die Küche bieten konnte – für Cremehörnchen mit der perfekten Balance aus zarter Füllung und leichtem, luftigen Blätterteig mit krachenden Diamantkristallen aus weißem Zucker. Für Karfreitagsbrötchen, die bei Randall's in der Fastenzeit gebacken wurden, und zwar nur in der Fastenzeit, und deren Aroma von Zimt, Rosinen und Orangenschale die halbe Straße in einen wunderbaren Geruch einhüllte; für eine perfekt aufgetragene Buttercremehaube auf dem allerhöchsten, leichtesten, luftigsten Zitronencupcake. All das liebte Issy, und daher stellte sie Gramps eine kleine Aufgabe: Sie ließ ihn so viele seiner Rezepte wie möglich auf Papier festhalten, falls oder bevor er sie vergessen würde, auch wenn das keiner von ihnen so in Worte fasste.

»Ich hab eine E-Mail von Mum bekommen«, sagte Issy. »Sie ist in Florida und hat dort einen Typen namens Brick kennengelernt. Wirklich. Brick. So heißt der.«

»Wenigstens ist es dieses Mal ein Mann«, schniefte ihr Großvater.

Issy warf ihm einen Blick zu. »Na! Sie meinte, sie würde vielleicht zu meinem Geburtstag kommen. Im Sommer. Andererseits hatte sie auch gesagt, dass sie uns an Weihnachten besuchen würde, und ist dann nicht aufgetaucht.«

Issy hatte die Feiertage mit Gramps im Wohnheim verbracht. Die Mitarbeiter hatten wirklich ihr Bestes gegeben, aber es war wirklich nicht besonders gewesen.

»Egal.« Issy versuchte sich an einem Lächeln. »Sie klang glücklich. Meinte, dass es ihr da drüben wirklich gut gefällt. Und sie hat gesagt, ich sollte dich mal rüberschicken, damit du ein bisschen Sonne tankst.«

Issy und ihr Großvater sahen sich an und brachen dann in Gelächter aus.

»Klar«, sagte Gramps. »Ich springe mal eben ins nächste Flugzeug nach Florida. Taxi! Zum London Airport bitte!«

Issy schob den Zettel in ihre Handtasche und stand auf.

»Ich muss los«, sagte sie. »Hm, mach doch mit den Rezepten weiter. Aber sie können ruhig, du weißt schon, ganz normal sein, wenn du willst.«

»Normal.«

Sie küsste ihn auf die Stirn.

»Bis nächste Woche.«

Issy stieg aus dem Bus. Draußen war es klirrend kalt. Nach Neujahr hatte es einmal kurz geschneit, aber davon war jetzt nur noch schmutziger Matsch übrig. Am Anfang hatte der Schnee ja noch ganz hübsch ausgesehen, aber nun wurde er an den Rändern langsam schwarz, vor allem der hinter dem schmiedeeisernen Zaun der Stadtverwaltung von Stoke Newington, dem stattlichen Gebäude am Ende der Straße. Dennoch freute sich Issy beim Aussteigen. Das war jetzt ihr Zuhause, Stoke Newington, das Künstlerviertel, in dem sie bei ihrem Umzug gelandet war.

Hier vermischte sich das Aroma der Wasserpfeifen aus kleinen türkischen Cafés in der Stamford Road mit Räucherstäbchen-Duft aus Alles-für-ein-Pfund-Läden, die sich neben teuren Baby-Boutiquen drängten, in denen sie Designer-Gummistiefel für Kinder und Spielzeugunikate aus Holz feilboten, beäugt von Kunden mit chassidischen Ringellocken oder Kopftüchern, Frauen mit bauchfreien Tops, die Kreolisch sprachen, jungen Müttern mit Kinderwagen und älteren Müttern mit Doppelkinderwagen. Ihr Freund Tobes hatte zwar mal scherzhaft bemerkt, dass ihre Nachbarschaft ihn an die Bar aus *Star Wars* erinnerte, Issy fand es jedoch toll. Sie liebte das süße jamaikanische Brot, das Honigbaklava neben der Kasse in den Lebensmittelgeschäften, die kleinen indischen Süßigkeiten aus getrockneter Milch und Zucker oder die staubigen Stückchen *Turkish Delight.* Es gefiel ihr, dass fremdartige Essensgerüche in der Luft lagen, wenn sie von der Arbeit nach Hause kam, und dass die Gebäude der Gegend so bunt zusammengewürfelt wirkten – hier standen hübsche, schlichte Reihenhäuschen neben großen Mietblöcken und renovierten alten Backsteinbauten. An der Albion Road reihten sich seltsame Lädchen, Hähnchenbuden, Taxiunternehmen und große graue Gebäude aneinander. Es war weder ein Gewerbegebiet noch eine Wohngegend, sondern lag irgendwie dazwischen. Früher hatte es sich um eine Durchgangsstraße gehandelt, die zu den Städtchen rings um London geführt hatte, inzwischen hatte sich die Metropole diese Gebiete längst einverleibt.

Die imposanten grauen Häuser stammten aus der viktorianischen Epoche und gehörten eher in die gehobene Preisklasse. Einige von ihnen waren jedoch noch immer in schäbige Wohnungen unterteilt, vor denen Fahrräder und feuchte Mülltonnen in den Vorgärten standen. Dort überklebte man die alten Namen auf den Klingelschildern mit Kreppband, und auf dem Bürgersteig stapelten sich Schachteln mit Recyclinggut. Andere dieser Bauten hatte man hingegen in Einfamilienhäuser zurückverwandelt und aufgewertet, mit renovierten Haustüren aus Eichenholz, Buchsbaumfiguren auf der Treppe und teuren Vorhängen, polierten Parkettfußböden, wieder freigelegten Kaminen und großen Spiegeln. An dieser Gegend liebte Issy die Mischung aus schäbig und neu, traditionell und ungehobelt, pfiffig und alternativ. Hier gab es Friedhöfe mit windschiefen Grabsteinen, überfüllte Bürgersteige und einen Blick auf die Hochhäuser der Innenstadt am Horizont … In Stokey lebten alle möglichen Menschen, die Gegend fühlte sich an wie ein Mikrokosmos von London, wie ein Dorf, das wahre Herz der Stadt. Und sie war weitaus günstiger als Islington.

Issy wohnte hier bereits seit vier Jahren, seit sie Südlondon verlassen und die erste Stufe der Immobilienleiter erklommen hatte. Der einzige Nachteil war, dass sie keinen Anschluss mehr an das U-Bahn-Netz hatte. Sie hatte sich zwar eingeredet, dass ihr das gar nichts ausmachte, an einem Abend wie diesem, wenn der Wind zwischen den Häusern pfiff und Nasen in tropfende rote Wasserhähne verwandelte, dann dachte sie jedoch manchmal, dass es vielleicht doch ein Problem war. Wenn auch nur ein ganz kleines. Für die schicken, heißen Mummys in den großen grauen Häusern war das okay, die fuhren ja alle einen Geländewagen. Wenn sie die manchmal spazieren gehen sah, mit ihren riesigen, teuren Kinderwagen und den zierlichen, teuren Körpern, dann … dann fragte sie sich, wie alt sie wohl waren. Jünger als sie? Einunddreißig war ja noch nicht alt, heutzutage jedenfalls nicht mehr. Aber angesichts der kleinen Kinder und der Strähnchen im Haar und ihrer Häuser, in denen schicke Tapeten die Wände schmückten … da ging ihr das schon durch den Kopf. Manchmal.

Direkt hinter der Bushaltestelle lag eine kleine Sackgasse. Darin reihten sich winzige Lädchen aneinander, alte Gebäude, die noch aus der Zeit des viktorianischen Booms stammten. Sie hatten einst Ställe oder Gemüselädchen beherbergt, waren urig und hatten eine seltsame Raumaufteilung. Da gab es einen Eisenwarenladen mit uralten Besen, Retro-Toastern zu überhöhten Preisen und einer traurig wirkenden Waschmaschine, die bereits im Schaufenster stand, seit Issy zu dieser Bushaltestelle kam; ein Telefon/WLAN/Internet-Café mit seltsamen Öffnungszeiten, das seine Kunden aufforderte, Geld in ihre Heimat zu schicken, und zur Straße hin einen Zeitungskiosk, in dem Issy ihre Zeitschriften und Bountys kaufte.

Ganz am Ende des Gässchens stand in eine Ecke gedrängt ein Gebäude, das so wirkte, als hätte man es erst im Nachhinein hinzugefügt, vielleicht, um die übriggebliebenen Backsteine zu verarbeiten. Es lief an einer Seite spitz zu, sodass das Fenster als gläserne Ecke hervorragte. Auf der anderen Seite wurde der Raum immer weiter und endete schließlich in einer breiten Bank. Die Tür führte hinaus auf einen kleinen gepflasterten Hof, in dem ein Baum stand. Dieses Lokal wirkte beinahe fehl am Platze, es kam Issy vor wie eine kleine, einladende Oase auf einem Dorfplatz, etwas, das gar nicht in die heutige Zeit passte – wie eine Zeichnung von Beatrix Potter, hatte sie mal gedacht. Es fehlten nur noch die Butzenfenster.

Der Wind fegte schon wieder über die Hauptstraße, und sie bog in Richtung Wohnung ab. Nach Hause.

Issy hatte ihr Apartment auf dem Höhepunkt des Immobilienbooms gekauft. Für jemanden, der in der Wohnungsbranche arbeitet, war das kein kluger Schachzug gewesen. Sie hatte den Verdacht, dass die Preise etwa dreißig Minuten, nachdem sie ihre Schlüssel abgeholt hatte, schon wieder gesunken waren. Damals war sie noch nicht mit Graeme zusammen gewesen, den sie bei der Arbeit kennengelernt hatte (obwohl er ihr natürlich bereits vorher aufgefallen war, wie allen anderen Frauen im Büro auch), denn sonst, das hatte er mehrmals betont, hätte er ihr auf jeden Fall abgeraten.

Aber selbst dann hätte sie vielleicht gar nicht auf ihn gehört. Nachdem sie sich durch jede einzelne Immobilie in ihrer Preisklasse gekämpft und sie alle gehasst hatte, wollte sie schon aufgeben, als sie schließlich in der Carmelite Avenue gelandet und auf Anhieb begeistert gewesen war. Die Wohnung umfasste die oberen zwei Stockwerke eines der hübschen grauen Gebäude und hatte über eine Treppe einen separaten Seiteneingang, sodass sie ihr eigentlich fast wie ein eigenes Haus und gar nicht wie eine Wohnung vorkam. Ein offener Küchen-, Wohn- und Essbereich füllte eins der beiden Stockwerke fast komplett aus. Issy hatte sich dort mit einem riesigen, verblichenen grauen Sofa, einem langen hölzernen Tisch mit Bänken und ihrer geliebten Küche so gemütlich wie möglich eingerichtet. Die Küchenelemente hatte sie günstig im Schlussverkauf erstanden, und zwar deshalb, weil sie leuchtend pink waren. »Niemand will eine pinkfarbene Küche«, hatte der Verkäufer ein wenig traurig erklärt. »Alle wollen nur noch Edelstahl. Oder den Landhausstil. Zwischen den beiden Extremen gibt's gar nichts mehr.«

»Ich hab noch nie eine rosafarbene Waschmaschine gesehen«, hatte Issy aufmunternd erwidert. Traurige Verkäufer konnte sie nicht ertragen.

»Ich weiß. Anscheinend fühlen sich die Leute unwohl, wenn sie ihre Wäsche darin sehen.«

»Das ist natürlich ein Nachteil.«

»Jordan hätte fast so eine gekauft«, erklärte er, und seine Miene hellte sich ein wenig auf. »Aber dann fand sie sie doch zu pink.«

»Jordan fand die zu pink?«, wunderte sich Issy, die sich selbst nie als den rosafarbenen Girly-Typen gesehen hatte. Das hier war jedoch so ein bezauberndes Schiaparelli-Pink. Das war eine Küche, die einfach nur geliebt werden wollte.

»Und es gibt wirklich 70 Prozent Rabatt?«, fragte sie noch einmal. »Einbau und so weiter inklusive?«

Der Verkäufer sah das hübsche junge Mädchen mit den grünen Augen und der Lockenmähne an. Er mochte mollige Frauen. Die sahen wenigstens so aus, als würden sie in der Küche auch wirklich etwas kochen. Er hatte nichts für die spitzen Damen übrig, die scharfkantige Küchen wollten, um darin ihren Gin und ihre Gesichtscreme aufzubewahren. Seiner Meinung nach sollte man in einer Küche etwas Köstliches zubereiten und dazu einen tollen Wein einschenken. Manchmal hasste er seinen Job, aber seine Frau fand es toll, dass sie ihre Küche jedes Jahr zu ermäßigten Preisen auf den neusten Stand bringen konnte, und bereitete ihm darin die wunderbarsten Mahlzeiten zu, also marschierte er tapfer weiter. Und sie wurden beide immer dicker.

»Jawohl, 70 Prozent Rabatt. Die würden sie wahrscheinlich doch nur entsorgen«, verriet er. »Die komplette Küche würde auf dem Müll landen. Können Sie sich das vorstellen?«

Das konnte Issy sich durchaus vorstellen. Echt traurig.

»Wie schrecklich«, erwiderte sie feierlich.

Der Verkäufer nickte und überlegte bereits, wo er seinen Bestellblock hingelegt hatte.

»75 Prozent?«, feilschte sie. »Im Prinzip tue ich damit doch ein gutes Werk. Rettet die pinke Küche!«

Und so war sie an ihre ungewöhnliche Küche gekommen. Sie hatte sie mit schwarz-weiß karierten Arbeitsgeräten und Linoleum kombiniert. Beim ersten Besuch kniffen ihre Gäste meist die Lider zusammen und rieben sie sich dann, um das Flimmern wegzubekommen. Wenn sie die Augen dann wieder öffneten, stellten einige verwundert fest, dass ihnen die pinkfarbene Küche tatsächlich gefiel. Auf jeden Fall genossen sie alles, was darin zubereitet wurde.

Selbst Grampa Joe hatte sie bei einem seiner sorgfältig arrangierten Besuche gefallen, und er hatte beifällig genickt, als er die Kombination aus Gasherd (zum Karamellisieren) und Elektroofen (für eine gleichmäßige Verteilung der Hitze) entdeckt hatte. Inzwischen fand Issy, dass die zuckersüße pinkfarbene Küche und sie eigentlich wie füreinander gemacht waren.

In dieser Küche fühlte sie sich zu Hause. Sie stellte das Radio an und begann, geschäftig den Vanillezucker und das extrafeine französische Patissier-Mehl hervorzuholen, das sie in einem winzigen Lebensmittelgeschäft in Smithfield kaufte. Dann griff sie nach einem kleinen silbernen Sieb und überlegte, mit welchem ihrer treuen Holzlöffel sie den hauchzarten Teig rühren würde. Ohne auch nur hinzuschauen, schlug sie gekonnt immer zwei Eier gleichzeitig in die blau-weiß gestreifte Keramikschüssel und gab nach Augenmaß die exakte Menge cremige, schneeweiße Guernsey-Butter dazu. Sie verbrauchte eine Menge Butter.

Issy biss sich auf die Unterlippe, um sich zu zwingen, den Kuchenteig nicht so heftig zu quirlen. Mit zu viel Luft würde er im Ofen in sich zusammenfallen, also rührte sie jetzt langsamer und überprüfte, ob der Teig schon Spitzen zog. Die Konsistenz war perfekt. Sie hatte frisch gepressten Bitterorangensaft hinzugegeben und wollte eine Marmeladenglasur ausprobieren, die entweder köstlich oder zumindest äußerst apart schmecken würde.

Die Cupcakes waren im Ofen, und als ihre Mitbewohnerin, Helena, zur Tür hereinkam, arbeitete sie gerade an der dritten Ladung Glasur. Der Trick bestand darin, die Aromen so auszubalancieren, dass die Mischung weder zu bitter noch zu süß schmeckte, einfach perfekt … Sie notierte die genaue Kombination der Zutaten für einen zartherben Kick auf der Zunge.

Helenas Auftritte waren nie diskret, das lag einfach nicht in ihrer Natur. Als Erstes schoben sich immer ihre Brüste in den Raum – ob sie nun wollte oder nicht. Sie war nicht fett, nur groß, und sie hatte unglaublich großzügige Fünfzigerjahre-Proportionen mit einem riesigen schneeweißen Busen und einer schmalen Taille, die in ausladende Hüften und einen entsprechenden Po überging, das alles gekrönt von einer hoch aufgetürmten präraffaelitischen Mähne. Man hätte sie in jeder Epoche als eine Schönheit bezeichnet, abgesehen vom frühen 21. Jahrhundert, in dem die einzig akzeptierte Figur für eine attraktive Frau diejenige einer hungrigen Sechsjährigen war, der vorne unerklärlicherweise pralle apfelförmige Brüste wuchsen. Und deshalb war sie ständig auf Diät, als ob ihre breiten alabasterfarbenen Schultern und die sinnlich gerundeten Hüften je das Feld räumen würden.

»Ich hatte einen ganz furchtbaren Tag!«, verkündete sie dramatisch. Dann schielte sie zum Abkühlgitter hinüber.

»Ich bin ja fast fertig«, erwiderte Issy hastig und ließ die Glasurtülle sinken.

Der Ofen piepste. Issy hatte eigentlich von einem Aga geträumt – einem großen pinkfarbenen Aga –, aber den hätten sie nicht die Treppe hinaufbekommen oder durch irgendeins der Fenster, und selbst wenn, gab es dafür gar keinen Platz, und selbst wenn Platz gewesen wäre, hätte der Fußboden das Gewicht nicht getragen, und selbst wenn, hatte sie ja gar keine Lagerungsmöglichkeiten für das Öl, und außerdem waren Agas fürs Kuchenbacken auch gar nicht geeignet, dafür waren sie viel zu unberechenbar. Und abgesehen davon konnte sie sich so einen gar nicht leisten. Dennoch bewahrte sie heimlich einen Aga-Katalog im Bücherregal auf. Statt ihres Traumofens hatte sie nun ein effizientes deutsches Modell von Bosch, das die eingestellte Temperatur exakt einhielt und alles bis auf die Sekunde genau timte, aber eben keine Begeisterungsstürme auslöste.

Helena starrte auf die zwei Dutzend perfekte Cupcakes, die gerade aus dem Ofen kamen.

»Wen willst du damit bloß versorgen, etwa die Rote Armee? Reich mal einen rüber!«

»Die sind noch zu heiß.«

»Jetzt gib schon her!«

Issy rollte mit den Augen und begann die Glasur mit einer geübten Handbewegung aufzutragen. Natürlich hätte sie warten sollen, bis die Küchlein abgekühlt waren und die Buttercreme nicht zum Schmelzen brachten, aber so lange hielt Helena es offensichtlich nicht mehr aus.

»Was ist denn passiert?«, fragte sie ihre Mitbewohnerin und steuerte mit zwei Cupcakes auf ihrem gepunkteten Lieblingsteller und einem großen Becher Tee ihre Chaiselongue an. (Die hatte sie bei ihrem Einzug mitgebracht, und sie passte wirklich gut zu ihr. Helena verbrauchte ungern mehr Energie als absolut nötig.) Issy war mit den Törtchen zufrieden, sie waren leicht und luftig, mit einem zarten Aroma von Orangen und Sahne, köstlich, und nicht so schwer, dass man sich damit vor dem Essen den Appetit verdarb. Allerdings hatte sie völlig vergessen, einkaufen zu gehen. Na, dann mussten die Küchlein eben als Abendessen herhalten.

»Ich wurde geknufft«, sagte Helena.

Issy richtete sich auf. »Schon wieder?«

»Er hat mich für ein Feuerwehrauto gehalten. Angeblich.«

»Und was macht ein Feuerwehrauto in der Notaufnahme?«, warf Issy ein.

»Gute Frage«, meinte Helena. »Na ja, wir kriegen da ja so einiges zu hören.«

Helena hatte bereits mit acht Jahren gewusst, dass sie Krankenschwester werden wollte. Damals hatte sie alle Kissenbezüge im Haus zusammengetragen und damit ihre Stofftiere in ihren Krankenbettchen zugedeckt. Mit zehn hatte sie darauf bestanden, von ihrer Familie »Florence« gerufen zu werden (ihre drei jüngeren Brüder, die einen Heidenrespekt vor ihr hatten, nannten sie immer noch so). Mit sechzehn hatte sie nach der Schule direkt ihre Ausbildung begonnen, und zwar ganz klassisch auf der Station unter der Leitung einer Oberin. Und obwohl die Regierung inzwischen am System herumgepfuscht hatte, war sie mittlerweile zur Stationsleitung aufgestiegen (»Nennen Sie mich Oberin«, sagte sie zu den mürrischen alten Fachärzten, die das nur zu gerne taten) und schmiss in der hektischen Notaufnahme in Hemel Park quasi den Laden. Dabei behandelte sie ihre Schwesternschülerinnen, als befänden sie sich immer noch im Jahr 1955, und hätte es damit beinahe in die Presse geschafft, als eines der Mädchen sie verpfiff, weil sie regelmäßig die Fingernägel kontrollierte. Die meisten dieser jungen Frauen vergötterten sie jedoch, genauso wie viele Juniorärzte, denen sie in den unsicheren ersten Monaten half und zur Seite stand, und auch die Patienten himmelten sie an. Das heißt, wenn sie nicht völlig verrückt waren und sie knufften.

Selbst wenn sie mehr Geld verdiente, den ganzen Tag saß und nicht diese lächerlichen Arbeitszeiten hatte, beneidete Issy mit ihrem sicheren Firmenjob Helena manchmal. Es war bestimmt befriedigend, seiner Berufung nachzugehen und auch noch zu wissen, dass man seine Aufgabe hervorragend erledigte, selbst wenn es dafür nur einen Hungerlohn gab und man gelegentlich geknufft wurde.

»Wie geht es Mr Randall?«, erkundigte sich Helena. Sie verehrte Issys Großvater, der in ihr ein prächtiges Weibsstück sah und voller Bewunderung jedes Mal behauptete, sie sei schon wieder gewachsen. Er fand, sie würde auch als Kapitän am Steuer eines Schiffes eine gute Figur machen. Außerdem hatte sie für ihn mit professionellem Blick jedes Altenwohnheim in der Gegend unter die Lupe genommen, wofür Issy auf ewig tief in ihrer Schuld stand.

»Es geht ihm gut«, sagte Issy. »Nur leider heißt das, dass er am liebsten aufspringen und losbacken würde, und das macht ihn wütend, und dann fängt er wieder an, die dicke Schwester zu ärgern.«

Helena nickte.

»Hast du ihm schon Graeme vorgestellt?«

Issy biss sich auf die Lippe. Helena wusste ganz genau, dass sie ihren Freund noch nie dorthin mitgenommen hatte.

»Noch nicht«, erklärte sie. »Er begleitet mich sicher bald mal, im Moment ist er nur so beschäftigt.«

Issy musste daran denken, dass Helena immer nur solche Männer anzog, die den Boden unter ihren Füßen anbeteten. Leider fand sie das furchtbar nervig und verbrachte die meiste Zeit damit, für heiße Alpha-Männchen zu schwärmen, die nur an Frauen mit dem Body-Mass-Index eines zittrigen kleinen Hündchens interessiert waren. Trotzdem konnte niemand, der an einer normalen – oder zumindest halbwegs normalen – Beziehung interessiert war, mit Helenas Bewunderern mithalten, die stapelweise Gedichte für sie verfassten und ihr Zimmer vor Blumen überquellen ließen.

»Hm«, antwortete Helena in demselben Tonfall, den sie auch bei jugendlichen Skate-Punks benutzte, die mit gebrochenem Schlüsselbein eingeliefert wurden. Sie schob sich noch ein Küchlein in den Mund. »Also weißt du, die sind köstlich. Du könntest damit wirklich dein Geld verdienen. Bist du sicher, dass meine fünf täglichen Obst- und Gemüserationen damit nicht abgedeckt sind?«

»Leider ja.«

Helena seufzte. »Schade, aber die Hoffnung stirbt bekanntlich zuletzt. Schnell, mach den Fernseher an, heute ist doch Simon-Cowell-Tag. Ich will dabei zusehen, wie der mal wieder jemanden fertigmacht.«

»Du brauchst wirklich einen netten Mann«, sagte Issy und griff nach der Fernbedienung.

Du auch, dachte Helena, behielt das aber lieber für sich.

Kapitel 2

Orangencupcakes mit Marmeladenglasur

für einen verdrießlichen Tag

Für viel zu viele Cupcakes einfach alle Zutaten vervierfachen

2 komplette Orangen, halbiert. Versuche keine Bitterorangen zu kaufen. Blutorangen sind vielleicht ganz nützlich, um die Frustration aus sich rauszupressen.
8 oz (230 g) geschmolzene Butter. Wenn du keinen Topf zur Hand hast, kannst du sie auch auf dem Feuer deines gerechten Zorns schmelzen.
3 ganze Eier. Plus drei weitere, um sie aus
therapeutischen Gründen gegen die Wand zu werfen.
8 oz (230 g) Zucker. Etwas mehr, wenn du dir das Leben gerne versüßen möchtest.
8 oz (230 g) Mehl mit Backpulverzusatz und einem Extraschuss Selbstbewusstsein
3 EL Marmelade
3 EL geriebene Orangenschale

Den Ofen auf 350°F (180°C)/Gas Stufe 4 vorheizen. Die Förmchen fetten.

Eine Orange hacken – ja, mit der Schale und allem – und zusammen mit der geschmolzenen Butter, den Eiern und dem Zucker in den Mixer geben. Auf hoher Stufe kneten, bis sich alles gut vermengt hat und du dich beim zufriedenen Surren des Geräts schon etwas besser fühlst. Die Mischung zusammen mit dem Mehl in eine Schüssel geben und mit dem Holzlöffel traktieren, bis du sie gebändigt hast.

Im Ofen 50 Minuten backen. Fünf Minuten lang in der Form abkühlen lassen, dann auf einem Rost völlig auskühlen lassen. Marmelade darauf verteilen und die süßen Seiten des Lebens wiederentdecken.

Issy faltete den Brief zusammen und schob ihn zurück in ihre Tasche. Sie hatte Gramps wirklich nicht den Tag vermiesen wollen. Seine schlechte Laune hatte bestimmt damit zu tun, dass sie über ihre Mutter gesprochen hatten. Sie wünschte nur … Sie hatte versucht, Marian klarzumachen, dass Grampa sich über einen gelegentlichen Brief von ihr freuen würde. Das hatte aber offensichtlich nichts gebracht. Na ja, sie konnte es nicht ändern. Aber sie war froh, dass er jetzt gut untergebracht war und man in seinem neuen Zuhause eine Marke für ihn auf den Umschlag klebte und den Brief einwarf. Die letzten Monate, in denen er jeden Morgen pünktlich um fünf den Ofen angestellt, dann aber sofort vergessen hatte, warum eigentlich, waren für alle hart gewesen. Außerdem hatte sie genug eigene Probleme, dachte sie und warf einen Blick auf die Uhr. Es gab Tage an denen es schwerfiel, zur Arbeit zu gehen, und dann gab es Tage wie heute, dachte Issy und schaute an der langen Schlange vorbei, um zu sehen, ob der Gelenkbus an der Stoke Newington Road schon um die Ecke bog. Das plumpe Fahrzeug brauchte für die scharfe Kurve immer mehrere Anläufe, während die Autofahrer wütend hupten und Fahrradfahrer den Bus verfluchten. Dieses Modell würden sie wohl bald aus dem Verkehr ziehen. Was Issy irgendwie traurig stimmte, die armen, albernen Busse.

Ja, der erste Montag nach Weihnachten gehörte wirklich zu den schlimmsten Tagen aller Zeiten. Der Wind blies ihr scharf ins Gesicht und zerrte an ihrer Weihnachtsmütze, die sie im Schlussverkauf erstanden hatte, weil sie dachte, die gestrickten Streifen würden sie originell, jünger und niedlich aussehen lassen. Inzwischen vermutete sie aber eher, dass sie damit wie Haggis McBaggis rüberkam, die Frau, die ihre unzähligen Plastiktüten in einem Einkaufswagen spazieren fuhr und manchmal an der Haltestelle rumhing, aber nie in einen Bus stieg. Issy lächelte ihr normalerweise halbherzig zu, versuchte aber, nicht den Wind aus ihrer Richtung abzubekommen, während sie ihre große Cupcakedose fest umklammerte.

Heute war Haggis jedoch nicht zu sehen, wie sie bemerkte, als sie die Menschen an ihrer Seite betrachtete – dieselben, die hier bei Regen, Schnee und gelegentlichem Sonnenschein gemeinsam mit ihr ausharrten. Nicht einmal eine alte Frau, die einen Einkaufswagen durch die Gegend schob, hatte heute Lust aufzustehen. Einigen der vertrauten Gesichter nickte Issy zu, andere ignorierte sie, wie zum Beispiel den aggressiven jungen Kerl, der mit der einen Hand an seinem Handy und mit der anderen an seinem Ohr herumspielte, oder den alten Mann, der immer wieder an seiner flockigen Kopfhaut herumkratzte, so als würden seine Schuppen ihn unsichtbar machen. Da waren sie also, standen Tag für Tag immer am selben Platz, warteten auf ihren Gelenkbus und fragten sich, wie voll der heute wohl sein würde, wenn er endlich auftauchte und sie zu ihren Läden und Büros brachte, in die City und ins West End von London, sie über die Verkehrsadern der Metropole verteilte, in Islington und der Oxford Street, und sie dann abends in Kälte und Dunkelheit wieder einsammelte, wenn ihre müden Körper die Scheiben beschlagen ließen, auf die heimkehrende Schulkinder Gesichter malten und Teenager einen Penis.

»Hallo«, sagte Issy zu Linda, der Dame mittleren Alters, die bei John Lewis arbeitete und mit der sie sich gelegentlich unterhielt. »Frohes neues Jahr!«

»Frohes Neues!«, antwortete Linda. »Und, hast du gute Vorsätze?«

Issy seufzte und fasste sich unwillkürlich an die Hüfte, wo ihr Kleid etwas zu eng saß. Bei diesem fiesen Wetter und den kurzen, dunklen Tagen hatte sie viel mehr Lust dazu, zu Hause zu bleiben und zu backen, als auszugehen, Sport zu machen und Salat zu essen. An Weihnachten hatte sie auch dem Krankenhaus sehr viel Kuchen gespendet.

»Na ja, das Übliche«, sagte Issy. »Ein bisschen abnehmen …«

»Oh, das brauchst du doch nicht«, entgegnete Linda. »An deiner Figur ist nichts auszusetzen!« Linda hatte die typischen Formen einer Frau mittleren Alters, mit durchgehendem großem Busen, ausladenden Hüften und den bequemsten Schuhen, die sie für die Arbeit in der Kurzwarenabteilung finden konnte, wo sie den ganzen Tag auf den Beinen war. »Du siehst toll aus. Schieß jetzt mal ein Foto von dir und sieh es dir in zehn Jahren noch mal an, wenn du mir nicht glaubst. Du wirst nicht fassen, wie gut du mal ausgesehen hast.« Sie konnte nicht anders, als auf die Dose zu schielen, die die junge Frau dabeihatte. Issy seufzte.

»Die sind fürs Büro«, sagte sie.

»Natürlich«, sagte Linda. Jetzt kamen auch die anderen Wartenden aus der Schlange herbei, schauten Issy fragend an und erkundigten sich danach, wie Weihnachten denn bei ihr gelaufen war. Sie stöhnte.

»Okay, ihr Vielfraße.« Sie öffnete die Dose. Windgebeutelte Gesichter lächelten und zeigten winterliche Zähne. iPod-Hörer wurden aus Ohren gezogen, als sich die ganze Bushaltestelle auf die Marmeladencakes stürzte. Issy hatte wie immer doppelt so viele gemacht, um notfalls nicht nur das Büro, sondern auch die Bushaltestelle mit durchfüttern zu können.

»Die sind einfach unglaublich«, verkündete ein Mann mit vollem Mund. »Weißt du, du könntest das wirklich beruflich machen!«

»Bei euch kommt mir das manchmal auch wie ein Vollzeitjob vor«, meinte Issy, errötete aber trotzdem stolz, als sich die Menge um sie scharte. »Frohes neues Jahr euch allen!«

Die ganze Warteschlange begann nun zu plaudern und munter zu werden. Linda hatte natürlich nichts anderes im Kopf als die Hochzeit ihrer Tochter Leanne. Leanne war Fußpflegerin und die Erste in ihrer Familie, die aufs College gegangen war, und sie heiratete einen Industriechemiker. Linda war stolz wie Oskar und organisierte die ganze Sache. Sie hatte ja keine Ahnung, wie schwierig es für Issy war, einer Mutter zuzuhören, die nichts weiter wollte, als sich an dem Tag, an dem ihre sechsundzwanzigjährige Tochter einen wunderbaren Mann heiratete, in ein Mieder zu zwängen.

Linda ging davon aus, dass es auch in Issys Leben einen jungen Mann gab, wollte sich aber nicht in ihre Angelegenheiten mischen. Diese Karrierefrauen heutzutage ließen sich doch mit so etwas Zeit, oder nicht? Aber sie sollte langsam schon in die Gänge kommen. So ein hübsches Mädchen, das auch noch kochen konnte, man sollte doch meinen, dass die Männer sich um sie reißen würden. Aber hier stand sie immer noch und nahm ganz alleine den Bus. Linda hoffte, Leanne würde schnell schwanger werden, sie freute sich nämlich schon darauf, auch mal in der Babyabteilung von ihrem Angestelltenrabatt Gebrauch zu machen.

Noch immer war der Bus nicht in Sicht. Issy schloss ihre Dose und warf einen Blick über die Schulter rüber zum Pear Tree Court. Der seltsam geschnittene Laden mit den heruntergelassenen Gittern wirkte im trostlosen grauen Licht des Londoner Januarmorgens wie ein mürrischer Langschläfer, und vor der Tür warteten Müllsäcke darauf, abgeholt zu werden.

Im Laufe der letzten vier Jahre hatte immer wieder jemand versucht, dort das ein oder andere Geschäft anzusiedeln, es waren jedoch alle gescheitert. Möglicherweise lag es daran, dass die Gegend dann doch nicht so sehr im Kommen war, oder vielleicht am Eisenwarenhändler direkt nebenan. Auf jeden Fall war der Laden für Kinderkleidung mit den exklusiven französischen Designs von Tartine et Chocolat – zu Preisen, die einem die Tränen in die Augen trieben – schnell wieder verschwunden, genauso wie die Geschenkboutique mit ausländischen Monopoly-Ausgaben und Bechern von Penguin Classics, oder der Yoga-Shop, für den sie die ganze Vorderfront in einem vermeintlich entspannenden Rosaton gestrichen und einen Buddha-Brunnen neben dem Baum platziert hatten. Es hatte dort unglaublich teure Yogamatten und weiche geschmeidige Hosen im Gwyneth-Paltrow-Stil gegeben. Issy war viel zu eingeschüchtert gewesen, um auch nur einen Fuß in den Laden zu setzen, aber sie hatte eigentlich gedacht, dass er bei all den hippen Typen und schicken Mummys hier in der Gegend gut laufen würde. Es war aber nicht so gewesen, und nun hing das »Zu vermieten«-Schild in gelb-schwarz wieder im Fenster und biss sich mit dem Rosa. Der plätschernde kleine Buddha war nirgends zu sehen.

»Wirklich schade«, meinte Linda, als sie Issys Blick auf den leer stehenden Laden bemerkte. Issy antwortete mit einem »Hm«. Jeden Tag den Yoga-Shop zu sehen – und seine schlanken Verkäuferinnen mit Honigteint und wippendem Pferdeschwanz – hatte sie immer an ihr Alter erinnert und daran, dass es jetzt nicht mehr so einfach war, ihre Kleidergröße zu halten, vor allem mit ihrer Backleidenschaft. Eine Bohnenstange war sie nie gewesen, nicht im Haus ihres Großvaters. Früher hatte sie Gramps, obwohl er doch von einem langen Arbeitstag erschöpft sein musste, nach der Schule mit in die riesige Backstube genommen. Die anderen Bäcker, raue Burschen, hatten für sie Platz gemacht und das kleine Mädchen angelächelt. Es war ihr peinlich, dort zu sein, vor allem, wenn Gramps dann verkündete: »Jetzt beginnt deine wahre Erziehung«, woraufhin sie stets nickte. Sie war ein ruhiges Kind mit großen runden Augen, wurde häufig rot und war von Unsicherheit geplagt. An der

Grundschule fühlte sie sich oft fehl am Platz und hatte den Eindruck, dass es jede Woche neue Regeln gab, über die außer ihr jeder Bescheid wusste.

»Wir fangen mit schottischen Pfannkuchen an«, erklärte ihr Großvater. »Die kriegt selbst eine Fünfjährige hin!«

»Aber Grampa, ich bin doch schon *sechs!*«

»Bist du gar nicht!«

»Bin ich doch! Ich bin sechs!«

»Du bist doch erst zwei.«

»Ich bin schon *sechs!*«

»Oder vier?«

»*Sechs!*«

»Das Geheimnis dieser Pfannkuchen«, erklärte er feierlich, nachdem Issy sich die Hände gewaschen hatte und er geduldig die vier Eierschalen aufgesammelt hatte, die auf dem Boden gelandet waren, »liegt in der Hitze. Die darf nicht zu stark sein. Auf zu hoher Flamme verbrennen die Küchlein. Jetzt Vorsicht!«

Er hielt sie auf dem braunen Küchenstuhl fest, der wegen eines Lochs im Linoleum ein wenig wackelte, und sie ließ mit konzentriertem Gesichtsausdruck vorsichtig den Teig vom Holzlöffel in die Pfanne gleiten.

»Und nun Geduld«, mahnte er, »die darf man nicht hetzen. Ein verbrannter Pfannkuchen hat kein Leben in sich. Und bei diesem Herd …«

Joe hatte seiner geliebten Enkelin voller Leidenschaft die Tipps und Tricks des Backens beigebracht. Es war seine Schuld, dachte Issy. Dieses Jahr würde sie aber auf jeden Fall weniger backen und ein paar Pfund verlieren. Ihr wurde klar, dass sie sich im selben Moment, in dem sie das dachte, Orangenbuttercreme von den Fingern leckte. Aber bald!

Und immer noch kein Bus in Sicht. Als Issy zur Straßenecke hinübersah und einen raschen Blick auf die Uhr warf, traf sie plötzlich ein dicker Regentropfen an der Wange. Und dann noch einer. Der Himmel war jetzt schon so lange grau, dass man nicht mehr genau wusste, ob es überhaupt noch regnen würde oder nicht. Jetzt aber würde es ganz dick kommen, die Wolken waren beinahe schwarz. Es gab an der Bushaltestelle keinen Unterstand, abgesehen von der drei Zentimeter breiten Regenrinne am Kiosk hinter ihnen, aber der Besitzer hatte es nicht gerne, wenn sie sich gegen sein Fenster lehnten, und erwähnte das häufig, wenn Issy dort ihre Morgenzeitung (und gelegentlich einen Snack) kaufte. Ihnen blieb also nichts weiter übrig, als sich zusammenzukauern, die Mütze tiefer in die Stirn zu ziehen und sich, wie Issy es oft tat, zu fragen, warum sie eigentlich nicht in der Toskana, in Kalifornien oder Sydney lebte.

Plötzlich bremste ein Auto – ein schwarzer BMW 23i – mit quietschenden Reifen verbotenerweise auf den gelben Linien und spritzte dabei die meisten der Wartenden nass, von denen einige vor sich hin schimpften, während andere ordentlich fluchten. Issys Herz machte gleichzeitig einen Satz – und rutschte ihr in die Hose. Damit würde sie sich bei der Linie 73-Truppe nicht gerade beliebt machen. Egal. Die Tür wurde geöffnet.

»Steig ein, Babe!«, ertönte eine Stimme.

Graeme wünschte sich wirklich, Issy würde ihm das nicht antun. Er wusste ja, dass sie hier den Bus nahm, aber musste sie denn unbedingt den Märtyrer spielen? Sie war ein nettes Mädchen, und er verbrachte zweifellos gerne Zeit mit ihr, aber er brauchte seinen Freiraum. Und so etwas machte man auch einfach nicht, mit einer Kollegin aus dem Büro zu schlafen – und auch noch mit einer, deren Chef man war. Sie respektierte zwar seinen Wunsch und übernachtete nicht bei ihm, darüber war er wirklich froh, denn er war ein schwerbeschäftigter Mann und hatte keine Lust auf jemanden, der bei so was Theater machen würde. Aber jetzt war er auf dem Weg zur Arbeit und fühlte sich so gut in seinem schnittigen BMW, während er über Unternehmensstrategien nachdachte, und da war das Letzte, was er brauchte, der Anblick einer in ihren Schal eingewickelten durchweichten Issy an der Bushaltestelle. Das war ihm unangenehm, als würde sie sich irgendwie damit blamieren, dass sie so … so nass war.

Graeme war der attraktivste Typ in Issys Firma. Er war groß, Fitness-Studio-gestählt, mit durchdringenden blauen Augen und schwarzem Haar. Issy hatte bei seiner Ankunft schon seit drei Jahren dort gearbeitet, und er hatte für ziemlichen Aufruhr gesorgt. Er war wie gemacht für die Projektentwicklung; sein Stil war autoritär und schnell, und er ließ die Kunden verstehen, dass sie etwas verpassen würden, wenn sie bei seinem Angebot nicht zugriffen.

Zunächst beäugte Issy ihn wie einen Popstar oder Schauspieler aus dem Fernsehen: schön anzusehen, aber Lichtjahre außerhalb ihrer Reichweite. Sie hatte jede Menge liebe, sanfte Freunde gehabt, und auch ein oder zwei völlige Arschlöcher, aber aus verschiedenen Gründen hatte es nie hingehauen. Entweder war es der falsche Mann gewesen oder der falsche Zeitpunkt. Noch verspürte Issy keine Torschlusspanik, aber tief in ihrem Inneren wusste sie doch, dass sie gerne jemand Nettes finden und eine dauerhafte Beziehung eingehen würde. Sie wollte nicht so ein Leben wie ihre Mutter, die von einem Mann zum nächsten flatterte und niemals richtig glücklich war. Sie wünschte sich ein Zuhause und eine Familie. Ihr war klar, dass sie das zur hoffnungslosen Spießerin machte, aber so war sie eben. Und Graeme war nun wirklich nicht der Typ für feste Bindungen. Sie hatte ihn vom Büro aus in seinem kleinen Sportwagen mit umwerfend schlanken Blondinen davonfahren sehen – es war nie dieselbe Frau, obwohl sie alle gleich aussahen. Also hatte sie ihn sich aus dem Kopf geschlagen, selbst als er unter den jüngeren Kolleginnen im Büro eine Schneise schlug.

Und deshalb waren sie auch beide so erstaunt gewesen, als man sie zusammen zu einer einwöchigen Fortbildung in den Hauptsitz der Firma nach Rotterdam geschickt hatte. Sie saßen damals fest, weil es draußen in Strömen regnete, und als ihre holländischen Gastgeber sich früher zurückgezogen hatten als erwartet, fanden sie sich gemeinsam in der Hotelbar wieder und verstanden sich weitaus besser als gedacht. Graeme war fasziniert von der drallen, hübschen jungen Frau mit der dunklen Mähne, die in der Ecke saß und niemals mit ihm flirtete oder einen Schmollmund zog oder kicherte, wenn er vorbeiging, und es stellte sich heraus, dass sie witzig und sanft war. Issy war nach zwei Gläsern Jägermeister leicht beduselt und konnte nicht bestreiten, wie absolut attraktiv er mit seinen starken Armen und dem unrasierten Kinn wirkte. Sie versuchte sich später einzureden, dass es nichts zu bedeuten gehabt hatte, dass das nur eine einmalige Sache gewesen war, nichts, über das man sich den Kopf zerbrechen musste, ein wenig Spaß, den man leicht mit dem Alkohol erklären konnte und geheim halten würde, aber Graeme war eben so unglaublich sexy.

Er hatte sie einerseits einfach nur verführt, um sich die Zeit zu vertreiben, war dann aber von ihrer Sanftheit und Lieblichkeit überrascht worden, mit der er nicht gerechnet hatte und die ihm eigentlich gut gefiel. Sie war nicht so aggressiv und spitzknochig wie all die anderen Mädchen, und sie war auch nicht den ganzen Tag damit beschäftigt, sich über die Kalorien im Essen zu beschweren und ihr Make-up aufzufrischen. Zu seinem eigenen Erstaunen hatte er gegen eine seiner goldenen Regeln verstoßen und sie angerufen, nachdem sie wieder zurück waren. Issy war sowohl überrascht als auch geschmeichelt gewesen, hatte ihn in seiner minimalistischen Wohnung in Notting Hill besucht und ihm eine ausgezeichnete Bruschetta zubereitet. Beide hatten die Erfahrung sehr genossen.

Es war also wirklich aufregend gewesen. Vor acht Monaten. Und Issy kam einfach nicht dagegen an, sie fragte sich so langsam, ob Graeme vielleicht, nur vielleicht, *der* Mann für sie war. Denn jemand, der so gut aussehend und ehrgeizig war, hatte doch sicher auch eine sanftere Seite. Er sprach gern mit ihr über die Arbeit – sie wusste schließlich immer, um wen es gerade ging –, und es reizte sie das Neue daran, für ihn zu kochen, dann gemeinsam zu essen und auch das Bett zu teilen.

Helena mit ihrem Sinn fürs Praktische musste natürlich auf der Tatsache herumreiten, dass sie in den langen Monaten ihrer Beziehung noch kein einziges Mal bei ihm übernachtet hatte und Graeme sie sogar oft noch mitten in der Nacht zum Gehen aufforderte, damit er vernünftig schlafen konnte, dass sie zwar zusammen in Restaurants aßen, Issy aber seine Freunde nicht kannte oder seine Mutter, dass er sie nie begleitete, wenn sie Gramps besuchte, dass er sie nie auch nur seine Freundin genannt hatte. Und während es für Graeme ganz nett sein mochte, gelegentlich mal mit einem Mädchen aus dem Büro zu Hause heile Welt zu spielen, wollte Issy mit einunddreißig doch sicher ein bisschen mehr.

An diesem Punkt hielt Issy sich meistens die Ohren zu und begann, laut Lalala zu singen. Natürlich hätte sie die Sache jetzt beenden können – auch wenn ihr die Verehrer nicht gerade die Tür einrannten und nun wirklich kein anderer so heißer Typ wie Graeme in Sicht war. Andererseits konnte sie vielleicht sein Leben so schön und angenehm wie möglich gestalten, bis er irgendwann merkte, wie schrecklich alles ohne sie sein würde, und ihr dann einen Antrag machte. Helena fand diesen Plan viel zu optimistisch und behielt ihre Meinung nicht für sich.

In seinem BMW zog Graeme eine Grimasse und stellte Jay-Z leiser, um Issy mitzunehmen. Natürlich hielt er an einem Regentag für sie an. Er war ja kein Unmensch.

Issy schob sich mit so viel Anmut in den tiefen Sitz, wie sie nur aufbringen konnte, also recht wenig. Ihr war klar, dass sie gerade der ganzen Busschlange ihren Hintern präsentiert hatte. Graeme gab ihr keine Zeit, sich in Ruhe zurechtzusetzen oder anzuschnallen, und war schon damit beschäftigt, sich ohne zu blinken wieder in den Verkehr einzufädeln.

»Jetzt kommt schon, ihr Arschlöcher«, knurrte er. »Lasst mich rein.«

»Babe?«, echote Issy. »Bist du jetzt unter die Amerikaner gegangen?«

Graeme sah zu ihr rüber und zog eine Augenbraue hoch. »Ich kann dich auch wieder rauslassen, wenn du willst.«

Der Regen prasselte vernehmbar gegen das Fenster, so als würde er die Frage für sie beantworten.

»Nein, nein danke. Danke, dass du mich mitnimmst.«

Graeme grunzte. Er konnte es eben nicht ertragen, dachte Issy, dass man ihn bei einer guten Tat ertappte.

»Na ja, wir können die Sache wegen der Firma nicht offiziell machen«, hatte Issy Helena erklärt.

»Wie jetzt, nach so langer Zeit? Und du glaubst wirklich, dass es noch keiner mitbekommen hat?«, entgegnete Helena. »Sind das etwa alles Idioten?«

»Wir reden hier vom Immobiliensektor«, sagte Issy.

»Okay«, meinte Helena, »dann sind es eben Idioten. Aber ich verstehe trotzdem nicht, warum du nicht von Zeit zu Zeit bei ihm übernachten kannst.«

»Weil er nicht will, dass man uns im Büro zusammen ankommen sieht«, sagte Issy, als wäre es das Normalste auf der Welt. Und das war es doch auch, oder nicht? Acht Monate waren ja auch nicht so furchtbar lang. Sie hatten schließlich noch viel Zeit, um die Sache offiziell zu machen und sich zum nächsten Schritt zu entschließen. Der passende Moment war noch nicht gekommen, das war alles. Helena hatte darauf nur mit ihrem typischen Helena-Schnauben geantwortet.

In Richtung Innenstadt herrschte fürchterlicher Verkehr, und Graeme knurrte und fluchte leise vor sich hin, Issy aber machte es nichts aus – es war so nett, hier im warmen, gemütlichen Auto zu sitzen und Kiss FM zu hören.

»Was steht bei dir heute auf dem Programm?«, fragte sie beiläufig. Normalerweise ließ Graeme bei ihr gerne Frust ab und redete über den Stress des Firmenalltags, schließlich konnte er auf ihre Diskretion zählen. Jetzt sah er jedoch nur zu ihr herüber.

»Nichts«, sagte er. »Nichts Besonderes.«

Issy zog die Augenbrauen hoch. In Graemes Arbeitsalltag gab es nie »nichts Besonderes«, es ging immer darum, sich die beste Position zu erkämpfen und den großen Zampano zu spielen. Die Immobilienentwicklung war eine Branche, in der man solches Verhalten schätzte. Und deshalb wirkte Graeme, wie Issy ihren Freunden manchmal erklären musste, gelegentlich auch ein wenig … hart. Das war eine Fassade, die er bei der Arbeit aufrechterhalten musste. Sie hatte oft bis in die Nacht mit ihm zusammengesessen und geredet, und außerdem bekam Issy oft seine Stimmungsschwankungen und gelegentlichen Ausbrüche mit, und daher wusste sie, dass sich hinter alldem ein verletzlicher Mensch verbarg, der unter der Aggressivität in seinem Job litt und sich tief in seinem Inneren Sorgen um seinen Arbeitsplatz machte, genau wie alle anderen auch. Und deshalb hatte Issy auch viel mehr Vertrauen in ihre Beziehung als ihre Freunde. Sie kannte Graemes sanfte Seite. Ihr vertraute er seine Sorgen, Hoffnungen, Träume und Ängste an. Und deshalb war das mit ihnen auch etwas Ernstes, egal, wo sie morgens aufwachte.

Sie griff nach seiner Hand auf der Gangschaltung.

»Es wird bestimmt gut laufen«, versicherte sie behutsam. Fast grob machte Graeme sich los.

»Ich weiß«, sagte er.

Der Regen wurde immer stärker, als sie in die Straße nahe der Farringdon Road abbogen, die die Büros von Kalinga Deniki Property Management, auch als KD bekannt, beherbergte. Das Bürogebäude war ein sechs Stockwerke hoher scharfkantiger moderner Glasklotz und wirkte zwischen den niedrigeren Wohn- und Bürohäusern aus rotem Ziegel ein wenig fehl am Platze.

»Könntest du bitte …«

»Graeme, das ist jetzt nicht dein Ernst, oder?«

»Los, komm schon! Wie stehe ich denn vor den Partnern da, wenn ich hier morgens mit einer Angestellten vorfahre?«

Er bemerkte Issys Miene.

»Entschuldige. Büromanagerin, meinte ich natürlich. Und natürlich sprechen wir hier von dir. Aber die fragen sich dann natürlich, was sie davon halten sollen.« Er strich ihr rasch über die Wange. »Es tut mir leid, Issy. Aber ich bin der Chef, und wenn ich jetzt anfange, Romanzen im Büro gutzuheißen … dann bricht hier die Hölle los.«

Einen Moment lang verspürte Issy Genugtuung. Es war eine Romanze! Ganz offiziell! Sie hatte es doch gewusst. Selbst wenn Helena von Zeit zu Zeit andeutete, sie sei völlig bescheuert und dass es für Graeme einfach nur ein bequemes Arrangement war, um jemanden zum Reden zu haben.

Als ob er Gedanken lesen könnte, lächelte er sie beinahe schuldbewusst an.

»Es ist ja nicht für immer«, beteuerte er. Aber er konnte nicht anders, er war erleichtert, als sie endlich aus dem Wagen stieg.

Issy stolperte durch die Pfützen. Der Regen prasselte jetzt so heftig, dass sie während des kurzen Fußmarsches die Britton Street entlang bis auf die Knochen nass wurde, so als hätte man sie niemals im Auto mitgenommen. Sie verschwand auf der leeren Damentoilette im Erdgeschoss, die so topmodern war, dass Gäste keine Ahnung hatten, wie man den Wasserhahn anstellte oder die Spülung betätigte. Dort stellte sie sich kurz unter den Händetrockner, mehr konnte sie für ihre Haare nicht tun. Na super, jetzt sah sie aus, als hätte sie in die Steckdose gefasst.

Wenn Issy sich die Zeit nahm, ihre Haare vernünftig zu föhnen, und jede Menge teure Produkte verwendete, dann fielen sie ihr in wunderschön glänzenden Ringellocken auf die Schulter. Wenn sie sich nicht die Arbeit machte, was meistens der Fall war, gab es ein erhöhtes Kräuselrisiko, vor allem, wenn es draußen feucht war. Sie sah sich an und seufzte. Ihre Mähne sah völlig verfilzt aus. Der kalte Wind hatte zwar ein wenig Farbe auf ihre Wangen gezaubert – Issy hasste ihr häufiges Erröten, das hier sah aber gar nicht schlecht aus –, und fette schwarze Mascara umrundete ihre grünen Augen, aber ihre Haare waren ein absolutes Desaster. Sie suchte in ihrer Tasche nach einem Haarband oder einer Spange, fand aber nichts außer einem roten Gummiband, welches der Postbote verloren hatte. Das musste reichen. Es passte zwar nicht so ganz zu ihrem Blümchenkleid und der engen schwarzen Strickjacke, die sie mit einer dicken schwarzen Strumpfhose und schwarzen Stiefeln trug, aber was blieb ihr anderes übrig?

Sie war spät dran, als sie Jim, den Portier, grüßte und den Aufzug in den zweiten Stock nahm, in dem Buchhaltung und Verwaltung untergebracht waren. Die Makler und Entwickler hatten das Stockwerk über ihnen, im Atrium war der Fußboden jedoch aus Glas, sodass man immer sehen konnte, wer schon im Haus war. Sie erreichte ihren Schreibtisch und nickte den Kollegen zu, stellte dann aber mit Schrecken fest, dass sie zum 9.30 Uhr-Meeting zu spät kommen würde, bei dem sie Protokoll führen sollte, zu dem Treffen, bei dem Graeme mit den Angestellten der unteren Hierarchie über die Ergebnisse der Aufsichtsratssitzung sprechen würde. Sie fluchte leise. Warum hatte er es denn nicht wenigstens erwähnt, um sie daran zu erinnern? Genervt griff sie nach ihrem Laptop und rannte in Richtung Treppe.

Im Konferenzraum saßen die leitenden Makler bereits rund um den Glastisch und frotzelten herum. Sie schauten wenig interessiert hoch, als Issy zur Tür hereinkam und eine Entschuldigung murmelte. Graeme sah stinkwütend aus. Na ja, das war schließlich seine Schuld, dachte Issy aufmüpfig. Wenn sie nicht seinetwegen durch die Fluten hätte stapfen müssen, wäre sie pünktlich gewesen.

»Gestern spät geworden?«, stichelte Billy Fanshawe, einer der jüngsten, scharfzüngigsten Makler, der sich für unwiderstehlich hielt. Leider schien diese Arroganz auf Frauen tatsächlich eine gewisse Wirkung zu haben.

Mit zusammengekniffenen Lippen lächelte Issy in seine Richtung und setzte sich, ohne sich einen Kaffee zu nehmen, obwohl sie dringend einen brauchte. Sie ließ sich neben Callie Mehta nieder, die als Leiterin der Personalabteilung als einzige Frau eine führende Position bei Kalinga Deniki innehatte. Wie immer war sie perfekt gestylt und sah aus, als gehe sie das alles gar nichts an.

»Richtig«, murmelte Graeme und räusperte sich. »Nachdem wir nun endlich alle da sind, können wir ja anfangen, denke ich.«

Issy spürte, dass sie knallrot wurde. Sie erwartete von Graeme ja keine Sonderbehandlung bei der Arbeit, aber auf ihr herumhacken musste er deshalb trotzdem nicht. Zum Glück war der fiese Seitenhieb niemandem aufgefallen.

»Ich habe gestern mit den Partnern gesprochen«, erklärte Graeme. KD war ein internationaler holländischer Multikonzern mit Filialen in den meisten größeren Städten der Welt. Einige der Partner hatten ihr Büro in London, verbrachten aber die meiste Zeit im Flugzeug, weil sie ständig unterwegs waren und neue Objekte unter die Lupe nahmen. Das waren mächtige Männer, die man nur schwer zu fassen bekam. Jetzt nahm jeder Haltung an und hörte aufmerksam zu.

»Wie Sie alle wissen, ist das letzte Jahr nicht besonders gut gelaufen …«

»Für mich schon«, warf Billy mit dem zufriedenen Gesichtsausdruck eines Mannes ein, der gerade seinen ersten Porsche gekauft hat. Issy beschloss, diesen Kommentar nicht mitzuschreiben.

»In den USA und im Mittleren Osten mussten wir eine herbe Schlappe einstecken. Das restliche Europa hält sich tapfer, ebenso wie Fernost, aber selbst so …«

Jetzt waren alle ganz Ohr.

»Es sieht nicht aus, als könnten wir weitermachen wie bisher. Es wird … Kürzungen geben.«

Callie Mehta nickte neben Issy. Die war auf einmal alarmiert, als ihr plötzlich klar wurde, dass Mehta längst davon gewusst haben musste. Und sie begriff, dass mit »Kürzungen« Personalkürzungen gemeint waren. Und das bedeutete … Kündigungen.

Sie spürte eine eisige Klammer um ihr Herz. Aber das würde doch nicht sie betreffen, oder? Andererseits ging es bestimmt nicht um die Billys dieser Welt, die waren viel zu wichtig. Und die Buchhalter, na ja, ohne Buchhalter ging es schließlich auch nicht, und …

In Gedanken war Issy schon drei Schritte weiter.

»Das ist alles streng vertraulich. Ich möchte nicht, dass diese Informationen in Umlauf gebracht werden«, verkündet Graeme und sah dabei demonstrativ in ihre Richtung. »Aber ich denke, es ist fair, Ihnen mitzuteilen, dass Sie eine Personalreduzierung von rund fünf Prozent erwartet.«

Panisch begann Issy, im Kopf nachzurechnen. Bei zweihundert Mitarbeitern waren das zehn Entlassungen. Das klang zwar nicht nach besonders viel, aber wo würden sie ansetzen? Die neue Presseassistentin würde vermutlich gehen müssen, aber würden die Makler ihre Assistenten entlassen müssen? Oder würde es weniger Makler geben? Nein, das ergab ja keinen Sinn, weniger Makler bei der gleichen Anzahl an Mitarbeitern in der Verwaltung war kein sehr cleveres Geschäftsmodell. Dann wurde ihr klar, dass Graeme immer noch sprach.

»… aber ich denke, wir können ihnen zeigen, dass wir noch besser sind, und stattdessen eher sieben, vielleicht sogar acht Prozent ins Auge fassen. Beweisen wir Rotterdam, dass KD weiß, wie man im 21. Jahrhundert Geschäfte macht, und sich nicht mit unnötigem Ballast abgibt.«

»Yeah!«, rief Billy.

»Genau«, warf jemand anders ein.

Aber was, wenn sie … wie würde sie die Hypothek bezahlen? Wovon würde sie denn leben? Sie war einunddreißig, hatte aber keine nennenswerten Ersparnisse; sie hatte Jahre gebraucht, um ihr BaFög zurückzuzahlen, und dann hatte sie London genießen wollen … Jetzt dachte sie voller Bedauern an all die Mahlzeiten in Restaurants, die vielen Nächte in Cocktailbars und ihre Einkäufe bei Topshop. Warum hatte sie nicht mehr zurückgelegt? Warum? Sie konnte schließlich nicht nach Florida zu ihrer Mutter ziehen, das ging einfach nicht. Wohin würde sie gehen? Was würde sie bloß tun? Plötzlich war Issy den Tränen nahe.

»Schreibst du das auch mit, Issy?«, knurrte Graeme in ihre Richtung, als Callie bereits Entlassungsstrategien und -konditionen diskutierte. Sie sah zu ihm hoch und wusste einen Moment lang gar nicht mehr so recht, wo sie gerade war. Plötzlich wurde ihr klar, dass er sie anblickte wie eine völlig Fremde.

Kapitel 3

Am Vortag hatte Issy nach dem Überfall an der Bushaltestelle nicht mehr genug Cupcakes fürs Büro gehabt, und nach dem, was sie in der Sitzung gehört hatte, wäre sie sich auch wie eine Heuchlerin vorgekommen, wenn sie die jetzt einfach so fröhlich verteilt hätte. Nach der Pause hatte sich jedoch das ganze Team um sie geschart und nach etwas Süßem verlangt. Die Enttäuschung war groß gewesen.

»Du bist doch der Grund, dass isch überaupt zur Arbeit komme«, hatte François, der junge Werbedesigner, verkündet. »Du backst wie, hm, die Patissiers in Toulon. *C'est vrai.*«

Issy war bei dem Kompliment knallrot geworden und hatte später in den Briefen mit Rezepten, die ihr Großvater ihr schickte, nach etwas Neuem gesucht, das sie ausprobieren konnte. Und obwohl es ihr fast ein wenig wie Betrug vorkam, trug sie ihr schickstes, professionellstes dunkelblaues Kleid mit dem wippenden Saum und ein elegantes Jackett. Einfach nur, um kompetent zu wirken.

Heute regnete es nicht ganz so stark, aber es fegte immer noch ein eisiger Wind um die Schlange in der Bushaltestelle. Issys angespannter Gesichtsausdruck bereitete Linda Sorgen – ihr war aufgefallen, dass die junge Frau eine kleine Falte zwischen den Augenbrauen bekam –, und sie hätte ihr am liebsten eine Creme empfohlen, traute sich aber nicht. Stattdessen hörte sie sich selbst darüber plaudern, dass bei den Kurzwaren noch nie so viel los gewesen war – was wohl damit zu tun hatte, dass jetzt alle zurück zu den Wurzeln wollten und selbst Pullover strickten –, aber sie begriff, dass Issy kaum bei der Sache war. Stattdessen starrte sie die herausgeputzte Blondine an, die sich von einem Mann den kleinen Laden zeigen ließ. Sie meinte, in ihm einen der vielen Immobilienmakler wiederzuerkennen, mit denen sie bei der Suche nach ihrer Wohnung gesprochen hatte.

Die Frau sprach mit lauter Stimme, und Issy schob sich ein wenig in ihre Richtung, um mitzuhören, was sie sagte. In professioneller Hinsicht war jetzt ihre Neugier geweckt.

»Diese Gegend weiß gar nicht, was sie braucht!«, behauptete die Frau. Sie hatte eine durchdringende Stimme, die man auch aus einer gewissen Entfernung noch gut vernehmen konnte. »Es gibt hier viel zu viel Brathähnchen und nicht genug Bioprodukte. Wussten Sie«, sagte sie eindringlich zum Immobilienmakler, der eifrig nickte und allem zustimmte, was sie da verkündete, »dass in Großbritannien mehr Zucker pro Person gegessen wird als in jedem anderen Land der Welt, abgesehen von Amerika und Tonga?«

»Tonga, hm?«, echote der Makler. Issy umschlang die Tupperdose mit den Cupcakes vor ihrer Brust noch fester, für den Fall, dass die Frau ihren Laserblick in ihre Richtung lenken sollte.

»Ich sehe mich nicht nur als Feinschmeckerin«, erklärte die Blondine, »ich verstehe mich eher als eine Art Prophetin, okay? Ich will eine Botschaft unter das Volk bringen: dass vollwertige Rohkost der einzige Weg nach vorn ist.«

Rohkost?, dachte Issy.

»Also, ich habe mir gedacht, dass wir den Herd dorthin stellen.« Die Frau zeigte geschäftig durch das Fenster in die hintere Ecke. »Den werden wir ja kaum benutzen.«

»Oh, das wäre perfekt«, antwortete der Makler.

Nein, wäre es nicht, schoss es Issy augenblicklich durch den Kopf. Näher beim Fenster ist die Belüftung besser, die Leute können sehen, was man macht, und man kann gleichzeitig den Laden im Auge behalten. Die hintere Ecke war ein ganz schlechter Platz für den Herd, da würde man ja mit dem Rücken zu allem anderen stehen. Nein, wenn man für Menschen kochen will, dann muss man es dort tun, wo man gesehen wird, die Kunden mit einem freundlichen Lächeln willkommen heißen und …

Angesichts dieser Überlegungen hatte sie fast nicht mitbekommen, dass der Bus heranrollte, genau in dem Augenblick, als die Frau sagte: »Also, Desmond, dann lassen Sie uns mal über Geld reden …«

Wie viel Geld?, fragte sich Issy, als sie durch die hintere Tür in den Bus einstieg, während Linda immer noch über Kreuzsticharbeiten faselte.

Das verspiegelte Glas der Bürowände wirkte im eisigen Morgenlicht kalt und blaugrau. Issy fiel wieder ein, dass ihr guter Vorsatz zum neuen Jahr ja darin bestanden hatte, jeden Tag die Treppe bis in den zweiten Stock zu nehmen. Sie stöhnte und beschloss, dass es durchaus erlaubt war, den Aufzug zu nehmen, wenn man schwere Gegenstände dabeihatte (wie zum Beispiel eine große Tupperdose mit neunundzwanzig Cupcakes).

Als sie den Verwaltungsflur betrat und ihren Mitarbeiterpass (mit dem furchtbar unvorteilhaften Foto, das für immer darauf laminiert war) durchzog, damit die gläsernen Türen sie hereinließen, lag eine seltsame Stille in der Luft. Tess, die Rezeptionistin, hatte zwar rasch Hallo gesagt, ihr aber sonst keine weitere Beachtung geschenkt – normalerweise hatte sie doch immer ein wenig Klatsch und Tratsch über das Treiben hier im Büro parat. Seit Issy mit Graeme zusammen war, kam sie nicht mehr mit, wenn die Kollegen einen trinken gingen, nur für den Fall, dass sie sich nach einem Glas Wein zu viel womöglich verplapperte. Sie hatte nicht den Eindruck, dass irgendjemand Verdacht schöpfte. Manchmal dachte sie bei sich, dass die anderen ihr das vielleicht gar nicht abkaufen würden. Graeme sah so gut aus und war ein richtiger Draufgänger. Und Issy war zwar hübsch, aber nicht annähernd so sehr wie zum Beispiel Tess, die zwar winzige Miniröcke trug, aber damit schön und lieblich aussah statt nuttig, vermutlich deshalb, weil sie erst zweiundzwanzig war. Oder wie Ophy, die über 1,80 war und durch die Gänge stolzierte wie eine Prinzessin, und nicht wie eine Angestellte mit eher magerem Gehalt. Aber darum ging es ja gar nicht, redete Issy sich selbst ein. Graeme hatte sich für sie entschieden, und damit war alles gesagt. Sie musste daran denken, wie sie in Rotterdam aus dem Hotel gestolpert waren, um von den anderen wegzukommen – sie hatten so getan, als würden sie rauchen, obwohl das gar nicht stimmte –, und überhaupt nicht mehr aufhören konnten zu kichern. Die süße Erwartung vor dem ersten Kuss, die Schatten der dichten, schwarzen Wimpern auf seinen Wangen, sein herbes, frisches Aftershave von Hugo Boss. Sie hatte lange von der Romantik jenes ersten Abends gezehrt.

Und das würde ihr vielleicht niemand glauben, aber es stimmte tatsächlich: Sie waren definitiv zusammen. Er war eindeutig ihr Freund. Und da war er nun, er stand am anderen Ende des Großraumbüros direkt vor dem Sitzungsraum, und sein ernster Gesichtsausdruck war offensichtlich der Grund für die Stille an den achtundzwanzig Schreibtischen.

Issy stellte die Cupcakes mit einem dumpfen Knall auf den Tisch. Und genauso dumpf schlug auch ihr Herz.

»Es tut mir wirklich leid«, erklärte Graeme, als alle da waren. Er hatte lange darüber nachgedacht, wie er die Sache angehen würde. Er wollte keiner von diesen fiesen Chefs sein, die nicht mit der Sprache rausrückten und zuließen, dass die Angestellten durch Gerüchte und Tratsch von ihrem Schicksal erfuhren. Stattdessen würde er seinen Vorgesetzten zeigen, dass er es sich nicht leicht machte, und seinen Mitarbeitern, dass er zu ihnen ehrlich war. Das machte es für sie zwar auch nicht besser, aber er hatte die Karten wenigstens auf den Tisch gelegt.

»Ich muss Ihnen allen ja nicht erklären, wie die Dinge stehen«, fuhr er fort und versuchte dabei, möglichst sachlich zu klingen. »Das sehen Sie ja selbst. In der Buchhaltung, an den Verkaufszahlen, am Umsatz. Immerhin kümmern Sie sich hier um das Alltagsgeschäft, schlagen sich mit dem täglichen Kleinkram rum, mit Zahlen und Prognosen. Sie wissen, wie hart das Business ist. Deshalb wird meine Ankündigung für Sie zwar schwer, ich weiß aber, dass Sie diesen Schritt verstehen und nicht für unfair halten.«

Inzwischen hätte man in dem Büro eine Stecknadel fallen hören können. Issy schluckte geräuschvoll. In gewisser Weise war es ja gut, dass Graeme nicht um den heißen Brei herumredete und alle direkt informierte. Es gab nichts Schlimmeres, als in einem Büro zu arbeiten, in dem die Chefetage mauerte und ein Klima aus Angst und Misstrauen herrschte. Für Immobilienmakler waren sie hier erstaunlich offen und ehrlich.

Aber trotzdem hätte sie gedacht, dass ihnen noch etwas mehr Zeit blieb. Nur ein wenig. Dass man ausharren und schauen würde, ob sich die Lage erholte, oder bis zum Frühling abwartete. Oder unter den Partnern abstimmen würden, oder … Voller Entsetzen wurde Issy mit einem Mal klar, dass diese Entscheidung auf höherer Ebene schon vor Monaten in Rotterdam, Hamburg oder Seoul getroffen worden war. Das war jetzt nur die Umsetzung. Der Part, der die kleinen Leute betraf.

»Es gibt leider keine nette Art und Weise, das zu sagen«, gab Graeme zu. »In der nächsten halben Stunde kriegt jeder von Ihnen eine E-Mail, in der er darüber informiert wird, ob er hierbleibt oder nicht. Wer gehen muss, dem versichere ich, dass wir die Sache so nüchtern wie möglich abwickeln und uns als sehr großzügig erweisen werden. Mit diesen Kollegen treffe ich mich dann um elf im Sitzungsraum.« Er warf einen Blick auf seine Montblanc.

Issy sah plötzlich Callie, die Chefin der Personalabteilung vor sich und ihren Finger, der über der Taste zum Absenden der E-Mails verharrte wie ein Läufer an der Startlinie.

»Lassen Sie mich noch einmal sagen«, betonte Graeme, »dass es mir wirklich leidtut.«

Er zog sich in den Sitzungsraum zurück. Durch die Lamellen der Jalousie konnte Issy sehen, wie er seine hübsche Nase in seinen Laptop steckte.

Mit einem Mal baute sich eine panische Geräuschkulisse auf. Alle fuhren so schnell wie möglich ihren Computer hoch und aktualisierten ihr E-Mail-Programm im Sekundentakt, während sie leise vor sich hinmurmelten. Das waren jetzt nicht mehr die Neunziger- oder Nuller-Jahre, in denen man mal eben so den Job wechseln konnte: Eine Freundin von Issy war innerhalb von achtzehn Monaten bei zwei Jobs wegrationalisiert worden. Die Anzahl der freien Stellen, die Anzahl der Unternehmen – das schien immer mehr abzunehmen. Auf jedes Jobangebot kamen mehr Bewerber, und das, wenn es überhaupt Ausschreibungen gab; ganz zu schweigen von den vielen Schulabgängern und Uniabsolventen, die jeden Monat den Markt überschwemmten … Issy versuchte, keine Panik aufkommen zu lassen, aber dafür war es schon zu spät. Sie hatte die Zähne längst in einen Cupcake geschlagen und achtlos Krümel über die Tastatur verteilt. Sie musste atmen. Atmen. Vor zwei Tagen noch hatten Graeme und sie zusammen in ihrer sicheren, gemütlichen kleinen Welt unter seiner dunkelblauen Ralph-Lauren-Bettdecke gesteckt. Ihr würde nichts zustoßen. Nichts. Neben ihr hieb François wütend in die Tasten.

»Was machst du da?«, fragte sie.

»Meinen Lebenslauf aktualisieren«, knurrte er. »Ier abe isch nichts mehr zu erwarten.«

Issy schluckte und griff nach dem nächsten Cupcake. Und genau in diesem Moment piepste ihr Computer.

Liebe Miss Issy Randall,

es tut uns leid, Sie darüber informieren zu müssen, dass die Leitung von Kalinga Deniki CP aufgrund des wirtschaftlichen Abschwungs und der Tatsache, dass in diesem Jahr für die Londoner City auch keine Aussicht auf eine Konjunktur im Bereich der Immobilienentwicklung besteht, beschlossen hat, den Posten der Büromanagerin unseres Londoner Büros mit sofortiger Wirkung zu streichen. Suchen Sie bitte um 11.00 Uhr Sitzungsraum C auf, um mit Ihrem Vorgesetzten Graeme Denton Ihre weiteren Optionen zu besprechen.

Mit freundlichen Grüßen,
Jaap Van de Bier
Personalabteilung Kalinga Deniki

»Das war offensichtlich so eine Vorlage«, erklärte Issy später, »in der sie nur noch die Einzelheiten ergänzen mussten. Die haben sich nicht einmal die Mühe gemacht, jedem ein paar persönliche Zeilen zu schicken. Auf der ganzen Welt hat jeder die gleiche Nachricht bekommen. Du verlierst deine Arbeit, dein ganzes Leben geht den Bach runter, aber das Schreiben wurde mit weniger Liebe gestaltet als diese Benachrichtigungen, die einen an den nächsten Zahnarzttermin erinnern.« Sie dachte kurz nach. »Und ich müsste dringend mal wieder zum Zahnarzt.«

»Na ja, jetzt, wo du arbeitslos bist, ist es für dich ja umsonst«, erwiderte Helena sanft.

So ein Großraumbüro war der übelste Arbeitsplatz, der je erfunden wurde, dachte Issy plötzlich. Denn augenscheinlich saß hier jeder auf dem Präsentierteller und hatte sich ganz besonders angestrengt, immer glücklich, fröhlich und zufrieden auszusehen, während die Firma offensichtlich nicht glücklich, fröhlich und zufrieden gewesen war, und wenn hier mehr Leute Büros mit

Türen hätten, dann wären sie vielleicht irgendwann zusammengebrochen und hätten geheult und danach womöglich irgendetwas getan, um die Situation zu retten, anstatt so zu tun, als ob alles in Ordnung wäre, bis auf einmal fünfundzwanzig Prozent der Belegschaft gehen mussten. Im ganzen Büro war Stöhnen oder Jubel zu hören. Einer der Kollegen rief »Ja!« und reckte siegreich die Faust in die Luft, bevor er sich panisch umblickte und murmelte: »Tut mir leid, tut mir leid … aber meine Mutter ist im Pflegeheim und …«, bevor er schließlich peinlich berührt verstummte. Jemand anders brach in Tränen aus.

»Isch fasse es nischt«, hauchte François und hörte auf, seinen Lebenslauf zu überarbeiten. Issy war wie versteinert. Sie starrte nur noch auf den Bildschirm und widerstand der Versuchung, das Programm erneut zu aktualisieren, als ob das irgendetwas ändern würde. Das hier betraf ja nicht nur die Arbeit – gut, es ging auch um den Job, ihn zu verlieren war das Schlimmste, Deprimierendste, was einem zustoßen konnte. Aber zu wissen, dass Graeme … zu begreifen, dass sie zusammen im Bett gewesen waren, dass sie sich für ihn an den Herd gestellt hatte, während er die ganze Zeit schon im Bilde gewesen war und gewusst hatte, was ihr bevorstand. Was … was hatte er sich dabei nur gedacht? Was zum Teufel bildete der sich eigentlich ein?

Ohne groß darüber nachzudenken – denn wenn sie das getan hätte, wäre ihr mit Sicherheit ihre angeborene Schüchternheit in die Quere gekommen –, sprang Issy auf und marschierte zum Sitzungsraum hinüber. Nicht sonderlich überrascht blickte Graeme auf. Aber sie würde seine Situation doch sicher verstehen.

Die junge Frau war außer sich vor Wut.

»Issy, es tut mir so leid.«

Sie knirschte mit den Zähnen.

»Es tut dir leid? Es tut dir verdammt noch mal leid? Warum hast du mir nichts erzählt?«

Er schaute sie verwundert an.

»Na, ich durfte dir natürlich nichts davon sagen. Ich war doch von der Firma aus zur Geheimhaltung verpflichtet. Die hätten mich verklagen können.«

»Ich hätte doch niemandem verraten, dass ich es von dir weiß!« Issy konnte nicht fassen, dass er ihr so wenig vertraute. »Aber dann wäre ich wenigstens gewappnet gewesen, hätte Zeit gehabt, mich vorzubereiten, mich innerlich darauf einzustellen.«

»Aber so eine Bevorzugung wäre den anderen gegenüber doch gar nicht fair«, wandte Graeme ein. »Die hätten sich auch über eine Vorwarnung gefreut.«

»Aber das ist doch nicht dasselbe«, rief Issy. »Für die ist es nur der Job. Bei mir geht es um meine Stelle *und* die Tatsache, dass du mir nichts verraten hast.«

Ihr wurde klar, dass sich hinter ihr eine Gruppe zusammengefunden hatte und durch die offene Tür mithörte. Wütend drehte sie sich um.

»Ja. Hört nur zu. Graeme und ich haben eine Affäre, die wir im Büro geheim gehalten haben.«

Es wurde gemurmelt, aber selbst in ihrer gereizten Stimmung bemerkte Issy, dass sie es nicht mit den vor Erstaunen aufgerissenen Mündern zu tun hatte, mit denen sie eigentlich gerechnet hatte.

»Na ja, das wussten doch längst alle«, entgegnete François.

Issy starrte ihn an. »Was soll das heißen?«

Jetzt sahen ihre Kollegen ein wenig verlegen drein.

»Ihr wart alle im Bilde?« Sie drehte sich wieder zu Graeme um. »Wusstest du das etwa?«

Zu ihrem Entsetzen nahm Graemes Gesicht nun denselben kleinlauten Ausdruck an.

»Hm, weißt du, ich denke eben immer noch, dass es nicht gut für die Arbeitsmoral ist, wenn die Leute hier im Büro ihre persönlichen Beziehungen zur Schau tragen.«

»Du hast das also gewusst!?«

»Als Vorgesetzter muss ich meine Auge und Ohren überall haben«, verkündete Graeme gespreizt. »Ich würde meinen Job nicht gut machen, wenn ich nicht auf dem Laufenden wäre.«

Sprachlos starrte Issy ihn an. Wenn alle es gewusst hatten, was sollte dann all das Herumschleichen und die Geheimniskrämerei?

»Aber … aber …«

»Issy, würdest du dich bitte hinsetzen, damit wir mit dem Meeting anfangen können?«

Issy sah, dass sich fünf weitere niedergeschlagene Gestalten in das Sitzungszimmer schoben. François war nicht unter ihnen, aber Bob vom Marketing schon. Er kratzte an etwas herum, das wie frisch ausgebrochene Schuppenflechte aussah, und auf einmal hasste Issy diese Firma … Graeme, ihre Kollegen, die Immobilienentwicklung und das ganze verdammte kapitalistische System. Sie machte auf dem Absatz kehrt und stürmte aus dem Raum. Auf ihrem Weg hinaus erwischte sie mit der Hüfte die Kuchendose und verteilte ihre Cupcakes über den ganzen Fußboden.

Issy brauchte jemanden zum Zuhören, und zwar sofort, und Helena war nur zehn Minuten entfernt. Es würde ihr nichts ausmachen.

Sie nähte gerade die Kopfwunde eines jungen Mannes – nicht besonders behutsam.

»Au«, stöhnte der Patient.

»Ich dachte, dass Wunden heutzutage geklebt statt genäht werden«, wunderte sich Issy, nachdem sie zu schniefen aufgehört hatte.

»Stimmt«, antwortete Helena grimmig und zog energisch an der Nadel, »außer bei Leuten, die Kleber schnüffeln und dann denken, dass sie über Stacheldraht fliegen können. Und die bekommen bei mir nicht auch noch Klebstoff.«

»Das war gar kein Klebstoff, das war Feuerzeugbenzin«, wandte der bleiche junge Mann ein.

»Aber deswegen kriegst du von mir noch lange keinen«, entgegnete Helena.

»Nein«, seufzte der Mann traurig.

»Ich begreife es einfach nicht, Len«, sagte Issy. »Ich kann nicht fassen, dass dieser Typ mich raus in den Regen geschickt hat, wenn er doch die ganze Zeit wusste, dass er mich feuern würde, und außerdem alle unser Geheimnis kannten. Die müssen doch alle denken, dass er eine Arschgeige ist.«

»Hm«, machte Helena unverbindlich. Sie hatte im Laufe der Jahre gelernt, besser nicht über Issys Männerbekanntschaften herzuziehen, da sie die Kerle oft später erneut anschleppte.

»Der klingt wirklich nach einer Arschgeige«, warf der junge Mann ein.

»Stimmt«, bekräftigte Issy. »Selbst dir ist klar, dass er ein Arsch ist, und dabei schnüffelst du Kleber.«

»Eigentlich war es ja Feuerzeugbenzin.«

»Na ja, ohne das alles bist du sowieso besser dran«, meinte Helena. »Du hast doch selbst immer gesagt, dass du gar nicht so gerne … Medizin studierst«, fügte sie mit einem Blick auf den Patienten hinzu.

»Man ist nur dann ohne besser dran«, widersprach ihr Issy, »wenn man eine bessere Alternative hat. Aber wohin ich auch blicke, das ist die schlimmste Arbeitsmarktsituation seit zwei Jahren, in meiner Branche würde es selbst dann keine Jobs geben, wenn die Lage ansonsten gut wäre, und dann …«, sie brach wieder in Tränen aus, »bin ich wieder Single! Mit einunddreißig!«

»Einunddreißig ist doch gar nicht so alt«, entgegnete Helena voller Überzeugung.

»Jetzt komm schon. Wenn du achtzehn wärst, würdest du anders denken.«

»Das ist echt ziemlich alt«, meinte der junge Mann. »Und dabei bin ich schon zwanzig.«

»Und du wirst auch nie einunddreißig werden, wenn du diesen albernen Zeitvertreib nicht aufgibst«, wies ihn Helena streng zurecht. »Also halt du dich da raus.«

»Aber von der Bettkante würde ich euch beiden Süßen nicht schubsen«, fügte er hinzu. »Ganz so oll seht ihr nämlich noch nicht aus.«

Helena und Issy starrten sich an.

»Siehst du?«, grinste Helena. »Es könnte schlimmer kommen.«

»Na ja, gut zu wissen, dass ich für den Notfall noch jemanden in der Hinterhand habe.«

»Eins kann ich dir aber sagen«, wandte sich Helena an den Patienten, während sie die Wunde fachmännisch verband: »Wenn du mit dem Zeug nicht aufhörst, kriegst du ihn für niemanden mehr hoch. Nicht für mich, nicht für sie und auch nicht für Megan Fox, capito?«

Der junge Mann sah nun zum ersten Mal erschrocken aus.

»Jetzt im Ernst?«

»Im Ernst. Dann kannst du dir die Eier auch gleich abhacken, viel bringen sie dir dann nämlich nicht mehr.«

Er schluckte. »Ich wollte sowieso langsam mit dem Zeug aufhören.«

»Ja, das habe ich mir gedacht.« Helena reichte ihm die Karte für das lokale Entwöhnungsprogramm. »Raus mit dir! Der Nächste bitte!«

Eine besorgte junge Frau schob ein Kleinkind herein, dessen Kopf in einem Kochtopf steckte.

»Solche Sachen passieren also wirklich?«, staunte Issy.

»Und ob«, sagte Helena. »Nun, Mrs Chakrabati, das ist Issy. Sie ist Medizinstudentin, macht es Ihnen etwas aus, wenn sie dabei ist?«

Mrs Chakrabati schüttelte den Kopf. Helena lehnte sich vor. »Ravi, ich kann nicht fassen, dass du schon wieder hier bist. Du bist kein Pirat, begreif das doch endlich.«

»Ich bin Pirat!«

»Na ja, das ist immer noch besser als die Käsereibe. Wissen Sie noch?«

Mrs Chakrabati nickte eifrig, während Helena aufstand, um das Rizinusöl zu holen.

»Len, ich sollte besser gehen.«

Helena sah mitfühlend auf. »Bist du sicher?«

Issy nickte. »Ich bin da einfach rausgerannt, aber ich sollte zurückgehen und … na ja, zumindest herausfinden, was sie mir als Abfindung zahlen.«

Helena nahm sie in den Arm.

»Weißt du, es kommt schon wieder alles in Ordnung. Das wird wieder gut.«

»Das sagen die Leute immer«, meinte Issy. »Und was, wenn die Dinge manchmal eben nicht in Ordnung kommen?«

»Dann komme ich mit meinem Piratenschiff und kämpfe!«, rief Ravi.

Issy ging in die Hocke und wandte sich an den Topf: »Danke, mein Schatz. Vielleicht brauche ich dich wirklich noch.«

Issy fand es beinahe unerträglich, ins Büro zurückkehren zu müssen. Sie war nervös, und ihr war alles so peinlich.

»Hey«, grüßte sie Jim an der Rezeption traurig.

»Ich hab's schon gehört«, antwortete der. »Tut mir wirklich leid.«

»Mir auch«, meinte Issy. »O Mann.«

»Komm schon, Liebes«, sagte er. »Du findest was Besseres. Besser als das hier auf jeden Fall, da bin ich mir sicher.«

»Hm.«

»Ich werde deinen Kuchen vermissen.«

»Na, danke.«

Issy fuhr am zweiten Stock vorbei und direkt hoch zur Personalabteilung. Sie fühlte sich nicht in der Lage, Graeme wieder gegenüberzutreten. Zum neunten Mal sah sie auf ihr Handy. Keine SMS. Keine Nachricht, gar nichts. Wie konnte ihr so etwas bloß passieren? Sie kam sich vor wie eine Schlafwandlerin.

»Hallo, Issy«, sagte Callie Mehta sanft. In ihrem beigefarbenen Anzug sah sie makellos aus wie immer. »Das ist wirklich das Schlimmste an meinem Job.«

»An meinem auch«, entgegnete Issy steif.

Callie griff nach einer Mappe. »Wir haben da ein Paket geschnürt, das so großzügig wie möglich ausfällt … Und da das Jahr gerade anfängt, haben wir uns gedacht, dass Sie sich am besten jetzt den ganzen Ihnen zustehenden Urlaub nehmen, statt bis zum letzten Tag zu arbeiten, und wir ihn komplett bezahlen.«

Issy musste zugeben, dass das wirklich großzügig klang. Dann verfluchte sie sich selbst dafür, sich so leicht einwickeln zu lassen. Vermutlich bereitete Callie sich ständig auf solche Situationen vor.

»Und außerdem … bieten wir auch Orientierungskurse an, falls Sie Interesse haben, aber das ist allein Ihre Entscheidung.«

»Orientierungskurse? Das klingt ein bisschen nach Gehirnwäsche.«

»Das ist ein Kurs zur Schulung und Orientierung, durch den Sie herausfinden können … wohin Ihr Weg Sie jetzt führen wird.«

»Bei der momentanen Lage zur Schlange beim Arbeitsamt«, entgegnete Issy frostig.

»Issy«, erwiderte Callie freundlich, aber unerbittlich. »Lassen Sie mich bitte eines sagen … Mich hat man in meiner Laufbahn schon drei Mal wegrationalisiert. Es ist furchtbar, aber ich verspreche Ihnen, dass es nicht das Ende der Welt bedeutet. Für die guten Leute findet sich immer irgendetwas. Und Sie gehören zu den guten Leuten.«

»Deshalb haben Sie mich ja auch rausgeschmissen«, murmelte Issy.

Callie runzelte die Stirn und fasste sich mit dem Finger an die Schläfe.

»Issy, ich möchte Ihnen gerne etwas auf den Weg mitgeben … Das möchten Sie jetzt vielleicht nicht hören, und ich hoffe, Sie nehmen mir diese Bemerkung nicht übel. Aber vielleicht hilft sie Ihnen ja doch weiter.«

Issy lehnte sich zurück. Das war ja wie eine Standpauke vom Schulrektor. Während man es sich gleichzeitig nicht mehr leisten konnte, etwas zu essen zu kaufen.

»Sie sind mir aufgefallen. Sie haben offensichtlich etwas auf dem Kasten, waren auf der Uni und können gut mit Menschen umgehen …«

Issy fragte sich, worauf das wohl hinauslaufen würde.

»Warum haben Sie eigentlich nur im Büro gehockt? Ich meine, sehen Sie sich doch nur die Makler an, die sind jünger als Sie, aber ehrgeizig und engagiert … Sie, Issy, haben Talent, ich weiß jedoch beim besten Willen nicht, wie das zwischen Spesenabrechnungen und Stundenzetteln zum Einsatz kommen sollte. Es kommt mir so vor, als wollten Sie sich hinter einer sicheren und monotonen Tätigkeit verstecken, damit Sie niemand bemerkt.«

Issy zuckte unbehaglich mit den Achseln. Sie würde wetten, dass Callie Mehta keine Mutter hatte, die durch die Gegend flatterte und stets versuchte, so viel Aufmerksamkeit wie möglich zu erregen.

»Wissen Sie, es ist noch nicht zu spät, um Ihr Leben völlig umzukrempeln. Sie sind da vermutlich anderer Meinung, aber«, Callie warf einen Blick auf das Papier auf dem Tisch vor ihr, »einunddreißig ist ja noch kein Alter. Das ist wirklich nichts.

Und falls Sie irgendwann woanders wieder bei der gleichen Arbeit landen … dann fürchte ich, dass dieser Job Sie genauso wenig glücklich machen wird wie der bei uns. Und erzählen Sie mir jetzt bitte nicht, dass das gar nicht stimmt. Ich arbeite schon ziemlich lange in Personalabteilungen, und eins kann ich Ihnen sagen: Im Moment ist es für Sie das Beste, diesen Job hier zu verlieren. Weil Sie noch jung genug sind, um zu tun, was Ihnen wirklich Freude macht. Aber das ist jetzt vielleicht Ihre letzte Chance. Verstehen Sie, was ich meine?«

Issy spürte, wie ihre Wangen brannten. Sie konnte nur noch nicken, sonst wäre sie wohl völlig zusammengebrochen. Callie drehte an ihrem Ehering herum.

»Und … und Issy, es tut mir wirklich, wirklich leid, wenn Sie jetzt den Eindruck haben, dass mich das gar nichts angeht. Ich weiß, dass das nicht sehr professionell von mir ist. Ich sollte mich eigentlich nicht der Anschuldigung aussetzen, auf Bürotratsch etwas zu geben … aber ich möchte unbedingt noch etwas anderes ansprechen, und es tut mir leid, wenn das jetzt hart klingt: Es ist ziemlich riskant, darauf zu warten, dass irgendwann ein Mann auftaucht, der für Sie sorgt und sich schon um alles kümmern wird. Das kann durchaus passieren, und wenn Sie wirklich davon träumen, dann kann ich Ihnen nur wünschen, dass Ihnen dieses Glück zuteilwird. Aber wenn Sie stattdessen eine Aufgabe finden, die Sie begeistert, in die Sie gerne viel Arbeit stecken, auch wenn es nur für Sie selbst ist … das ist dann etwas wirklich Wertvolles.«

Issy schluckte heftig. Mittlerweile brannten selbst ihre Ohren.

»Mögen *Sie* denn Ihren Beruf?«, hörte sie sich fragen.

»Manchmal ist er schwierig«, gab Callie zu. »Aber er stellt immer eine Herausforderung dar und wird mir nie, nie langweilig. Können Sie von sich dasselbe behaupten?«

Callie schob ein Blatt Papier über den Tisch. Issy nahm es in die Hand und warf einen Blick darauf. Fast zwanzigtausend

Pfund. Das war viel Geld! Eine Riesensumme. Das war wirklich genug Geld für einen Lebenstraum.

»Versuchen Sie bitte, nicht alles für Lippenstift und Schuhe auszugeben.« Mit dieser Bemerkung versuchte Callie offensichtlich, die Situation ein wenig aufzulockern.

»Nicht einmal ein bisschen?«, ließ Issy sich dankbar auf das Spiel und ihre Offenheit ein. Zwar hatte sie ihretwegen im Moment ganz gehörige Bauchschmerzen, aber ihr war klar, dass Callie es wirklich gut gemeint hatte.

»Ein kleines bisschen schon«, lächelte Callie. »Na klar.«

Und sie gaben sich die Hand.

Bei ihrem Ausstand unten im Coins war nicht gerade Partystimmung angesagt, die Atmosphäre erinnerte eher an eine Beerdigung. Auch den anderen acht, die gehen mussten, hatte man angeboten, ihren Urlaub zu nehmen, sodass es keinen Sinn hatte, hier noch länger als bis Ende der Woche auszuharren. Es machte die Qual ein wenig erträglicher, und das war wirklich ein Segen, dachte Issy. Dieser Pub war immer warm und gemütlich gewesen, ein Rückzugsort, an dem man dem hochmodernen Glaskasten mal für einen Augenblick den Rücken kehren konnte. Mit Wänden, die noch aus Zeiten vor dem Rauchverbot vergilbt waren, dem schlichten Frischgezapften und den Chipstütchen, dem gemusterten Teppichboden und dem fetten Wirtshund, der immer auf der Suche nach einem Leckerbissen war, sah er aus wie tausend andere Pubs in London, obwohl er inzwischen – ein wenig wie sie selbst – zu einer aussterbenden Spezies gehörte. Issy versuchte, die trübsinnige Stimmung abzuschütteln – es war wirklich rührend, wie viele Leute aus dem Büro gekommen waren, nur Graeme war natürlich nicht aufgetaucht. In gewisser Weise freute sie das, sie hatte nämlich keine Ahnung, wie sie reagieren würde, wenn sie sich je wieder zivilisiert mit ihm unterhalten sollte. Und das war auch ganz in Ordnung, immerhin hatte er nicht einmal angerufen, um zu fragen, wie es ihr ging.

Um sieben war Bob aus dem Marketing sturzbetrunken, also lehnte sie ihn auf der Bank in einer Ecke an und ließ ihn schlafen.

»Auf Issy«, rief François, als sie anstießen. »Dass sie geht, hat auch ein Gutes – jetzt nehmen wir endlich nischt mehr zu!«

»Hört! Hört!«, riefen die anderen. Issy sah sie verwirrt an.

»Was soll das denn heißen?«

»Wenn deine Cakes nicht so unglaublich köstlich wären«, sagte Karen, eine untersetzte Terminsekretärin, mit der sie sich nur selten unterhalten hatte, »dann wäre ich auch nicht so fett. Na ja, zumindest hätte ich beim Dickwerden nicht so viel Spaß.«

»Meinst du etwa meine albernen Küchlein?«, lallte Issy. Sie hatte schon vier Glas Rosé intus und war nicht mehr ganz klar im Kopf.

»Das sind keine albernen Küschlein«, widersprach François. »Sag das nie wieder. Die sind so gut wie die von Hortense Beusy, der besten Patissière von Toulon. *C'est la vérité!*«, bekräftigte er feierlich. Auch er hatte schon tief ins Glas geschaut.

»Ach, Quatsch«, murmelte Issy, die mal wieder rot wurde. »Das sagt ihr doch alle nur, weil ich euch den Kuchen umsonst mitbringe. Der könnte wie Affenscheiße schmecken, und ihr würdet ihn euch trotzdem reinschieben, weil das besser ist, als zu arbeiten. In diesem … üblen Loch«, fügte sie kühn hinzu.

Alle schüttelten den Kopf.

»Das stimmt echt«, warf Bob ein, der plötzlich den Kopf vom Tresen hob. »Beim Backen bist du viel besser als bei der Büroarbeit.«

Hier und da nickte jemand.

»Soll das etwa heißen, dass ihr mich nur wegen meiner leckeren Kuchen ertragen habt?«

»Nein«, sagte François. »Auch deshalb, weil du mit dem Boss ins Bett gegangen bist.«

Nach dieser Bemerkung war Issy ziemlich schnell wieder nüchtern. Ein letzter Blick in die Runde, ein letzter Kuss für jeden, selbst für die, die sie nie so richtig gemocht hatte – plötzlich wurde sie melancholisch, so als ob Kalinga Deniki für sie eher eine Familie gewesen sei als ein Haufen halsabschneiderischer Immobilienspezialisten, die auf ein schnelles Geschäft aus waren. Und was das Coins anging, so würde es absolut jämmerlich aussehen, je wieder herzukommen, so als wäre sie darauf erpicht, ihren alten Kollegen über den Weg zu laufen. Also streichelte sie mit einem Kloß im Hals den alten Hund, kraulte ihn hinter den Ohren, was er fast genauso gerne mochte wie Chips mit Salz und Essig, und verabschiedete sich von der Truppe.

»Schau doch mal wieder vorbei«, sagte Karen.

»Mit Cupcakes!«, fügte jemand hinzu.

Das versprach Issy artig, sie wusste aber genau, dass sie das niemals tun würde. Es ging einfach nicht. Dieses Kapitel in ihrem Leben war abgeschlossen. Aber was kam als Nächstes?

Kapitel 4

Nicht-zur-Arbeit-gehen-Nutella-Kekse

225 g Mehl mit Backpulverzusatz
2 TL Backpulver
100 g weiche Butter
100 g extrafeiner weißer Zucker
½ TL Natron, aufgelöst in heißem Wasser
2 EL Sirup
6 TL Nutella
1 Klatschmagazin
1 Schlafanzug

Den Ofen auf 200°C/Gas Stufe 6 vorheizen.

Mehl und Backpulver in eine Schüssel sieben. Die Butter mit den Fingern in das Mehl reiben, dann Zucker, Natron, Sirup und zwei TL Nutella hinzufügen. Walnussgroße Bällchen formen und auf ein gefettetes Backblech setzen, dann die Mitte mit dem Daumen eindrücken. Zirka zehn Minuten backen.

Die restlichen TL Nutella essen, während die Kekse im Ofen sind.

Dann das gesamte Blech Kekse im Schlafanzug verputzen und dabei in einem Klatschmagazin blättern.

Als Beilage passend: bittere Tränen.

Gott sei Dank arbeitete Helena immer zu unterschiedlichen Zeiten und war vormittags oft zu Hause. Issy war sich nicht sicher, ob sie diese ersten Wochen allein durchgestanden hätte. Am Anfang war es ja noch ganz schön, den Wecker nicht mehr stellen zu müssen, aber diese Neuheit verlor bald ihren Reiz, und Issy lag nachts oft wach und grübelte. Natürlich hätte sie mit der Abfindung einen Teil der Hypothek bezahlen können, um die Aasgeier eine Weile bei Laune zu halten, aber das löste schließlich nicht das grundlegende Problem, nämlich was zum Teufel sie jetzt mit ihrem Leben anfangen sollte. Und die Stellenanzeigen boten ein trostloses Bild: jede Menge Branchen, in denen sie sich nicht auskannte, oder Einsteigerjobs, für die sie zu alt war und mit denen sie sich nicht einmal mehr Starbucks hätte leisten können. In der Immobilienbranche schien niemand Leute einzustellen, und Issy wusste außerdem, dass man sich dort ohnehin die Kandidaten aus einer großen Gruppe von arbeitslosen Spezialisten aussuchen konnte. Richtig guten Leuten.

Helena und Gramps machten ihr Mut und rieten ihr, den Kopf nicht hängen zu lassen, weil sie schon irgendetwas finden würde, aber das kam Issy nicht so vor. Sie fühlte sich von der Welt abgenabelt, wurzellos, als würde der Wind sie jeden Moment davontragen (und da half es auch nicht gerade, dass die Leute ihr mit Kommentaren wie »Warum nimmst du dir nicht ein Jahr frei und reist um die Welt?« kamen, so als wäre sie hier völlig überflüssig). Sie brauchte den ganzen Tag, um zum Kiosk rüberzugehen und eine Zeitung sowie ein paar Schokolinsen für einen Smarties-Kuchen zu kaufen. Sie erwischte sich dabei, wie sie traurige Figuren aus der Glasur formte, kleine Zuckerblumen mit braunen Blättern. Das war nicht gut. Sie hatte zu nichts Lust, wollte nicht einmal aus dem Haus gehen oder mit Gramps Scrabble spielen. Und natürlich meldete sich Graeme nicht. Auch das tat furchtbar weh. Issy wurde klar, dass sie weitaus mehr in diese Beziehung investiert hatte, als sie sich selbst eingestanden hatte.

Auch Helena fühlte sich mies. Natürlich war es schrecklich, ihre Mitbewohnerin so traurig zu sehen – mal abgesehen von allem anderen bedeutete es auch, dass ihr die beste Freundin zum Ausgehen und Spaß haben fehlte –, sie hatte aber ein großes Herz und verstand, dass Issy ihren Verlust erst einmal betrauern musste. Trotzdem hatte sie in der Wohnung eine harte Zeit, während all der trüben Januar- und Februartage war es schlimm, in das dunkle, kalte Apartment zu kommen, in dem Issy im Pyjama im Schlafzimmer hockte und sich weigerte, sich anzuziehen. Diese Wohnung war für sie immer ein Zuhause gewesen, und das hatte vor allem an Issy gelegen. Ihretwegen war es hier stets gemütlich und warm gewesen, und es hatte jederzeit etwas zu knabbern oder zu probieren gegeben. Wenn sie auf der Arbeit einen üblen Tag gehabt hatte, wollte Helena nur noch eins, sich auf dem Sofa zusammenrollen, dabei eine Tasse Tee schlürfen, eines von Issys Experimenten verdrücken und mit ihr tratschen. Das alles vermisste sie. Und deshalb hatte sie eben auch eigennützige Motive, als sie beschloss, dass es so nicht weitergehen konnte und Issy unbedingt eine liebevolle Standpauke brauchte.

Die Standpauke würde ihr nicht schwerfallen, dachte Helena eines Morgens, während sie ihre Feuchtigkeitscreme auftrug. Die Liebe war in ihrem Leben das Problem, zumindest im Moment, aber darüber würde sie sich später den Kopf zerbrechen, redete sie sich ein. In ihrem lilafarbenen Samttop, das sie, wie sie begeistert feststellte, wie eine gotische Madonna aussehen ließ, marschierte sie ins Wohnzimmer. Issy hockte im Schlafanzug im Halbdunkel und aß trockene Crunchy Nuts aus einer Schüssel.

»Schätzchen, du musst aus der Wohnung raus.«

»Das ist aber meine Wohnung.«

»Ich meine es ernst. Du musst irgendwas machen, oder du wirst noch eine von diesen Frauen, die nie das Haus verlassen, im Schlafzimmer weinen und Rindfleischcurry in sich reinstopfen.«

Issy schob die Unterlippe vor. »Ich wüsste nicht, warum ich auf dich hören sollte.«

»Weil du in einer Woche ein Kilo zugelegt hast?«

»Oh, na vielen Dank.«

»Ich meine, warum meldest du dich nicht als Freiwillige bei einer Wohltätigkeitsorganisation oder so?«

Issy starrte sie lange an.

»Wie soll mir das bitte schön dabei helfen, mich besser zu fühlen?«

»Es geht nicht darum, dass du dich besser fühlst. Im Moment geht es mir darum, dir eine Freundin zu sein, die Freundin, die du brauchst.«

»Eine fiese Freundin.«

»Die beste, die du im Moment kriegen kannst, fürchte ich.«

Neben Issy entdeckte Helena die pink gestreifte, durchsichtige Plastiktüte mit Smarties.

»Warst du etwa draußen? In dem Lädchen an der Ecke?«

Beschämt zuckte Issy mit den Achseln.

»Du warst im Schlafanzug einkaufen?«

»Hm.«

»Und was wäre, wenn du John Cusack über den Weg gelaufen wärst? Stell dir doch mal vor, John Cusack steht da und denkt sich gerade: Ich hab die Nase wirklich voll von all diesen Hollywoodschauspielerinnen, warum kann ich nicht mal eine richtige Frau kennenlernen, für die ein echtes Zuhause wichtig ist? So eine, die auch backen kann? Genau so eine Frau wie die da, aber natürlich nicht im Schlafanzug, denn der bedeutet ja wohl, dass die ihren Verstand verloren hat.«

Issy schluckte. Immer darauf vorbereitet zu sein, John Cusack über den Weg zu laufen, war Helenas wichtigstes Mantra, und zwar seit 1986, und deshalb verließ sie das Haus auch nie ohne perfekt gestyltes Haar und Make-up und in ihren schicksten Klamotten. Issy war klar, dass sie dieses Argument besser nicht infrage stellte.

Helena sah sie an. »Graeme hat wohl nicht angerufen, oder?«

Hatte er nicht, und das wussten sie beide. Natürlich ging es hier nicht nur um den Job. Aber es war viel zu schmerzhaft für Issy, sich die Wahrheit einzugestehen. Dass nämlich alles, was sie für echt und für Liebe und etwas ganz Besonderes gehalten hatte, in Wirklichkeit nur … nur eine dumme kleine Büroaffäre gewesen war. Das war einfach furchtbar, viel zu unerträglich, um darüber nachzudenken. Und sie konnte nicht schlafen oder zumindest kaum. Wie hatte sie bloß so dumm sein können? Die ganze Zeit hatte sie gedacht, dass sie sich so unglaublich professionell verhielt, war jeden Tag mit ihren kleinen Kleidchen und Strickjäckchen und schicken Schuhen im Büro erschienen und dachte, dass sie ihr Privatleben da völlig raushielt und sich ach so clever anstellte. Während in Wirklichkeit jeder hinter ihrem Rücken über sie lachte, weil sie mit dem Boss ins Bett ging – und schlimmer noch, weil es offensichtlich gar keine ernsthafte Beziehung gewesen war. Beim Gedanken daran biss sie sich vor Wut in die Faust. Und außerdem fanden alle, dass sie in ihrem Job keine Granate war, sondern nur eine fröhliche Idiotin, die Kuchen backen konnte. O Gott, das war ja fast noch schlimmer. Es war alles so übel. Einfach schrecklich. Es hatte doch überhaupt keinen Sinn, sich anzuziehen. Alles war im Eimer, und damit hatte es sich.

Geduld war das eine, überlegte Helena, zu allem Ja und Amen zu sagen, etwas ganz anderes.

»Na, scheiß auf ihn«, hörte sie sich selbst sagen. »Was denn, ist dein Leben etwa vorbei, weil dein Chef deine persönlichen Dienste jetzt nicht mehr braucht?«

»So war das doch gar nicht«, widersprach Issy leise. So war es doch wirklich nicht gewesen, oder? Sie versuchte, sich Momente der Zärtlichkeit ins Gedächtnis zu rufen; irgendeine liebe oder nette Geste von ihm – ein Blumenstrauß vielleicht oder ein gemeinsamer Ausflug. Angesichts der ganzen acht Monate fiel ihr jedoch nur ein, wie oft er sie gebeten hatte, abends nicht bei ihm vorbeizukommen, weil er nach der Arbeit müde war, oder wie sie ihm dabei geholfen hatte, seine Management-Berichte abzuheften. (Sie musste daran denken, wie sehr sie sich damals darüber gefreut hatte, ihm einen Teil seiner Last abnehmen zu können. Deshalb wäre sie ja auch die perfekte Ehefrau für ihn. O Gott, wie bescheuert.)

»Ja, wie auch immer«, sagte Helena, »das ist jetzt Wochen her, und du hast dich lange genug in Selbstmitleid gesuhlt. Jetzt ist es endlich an der Zeit, rauszugehen und die Welt zurückzuerobern.«

»Ich glaube, die Welt will mich gar nicht«, meinte Issy.

»Also, das ist totaler Mist, und das weißt du auch«, stellte Helena klar. »Soll ich wieder mit meiner Arme-Seelen-Liste anfangen?«

Helenas Arme-Seelen-Liste war eine Zusammenstellung schrecklicher Fälle, mit denen sie es in der Notaufnahme zu tun gehabt hatte – die wirklich Vernachlässigten, die von aller Welt Verlassenen, Kinder, die niemand liebte, Jugendliche, die im Leben noch kein freundliches Wort zu hören bekommen hatten. Und das Gesundheitssystem musste sie dann auffangen. Es war unerträglich, das mit anzuhören, und Helena griff nur in echten Härtefällen auf dieses unschlagbare Argument zurück. Es war fies, die Liste jetzt zu erwähnen.

»Nein!«, rief Issy. »Nein, bitte nicht. Alles, bloß das nicht. Die Geschichte von dem Waisenkind mit Leukämie ertrage ich nicht noch einmal. Gnade!«

»Ich warne dich«, sagte Helena. »Sei lieber dankbar für das, was du hast. Und dann solltest du mal deinen fetten Hintern hochkriegen und zu diesem Orientierungskurs gehen, den sie dir zugesagt haben. Damit du wenigstens einen Grund hast, morgens aufzustehen.«

»Erstens ist mein Hintern nur halb so dick wie deiner …«

»Stimmt, ich bin aber wohl proportioniert«, erklärte Helena geduldig.

»Und zweitens stehe ich auch nur deswegen so spät auf, weil ich nachts nicht schlafen kann.«

»Und zwar deshalb, weil du den ganzen Tag im Bett liegst.«

»Nein, weil ich deprimiert bin.«

»Du bist nicht deprimiert. Du bist ein wenig traurig. Weißt du, was deprimierend ist? Wenn du neu hier im Land bist und jemand dir den Pass weggenommen hat und dich zur Prostitution zwingt und …«

»Lalalala!«, sang Issy. »Hör damit auf, bitte. Ich schreib mich ja für den Kurs ein, okay? Ich gehe dahin! Ich mach das!«

Vier Tage, einen Haarschnitt und einen Berg Bügelwäsche später stand Issy endlich wieder an ihrer alten Bushaltestelle, kam sich aber ein wenig wie eine Hochstaplerin vor. Linda freute sich, sie zu sehen. Issy hatte seit ihrem Rausschmiss nicht mit ihr gesprochen, und im Laufe der Wochen hatte Linda sich Sorgen gemacht. Aber dann dachte sie, dass Issy sich vielleicht einen schicken Wagen zugelegt hatte oder bei dem grimmig dreinblickenden Mann eingezogen war, der sie manchmal mitgenommen hatte. Dass ihr jedenfalls irgendetwas Gutes widerfahren war.

»Hast du einen schönen, langen Urlaub gemacht? Ooh, wie nett, im Winter mal rauszukommen, hier ist es doch furchtbar.«

»Nein«, antwortete Issy traurig. »Ich wurde wegrationalisiert.«

»Oh«, machte Linda. »O Schätzchen. Das tut mir so leid, Liebes, wirklich leid. Aber ihr jungen Leute, ihr findet doch im Handumdrehen was Neues, nicht wahr?«

Linda war so stolz auf ihre Tochter, die Fußpflegerin. Solange die Leute Füße haben, sagte sie oft, wird es Leanne nie an Arbeit fehlen. Issy hätte ja nie gedacht, dass sie mal von einer Karriere als Fußpflegerin träumen würde, aber heute war es fast so weit.

»Das hoffe ich«, murmelte Issy. »Das hoffe ich.«

Eine Gestalt, die sie aus dem Augenwinkel erblickte, erregte ihre Aufmerksamkeit. Sie wandte sich um. Da war wieder diese große blonde Frau beim rosa gestrichenen Ladenlokal. Sie stolzierte hinter demselben, leicht angeschlagen wirkenden Makler her.

»Ich bin mir einfach nicht sicher, ob das Feng Shui stimmt, Des«, ließ sie gerade verlauten. »Und wissen Sie, Des, wenn man versucht, den Menschen eine ganzheitliche körperliche Erfahrung zu bieten, dann ist das wirklich, wirklich wichtig.«

Nein, ist es nicht, dachte Issy aufmüpfig. Es ist wichtig, dass der Ofen an der richtigen Stelle steht, damit man von dort aus den ganzen Laden im Auge hat. Sie dachte an Grampa Joe. Sie musste endlich wieder bei ihm vorbeischauen. Es war unverzeihlich, dass sie jetzt so viel Zeit hatte und sich trotzdem nicht dazu aufraffte.

»Sorg dafür, dass es gut riecht, und begrüß die Leute mit einem Lächeln. Stell dich dort hin, wo sie dich sehen können«, hatte er oft erklärt. »Und dein Kuchen muss verdammt noch mal der beste in ganz Manchester sein, das ist natürlich am wichtigsten.« Issy rückte etwas näher, um den Worten der Frau zu lauschen.

»Und tausendzweihundert«, hörte sie nun, »ist doch viel zu viel. Ich werde schließlich nur das hochwertigste Gemüse der Stadt verwenden. Die Leute brauchen ihr rohes Gemüse, und das werden sie von mir lernen.«

Die Frau trug eine enge Hose aus Leder. Ihr Bauch war so flach, als würde sie nur von Luft und Liebe leben. Das Gesicht war eine seltsame Mischung aus völlig glatter Haut und faltigen Stellen, vermutlich dort, wo die Wirkung des Botox langsam nachließ.

»Alles bio!«, jubilierte sie. »Die Leute wollen keine üblen Chemikalien im Körper!«

Nur hinter der Stirn, dachte Issy. Sie fragte sich, warum diese Frau ihr eigentlich so unsympathisch war. Warum sollte es ihr denn etwas ausmachen, dass die einen Rohkost-Saftladen in ihrem kleinen Lokal aufmachen wollte. In *dem* kleinen Lokal, korrigierte Issy sich selbst. Das verborgene Lädchen an dem geheimen kleinen Innenhof, der nie so geliebt und gehegt wurde, wie er es eigentlich verdiente. Natürlich wusste sie, dass ein so versteckter Laden wirklich nicht ideal war. Alles andere als ideal.

Da kam ihr auf einmal etwas in den Sinn. Von der Arbeit her war sie an Immobilien gewöhnt, die fünfzig oder sechzig Pfund pro Quadratmeter einbrachten. Sie warf einen Blick auf das Lokal. Dem Schild zufolge gab es auch einen Keller, der die Grundfläche verdoppelte. Issy überschlug rasch im Kopf. Dementsprechend lag die Miete bei etwa vierzehn Pfund pro Quadratmeter. Gut, das war hier nur ein Vorort von London und auch kein besonders schicker. Aber günstig waren tausendzweihundert Pfund im Monat schon – oder sogar tausendeinhundert, falls die Frau noch eine Ermäßigung rausschlug, was durchaus denkbar war. Wenn sie selbst diesen Laden für sechs Monate übernehmen könnte, um … na ja, um irgendetwas damit anzustellen. Vielleicht zu backen. Jetzt gab es schließlich kein Büro mehr, in dem sie ihre Experimente verteilen konnte, ihr Gefrierfach wurde immer voller, und ihr ging langsam der Platz aus. Gestern Abend hatte sie sich ein besonders leckeres Rezept für Erdnussbutter-Nutella-Kekse ausgedacht, die beinahe ihre allerliebste Cath-Kidston-Keksdose sprengten. Bald würde sie sich ihren Weg ins Freie futtern müssen.

Issy schloss die Augen, als der Bus um die Ecke bog. Das war doch lächerlich. Mit Lebensmitteln zu arbeiten brachte tausend Dinge mit sich, nicht nur, ein Lokal anzumieten. Da gab es gesundheitliche Aspekte, es ging um Sicherheit und Lebensmittelhygiene und Inspektionen und Gummihandschuhe und Standards und Arbeitsrecht, und das war völlig unmöglich und bescheuert, und sie wollte doch gar nicht in einem Café arbeiten.

Linda deutete mit einem Nicken zu der Frau vor dem Laden hinüber, die laut über die tollen Eigenschaften der Roten Bete dozierte.

»Ich weiß gar nicht, was das alles soll«, sagte sie, als sie gemeinsam in die Nummer 73 stiegen. »Ich will morgens nichts weiter als eine schöne Tasse Kaffee.«

»Hm«, antwortete Issy.

Der Orientierungskurs, bei dem natürlich das Wort »arbeitslos« genauso wenig fiel, wie die Teilnehmer als »Versager« bezeichnet wurden, fand in einem lang gezogenen Konferenzraum eines unauffälligen Gebäudes nahe der Oxford Street statt, von dem aus man perfekte Sicht auf den Flagshipstore von Topshop am Oxford Circus hatte. Issy fand diesen verlockenden Blick auf ein Leben, das ihr von nun an verwehrt war, ziemlich unfair.

Im Raum saß etwa ein Dutzend Leute jeder Couleur, von den Optimisten und den Schmollern, die aussahen, als hätte man sie zum Nachsitzen verdonnert, bis hin zu denen, denen das Entsetzen ins Gesicht geschrieben stand. Und dann war da noch der Typ, der geschäftig in seinem Aktenköfferchen herumsuchte und sich die Krawatte glatt strich. Der hatte seiner Familie wohl noch nichts von seiner Entlassung erzählt und tat bestimmt so, als würde er weiterhin jeden Morgen zur Arbeit gehen. Mit einem verzerrten Lächeln schaute Issy in die Runde. Niemand setzte auch nur eine freundliche Miene auf. Das Leben war wirklich einfacher, dachte Issy, wenn man eine große Tupperdose mit Kuchen dabeihatte. Dann freute sich jeder, einen zu sehen.

Um Punkt halb zehn erschien eine müde wirkende Frau in den Fünfzigern mit ungeduldigem Gesichtsausdruck. Sie ratterte ihre Erklärungen derart gehetzt herunter, dass eines klar wurde – die Einzigen, die in dem aktuellen Klima an Überarbeitung litten, waren offensichtlich die Arbeitslosenberater.

»Um mit Ihrem *positiven neuen Leben* zu beginnen«, erklärte die Kursleiterin, »müssen Sie zunächst die Jobsuche als Ihre neue Arbeit ansehen.«

»Und zwar eine noch ätzendere als die, bei der man uns rausgeschmissen hat«, warf einer der jungen Männer streitlustig ein. Die Kursleiterin ignorierte ihn.

»Zunächst einmal sollte Ihr Lebenslauf sich von den zwei Millionen anderen abheben, die ständig in Umlauf sind.«

Die Trainerin verzog die Lippen zu etwas, was wohl ein Lächeln sein sollte.

»Und damit übertreibe ich nicht. Das ist die ungefähre Anzahl von Bewerbungen, die bei jedem Stellenangebot eingehen.«

»Na, jetzt fühle ich mich schon viel besser«, murmelte die junge Frau neben Issy. Issy sah zu ihr hinüber. Sie sah umwerfend aus, war allerdings ein wenig overdressed – mit pechschwarzen Locken, knallrotem Lippenstift und einem fuchsiafarbenen Mohairpullover, der ihre riesigen Brüste so gar nicht überspielte. Issy fragte sich, ob die sich wohl mit Helena verstehen würde.

»Also, wie macht man seinen Lebenslauf zu etwas Besonderem? Irgendeine Idee?«

Einer der etwas älteren Männer hob die Hand.

»Ist es in Ordnung, bei seinem Alter zu schwindeln?«

Die Trainerin schüttelte mit strenger Miene den Kopf.

»Es ist *niemals* erlaubt, in seinem Lebenslauf zu lügen, unter *gar keinen* Umständen.«

Die junge Frau neben Issy zeigte augenblicklich auf.

»Aber das ist doch bescheuert. Jeder lügt in seinem Lebenslauf. Und davon gehen auch alle aus. Wenn ich also die Wahrheit schreibe, wird man mich doch viel schlechter einschätzen. Und wenn die irgendwann rausfinden, dass ich gar nicht geschwindelt habe, dann halten sie mich erst recht für beschränkt. Das ist doch Schwachsinn.«

Am Tisch wurde genickt. Die Kursleiterin zog ihre Nummer trotzdem weiter durch.

»Sie müssen sich also von den anderen abheben. Manche Bewerber benutzen dafür besondere Schriftarten oder schreiben ihren Lebenslauf sogar in Reimform.«

Jetzt meldete sich Issy.

»Dazu würde ich gerne sagen, dass ich jahrelang Leute eingestellt habe und Lebensläufe mit solchem Schnickschnack immer schrecklich fand. Die sind bei mir sofort im Mülleimer gelandet. Wer hingegen keine Rechtschreibfehler gemacht hat, wurde sofort zum Bewerbungsgespräch eingeladen. Das kam allerdings selten vor.«

»Und bist du davon ausgegangen, dass die Leute im Lebenslauf lügen?«, fragte ihre Nachbarin.

»Na ja, ich habe in Gedanken immer ein paar Punkte von ihren Abschlussnoten abgezogen und nicht zu genau nachgebohrt, was ihre angebliche Leidenschaft fürs Autorenkino anging«, überlegte Issy. »Also, ja, ich denke schon.«

»Sehen Sie!«, triumphierte die junge Frau. Die Beraterin war inzwischen rot angelaufen und presste die Lippen aufeinander.

»Sie können mir ja erzählen, was Sie wollen«, sagte sie. »Schließlich sind Sie hier gelandet.«

In der Mittagspause suchten Issy und der Lockenkopf das Weite. »Das war ja so richtig übel«, knurrte die junge Frau, die sich als Pearl vorstellte. »Das war ja schlimmer als die Entlassung an sich.«

Issy lächelte dankbar. »Ich weiß.« Sie sah sich um. »Wo isst du zu Mittag? Ich dachte an die Patisserie Valerie.«

Die Patisserie Valerie war eine seit vielen Jahren in London ansässige schicke Konditorei-Kette, bei der einfach alles köstlich schmeckte und in deren Läden sich die Kunden drängten. Sie wollte unbedingt die Vanilleglasur dort probieren, von der sie schon so viel gehört hatte. Die junge Frau sah ein wenig verlegen drein, und Issy musste daran denken, wie teuer das Café war.

»Hm, ich lade dich ein«, fügte sie rasch hinzu. »Gott sei Dank war meine Abfindung großzügig bemessen.«

Pearl lächelte und überlegte, ob die Brote in ihrer Tasche wohl auch später noch schmecken würden. »Okay«, stimmte sie schließlich zu. Sie wollte immer schon mal das Lokal mit den tollen Hochzeitstorten besuchen, auf denen sich winzige Zuckerröschen tummelten, und den dramatisch dekorierten mehrstöckigen Kuchengebilden in der Auslage, aber es war dort jedes Mal so voll und stressig, man musste sich da durch die Menge schieben, und solche Orte vermied sie lieber.

In ihrer winzigen Nische mit hölzernen Wänden tauschten sie schließlich Horrorstorys aus, während schwarz gekleidete französische Kellnerinnen gekonnt Zitronentorten und Millefeuille über dem Kopf balancierten. Pearl war Rezeptionistin in einer Baufirma gewesen, die nach und nach den Bach runtergegangen war. Für die letzten zwei Monate hatte sie nicht einmal ihr Gehalt bekommen, und da sie allein ein Baby aufzog, war ihre Lage ziemlich verzweifelt.

»Ich dachte, das würde mir weiterhelfen«, erklärte sie. »Mein Sachbearbeiter vom Arbeitsamt hat mich hergeschickt. Aber das ist doch alles Mist, oder nicht?«

Issy nickte. »Das denke ich auch.«

Trotzdem erhob sich Pearl und schob sich bis zum Geschäftsführer durch die Menge.

»Entschuldigung, haben Sie vielleicht noch eine Stelle frei?«

»Tut mir sehr leid«, beteuerte der Mann charmant, »leider nicht. Außerdem sehen Sie ja selbst, dass wir ein wirklich kleines Lokal sind.«

Er deutete auf die winzigen Tischchen, die alle eng beieinanderstanden. Die ranken und schlanken Kellnerinnen schoben sich dazwischen durch. Pearl würde da keine Chance haben.

»Also wissen Sie, das tut mir wirklich leid.«

»O mein Gott«, schnaubte sie, »Sie haben ja völlig recht. Ich bin viel zu fett, um in einem Laden zu arbeiten, in dem Kuchen verkauft wird. Da würden die Kunden vor lauter schlechtem Gewissen ja nur noch Salat bestellen.«

Völlig ungerührt kehrte sie zu Issy zurück, die in den letzten drei Minuten rot angelaufen war, so peinlich war ihr das Benehmen des Geschäftsführers.

»Derselbe Spruch wie bei den Billigfluglinien. Ich darf nicht breiter sein als der Gang im Flugzeug.«

»Du bist doch nicht breiter als ein Flugzeuggang!«

»In den neuen Modellen, die sie bald einführen, schon. Da müssen dann alle stehen und werden zusammengepfercht wie Vieh. Sie legen dir einen Gurt um den Hals und befestigen ihn an der Wand.«

»Das stimmt doch gar nicht!«, widersprach Issy.

»Und ob«, grinste Pearl, »glaub mir. Sobald die Riemen die Dummys nicht mehr enthaupten, musst du den ganzen Weg bis nach Málaga stehen. Und zwar auf einem Bein, falls du vergessen solltest, deine Bordkarte zu Hause auszudrucken.«

»Na ja, ich fahre sowieso nie wieder in den Urlaub, das ist also auch egal«, meinte Issy. Dann wurde ihr klar, dass sie sich hier gerade in albernem Selbstmitleid erging, während ihre Gesprächspartnerin zusammen mit einem Baby und, so hörte es sich an, mit ihrer Mutter in einer kleinen Mietwohnung hauste.

»Gehen wir wieder zurück?«

Pearl seufzte. »Na ja, entweder das, oder wir machen einen kleinen Einkaufsbummel die Bond Street runter und schauen kurz bei Tiffany's rein.«

Issy lächelte matt. »Immerhin hatten wir Kuchen.«

»Genau!«, sagte Pearl.

Kapitel 5

Minzbaiser

So süß wie du

1 Eiweiß

1 lb (450 g) Puderzucker

Pfefferminzaroma

Das Eiweiß schaumig schlagen – nicht zu sehr. So, das reicht schon. Perfekt. Du kannst jetzt aufhören.

Sieb den Puderzucker dazu, und damit sollte die Mischung steif sein. Ja, von dem Zucker ist so einiges auf dem Fußboden gelandet. Mach dir darüber keine Gedanken. Du solltest nur nicht reintreten. Pass auf … Uff, deine Mutter kriegt nachher einen Anfall.

Gut, und jetzt noch ein paar Tropfen Pfefferminzaroma … nur ganz wenig, sonst schmeckt das Ganze nach Zahnpasta.

Okay, hast du saubere Hände? Alles gut vermengen – ja, wie Knete. Nein, Knete darf man nicht essen. Jetzt rollen wir die Masse aus, und du kannst Kreise ausschneiden. Also, ich denke, Tierformen gehen auch … Ein Minzbaiser-Pferdchen, das ist in Ordnung. Oh, ein Dinosaurier? Na ja, gut, warum eigentlich nicht … Das hätten wir. Jetzt müssen die nur noch für 24 Stunden in den Kühlschrank.

Hm, ja, ich denke, wir können schon mal eins probieren.

Gut, wahrscheinlich müssen auch nicht alle in den Kühlschrank. Oder auch nur ein Einziges.

Alles Liebe, Grampa

Wenn Issy die Augen schloss, konnte sie noch schmecken, wie ihr das Minzbaiser auf der Zunge zerging.

»Jetzt komm schon!«, drängte Helena.

»Ich bin mutig«, versuchte Issy sich vor dem Spiegel einzureden, während sie sich die Zähne putzte.

»Und ob«, bekräftigte Helena. »Sag's noch mal!«

»O Gott«, stöhnte Issy. Heute würde sie ohne vorherige Anmeldung Immobilienfirmen abklappern, um sich dort zu bewerben. Es kam ihr vor, als müsste sie sich gleich übergeben.

»Ich bin mutig.«

»Bist du wirklich.«

»Ich kann das durchziehen.«

»Ganz klar!«

»Und ich kann auch mit unvermeidlicher wiederholter Ablehnung umgehen.«

»Das wäre äußerst nützlich.«

Issy drehte sich zu ihr um. »Für dich ist es einfach, Len. Krankenschwestern werden immer gebraucht. Ich glaube kaum, dass irgendwann alle Kliniken dichtmachen.«

»Ja, ja, ja«, murmelte Helena. »Hör bloß auf.«

»Du wirst schon sehen«, entgegnete Issy. »Eines Tages übernehmen das alles Roboter, dann bist du deinen Job auch los, und dir tut dein mangelndes Mitgefühl leid.«

»Dich anzuspornen ist besser als Mitgefühl«, knurrte Helena eingeschnappt. »Das bringt dich wenigstens weiter.«

Issy würde in der unmittelbaren Umgebung anfangen. Wenn sie zu Fuß zur Arbeit gehen konnte, umso besser. Dann musste sie nicht mehr vor dem Pear Tree Court in der nassen Kälte stehen und sich in die Nummer 73 quetschen – zumindest ein tröstlicher Gedanke.

Die Türklingel kündigte Issys Ankunft an, als sie mit klopfendem Herzen Joe Golden Estates betrat. Sie rief sich noch einmal in Erinnerung, wie abgeklärt und professionell sie war und über welch große Erfahrung im Immobiliengeschäft sie doch verfügte. Im Büro saß nur eine einzige Person, und zwar derselbe abwesend wirkende, kahlköpfige Mann, der der Frau das Lokal gezeigt hatte.

»Hallo!«, grüßte Issy und war zu überrascht, um sich noch daran zu erinnern, warum sie eigentlich da war. »Sie vermieten doch Pear Tree Court, oder?«

Der Mann sah müde zu ihr hoch.

»Ich versuche es zumindest«, murmelte er. »Die Sache ist der reinste Albtraum.«

»Wieso?«

»Egal«, sagte er, als er sich der Situation plötzlich bewusst wurde. Mit einem Mal war er wieder ganz der Geschäftsmann. »Das ist ein tolles Objekt – ein Lokal mit Charakter und jeder Menge Potenzial.«

»Ist denn nicht jedes Geschäft, das bisher dort aufgemacht hat, gescheitert?«

»Na ja, das liegt daran … das liegt daran, dass die Leute die Sache nicht richtig angehen.«

Ich werde mich erst mit ihm anfreunden, nahm sich Issy vor, und dann fragen, ob er eine Stelle frei hat. Ich werde ihn um einen Job bitten … gleich. Bald. Ein bisschen später. Genau.

Was sie stattdessen sagte, war: »Könnte ich mir das vielleicht mal ansehen?«

Des von Joe Golden Estates hatte die Nase voll von seinem Job. Um ehrlich zu sein, hatte er die Nase voll von seinem Leben. Er war den Immobilienmarkt leid, war es leid, hier allein im Büro zu hocken, und vor allem nervte ihn das Hin und Her mit dem Pear-Tree-Court-Objekt, von dem jeder dachte, dass er die Sache zum Laufen bringen konnte. So hübsch das Lokal auch war, es lag zu weit abseits. Die Leute hatten große Träume, die nichts mit echten Geschäften zu tun hatten. Da war einer wie der andere.

Und dann musste er nach Hause gehen und Verständnis für seine Frau aufbringen. Es war ja nicht so, als wäre er nicht verrückt nach ihrem Baby, das war es gar nicht, aber gelegentlich wollte er einfach mal eine Nacht durchschlafen, und er war sich sicher, dass die Babys anderer Leute mit fünf Monaten nicht jede Nacht viermal aufwachten. Vielleicht war Jamie einfach sensibel. Das würde aber immer noch nicht erklären, warum Ems seit der Geburt nur noch im Schlafanzug rumhing. Das war doch jetzt schon eine Weile her. Aber wenn er so eine Überlegung je laut aussprach, begann sie, ihn anzuschreien und ihm vorzuwerfen, dass er ja keine Ahnung hatte, wie es sei, ein Kind zu bekommen, und dann fing auch Jamie wieder an zu weinen. Außerdem war seine Schwiegermutter ständig zu Besuch, nahm auf dem Sofa seinen Platz ein und machte ihn hinter seinem Rücken schlecht, das vermutete er zumindest. Und dann gab es so ein Theater, dass er sich wenigstens für fünf Minuten die Ruhe und den Frieden im Büro herbeiwünschte. Er hatte keine Ahnung, was er tun sollte.

Zum ersten Mal seit gefühlten Wochen spürte Issy wahres Interesse in sich aufkeimen. Als Des mit drei verschiedenen Schlüsseln widerwillig die Tür aufschloss, sah sie sich vorsichtig um, nur für den Fall, dass die erschreckend blonde Frau irgendwo lauern und sie anschreien würde, aus ihrem Laden zu verschwinden.

Obwohl sie auf einen Blick all die Mängel erkannte, die das Objekt mit sich brachte (das mit der Sackgasse war nur der offensichtlichste Nachteil), hatte Pear Tree Court 4 auch seine guten Seiten.

Das große Glasfenster lag nach Westen hin, womit das Geschäft am Nachmittag jede Menge Sonne abbekam. Man könnte sich dort zur ruhigen Geschäftszeit hinsetzen und eine Tasse Kaffee und ein Stück Kuchen genießen. Issy versuchte, sich nicht in ihrer Fantasie zu verrennen. Im Gässchen lagen zwar

Müll und die Überreste eines Fahrrads herum, es gab aber auch echtes Kopfsteinpflaster und, obwohl es sich um einen kränklichen und verkümmerten Vertreter seiner Art, eben eine Großstadtpflanze handelte, einen richtigen Baum neben dem Eisenwarenladen. Und das war doch auch etwas. Sobald man auf dem Hof stand, war der Verkehrslärm kaum noch zu vernehmen, man hatte den Eindruck, in eine ruhigere, liebenswürdigere, längst vergangene Zeit einzutauchen. Die Geschäfte hier waren kunterbunt zusammengewürfelt und drängten sich eng aneinander. Das Ganze erinnerte ein wenig an Hogwarts, und mit der niedrigen hölzernen Tür, den schiefen Winkeln und dem alten Kamin war Nummer 4 das niedlichste Gebäude von allen.

Der Verkaufsraum war staubig und ungepflegt, überall lagen alte Regalbretter und Briefe an frühere Mieter herum, Post von Yogazentren, Herstellern von Fair-Trade-Kinderkleidung, homöopathischen Gesellschaften und der Stadt. Issy bahnte sich ihren Weg durch die Hinterlassenschaften.

»Oh, ja, das hätte ich vielleicht mal wegräumen sollen«, murmelte Des mit verlegenem Gesichtsausdruck. Hättest du wirklich, dachte Issy. Wenn einer von KDs Leuten ein Objekt in diesem Zustand vorgeführt hätte … Aber was machte das schon, der Mann wirkte schließlich ziemlich erschöpft.

»Ist bei Ihnen im Moment so viel zu tun?«, fragte sie beiläufig. Des sah zu Boden und unterdrückte ein Gähnen.

»Hm«, machte er. »Die haben gerade unsere tollen Werbefahrzeuge verkauft.«

»Diese niedlichen Minis mit den Bildern von Rockbands?«, fragte Issy entsetzt. Die gehörten zum Londoner Stadtbild doch dazu wie die Falschparker.

Des nickte. Seine Frau war stinksauer gewesen.

»Abgesehen davon läuft es aber super«, behauptete er und versuchte, sich am Riemen zu reißen. »Ehrlich gesagt hat man mir für das Lokal gerade ein Angebot gemacht, wenn Sie also Interesse haben, müssen Sie sich beeilen.«

Issy kniff die Augen zusammen.

»Und warum zeigen Sie mir das Objekt, wenn Sie bereits einen Interessenten haben?«

Des fuhr zusammen. »Na ja, Sie wissen schon. Konkurrenz belebt das Geschäft. Außerdem bin ich mir nicht sicher, ob die Dame die Sache durchziehen wird.«

Issy dachte an die blonde Frau. Sie hatte ziemlich entschlossen gewirkt.

»Die Kundin hat gerade, äh, gewisse ›persönliche Probleme‹«, erklärte Des. »Und es ist ja auch häufig so, dass bei Projekten die anfängliche Begeisterung … na ja, ein wenig nachlässt, wenn es um die Finanzierung geht.«

Issy zog die Augenbrauen hoch.

»Und was würden Sie mit dem Laden anfangen?«, erkundigte sich Des. »Er hat eine B/C/D-Erlaubnis.«

Sie sah sich um. Sie konnte sich das Ganze genau vorstellen – bunt zusammengewürfelte Tische und Stühle. Ein Regal fürs Büchertauschen; die niedrige Vitrine, in der sie ihre Cupcakes in verschiedensten Geschmacksrichtungen und hübschen Pastelltönen ausstellen würde, und Kuchenetageren im Schaufenster, um Laufkundschaft anzulocken. Sie würde kleine Geschenkschächtelchen für Partys, vielleicht sogar für Hochzeiten zurechtmachen … würde sie in so einer Größenordnung mit dem Backen überhaupt nachkommen? Das war ja eine Riesensache. Vielleicht, wenn sie jemanden einstellte …

Issy schreckte aus ihrer Träumerei auf, als ihr klar wurde, dass Des immer noch auf ihre Antwort wartete.

»Ach, ich dachte da an ein kleines Café«, murmelte sie und spürte, dass sie wieder einmal rot wurde. »Etwas ganz Bescheidenes.«

»Oh, das ist eine tolle Idee«, erwiderte Des begeistert.

Issy spürte, wie ihr Herz einen Satz machte. Es war doch wohl nicht … das war jetzt nicht ihr Ernst, oder? Andererseits stand sie ja nun hier …

»Wurstbrötchen und eine Tasse Tee für ein Pfund fünfzig. Ideal für die Gegend hier. Die ganzen Bauarbeiter und Pendler, die Leute von der Stadt und die Kindermädchen und so. Scones mit Marmelade ein Pfund.«

Des wurde richtig munter.

»Eigentlich hatte ich eher an … eine Art Konditorei gedacht«, wandte Issy ein. Seine Miene verfinsterte sich wieder.

»Oh«, sagte er. »Eins von diesen protzigen Lokalen, wo sie zwei fünfzig für einen Kaffee nehmen.«

»Es gäbe auch leckeren Kuchen«, verteidigte sich Issy.

»Ja, wie auch immer«, murmelte Des. »Die andere Interessentin will hier auch so ein Café eröffnen.«

Issy dachte wieder an die blonde Frau. Das konnte man doch gar nicht vergleichen, dachte sie empört.

Issys Lokal wäre warm, einladend und gemütlich, etwas für Genießer, und nicht etwa ein Ort, an dem man das Gefühl hatte, für seine Sünden Buße tun zu müssen. Es sollte ein Treffpunkt für die Nachbarn werden statt eines Ladens, in dem die Kunden Möhren liebkosten, während sie auf ihren BlackBerrys herumtippten. Ja. Genau!

»Ich nehme es!«, verkündete sie plötzlich. Der Makler sah sie erstaunt an.

»Wollen Sie denn gar nicht wissen, was es kostet?«, fragte er.

»O doch, natürlich«, lenkte Issy verlegen ein. Was hatte sie sich dabei nur gedacht? Sie hatte doch keinerlei Erfahrungen, wie man ein Geschäft führte! Wie sollte sie denn das alles schaffen? Sie konnte nur eines, nämlich backen, und das reichte doch sicher nicht. Dennoch verschaffte sich da eine leise Stimme in ihrem Inneren Gehör, die fragte, wie sie das denn wissen wollte, wenn sie es noch nicht probiert hatte. Und wäre es nicht toll, ihre eigene

Chefin zu sein? Und an diesem perfekten kleinen Fleckchen Erde ein niedliches, blitzblankes, zauberhaftes Café einzurichten? Die Leute würden von Nah und Fern herbeiströmen, um ihre Cupcakes zu kosten, sich endlich mal eine halbe Stunde hinsetzen und ein wenig verschnaufen, die Zeitung lesen, vielleicht noch ein Mitbringsel kaufen und auf jeden Fall ein wenig Ruhe und Frieden genießen. Wäre das nicht eine tolle Aufgabe: Den Menschen den Tag zu versüßen, ihnen ein Lächeln zu schenken, sie zu verköstigen? Das machte sie doch sowieso schon, war es da nicht logisch, jetzt einen Schritt weiter zu gehen? Oder etwa nicht? Im Moment stand ihr zum ersten und einzigen Mal in ihrem Leben all dieses Geld zur Verfügung, ihr bot sich hier eine einmalige Gelegenheit.

»Sorry, tut mir leid«, stammelte sie durcheinander. »Da hab ich mich wohl zu weit aus dem Fenster gelehnt. Aber könnte ich bitte eine Broschüre haben?«

»Hm«, antwortete Des. »Sie haben sich nicht zufällig gerade scheiden lassen?«

»Schön wär's«, seufzte Issy.

Zu Hause studierte sie den Prospekt immer wieder. Sie lud sich Formulare aus dem Internet herunter und versuchte, auf der Rückseite von Briefumschlägen grob die Kosten zu überschlagen. Sie machte einem Termin bei einem Bankberater für Unternehmensgründer aus und fragte sich, wie man wohl an eine Karte für den Großmarkt kam. Issy war so aufgeregt, dass sie kaum an sich halten konnte. Sie hatte sich schon seit Jahren nicht mehr so voller Leben gefühlt. Im Hinterkopf hatte sie nur eines: Ich schaffe das. Ich könnte das wirklich hinkriegen. Was hielt sie also zurück?

Am nächsten Sonntag nutzte Issy die lange Busfahrt zu Gramps' Altenwohnheim gut. In ihrem neu erstandenen Notizbuch überarbeitete sie Kalkulationen und Zeitpläne und spürte, wie ihre

Begeisterung immer größer wurde. Nein. Das ging einfach nicht. Es war keine gute Idee. Wenn man es andererseits recht bedachte – wann würde sie je wieder die Chance bekommen, so etwas in Angriff zu nehmen? Dennoch blieb die Angst, dass das völlig in die Hose gehen könnte. Was war an ihrer Idee denn besser als bei all denen, die diesen Laden gemietet und damit kläglich gescheitert waren?

The Oaks war ein früheres Herrenhaus. Die Heimleitung hatte ihr Bestes getan, um es den Bewohnern gemütlich zu machen – das Herrenzimmer hatte man im Originalzustand belassen. Issy hatte auf das Geld aus dem Verkauf der Bäckereien zurückgreifen können, und Helena hatte das Oaks als das beste Heim seiner Art empfohlen. Und trotzdem. Die Lehnstühle, die Geländer überall, und dann war da auch noch dieser Krankenhausgeruch. Es war eben, was es war.

Als sie Issy nach oben begleitete, war die junge, rundliche Krankenschwester namens Keavie freundlich wie immer, wirkte aber ein wenig zerstreut. »Was ist denn los?«, fragte Issy.

Keavie machte eine nervöse Geste. »Sie sollten wissen«, warnte sie die Besucherin, »dass er schon bessere Tage hatte.«

Issy wurde es schwer ums Herz. Ihr Großvater hatte zwar ein paar Wochen gebraucht, um sich an die neue Situation zu gewöhnen, schien sich inzwischen aber ganz gut eingelebt zu haben. Die alten Damen bemutterten ihn eifrig – es gab kaum Männer im Haus –, und er hatte sogar an der Kunsttherapie Spaß. Die Therapeutin mit dem eindringlichen Blick war es auch gewesen, die ihn dazu überredet hatte, seine Rezepte für Issy aufzuschreiben. Seine Enkelin war wirklich glücklich, Joe in Sicherheit zu wissen, an einem Ort, an dem er es gemütlich und warm hatte und gut versorgt wurde. Und deshalb begann sie bei Keavies Worten zu frösteln. Sie stellte sich auf das Schlimmste ein, als sie den Kopf zur Tür hereinsteckte.

Grampa saß aufrecht im Bett, eine Tasse kalten Tee neben

sich. Er war nie dick gewesen, und jetzt bemerkte sie, dass er noch weiter abgenommen hatte. Die Haut fiel ein und hing an den Knochen, als wollte sie irgendwohin, wo sie es besser hatte. Er hatte noch immer Haare, obwohl sie jetzt wie ein feiner weißer Flaum die Kopfhaut bedeckten, seltsamerweise wie bei einem Baby. Er wird wieder zum Baby, dachte Issy traurig. Wieder Füttern, Wickeln, Herumtragen – aber die Glückseligkeit, die Erwartung, das Staunen eines Neugeborenen, die fehlten. Trotzdem liebte sie ihn immer noch. Sie küsste ihn zärtlich.

»Hi Gramps«, sagte sie. »Danke für die Rezepte.« Sie setzte sich ans Fußende des Bettes. »Ich freue mich immer, wenn du mir eines schickst.«

Und das stimmte wirklich. Abgesehen von Weihnachtskarten hatte ihr seit zehn Jahren niemand mehr einen handgeschriebenen Brief geschickt. Wahrscheinlich kauften die Leute deshalb so viel im Internet ein, überlegte sie, damit sie sich auf ein Paket freuen konnten.

Issy sah ihren Grampa an. Direkt nach seinem Einzug hatte er einen kleinen Anfall gehabt und war medikamentös neu eingestellt worden. Er war häufig nicht mehr ganz da, die Pfleger hatten ihr jedoch versichert, dass er sie hören konnte und es gut für ihn war, wenn sie mit ihm sprach. Zunächst war sie sich dabei total idiotisch vorgekommen. Aber irgendwann war ihr klar geworden, dass diese Monologe etwas Friedliches an sich hatten – ein bisschen wie eine Therapie, dachte sie. Diese Art von Therapie, bei der der Therapeut selbst gar nichts sagt, sondern nur gelegentlich nickt und sich Notizen macht.

»Wie auch immer«, hörte sie sich sagen – als wollte sie die Worte ausprobieren, nur um zu hören, wie sie klangen, »ich denke darüber nach … Ich denke darüber nach, etwas Neues anzufangen. Ein kleines Café zu eröffnen. Die sind heutzutage sehr beliebt. Die Leute haben die Nase voll von all den Ketten. Na ja, das stand zumindest mal in einer Sonntagsbeilage.

Meine Freunde helfen mir leider nicht groß weiter. Helena erzählt mir die ganze Zeit, ich soll bloß an die Mehrwertsteuer denken, dabei weiß sie gar nicht, was das ist. Ich glaube, sie versucht, sich wie einer von diesen furchteinflößenden Typen aus dem Fernsehen zu geben, die sich über die Businessideen von Leuten lustig machen. Ihre Stimme wird dann nämlich ganz knurrig, und dann schnaubt sie so«, Issy schnaubte, »wenn ich zugebe, dass ich noch gar nicht über die Mehrwertsteuer nachgedacht habe, als ob sie irgend so eine Multimillionärin wäre und ich bloß eine Idiotin, die nicht fähig ist, ein Unternehmen zu führen.

Aber es gibt doch so viele verschiedene Menschen, die eine eigene Firma haben, oder, Gramps? Du zum Beispiel, du hast doch jahrelang den Laden geschmissen!«

Sie seufzte.

»Mir ist es ja leider nicht in den Sinn gekommen, mich mit dir mal darüber zu unterhalten, als du noch fit warst! Gramps, warum habe ich dich bloß nie gefragt, wie man das alles macht? Ich bin so blöd. Hilf mir doch bitte!«

Nichts. Issy seufzte wieder.

»Ich meine, der Typ mit der Reinigung bei uns um die Ecke hat den IQ eines Luftballons, und er führt ja auch sein eigenes Geschäft. Das kann doch nicht so schwierig sein, oder? Helena sagt immer, der kann bestimmt nicht einmal in den Spiegel gucken, ohne jemanden vor sich zu sehen, der einen Streit mit ihm vom Zaun brechen will.«

Sie lächelte. »Von chemischer Reinigung hat er allerdings auch keine Ahnung.

Aber wann kriege ich denn je wieder die Chance, so etwas anzugehen? Was mache ich denn, wenn ich jetzt das Geld in die Hypothek stecke und dann in den nächsten acht Monaten keine Arbeit finde? In dem Fall könnte ich doch genauso gut … ich meine, es wäre dann ja so, als ob gar nichts passiert wäre. Oder ich könnte eine Weltreise machen, aber, weißt du, ich wäre doch immer noch ich, wenn ich wieder zurückkomme. Nur ein bisschen älter und mit einem Sonnenbrand.

Das hier hingegen … Ich meine, da geht es um Bürokratie und Steuern und Gesundheitsvorschriften und Sicherheits- und Lebensmittelstandards, um Betriebshygiene und Brandschutzbestimmungen. Ich könnte mich zwar verwirklichen, aber nur im engen Rahmen dessen, was überhaupt erlaubt ist … Das ist bestimmt eine total bescheuerte Idee, sie wird mich in den Ruin treiben und ist von vorneherein zum Scheitern verurteilt.«

Issy sah aus dem Fenster. Es war ein kalter, klarer Tag. Das Gelände des Wohnheims war wunderschön. Sie sah eine alte Dame, die vornübergebeugt ein winziges Blumenbeet jätete. Sie war völlig in ihre Tätigkeit vertieft. Eine Schwester kam vorbei, sah nach, ob mit ihr alles in Ordnung war, und ging dann weiter.

Issy erinnerte sich daran, wie es früher gewesen war. Nach der Schule – ihrer fürchterlichen modernen Gesamtschule voll schrecklicher Mädchen, die sich über ihre Mähne lustig machten – hatte sie oft einen Kuchen gebacken, nicht mit einer Backmischung, sondern mit besten Grundzutaten. Einen Erdbeerkuchen zum Beispiel, mit luftig-leichtem Boden und einer Glasur, die so delikat und süß war wie der Atem einer Fee. Grams nahm dann schweigend mit der Gabel Platz und sagte kein einziges Wort, während er jeden einzelnen Bissen langsam genoss. Sie stand hinten in der Küche, neben der winzigen Terrassentür, und hatte vor der längst zu kleinen Schürze die Hände verschränkt. Als er fertig war, legte er die Gabel sorgsam, ehrfürchtig auf den Tisch. Und sah sie endlich an.

»Du, mein Schatz«, sagte er, »du bist eine geborene Bäckerin.«

»Erzähl doch keinen Unsinn«, rief ihre Mutter, die in jenem Herbst zu Hause war, um eine Ausbildung zur Yogalehrerin zu machen, die sie nie abschließen würde. »Issy hat Köpfchen! Sie wird aufs College gehen und einen vernünftigen Beruf ergreifen, nicht so einen, bei dem sie für den Rest ihres Lebens mitten in der Nacht aufstehen muss. Ich wünsche mir für sie ein nettes, warmes und sauberes Büro. Und nicht, dass sie jeden Abend um sechs mehlbestäubt im Sessel einschläft.«

Issy hatte ihrer Mutter damals kaum Beachtung geschenkt. Aber das Lob ihres Großvaters, der mit Komplimenten eher knauserig war, hatte sie mit Stolz erfüllt. In ihren dunklen Stunden fragte sie sich manchmal, ob sie je ein Mann so sehr lieben würde wie ihr Gramps.

»Ich meine, ich habe mich in meinem Leben doch schon um so viel Verwaltungskram gekümmert, ich bin sicher, dass ich da irgendwie durchsteigen werde … und als ich Pear Tree Court gesehen habe, da wurde mir klar … dass ich es einfach mal versuchen könnte. Du weißt doch, wie es bei meinen Partys aussieht, am Ende habe ich immer Schwierigkeiten, die Leute zum Gehen zu bewegen.«

Das stimmte tatsächlich, Issy war als herzliche, fast schon aufopfernde Gastgeberin bekannt.

»Ich werde versuchen, das Lokal zunächst für sechs Monate zu mieten. Und nicht mein ganzes Geld in die Sache stecken. Es erst einmal ausprobieren, um zu sehen, ob ich das hinkriege. Nicht alles auf eine Karte setzen.«

Issy hatte das Gefühl, dass sie sich das Projekt selbst auszureden versuchte. Plötzlich schreckte ihr Großvater hoch und setzte sich auf. Es tat Issy weh, mit anzusehen, wie seine wässrigen blauen Augen blinzelten und ins Leere starrten. Sie hoffte, er würde sie erkennen.

Zunächst sagte er: »Marian?« Dann verklärte sich seine Miene, als würde die Sonne aufgehen. »Issy? Ist das meine Issy?«

Ihr fiel ein Stein vom Herzen.

»Ja«, rief sie. »Ja, ich bin's!«

»Hast du mir was gebacken?« Er lehnte sich verschwörerisch

zu ihr herüber. »Dieses Hotel ist ja ganz in Ordnung, aber Kuchen gibt's hier keinen.«

Issy warf einen Blick in ihre Tasche. »Natürlich! Guck mal, ich habe Battenberg-Kuchen gemacht.«

Joe lächelte. »Der ist schön weich, den kann ich auch ohne Zähne essen.«

»Genau.«

»Und, wie sieht es bei dir aus, mein Schatz?« Er sah sich um. »Ich bin hier zwar im Urlaub, aber warm war es bisher nicht. Es ist wirklich recht frisch.«

»Stimmt«, bestätigte Issy. Im Zimmer herrschte brüllende Hitze. »Ich weiß. Und du bist auch gar nicht im Urlaub. Du wohnst jetzt hier.«

Gramps sah sich eingehend um. Endlich schien er es begriffen zu haben, und seine Miene verfinsterte sich. Sie tätschelte ihm die Hand, er griff nach der ihren und wechselte unvermittelt das Thema.

»Also? Was machst du so? Bitte, ich hätte doch so gerne eine Urenkelin.«

»Nichts in der Richtung«, erklärte Issy. Sie versuchte noch einmal, ihre Idee laut auszusprechen. »Aber … aber … Ich denke darüber nach, eine Bäckerei zu eröffnen.«

Ihr Großvater verzog das Gesicht zu einem breiten Lächeln. Er war begeistert.

»Aber natürlich, Isabel!«, rief er mit einem leisen Keuchen aus. »Ich kann nur einfach nicht fassen, dass du so lange gebraucht hast!«

Issy lächelte. »Na, ich war ziemlich beschäftigt.«

»Ja, vermutlich«, räumte ihr Großvater ein. »Schön. Ich freue mich. Ich freue mich so sehr. Und ich kann dir dabei helfen. Ich sollte dir ein paar Rezepte schicken.«

»Das machst du doch schon«, antwortete Issy. »Und die benutze ich auch.«

»Gut«, nickte Gramps. »Das ist gut. Achte aber darauf, dass du die Anweisungen genau befolgst.«

»Ich werde tun, was ich kann.«

»Und ich komme vorbei und helfe dir. O ja, es geht mir gut. Wirklich gut. Mach dir um mich keine Sorgen.«

Issy wünschte, sie könnte dasselbe von sich sagen. Sie küsste ihren Gramps zum Abschied.

»Sie muntern ihn eben immer auf«, bemerkte Keavie, als sie sie zur Tür begleitete.

»Ich werde versuchen, öfter vorbeizukommen«, versprach Issy.

Keavie schnaufte. »Im Vergleich zu den meisten alten Leuten hier hat er es mit Ihnen wirklich gut getroffen.

Er ist ein netter alter Herr«, fügte sie hinzu, als Issy sich auf den Weg machte. »Wir haben ihn hier alle sehr gern. Solange wir ihn nur von der Küche fernhalten können.«

Issy lächelte. »Danke«, sagte sie. »Danke, dass Sie sich so gut um ihn kümmern.«

»Das ist unser Job«, stellte Keavie mit der Schlichtheit eines Menschen klar, der seine Berufung gefunden hatte. Issy beneidete sie.

Ermutigt marschierte Issy zurück in ihre Wohnung. Es war ein feuchter Samstagabend, und natürlich hatte sie keine Verabredung, und Graeme, dieser Widerling, hatte nicht angerufen. Sie hatten sich samstags sowieso selten gesehen, weil er sich dann immer mit Freunden getroffen hatte oder früh aufgestanden war, um Squash zu spielen, also war es eigentlich auch egal, redete sie sich selbst ein. Aber das tröstete sie trotzdem nicht darüber hinweg, wie schrecklich sie ihn vermisste. Na, sie würde ihn dennoch nicht anrufen, so viel war sicher. Er hatte sie auf die Straße gesetzt, so wie man einen Müllsack vor die Tür stellt. Sie schluckte heftig und ging dann hinüber in ihr gemütliches

Wohnzimmer, auf der Suche nach Helena, die ebenfalls kein Date hatte, es aber mit Fassung zu tragen schien.

Natürlich machte es Helena doch etwas aus, sie wollte Issy aber auf keinen Fall noch damit belasten. Ihr gefiel es auch nicht, mit einunddreißig Single zu sein, aber sie wollte sich nicht in ihrem Kummer suhlen. Issys Miene war so schon angespannt genug.

»Ich habe eine Entscheidung getroffen«, verkündete Issy. Helena zog die Augenbrauen hoch.

»Dann schieß mal los.«

»Ich denke, ich mache es. Das mit dem Café. Mein Gramps hält es für eine tolle Idee.«

Helena lächelte. »Das hätte ich dir auch vorher sagen können.«

Helena hielt es auch für eine gute Idee – sie hatte keine Zweifel daran, dass Issy die allerköstlichsten Kuchen backen oder mit Kunden umgehen konnte. Sorgen machte ihr eher die Frage, wie ihre Freundin mit der Verantwortung eines eigenen Unternehmens umgehen würde, mit dem ganzen Papierkram, immerhin sah sie sich lieber im Fernsehen die blutigsten Operationen der Welt an, als ihre Visa-Rechnung zu öffnen. Darüber machte sie sich schon Gedanken. Trotzdem war im Moment alles besser als diese Selbstmitleids-Nummer.

»Nur für sechs Monate«, erklärte Issy, zog den Mantel aus und ging in die Küche, um Schokoladenpopcorn zu machen. »Wenn es schiefgeht, wäre ich danach nicht bankrott.«

»Das ist die richtige Einstellung!«, rief Helena. »Und es wird natürlich nicht schiefgehen. Das wirst du super stemmen!«

Issy sah zu ihr hinüber. »Aber …«

»Was?«

»Das hört sich so an, als würde noch ein Aber hinterherkommen.«

»Kein Aber«, versprach Helena. »Lass uns lieber eine Flasche Wein aufmachen.«

»Könnten wir nicht noch jemanden anrufen?«, fragte Issy. In letzter Zeit hatte sie ihre Freunde so selten gesehen, und jetzt überkam sie die dunkle Vorahnung, dass sie in näherer Zukunft noch weniger Zeit für sie haben würde.

»Na ja«, überlegte Helena. »Tobes und Trinida sind nach Brighton gezogen. Tom und Carla denken darüber nach umzuziehen. Janey ist schwanger. Brian und Lana gehen nicht raus, wegen der Kinder.«

»Ach, stimmt«, seufzte Issy. Sie erinnerte sich noch an die Zeit, als sie Helena und die ganze Truppe auf dem College kennengelernt hatte. Damals hatten sie sich ständig gegenseitig besucht, zum Frühstück, zum Mittagessen oder Abendessen, das sich dann bis zum nächsten Morgen hinziehen konnte, für ganze Wochenenden. Inzwischen ließen sich alle häuslich nieder, sprachen über Ikea und Immobilienpreise und Schulgeld und »Zeit für die Familie«. Spontan vorbeigeschaut wurde nur noch selten. Es gefiel ihr gar nicht, dass der dreißigste Geburtstag ein Scheideweg zu sein schien. Von diesem Zeitpunkt an konnte man im Leben offensichtlich zwei mögliche Wege einschlagen. Was bis dahin weitestgehend parallel gelaufen war, entwickelte sich nun immer weiter auseinander.

»Ich mache den Wein trotzdem auf«, beschloss Helena, »und dann schalten wir die Glotze ein und lästern ordentlich ab. Hast du dir eigentlich schon einen Namen überlegt?«

»Ich weiß nicht. Vielleicht Grampa Joe's?«

»Das klingt eher nach einem Hotdog-Stand.«

»Meinst du?«

»Ja.«

»Hm. Die Stoke-Newington-Bäckerei?«

»Die gibt es schon. Das ist dieses kleine Lokal in der Church Street mit den staubigen Linzer Plätzchen und den riesigen Wurstbrötchen.«

»Oh.«

»Du verkaufst doch Cupcakes, oder?«

»Auf jeden Fall«, sagte Issy, und ihre Augen fingen an zu leuchten, als der Mais im Topf zu platzen begann. »Weißt du, manchmal wollen die Leute nämlich keinen großen Kuchen, sie wollen etwas Winziges, Zartes und Köstliches, das nach Rosenblüten schmeckt, oder ein kleines Lavendeltörtchen, das auf der Zunge förmlich explodiert, oder einen winzigen Cupcake, der wie ein Blaubeermuffin schmeckt und in dem sich eine riesige Blaubeere versteckt, die beim Reinbeißen zerplatzt, und …«

»Okay, okay«, lachte Helena. »Schon klar. Na ja, warum nennst du es dann nicht einfach Cupcake Café? Dann können die Leute sagen: ›Ach, du weißt schon, dieses Lokal mit den ganzen Cupcakes‹, und dann wird es heißen: ›Ich kann mich gar nicht mehr an den Namen erinnern‹, und dann wird jemand einwerfen: ›Das ist doch das Cupcake Café‹, und alle werden sagen: ›Ja, genau, treffen wir uns doch da.‹«

Issy ließ sich den Vorschlag durch den Kopf gehen. Der Name war schlicht und ein bisschen zu offensichtlich, fühlte sich aber richtig an.

»Nicht schlecht«, sagte sie. »Aber viele Leute mögen ja gar keine Cupcakes. Wie wäre es mit ›Cupcakes-und-herzhafte-Kleinigkeiten-Café‹?«

»Bist du sicher, dass das dein Metier ist?«, fragte Helena spöttisch.

»Ich habe einen Körper für die Sünde und einen Kopf fürs Geschäft«, zitierte Issy. Dann sah sie zum Popcorn auf ihrem Schoß hinunter. »Leider ist meine Sünde die Völlerei.«

Des versuchte, mit etwas klarzukommen, was als Kolik bezeichnet wurde, vor allem aber bedeutete, dass Jamie weinte und sich krümmte, um sich von ihm loszumachen. Seine Frau und seine Schwiegermutter wollten sich endlich etwas Zeit für sich selbst gönnen und waren zusammen im Spa, als Issy anrief, daher hatte er Schwierigkeiten, sich auf das Telefonat zu konzentrieren. Ach ja, die impulsive junge Frau, die nur mal so vorbeigeschaut hatte. Er hatte eigentlich nicht erwartet, noch einmal von ihr zu hören; er war davon ausgegangen, dass sie nur die Zeit totschlagen wollte. Allerdings hatte die andere Dame sich inzwischen auch bei ihm gemeldet … Verdammt! Dieser Gedankengang wurde abrupt unterbrochen, als Jamie ihn zahnlos in den Daumen biss. Gott, er wusste zwar, dass Babys gar nicht fies sein konnten, aber sein Sohn hatte das offensichtlich noch nicht mitbekommen.

»Ja, richtig. Allerdings liegt mir von der anderen Interessentin inzwischen ein verbindliches Angebot vor.«

Issy war furchtbar enttäuscht. Nein, nur das nicht. Ihr Traum zerplatzte, noch bevor er überhaupt angefangen hatte.

»Es gibt da noch ein paar andere Lokale, die ich Ihnen zeigen könnte …«

»Nein«, unterbrach ihn Issy. »Es muss dieses Objekt sein. Das oder kein anderes!«

Es stimmte, sie hatte sich in den Laden verliebt.

»Na ja«, sagte Des, der einen großen Gewinn kommen sah. »Sie hat weniger geboten, als der Vermieter eigentlich verlangt.«

»Dann gebe ich eben auch ein Angebot ab«, sagte Issy. »Und ich bin eine vorbildliche Mieterin.«

Des ließ Jamie vor dem Fenster hoch- und runterwandern. Jetzt lachte das Baby wenigstens. Eigentlich, dachte Des, war er ja gar kein schlechter kleiner Kerl.

»Ja, das haben die letzten vier auch gesagt«, entgegnete er. »Und haben dann innerhalb von drei Monaten wieder zugemacht.«

»Bei mir wird das ganz anders«, versprach Issy. Der Säugling gluckste, und Des' Laune wurde gleich besser.

»Okay«, meinte er. »Ich rede mal mit Mr Barstow.«

Als Issy auflegte, fühlte sie sich schon viel besser. Helena verschwand in ihrem Zimmer und kam mit einer Tüte wieder heraus.

»Eigentlich wollte ich damit ja noch warten und es auch als Geschenk einpacken«, erklärte sie. »Aber ich denke, das kannst du jetzt gut gebrauchen.«

Issy öffnete die Tüte. Darin fand sie ein Exemplar von *Kleinunternehmen für Dummies.*

»Danke«, sagte sie.

Helena lächelte. »Du wirst jede Hilfe brauchen können.«

»Ich weiß«, antwortete Issy. »Aber dafür habe ich ja dich.«

Kapitel 6

Ich kriege, was ich will-Zitronenkuchen

4 oz (110 g) Mehl mit Backpulverzusatz, gesiebt
1 TL Backpulver
4 oz (110 g) weiche Butter
4 oz (110 g) extrafeiner Zucker
2 große Eier
die abgeriebene Schale einer Zitrone
der Saft einer Zitrone

Glasur

2 oz (60 g) Puderzucker
2 EL Wasser
1 TL Zitronensaft

Den Ofen auf 325°F (160°C)/Gas Stufe 3 vorheizen. Eine Kastenform fetten. Mehl und Backpulver in eine Schüssel sieben, dann alle anderen Zutaten hinzufügen und energisch umrühren oder mit einem Handmixer vermengen. Den Teig in die Kastenform füllen.

Jetzt kommt der wichtigste Teil:

Zwanzig Minuten backen. Das ist eigentlich nicht lang genug.

Der Kuchen sollte gelb, nicht braun sein, innen aber auch nicht mehr feucht. Eine Salmonellenvergiftung ist unseren Träumen selten zuträglich.

Den Kuchen glasieren, bevor er ganz abgekühlt ist.

Die Glasur sollte mit dem warmen Kuchen reagieren und ihn leicht auseinandergehen lassen, während sie von der Masse aufgesaugt wird. Der Kuchen soll beinahe durchsichtig aussehen.

Und an diesem Punkt wird er trotz aller Mühen und guten Vorsätze wie ein hässlicher Fehlschlag aussehen. Wenn die Leute deinen Zitronenkuchen sehen, werden sie dein mangelndes Können belächeln und Mitleid mit dir haben. Nur deshalb werden sie sich dazu erbarmen, sich ein Stück zu nehmen. Und dann wird ihnen das weiche, feuchte, luftige Innere deines in Glasur getränkten Kuchens auf der Zunge zergehen. Sie werden begeistert die Augen aufreißen. Und dann werden sie tun, was auch immer du von ihnen verlangst.

Issy schüttelte den Kopf. Gramps schien wieder in Höchstform zu sein. Und das war tatsächlich gar keine schlechte Idee – alle in Sicherheit zu wiegen und dann ganz unverhofft zuzuschlagen. Ihnen zu zeigen, wozu sie fähig war. Obwohl natürlich auch ein paar hübsche Kleinigkeiten mit Zuckerwatte nicht fehlen durften. Sie starrte ihr Gesicht im Spiegel an und versuchte sich davon zu überzeugen, dass sie das Zeug zur Geschäftsführerin und Unternehmerin hatte. Sie konnte das durchziehen. Ganz bestimmt. Schließlich klopfte Helena an der Tür.

»Probst du mal wieder deinen Schmollmund?«, brüllte sie.

»Nein!«, rief Issy. Sie dachte daran, wie Helena sie stets aufgezogen hatte, wenn sie vor einer Verabredung das reinste Nervenbündel war und zwei Stunden brauchte, um sich fertig zu machen. »Oder vielleicht doch. Nein. Das ist ja schlimmer als eine Verabredung.«

»Na, eine Verabredung ist es auf jeden Fall«, behauptete Helena. »Man kann ja nie wissen, vielleicht ist der Vermieter sogar ganz süß.«

Mit gerunzelter Stirn steckte Issy den Kopf zur Tür hinaus.

»Jetzt hör schon auf!«

»Was denn?«

»Ich würde die Katastrophengebiete in meinem Leben lieber eins nach dem anderen in Angriff nehmen, okay?«

Helena zuckte mit den Achseln. »Also, wenn er dir nicht gefällt, dann reich ihn doch an mich weiter.«

Aber das war in diesem Fall wirklich nicht nötig. Bevor sie aufgebrochen war, um sich mit Mr Barstow, dem Vermieter von Pear Tree Court, zu treffen, hatte Helena ihr noch einmal richtig Dampf gemacht. Sie würde ihn mit ihrem Organisationstalent und ihrem Hintergrundwissen überzeugen. Oder ihn mit ihrer Geheimwaffe, Gramps' Kuchen, in die Knie zwingen. Eigentlich hatten sie sich in der Nähe des Lokals treffen wollen, aber es gab dort, wie Issy nun voller Genugtuung dachte, ja keine Cafés, in die man sich hätte setzen können, also kamen sie stattdessen in Des' Büro zusammen. Des hatte eine schreckliche Nacht mit Jamie hinter sich. Seine Frau weigerte sich inzwischen, nachts aufzustehen, also hatte er mit dem kleinen Quälgeist dagesessen, während der sich mit hochrotem Kopf die Seele aus dem Leib geschrien und die propperen Füßchen bis an die Brust hochgezogen hatte. Des hatte ihm über die heißen Brauen gestrichen, ihm Calpol gegeben und es schließlich geschafft, das kleine Kerlchen in einen bewegten, unbequemen Schlaf zu wiegen, indem er ihn an sich geschmiegt hatte. Ihm selbst waren kaum zwei Stunden Nachtruhe geblieben. Er fühlte sich wie der Tod auf Urlaub.

Die blonde Frau war ebenfalls gekommen. Mit ihrer zweihundert Pfund teuren Hose, den spitzen Absätzen und der Lederjacke, die butterweich aussah, wirkte sie auf Issy unglaublich schlank und edel. Die junge Frau verengte die Augen zu Schlitzen. Ihre Konkurrentin brauchte doch mit Sicherheit gar nicht zu arbeiten. Die gab ja allein für Strähnchen schon mehr aus, als Issy früher im Monat verdient hatte.

»Caroline Hanford«, stellte sich die Blondine ohne zu lächeln vor und streckte ihr die Hand entgegen. »Ich verstehe gar nicht, warum dieses Treffen überhaupt nötig ist, immerhin habe ich mein Angebot zuerst abgegeben.«

»Jetzt haben wir aber ein Gegenangebot«, wandte Des ein, ließ am Kaffeeautomaten ein widerlich klebriges schwarzes Gebräu in drei Tassen laufen und schüttete den Inhalt der ersten runter wie Medizin. »Außerdem möchte Mr Barstow die Einzelheiten Ihrer Angebote mit Ihnen durchgehen.«

»Hatten Sie hier nicht früher mal eine Cafetière?«, fragte Caroline schroff. Sie hätte einen vernünftigen Kaffee gut gebrauchen können, da sie nicht gut geschlafen hatte. Das für teures Geld erstandene homöopathische Schlafmittel wirkte nicht so gut, wie man ihr versichert hatte. Da war mal wieder ein Termin bei Dr. Milton fällig, der auch nicht gerade billig war. Sie verzog das Gesicht, wenn sie nur daran dachte.

»Kürzungen«, murmelte Des.

»Na ja, wie auch immer, ich werde mein Angebot natürlich entsprechend erhöhen«, versicherte Caroline, ohne Issy auch nur eines Blickes zu würdigen. »Um welche Summe es auch gehen mag. Ich will bei diesem Projekt von Anfang an alles richtig machen.«

Ein kleiner, kahlköpfiger Mann marschierte in den Raum und grüßte Des mit einem Grunzen.

»Das ist Mr Barstow«, erklärte der Makler unnötigerweise.

Caroline setzte sofort ein zahnlastiges Grinsen auf. Sie wollte diese Sache so schnell wie möglich hinter sich bringen. »Hallo«, säuselte sie. »Darf ich Sie Max nennen?«

Mr Barstow grunzte, was weder nach Zustimmung noch nach Ablehnung klang. Issy fand, dass er gar nicht wie ein Max aussah.

»Ich bin hier, um Ihnen das beste Angebot im Rahmen meiner Möglichkeiten zu machen«, erklärte Caroline. »Vielen Dank, dass Sie sich die Zeit für mich genommen haben.«

Moment mal, hätte Issy am liebsten eingeworfen. Hätte das nicht eher »für uns« heißen sollen? Helena hätte ihr jetzt gepredigt, dass es in der Geschäftswelt eben so lief und sie jetzt tough sein musste. Stattdessen sagte sie einfach nur »Hallo« und ärgerte sich dann darüber, keinen durchschlagenderen Eindruck gemacht zu haben. Sie schob ihre Lieblingskuchendose – die mit dem *Union Jack* – neben sich.

»Mir gehören hier in der Stadt fünfunddreißig Objekte«, erklärte Mr Barstow mit starkem Londoner Akzent. »Mit keinem davon gab es so viel Theater wie mit diesem hier. Eine Damenkränzchen-Idee nach der anderen.«

Issy fühlte sich von seiner Unverblümtheit ein wenig vor den Kopf gestoßen, Caroline hingegen war völlig unbeeindruckt. »Fünfunddreißig?«, echote sie. »Mein Gott, Sie sind ja wirklich erfolgreich.«

»Deshalb ist mir das Geld auch egal«, erklärte Mr Barstow. »Aber es ärgert mich, dass hier ständig Leute ohne Vorwarnung ausziehen und die Miete nicht länger bezahlen, verstanden?«

Die beiden Frauen nickten. Issy blätterte durch ihre Notizen. Sie hatte Informationen dazu zusammengetragen, was ein gutes Café ausmachte, wie eine funktionierende Bäckerei den Wert der umliegenden Objekte steigern konnte und wie viele Cupcakes sie hoffentlich pro Tag verkaufen würde (diese Zahl war zugegebenermaßen ein Fantasieprodukt, aber in der Tabellenkalkulation sah sie ziemlich beeindruckend aus. Im Immobiliensektor hatte das gut funktioniert, und sie konnte sich nicht vorstellen, dass die Dinge in der Backbranche grundlegend anders liefen). Aber bevor sie auch nur den Mund aufmachen konnte, klappte Caroline ihren winzigen silbernen Laptop auf, den Issy bis jetzt nicht einmal bemerkt hatte.

Vor Carolines Hochzeit – mit diesem Mistkerl – hatte sie eine leitende Stellung in einem Marktforschungsinstitut innegehabt. Als dann die Kinder unterwegs waren, hatte sie es viel überzeugender gefunden, von nun an die perfekte Manager-Gattin zu geben. Sie hatte all ihre Energie in die außerschulischen Aktivitäten der Kinder gesteckt, sich freiwillig für die Pflegschaft gemeldet und den Haushalt wie ein Feldwebel geführt. Doch hatte er deshalb aufgehört, dieses Flittchen aus dem Büro flachzulegen? Nein, verdammt noch mal, dachte sie wütend, während sie darauf wartete, dass die Powerpoint-Präsentation geladen wurde. Sie machte immer noch Sport, aß gesund und hatte alles darangesetzt, nach Achilles und Hermia schnell wieder ihr altes Gewicht zu erreichen. Hatte er das auch nur bemerkt? Er arbeitete den ganzen Tag, konnte nach Feierabend vor lauter Müdigkeit nur noch essen und vor dem Fernseher eindösen, und jetzt ging er wohl mit so einer Fünfundzwanzigjährigen ins Bett, die nicht fünfzehn Katzenkostüme für das nächste Theaterstück in der Schule nähen musste. Nicht etwa, dass Bitterkeit ein attraktiver Zug wäre. Caroline biss sich auf die Lippe. Sie war gut in ihrem Job. Und das hier würde ihr neuer Job werden, damit sie ein wenig aus dem Haus kam.

»Ich habe da mal eine kleine Präsentation vorbereitet«, begann sie. »Also, meine weit gefächerten Marktstudien haben gezeigt, dass fünfundsiebzig Prozent der Menschen es eigenen Angaben nach schwierig finden, fünfmal am Tag Obst und Gemüse zu essen. Weiterhin erklären sechzig Prozent, dass die Wahrscheinlichkeit ihres Konsums um fünfundfünfzig Prozent steigen würde, wenn Obst und Gemüse einfacher zu beziehen und reizvoller angeboten würden …«

Diese Frau kannte keine Gnade. Sie führte Belege an, hatte die Häuser abgeklappert und ihre Ergebnisse nach Postleitzahlen geordnet. Eine Webseite war bereits entworfen, und sie hatte einen Kleingarten in Hackney Marshes ausfindig gemacht, in dem Biokarotten angebaut wurden. Sie war einfach unschlagbar.

»Wir werden natürlich so viele Produkte wie möglich aus der näheren Umgebung beziehen«, erklärte sie mit affektiertem Lächeln. Mr Barstow sagte während der ganzen Präsentation kein Wort.

»Und, haben Sie noch irgendwelche Fragen?«, sagte Caroline nach zwanzig Minuten mit herausforderndem Blick. Sie wusste, dass sie ihre Sache gut gemacht hatte. Sie würde es ihm zeigen. Sie würde ein unglaublich erfolgreiches Unternehmen gründen, und dann würde es ihm leidtun.

Issy war immer kleiner und kleiner geworden. Gegen so etwas kamen ein paar Tage googeln einfach nicht an. Genauer gesagt konnte sie nach diesen perfekt untermauerten und visualisierten Ausführungen unmöglich selbst einen Vortrag halten. Sie würde ja wie eine Idiotin dastehen. Mr Barstow nahm Caroline von Kopf bis Fuß in Augenschein. Sie hatte wirklich eine beeindruckende Show hingelegt, das musste man ihr lassen.

»Wenn ich Sie richtig verstanden habe …«, begann der Vermieter, der auch jetzt, im Februar, die Sonnenbrille nicht abnahm, »dann wollen Sie sich also den ganzen Tag in eine Sackgasse abseits der High Street stellen und Rote-Bete-Saft anbieten?«

Sein Kommentar ließ Caroline völlig ungerührt.

»Ich denke, meine ausführliche und in die Tiefe gehende kundenorientierte statistische Analyse, die ich bei einem führenden Marktforschungsinstitut in Auftrag gegeben habe …«

»Was ist mit Ihnen?«, fragte Barstow und zeigte auf Issy.

»Hm …« Plötzlich war Issy, als hätte sich ihr hastig zusammengesuchtes Wissen mit einem Mal verflüchtigt. Sie hatte doch keine Ahnung vom Handel oder davon, wie man ein Geschäft führte. Sie hatte ein totales Blackout. Das war ein Albtraum.

Des zog die Augenbrauen hoch. Caroline feixte. Aber den dreien fehlte eine entscheidende Information, dachte Issy plötzlich. Sie kannten ihre Geheimwaffe nicht.

»Hm«, hauchte Issy, »ich backe Kuchen.«

Mr Barstow grunzte.

»Ach ja? Haben Sie welchen mitgebracht?«

Darauf hatte Issy gehofft. Sie öffnete die Dose. Sie hatte den »Ich kriege, was ich will-Zitronenkuchen« dabei, den eigentlich jeder probieren wollte, und außerdem noch eine Auswahl an Cupcakes, um ihre ganze Bandbreite zu zeigen: Küchlein mit weißer Schokolade und frischer Multbeere (die Säure der Beere neutralisierte die übermäßig süße weiße Schokolade, wenn man die Proportionen richtig hinbekam, was Issy nach langwierigen Experimenten im vergangenen Winter inzwischen beherrschte, allerdings war es schon ein Rezept, das auf die kalte Jahreszeit beschränkt war), mit Zimt und Orangenschale, die mehr nach Weihnachten schmeckten als Christmas Cake, und welche mit süßer, frischer, unwiderstehlicher Vanille, die mit winzigen Röschen dekoriert waren. Sie hatte vier von jeder Sorte mitgebracht.

Sie bemerkte, dass Caroline die Augenbrauen hochzog, als sie den Zitronenkuchen entdeckte, der ein wenig zerfallen war und unschön aussah. Wie Issy vermutet hatte, schob Mr Barstow seine fette haarige Hand in die Dose und nahm sich ein Stück Kuchen und einen Vanille-Cupcake.

Bevor es auch nur jemand wagte, sich zu rühren, biss er von beiden Backwaren ein Stück ab. Issy hielt den Atem an, während er langsam und genussvoll kaute. Die Augen hielt er die ganze Zeit geschlossen, wie ein Weintester bei der Arbeit.

»In Ordnung«, brummte er schließlich und zeigte direkt auf Issy. »Sie sind drin. Vermasseln Sie's nicht, Schätzchen.«

Dann griff er nach seinem Aktenkoffer, drehte sich um und verließ das Büro.

Das war zu viel für Caroline. Bisher war sie Issy unsympathisch gewesen, jetzt aber tat sie ihr nur noch leid, vor allem, weil ihre Rivalin niemals erfahren würde, dass sie Issy überhaupt erst auf die Idee mit dem Café gebracht hatte.

»Es ist nur – die Kinder gehen ja jetzt in den Kindergarten und in die Schule, und dieser Mistkerl hurt rum, und ich … ich weiß einfach nicht, was ich den lieben langen Tag mit mir anfangen soll«, schluchzte sie. »Uns gehört eins von diesen großen Häusern direkt hinter dem Laden, das wäre doch einfach perfekt gewesen, und ich wollte es ihm so richtig zeigen. Meine Freundinnen waren von dem Projekt begeistert.«

»Das ist doch toll«, meinte Issy. »Meine Freunde halten das alle für eine ganz schlechte Idee.«

Caroline starrte sie an, als hätte sie ein Gespenst gesehen. So langsam schien ihr etwas zu dämmern.

»Allerdings lügen meine Freundinnen ständig«, murmelte sie. »Die haben mir ja nicht einmal erzählt, dass dieser Bastard eine Affäre hat, obwohl es alle wussten.« Sie schluckte schmerzhaft. »Wusstet ihr, dass er mit ihr zum Lapdance-Unterricht geht? Mit seinen eigenen Kollegen? Auf Kosten der Firma?« Sie stieß ein ersticktes Kichern aus. »Entschuldigung. Es tut mir so leid. Ich habe keine Ahnung, warum ich Ihnen das alles erzähle. Denn offensichtlich langweile ich Sie ja.«

Damit war Des gemeint, der gerade herzhaft gegähnt hatte.

»Nein, nein, überhaupt nicht, aber unser Baby hat die Kolik«, stotterte Des. »Ich … Es tut mir wirklich leid, Mrs Hanford, ich weiß gar nicht, was ich sagen soll.«

Caroline seufzte. »Wie wäre es mit ›Ich bin ein gerissener Immobilienhai, der für dieses Objekt zwei Zusagen gegeben hat‹?«

»Hm, aus legalen Gründen darf ich leider nicht …«

»Hätten Sie vielleicht gern ein Stück Kuchen?«, warf Issy ein, weil sie nicht wusste, was sie sonst sagen sollte.

Caroline schnaubte. »Ich esse doch keinen Kuchen! Ich habe seit vierzehn Jahren kein Gebäck mehr angerührt!«

»Okay«, murmelte Issy, »macht ja nichts. Des, dann lasse ich Ihnen etwas davon da und nehme den Rest eben wieder mit.«

Caroline warf einen sehnsüchtigen Blick auf die Dose.

»Aber die Kinder würden sich bestimmt darüber freuen.«

»Wenn sie aus der Schule kommen«, stimmte Issy zu. »Da ist allerdings weißer Zucker drin.«

»*Er* kann ja die Zahnarztrechnungen bezahlen«, knurrte Caroline.

»In Ordnung«, seufzte Issy. »Wie viel hätten Sie denn gern?«

Caroline leckte sich die Lippen. »Ich habe … ziemlich gierige Kinder.«

Ein wenig verwirrt reichte Issy ihr die ganze Dose.

»Danke. Ich … ich bringe die Dose dann bei Ihnen im Laden vorbei, in Ordnung?«

»Ja, bitte«, nickte Issy. »Und … viel Glück bei der Suche nach einem neuen Lokal.«

»›Such dir doch einen Job‹, meinte er. ›Damit du beschäftigt bist.‹ Können Sie fassen, dass er das zu mir gesagt hat? Können Sie das fassen? Dieser Bastard.«

Issy tätschelte ihr die Hand. »Das tut mir leid.«

»Mir verdammt noch mal einen Job suchen. Wiedersehen, Desmond.«

Und sie knallte die Tür hinter sich zu.

Des und Issy sahen einander an.

»Glauben Sie, dass sie jetzt im Rover den ganzen Kuchen in sich reinstopft?«, überlegte Des.

»Ich mache mir Sorgen um sie«, gab Issy zu. »Ich denke, ich sollte lieber nachsehen, ob es ihr gut geht.«

»Ich glaube kaum, dass sie Ihre Fürsorge zu schätzen wüsste«, erwiderte Des. »Ich gebe ihr ein paar Tage Zeit und rufe sie dann mal an.«

»Würden Sie das wirklich tun?«

»Klar«, antwortete Des stoisch. »Und jetzt haben Sie und ich eine Menge Papierkram zu erledigen.«

Issy folgte ihm brav in den hinteren Bereich des Büros.

»Hat sie wirklich die ganze Dose mitgenommen?«, fragte Des traurig. Der Zitronenkuchen war nicht besonders gewesen, aber der Rest hatte köstlich ausgesehen.

»Ich bin sicher, ich hab in der Handtasche noch ein Küchlein in Alufolie«, sagte Issy, die diesen Cupcake für sich aufgehoben hatte, zum Trost oder um gegebenenfalls damit zu feiern. »Hätten Sie den vielleicht gerne?«

Und ob.

Issy kam mit einer Flasche Champagner nach Hause. Plötzlich kam wieder Leben in Helena, die müde von der Arbeit heimgekehrt war, nachdem sie während ihrer Schicht die Teilnehmer eines ausgearteten Flaschenweitwurfs nähen musste. »O mein Gott«, rief sie. »Du hast die Zusage!«

»Das lag an Gramps' Kuchen«, versicherte Issy gerührt. »Ich kann nicht fassen, dass ich ihn in ein Heim stecke und er es mir so dankt.«

»Du hast ihn doch nicht in ein Heim gesteckt«, widersprach Helena, die diese Unterhaltung lieber nicht noch einmal führen wollte. »Du hast ihn an einem Ort untergebracht, an dem für seine Sicherheit und sein Wohlbefinden gesorgt ist. Was denn, hättest du ihn lieber hier, in Reichweite deines Bosch-Backofens?«

»Nein«, gab Issy widerwillig zu, »es ist nur …«

Helena winkte ab. Manchmal war es für Issy wirklich ein Segen, dass ihre Mitbewohnerin so ein energischer Typ war und immer wusste, was sie wollte.

»Auf Gramps!«, verkündete Helena und hob ihr Glas. »Und auf dich! Und auf den Erfolg des Cupcake Cafés! Voller heißer Typen. Gehen heiße Typen eigentlich gern in die Konditorei?«

»Ja«, meinte Issy. »Aber zusammen mit ihrem Ehemann.«

Die beiden Freundinnen stießen an und schlossen sich in die Arme. Plötzlich klingelte Issys Telefon. Sie stand auf, um ranzugehen.

»Vielleicht ist das ja schon dein erster Kunde«, mutmaßte Helena. »Oder dieser gruselige Vermieter, der damit droht, dir als Warnung die Kniescheiben zu zertrümmern.«

Es war keins von beidem. Issy starrte auf die angezeigte Nummer, zog dann an einer Haarsträhne und wickelte sie sich um den Zeigefinger, während sie angestrengt nachdachte. Sie schaute das Telefon an, als wollte sie sehen, was es wohl tun würde. Natürlich klingelte es weiter und erschreckte sie noch einmal. Die Vorstellung, dass der Anrufer eine Nachricht hinterlassen würde, konnte sie nicht ertragen, also streckte sie langsam, ganz langsam die Hand aus. Helena erhaschte gerade noch rechtzeitig einen Blick auf ihre Miene, die verschiedene Emotionen widerspiegelte – sowohl Entsetzen als auch Verlangen –, und wäre am liebsten eingeschritten, hätte sie davon abgehalten ranzugehen. Der seltsame sechste Sinn, den Freundschaften mit sich bringen, hatte ihr sofort verraten, wer da anrief. Aber es war schon zu spät.

»Graeme?«, sagte Issy mit rauer Stimme.

Lass es gut sein, sagte Helena sich selbst. Issy hatte ihr doch wegen Imran so viele gute Ratschläge gegeben. Und wie lange hatte es gedauert, bis sie endlich von ihm abgelassen hatte? Achtzehn Monate. Bis zu seiner Hochzeit. Sie seufzte.

»Baby, wo hast du denn nur gesteckt?«, fragte Graeme, als hätten sie vor zwei Stunden das letzte Mal miteinander gesprochen und er hätte sie im Einkaufszentrum aus den Augen verloren.

Issy konnte nicht wissen, wie schwer Graeme dieser Anruf gefallen war. Zunächst hatte er sich eingeredet, dass die Sache ohnehin früher oder später vorbei gewesen wäre; er war noch nicht bereit für eine feste Bindung, und es war ja auch nicht so, als ob das zwischen ihnen etwas Ernstes gewesen wäre. Und außerdem hatte er ja auch viel zu tun.

Aber als dann die Wochen verstrichen waren und er nichts von ihr gehört hatte, da hatte sich bei ihm nach und nach ein Gefühl eingeschlichen, das ihm neu war. Sie fehlte ihm. Er vermisste ihre Sanftheit, ihr aufrichtiges Interesse an ihm und allem, was er tat, und natürlich auch ihre Kochkünste. Er war mit den Jungs ausgegangen und hatte ein paar wirklich heiße Bräute aufgerissen, aber letztendlich war ihm klar geworden, wie leicht, wie einfach es war, mit Issy Zeit zu verbringen. Sie nervte ihn nicht, lag ihm nicht mit ihren Problemen in den Ohren oder wollte sein Geld ausgeben. Er mochte sie. So einfach war das. Und obwohl er im Leben eigentlich lieber nach vorne schaute, hatte er beschlossen, sie anzurufen. Einfach nur, um sie zu sehen. Nach einem langen Tag hatte sie manchmal für ihn ein Bad eingelassen und ihn massiert. Das wäre jetzt auch nicht schlecht. Und was da im Büro passiert war … Das war doch rein geschäftlich gewesen, oder nicht? Man hatte sie entlassen, weil es im Moment eben schlecht aussah. Inzwischen hatte sie doch bestimmt längst eine neue Arbeit. In seinem überschwänglichen Empfehlungsschreiben hatte er sie weitaus mehr gelobt, als sie wegen ihrer beruflichen Fähigkeiten eigentlich verdient hätte, und Callie Mehta hatte sich ebenfalls sehr für sie eingesetzt. Mittlerweile war sie bestimmt darüber hinweg. Als er schließlich zum Telefon gegriffen hatte, war Graeme davon überzeugt gewesen, dass alles ganz einfach war.

Issy sah ihre Mitbewohnerin ganz bewusst nicht an, stand auf und verließ den Raum, das Telefon noch immer in der Hand. Sie brauchte lange, um etwas zu sagen – und zwar so lange, dass Graeme schließlich »Hallo? Hallo? Bist du noch dran?« in den Hörer rief.

Während der vergangenen Wochen hatte sie sich nachts im Bett hin- und hergeworfen, und dabei wurde das Schamgefühl und der Schmerz darüber, dass sie ihre Arbeit verloren hatte, von der Trauer und der Frustration wegen ihrer Trennung von Graeme überschattet. Es war unerträglich gewesen. Schrecklich. Sie hasste ihn. Sie hasste ihn. Er hatte sie benutzt, als wäre sie einfach nur eine weitere von der Firma zugesagte Vergünstigung.

Aber das stimmte doch gar nicht, meldete sich irgendwo in ihr eine leise Stimme. Da war noch etwas anderes gewesen. Wirklich. Etwas Echtes. Er hatte ihr Dinge anvertraut …

Aber hatte er ihr das alles nur erzählt, weil sie eine willige Zuhörerin gewesen war? Ein verlässliches Ventil, um seinem Ärger Luft zu machen? War es für ihn nicht einfach praktisch gewesen, eine professionelle Vertraute zu haben, die auch noch für ihn kochte und mit ihm schlief? Eine zweckmäßige Begleitung auf seinem Weg die Karriereleiter hinauf – immerhin war er erst fünfunddreißig. Er hatte noch jahrelang Zeit, bevor er daran denken musste, sich fest zu binden. Und warum sollte jemand, der so gut aussah und so erfolgreich war, überhaupt Interesse an ihr haben? Das waren die Gedanken, die ihr um vier Uhr morgens durch den Kopf spukten, und sie fühlte sich so wertlos und erbärmlich, dass es beinahe lachhaft war. Nicht wirklich zum Lachen, aber fast.

Und jetzt kam die Sache mit dem Café langsam ins Rollen – das war doch wie Vorsehung. Etwas Gutes und Konkretes, in das sie all ihre Energie investieren konnte, eine Tür zurück ins Leben. Ein Weg, auf dem sie all ihre alten Sorgen hinter sich lassen und ganz von vorn anfangen konnte.

»Bist du noch dran?«

Sie geriet in Panik. Sollte sie sich cool geben, so tun, als hätte sie kaum an ihn gedacht – während er ihr in Wirklichkeit nicht aus dem Kopf gegangen war? Sie dachte daran, wie sie stinkwütend aus dem Büro gestürmt war. Und dann kamen ihr einige der, äh, weniger angemessenen Trinksprüche von ihrem Umtrunk in der Kneipe in den Sinn. Und wie sie während der ersten Tage sicher gewesen war, dass er sich bei ihr melden würde, um ihr zu sagen, dass er einen schrecklichen Fehler begangen hatte, dass er sie liebte und sie bat, zu ihm zurückzukehren, weil das Leben ohne sie nichts wert war. Diese Tage waren in Wochen übergegangen, dann war schließlich der erste Monat verstrichen, und nun ging sie endlich ihren eigenen Weg, blickte nicht mehr zurück …

»Hallo?«, brachte sie schließlich hervor. Ihre Stimme klang wie ein ersticktes Flüstern.

»Kannst du sprechen?«, fragte Graeme. Aus irgendeinem Grund ärgerte sie das. Was glaubte er denn, womit sie gerade beschäftigt war?

»Eigentlich nicht«, entgegnete sie. »Im Moment liege ich nämlich bei George Clooney im Bett, und er ist nur kurz aufgestanden, um uns für den Whirlpool noch eine Flasche Champagner zu holen.«

Graeme lachte. »O Issy, ich hab dich so vermisst.«

Sie spürte, wie tief aus ihrem Inneren ein Schluchzen in ihr aufstieg, und versuchte verzweifelt, es runterzuschlucken. Er hatte sie nicht vermisst! Er hatte sie verdammt noch mal nicht vermisst! Denn wenn er an sie gedacht hätte, auch nur eine einzige Sekunde lang, dann wäre ihm klar gewesen, dass sie ihn in dieser Situation mehr gebraucht hätte als alles oder alle anderen auf der Welt. Nachdem sie ihre Arbeit verloren hatte und auch noch ihren Freund, quasi ihr ganzes Leben. Nachdem er beschlossen hatte, dass sie ihre Arbeit verlieren würde. Und es war ihm so was von egal gewesen.

»Nein, hast du nicht«, brach es schließlich aus ihr heraus. »Das hast du verdammt noch mal nicht. Jetzt bist du mich und das alles doch endlich los.«

Graeme seufzte. »Ich hätte nicht gedacht, dass du dich so aufführen würdest.«

Issy biss sich auf die Lippe. »Wie denn sonst – soll ich dir vielleicht auch noch dankbar sein?«

»Ja, also, du weißt schon. Vielleicht ein bisschen. Dankbar dafür, dass du nun die Gelegenheit hast, dich der Welt zu stellen und vielleicht etwas mehr aus deinem Leben zu machen. Du weißt doch, welches Potenzial in dir steckt, Issy. Und wie hätte ich mich denn vorher bei dir melden sollen? Das wäre unangemessen gewesen, das musst du doch verstehen.«

Darauf erwiderte Issy lieber nichts. Er sollte nicht auch noch glauben, dass er hier von beiden der Vernünftigere war.

»Hör mal«, erklärte er aufrichtig. »Ich habe oft an dich gedacht.«

»Ach, tatsächlich? Während du erst meine Stelle wegrationalisiert und dann mich abserviert hast!«

»Ich habe dich doch nicht abserviert«, erwiderte Graeme gereizt. »Diese Stelle gibt es eben nicht mehr. Es waren doch alle Arbeitsplätze in Gefahr! Ich hab versucht, dich zu schützen, indem ich unsere persönliche Beziehung geheim gehalten habe. Und dann legst du los und posaunst es mitten im Büro heraus! Das war wirklich peinlich für mich, Issy.«

»Es wussten doch ohnehin alle«, murrte sie.

»Also, darum geht es doch gar nicht. Du hast es vor versammelter Mannschaft verkündet, und im Pub sollen ja auch recht unpassende Bemerkungen gefallen sein.«

Es gibt einfach keine Loyalität unter Kollegen, dachte Issy wütend.

»Und, warum rufst du mich jetzt an?«, fragte sie.

Graemes Stimme wurde sanfter.

»Na, ich wollte mal hören, wie es dir so geht. Sag mal, hältst du mich etwa für einen kompletten Mistkerl?«

Konnte das denn sein?, fragte sich Issy. War es etwa möglich, dass sie das alles ganz falsch gesehen hatte? Immerhin war *sie* ja fauchend aus dem Raum gestürmt. Vielleicht war sie hier nicht die Einzige, die sich schlecht fühlte. Vielleicht war er genauso betroffen und durcheinander gewesen wie sie. Womöglich hatte er all seinen Mut zusammennehmen müssen, um sie anzurufen. Vielleicht war er ja gar nicht das Arschloch, vielleicht war er immer noch – na ja, ihr wisst schon – der eine.

»Nun …«, murmelte sie. Genau in diesem Moment marschierte Helena ohne anzuklopfen in den Raum. Sie hatte ein hastig improvisiertes Warnschild dabei. Auf der Rückseite einer Mahnung vom Finanzamt stand in großen schwarzen Buchstaben: »Nein!«

Helena reckte die Faust in die Luft wie bei einer Demo und hauchte lautlos »Nein! Nein! Nein!« in ihre Richtung. Issy versuchte, sie mit einer Geste zu verscheuchen, aber ihre Mitbewohnerin kam immer näher. Helena streckte die Hand aus, um das Handy an sich zu nehmen.

»Hey!«, rief Issy. »Nicht!«

»Was ist denn?«, fragte Graeme.

»Oh, nur meine Mitbewohnerin«, sagte Issy. »Sorry.«

»Welche, die Dicke?«

Leider war Graemes Stimme über den Apparat gut zu hören.

»Genau die!«, knurrte Helena und stürzte sich auf das Telefon.

»Nein!«, quiekte Issy. »Das ist okay. Es geht mir gut. Du brauchst mich nicht zu retten! Und ich muss jetzt wirklich mit Graeme sprechen. Würde es dir also etwas ausmachen, dich mal fünf Minuten zu verdrücken und uns etwas Privatsphäre zu lassen?«

Sie starrte Helena unerbittlich an, bis diese wieder ins Wohnzimmer verschwand.

»Das tut mir leid«, entschuldigte Issy sich schließlich bei Graeme. Aber der klang jetzt schon fast wieder fröhlich.

»Es ist also alles in Ordnung mit uns? Alles wieder paletti?«, sagte er schließlich erleichtert. »Oh, gut. Das ist toll.« Er verstummte kurz. »Hast du vielleicht Lust vorbeizukommen?«

»*Nein!*«, knurrte Issy.

»Du gehst da nicht hin!«, verkündete Helena und blockierte mit vor der Brust verschränkten Armen die Tür. Sie bedachte Issy mit dem Blick, der sonst Betrunkenen galt, die am Samstagabend um halb zwei mit blutendem Kopf bei ihr auftauchten. »Du bleibst hier.«

»Es war alles nur ein Missverständnis«, erklärte Issy. »Ihm ging es nämlich auch dreckig.«

»So dreckig, dass er wochenlang sein Handy nicht gefunden hat«, sagte Helena. »Also bitte, Issy. Du solltest einen sauberen Schnitt machen.«

»Aber Helena«, protestierte Issy aufgeregt. Sie hatte ihr Glas Champagner runtergeschüttet, sobald sie aufgelegt hatte, und spürte nun, wie ihre Glieder warm erglühten. Schließlich hatte er angerufen! Er hatte angerufen!

»Er ist … Ich meine … Ich meine, ich denke wirklich, dass Graeme der eine sein könnte.«

»Nein. Er ist der Chef, für den du mal geschwärmt hast, und jetzt bist du fast zweiunddreißig und bekommst langsam Panik.«

»Das … das ist es gar nicht«, widersprach Issy und versuchte, ihr Argument überzeugend vorzutragen. »So war das nicht. Du warst doch gar nicht dabei, Helena.«

»Nein, war ich nicht«, antwortete diese. »Ich war nämlich hier und hab dich getröstet, wenn du die Nacht durchgeheult hast, und dich abgerubbelt, wenn er dich mal wieder im Regen nach Hause geschickt hat, oder dich zu Partys begleitet, weil er ja nicht wollte, dass man euch in der Öffentlichkeit zusammen sieht.«

»Na, das war doch nur wegen der Firma«, wandte Issy ein.

»Das wird sich zeigen.«

»Ich bin mir sicher, dass jetzt alles ganz anders laufen wird.«

Helena warf ihr einen Blick zu.

»Okay«, verteidigte sich Issy, »aber lass es mich doch wenigstens herausfinden.«

»Ich bin wirklich froh, dass er dafür nicht einmal einen Fuß vor die Tür setzen muss«, sagte Helena zu der Stille, als Issy gegangen war. Dann seufzte sie. Auf ihre guten Ratschläge hörte ja doch keiner.

Auch Graeme hatte eine Flasche Champagner aufgemacht. Seine Wohnung war wie immer minimalistisch leer und blitzsauber, ganz anders als Issys buntes, vollgestopftes Zuhause. Es war ruhig und friedlich. Über die teure Stereoanlage lief Robin Thicke, was Issy etwas übertrieben fand. Andererseits hatte ja auch sie sich in ihr schönstes graues Wollkleid und Stöckelschuhe gezwängt und trug Agent Provocateur.

»Hey«, begrüßte er sie, als er ihr die Tür aufmachte. Er wohnte in einem schicken Neubau, mit Teppichboden auf den Fluren und Blumen im Foyer. Er trug ein frisches weißes Hemd, hatte den Kragen jedoch nicht zugeknöpft, und auf seinen zarten Wangen zeigten sich dunkle Stoppeln. Er wirkte gestresst und sah müde aus – außerdem unglaublich attraktiv und sexy. Issy konnte nicht anders, ihr Herz machte vor Freude einen Satz.

»Hey«, sagte auch sie.

»Danke … vielen Dank, dass du vorbeischaust.«

Wie hübsch sie doch ist, dachte Graeme. Nicht heiß wie diese Nachtclubbräute mit Minis, die kaum den Arsch bedeckten, und ihren langen blonden Mähnen. Die sahen sexy aus, wirklich scharf … aber wenn er ganz ehrlich war … dann machten sie ihm manchmal auch ein wenig Angst. Issy hingegen – sah einfach nur hübsch aus. Gemütlich. Wie jemand, mit dem man gerne Zeit verbrachte.

Eigentlich hätte Issy cool sein und sich lieber erst in ein paar

Tagen mit ihm zum Essen verabreden sollen, um sich selbst ein wenig Bedenkzeit zu gönnen.

Aber sie war nicht cool. Das wusste sie. Und er auch. Es brachte doch nichts, jetzt wie die Katze um den heißen Brei herumzuschleichen. Entweder war er dabei oder nicht. Sie hatte keine Zeit, jetzt durch monatelange Spielchen herauszufinden, wo er stand.

Er küsste sie flüchtig auf die Wange, und sie roch Fahrenheit, ihr Lieblingsaftershave. Er wusste, wie gerne sie den Duft mochte, und hatte ihn extra für sie aufgelegt.

Sie griff nach dem Glas, das er ihr hinhielt, und hockte sich auf die Kante des schwarzen Ledersessels, einer Le-Corbusier-Imitation. Wieder erfüllte sie die gleiche Mischung aus Angst und Aufregung wie bei ihrem ersten Besuch, wieder war sie in diesem eleganten Apartment mit diesem sinnlichen, attraktiven Mann allein, den sie so sehr mochte, dass sie kaum klar denken konnte.

»Da sind wir also«, bemerkte er. »Nicht über einen Schreibtisch hinweg mit dir zu kommunizieren ist irgendwie seltsam.«

»Stimmt. Fehlt dir da der Kick?«, fragte Issy, hätte sich dann aber am liebsten auf die Zunge gebissen. Das war jetzt nicht der Zeitpunkt für schnippische Bemerkungen.

»Hör mal, du hast mir gefehlt«, erklärte Graeme. Unter seinen geraden schwarzen Augenbrauen blickte er sie direkt an. »Ich weiß … ich denke … ich hab dich vielleicht als selbstverständlich hingenommen.«

Sie wussten beide, was für eine Untertreibung das war.

»Du *hast* mich als selbstverständlich hingenommen«, stellte Issy fest. »Das ›vielleicht‹ kannst du dir sparen.«

»Okay, okay«, lenkte Graeme ein. Er legte ihr die Hand auf den Arm. »Es tut mir leid, okay?«

Issy zuckte mit den Achseln. »Wie auch immer.«

»Issy, jetzt schmoll doch nicht, du bist doch keine zwölf mehr. Wenn du sauer auf mich bist und was zu sagen hast, dann spuck es aus.«

Issy zog eine Schnute. »Ich bin sauer auf dich.«

»Und mir tut es leid. Du weißt ja, das liegt alles an diesem verdammten Job.«

Er verstummte. Issy wurde auf einmal klar, dass sie jetzt an der Reihe war, dass nun der Moment gekommen, ihre Fragen zu stellen: Was bin ich für dich? Ganz ehrlich. Wohin führt das mit uns? Denn wenn wir uns jetzt wieder darauf einlassen, dann muss das was Ernstes sein. Unbedingt. Mir bleibt nämlich nicht mehr viel Zeit, und ich will mit dir zusammen sein.

Jetzt war der Augenblick, um das alles zu sagen. Ihr war klar, dass sie vermutlich nie wieder so einen verletzlichen Graeme zu Gesicht bekommen würde. Jetzt war der passende Zeitpunkt, um die neuen Regeln ihrer Beziehung festzulegen, er musste es jetzt aussprechen.

Sie saßen schweigend da.

Und Issy fragte nicht. Sie brachte es einfach nicht fertig. Stattdessen spürte sie, wie sich schon wieder die altbekannte Röte über ihre Wangen legte. Warum war sie bloß so feige? Wovor hatte sie nur solche Angst? Sie würde ihn fragen. Bestimmt.

Graeme durchquerte den Raum. Noch bevor Issy den Mund aufmachen konnte, stand er unmittelbar vor ihr, und seine Augen, seine schönen blauen Augen sahen sie direkt an.

»Schau dich doch nur an«, bemerkte er wenig taktvoll. »Du wirst ja rot. Einfach zauberhaft.«

Wie immer, wenn man sie auf ihr Erröten ansprach, wurde es dadurch nur noch schlimmer. Issy machte den Mund auf, um etwas zu sagen, in dem Moment hieß Graeme sie jedoch durch eine Geste schweigen und beugte sich ganz, ganz langsam vor, um sie heftig auf die Lippen zu küssen, genau so, wie sie es in Erinnerung hatte, wie es sie seit Wochen in ihren Träumen verfolgt hatte.

Issy gab sich dem Kuss hin, zunächst widerwillig, dann mit allen Sinnen. Ihr wurde klar, wie sehr ihr Körper die Berührung vermisst hatte, wie sie sich nach dem Gefühl von fremder Haut auf ihrer Haut gesehnt hatte, dass sie zwei Monate lang niemand berührt hatte. Sie hatte einfach vergessen, wie gut sich das anfühlte, wie toll *er* sich anfühlte, wie gut er roch. Unwillkürlich stieß sie einen Seufzer aus.

»Ich hab dich vermisst«, hauchte Graeme. Und im Moment, dachte Issy, und lehnte sich wieder zu ihm vor, im Moment musste das eben reichen.

Erst nach ihrer wunderbaren gemeinsamen Nacht kam es Graeme, der durch die Wohnung hetzte und sich fertig machte, in den Sinn, sie danach zu fragen, was sie eigentlich in der Zwischenzeit gemacht hatte.

Zunächst wollte sie nicht so recht mit der Sprache herausrücken, die Realität nur ungern in ihre kleine Welt hineinlassen. Sie hatte keine Lust, sich von ihm auslachen zu lassen. Stattdessen genoss sie es, sich mit lockeren und entspannten Muskeln angenehm schläfrig und faul in seinem großen Bett zu räkeln. Sie war tatsächlich über Nacht geblieben, unglaublich! Es war eine wahre Wonne. Gleich würde sie aufstehen und zur Notting Hill High Street schlendern, sich einen Kaffee holen, vielleicht bei Starbucks die Zeitung lesen … Mit einem Mal fand sie die Vorstellung toll, unter der Woche in der Stadt unterwegs zu sein, es fühlte sich an, als würde sie blaumachen.

Und dann fiel es ihr plötzlich mit Schrecken ein: Sie konnte ja gar nicht blaumachen. Jetzt nicht mehr. Immerhin hatte sie viel zu tun, hunderttausend Sachen zu erledigen. Sie hatte den Mietvertrag unterschrieben, und das brachte nicht nur den Laden mit sich, sondern auch Verantwortung und jede Menge Arbeit und … Voller Panik saß sie plötzlich senkrecht im Bett. Sie hatte einen Termin beim Unternehmensberater, sie musste die Räumlichkeiten unter die Lupe nehmen – ihr Café! –, sich überlegen, welche Arbeitsschritte sofort zu erledigen waren und worum sie sich noch nach der Eröffnung kümmern konnte, einen Ofen kaufen und vielleicht schon jemanden einstellen. Der Champagner gestern Abend und der wunderbare Sex mit dem Mann, der sich da gerade vor dem Spiegel des anliegenden Badezimmers Gel in die Haare schmierte – damit hatte sie ihren Sieg gefeiert. Ab heute war sie selbstständig. Jetzt ging es los.

»Oh«, sagte sie. »Ich muss mich beeilen. Ich muss los.«

Graeme wirkte ein wenig beunruhigt, aber amüsiert.

»Wieso? Dringender Pediküre-Termin?«

»Nein, das nicht.«

Und dann erklärte sie es ihm.

Wenn sie ihm erzählt hätte, dass sie einen Zoo eröffnen wollte, hätte er nicht erstaunter dreinblicken können.

»Du machst was?«

Er band sich gerade die schicke blaue Krawatte um, die Issy ihm gekauft hatte, weil sie gedacht hatte, dass das die passende Farbe für einen eitlen Pfau wie ihn wäre und außerdem seine Augen zur Geltung bringen würde, was ja auch beides zutraf.

»Tja«, antwortete Issy unbekümmert, als wäre dies das Normalste auf der Welt und in keiner Weise überraschend. »Du hast es ja gehört.«

»Du eröffnest ein Kleinunternehmen? Die Rezession liegt gerade mal fünf Minuten hinter uns, und du gründest eine Firma?«

»Gibt es denn einen besseren Zeitpunkt?«, wandte Issy ein. »Die Mieten sind niedrig, und überall bieten sich jetzt Gelegenheiten.«

»Moment, Moment«, unterbrach sie Graeme. Es gefiel Issy, dass sie ihn so verblüfft hatte, aber sie war auch ein wenig eingeschnappt, weil er ihr das ganz offensichtlich nicht zutraute. »Und warum geht es dabei?«

Issy starrte ihn an. »Um Cupcakes natürlich.«

»Cupcakes?«

»Ja, Cupcakes.«

»Dein ganzes Geschäft soll auf Kuchen basieren?«

»Damit wäre ich nicht die Erste.«

»Auf diesem Zuckerzeug?«

»Die Leute mögen das.«

Graeme runzelte die Stirn. »Aber du verstehst doch gar nichts davon, ein Geschäft zu führen.«

»Davon hat am Anfang doch niemand eine Ahnung.«

»Na ja, in der Gastronomie schon. Wer eine Bäckerei aufmacht, hat vorher schon jahrelang in einer gearbeitet und ist in der Branche groß geworden. Sonst bist du verloren. Wenn du backen willst, warum hast du dir dann nicht einen Job in einer Bäckerei gesucht? So könntest du erst einmal rausfinden, ob das überhaupt was für dich ist.«

Issy zog eine Schnute. Genau das hatte ihr eine leise Stimme in ihrem Inneren auch zugeflüstert. Aber sie hatte doch schon das Lokal! Ihren Laden! Sie wusste, dass es richtig war!

»Na ja, ich habe das perfekte Lokal gefunden und …«

»In Stoke Newington?«, schnaubte Graeme. »Da hast du dir aber was andrehen lassen!«

»Okay«, knurrte Issy. »Du kannst sagen, was du willst. Ich hingegen habe jetzt einen Termin beim Unternehmensberater.«

»Na, dann hoffe ich nur, er hat sich die nächsten Stunden frei gehalten«, höhnte Graeme.

Issy starrte ihn an.

»Was denn?«

»Ich kann nicht fassen, dass du dich so aufführst.«

»Und ich kann nicht fassen, dass du die unglaublich großzügige Abfindung von Kalinga Deniki für so etwas Lächerliches in den Sand setzt. Das ist doch einfach nur dumm. Warum hast du mich denn nicht um Rat gefragt?«

»Weil du dich nicht dazu herabgelassen hast, mich mal anzurufen, schon vergessen?«

»Oh, um Gottes willen, Issy, jetzt komm schon. Ich höre mich mal um. Ich bin mir ziemlich sicher, dass die bei Foxtons Commercial eine Sekretärin suchen. Wir finden bestimmt irgendwas für dich.«

»Ich will aber nicht ›irgendwas‹«, erklärte Issy giftig und biss sich auf die Lippe. »Das hier ist es, was ich will.«

Graeme reckte die Hände gen Himmel.

»Aber das ist doch albern.«

»Das denkst du.«

»Du kennst dich in der Geschäftswelt doch gar nicht aus.«

»Und du kennst *mich* nicht«, rief Issy. Ihr war klar, wie dumm und dramatisch das klang, aber das war ihr egal. Sie sah sich nach ihrem zweiten Schuh um. »Ich muss los.«

Graeme schaute sie an und schüttelte den Kopf.

»Na schön.«

»Na schön.«

»Du wirst es verbocken«, sagte er.

Issy hob ihren Schuh auf. Wie gerne hätte sie den jetzt nach ihm geworfen.

»Vielen Dank für dein Vertrauen«, murmelte sie, als sie ihn hastig überstreifte und zur Tür hinausstöckelte. Und wieder einmal machte sie sich Vorwürfe, weil sie so blöd gewesen war.

Issy kochte vor Wut, als sie sich auf den Heimweg machte. Sie wollte jetzt nur noch aus diesen bescheuerten Klamotten raus. In der Wohnung war es zwar still, aber sie war nicht allein. Sie konnte Helenas Anwesenheit spüren, ihre Missbilligung (und ihr Shalimar-Parfüm) lagen in der Luft. Na ja, für so was hatte sie jetzt keine Zeit. Sie hatte ein Meeting bei der Bank, also musste sie gewieft und professionell auftreten und hoffentlich einen Businessplan auf die Beine stellen, auch wenn sie sich mit der größten Arschgeige von ganz London die halbe Nacht um die Ohren geschlagen hatte. Noch am selben Tag würde man ihr die Schlüssel aushändigen, und dann hätte sie ein paar Wochen Zeit, um alles auf Vordermann zu bringen und schließlich zum »Frühlingsgeschäft« zu eröffnen. Was, wie sie jetzt dachte, ziemlich optimistisch klang. Egal, egal.

Also, was sollte sie anziehen? Sie öffnete die Schranktür und warf einen Blick auf all die unauffälligen Kostüme, die sich im Laufe der Zeit dort angesammelt hatten. Das graue mit den Nadelstreifen? Graeme war davon begeistert gewesen, er hatte es immer als »sexy Sekretärinnen«-Look bezeichnet. Issy wäre immer so gerne eine von diesen stylischen jungen Frauen mit zierlichem Oberkörper gewesen, die Westen mit tiefer Taille ohne BH tragen konnten. Aber zu diesen Frauen würde sie nie gehören, wie sie sich jetzt eingestehen musste. Sie hatte ihre Kurven noch nie gern durch figurbetonte Kleidung unterstrichen. Helena hingegen hatte dies zu einer Kunstform erhoben.

Sie zog ein weißes Hemd zu sich heran. Aber Hemden saßen bei ihr nie wirklich perfekt. Sie spürte, dass sich hinter ihr etwas regte, und drehte sich um. Es war Helena mit zwei Tassen Tee.

»Nein, du brauchst nicht anzuklopfen«, murrte Issy. »Das ist ja nur meine Wohnung.«

»Möchtest du einen Tee?«, fragte Helena und ignorierte ihre Bemerkung ganz einfach.

»Nein, ich möchte, dass du nicht mehr ohne Vorwarnung in mein Zimmer stolzierst.«

»Na, das hört sich ja an, als wäre die letzte Nacht richtig romantisch gewesen.«

Issy seufzte. »Halt den Mund.«

»O Gott, so übel? Das tut mir leid, Süße.«

Helena konnte man einfach nicht lange böse sein.

»Es war ganz nett«, sagte Issy und griff nach der Tasse. »Nett. Und ich will ihn nie wiedersehen.«

»Okay.«

»Und mir ist klar, dass ich das vorher auch behauptet habe.«

»Okay.«

»Aber dieses Mal meine ich es ernst.«

»Wunderbar.«

»Es geht mir gut.«

»Schön.«

»Schön.«

Helena sah sie an.

»Willst du das etwa zu deinem Termin anziehen?«

»Ich bin doch jetzt Unternehmerin. Da muss ich auch so aussehen.«

»Aber das ist doch gar nicht dein Part. Du bist jetzt eine professionelle Bäckerin und nicht jemand, der Akten mit sich rumschleppt und alle fünf Minuten seine Facebook-Seite checkt.«

»Ehrlich gesagt sah meine frühere Arbeit auch etwas anders aus.«

»Ja, egal, wie auch immer.«

Helena streckte die Hand aus und zog ein Kleid mit Streublumenmuster und eine Strickjacke in Pastellfarben hervor.

»Hier, probier das mal an.«

Issy begutachtete ihre Wahl. Sie hatte so viele Dinge im Kopf, sie konnte sich kaum konzentrieren.

»Findest du das nicht ein bisschen zu … niedlich?«

»Schätzchen, du machst eine Cupcake-Bäckerei auf. Mit ›niedlich‹ solltest du dich besser abfinden. Und außerdem finde ich das gar nicht. Ich finde, damit siehst du hübsch und zugänglich aus, und es passt zu dir, was man vom Porno-Sekretärinnen-Look nicht gerade sagen kann.«

»Das Kostüm ist doch gar nicht …«

Andererseits, dachte Issy nach einem Blick in den Spiegel, war es vielleicht doch an der Zeit, dieses Outfit loszuwerden. Und sich damit ein für alle Mal von diesem blöden Büro zu lösen. Und von diesem ätzenden Typen … Sie versuchte, lieber nicht an Graeme zu denken, und zog sich um.

In den neuen Klamotten sah sie wirklich viel attraktiver aus – jünger und frischer. Sie musste lächeln.

»Siehst du«, meinte Helena, »das passt viel besser zu deiner neuen Rolle.«

Issy musterte Helena, die ein dunkelgrünes Rüschenoberteil mit rechteckigem Ausschnitt trug.

»Und zu welcher Rolle passt dein Look?«

Helena zog eine Schnute. »Zur Renaissance-Göttin mit Flammenmähne natürlich. Wie immer. Aber das weißt du doch.«

Issy war wegen des Banktermins sehr nervös. Man hatte ihr erklärt, dass es sich nur um ein Vorgespräch handelte, und das war ja auch völlig in Ordnung, aber sie fühlte sich immer noch, als müsste sie dort antanzen und erklären, warum sie ihr Konto überzogen hatte wie damals im College. Graeme schaute sich seine Bilanzen gern jeden Monat an und griff augenblicklich zum Telefonhörer, wenn ihm irgendetwas auffiel. Dazu hatte sie eher selten Lust.

»Hm, hi«, flüsterte sie beinahe, als sie die totenstille Bank mit dem beigefarbenen Teppichboden betrat. Es roch nach Reinigungsmitteln und Geld. In diesem Moment hätte sie sich doch lieber hinter der Rüstung der grauen Nadelstreifen versteckt.

»Könnte ich bitte mit …«, sie warf einen Blick in ihre Unterlagen, »mit Mr Tyler sprechen?«

Die junge Frau hinter dem Schalter lächelte abwesend, betätigte den Summer und wandte sich dann wieder ihrem Telefon zu. Sich ausnahmsweise mal auf der anderen Seite der Sicherheitsschranke zu befinden, fand Issy seltsam. Schreibtische waren über das Großraumbüro verteilt, und die Mitarbeiter starrten auf ihre Monitore. Issy fragte sich, ob hier wohl irgendwo Goldbarren rumlagen.

Sie entdeckte niemanden, der ihr wie ein Mr Tyler vorkam, also nahm sie nervös Platz, griff nach einer ausliegenden Zeitschrift und ließ sie dann wieder sinken. Sie war viel zu aufgeregt, um zu lesen, also spielten ihre Finger stattdessen mit den Seiten herum. Sie hoffte nur, sie würde nicht allzu lang warten müssen.

Austin Tyler saß im Büro der Schulleiterin und hatte eine Art Déjà-vu. In genau diesem Raum hatte er früher auch gesessen und mit seinen abgewetzten Schuhen gegen den Stuhl getreten, während man ihm eine Standpauke hielt, weil er durch die Büsche gelaufen war oder sich mit Duncan MacGuire geprügelt hatte. Die jetzige Rektorin war neu – eine recht junge Frau, die sich mit den Worten »Nennen Sie mich doch Kirsty« vorgestellt hatte. Allerdings würde er viel lieber Miss Duboise zu ihr sagen, auch wenn sie sich an den Schreibtisch lehnte, statt gebieterisch dahinter zu thronen wie Mr Stroan früher. Austin waren die alten Methoden ehrlich gesagt lieber gewesen, da wusste man wenigstens, woran man war. Er schielte zu Darny hinüber und seufzte. Darny starrte wütend zu Boden, und das Funkeln in seinen Augen bedeutete, dass er ja doch nicht zuhören würde, egal, was jetzt kam. Mit seinen zehn Jahren war Darny aufgeweckt, resolut und fest davon überzeugt, dass Standpauken und Maßregelungen einen empfindlichen Verstoß gegen die Menschenrechte darstellten.

»Was ist es denn dieses Mal?«, fragte Austin. Er würde wieder zu spät zur Arbeit kommen, das war ihm klar. Er fuhr sich mit der Hand durch das dichte, widerspenstige rotbraune Haar, das ihm in die Stirn hing. Dabei fiel ihm auf, dass mal wieder ein Friseurbesuch fällig wäre. Als ob er für so was Zeit hätte.

»Also«, begann die Direktorin. »Wir sind uns natürlich alle der besonderen Umstände in Darnys Leben bewusst.«

Austin zog die Augenbrauen hoch und wandte sich zu Darny um, dessen Haare mehr ins Rot gingen als die seinen, aber wie bei ihm an der Stirn abstanden, und dessen Augen ebenso grau waren.

»Hm, aber diese besonderen Umstände liegen ja nun schon sechs Jahre zurück, nicht wahr, Darny? Die können leider nicht ewig als Entschuldigung dienen. Vor allem nicht, wenn du …«

»Mit Pfeil und Bogen auf Vorschüler schießt.«

»Ganz besonders dann nicht«, bekräftigte Austin und sah Darny, der noch angestrengter zu Boden schaute, streng an. »Hast du nichts dazu zu sagen?«, fragte er den Jungen.

»Meine Loyalität gehört nicht Euch, Sheriff.«

Kirsty blickte zu dem großen Lockenkopf in dem leicht zerknautschten Anzug hinüber und wünschte sich, sie beide wären jetzt ganz woanders. Oder dass zumindest der Junge nicht dabei wäre. Sie wünschte sich zusammen an einen netten Ort, zum Beispiel in eine Kneipe. Wieder einmal musste sie daran denken, dass man in diesem Job einfach keine Männer kennenlernte. An Grundschulen unterrichteten eben nur Frauen, und es war absolut tabu, sich an die Väter heranzumachen.

Austin Tyler hingegen war ja eigentlich kein Vater …

Wäre das dann wohl in Ordnung?

Jeder hier an der Schule kannte die tragische Geschichte. Was Kirsty anging, so machte die Story den schlaksigen Austin, der häufig seine Hornbrille fahrig abnahm und sie dann wieder aufsetzte, nur noch attraktiver. Vor sechs Jahren hatte Austin in Leeds an seinem Doktor in Meeresbiologie gesessen, als seine Eltern und sein kleiner Bruder (das Resultat einer Silberhochzeitsfeier, das allen den Schreck ihres Lebens eingejagt hatte) mit dem Auto unterwegs gewesen waren. Die Familie war in einen schrecklichen Unfall geraten, als ein Lieferwagen auf einer vielbefahrenen Straße zu wenden versucht hatte. Der Vierjährige hatte hinten in seinem Autositz überlebt, vorne war der Wagen jedoch völlig zerstört worden.

Trotz Verzweiflung und Gram hatte Austin augenblicklich seine Studien – für die man um die ganze Welt reisen musste, was ja nun nicht mehr möglich war – aufgegeben, war nach

Hause zurückgekehrt, hatte sich wohlmeinende Verwandte und Sozialarbeiter vom Hals geschafft, eine unspektakuläre Arbeit in einer Bank angenommen und zog nun seinen kleinen Bruder so gut es ging allein auf (insgeheim dachte Kirsty, dass das manchmal besser laufen würde, wenn der Junge einen starken mütterlichen Einfluss in seinem Leben hätte …). Mit einunddreißig hatte Austin nun eine so innige Bindung zu Darny entwickelt, dass da für eine Frau kein Platz mehr war, obwohl so manche gern mit von der Partie gewesen wäre. Kirsty fragte sich, ob Darny die wohl alle vergraulte. Oder ob Austin vielleicht einfach noch nicht die Richtige gefunden hatte. Sie wünschte sich wirklich, sich auch mal mit ihm unterhalten zu können, wenn es nicht um Darny ging.

Und trotzdem übernahm sie diese Gespräche immer persönlich, statt sie Mrs Khan zu überlassen, die dafür absolut qualifiziert war. Das war natürlich nicht unbedingt nötig, aber mehr war für sie im Moment nicht drin.

»Würden Sie denn sagen …«, fragte Kirsty, »dass Darny zu Hause auch genug Zuwendung von einer weiblichen Bezugsperson bekommt?«

Austin fuhr sich wieder durch die Haare. Warum vergaß er bloß immer, zum Friseur zu gehen? Männer mit längeren Haaren find ich toll, dachte Kirsty.

»Na ja, er hat etwa neun Millionen weibliche Verwandte mit den besten Absichten«, erklärte er und biss sich auf die Lippe, als er daran dachte, mit welcher Verachtung Darny alle Besucher bei ihnen zu Hause strafte (wo es, wie er zugeben musste, nicht immer besonders ordentlich aussah. Sie hatten zwar eine Putzfrau, die weigerte sich jedoch, hinter ihnen herzuräumen, was eigentlich nötig gewesen wäre, um mal vernünftig sauber zu machen). »Eine dauerhafte weibliche Präsenz allerdings nicht.«

Kirsty zog die Augenbrauen hoch. Das war kokett gemeint, Austin verstand die Geste jedoch als Kritik. Er war daran gewöhnt, wegen Darny unter ständiger Beobachtung zu stehen, und war in dieser Hinsicht sehr empfindlich. Darny war kein Engel, aber Austin gab sein Bestes, und er war sicher, dass es dem Jungen woanders viel schlechter ergangen wäre.

»Darny und ich, wir kommen schon klar«, beteuerte er. Obwohl der Junge immer noch auf den Fußboden starrte, griff er nach Austins Hand und drückte sie fest.

»Ich wollte ja auch gar nicht … Mr Tyler, Austin. Ich möchte nur unterstreichen, dass wir an dieser Schule keine Gewalt dulden. Das geht einfach nicht.«

»Umzug und Schulwechsel sind das Letzte, was wir jetzt brauchen«, versicherte Austin. »Wir sind doch hier aufgewachsen. Das ist unser Viertel.«

Als Darny seine langen Finger umklammerte, versuchte Austin, nicht in Panik zu verfallen, aber es war ihm wichtig, dass sie weiterhin in ihrem Elternhaus lebten. Darny ging auf seine alte Schule, und sie wohnten in derselben Gegend wie immer, in Stoke Newington. Gut, es war nicht einfach, die Hypothek abzubezahlen, aber er hatte es für unumgänglich gehalten, in ihrem Leben für eine gewisse Stabilität zu sorgen und Darny zusätzlich zu allem anderen nicht auch noch sein Zuhause wegzunehmen. Hier waren sie in eine Gemeinschaft von Freunden und Nachbarn eingebunden, die für sie da waren, sodass sie im Notfall immer etwas Warmes zu essen hatten oder Darny bei jemandem übernachten konnte, wenn Austin abends länger arbeiten musste. Er liebte diese Gegend von ganzem Herzen.

Kirsty machte eine beruhigende Geste.

»Von einem Rauswurf war ja auch gar nicht die Rede. Aber was ich hier nicht akzeptieren kann … sind Pfeil und Bogen.«

Darny schüttelte heftig den Kopf.

»Sind wir uns da einig, Darny? Schluss mit Pfeil und Bogen?«

»Schluss mit Pfeil und Bogen«, wiederholte Darny, der sich immer noch weigerte, vom Fußboden hochzusehen.

»Und?«, drängte Austin.

»Und es tut mir leid«, sagte Darny und blickte endlich auf. »Muss ich mich jetzt auch bei den Vorschülern entschuldigen?«

»Ja, bitte«, nickte Austin. Kirsty lächelte ihn dankbar an. Sie war beinahe hübsch, dachte Austin zerstreut. Für eine Lehrerin.

Janet, Austins Assistentin, kam ihm an der Eingangstür zur Bank entgegen.

»Sie sind spät dran«, bemerkte sie und drückte ihm einen Kaffee in die Hand (mit viel Milch und drei Stück Zucker – da er in manchen Bereichen so schnell erwachsen werden musste, hinkte er in anderen noch ein wenig hinterher).

»Ich weiß, ich weiß, tut mir leid.«

»Mal wieder Ärger mit Darny?«

Austin verzog gequält das Gesicht.

»Keine Sorge«, beruhigte sie ihn, klopfte ihm auf die Schulter und zupfte ihm gleichzeitig ein paar Fusseln von der Jacke. »Die machen alle dieselben Phasen durch.«

»Mit Pfeil und Bogen?«

Janet rollte mit den Augen. »Da haben Sie ja noch mal Glück gehabt. Bei meinen waren es Böller.«

Nach diesem Kommentar fühlte sich Austin gleich viel besser, und er warf einen Blick in seine Unterlagen: Da wollte jemand ein Darlehen für ein Café. Bei der momentanen Lage am Markt klang das nicht gut und wenn, dann auch nur unter strengsten Bedingungen. Jeder fand, dass die Banken zu harte Entscheidungen trafen, tatsächlich war es jedoch eine undankbare Aufgabe, Geld an Kleinunternehmen zu verleihen. Mehr als fünfzig Prozent scheiterten nämlich. Herauszufinden, zu welcher Hälfte die Bewerber gehörten, war seine Aufgabe. Er bog um die Ecke zum kleinen Wartebereich.

»Hallo«, grüßte er und lächelte die nervös wirkende junge Dame mit den rosigen Wangen und dem nach hinten gebundenen wilden schwarzen Schopf an, die mit einer Zeitschrift herumspielte. »Sind Sie mein Zehn-Uhr-Termin?«

Issy sprang auf, dann wanderte ihr Blick ungewollt zur großen Uhr an der Wand.

»Ich weiß«, murmelte Austin und verzog schon wieder die Miene. »Es tut mir wirklich leid …« Er hätte am liebsten beteuert, dass er sonst nie zu spät kam, aber das hätte nicht ganz der Wahrheit entsprochen. »Kommen Sie bitte mit?«

Issy folgte ihm durch eine weitere Glastür in ein Besprechungszimmer, das im Prinzip nichts weiter als ein gläserner Kasten mitten im Großraumbüro war. Sie fand es seltsam, als wären sie zwei Fische im Aquarium.

»Tut mir leid. Ich … hallo, ich bin Austin Tyler.«

»Issy Randall.« Issy schüttelte ihm die Hand, die groß und trocken war. Für einen Bankmenschen sah er ziemlich zerzaust aus, dachte sie. Aber sein Lächeln war angenehm, wenn auch ein wenig zerstreut, und diese grauen Augen unter dichten Wimpern – vielleicht sollte sie ihn für Helena auf die Liste setzen. Sie selbst hatte nach gestern Abend von Männern die Nase gründlich voll. Sie unterdrückte den Ärger, der in ihr aufstieg. Konzentrier dich! Konzentrier dich! Sie wünschte nur, sie hätte mehr als drei Stunden geschlafen.

Austin suchte nach einem Stift. Ihm war nicht entgangen, dass seine Kundin ein wenig abwesend wirkte. Als er Leeds verlassen hatte, war er nicht sicher gewesen, ob er einen guten Banker abgeben würde. Dass er einmal in einem Geldinstitut arbeiten würde, hätte er sich nie träumen lassen, als sein Interesse noch voll und ganz den Korallen gegolten hatte, aber es war das Beste, was er auf die Schnelle hatte finden können, und die Bank hatte ihm auch die Hypothek seiner Eltern überschrieben. Seit er hier angefangen hatte, war er jedoch die Karriereleiter ständig hochgeklettert, es hatte sich nämlich herausgestellt, dass er über einen ausgezeichneten Spürsinn für vielversprechende Projekte und gute Investitionen verfügte, und wenn seine Kunden ihn erst einmal kannten, vertrauten sie ihm blind und blieben der Bank treu.

Seine Vorgesetzten waren sicher, dass große Taten auf ihn warteten, obwohl sie sich wirklich wünschten, er würde öfter zum Friseur gehen.

»Also«, begann er, nachdem er einen Stift aus seiner Tasche gezogen und einen Taschentuchfussel heruntergepustet hatte. »Was kann ich für Sie tun?«

Er warf einen Blick in die Unterlagen und stellte zu seinem Entsetzen fest, dass diese zu einem ganz anderen Café gehörten.

Er nahm die Brille ab. Offensichtlich war das heute nicht sein Tag.

»Hm, warum beginnen wir nicht ganz von vorn«, improvisierte er.

Issys sah ihn eindringlich an. Sie hatte sofort durchschaut, was da passiert war.

»Haben Sie denn meine Akte nicht?«

»Ich höre das alles gerne vom Kunden selbst. So kann ich mir ein besseres Bild machen.«

Issys Mund zuckte. »Tatsächlich?«

»Tatsächlich«, wiederholte Austin mit Bestimmtheit, lehnte sich vor und umfasste die Mappe mit seinen großen Händen. In seinen Augen blitzte ob des gemeinsamen Scherzes der Schalk, und Issy war plötzlich furchtbar aufgeregt, weil sie nun die Möglichkeit hatte, ihre Geschichte ausführlich zu erzählen. Auf jeden Fall würde sie jetzt herausfinden, ob ihr Traum auch nur die geringste Chance auf Erfüllung hatte.

»Okay«, sagte sie. »Also …«

Und sie schilderte ihm alles – ließ dabei allerdings den Teil aus, in dem sie mit ihrem Boss ins Bett gegangen war, und stellte das Café mehr als ein lebenslanges Ziel dar, das durch jede Menge finanzielle Hintergrundanalysen abgesichert war. Sie stellte fest, dass ihr Projekt immer echter und plausibler klang, je mehr sie darüber sprach, wie bei einer kreativen Visualisierung. Sie hatte den Eindruck, als würde sie ihren Traum zum Leben erwecken.

»Ich hab Ihnen auch Kuchen mitgebracht«, fügte sie hinzu, als sie fertig war. Austin winkte ab.

»Sorry, aber den kann ich nicht annehmen. Das könnte ja so aussehen, also ob …«

»Als ob ich Sie damit bestechen wollte?«, fragte Issy überrascht.

»Tja, genau, Kuchen, Werkzeug, Wein, was auch immer.«

»Wow.« Issy starrte die Dose auf ihrem Schoß an. »Das wäre mir nie in den Sinn gekommen.«

»Wie jetzt, hatten Sie den Kuchen etwa nicht mitgebracht, um mich damit zu bestechen?«

»Also, doch, natürlich, wo Sie es jetzt erwähnen.«

Sie lächelten sich an. Austin strich sich durchs Wuschelhaar. »Pear Tree Court … helfen Sie mir kurz auf die Sprünge, ist das nicht dieses winzige, etwas abseits liegende Gässchen an der Albion Road?«

Issy nickte heftig. »Sie kennen es also?«

»Ja, schon …«, gab Austin zu, der mit jedem Zentimeter der Gegend genauestens vertraut war. »Aber … in dieser Sackgasse herrscht nicht gerade Massenandrang, nicht wahr?«

»Es gibt da schon ein paar Geschäfte«, wandte Issy ein. »Wenn du es baust, kommt er zurück.«

Austin lächelte.

»Ich fürchte nur, dass der Rat eines toten Baseballspielers nicht unbedingt als solide Geschäftsgrundlage taugt.«

Beinahe hätte Issy sich vergessen, bemerkt, wie toll sie den Film fand, und ihn gefragt, ob er den Streifen auch mochte. Denn man konnte wirklich gut mit ihm reden, wenn man bedachte, dass er ein Banker war. Sie hatte solche Angst vor diesem Treffen gehabt, aber jetzt, wo sie hier war …

»Ich meine, ich bin nicht sicher, ob das … kann ich noch einmal Ihre Zahlen sehen?«

Austin studierte sie sorgfältig. Die Miete war tatsächlich günstig und die Backzutaten nicht besonders teuer. Issy würde leicht Personal finden, wenn sie das Backen selbst übernahm. Die Gewinnspanne war hingegen unglaublich niedrig angesetzt, an der absoluten Schmerzgrenze. Und das für so eine Schufterei. Er kniff die Augen zusammen und sah wieder zu Issy hinüber. Es kam dabei auf sie an. Wenn sie viel Arbeit hineinsteckte, ihr ganzes Leben dem Kuchen und nichts als dem Kuchen widmete … Aber selbst dann war es nur gerade eben möglich. Vielleicht.

»Die Sache sieht so aus«, begann er.

Er hatte seinen nächsten Termin längst vergessen und ging während der nächsten knappen Stunde mit Issy Schritt für Schritt durch, wie man ein Unternehmen führte – von der Sozialversicherung über Hygiene- und Sicherheitsbestimmungen, finanzielle Aspekte, Werbung, Lagerung, Handelsspannen, bis hin zur Kontrolle der Portionsgröße – die Sitzung mit ihm kam Issy vor wie ein Jahr Handelsschule. Während er sprach, nahm Austin gelegentlich seine Brille ab, um einen Aspekt zu unterstreichen, und Issy konnte spüren, wie ihr vager Traum in seinen Händen konkrete, wahre Formen annahm, er schien die Grundmauern ihres Luftschlosses zu errichten. Punkt für Punkt erklärte er ihr ganz genau, wofür sie, und nur sie ganz allein, verantwortlich war. Und nicht nur einen Tag oder ein Projekt lang, sondern immer und immer und immer wieder, solange sie damit ihren Lebensunterhalt bestreiten wollte.

Nach fünfundfünfzig Minuten lehnte Austin sich zurück. Er hatte seine Standardpredigt – die »jag ihnen mal so richtig Angst ein«-Rede, wie im Büro gescherzt wurde –, die er vor jedem herunterspulte, der hier mit einer Geschäftsidee herkam, gehalten. Wer sich nicht einmal auf theoretischer Ebene mit der Schufterei auseinandersetzen wollte, die so ein Projekt mit sich brachte, der war zum Scheitern verurteilt, noch bevor die Sache überhaupt losging. Aber bei dieser jungen Frau war es etwas anders – er war viel weiter gegangen, um ihr zu helfen und ihr alle Optionen und Schwierigkeiten aufzuzeigen. Er hatte das Gefühl gehabt, dass er ihr das irgendwie schuldig war, nachdem er so spät aufgetaucht war und auch noch mit der falschen Mappe.

Und abgesehen davon hatte sie zwar zunächst ein wenig aggressiv gewirkt, beinahe zickig, während der Unterhaltung war sie dann aber richtig nett gewesen – und sah dabei auch noch so bezaubernd aus in ihrem hübsch geblümten Kleid –, und er wollte, dass sie ganz genau wusste, worauf sie sich da einließ. Er mochte die Gegend, um die es hier ging, er war in der Nähe des Pear Tree Court aufgewachsen und hatte sich dort oft unter den Baum zurückgezogen, um ein Buch zu lesen, wenn der Laden gerade leer stand. Es war eine hübsche Ecke, obwohl er nicht gedacht hätte, dass sie außer ihm noch jemand kannte.

Ein kleines Café – vor dem man mit einer Tasse Kaffee und einer kleinen Köstlichkeit sitzen konnte – hielt er für eine gute Idee. Aber letztlich kam es auf sie an.

»Also«, schloss er mit einem Paukenschlag, »was meinen Sie? Wären Sie dazu bereit, wenn die Bank Sie unterstützen würde?«

In diesem Moment sagten die Leute üblicherweise »Sicher!« oder taten so, als wären sie bei *X-Factor* und beteuerten, sie würden hundertzehn Prozent geben. Issy hingegen lehnte sich nachdenklich zurück.

Jetzt ging es ums Ganze, das war ihr klar. Das war – im besten Fall, und wenn sie die Unterstützung der Bank erhielt – eine Verpflichtung fürs Leben. Sie würde nie wieder nach Hause gehen und einfach alles hinter sich lassen können. Sie musste an

Gramps denken, der auch beim Essen und Schlafen nichts anderes im Kopf gehabt hatte als die Bäckereien. Für ihn war das sein Leben gewesen. Würde es ihr genauso gehen?

Aber falls die Sache ein Erfolg werden würde … dann könnte sie vielleicht mehr Personal einstellen … und sogar einen zweiten Laden aufmachen. Möglich war es, das wusste sie. Dann würde sie mehr Freiheit haben und könnte nach ihren eigenen Regeln leben. Sie würde dann bestimmen, wo es langging, und für niemanden mehr Protokolle schreiben.

Eine winzige, leise Stimme tief in ihrem Inneren flüsterte: Aber was, wenn ich gerne ein Baby hätte? Darauf durfte sie jetzt nicht hören, dachte sie wütend. Sie hatte immer noch keine Arbeit. Und keinen Mann. Darüber würde sie sich später den Kopf zerbrechen.

»Miss Randall?« Es gefiel Austin, dass sie ernsthaft darüber nachdachte. Das bedeutete, dass sie gut aufgepasst hatte. Er hatte hier allzu oft Schlauberger sitzen, die glaubten, schon alles zu wissen, nicht zuhörten und ihm ins Wort fielen. Die packten es selten.

Issy sah ihn direkt an.

»Danke, dass Sie so deutlich geworden sind«, sagte sie.

»Habe ich Ihnen Angst gemacht?«, fragte Austin in entschuldigendem Tonfall.

»Nein. Nein, das haben Sie nicht. Und falls die Bank mich unterstützen würde … dann würde ich gerne mit Ihnen zusammenarbeiten.«

Austin zog die Augenbrauen hoch.

»Okay. Also, okay. Gut. Natürlich müsste ich das noch mit ein paar Leuten besprechen …«

Auf der Suche nach den Formularen, die sie ausfüllen musste, wühlte er in seinem Aktenkoffer herum, tauchte stattdessen allerdings mit einem Apfel und einer Steinschleuder wieder auf.

»Jetzt sehen Sie aus wie Dennis, die Nervensäge«, kicherte Issy.

In Gedanken strich sie ihn wieder von der Liste für Helena – er trug zwar keinen Ehering, hatte aber offensichtlich Kinder.

»Ah, ja, die benutzen wir bei säumigen Schuldnern«, grinste er. Er warf einen bedauernden Blick auf den Apfel und legte ihn wieder in das Köfferchen.

»Haben Sie Hunger?«, fragte Issy.

»Und ob«, gab Austin zu, der noch nichts gegessen hatte, weil er zu sehr damit beschäftigt gewesen war, Darny zum Frühstücken zu überreden.

»Sind Sie sicher, dass Sie nicht doch etwas Kuchen möchten? Ich würde es auch niemandem verraten.«

»Aber ich würde es doch wissen«, entgegnete Austin mit gespieltem Ernst. Er drückte den Schalter der Gegensprechanlage auf seinem Schreibtisch. »Janet, könnten Sie mir bitte die Anträge für Geschäftskunden bringen?«

»Aber die habe ich doch schon …«

Austin nahm den Finger vom Knopf.

»Janet wird Ihnen bei den Unterlagen helfen, die können Sie dann einfach an der Rezeption abgeben. Ich denke, mein Elf-Uhr-Termin ist schon da.«

»Ihr Elf-Uhr-Termin wartet seit einer halben Stunde«, bemerkte Janet, die mit einem Bündel Papiere in der Tür erschien. Sie taxierte Austin wie einen ungezogenen Schulbuben. »Ich werde ihm sagen, dass Sie jetzt Zeit für ihn haben.« Dann fegte sie wieder hinaus.

Issy stand auf. »Danke.«

»Viel Glück«, wünschte Austin und erhob sich ebenfalls. Er nahm die Brille ab und streckte die Hand aus. Issy schüttelte sie. »Hier ist meine Karte, falls Sie noch irgendetwas brauchen sollten. Und hätten Sie vielleicht gerne unseren Kuli?«

»Behalten Sie den lieber«, feixte Issy. »Ich will nicht, dass noch irgendjemand glaubt, Sie hätten mich bestochen.«

Das Wetter war kalt und grau, aber wenigstens regnete es nicht. Issy war klar, dass sie jetzt so einiges in die Wege leiten musste, aber sie hatte auch viel Stoff zum Nachdenken, als sie die geschäftige Dalston Road überquerte, in der Einkaufslustige von der Kälte unbeeindruckt Wurstbrötchen vom Bäcker aßen, sich zwischen den Marktständen durchschoben oder die Körbe vor den Ramschläden unter die Lupe nahmen. Die Newington High Street war ein wenig ruhiger, hier schoben Mummys ihre Buggys zum Baby-Yoga und zur Bibliothek, zum vegetarischen Falafel-Café oder zum Friedhof. Ein Spielzeugladen drängte sich neben einem schicken Tapetengeschäft und einer florierenden unabhängigen Buchhandlung.

Dann bog Issy wieder ab, dieses Mal in die Albion Road. Die großen grauen Häuser starrten sie gleichgültig an. Hier waren kaum noch Fußgänger unterwegs, und der lange 73er-Gelenkbus, der sich um die Straßenecken schob, ließ anderen Verkehrsteilnehmern kaum Platz. Fast versteckt kam dann an der Ecke die kleine Abzweigung in Sicht … Als Issy Pear Tree Court betrat und das Schild im Fenster sah – *Vermietet* –, da machte ihr Herz einen Satz. Trotz der Kälte setzte sie sich auf die kleine Bank unter dem Baum. Selbst bei diesem frostigen Wetter spürte sie, wie sie ein Gefühl von Ruhe und Frieden überkam. Die Sonne hatte sich gerade erst gezeigt und warf ein kleines bisschen Frühling auf ihr winterbleiches Gesicht. Sie schloss genüsslich die Augen. Bald war die kalte Jahreszeit zu Ende. Und dann würde sie hier über ihr kleines Reich regieren, mitten im Epizentrum einer der hektischsten Städte der Welt. Würde sie es wirklich schaffen?

Als Des ankam, um ihr die Schlüssel zu überreichen, fand er Issy genau so vor. Sie saß auf der Bank und wirkte abwesend und verträumt. Oh-oh, dachte er besorgt. Sehr unpassend für eine angehende Unternehmerin. Das sah eher nach jemandem aus, der den Kopf in den Wolken hatte.

»Hey, hallo«, grüßte er und stellte sich direkt in ihren winzigen Sonnenwinkel. »Tut mir leid, dass ich zu spät komme. Meine Frau sollte eigentlich … hm, na ja, egal.«

Issy sah aus zusammengekniffenen Augen zu ihm hoch. »Hi! Sorry, aber hier sitzt man so entspannt. Gestern ist es bei mir ziemlich spät geworden …« Beim Gedanken an letzte Nacht verstummte sie. Dann sprang sie auf und versuchte, eine professionelle Haltung einzunehmen. »Dann mal auf ins Lokal. Wollen wir?«

Issy hatte von Berufs wegen jahrelang Kunden durch Gebäude geführt und in dieser Zeit einen scharfen Blick dafür entwickelt, was an einem Objekt noch alles getan werden musste, jedoch auch die Fähigkeit, dies stets in einem positiven Licht darzustellen. Aber als Des ihr das riesige Schlüsselbund reichte, sie die Schlüssel nach und nach in die drei Schlösser steckte, um die Tür zu öffnen, und dann vorsichtig knarzenden Schrittes ins Innere trat, da wurde ihr klar, dass es eine Sache war, Kunden Änderungsvorschläge mit auf den Weg zu geben, jedoch eine ganz andere, so etwas selbst zu planen. Auf der Theke lag eine dicke Staubschicht, und die Fenster starrten vor Dreck. Die Vormieter mochten zwar von spirituellem Yoga-Frieden erfüllt gewesen sein, ihre Haushaltsführung war jedoch weniger harmonisch gewesen. Sie hatten Regale zurückgelassen, die Issy für das Café überhaupt nicht gebrauchen konnte, andere Dinge, die nützlicher gewesen wären – wie ein Spülstein im Erdgeschoss oder Steckdosen –, fehlten hingegen.

Issy spürte, wie ihr Herz schneller schlug. War das jetzt völlig verrückt? Der Kamin war toll, wunderschön, aber sie würde keine Tische und Stühle davorstellen können, wenn er brannte. Andererseits war sie hundertpozentig sicher, dass der Brandschutzbeauftragte ihr sowieso untersagen würde, darin überhaupt Feuer zu machen. Und diese Leute sollte man besser nicht reizen, das hatte dieser Bankmensch ihr unmissverständlich klargemacht. Das war wohl ungefähr genauso schlimm, als würde man mit einem Beamten der amerikanischen Einwanderungsbehörde seine Scherze treiben.

»Da ist ja noch einiges zu tun«, bemerkte Des munter. Er hoffte, den Termin so schnell wie möglich hinter sich zu bringen, bevor seine Schwiegermutter Jamie ihre unbequemen Wahrheiten einzuflüstern begann. »Aber ich bin überzeugt, dass alles gut gehen wird.«

»Wirklich?«, fragte Issy und machte tausend Aufnahmen mit der Digitalkamera. Was vorher so einfach vor ihrem inneren Auge entstanden war – hübsche grüne Wände, blitzende Fensterscheiben, durch die die Sonne hineinfiel, zauberhafte Törtchen, die auf Etageren verführerisch zur Schau gestellt wurden –, konnte sie sich in diesem staubigen, schäbigen Raum nicht mehr so einfach vorstellen.

»Und dann ist da natürlich noch der Keller«, bemerkte Des.

Den Keller hatte Issy auf dem Grundriss gesehen, sie war aber noch nicht unten gewesen. Das hatte sie jedoch keinem verraten. Sie wollte nicht zugeben, dass sie ein Lokal übernommen hatte, ohne vorher jeden einzelnen Winkel in Augenschein zu nehmen. Dafür hätte sie nur missbilligende Blicke geerntet.

Zögernd folgte sie Desmond die enge, ausgetretene Treppe hinunter, die von einer nackten Glühbirne beleuchtet wurde. Auf halbem Wege gab es eine Toilette und dann das, was sie sich erhofft hatte – unten breitete sich ein riesiger, gut belüfteter Raum vor ihr aus, in dem es für den großen Bäckereiofen, den sie brauchen würde, genug Platz gab. Es gab Standrohre für mögliche Installationen und eine passende Ecke für einen Schreibtisch, an dem sie den Papierkram erledigen konnte. Durch ein winziges Fenster, das nach hinten hinausging, blickte man zum Keller des Nachbargebäudes hinüber. Viel Licht gab es nicht, aber es musste eben reichen. Außerdem würde es durch den Ofen im Raum warm genug sein, um so den Laden zu beheizen. Mit einem perfekten, auf die Minute exakten Hochtemperaturofen, so einem, von dem ihr Großvater immer noch träumte.

»Ist das nicht fantastisch?«, rief sie aus und drehte sich mit leuchtenden Augen zu Des um.

Der kniff die Augen zusammen. Für ihn sah das einfach nur aus wie ein schmuddeliger Keller – aber was wusste er schon.

»Ja«, bekräftigte er. »Ich habe hier noch ein paar Unterlagen, die Sie unterzeichnen müssen … Ich wette, Sie haben Ihre Unterschrift in letzter Zeit unter so einige Papiere gesetzt!«

»O ja«, seufzte Issy, die von der Bank unglaublich viele Formulare mit nach Hause gebracht hatte und jetzt auf ihren Gewerbeschein wartete. Das Lokal hatte bereits eine Zulassung als Café, das Problem dabei war nur, dass sie nun die Besitzerin sein würde. Aber Austin hatte gesagt, dass er sich die entsprechenden Papiere gerne einmal ansehen würde, wenn die Bank ihren Antrag genehmigte.

Als sie wieder nach oben stolperten, leuchtete die Vorderfront des Gebäudes im warmen Abendlicht. Wabernde Strahlen fielen durch das verschmierte Fensterglas und all den Staub und ließen den Kamin erglühen. Ja, es war schmutzig, dachte Issy jetzt wieder voller Energie. Ja, hier gab es viel zu tun. Aber sie konnte anpacken. Sie konnte es schaffen. Sie würde Graeme den Laden zeigen, und dann wäre er so stolz auf sie, und am Tag der Eröffnung würde sie Gramps herbringen – sie war sich zwar noch nicht ganz sicher, wie das gehen sollte, aber sie würde schon einen Weg finden –, und sie würde Helena und all ihre Freunde beeindrucken und eine ganz neue Klientel in diese Gegend locken, und dann würden *Metro* und der *Evening Standard* über sie schreiben und sie als verborgenes Juwel bezeichnen, und die Leute würden herkommen und Kaffee trinken und köstlichen Kuchen essen und sich an dem zauberhaften kleinen Hof und dem reizenden Lädchen erfreuen und …

Des musste mit ansehen, wie das Gesicht der jungen Frau schon wieder einen träumerischen Ausdruck annahm.

»Okay«, sagte er mit leicht verzweifeltem Unterton. »Wollen wir dann mal? Sie können natürlich auch hierbleiben, wenn Sie möchten, das ist jetzt schließlich Ihr Lokal.«

Issy lächelte. »O nein, ich habe viel zu tun und zu organisieren. Ich komme mit Ihnen raus.«

Er lächelte erleichtert zurück.

»Wie sieht es denn mit dem Kaffeedurchlauf aus, was haben Sie da geplant?«, fragte er, als Issy endlich mit den Schlössern klarkam.

»Wie bitte?«, fragte sie nun.

Des zog eine Grimasse. Er hatte erwartet, dass sie wenigstens mit den grundlegendsten Begriffen des Café-Jargons vertraut war. Das hoffnungsvolle Gefühl, das angesichts ihrer begeisterten Reaktion im Keller kurz bei ihm aufgekommen war, verpuffte. In drei Monaten würde er dieses Objekt neuen Interessenten zeigen. Na ja, das hieß dann auch mehr Kommission, dachte er, obwohl Mr Barstow ziemlich wütend wäre, als hätte er all die Mieter nicht selbst ausgesucht.

»Ach, was soll's«, sagte sich Des und holte seine Autoschlüssel raus.

»Okay«, meinte Issy. »Na, Sie schauen nach der Eröffnung doch sicher mal auf eine Tasse Kaffee vorbei, nicht wahr?«

Des dachte an seine reduzierte Prämie. »Ja, klar«, versprach er, »wenn ich Zeit habe.«

Und dann eilte er davon, um Jamie aus den Klauen seiner Großmutter zu befreien.

Kapitel 7

Doppel-Schoko-Cupcakes

(Cateringmenge)
Genug, um sich den Morgen zu versüßen

2500 ml Crème double
4500 g qualitativ hochwertige dunkle Schokolade
50 Eier
1650 g extrafeiner Zucker
1500 g Mehl
10 EL hochwertiges Kakaopulver
5 TL Backpulver
Zuckerblumen zur Dekoration

Für die Schokoladensoße
1000 g dunkle Schokolade, in Stückchen gebrochen
800 ml Sahne

Die Crème double und die Schokolade in einem Topf bei kleiner Hitze umrühren, bis die Mischung cremig ist. Leicht abkühlen lassen.

Eier und Zucker in die Schüssel des Großmixers geben und auf hoher Stufe schlagen, bis die Mischung weißlich ist und sich ihr Volumen verdoppelt hat. Langsam die Schokoladenmasse untermischen.

Mehl, Kakao und Backpulver dazusieben und vermengen.

Die Mischung auf die Formen verteilen. 15–20 Minuten bei 180°C/Gas Stufe 4 backen, bis ein Zahnstocher sauber herauskommt. Die Küchlein ein wenig in der Form abkühlen lassen und sie dann herauslösen. Einen halben Liter Wasser trinken.

Für die Soße in der Zwischenzeit die Zutaten in eine hitzebeständige Schüssel geben und diese auf einen Topf mit kochendem Wasser setzen (die Schüssel sollte das Wasser nicht berühren). Umrühren, bis die Schokolade geschmolzen ist. In der Zwischenzeit kannst du überlegen, ob du deinen Exfreund und ehemaligen Chef anrufen und ihn auf Knien anflehen sollst, dir deinen alten Bürojob zurückzugeben.

Die Schüssel vom Topf nehmen und weiterrühren, bis die Masse cremig ist. Sich fragen, wie viel man bei der ganzen Aktion wohl abnehmen wird. Die köstliche Mischung probieren. Vermutlich nicht besonders viel.

Leicht abkühlen lassen. Cupcakes mit der Soße übergießen und servieren. Mit den Blumen verzieren, falls verwendet. Dann verschwitzt in sich zusammenfallen und sich fragen, ob man das wirklich stemmen kann.

»O Gott!«

Issy steckte bis über beide Ohren in Papierkram. Die Formalitäten hatten sich als unerwartet arbeitsintensiv erwiesen. Wie sich langsam herauskristallisierte, ging es vor allem darum, die immer gleichen Details ein ums andere Mal auszuführen. Sie musste Kurse über Arbeitshygiene besuchen und Material kaufen, und das alles, bevor sie überhaupt wusste, was sie an Armaturen und Ausrüstung überhaupt brauchte. Sie hatte Angebote für den Gastronomieofen bekommen, der ihr vorgeschwebt hatte, der hätte jedoch ihr komplettes Budget geschluckt. Also hatte sie angefangen, sich nach einem gebrauchten umzusehen, die waren jedoch immer noch unglaublich teuer. Auch die Einrichtung, die sie sich für den Laden wünschte – auf alt gemachte Tische und Stühle in Cremetönen und Nilgrün –, hatte sich als viel zu kostspielig herausgestellt. Vermutlich würde es billiger kommen, wenn sie tatsächlich alte Tische und Stühle herrichten ließ. Und sie hatte immer noch nichts von der Bank gehört. Warum dauerte das bloß alles so lange? Sie konnte niemanden einstellen, solange sie noch kein Geschäftskonto hatte, aber es kam ihr so vor, als wollte man ihr erst eins zugestehen, wenn das Lokal bereits eröffnet hatte. Es war äußerst frustrierend. Und mit dem Backen hatte sie ja noch nicht einmal angefangen.

Helena blieb draußen vor ihrer Zimmertür stehen. Sie wusste, dass die letzten Wochen für Issy stressig gewesen waren. Jeden Tag war stapelweise Post eingetrudelt: Werbebroschüren, Unterlagen von staatlichen Stellen und offiziell aussehende Dokumente in braunen Umschlägen.

Helena hatte selbst einen harten Tag hinter sich. Ein Kind war mit Verdacht auf Hirnhautentzündung eingeliefert worden, das war immer eine schlimme Sache. Sie hatten der Kleinen das Leben retten können, aber es bestand immer noch die Gefahr, dass sie einen Fuß verlor. Helena nahm sich vor, am nächsten Morgen nach ihr zu sehen. Das war das Problem der Ärzte und Schwestern in der Notaufnahme: Man bekam nur selten mit, wie die Geschichte ausging. Und jetzt stöhnte und schnaufte Issy hier herum, statt einfach jeden Tag so hinzunehmen, wie er kam, und sich am Riemen zu reißen. Das konnte wirklich deprimierend sein.

»Hey«, grüßte sie und klopfte an die Tür. »Wie läuft es so?«

Issy watete quasi knöcheltief in Papieren.

»Nicht gut!«, erwiderte sie. »Und ich weiß jetzt, wo der Knackpunkt liegt! Ich hab vorher noch nie in einem Laden gearbeitet.«

»Aber du hast doch bei deinem Gramps in der Bäckerei ausgeholfen, oder nicht?«

»Ich hab samstags einundzwanzig Pence für French Cakes kassiert. Die Kunden haben mich in die Wange gekniffen und bemerkt, wie proper ich doch aussähe. Was oben im Norden ein nettes Wort für ›fett‹ ist. Oh, warum habe eigentlich keine Ausbildung zur Buchhalterin gemacht?«

Sie griff nach einem weiteren Blatt Papier.

»Oder zur Bauvermesserin.«

»Ich hätte wohl besser ein bisschen Valium mitgehen lassen sollen«, seufzte Helena.

Issys Mundwinkel zuckten.

»Oh, Helena. Ich kann nicht fassen, dass ich mich aus einer Laune heraus auf so etwas eingelassen habe. Ich brauche wirklich Hilfe.« Sie sah ihre Freundin flehentlich an.

»Guck mich nicht so an, ich habe gerade eine Zwölf-Stunden-Schicht hinter mir«, wehrte Helena ab. »Und abgesehen davon dein Apothekenschränkchen auszurüsten und dir noch einmal das Heimlich-Manöver zu zeigen, wüsste ich auch nicht so genau, womit ich dir weiterhelfen kann.«

»Ich weiß«, seufzte Issy. »Und mein Kumpel Zac hat schon klargestellt, dass er mir die Speisekarte entwirft, mehr aber auch nicht.«

»Na, das ist doch schon mal ein Anfang«, meinte Helena ermutigend. »Ein Erste-Hilfe-Set, das Menü und leckerer Kuchen. Der Rest wird sich schon finden.«

»Ich fühle mich so allein«, klagte Issy, die Graeme mehr vermisste, als sie zugeben wollte. Es war eine Sache, ihn nun nicht mehr zu Gesicht zu bekommen, nachdem sie sich im Büro jeden Tag gesehen hatten. Aber sich erst zu versöhnen und ihn dann wieder zu verlieren … das war schon schwieriger zu verdauen.

Helena setzte sich.

»Aber du musst doch sowieso Leute einstellen, oder nicht? Früher oder später wirst du Personalkosten haben. Eventuell könntest du dir ja jemanden suchen, der dir jetzt mit all diesem

Kram hilft und später dann im Laden. Kennst du nicht irgendjemanden?«

Issy kam die aufgeweckte, fröhliche Frau in den Sinn, die sie im Orientierungskurs kennengelernt hatte.

»Also, na ja«, murmelte sie und scrollte durch ihr Handy. Sie und Pearl hatten höflich ihre Nummern ausgetauscht, auch wenn sie nicht davon ausgegangen waren, dass sie sie je benutzen würden. »Vielleicht ist an dieser Sache mit dem Networking ja doch etwas dran. Ich glaube, die hat Erfahrung in der Gastronomie.«

Sie wollte bereits auf den Knopf drücken, als Helena sie zurückhielt.

»Vergisst du da nicht etwas?«

Issy sah nervös auf die Papierstapel.

»Solltest du nicht besser darauf warten, dass die Bank dir das Okay gibt? Und den Überziehungskredit?«

Plötzlich hatte Issy das Gefühl, dass sie nicht einmal mehr bis morgen früh warten konnte. Sie war seit drei Tagen damit beschäftigt, Formulare auszufüllen und mit staatlichen Inspektoren zu sprechen, sie musste jetzt Klarheit haben. Die Bank ließ sich viel zu viel Zeit. Sie zog Mr Austin Tylers Karte hervor und rief ihn auf dem Handy an. Gut, es war schon nach sieben, aber Bankmenschen arbeiteten doch bis spät in die Nacht, oder nicht?

»Das ist dieser Typ, der dir vielleicht gefallen könnte«, erklärte sie Helena. »Allerdings hat er ein Kind. Trägt aber keinen Ehering.«

»Ach, wie nett, verheiratet, tut aber so, als wäre er Single«, schnaubte Helena. »Genau mein Typ. Ich bin in meinem Zimmer und knutsche mit meinen John-Cusack-Postern.«

Austin badete gerade Darny, obwohl es eigentlich eher so war, als würde er versuchen, einen Tintenfisch unter Wasser zu drücken, der sich mit all seinen Tentakeln dagegen wehrte. Er war drauf und dran, den Oktopus am neunten Abend hintereinander ohne Haarewaschen ins Bett zu schicken, als sein Handy klingelte. Er griff danach, womit Darny einen momentanen Sieg errungen hatte, sich nun in der Wanne aufrichtete, wie ein Soldat auf und ab marschierte und dabei Seifenschaum aufwirbelte.

»Hör auf damit!«, zischte Austin, was Darny natürlich zum Gegenteil animierte.

»Hallo?«

Issy hörte einen erstickten Schrei von Darny im Hintergrund, als Austin ihn zum Hinsetzen zu bewegen versuchte.

»Tut mir leid, ist es im Moment ungünstig?«

»Nein, es ist nur gerade Zeit für die Wanne.«

»Oh, entschuldigen Sie bitte …«

»Nein, nicht für mich, für Darny …«

»Wir Soldaten sind Eurem Befehl nicht unterstellt!«, vernahm Issy plötzlich laut und deutlich.

»Ah, Sie baden also gerade einen Soldaten«, bemerkte sie sanft. Sie hätte nicht gedacht, dass sein Kind schon so alt war, Austin war doch etwa ihr Jahrgang. Womit er allerdings, wie sie sich in Erinnerung rufen musste, auch nicht mehr der Jüngste war. »Eine äußerst wichtige Aufgabe.«

»Darny, setz dich hin!«

»Sie sind kein ranghöherer Offizier!«

»Ehrlich gesagt bin ich gerade ein wenig … Das tut mir wirklich leid, aber wer ist am Apparat?«

»Oh, sorry«, murmelte Issy verlegen. »Isabel Randall. Vom Cupcake Café.«

Sie konnte es beinahe rattern hören, während Austin angestrengt versuchte, sich an sie zu erinnern. Wie peinlich!

»Oh, ja«, sagte er schließlich. »Hm. Ja. Was kann ich für Sie tun?«

»Das ist offensichtlich kein guter Zeitpunkt, tut mir leid«, wiederholte Issy.

Normalerweise hätte Austin jetzt sarkastisch bemerkt, dass 19.30 Uhr unter der Woche nie ein guter Zeitpunkt für geschäftliche Anfragen war, aber da lag etwas in Issys Stimme – ihm war klar, dass es ihr tatsächlich leidtat, dass sie das nicht nur aus Höflichkeit beteuerte, sie aber trotzdem auf seine Aufmerksamkeit hoffte. Er griff nach seiner Brille, die ganz beschlagen war.

»Okay, Soldat, rühren!«, sagte er zu Darny, reichte ihm einen Schwamm in Tarnfarben und verließ das Badezimmer.

»Gut, was liegt denn an?«, erkundigte er sich so gut gelaunt wie möglich. Als er auf den Treppenabsatz hinaustrat, fiel ihm auf, wie viel Spielzeug und Bücher im ganzen Haus herumlagen. Er wünschte sich wirklich, es würde mal jemand vorbeikommen und sich darum kümmern. Er wusste zwar, dass das seine Aufgabe war, aber er war immer so furchtbar müde, er schien das alles nie zu schaffen. Und am Wochenende hingen Darny und er gerne einfach nur rum und schauten sich die Formel 1 an. Sie fanden beide, dass sie sich das nach einer harten Woche verdient hatten.

»Haben Sie viele Kinder?«, fragte Issy mit echtem Interesse.

»Oh, nein«, antwortete Austin. Er wünschte wirklich, sie hätte ihn nicht zu Hause angerufen. Natürlich konnte er die Erklärung runterrattern, ohne auch nur darüber nachzudenken, aber Fremden gegenüber war es ihm einfach unangenehm. »Hm, Darny ist mein kleiner Bruder. Mein … hm, na ja, wir haben unsere Eltern verloren, und der Altersunterschied ist relativ groß, also, hm, kümmere ich mich eben um ihn. Jungs unter sich, Sie wissen schon. Wir kommen ziemlich gut klar.«

Issy wünschte augenblicklich, sie hätte nicht gefragt. Austin spulte seine Geschichte locker-flockig ab, er hatte sie offensichtlich im Laufe der Zeit auf diese paar Sätze eingedampft. Aber natürlich konnte sie nicht einmal erahnen, wie viel Schmerz hinter diesen Worten stecken musste. Es herrschte Schweigen in der Leitung.

»Oh«, machte Issy schließlich, genau in dem Moment, in dem Austin »So« sagte, um die Stille auszufüllen.

»Tut mir leid«, beteuerte Issy noch einmal, »ich wollte nicht neugierig sein.«

»Macht ja nichts«, erwiderte Austin, »das war schließlich eine ganz normale Frage. Nur die Antwort ist ein wenig seltsam. Früher hab ich der Einfachheit halber gesagt, er wäre mein Sohn …«

Austin hatte keine Ahnung, warum er ihr das erzählte. Es war seltsam, aber irgendetwas an ihrer Stimme war so warm und freundlich.

»Aber dann haben die Leute sich immer darüber ausgelassen, wie sehr er mir doch aus dem Gesicht geschnitten ist und wo denn seine Mutter steckt und so, also wurde am Ende alles nur noch komplizierter.«

»Vielleicht sollten Sie sich das auf die Visitenkarten drucken lassen«, schlug Issy vor, biss sich dann aber auf die Zunge, für den Fall, dass sie da einen schlechten Witz gemacht hatte.

»Oh, das sollte ich wirklich«, lächelte Austin. »Ganz klar. Austin Tyler, Vater Strich Bruder. Strich Raubtierbändiger.«

Issy lächelte in ihr Handy. »Ich bin sicher, dass das für die Bank in Ordnung wäre.«

Dann herrschte wieder Schweigen.

»Also, wie auch immer«, sagte sie und riss sich endlich zusammen. »Ich weiß, dass ich eigentlich auf die offizielle Benachrichtigung warten muss, aber ich habe jetzt die Lokalschlüssel und möchte endlich Personal einstellen, und ich bin sicher, dass das alles vertraulich ist und Sie mir das eigentlich gar nicht sagen dürfen, also habe ich Sie wahrscheinlich ganz umsonst während der Badezeit gestört und …«

»Wollen Sie sich etwa schon wieder entschuldigen?«, fragte Austin amüsiert.

»Hm … ja, das wollte ich tatsächlich.«

»Jetzt kommen Sie schon! Wo bleibt denn die knallharte Geschäftsfrau?«

Issy lächelte. Für einen Banker war er ja geradezu in Flirtlaune.

»Okay. Könnten Sie mir vielleicht verraten, ob die Bank meinem Antrag zustimmt?«

Er wusste natürlich, dass er dazu eigentlich nichts sagen durfte, und es war auch noch nicht offiziell von oben abgesegnet. Aber sie hatte ihn in einem Moment erwischt, in dem er sehr verletzlich war, außerdem war es im Badezimmer ziemlich laut. Und einer jungen Dame, die so nett klang, konnte er einfach nichts abschlagen.

»Na ja«, erklärte er, »theoretisch darf ich dazu nichts sagen. Aber da Sie so charmant fragen, kann ich Ihnen vielleicht verraten, dass ich tatsächlich empfohlen habe, ein Geschäftskonto für Sie einzurichten.«

Issy hüpfte auf und ab und klatschte in die Hände.

»Der Vorstand muss meine Empfehlung nur noch annehmen.«

Das dämpfte Issys Freude empfindlich.

»Oh. Und wird er das tun?«

»Zweifeln Sie etwa an mir?«

Sie lächelte wieder ins Telefon.

»Nein.«

»Gut. Herzlichen Glückwunsch, Miss Randall. Sie sind offenbar im Geschäft.«

Issy legte auf, nachdem sie sich tausendmal bei Austin bedankt hatte, und tanzte aufgekratzt durchs Zimmer. Austin hängte ein und sah das Telefon erstaunt an. Bildete er sich das nur ein, oder hatte er diesen rein geschäftlichen Anruf gerade tatsächlich genossen? Das sah ihm gar nicht ähnlich.

»Austin! Austin!!! Meine Infanterie will gerade ins Badewasser pinkeln!«

»Warte!«

Pearl hockte mit Louis unter mehreren Decken. Es war klirrend kalt draußen, wirklich eisig. Der kleine Vorgeschmack auf den Frühling Ende Februar hatte sich als grausamer Scherz herausgestellt. Jetzt wehte ein pfeifender Sturm, der Wind fegte durch Tunnel und erfüllte die weiten, offenen Flächen der Sozialsiedlung mit unheimlichem Heulen. Ihre letzte Strom- und Gasrechnung war furchtbar hoch gewesen, also kuschelten sie sich jetzt vor dem Elektroöfchen aneinander. Louis hatte erhöhte Temperatur – er wurde so leicht krank, und sie wusste nicht, warum. Der Kleine litt an leichtem Asthma und bekam jeden Virus ab, der gerade in der Luft lag. Manchmal versuchte sie die Sache herunterzuspielen und redete sich ein, dass es an seiner freundlichen und offenen Art lag – er nahm eben jeden in den Arm und fing sich deshalb bei den Leuten etwas ein. Manchmal hingegen fragte sie sich tief in ihrem Inneren, ob er wohl das Richtige aß und oft genug draußen an der frischen Luft war, um sein Immunsystem ausreichend zu stärken, oder ob er zu viel Zeit in der Wohnung verbrachte und die abgestandene Luft dort einatmete. Sie hatte ihre Mutter gebeten, nicht drinnen zu rauchen, und die tat auch ihr Bestes, aber wenn es so kalt war wie heute, dann fand Pearl es grausam, sie raus vor die Tür zu schicken, wo sie den vorbeiziehenden Teenager-Gangs ausgesetzt war, die jeden anpöbelten, der allein war und auch nur im Entferntesten wehrlos wirkte.

Ihr Telefon klingelte. Die Nummer kannte sie nicht. Sie umarmte den verschwitzten Louis und drückte ihm einen Kuss auf die Stirn, dann ging sie ran und stellte den Fernseher leiser.

»Hallo?«, sagte sie so fröhlich, wie es eben ging.

»Hm, hallo«, hörte sie am anderen Ende der Leitung eine schüchterne Stimme. »Ich weiß nicht, ob du dich noch an mich erinnerst …«

»Patisserie Valerie«, rief Pearl angenehm überrascht aus. »Und ob ich mich erinnere. Dieser Kurs war so schrecklich, warst du noch mal da?«

»Nein«, gab Issy zu, die wirklich erleichtert war, dass sich Pearl über ihren Anruf so freute. »Der Kurs hat bei mir aber trotzdem gewirkt. Er hat mich nämlich dazu inspiriert, etwas völlig anderes zu machen und, na ja, Networking zu betreiben. Also, da bin ich also. Beim Networking.«

Es entstand eine lange Pause.

»Pearl«, sagte Issy, »das mag jetzt wie eine blöde Frage klingen. Ich hab einfach so aufs Geratewohl an dich gedacht. Aber ich stecke bis über beide Ohren in dieser Sache drin, und da hab ich mich gefragt, ob du wohl die Antwort weißt. Kannst du mir sagen, wie viele Kilo Kaffee in einem Café in einer Woche verbraucht werden?«

Pearl kannte nicht nur die Antwort auf diese Frage (»Ein Kilo entspricht etwa hundert Tassen, also solltest du so bei sechs Kilo anfangen und dich auf acht hocharbeiten«), sondern war auch bei einer der größeren Ketten zur Barista ausgebildet worden (den Job hatte sie aber aufgeben müssen, weil sie für deren unsoziale Arbeitszeiten keine Kinderbetreuung gefunden hatte), sie wusste auch noch einiges mehr zu dem Thema. Sie konnte sagen, welche Bohnen am besten zu welcher Tageszeit passten, ob Kaffee zu reif oder verbrannt war und wie und wie lange man ihn lagern sollte. Außerdem hatte sie ein Lebensmittelhygiene-Zertifikat. Je länger sie redete – und das konnte sie ja nun wirklich gut –, desto begeisterter war Issy. Sie verabredeten sich für den nächsten Tag.

Kapitel 8

Hallo, meine liebe Issy, manchmal ist einfach nicht der richtige Zeitpunkt für einen ganzen, großen Kuchen. Manchmal hat man eher Lust auf eine süße Kleinigkeit, die wie ein Kuss oder ein freundliches Wort an einem traurigen Tag ist. Und außerdem weißt du ja, wie Birnen so sind. Zehn Sekunden lang reif, und dann hat man den richtigen Moment auch schon verpasst. Dieses Rezept funktioniert aber gut mit weichen Birnen oder solchen, die ganz hart und mehlig sind. Kuchen ist Birnen gegenüber ein gnädiger Herrscher.

Umgekehrter Birnenkuchen

3 geschälte und halbierte Birnen ohne Kerngehäuse
7 oz (200 g) Butter
7 oz (200 g) extrafeiner Zucker
3 Eier
7 oz (200 g) Mehl mit Backpulverzusatz, gesiebt
3 EL Milch
3 EL Puderzucker

Die Birnenhälften gleichmäßig auf dem Boden einer gefetteten Schüssel verteilen.

Mit einem Holzlöffel (und nicht mit dem Mixer. Ich weiß, dass du jetzt an den Mixer denkst, aber glaubst du etwa, dass ich in Manchester drei Bäckereien mit einem Mixer aufgebaut habe? Na ja, um ehrlich zu sein, schon. Aber am Anfang haben wir alles mit dem Holzlöffel gemacht, und daran solltest du dir ein Beispiel nehmen) die Butter und den Zucker in einer großen Schüssel schaumig rühren.

Dann die Eier eins nach dem anderen dazuschlagen und jeweils gut untermischen. Das Mehl hinzufügen und sorgfältig unter die Masse heben, dann die Milch unterrühren. Die Mischung gleichmäßig über den Birnen verteilen und die Oberfläche glatt streichen.

Im vorgeheizten Ofen bei 350°F (180°C)/Gas Stufe 4 45 Minuten backen, bis die Oberfläche sich bei sanftem Druck fest anfühlt und sich der Kuchen leicht von den Seiten der Schüssel löst.

Aus dem Ofen nehmen und fünf Minuten abkühlen lassen, dann auf die Servierplatte stürzen. Den Kuchen gleichmäßig mit Puderzucker bestreuen und sofort servieren. Den Birnen dazu gratulieren, wie toll sie sich geschlagen haben.

Alles Liebe, Gramps xx

Issy stand gerade auf, als Helena von der Arbeit kam. Nach einem Unfall auf der A10 hatte sie die vier Verletzten – alles Jugendliche – retten können und war jetzt zwar todmüde, aber auch ein wenig aufgedreht.

»Hey«, rief sie aus, als sie bemerkte, dass Issy sich fürs Frühstück frische Kaffeebohnen mahlte. »Du siehst heute ja schon viel munterer aus!«

»Willst du auch eine Tasse?«, fragte Issy. »Ich muss heute auf Hochtouren laufen!«

»Nein danke. Nach einer Nachtschicht hab ich so schon genug Probleme einzuschlafen.«

»Na ja, dann ruh dich erst mal aus. Ich denke, ich habe da einen Mann für deine Liste.«

Helena zog die Augenbrauen hoch. »Hat er durchdringende braune Augen und ein schiefes Grinsen?«

»Nein, Helena. Das wäre mal wieder John Cusack.«

»Oh, stimmt.«

»Er heißt Austin, hat rotbraune Haare, arbeitet bei einer Bank und …«

»Halt, genau da reicht es mir dann schon«, unterbrach sie Helena. »Zwei Rotschöpfe? Das kann ja gar nicht gut gehen.« Sie lächelte ihre Mitbewohnerin an. »Aber es ist schön, dich wieder in alter Form zu sehen.«

»Ich habe das Darlehen und treffe mich gleich mit einer möglichen Angestellten.«

»Na, das ist doch toll«, sagte Helena. »Tu einfach so, als wärst du immer so gut drauf.«

Issy gab ihr einen Kuss, bevor sie sich auf den Weg machte.

Am anderen Ende der Stadt drehte sich Pearl McGregor im Bett noch einmal um. Irgendetwas – irgendjemand – trat da nach ihr. Und zwar fest. Es war, als würde ein ganz kleiner Elefant auf ihr herumtrampeln.

»Wer ist denn bloß dieser Elefant in meinem Bett?«

Es war nicht wirklich ein Bett, es war eine Matratze auf dem Fußboden. In ihrer kleinen Zwei-Zimmer-Wohnung – deren Schlafzimmer sie ihrer Mutter überlassen hatte – stand auch ein Klappsofa, das war aber so unbequem, dass sie sich schließlich eine alte Matratze besorgt hatten und sie tagsüber an die Wand lehnten. Pearl hatte sie mit einer selbstgenähten Patchworkdecke und ein paar Kissen etwas aufgepeppt. Louis sollte ja eigentlich bei ihrer Mutter schlafen, aber er kam im Laufe der Nacht immer zu ihr herüber und weckte sie frühmorgens voller Tatendrang.

»Coco Pops!«, erklang eine leise Stimme unter der Bettdecke. »Coco Pops, Mummy!«

»Wer war denn das?« Pearl tat so, als würde sie ihr Bett durchsuchen. »Ich dachte ja, ich hätte da eine Stimme gehört, aber wer sollte sich bloß in meinem Bett verstecken?«

Am Fußende war gedämpftes Kichern zu vernehmen.

»Nein, da ist bestimmt niemand in meinem Bett.«

Louis war jetzt ganz still, und sie konnte ihn nur noch aufgeregt atmen hören.

»Okay, gut, dann schlafe ich am besten weiter und vergesse all diese Elefanten.«

»Neeeeinn! Mummy! Ich bin's!! Will Coco Pops!«

Louis warf sich in ihre Arme, und Pearl vergrub die Nase an seinem Hals, um seinen warmen, schläfrigen Geruch in sich aufzusaugen. Single-Mutter zu sein hatte viele Nachteile, aber immerhin musste man nicht den Wecker stellen.

Als die (ebenfalls von Pearl genähten) Vorhänge zurückgezogen waren, Louis vor seinem Frühstück saß und ihre Mutter im Bett eine Tasse Tee schlürfte, warf Pearl einen Blick in ihren Taschenkalender. Vielleicht konnten die beiden heute im Familienzentrum vorbeischauen, während sie die Einkäufe erledigte. Draußen war es eisig kalt, aber wenn sie ihre Mutter bat, so lange wie möglich mit Louis in der Begegnungsstätte zu bleiben, konnten sie in der Wohnung vielleicht die Heizung ausstellen. Es gab dort Tee für fünfzehn Pence, das konnte sie sich leisten. Im Tiefkühlladen waren heute Würstchen im Angebot, davon würde sie so viele mitnehmen wie möglich. Sie hatte ein schlechtes Gewissen, weil sie nicht mehr Geld einplante, um für Louis frisches Obst zu kaufen – einen Moment lang sah sie zu ihrem Sohn hinüber, dessen Babyspeck am Bauch über den Rand der billigen Schlafanzughose quoll. Und dann waren da noch die Windeln. Sie hasste es, Windeln kaufen zu müssen. Sie hatte versucht, ihn ans Töpfchen zu gewöhnen, aber er war ja kaum zwei, er verstand nicht einmal, was sie von ihm wollte. Also musste sie stattdessen öfter in den Waschsalon, und das war ja auch nicht Sinn der Sache. Danach würde sie bei Tesco vorbeischauen. Vielleicht hatten die ja eine Stelle für sie, irgendwas musste es doch geben. Sie hatte gehört, dass man seine Arbeitszeiten dort auf die Kinderbetreuung ausrichten konnte … Und dann fiel es ihr wieder ein – das war ja heute! Heute würde sie sich mit dieser zerstreuten jungen Frau treffen. Die hatte irgendwas von einem Café erzählt! Sie wollte gerade unter die Dusche, als Louis ihr die Arme um den Hals schlang.

»Kuscheln!«, rief er fröhlich. Er hatte die Coco Pops aufgegessen und warf sich jetzt wieder auf seine Mutter. Pearl nahm ihn in den Arm.

»Du bist so verdammt süß«, sagte sie.

»Fernseher!«, rief Louis glücklich. Er wusste, wie er seine Mutter um den Finger wickeln konnte.

»Auf gar keinen Fall«, entgegnete Pearl. »Wir haben heute viel vor.«

Als Pearl und Issy sich an diesem Freitagmorgen vor dem Cupcake Café trafen, war es eisig kalt, aber sonnig. Sie hatten vierhundert Meter laufen müssen, um einen Kaffee zum Mitnehmen aufzutreiben, und ihr Atem bildete über dem dampfenden Gebräu kleine Wölkchen. Pearl trug ein weites Kittelkleid und hielt ihren Sohn an der Hand.

Louis war ein herzallerliebstes Kind, rundlich mit zartbrauner Haut, riesigen, leuchtenden Augen und einem Mund, der am liebsten breit grinste. Er griff eifrig nach dem Kuchen, den ihm seine Mutter mit zärtlichem Blick hinhielt, und hockte sich dann mit zwei Rennautos unter den kümmerlichen Baum.

Issy war zu Hause in bester Stimmung aufgebrochen, wurde jetzt aber plötzlich nervös. Die Sache kam ihr fast ein bisschen vor wie ein Blind Date. Wenn alles klappen sollte, dann würden sie jeden Tag acht, neun, zehn Stunden zusammen verbringen. Wenn es zwischen ihnen nicht funktionierte, dann konnte das eine Katastrophe werden. War es nicht ein riesiger Fehler, eine Geschäftsbeziehung mit jemandem zu planen, den man erst ein einziges Mal gesehen hatte? Oder sollte sie auf ihr Bauchgefühl hören?

Ihre Zweifel wurden zerstreut, als sie Pearl das Lokal zeigte und diese offensichtlich begeistert war. Sie konnte genau vor sich sehen, was Issy hier vorschwebte, auch sie konnte sich das fertige Café vorstellen. Sie bestand sogar darauf, in den Keller hinunterzugehen. Issy wollte wissen, was Pearl denn da unten vorhatte. Diese erklärte, sie wolle sich lieber davon überzeugen, dass die Treppe nicht zu eng für sie sei. Auf Issys Behauptung, das sei doch völliger Quatsch, reagierte sie nur mit einem gutmütigen Lachen, und Issy nahm sich insgeheim vor, die Theke noch weitere zehn Zentimeter von der Wand abzurücken, für zusätzliche Bewegungsfreiheit.

Je mehr Pearl von den Räumlichkeiten sah, desto besser gefiel ihr alles. Das Lokal hatte Charme. Und Issys Birnenkuchen war einfach unglaublich gewesen – er war luftig-leicht auf der Zunge zergangen, hatte aber einen nachhaltigen Eindruck hinterlassen. Wenn der Laden vernünftig anlief – und da die Leute hier in Nordlondon kein Problem damit hatten, mehr als zwei Pfund für einen Kaffee hinzublättern, sprach eigentlich nichts dagegen –, dann würde sie unheimlich gerne in diesem Café arbeiten. Issy schien nett zu sein – in Geschäftsdingen zwar offensichtlich ein wenig naiv, aber jeder fing schließlich klein an –, und ein warmes, gemütliches, duftendes Café mit freundlichen, hungrigen Menschen und vernünftigen Schichten – das wäre wesentlich angenehmer als ihre bisherigen Arbeitsstellen, so viel war sicher.

Aber es gab ein Problem. Sie liebte ihn abgöttisch, aber er stellte zweifellos ein Problem dar.

»Was für Öffnungszeiten hattest du dir vorgestellt?«, fragte sie.

»Na ja, angepeilt hatte ich acht Uhr morgens. Da gehen die meisten Leute zur Arbeit und hätten sicher gerne einen Kaffee«, erklärte Issy. »Wenn das gut läuft, könnten wir auch Croissants anbieten, die sind gar nicht so schwer zu backen.«

Pearl zog die Augenbrauen hoch.

»Die Arbeitszeiten wären also …«

»Für den Anfang dachte ich an halb acht bis vier«, sagte Issy. »Nach dem Nachmittagskuchen machen wir dann zu.«

»Wie viele Tage in der Woche?«, fragte Pearl.

»Hm, das käme darauf an, wie es läuft. Wenn der Laden gut geht, dann würde ich gerne fünfmal die Woche öffnen, allerdings auch samstags.«

»Und wie viel Personal wirst du einstellen?«

Issy blinzelte. »Na ja, zunächst einmal wären da nur wir beide.«

»Das heißt, wenn jemand krank ist oder im Urlaub oder Pause macht oder …«

Issy spürte Gereiztheit in sich aufsteigen. Pearl hatte noch nicht einmal angefangen und redete schon davon, sich freizunehmen.

»Ja, also, ich dachte, das würden wir uns dann überlegen, wenn es so weit ist.«

Pearl runzelte die Stirn. Wie schade, das war nämlich die beste, interessanteste Möglichkeit, die sich ihr seit Langem geboten hatte. Sie hätte gerne ein junges, kleines Unternehmen mit in Gang gebracht, wie aufregend! Hier würde sie wirklich etwas bewegen können, und sie wäre mit allen anfallenden Tätigkeiten schon von früheren Jobs her vertraut. Während Issy, vermutete sie, wohl eher in einem netten Büro gesessen und öfter mal ihre Facebookseite gecheckt hatte. Für die wäre es sicher eine Überraschung, wie viel harte Arbeit in so einem Unternehmen steckte. Louis rannte zur Kellertreppe, warf einen freudig schaudernden Blick in die dunkle Tiefe und kehrte zum Rockzipfel seiner Mutter zurück.

Issy sah sie enttäuscht an. Pearl war ihr wie die Antwort auf all ihre Fragen vorgekommen. Aber jetzt stand diese Frau hier vor ihr und stürzte sich nicht gerade begeistert auf das Angebot, von dem Issy gedacht hatte, dass es für sie eine tolle Chance darstellte. Sie schluckte heftig. Denn Pearl hatte doch nicht einmal Arbeit. Warum mäkelte sie also an ihrem Vorschlag herum?

»Es … es tut mir leid, Issy«, beteuerte Pearl. »Aber ich glaube nicht, dass ich annehmen kann.«

»Warum denn nicht?«, wollte Issy wissen. Es klang aufgewühlter, als es eigentlich sollte, denn immerhin war das hier ihr Traum und nicht Pearls.

Widerwillig deutete die Frau auf Louis, der gerade versuchte, Staubkörnchen einzufangen.

»Ich kann ihn nicht jeden Morgen bei meiner Mutter lassen. So fit ist sie nun auch wieder nicht, und das wäre auch einfach nicht fair, weder ihr noch Louis gegenüber. Wir wohnen in Lewisham, das ist ein weiter Weg bis hierher.«

Issy fühlte sich wie vor den Kopf geschlagen, obwohl ihr natürlich klar war, dass das wirklich ein Problem darstellte. Wie machten andere Mütter das denn mit der Arbeit, fragte sie sich. Darüber hatte sie vorher noch nie nachgedacht. All diese netten Damen zum Beispiel, die morgens um sieben bei Tesco an der Kasse saßen oder Büros putzten oder bei der U-Bahn angestellt waren. Wo waren deren Kinder? Hatten die überhaupt welche? Wie lief so etwas? Sie dachte zurück an die Mütter bei KD. Die hatten immer gehetzt gewirkt, als hätten sie irgendwas im Bus liegen lassen, versuchten sich zu Anfang der Schulferien so früh wie möglich aus dem Büro zu schleichen und zuckten immer zusammen, wenn das Telefon klingelte.

»Oh«, machte sie. Dann sah sie zu Louis hinüber, dessen Autos Spuren im Staub hinterließen. »Oh, aber könntest du ihn nicht vielleicht mitbringen? Er macht doch keine Umstände. Wenigstens ein paar Mal die Woche?«

Pearls Herz machte einen Satz. Wenn er hier bei ihr wäre, warm und geborgen, und draußen im Hof spielen konnte, statt vor dem Fernseher zu sitzen … Aber nein. Das war doch bescheuert.

»Ich denke, die Hygiene- und Sicherheitsbeauftragten hätten sicher etwas dagegen«, wandte sie ein und lächelte Issy an, um klarzustellen, wie leid es ihr tat.

»Nein, aber … das würden wir ihnen doch nicht verraten!«, wandte Issy ein.

»Glaubst du etwa, das ist eine gute Basis für ein Geschäft?«, fragte Pearl. »Die Hygiene- und Sicherheitsbeauftragten anzulügen? Ganz zu schweigen von den …«

»Brandschutzbeauftragten. Ja, von denen hat man mir schon erzählt«, seufzte Issy. »Gruselige Höllenmonster.«

Sie ließ den Blick durch den Laden wandern.

»Ich meine, der Ofen steht doch sowieso unten … so haben wir ihn aus dem Weg. Hier oben bleibt dann nur die Kaffeemaschine.«

»Mit heißem Wasserdampf«, bemerkte Pearl sanft.

Issy lächelte. »Ach Pearl, ich könnte dich hier wirklich gut gebrauchen.«

In diesem Moment tat sich draußen etwas. Zwei Männer in schmutzigen Overalls erschienen, rauchten ihre Zigaretten zu Ende und sahen fragend zu ihnen herüber.

»O Mist, die Handwerker, die sind viel zu früh dran«, murmelte Issy. Dieser Teil der Planung machte sie nervös. Sie hatte kein Geld für einen Architekten oder einen auf Lokale spezialisierten Inneneinrichter, also musste sie darauf vertrauen, dass sie diesen Männern verständlich machen konnte, was ihr vorschwebte. Selbst als sie am Vortag voller Tatendrang die Firma angerufen hatte, war sie sich dessen nicht so sicher gewesen. Pearl zog die Augenbrauen hoch.

»Geh nicht«, bat Issy. »Lass uns nachher noch mal über alles reden.«

Pearl verschränkte die Arme vor der Brust und hielt sich im Hintergrund, während Issy den Handwerkern die Tür aufmachte. Die musterten die angehende Cafébesitzerin mit einem nicht besonders ermutigenden Blick und stellten sich als Phil und Andreas vor. Phil übernahm zum größten Teil das Reden, während Issy sie durch das Lokal führte und erklärte, was sie sich überlegt hatte – die alten Regale sollten herausgerissen werden, alles musste neu verkabelt werden, die Theke musste geöffnet und versetzt werden, sie brauchte Kühlschränke und Vitrinen, gleichzeitig sollten aber Fenster und Kamin so bleiben, wie sie waren. Unten fehlten Fächer zur Lagerung und ein Großkühlschrank. Als sie jetzt alles aufzählte, kam es ihr unheimlich viel vor. Sie hatte ja nun das Darlehen und dazu auch die Abfindung, aber sie würde trotzdem noch vor der Eröffnung viel Geld in den Laden stecken.

Phil sah sich um und saugte geräuschvoll an seinen Zähnen.

»Hmm«, meinte er schließlich. »Diese alten Gebäude sind ja der reinste Albtraum. Ist das hier denn denkmalgeschützt?«

»Nein!«, beruhigte ihn Issy, die froh war, endlich einmal eine Frage beantworten zu können. »Na ja, ich meine, die Fassade schon, die fällt unter Kategorie II, aber mit dem Innenraum geht alles klar, solange wir keine Wände einreißen oder hochziehen oder den Kamin zumauern. Was wir ja nicht vorhaben.«

»Also, ich fürchte leider, dass wir die Kabel durch die Wand ziehen müssen, und dann muss auch so einiges neu verputzt werden, und über den Fußboden haben wir jetzt noch gar nicht gesprochen.«

»Was gibt es denn am Fußboden auszusetzen?«

Schlichte hölzerne Bohlen bedeckten den Boden, und Issy hatte eigentlich vorgehabt, die nur ordentlich abzuschrubben und so zu belassen.

»Nee, sehen Sie, das geht so nicht«, erwiderte Phil. Was Issy überhaupt nicht sah. Das war ihr peinlich, und so langsam wurde ihr die ganze Unterhaltung unangenehm. Es war seltsam, hier mit Leuten zu sprechen, die so viel mehr über etwas wussten, das doch sie betraf. Eine Ahnung keimte in ihr auf, dass sie sich an dieses Gefühl wohl gewöhnen musste.

Phil schlug ihr irgendein kompliziertes Verfahren vor, bei dem sie die Fußleisten anhoben, die Kabel und Heizelemente darunter verlegten und dann quasi die Wände von unten nach oben wieder herrichteten. Issy sah ihn hilflos an, sie fühlte sich verloren, nickte ein wenig und wünschte sich dabei, ihr Akzent würde sie weniger elitär klingen lassen. Andreas suchte in der Hosentasche nach seinen Kippen, Phil zog eine Kamera und einen Notizblock hervor und begann, Maße aufzuschreiben, bis Pearl, die sich bislang aus der Sache rausgehalten hatte, es nicht länger aushielt.

»Entschuldigen Sie bitte«, rief sie. Alle sahen erstaunt zu ihr herüber. »Sie sind doch sicher ein guter Handwerker, oder nicht?«, fragte sie Phil, der angesichts dieser Frage fast beleidigt wirkte.

»Ich kriege absolut alles hin«, verkündete er stolz. »Hansdampf in allen Gassen!«

»Das ist ja toll«, antwortete Pearl. »Wir sind wirklich froh, Sie mit an Bord zu haben. Aber ich fürchte, wir können Sie nur für die Arbeit bezahlen, die Miss Randall bereits erwähnt hat. Keine neuen Dielen, keine Fußleisten, kein Verputzen. Bauen Sie uns die Möbel und Geräte ein, bringen Sie den Laden auf Vordermann – Sie verstehen schon, was ich meine –, und dann kriegen Sie umgehend Ihr Geld, ohne viel Theater. Wenn Sie auch nur einen einzigen Handgriff machen, der nicht vereinbart war, oder uns zu viel berechnen – das ist immerhin unser fünfter Kostenvoranschlag –, dann tut es mir wirklich leid, aber dann wird einfach kein Geld da sein, um Sie zu bezahlen. Haben wir uns da verstanden?«

Pearl starrte Phil unerbittlich an. Dieser lächelte nervös und räusperte sich. Als er zur Schule gegangen war, hatte es da so einige Pearls gegeben, und er hatte es ihnen zu verdanken, dass er jetzt als Handwerker arbeitete, statt wie die Hälfte seiner Klassenkameraden im Knast zu sitzen.

»Aber natürlich. Ganz klar. Kein Problem.«

Er drehte sich wieder zu Issy um, die sprachlos, aber zufrieden war.

»Wir machen es Ihnen hier wirklich nett, Liebes.«

»Toll!«, rief Issy. »Und möchten Sie vielleicht was von meinem gestürzten Kuchen? Da Sie hier ja auch alles auf den Kopf stellen werden?«

»Du warst einfach umwerfend!«, jubilierte Issy, als Pearl und sie Louis zwischen sich an die Hand nahmen und zur Bushaltestelle gingen. Sie wirbelten den Jungen durch die Luft, und er verlangte mit »Ein, swei, drei!«-Rufen nach mehr.

»Jetzt sei doch nicht albern«, meinte Pearl. »Wenn du etwas willst, dann musst du auch genau das verlangen. Er hätte dich schon nicht gebissen, der will seine Dienstleistungen doch auch verkaufen.«

»Ich weiß«, seufzte Issy. »Das ist jetzt wirklich nicht der passende Moment, um schüchtern zu sein, oder?«

»Nicht, wenn du es schaffen willst«, meinte Pearl nachdenklich. Issy sah zum Gebäude zurück. Sie hatte gerade zugestimmt, einen beträchtlichen Anteil all des Geldes, das sie je gehabt hatte, und wahrscheinlich mehr, als sie je wiedersehen würde, in dieses Projekt zu stecken. Pearl hatte recht. So langsam hatte sie das Gefühl, dass diese Frau nur selten falschlag.

Sie erreichten die Haltestellte. Issy wandte sich zu Pearl um.

»Okay«, sagte sie. »Also werde ich jetzt einfordern, was ich will. Und das bist du. Ich will, dass du herkommst und bei mir arbeitest. Für Louis finden wir schon gemeinsam eine Lösung. Er geht doch sowieso bald in den Kindergarten, oder nicht?«

Pearl nickte.

»Na, könnten wir ihm dann nicht einen hier in der Nähe suchen? Davon gibt es in Stokey doch jede Menge. Du könntest mit ihm herkommen und den Laden übernehmen, wenn wir aufmachen und ich mich um den Kuchen kümmere, den Kleinen dann in den Kindergarten bringen und wiederkommen. Ihr hättet es nicht weit, und du könntest deine Mittagspause mit ihm verbringen. Was meinst du?«

Pearl zog alle Aspekte in Erwägung. Es sprach eigentlich nichts dagegen, dass Louis hier in einen staatlichen Kindergarten ging. Auch wenn sie deshalb ein schlechtes Gewissen hatte, fand sie es gar nicht schlecht, wenn er mal aus der Sozialsiedlung rauskam. Ein anderes Leben kennenlernte. Das könnte klappen. Sie würde mit ihrem Ansprechpartner vom Arbeitsamt sprechen.

»Hm«, machte Pearl.

»Ist das ein gutes oder ein schlechtes Hm?«, fragte Issy aufgeregt.

Pearl schwieg lange.

»Na ja, wir könnten es auf jeden Fall probieren«, stimmte sie schließlich zu, und die beiden Frauen gaben sich feierlich die Hand.

Kapitel 9

Danach ging auf einmal alles ganz schnell. Obwohl Issy befürchtet hatte, dass sie für all den Papierkram Monate brauchen würde, kamen die Unterlagen von der Versicherung, die Genehmigung und die Steueranmeldung viel schneller unterschrieben und gestempelt zurück als erwartet. Unter Pearls Fuchtel liefen Phil und Andreas, zusätzlich angespornt durch tägliche Kuchenrationen, zur Höchstform auf. Die Geräte, die Issy online gekauft hatte, waren bereits eingetroffen und passten perfekt. Sie hatten die Wände in einem sanften Greige gestrichen (einer Mischung aus Grau und Beige), und für Pearl und sich hatte Issy Schürzen im Stil der Fünfzigerjahre bestellt. Pearl hatte bei ihrer eigenhändig die Bänder verlängert. Issy war ganz begeistert von ihrem neuen professionellen Mixer und konnte der Versuchung nicht widerstehen, immer neue exotische Rezepte damit auszuprobieren. Bei Lakritz und Maltesers war dann aber Schluss, da zeigte sich Helena unnachgiebig.

Die Handwerker machten ihre Arbeit im Laufe der nächsten Wochen wirklich gut. Nachdem Issy und Pearl mit der gelegentlichen Unterstützung einer mürrischen Helena tagelang den Keller von Hand geschrubbt hatten, sah es dort unten inzwischen ganz gut aus, während oben die Männer hämmerten und bohrten, Cheryl-Cole-Songs aus dem Radio mitträllerten und das Lokal völlig verwandelten. Wo vorher eine nackte Glühbirne von der Decke gebaumelt hatte, erleuchteten nun sorgsam eingefasste Halogenstrahler alles in sanftem Licht. Die Tische und Stühle in gebrochenem Weiß hatten eine zarte Patina, die sie antik aussehen ließ (obwohl sie das, wie Issy dem schlecht gelaunten Brandschutzbeauftragten erklärt hatte, gar nicht waren, und die Farbe war ja auch schwer entflammbar), den Holzfußboden hatten sie blitzblank geschrubbt, Vitrinen aus funkelndem Glas würden die Cupcakes zur Schau stellen, und es standen Etageren auf jedem Tisch. Die Kaffeemaschine war eine gebrauchte Rancilio Classe 6. Jeder hatte ihr versichert, dass dies das absolut beste Modell war, und jetzt zischte es in seiner Ecke fröhlich vor sich hin. (Das Gerät erstrahlte zwar leider in einem etwas seltsamen Orange, aber es musste ja nicht alles aufeinander abgestimmt sein.) Auf dem Kaminsims hatte Issy Bücher aufgereiht, in denen die Kunden schmökern konnten (aber nicht zu viele, weil Pearl knurrend darauf hingewiesen hatte, dass sie besser keine Herumtreiber dazu einladen sollten, den ganzen Tag hier abzuhängen), und in eleganten hölzernen Zeitungsstöcken würden sie die Presse des Tages auslegen.

Bei IKEA hatten sie einen riesigen Berg heruntergesetztes Geschirr in Graublau, Türkis und Grüngrau gekauft, Espressotässchen und Teller, die so günstig gewesen waren, dass davon ruhig hier und da ein paar zu Bruch gehen konnten, wenn kleine oder klebrige Hände mit im Spiel waren. Unten warteten im Lagerraum riesige Mehlsäcke und Butterkübel auf ihren Einsatz im Mixer.

Für Issy war aber vor allem das Ambiente wichtig: Der Duft von Zimt, der großzügig über köstliche, zart dahinschmelzende und zugleich sättigende Brownies verteilt wurde, die man am besten frisch aus dem Ofen verzehrte (was Louis nur zu gern übernahm), der schwere Veilchenduft der Soße für den Blaubeerkäsekuchen. An dem Tag, an dem sie für das Marmeladenbiskuit verschiedene Konfitüren durchprobieren wollten, lud Issy all ihre Freunde ein. Viele hatten zwar abgesagt, weil sie mit ihren Babys oder Umzügen oder Schwiegereltern oder den hunderttausend anderen verrückten Dingen beschäftigt waren, die man eben so machte, wenn man über dreißig war, aber die frisch angetrauten Ehemänner Paul und John waren gekommen und Toby und Trinida aus Brighton. Mit einem leichten Gefühl der Übelkeit beschlossen sie schließlich klebrig und kichernd, dass Bonne Maman Himbeere einfach die einzige Option war, bis sie irgendwann eigene Marmelade herstellen konnten. Danach dauerte es zwar eine Weile, die Kacheln an der Wand wieder sauber zu bekommen, aber es hatte so viel Spaß gemacht, dass sie den Entschluss fassten, auch noch eine richtige Einweihungsparty zu schmeißen, um alles auszuprobieren und sich bei denen zu bedanken, die ihnen so hilfreich zur Seite gestanden hatten.

Alles war picobello und blitzblank, inspiziert, abgehakt und klar zum Gefecht. Am nächsten Morgen würden sie um halb acht eröffnen – noch hatte Issy keine Marketingmaßnahmen geplant. Sie wollten mit einem »sanften Einstieg« starten, sich erst einmal eine ruhige Woche gönnen, um langsam in Gang zu kommen und zu sehen, wie alles lief. Issy redete sich immer wieder ein, dass sie nicht in Panik verfallen würde, wenn keiner kam.

Sie würden noch eine weitere Person brauchen, die als Teilzeitkraft hinterm Tresen stand, wenn sie mal Pause machten oder Urlaub hatten. Issy hoffte, jemand Nettes aus der Gegend zu finden – vielleicht ein junges Mädchen oder einen Studenten, der ein paar Pfund extra hier und da gut gebrauchen konnte, dem es nichts ausmachte, für den Mindestlohn zu schuften, und der hoffentlich (sie schalt sich selbst für diesen Gedanken) ein wenig flexibler war und sich nicht um ein Kind kümmern musste.

Für Louis hatten sie im Little Teds, einem staatlichen Kindergarten, einen Platz gefunden (auch wenn Issy wegen seiner Anschrift ein wenig geschwindelt hatte – Louis wohnte jetzt offiziell im Cupcake Café, aber Not kennt eben kein Gebot). Leider machte der Kindergarten erst um halb neun auf, also musste der Junge mit ins Café kommen und dort frühstücken. Issy hatte vor, ihn mit dem Holzspielzeug für kleine Kunden abzulenken, damit er sich nicht auf die Zuckerbeutelchen stürzte.

Und für heute Abend hatte sie eine kleine Party organisiert, um sich bei allen zu bedanken, bei Pearl, weil sie ihr beigebracht hatte, Kaffee zu kochen (sie hatte immer noch ein wenig Bammel vor dem zischenden heißen Dampf, wurde aber langsam geübter), bei Phil und Andreas, die ihre Arbeit schließlich ausgezeichnet gemacht hatten, bei Des, dem Makler, und Mr Barstow, ihrem Vermieter; bei Helena, die die Lieferanten getriezt und mit ihr die Formulare der Sozialversicherung ausgefüllt hatte, die zu so manchem Haareraufen geführt hatten; bei Austin, der ihr geduldig Gewinnspanne, Portionenkontrolle, Steuerkonto und Abschreibung erklärt, dann alles noch einmal wiederholt hatte, als ihre Augen glasig geworden waren, und es dann noch ein weiteres Mal mit ihr durchgegangen war, nur zur Sicherheit; und bei Mrs Prescott, einer ein wenig einschüchternden Dame aus der Nachbarschaft, die sich in ihrer Freizeit um die Buchhaltung kleinerer Unternehmen kümmerte und mit der offensichtlich nicht zu spaßen war. Austin und sie hatten einander bei ihrer ersten Begegnung wissend gemustert.

»Was meinen Sie?«, fragte Issy ihn anschließend.

»Die jagt mir eine Heidenangst ein«, hatte der Bankberater zugegeben. »Ich denke, sie ist absolut perfekt. Ich habe jetzt direkt Lust, ins Büro zu gehen und Ordnung in meinen Papierkram zu bringen.«

»Gut«, sagte Issy. »Und was halten Sie von Helena?« Sie deutete zum imposanten Rotschopf hinüber, der gerade ein letztes Mal den Handwerkern Beine machte.

»Sehr … beeindruckend«, bemerkte Austin höflich, dachte aber bei sich, dass Issy selbst mit den von der Ofenhitze geröteten Wangen, dem weichen, zerzausten Haar, das sich aus dem hastig gebundenen Pferdeschwanz löste, den dunklen Wimpern und der Schürze, die ihre hübsche Figur betonte, eigentlich diejenige war, die er gerne anschaute. Seine Geschäftskundin, ermahnte er sich selbst streng.

Issy sah sich nervös um. In diesem Jahr hatte der Frühling auf sich warten lassen, und zwar so lange, dass sie irgendwann schon dachte, er würde sich nie einstellen. Aber dann war er eines Tages doch da, wie ein unerwartetes Geschenk, das mit der Post kommt, erschien er plötzlich aus dem Blauen heraus. Die Sonne sah hinab, als sei sie überrascht, dass es da unten noch Leute gab, und die Menschen sahen auf, als wären sie erstaunt, zum ersten Mal seit Monaten wieder weiter als bis zu ihrer Nasenspitze zu schauen. Langsam nahm die Welt wieder Farbe an, und Ende März fiel nun sanftes Abendlicht durch die Fenster hinein und erleuchtete die zarten Farben und ruhigen Töne des Cafés am Pear Tree Court. Issys alter Freund Zac, ein arbeitsloser Graphikdesigner, hatte sorgfältig The Cupcake Café in geschwungenen weißen Buchstaben auf die graubraune Fassade gemalt, ein wunderschönes, jedoch zugleich unaufdringliches Logo. Wenn sie morgens zu früh aufwachte, grübelte Issy manchmal darüber nach, ob es nicht vielleicht ein wenig zu diskret war. Dann dachte sie an den Ausdruck auf den Gesichtern der Menschen, wenn sie den Bakewell-Kuchen probierten, den sie nach dem Rezept von ihrem Großvater backte, und biss sich auf die Lippe. Waren gute Zutaten, Eier von freilaufenden Hühnern und exquisiter Kaffee wohl gut genug? (Eines Nachmittags hatten Pearl und sie zusammen mit Austin, der kurz reingeschaut hatte, verschiedene Kaffeesorten durchprobiert. Nach vier Espressos waren sie hellwach, hibbelig und ein wenig hysterisch gewesen, hatten sich dann aber für zwei Mischungen entschieden, einmal den sanften Kailua Kona, ein echtes Allround-Talent, und den stärkeren Selva Negra, für die, die morgens einen ordentlichen

Kick zum Wachwerden brauchten. Außerdem wählten sie einen süßen Koffeinfreien für Schwangere und Leute, die eigentlich gar keinen Kaffee mochten, nur den Duft.) Würde sie genug für Strom und Miete reinkriegen? Würde sie damit je selbst Geld verdienen? Würde sie irgendwann damit aufhören, sich solche Sorgen zu machen?

Sie rief noch einmal im Heim an. Waren sie dort startklar?

Am anderen Ende der Stadt saß Graeme bei Kalinga Deniki verwundert an seinem Schreibtisch. Er hatte kein einziges Mal von Issy gehört, und damit hatte er nun wirklich nicht gerechnet. Vermutlich war ihr Geschäft noch nicht den Bach hinuntergegangen. Oder vielleicht doch, und sie konnte es nur nicht ertragen, ihm das zu beichten. Na, sie würde sich schon melden, mit Sicherheit. Träge dachte er an die heiße Blondine zurück, die er Samstag in einem Nachtclub aufgerissen hatte. Sie hatte ihm die ganze Nacht das Konzept der Körperbürstenmassage erklärt und dargelegt, warum Christina Aguilera, also echt jetzt, das totale Vorbild war. Als sie zum Frühstück einen Karottensmoothie verlangt hatte, Baby, wollte er sie nur noch so schnell wie möglich aus seiner Wohnung haben. Das sah ihm gar nicht ähnlich.

Egal, er musste sich jedenfalls konzentrieren. Bei der Arbeit lief es immer noch nicht besser, und er brauchte etwas Lukratives – ein richtig großes Projekt –, um die Chefetage in den Niederlanden zu beeindrucken. Irgendetwas Cooles, Innovatives und Abgefahrenes, das zahlungskräftige Käufer wie ihn selbst anlocken würde, eine Idee mit allen Schikanen. Er betrachtete den Stadtplan von London, auf dem Stecknadeln seine momentanen Projekte markierten. Sein Blick wanderte die Farringdon entlang, bis zum Kreisverkehr an der Old Street, überflog dann Islington und folgte der Albion Road, bis er kaum lesbar den Namen Pear Tree Court entdeckte. Er dachte sich, dass er ja mal einen Blick darauf werfen konnte.

Issy strich ihr neues Kleid mit Streublumenmuster glatt. Zunächst hatte sie sich darin ja viel zu niedlich gefunden, wie eine Statistin in einer amerikanischen Fernsehsendung über Hausfrauen in den Fünfzigern, aber der Look war neuerdings in Mode gekommen, und inzwischen trugen alle Geblümtes mit enger Taille und ausladenden Röcken. Seit sie damit voll im Trend lag, fühlte sie sich mit ihrem Stil wohler, und schließlich stand sie ja auch wirklich in der Küche. Irgendwie passte das alles perfekt zusammen, der Blümchenstoff, die niedlichen kleinen Schürzen und die verblassten, natürlich bis zum Überdruss imprägnierten Kissen mit dem Union Jack, die sie für das neue graue Sofa hinten im Laden gekauft hatte. Diese Couch war fantastisch, unglaublich strapazierfähig, aber weich und eingesessen und so gemütlich, wie ein Sitzmöbel nur sein konnte.

Man konnte es sich darauf bequem machen, Kinder konnten darauf herumturnen, Pärchen würden sich dort niederlassen. Man konnte von dort aus das Treiben im Laden oder den ruhigen Hof draußen beobachten. Issy war ganz begeistert.

An der hinteren Wand stand also dieses Sofa unter einer großen Stationsuhr. Rechts prangte der Kamin mit den Büchern, und dann gab es mehrere kleine Tische für zwei, mit bunt zusammengewürfelten hellgrauen Stühlen, die sie so arrangiert hatte, dass man sich ansehen und gut unterhalten konnte. Die Tische waren quadratisch – Issy hasste runde, wackelige Tische, auf denen kaum Platz war. Der Raum wurde weiter, wenn man auf den Tresen zuging, offensichtlich hatte er einmal aus zwei Zimmern bestanden, was an den Außenwänden noch zu erkennen war. In der Nähe der Theke standen die Tische nicht ganz so eng beieinander, damit auch Kinderwagen dazwischenpassten und die Leute dort Schlange stehen konnten, obwohl es trotzdem noch beengt sein würde. Kuschelig, das war es, was sie sagen wollte, kuschelig. Beim Kamin gab es für Gruppen einen langen Tisch mit einem riesigen Sessel in blassem Rosa am

Kopfende. Im Notfall würde man hier auch eine Vorstandssitzung abhalten können.

Die Theke war wunderschön, geschwungen, glänzend und makellos, mit einer polierten Marmoroberfläche und Tabletts, auf denen am nächsten Morgen die Küchlein angerichtet werden würden. Auf der Seite, wo das Sofa stand, gab es nur ein kleines Fensterchen, gegenüber jedoch die große Glasfront vom Fenster bis zur Decke, sodass der Raum bei Sonnenschein von Licht durchflutet werden würde. Hinter der Theke blubberte und zischte die Kaffeemaschine neben der Kellertür launisch vor sich hin, und der Duft frischgebackenen Kuchens erfüllte die Luft.

Issy drehte eine Runde durch den Laden. Sie begrüßte Mr Hibbs, den mürrischen Brandschutzbeauftragten, der zur Tür hinüberschielte, nur für den Fall, dass er vergessen sollte, wo die sich befand. Dann plauderte sie mit dem Angestellten aus dem Küchenfachgeschäft, der Norrie hieß und begeistert gewesen war, als die junge Käuferin der pinkfarbenen Küche zurückgekehrt war, um einen Großbackofen zu erstehen, obwohl sie wieder genauso gnadenlos gefeilscht hatte wie beim ersten Mal. Issy konnte selbst nicht fassen, wie sehr sie diesen Ofen liebte. Sie hatte ein Foto davon gemacht und es ihrem Großvater geschickt. Norrie hatte seine mollige Frau mitgebracht, und sie bewunderten die Cupcakes und Kuchen, die im ganzen Raum für die Gäste verteilt waren. Austins Sekretärin Janet war auch gekommen, und ihre Wangen glühten vor Begeisterung. »Ich sehe sonst ja nie, was die Bank eigentlich bewegt«, hatte sie Issy anvertraut. »Manchmal habe ich das Gefühl, dass ich eigentlich nur Papierberge verschiebe. Es ist so toll, mal zu sehen, was in der Wirklichkeit daraus wird.« Sie drückte Issy den Arm, und die nahm sich vor, ihr nichts mehr von dem billigen, aber leckeren Wein nachzuschenken, den Pearl aufgetrieben hatte. »Und das ist ja nicht nur etwas Reales, sondern auch noch etwas Gutes. Richtig toll.«

»Danke«, sagte Issy, die sich wirklich freute. Dann kümmerte sie sich weiter darum, dass auch alle etwas zu trinken hatten, behielt dabei aber die Tür im Auge. Und tatsächlich, um sechs Uhr, als es für ihren Großvater ja eigentlich schon Zeit fürs Bett war, wie er bei ihren Besuchen oft erwähnt hatte, fuhr ein Auto völlig illegal auf den kleinen Hof, und eine große, rollstuhlfreundliche Tür wurde geöffnet. Keavie sprang vom Fahrersitz, um sich der Sache anzunehmen, und dann erschien Grampa Joe. Issy und Helena eilten zur Tür, um sie zu öffnen, mit einer Geste bedeutete Gramps ihnen jedoch, dass er noch einen Moment draußen bleiben wollte. Er verharrte im Rollstuhl vor dem Laden. Issy machte sich schon Sorgen, es könnte vielleicht zu kalt für ihn sein, sah dann aber, dass Keavie ihn in eine warme, karierte Decke hüllte, die sie offensichtlich im Wagen mitgebracht hatte. Joe starrte die Fassade des Cafés lange an, und seine blauen Augen wurden in der Kälte ein wenig feucht. Na ja, zumindest glaubte Issy, dass es an der Kälte lag.

Sie ging hinaus, kniete sich neben ihn und griff nach seiner Hand.

»Was meinst du, Gramps?«

Er sah immer noch zum kunstvollen Schriftzug hinauf und dann hinein in das sanft erleuchtete, gemütlich wirkende Innere des Cafés, in dem man die Theke mit den zauberhaft verzierten Etageren voller Köstlichkeiten und die fröhlich dampfende Kaffeemaschine erkennen konnte, und blickte dann wieder hoch zu den altmodischen Lettern über der Tür. Schließlich wandte er sich an seine Enkelin.

»Das ist … es ist … Ich wünschte, deine Großmutter wäre hier, um das zu sehen.«

Issy griff nach seiner Hand. »Komm mit rein und iss ein Stück Kuchen!«

»Nur zu gerne«, nickte er. »Und ich würde mich auch gerne mit ein paar netten Damen unterhalten. Keavie ist ja ganz in Ordnung, aber ein wenig mollig.«

»Hey!«, rief Keavie völlig ungerührt. Sie hielt bereits einen Cupcake und einen dampfenden Latte in der Hand.

»Auf dich habe ich mich schon gefreut, meine Liebe«, sagte Joe zu Helena, die ihm einen Kuss auf die Wange gedrückt hatte, als er hereingerollt kam. Issy schob ihn neben den Kamin. Dort flackerte ein Gasfeuer, das wie echte Flammen aussah, fröhlich vor sich hin.

»So, so, so«, murmelte Gramps, während er sich umsah. »So, so, so. Issy, diesem French Cake fehlt eine Prise Salz.«

Issy sah ihn voll zärtlicher Gereiztheit an.

»Ich weiß! Wir haben heute Morgen vergessen, welches zu besorgen. Warum bist du überhaupt in diesem Heim? Du bist doch noch in Topform!«

Austin sah kurz nach Darny, um sicherzugehen, dass er keinen Unfug trieb. Wenn er so die glücklichen Familien anderer Leute sah – von Issys wahren Familienverhältnissen hatte er natürlich keine Ahnung –, dann fühlte er sich immer ein wenig einsam. Zu seiner Überraschung hockte Darny neben einem pummeligen Zweijährigen und brachte ihm bei, wie man mit Steinen warf. Wie erwartet stellte sich der kleine Bursche dabei furchtbar schlecht an, hatte aber einen Heidenspaß.

»Vorsichtig!«, mahnte Austin.

Eigentlich fehlte jetzt nur noch eins, eine druckfrische Überraschung. Zac hatte inzwischen mehr Arbeit, deshalb war er ein wenig spät dran, aber er musste jeden Augenblick …

Und da stürmte er auch schon mit zwei großen Kartons zur Tür herein.

»Da sind sie ja endlich!«

Es gab mächtig Getöse, als sich alle um ihn scharten, um einen Blick auf den Inhalt der Schachteln zu erhaschen. Dann traten sie jedoch einen Schritt zurück, um Issy vorbeizulassen.

»Hm, mal sehen«, murmelte Zac. »Ich mache mir zwar Sorgen um dich, ABER mit Drucksachen kenne ich mich aus.«

Issy zerriss die Plastikverpackung. Wie sehr hatten sie sich das Hirn zermartert, sie immer und immer wieder überarbeitet, noch und nöcher getestet, darüber geschwitzt … und da war sie nun. Aus dem brandneuen Karton, der nach Druckertinte roch, zog Issy langsam und feierlich ihre erste Speisekarte hervor.

Sie war in denselben sanften Pastelltönen gehalten wie die Einrichtung, Graugrün und Weiß dominierten. Zac hatte eine zarte Blumenranke aus Pfirsichblüten entworfen, die die Ränder wie eine Jugendstilborte einfasste. Die gefälligen Buchstaben wirkten wie handgeschrieben, die Karte war einfach zu lesen und aus fester Pappe – man konnte sie leicht abändern oder austauschen und brauchte dafür keins dieser schrecklichen laminierten Menüs, von denen man alles abwischen konnte.

Das Cupcake Café

Speisekarte

Frischer Vanillecupcake
mit Zitronencreme, garniert mit kandierter Zitronenschale
und essbarer Silberdeko

Red velvet Cupcake
mit Honig-Buttermilch-Glasur

Englischer Erdbeercupcake
mit Zuckerstiefmütterchen

Muscadet-Trauben-Makronen
mit Parma-Violet-Creme

Karamellmuffins
mit dunkler siebzigprozentiger Yves-Thuriès-Schokolade
und behutsam gerösteten Haselnüssen

Probierplatte
Ein bisschen von allem – einfach unwiderstehlich!

Kaffees

KAILUA-KONA
langsame Röstung – mild und süß,
von den Vulkanhängen Hawaiis

SELVA NEGRA
herb mit mittlerem Körper, aus Nicaragua

BABYCINO

Tees

ROSE PETAL BLACK
FRENCH VERVEINE

Mit leuchtenden Augen sah Issy Zac an.

»Ich danke dir so sehr«, strahlte sie.

Dem Designer war die Aufmerksamkeit offensichtlich unangenehm.

»Jetzt sei nicht albern«, meinte er. »Das stammt doch weitestgehend von dir. Und außerdem habe ich mit dieser Karte als Arbeitsprobe schon so einige Aufträge an Land gezogen.«

Dann schlug Helena mit lauter Stimme vor, auf das Wohl des Cupcake Cafés zu trinken, und alle stießen an. In einer kurzen Rede erklärte Issy dann, dass sie erst einmal ihr Darlehen an die Bank zurückzahlen wollte, bevor ihr wirklich nach Feiern war (was Austin mit erhobenem Glas begrüßte), bedankte sich aber bei allen für ihr Kommen. Die Anwesenden applaudierten mit vollem Mund, sodass die Cupcake-Krümel flogen. Gramps unterhielt sich angeregt mit verschiedenen Gästen, bis Keavie ihn wieder zurück ins Heim brachte.

Issy sah hinaus. Im Eingang zum Gässchen stand eine Gestalt. Der sah ja aus wie … nein, das konnte doch nicht sein. Das Licht der Straßenlaternen spielte ihr da sicher einen Streich. Da war bestimmt nur jemand vorbeigegangen, der ein wenig wie Graeme aussah, weiter nichts.

Graeme hatte sich eingeredet, dass er sich nur nach einem neuen Fitness-Studio umsehen wollte, in dem er nach der Arbeit trainieren konnte, in Wirklichkeit war er aber nicht erstaunt gewesen, als seine Füße ihn die Albion Road entlangführt hatten. Hingegen überraschte es ihn, den Laden voller Menschen zu sehen – schließlich wurde ihm klar, dass das eine Party sein musste, und er stellte verblüfft fest, wie sehr es ihn kränkte, dass Issy eine Feier organisiert und ihn nicht dazu eingeladen hatte. Er konnte kaum fassen, wie vollendet und professionell das Café wirkte. Ein hübsches, einladendes Lokal, dessen warmes Licht auf das Kopfsteinpflaster fiel. Er sah sich die angrenzenden Gebäude an, es war aber schwer zu sagen, ob sie bewohnt waren oder nicht. Das Café war hingegen etwas Handfestes und Echtes, etwas Greifbares und Zauberhaftes. Normalerweise sah Graeme solche Projekte nur in Quadratmetern, in Kategorien wie Gewinn und Verlust, A, B oder C. Es ging darum, Dinge an den Höchstbietenden weiterzuverkaufen, und darum, unsichtbare Geldbeträge von hier nach da und schließlich zum Teil auch auf sein Konto zu verschieben. Normalerweise dachte er nicht darüber nach, was die Leute mit den Lokalen anfingen, wenn sie ihnen gehörten, ob sie etwas Schönes daraus machen würden.

Plötzlich ertönte aus dem Inneren des Cafés ein lautes Lachen, in dem er sofort Issys erkannte. Er spürte, wie er in den Jackentaschen die Hände zu Fäusten ballte. Warum hatte sie bloß nicht auf ihn gehört? Das musste doch schiefgehen. Sie hatte überhaupt kein Recht dazu, sich so fröhlich und sorglos anzuhören. Wie konnte sie es nur wagen, nicht zu ihm zurückzukehren und ihn um seine Meinung zu bitten? Er starrte Pear Tree Court an und biss sich auf die Lippe. Dann machte er auf dem Absatz kehrt und ging zurück zu seinem Sportwagen.

Im Café wurde noch mehr Perlwein ausgeschenkt, und alle waren sich einig, dass das Cupcake Café ein großer Erfolg werden würde. Pearl nickte weise und fügte hinzu, dass dem mit Sicherheit so war, solange sie nur kostenlos Alkohol ausschenkten. Es gelang Issy, sich mit jedem Einzelnen zu unterhalten und sich bei allen zu bedanken, was bei dem ganzen Trubel allerdings bedeutete, dass sie mit niemandem in Ruhe sprechen konnte. Als Pearl sich schließlich den schlummernden Louis schnappte und bedeutsam auf ihre Uhr deutete, war Issy klar, was das hieß: »Ab nach Hause und ins Bett, du musst morgen um sechs Uhr wieder hier sein.« Also küsste sie alle auf die Wange, selbst Austin von der Bank, der schockiert tat, aber nicht unangenehm berührt schien. Helena zog die Augenbrauen hoch und fragte, ob das wohl eine gute Art und Weise war, ihren Dispo zu erhöhen. Nachdem sie aufgeräumt und abgeschlossen hatte, war Issy jedoch nach Hause getänzelt und hatte dabei auf Wolken geschwebt. Ihren Laden, ihr Café voller Menschen zu sehen, die aßen und plauderten und lachten und einfach Spaß hatten – das war alles, was sie sich je erträumt hatte. Nachdem sie endlich zu Hause waren und Helena sie ins Bett gesteckt hatte, lag sie noch lange wach und starrte die Decke an. Sie hatte Kopf und Herz voller Pläne, Träume, Ideen und Vorstellungen von der Zukunft, einer Zukunft, die in … Ah, sie sah auf den Wecker. Die in genau vier Stunden begann.

Kapitel 10

»Ein, swei, drei!«, rief Louis, und dann drehte Issy das »Geöffnet«-Schild um. Das stammte auch von Zac, er hatte einfach an alles gedacht. Falls jemand fragen sollte, von wem denn das tolle Graphikdesign stammte, konnte sie auf einen Stapel Visitenkarten neben der Kasse verweisen.

Pearl und Issy sahen sich an.

»Und hier kommt … nichts«, meinte Pearl, bevor sie erwartungsvoll ihren Posten hinter der Theke einnahmen. Der Laden blitzte und blinkte, und in den glänzenden Vitrinen bogen sich die Etageren unter den kleinen Kuchen. In der Luft lag der Duft von Kaffee und Vanille, begleitet vom Geruch der Bienenwachspolitur auf den hölzernen Tischen. Langsam schoben sich die ersten Strahlen der Frühlingssonne durch die riesige Fensterscheibe. Bald würde sie den ganzen Laden erleuchten, angefangen mit dem großen Sofa an der hinteren Wand.

Issy konnte einfach nicht untätig dasitzen. Sie sah noch einmal nach dem Ofen und den Regalen im Lagerraum. Die riesigen Mehlsäcke waren ordentlich aufgereiht, daneben standen die Schachteln mit Backnatron, dann folgte Reihe um Reihe mit den Zutaten für die verschiedenen Geschmacksrichtungen, und schließlich war da noch der massive Kühlschrank mit Sahne und riesigen Töpfen englischer Butter – alles vom Feinsten. Issy hatte versucht, Austin den finanziellen Aspekt zu erklären: Wenn man Make-up kaufte, war es bei manchen Sachen eher unwichtig, wo man sie holte – Eyeliner oder Rouge waren überall gleich –, die Marke war egal, deshalb nahm man eben das Billigste. Bei anderen Produkten hingegen – wie Grundierungen oder Lippenstift – zeigte sich wirklich die Qualität, das war doch offensichtlich. Also kaufte man das Beste, was man sich leisten konnte. Und die Butter für den Teig und die Glasurcremes mussten einfach von glücklichen Kühen kommen, die auf satten, grünen Weiden grasten. »Und damit basta«, hatte sie verkündet. Austin hatte ihren Vergleich zwar nicht verstanden, war aber beeindruckt von der Leidenschaft, mit der sie ihr Anliegen vortrug. Das Backpulver hingegen, hatte sie erklärt, konnte ihretwegen gern aus einem ungarischen Kalkwerk stammen, wenn ihr das zu mehr Gewinn verhelfen würde, und damit waren sie dann beide glücklich. Beim Betrachten des Warenlagers im Regal spürte Issy Sicherheit und Ordnung, wie früher, wenn sie als kleines Mädchen Kaufladen gespielt hatte. Dieser Anblick erfüllte sie mit Zufriedenheit.

»Bist du immer so, oder hast du heute einfach einen besonders motivierten Tag?«, wollte Pearl wissen. Issy hopste auf den Zehenspitzen auf und ab.

»Ein bisschen von beidem?«, antwortete sie vorsichtig. Manchmal war sie nicht sicher, wie sie die Bemerkungen ihrer einzigen Mitarbeiterin verstehen sollte.

»Okay, gut. Nur, damit wir beide wissen, woran wir sind. Soll ich eigentlich ›Chefin‹ zu dir sagen?«

»Auf gar keinen Fall!«

»Okay.«

Issy lächelte. »Wenn wir eines Tages so richtig Kohle scheffeln, kannst du mich vielleicht ›Prinzessin Isabel‹ nennen.«

Pearl bedachte sie mit einem ihrer Blicke, dahinter verbarg sich jedoch eindeutig ein Lächeln.

Um 7.45 Uhr steckte ein Arbeiter den Kopf zur Tür hinein.

»Habt ihr Tee?«

Pearl nickte lächelnd. »Na klar! Und der Kuchen kostet diese Woche nur die Hälfte.«

Der Mann schob sich vorsichtig hinein und wischte sich die Schuhe demonstrativ an der neuen Fußmatte mit dem Union Jack ab, die Issy in der Boutique einer Freundin aus purem Übermut gekauft hatte, immerhin war der Abstreifer nicht im Budget eingeplant gewesen.

»Ganz schön schick hier, nicht?«, murmelte der Kunde und runzelte die Stirn. »Was kostet denn der Tee?«

»Eins vierzig«, erklärte Pearl.

»Echt?«, fragte er. »Wow.«

»Wir haben verschiedene Sorten«, warf Issy eifrig ein. »Und wir können Ihnen auch etwas Kuchen zum Probieren anbieten.«

Der Arbeiter rieb sich bedauernd den Bauch. »Nee, dann bringt meine Alte mich um. Ihr könntet mir nicht vielleicht ein Schinkenbrot machen, oder?«

Pearl übernahm den Tee – sie hatte bemerkt, dass Issy ganz hibbelig war und ja doch alles verschüttet hätte –, gab ohne zu fragen Milch und zwei Stück Zucker hinein, schob einen Pappring um den furchtbar heißen Papierbecher, setzte den Deckel darauf und reichte ihn dem Kunden.

»Danke, Schätzchen«, sagte der Mann.

»Sind Sie sicher, dass Sie nicht doch den Kuchen probieren wollen?«, fragte Issy ein wenig zu beflissen.

»Ist schon okay, ich bin auch so süß genug, Schätzchen.« Er lachte nervös, bezahlte und zog von dannen. Pearl ließ triumphierend die Kasse klingeln.

»Unser erster Kunde!«, rief sie stolz.

Issy lächelte. »Ich fürchte allerdings, dass ich ihn vergrault habe.« Sie sah nachdenklich drein. »Was ist denn, wenn er recht hat? Vielleicht sind wir ja zu schick für die Gegend?«

»Na, ich bin's jedenfalls nicht«, knurrte Pearl und wischte einen winzigen Milchspritzer von der Theke. »Und morgens um halb acht isst sowieso noch niemand Kuchen.«

»Ich schon«, entgegnete Issy. »Und das macht bestimmt bald jeder. Die Leute essen doch auch Muffins. Muffins sind die amerikanische Art zu sagen ›Ich esse Kuchen zum Frühstück‹.«

Pearl sah sie an. »O mein Gott, du hast recht. Na, das erklärt so einiges.«

»Hm«, machte Issy.

Im Laufe der nächsten Stunde kamen neugierige Nachbarn vorbei, die sich wohl fragten, wer dieses Mal den zum Scheitern verurteilten Laden übernommen hatte. Manche von ihnen waren sogar so unhöflich, ans Fenster zu treten, sich die Nase an der Scheibe plattzudrücken und nach kurzem Glotzen wieder zu verschwinden.

»Das ist aber nicht sehr nett«, bemerkte Issy.

»Issy«, erwiderte Pearl, für die der Morgen schon hart genug gewesen war, immerhin war sie um Viertel vor sechs aufgestanden und hatte Louis zum neuen Kindergarten gebracht. »Du wohnst doch nicht hier. Das geht ja nicht gegen dich persönlich.«

»Wie kannst du das nur sagen?«, empörte sich Issy und ließ den Blick durch ihr leeres Café wandern. »Ich hab mein Herzblut in dieses Projekt gesteckt. Persönlicher geht es kaum!«

Um zwei vor neun marschierte ein dunkler kleiner Mann mit einem altmodischen Hut, den er sich tief in die Stirn gezogen hatte, über den Hof. Als er schon fast am Café vorbeigestapft war, machte er auf einmal eine Fünfundvierzig Grad-Wendung und stierte zu ihnen herüber. Er sah sie direkt an, taxierte sie finster für einige Sekunden, wandte sich dann wieder ab und ging weiter. Kurz darauf hörten sie das Geräusch einer metallenen Jalousie.

»Das ist der Eisenwarenhändler!«, rief Issy aufgeregt. Sie hatte bereits versucht, bei ihrem Nachbarn vorbeizuschauen und Hallo zu sagen, aber das urige Lädchen, in dem Töpfe und Pfannen verkauft wurden, schien etwas merkwürdige Öffnungszeiten zu haben, und sie hatte dort nie jemanden angetroffen. »Dem bringe ich jetzt eine Tasse Kaffee vorbei und freunde mich mit ihm an.«

»Ich wäre lieber vorsichtig«, wandte Pearl ein. »Du weißt doch gar nicht, warum die anderen Geschäfte hier schließen mussten. Dass er einen komischen Laden hat, ist schon mal klar. Vielleicht hat er ja auch komische Angewohnheiten. Womöglich hat er unsere Vorgänger vergiftet.«

Issy starrte sie an.

»Na ja, wenn er mir was zu trinken anbietet, dann sage ich einfach ›Nicht nötig, ich habe doch ein Café‹!«

Pearl zog die Augenbrauen hoch, sagte aber nichts dazu.

»Gut, dann lasse ich uns vielleicht erst ein paar Tage Zeit«, lenkte Issy schließlich ein.

Um elf Uhr kam eine müde, erschöpft wirkende Mutter mit einem ebenso matten Kind herein. Obwohl die beiden Frauen viel Aufhebens um das kleine Mädchen machten, ging sie nicht darauf ein und griff, nachdem sie ihrer Mummy einen fragenden Blick zugeworfen und als Antwort eine resignierte Geste erhalten hatte, lediglich schweigend nach dem dargebotenen Kuchen.

»Ich hätte gerne einen Kaffee, schwarz bitte«, sagte die Frau. Sie nahm ihre Tasse, lehnte ab, als man ihr einen gratis Cupcake anbot (was Issy langsam wahnsinnig machte), und zählte den Betrag in Kleingeld auf die Theke. Dann setzte sie sich mit dem Mädchen auf das graue Sofa, in Reichweite von Zeitschriften, Zeitungen und Büchern. Für das alles hatte die Mutter jedoch keinen Blick. Sie schlürfte gemächlich ihren Kaffee und sah aus dem Fenster, während die Kleine ganz, ganz leise mit ihren Fingern spielte. Da sie jetzt zu viert im Lokal waren, fanden Pearl und Issy es bald schwierig, sich normal zu unterhalten.

»Ich lege mal ein bisschen Musik auf«, schlug die frischgebackene Cafébesitzerin vor. Aber als sie die neue Corinne-Bailey-

Rae-Scheibe in ihren alten CD-Spieler schob, den sie dem Cupcake Café spendiert hatte, auf Play drückte und sanfte, süße Töne den Raum erfüllten, da stand die Frau augenblicklich auf und schickte sich zum Gehen an, so als wäre die Musik ein Zeichen oder als würde man sie ihr womöglich in Rechnung stellen. Sie sagte nicht einmal auf Wiedersehen oder danke, genauso wenig wie das kleine Mädchen. Issy starrte zu Pearl herüber.

»Das ist doch unser erster Tag«, bemerkte diese beruhigend. »Und eins sage ich dir, ich werde jetzt nicht die ganze Zeit mit dir Händchen halten, okay? Du bist eine knallharte Geschäftsfrau, und keine Widerrede.«

Und dann kam der Regen, es goss in Strömen und hörte gar nicht mehr auf. Mit jedem ruhigen Tag, der zu Ende ging, verloren Pearls aufmunternde Worte an Schlagkraft. Issy fühlte sich völlig ausgelaugt. An Pearls freiem Tag hockte sie im Café über den Büchern. Die Buchhaltung war gar nicht so einfach, und im Moment sahen die Zahlen schlimm aus, auch wenn ihre Angestellte sie beschwor, sich darüber keine Gedanken zu machen. Sie konnte aber nicht anders, und das hielt sie wenigstens wach. Es waren zwei Kunden da gewesen, besser als keiner, dachte sie. Zunächst war erneut die Mutter mit dem kleinen Mädchen gekommen, was Issy ein wenig aufgemuntert hatte. Offensichtlich hatte sie die Frau also doch nicht in die Flucht geschlagen. Aber hatte sie denn keine Freundinnen? Konnte sie die nicht mitbringen, zusammen mit ihren klebrig verschmierten Kindern, die auf dem Weg zum Clissold Park dringend eine Stärkung brauchten? Aber die Frau hatte wieder nur einen schwarzen Kaffee bestellt und sich mit ihrem stillen Kind auf die Kante des Sofas gehockt, so als würde sie vor dem Büro des Schulrektors warten. Issy hatte freundlich gelächelt und gefragt, wie es denn so ging, worauf die Frau mit ein wenig gehetztem Gesichtsausdruck »Gut« geantwortet hatte. Issy hatte sich dann weitere Fragen verkniffen.

Schließlich hatte Issy die Sonntagszeitungen durchgeblättert – eigentlich hatte sie ja gedacht, dass das Café sie ganz schön auf Trab halten würde, stattdessen war sie inzwischen ziemlich gut darüber informiert, was in der Welt so vor sich ging –, und da ertönte plötzlich das ersehnte Klingeln an der Tür. Sie sah auf und lächelte, als sie den Neuankömmling erkannte.

Des hatte keine Ahnung, was man mit einem Baby so anstellen musste. Jamie hörte erst auf zu weinen, als er mit ihm auf und ab ging. Draußen war es kalt, aber Jamie war nur dann zufrieden, wenn man ihn entweder durch die Gegend fuhr oder ihn auf den Arm nahm. Der Arzt hatte gesagt, dass es sich lediglich um eine leichte Kolik handelte. Auf Des' Nachfrage hatte der Doktor mit mitfühlendem Lächeln erklärt: »Also, so nennen wir das, wenn Babys jeden Tag stundenlang schreien.« Der junge Vater war sowohl verdutzt als auch enttäuscht gewesen. Er hatte sich etwas anderes erhofft, dass der Arzt zum Beispiel sagte: »Geben Sie ihm diese Medizin, die beruhigt ihn sofort, und Ihre Frau wird dann auch wieder fröhlich.«

Als er zurück in die Albion Road abbog, hatte er keine Ahnung, was er jetzt tun sollte – in ihrem kleinen Häuschen mit Terrasse fiel ihm ja doch nur die Decke auf den Kopf –, bis ihm Issys Café in den Sinn kam. Er konnte vielleicht einfach mal vorbeischauen und sehen, wie es so lief. Vielleicht eine Tasse Kaffee abstauben. Und diese Cupcakes waren ja auch lecker.

»Hallo, Des«, begrüßte Issy ihn eifrig, bevor ihr klar wurde, dass der Makler erstens vermutlich eine Einladung zu einer Tasse Kaffee erwartete (die er sich, wie sie widerwillig zugeben musste, ja auch durchaus verdient hatte) und zweitens ein Baby dabeihatte, das sich die Seele aus dem Leib schrie. Dagegen kam Corinne Bailey Rae nun wirklich nicht an.

»Oh, wen haben wir denn da …«

Issy wusste nie so recht, was sie zu Babys eigentlich sagen sollte. Sie war jetzt in einem Alter, in dem jeder sofort annahm, dass sie sich selbst verzweifelt nach einem Kind sehnte, wenn sie zu viel Aufhebens um die lieben Kleinen machte, und man sie dann bemitleidete. Wenn sie hingegen nicht genug Interesse zum Ausdruck brachte, dann wurde gleich vermutet, dass sie verbittert und eifersüchtig war und sich insgeheim auch nach einem Baby sehnte, es aber nicht zeigen konnte. Das war gefährliches Terrain.

»Na, hallo, du …« Sie sah hilfesuchend zu Des auf. Das Baby verzog das Gesicht und bäumte sich zum nächsten Heulanfall auf.

»Es ist ein Junge … Darf ich vorstellen: Jamie!«

»Oh, kleiner Jamie. Wie niedlich. Herzlich willkommen!«

Jamie schnappte nach Luft und füllte seine Lunge. Des erkannte die Vorzeichen.

»Hm, ich hätte gerne einen Latte.«

Entschlossen holte er sein Portemonnaie hervor. Er hatte seine Meinung geändert, was den Gratis-Kaffee anging, die Lärmbelästigung war schon schlimm genug.

»Und einen Cupcake«, fügte Issy hinzu.

»Hm, nein …«

»Sie essen jetzt ein Küchlein«, bestimmte Issy. »Keine Widerrede.«

Bei diesen Worten hob das kleine Mädchen hinten auf dem Sofa ihr trauriges Gesicht. Issy lächelte sie an.

»Entschuldigung«, rief sie über Jamies Heulen hinweg zu der Frau hinüber. »Hätte Ihre Tochter vielleicht auch gerne einen Cupcake? Ganz umsonst, weil wir ja noch in der Eröffnungsphase sind.«

Voller Argwohn sah die Frau von ihrer Zeitschrift auf.

»Hm, nein, lassen Sie mal, vielen Dank«, sagte sie mit einem plötzlich ziemlich starken osteuropäischen Akzent, der Issy vorher gar nicht aufgefallen war.

»Das ist schon in Ordnung«, rief sie hinüber. »Nur dieses eine Mal!«

Das Mädchen trug ein billiges und etwas schäbiges rosa Oberteil, das für dieses Wetter eigentlich zu dünn aussah, und kam jetzt mit großen Augen zur Theke gelaufen. Mit etwas weniger misstrauischem Blick sah die Mutter ihr nach und hob schließlich in einer widerwilligen Geste der Zustimmung die Hände.

»Welchen hättest du denn gerne?«, fragte Issy und beugte sich zu dem kleinen Mädchen auf der anderen Seite der Theke hinunter.

»Pink«, verkündete die Kleine atemlos. Issy setzte den Cupcake auf einen Teller und brachte ihn feierlich zu ihrem Tisch, während die Kaffeemaschine brodelte.

Als Des' Latte endlich fertig war, marschierte dieser mit dem Baby im Lokal auf und ab, da es offensichtlich das Einzige war, was Jamie ruhig hielt.

»Keine Sorge«, rief er Issy zu, die ihn ein wenig bekümmert beobachtete. »Ich nehme einfach bei jeder dritten Runde einen Schluck.«

»In Ordnung«, sagte Issy. »Wie läuft denn das Geschäft?«

»Die Lage ist wirklich nicht ideal«, erklärte er. »Diese Gegend hier ist schon seit Jahren im Kommen, aber sie scheint an einem toten Punkt angelangt zu sein, wenn Sie wissen, was ich meine.«

Ein Cupcake Café liegt wohl jenseits dieses Punktes, dachte Issy traurig, nickte aber nur lächelnd.

So etwa nach der neunten Runde (Issy war sich inzwischen ziemlich sicher, dass das für ein Baby nicht gut sein konnte, hielt sich aber da raus, weil sie keine Erfahrungswerte beisteuern konnte) sah die Frau auf dem Sofa, die mit dem Finger zaghaft die Glasur auf dem Cupcake ihrer Tochter probiert hatte, entschlossen zu Des hinüber.

»Entschuldigung«, rief sie. Des blieb jäh stehen, und Jamie brüllte augenblicklich los wie ein abhebendes Flugzeug.

»Hm, ja?«, fragte er, nachdem er den Kaffee runtergeschluckt hatte. »Issy, das ist alles wirklich sehr lecker«, bemerkte er aus dem Mundwinkel.

»Geben Sie mir Ihr Baby«, bat die Frau.

Des warf einen Blick zu Issy hinüber. Die Kundin zog ein langes Gesicht.

»Ich bin keine böse Frau. Geben Sie mir Ihr Baby. Ich helfe ihm.«

»Hm, ich bin nicht sicher …«

Politisch völlig unkorrekte Stille erfüllte den Raum, und irgendwann wurde Des klar, dass es aussah, als würde er dieser Frau etwas ganz Furchtbares unterstellen, wenn er ihr jetzt nicht endlich das Baby reichte. Als wahrer englischer Gentleman war ihm diese peinliche Vorstellung unerträglich. Issy lächelte aufmunternd, als er das schreiende Baby an die Frau weiterreichte, deren Tochter sich augenblicklich auf die Zehenspitzen stellte, um sich den Kleinen mal genauer anzusehen.

»Sa ziza zecob dela dalou'a
Boralea' e borale mi komi oula
Etawuae'o ela'o coralia wu'aila
Ilei pandera zel e' tomu pere no mo mai
Alatawuané icas imani'u«,

sang die Frau hingebungsvoll. Jamie, der noch gar nicht fassen konnte, dass er sich auf einmal in den Armen einer Fremden wiederfand, verstummte mit einem Mal und starrte sie aus großen blauen Augen an. Die Frau küsste ihn sanft auf den Scheitel.

»Vielleicht ist sie ja eine Hexe«, raunte Des Issy zu.

»Pscht«, machte die und sah der Kundin fasziniert zu. Jamie öffnete den Mund und wollte gerade zu einer neuen Schreiattacke ansetzen, da drehte die Frau den kleinen Jungen ruhig und zuversichtlich um, bis er mit dem Bauch auf ihrem Arm lag und seine winzigen Arme und Beine in der Luft baumelten. Des machte instinktiv einen Schritt auf sie zu, als er sah, wie Jamie zappelte und sich wand – die Frau balancierte ihn schwankend auf dem Arm, und es sah aus, als würde er abrutschen –, doch dann geschah das Unfassbare. Jamie blinzelte ein, zwei Mal mit seinen riesigen, wässrig blauen Augen, dann fand sein Rosenknospenmündchen irgendwie seinen Daumen, und er machte es sich bequem. Schließlich konnte man dabei zusehen, wie seine Lider so übertrieben und lustig wie in einem Zeichentrickfilm innerhalb von Sekunden immer schwerer und schwerer wurden … und mit einem Mal schlief er tief und fest.

Des schüttelte den Kopf.

»Was … was … Haben Sie ihm irgendwas verabreicht?«

Zum Glück hatte die Frau ihn nicht verstanden.

»Er ist sehr müde.« Sie sah Des an. »Und Sie sind auch sehr müde«, bemerkte sie mitfühlend.

Das war zwar völlig untypisch für ihn, aber mit einem Mal hatte Des das Gefühl, er würde gleich in Tränen ausbrechen. Er hatte noch nicht einmal geweint, als Jamie geboren wurde, nicht mehr seit dem Tod seines Vaters. Aber irgendwie …

»Ich bin … tatsächlich ein bisschen müde«, murmelte er schließlich und ließ sich neben ihr auf das Sofa sinken.

»Wie haben Sie das bloß gemacht?«, fragte Issy verblüfft. Das war ja wie Zauberei gewesen.

»Hm …« Die Frau suchte offensichtlich nach den richtigen Worten. »Hm. Mal sehen. Das ist wie der Tiger im Baum.«

Issy und Des sahen sich an.

»Wenn den kleinen Babys der Bauch wehtut … dann möchten sie so liegen wie der Tiger im Baum. Das hilft dem Bäuchlein.«

Und Jamie sah tatsächlich ein wenig aus wie eine schläfrige Katze, die zufrieden auf einem Ast döste. Mit gekonnten Handgriffen legte ihn die Frau bäuchlings in den Kinderwagen.

»Hm«, machte Des, der gerne zeigen wollte, dass er wenigstens die allerwichtigste Regel des Elterndaseins kannte, »man soll sie aber nicht so rum hinlegen.«

Die Frau fixierte ihn mit strengem Blick.

»Babys mit Bauchschmerzen schlafen auf dem Bauch besser. Passen Sie gut auf ihn auf. Er stirbt schon nicht.«

Man musste wirklich sagen, dass Jamie so glücklich wirkte, wie ein schlafendes Baby nur aussehen konnte. Sein kleiner rosafarbener Mund stand offen, und es war nur ein sanftes Heben und Senken des Rückens zu erkennen. Die Frau nahm seine Decke und wickelte ihn so fest und eng darin ein, dass er sich kaum noch regen konnte. Des, der daran gewöhnt war, dass Jamie im Schlaf zappelte und sich wand, als würde er mit einem unsichtbaren Gegner ringen, konnte nur noch staunen.

»Ich glaube, ich hätte gerne noch einen Kaffee«, sagte er mit ungläubiger Miene. »Und … äh … denken Sie … könnten Sie mir vielleicht«, stammelte er erstaunt, »die Zeitung rüberreichen?«

Wenn Issy daran zurückdachte, musste sie lächeln. Die ganze Sache hatte sie zwar vier Pfund gekostet, aber Des und die Frau, die sich schließlich als Mira vorgestellt hatte, hatten geplaudert und sich ziemlich gut verstanden. Für eine Weile hatten die Stimmen schwatzender Menschen das Café erfüllt, so, wie sie es sich gewünscht hatte. Dann war der Eisenwarenhändler von nebenan vorbeigekommen und hatte die Speisekarte im Fenster ewig – wirklich unerträglich lange – studiert, bevor er weitergezogen war. Issy hatte ihn gegrüßt, aber keine Antwort erhalten. So langsam entwickelte sie einen Hass auf die Zeiger der Uhr, die unfassbar langsam ihre Runden drehten. Gegen Mittag hatten zwei Mädchen im Teenageralter vorbeigeschaut und hatten gerade genug Geld für einen einzigen Schokoladen-Ingwer-Cupcake und zwei Glas Wasser zusammengelegt. Als die

Türklingel um halb vier ging, waren sie aber schon lange wieder verschwunden. Diesmal war es Helena.

»So schlimm also, hm?«, fragte sie.

Issy war erstaunt darüber, wie gereizt sie diese Bemerkung machte. Sie war doch sonst nie auf Helena sauer, dafür waren sie einfach schon viel zu lange befreundet. Aber dass sie jetzt hier auftauchen musste, genau in dem Moment, an dem sie sich wie ein Loser vorkam, war doch wirklich grausam.

»Hey«, rief Helena, »also, wie läuft es?«

»Hättest du gerne einen liegen gebliebenen Cupcake?«, fragte Issy etwas unwirscher als eigentlich beabsichtigt.

»Klar«, nickte Helena und holte ihr Portemonnaie raus.

»Lass mal stecken«, wehrte Issy ab. »Die muss ich aus Gesundheits- und Sicherheitsgründen sowieso am Ende des Tages entsorgen.«

Helena zog die Augenbrauen hoch. »Jetzt sei schon still, davon will ich nichts hören. Außerdem sollte ich so etwas eigentlich gar nicht essen. Andererseits habe ich schon wieder eine Cup-Größe zugelegt, das ist also ein Vorteil!«

»Eine Cupcake-Größe«, witzelte Issy. »Ha, ha, ha. Na, zumindest sind meine Sprüche zum Totlachen.«

»Warum machst du nicht mal früher Schluss? Wir gehen nach Hause und gucken uns *Grosse Pointe Blank* an. Und dann rufen wir all unsere Freunde an, die sich nicht mehr bei uns melden, und erzählen ihnen, dass wir morgen ausschlafen können, während sie um fünf Uhr aufstehen und Fläschchen warm machen müssen!«

»Das ist ja äußerst verlockend«, antwortete Issy bedauernd. »Aber ich kann nicht. Wir haben heute bis halb fünf geöffnet.«

»Und was ist mit dieser ›Ich bin meine eigene Chefin und kann tun und lassen, was ich will‹-Geschichte? Ich dachte, das ist der Witz daran, wenn man selbstständig ist.«

»Außerdem«, fügte Issy hinzu, »muss ich auch noch die Kasse und die Wochenabrechnung machen.«

»Na, das kann ja wohl nicht lange dauern, oder?«

»Helena!«

»Zu fies?«

»Ja!«

»Ich kaufe auch den Wein.«

»Na gut.«

»Super!« Und da ging die Klingel an der Tür schon wieder.

Austin sah sich skeptisch um. Er wusste ja, dass sie gerade erst eröffnet hatten, aber es wäre doch trotzdem schön gewesen, hier ein paar Kunden anzutreffen. Issy sollte sich wirklich mehr reinhängen, um die Sache in Gang zu bringen, anstatt hier auf der Theke zu sitzen und mit einer Freundin zu plaudern.

Darny war beim Kindergeburtstag, und Austin hatte einen dieser Momente gehabt, die ihn mit schöner Regelmäßigkeit überkamen. Er hatte dann plötzlich das schreckliche Gefühl, irgendetwas Wichtiges vergessen zu haben, und konnte sich nicht mehr daran erinnern, was es war. Nachdem ihre Eltern gestorben waren, hatte der zuständige Sozialarbeiter Austin geraten, zum Therapeuten zu gehen. Der Therapeut hatte wiederum erklärt, dass seine Unordnung in gewisser Weise ein Hilferuf war, mit dem er seine Eltern zurückholen wollte, damit sie sich um alles kümmerten, und dass er so etwas besser nicht von einer Partnerin erwarten sollte. Austin hielt das alles zwar weitestgehend für Quatsch, aber das hatte ihm auch nicht weitergeholfen, als er vor einer halben Stunde das Fehlen des Mietvertrags für dieses Lokal bemerkt hatte, und Janet würde ihm den Kopf abreißen, wenn er nicht eine Kopie für ihre Akten auftreiben würde.

»Hm, hallo zusammen«, grüßte er.

Issy sprang schuldbewusst auf. Warum konnten ihre Businesspartner nicht mal vorbeischauen, wenn auch jede Menge Kunden da waren? Und irgendwie wünschte sie sich jetzt auch, Helena wäre nicht da. Das sah nicht sehr professionell aus. Vor allem, weil die sie jetzt in die Seite stieß und mit den Augenbrauen wackelte wie Groucho Marx.

»Hallo«, sagte sie. »Hätten Sie gerne einen Cupcake für Darny?«

»Verschenken Sie Ihren Kuchen jetzt?«, fragte Austin mit einem Funkeln in den Augen. »Ich bin mir sicher, dass das nicht im Business-Plan stand.«

»Dann haben Sie ihn wahrscheinlich nicht richtig gelesen«, entgegnete Issy, die plötzlich ganz nervös war. Was an seinem Grinsen lag, das war nämlich so völlig un-bankerhaft.

»Stimmt, habe ich auch nicht«, gab Austin zu. »Wie läuft es so?«

»Na ja, das ist also unser sanfter Einstieg«, erklärte Issy. »Sie wissen ja, es wird wohl eine Weile dauern, bis die Sache anläuft.«

»Ich habe vollstes Vertrauen in Ihren Business-Plan«, sagte er rasch.

»Den Sie ja nicht gelesen haben«, stichelte Issy.

Austins Grinsen wäre breiter gewesen, wenn er ihn denn gelesen *hätte,* aber er hatte stattdessen auf sein Bauchgefühl vertraut, wie immer, wenn es um ein Darlehen ging. Dieses Vorgehen hatte sich meistens bewährt. Wenn das bei Mordermittlungen eine gute Methode war, dachte er oft, dann war sie auch für ihn gut genug.

»Also, wissen Sie, ich kenne da jemanden, der Marketing-Workshops veranstaltet«, erklärte er und schrieb Issy die Details auf. Sie warf einen Blick auf seine Notizen und stellte ein paar Fragen. Ihr kam es wirklich so vor, als ob er echtes Interesse an ihrem Unternehmen hätte. Na, er wollte wohl seine Investition schützen, dachte sie schließlich.

»Danke«, sagte sie trotzdem zu Austin. Es war seltsam, ihn so wichtige Angelegenheiten darlegen zu hören, während er seinen gestreiften Pullover auf links trug. »Sie haben Ihren Pulli falsch herum an.«

Austin warf einen Blick darauf.

»Oh, ja, ich weiß. Darny hat beschlossen, dass alle ihre Kleider mit dem Etikett nach außen tragen sollten, weil man so überprüfen kann, dass sie auch die richtigen Sachen anhaben. Und weil ich nicht wusste, wie ich ihm das ausreden sollte, habe ich beschlossen, na ja, mitzuspielen, bis er es von selbst kapiert. Aus dem Alter sollte er eigentlich langsam raus sein, oder?«

»Wie soll er denn vernünftig werden, wenn Sie ihn noch bestärken?«, fragte Issy lächelnd.

»Eine gute Frage«, gab Austin zu und zog den Pulli aus. Dabei zog er aus Versehen auch sein tannengrünes Hemd ein Stück mit hoch und stellte seinen schmucken Bauch zur Schau. Issy ertappte sich dabei, ihn anzustarren, und bemerkte dann, dass Helena wiederum mit vor Vergnügen blitzenden Augen sie anstarrte. Und da war schon wieder ihre alte Angewohnheit: Sie bemerkte mit Schrecken, dass ihre Wangen tiefrot anliefen.

»Ich weiß auch nicht«, plapperte Austin einfach weiter. »Ich habe nur versucht, ihn pünktlich zum Geburtstag zu bringen. Ich vermute mal, die anderen Kinder werden sich dort über ihn lustig machen und ihn zum Weinen bringen, bis er schließlich nicht länger ausschert, seine Individualität begräbt und als braves Schäfchen in der Herde mitläuft.«

Er zog seinen Pullover richtig herum an und sah sich dann nach Issy um, die war jedoch in den Keller entschwunden.

»Hm, ich hole nur eben diese Mietunterlagen, die Sie brauchen«, rief sie von der Treppe her. Helena lächelte ihn wissend an.

»Bleiben Sie doch noch auf einen Kaffee«, schlug sie vor.

Unten spritzte sich Issy am Waschbecken kaltes Wasser ins Gesicht. Das war doch wirklich albern. Sie musste sich jetzt mal zusammennehmen. Sie arbeitete schließlich mit diesem Mann zusammen, und sie war ja auch keine zwölf mehr.

»Hier.« Mit nur noch leicht geröteten Wangen erschien sie

wieder. »Ein Cupcake für Darny. Darauf bestehe ich. Das ist … wie würden die Marketingleute das nennen? Eine Gratisprobe?«

»Gratisproben an Leute zu verteilen, die ein Pfund Taschengeld pro Woche kriegen, würde vermutlich keiner Kosten-Nutzen-Analyse standhalten«, bemerkte Austin. »Trotzdem danke.«

Er griff nach dem Kuchen und zog seine Hand ein paar Sekunden zu spät zurück, als bedauere er, sich von der Berührung mit ihr losreißen zu müssen.

»Und dann«, fabulierte Helena und goss den letzten Rest Wein ein, »dann hast du ihn nach unten in dein Warenlager gezerrt und …«

Issy biss sich auf die Lippe. »Sei still!«

»Er hat dich in seine männlichen, Taschenrechner schwingenden Arme geschlossen und …«

»Hör auf!«, rief Issy. »Oder ich werfe ein Kissen nach dir.«

»Wirf ruhig alle Kissen der Welt«, lachte Helena. »Aber ich mag ihn schon jetzt hunderttausend Mal lieber als Graeme.«

Wie immer, wenn Graemes Name fiel, wurde Issy ganz still.

»Ach, jetzt komm schon, Iss. Ich mach doch nur Spaß. Sei nicht so empfindlich.«

»Ich weiß, ich weiß. Austin hat aber doch nur wegen dieser Mietunterlagen vorbeigeschaut. Und um mit mir zu schimpfen, weil ich nicht in die Gänge komme. Ich hab's ihm doch angesehen, als er zur Tür hereinkam.«

»An einem Samstag?«

»Er kommt aus der Gegend, er wohnt hier ganz in der Nähe. Dieses Viertel kennt er in- und auswendig.«

»Weil er ja ach so schlau und wunderbar ist. Knutsch, knutsch, knutsch!«

»Halt den Mund!« Issy warf Helena ein Kissen an den Kopf. »Ich muss früh ins Bett, ich hab morgen viel zu tun.«

»Was denn, knutschen?«

»Gute Nacht, Helena. Und leg dir ein Hobby zu!«
»Du bist doch mein Hobby!«

Am Sonntag war der Zug voller Ausflügler. Nach dem gestrigen Spiel waren jede Menge Fans auf dem Heimweg, verschütteten Dosenbier und johlten ihren Kumpels auf der anderen Seite des Ganges zu. Issy suchte sich mit ihrem Buch eine ruhige Ecke und betrachtete ihr müdes Spiegelbild im Fenster, während sie in Gedanken noch einmal ihren Besuch bei Grampa Joe durchging.

»Ihre Party war für ihn ein echtes Highlight«, hatte Keavie bei ihrer Ankunft erklärt. »Aber seitdem ist er ziemlich müde. Und vielleicht ein bisschen … abwesend.«

»Es geht wieder los, oder?«, hatte Issy betroffen entgegnet. »Bleibt das jetzt so?«

Keavie sah gequält drein und berührte Issy kurz am Arm.

»Wissen Sie … ich meine, deswegen ist er hier, das wissen Sie ja selbst.«

Issy nickte. »Ich weiß, ich weiß. Es ist nur … er wirkte so fit.«

»Ja, manche unserer Bewohner blühen hier in den ersten Monaten richtig auf, weil sie sich sicher und umhegt fühlen.«

Issy sah zu Boden. »Aber das ist nicht für immer.«

Auch Keavie sah traurig aus. »Issy …«

»Ich weiß, ich weiß. Es ist unheilbar. Und schreitet weiter voran.«

»Er hat lichte Momente«, wandte Keavie ein. »Ehrlich gesagt lief es während der ganzen letzten Tage sogar ganz gut, Sie könnten also Glück haben. Und er freut sich auch immer so über Ihre Besuche.«

Zum zweiten Mal in zwei Tagen musste Issy sich zusammenreißen und ein unbekümmertes Gesicht aufsetzen, bevor sie in den Raum marschierte.

»Hallo, Gramps!«, grüßte sie laut. Joe öffnete die Augen ein wenig.

»Catherine!«, rief er. »Margaret! Carmen! Issy!«

»Issy«, bestätigte seine Enkelin dankbar, fragte sich allerdings kurz, wer wohl Carmen war. Sie drückte ihn fest und spürte dabei die Bartstoppeln auf seiner Haut, die seinen Schädel bei jedem Besuch ein wenig loser umfing. »Wie geht es dir, Gramps? Warst du oft draußen? Füttern sie dich auch ordentlich?«

Joe wehrte mit einer Geste ab.

»Nein, nein, nein«, empörte er sich. »Das nicht.«

Er lehnte sich so weit wie möglich zu Issy vor und röchelte dabei vor Anstrengung.

»Manchmal«, vertraute er ihr an, »manchmal bringe ich einfach alles durcheinander, meine liebe Issy.«

»Ich weiß, Grampa«, sagte Issy und griff nach seiner Hand. »Aber das geht uns doch allen so.«

»Nein«, keuchte er. »Ich weiß. Aber das meine ich nicht …«

Er schien abzudriften und sah aus dem Fenster. Dann kam er wieder zu sich.

»Issy, weil ich ja manchmal die Sachen durcheinanderbringe oder sie einfach nur träume, habe ich mich gefragt …«

»Jetzt sag schon!«

»Hast du … hat meine kleine Issy eine Bäckerei?«

Er sprach von der Bäckerei in einem Tonfall, als meinte er den heiligen Gral.

»Ja, Grampa! Die hast du doch gesehen, weißt du noch? Du warst ja bei meiner Party.«

Joe schüttelte den Kopf.

»Die Schwestern lesen mir jeden Morgen die Briefe vor«, sagte er. »Aber ich kann mir einfach nichts merken.«

»Ich habe tatsächlich eine Bäckerei«, bekräftigte Issy. »Ja. Na, mehr eine Konditorei. Mit Kuchen und so. Brot backe ich keins.«

»Brot zu backen ist auch ein schöner Beruf«, wandte Joe ein.

»Ich weiß. Das weiß ich doch. Aber mein Laden ist mehr wie ein Café.«

Issy bemerkte, wie feucht die Augen ihres Großvaters wurden. Das war nicht ideal, es war keine gute Idee, ihn so sentimental zu stimmen.

»Meine kleine Issy ist jetzt also Bäckerin!«

»Ich weiß! Und du hast mir alles beigebracht!«

Der alte Mann umfasste ihre Hand mit festem Griff.

»Und, läuft es gut? Kannst du dir damit deinen Lebensunterhalt verdienen?«

»Hm«, machte Issy. »Na ja, wir haben ja gerade erst eröffnet. Ehrlich gesagt ist es … ein wenig schwierig.«

»Das liegt daran, dass du jetzt eine Geschäftsfrau bist, Issy. Die ganze Last ruht auf deinen Schultern … Hast du Kinder?«

»Nein, Gramps. Noch nicht«, erklärte Issy ein wenig traurig. »Nein. Ich habe keine Kinder.«

»Oh. Aber dann musst du nur für dich selbst sorgen. Na, das ist doch gut.«

»Hm«, machte Issy wieder. »Aber weißt du, ich muss die Kundschaft trotzdem irgendwie anlocken.«

»Ach, das ist ganz leicht«, meinte Joe. »Die Leute müssen einfach nur den Kuchen riechen, dann kommen sie schon.«

»Und genau das ist mein Problem«, murmelte Issy. »Sie können uns nicht riechen. Der Laden liegt etwas abseits.«

»Das ist wirklich zu dumm«, sagte Joe. »Aber bringst du deine Produkte denn zu den Leuten? Draußen auf der Straße? Zeigst du den Leuten, was ihr habt?«

»Eigentlich nicht«, gab Issy zu. »Die meiste Zeit stehe ich ja am Ofen. Und würde das nicht ein wenig … verzweifelt aussehen, wenn wir den Leuten die Sachen hinterherwerfen? Ich bin mir nicht sicher, ob ich annehmen würde, wenn mir jemand auf der Straße etwas anbietet.«

Joe verzog besorgt das Gesicht.

»Ja, hast du denn gar nichts von mir gelernt?«, knurrte er. »Weißt du, es geht nicht nur um gefüllte Hörnchen und French Cakes.«

»Ich dachte, wenn meine Cupcakes nur groß genug sind …«

»In Manchester habe ich 1938 angefangen. Kurz vor dem Krieg. Alle waren starr vor Angst, und für ausgefallene Kuchen hatte keiner Geld übrig.«

Issy hatte die Geschichte schon oft gehört, freute sich aber immer, ihr noch mal lauschen zu dürfen. Sie lehnte sich behaglich in ihrem Stuhl zurück, so als wäre sie wieder ein kleines Mädchen und Gramps würde abends *sie* gut zudecken und nicht umgekehrt.

»Mein Vater ist im ersten Krieg gestorben, und die Bäckereien waren ein hartes Pflaster. Schwarzbrot und Mäuseküttel und wer weiß was noch, aber solange sie für einen Viertelpenny etwas zu essen bekamen, um ihre Milben durchzufüttern, war es den Leuten egal. In diesem Teil der Welt gab es damals keinen Markt für schicke Kuchen, o nein. Ich habe ganz jung angefangen, und niemand hatte so viel Hunger wie ich. Ich war um vier Uhr früh auf den Beinen, hab gefegt, das Mehl gesiebt und den Teig geknetet und geknetet. Ich hatte Oberarme wie ein Boxer, das ist kein Scherz, meine Isabel. Das ist immer allen aufgefallen. Vor allem den Damen.«

Joe sah aus, als würden ihm gleich die Augen zufallen, also rückte Issy näher heran.

»Natürlich hatte die Arbeit dort, das frühe Aufstehen, die riesigen Mehlsäcke, auch ihr Gutes … wenn es im Winter kalt war. Und ich meine so richtig kalt.« Joe sah sich um. »Hier ist es nie kalt. Mit den ganzen Morgenmänteln und Halstüchern fühlt man sich ja wie die Wurst in der Pelle.

Aber wenn man dann an so einem kalten Morgen hereinkam – weißt du, die Öfen waren immer in Gang, sie waren die ganze Nacht in Betrieb, sodass das Brot immer frisch war, o ja.

Wir wachten also morgens auf, und Gott, bei meiner Mutter zu Hause – das war deine Urgroßmutter Mabel –, oh, da war es so furchtbar kalt. Raureif auf der Bettdecke, Eisblumen am Fenster. Im Winter wurde nichts richtig trocken, also hat man die Kleider einfach nicht gewaschen. Ich hab morgens das Feuer in Gang gebracht und gezittert, wenn ich den Span anzündete. Damals waren die Winter hart. Aber dann kam ich in die Bäckerei und konnte auf einmal die Wärme in den Knochen spüren, durch die feuchten Kleider, die klamme Wolle und die rissigen Hände. Die Kinder schauten vorbei, Isabel, und man konnte auf ihren Gesichtern lesen, wie sehr sie die Wärme und den Duft liebten. Damals waren die Menschen wirklich arm, Issy, nicht wie heute, wo alle Flachbildschirme haben.«

Diese Bemerkung ließ Issy ihm durchgehen und tätschelte ihm die Hand.

»Das war für sie ein wenig wie das, was jetzt der Pub für mich ist«, überlegte Joe. »Warm und freundlich, und es gibt was zu essen. Und so sollte es bei dir auch sein. Einladend.« Er lehnte sich vor.

»Und wenn eine Frau zu Hause ein Baby hatte, das sie kaum durchbringen konnte, oder jemandem eine Lebensmittelmarke fehlte oder es einfach viel zu viele Mäuler zu stopfen gab … diese Flahertys, an die erinnere ich mich noch genau, bei denen kam jedes Jahr noch ein Kind dazu, und Patrick behielt keinen Job lange. Na ja, solchen Leuten hat man dann noch extra was zugesteckt. Einen Laib Brot, der für den Verkauf nicht gut genug war, oder ein paar alte Brötchen. Und das sprach sich rum. Und natürlich erschienen dann Leute auf der Bildfläche, die sehen wollten, ob sie etwas umsonst abstauben konnten. Aber manche Leute kamen wieder, weil man sich ihnen gegenüber anständig verhalten hatte. Und eins sage ich dir, jedes einzelne Flaherty-Kind – und von denen gab es dreizehn, da hörte man dann irgendwann auf zu zählen –, also, jedes einzelne Flaherty-Kind hat sein Leben lang sein Brot bei Randall's gekauft, und auch deren Kinder, die geboren wurden und dann irgendwann aufs College gingen und so. Ich hätte eine ganze Bäckerei nur für die Flahertys aufmachen können. Und so ist das eben mit den Geschäften. Manche rauben dir das letzte Hemd, manche treten noch mal zu, wenn du schon am Boden liegst, aber wenn du Wärme und ein gutes Gefühl verbreitest, dann mögen dich die Leute. O ja.«

Joe lehnte sich zurück. Er sah erschöpft aus.

»Gramps«, rief Isabel, lehnte sich vor und drückte ihm einen dicken Kuss auf die Nase. »Du bist brillant!«

Der alte Mann sah mit feuchten Augen auf.

»Was war das? Wer ist da? Bist du das, Marian?«

»Nein, Gramps, ich bin's. Isabel.«

»Isabel? Meine kleine Isabel?«

Er sah sie sich gut an.

»Und, was machst du in letzter Zeit so, Liebes?«

Kapitel 11

Ein kleines Stückchen Sonnenschein für die Welt da draußen:

Erdbeerschnee-Cupcakes

Für 24 Cupcakes

250 g ungesalzene Butter auf Zimmertemperatur
250 g extrafeiner Zucker
4 Eier
250 g Mehl mit Backpulverzusatz
4 EL Milch (voll oder halbfett, keine Magermilch)
6–8 TL Erdbeermarmelade

Für die Swiss-Meringue-Buttercreme:
8 Eiweiß
500 g extrafeiner Zucker
500 g ungesalzene Butter
4 TL Vanilleextrakt
8 EL Erdbeermarmelade ohne Kerne

Der Ofen auf 190°C/Umluft 170°C/Gas Stufe 5 vorheizen.

Butter und Zucker zusammen schaumig schlagen. Dann Eier, Mehl und Milch hinzugeben und rühren, bis die Mischung glatt ist. Gleichmäßig auf 24 Papierförmchen verteilen.

Etwas Marmelade auf jedem Küchlein verteilen und mit einem Holzstäbchen strudelförmig in den Teig rühren.

Fünfzehn Minuten backen, Zahnstocherprobe.

Für die Swiss-Meringue-Buttercreme:
Eigelb und Zucker in eine Schüssel über einem Topf mit köchelndem Wasser geben. Durchgehend rühren, um zu verhindern, dass das Ei gerinnt. Nach 5–10 Minuten, wenn sich der Zucker aufgelöst hat, die Schüssel vom Topf nehmen und die Mischung schaumig schlagen, bis sie abgekühlt ist.

Butter und Vanille zum Eischnee geben und rühren, bis die Masse die Butter völlig aufgenommen hat. Zu diesem Zeitpunkt wird dir die Mischung wie ein völliges Desaster vorkommen – sie wird in sich zusammenfallen und wirken, als wäre sie geronnen, aber keine Sorge! Erst dann aufhören, wenn die Masse glatt, leicht und luftig ist.

Die Marmelade unter die Buttercreme schlagen. Für einen intensiveren Rosaton etwas Lebensmittelfarbe zugeben.

Die Buttercreme in einen Spritzbeutel geben und sie damit strudelförmig auf den Cupcakes verteilen. Mit ein paar Zuckerperlen oder anderer Deko schmücken.

Die Cupcakes vierteln, Holzstäbchen hineinstecken und sie in winzige Förmchen geben. Passanten dazu bringen, sie zu probieren, um dann von deiner Genialität begeistert zu sein, in deinen Laden zu kommen und viel Geld auszugeben, um dich vor dem Bankrott zu bewahren.

»Ein, swei, drei!« Mit sorgfältig gewaschenen Händen durfte Louis die winzigen Cupcakes in die Dose packen. Es waren viel mehr als nur drei, aber weiter konnte er noch nicht zählen. Issy war heute Morgen völlig aufgedreht und überlegte sich bereits Gratisproben für jede nur erdenkliche Gelegenheit.

»Wir ändern unsere ganze Strategie«, verkündete sie.

»Anstatt die Cupcakes am Ende des Tages wegzuwerfen, bombardieren wir jetzt also die Leute damit?«, fragte Pearl, wollte Issy aber nicht den Spaß verderben. Gerade zu Anfang dieser

Geschichte konnte so ein Anfall von Optimismus nur von Nutzen sein. Issy hatte bei Zac vorbeigeschaut und ihm Komplimente über seine Frisur gemacht, bis er einen hübschen Handzettel für sie entworfen hatte, den sie dann um fünf Uhr morgens im 24-Stunden-Laden an der Liverpool Street kopiert hatte, als sie vor Aufregung nicht schlafen konnte.

Wir sehen uns im Cupcake Café!

Ein langer Tag? Jede Menge Stress?

Hättest du gern fünf Minuten Ruhe und Frieden
und dazu himmlischen Kuchen und Kaffee?

Dann schau am Pear Tree
Court 4 direkt an der Albion Road vorbei
und schenk deiner Seele ein wenig Trost.

Mit diesem Flyer bekommst du einen Cupcake gratis,
wenn du einen Kaffee bestellst.

Und darunter war die Speisekarte abgebildet.

»Und die verteilst du auch wirklich alle im Kindergarten?«, fragte Issy streng.

»Nordnung!«, versprach Louis.

»Hm, ja«, fügte Pearl nachdenklich hinzu. Der Kindergarten war nämlich überhaupt nicht so, wie sie ihn sich vorgestellt hatte. Offiziell handelte es sich um eine Einrichtung für Kinder aus benachteiligten Familien. Sie war sauber, das Mobiliar war wunderschön, es gab neues Spielzeug und Bücher, die nicht zerfleddert waren, aber wider Erwarten hatte Pearl dort keine anderen Mütter getroffen, die alleinerziehend waren und sich wie sie abstrampeln mussten, um über die Runden zu kommen. Stattdessen gab es da jede Menge schicke Mummys, reiche Frauen, die mit ihren riesigen Geländewagen in der zweiten Reihe parkten und die Straße blockierten. Untereinander schienen sie sich alle zu kennen und unterhielten sich in voller Lautstärke quer durch den Raum über Dekorateure und Unterhaltungskünstler für den Kindergeburtstag.

Und ihre Sprösslinge waren auch nicht so angezogen wie Louis, den Pearl mit seinen kleinen Trainingsanzügen und den blitzblanken weißen Turnschuhen immer so schick gefunden hatte. Diese Kids trugen alte, schwarz-weiß gestreifte T-Shirts mit weiten, knielangen Shorts und hatten langes Haar. Sie wirkten wie aus einer anderen Zeit. Aber das konnte doch nicht praktisch sein, dachte Pearl, wenn man überlegt, wie schmutzig sich Kinder immer machen – und diese Hemdchen wurden doch in null Komma nichts löchrig, die waren doch nur aus Baumwolle. Und dann die ganze Bügelei. Obwohl diese Frauen eigentlich nicht so aussahen, als würden sie selbst bügeln. Und es war Pearl nicht entgangen, dass Louis bei Einladungen nach Hause oder zu Geburtstagen immer übergangen wurde. Ihr Louis, der lieb mit jedem spielte, sein Spielzeug mit anderen teilte und bei jeder Gelegenheit Jocelyn, die Erzieherin, umarmte. Die anderen Frauen schenkten ihm nur mit Plattitüden wie »Ist er nicht niedlich?« ein freundliches, aber unverbindliches Lächeln. Ihrem umwerfenden, schönen, bezaubernden Sohn.

Pearl wusste ganz genau, dass es nicht, wie sie früher mit lauter Stimme verkündet hätte, an seiner Hautfarbe lag. Louis hatte chinesische und indische Spielkameraden, es gab dort Kinder aus gemischten Ehen, Afrikaner und Knirpse in jeder nur erdenklichen Schattierung, die irgendwo dazwischenlag. Die kleinen Mädchen trugen geblümte Musselinblusen über makellos weißen Leinenhosen, und bei Regen gepunktete Gummistiefel. Ihr Haar wallte lang und glänzend oder war zu einem französischen Bob mit Pony geschnitten. Die kleinen Jungen wirkten grob und hart im Nehmen, sie waren daran gewöhnt, viel zu rennen, und schauten mit ihrem Daddy Rugby – im Kindergarten wurde viel von Vätern und Ehemännern erzählt. Das war in Lewisham in der Sozialsiedlung nicht so.

Es lag an ihr, das war Pearl klar. An ihren Klamotten, ihrem Gewicht, ihrem Stil, ihrer Stimme. Das färbte auf Louis, ihren perfekten kleinen Jungen, ab. Und jetzt sollte sie dort mit Issys blöden Handzetteln aufkreuzen und ihre doofen Gratisproben unter all diesen perfekten Müttern verteilen, als würde sie eine Obdachlosenzeitschrift anpreisen, und damit jedes einzelne Vorurteil, das diese Frauen ihr gegenüber hegten, nur bestätigen. Sie stampfte wütend hinaus in den Nieselregen dieses Frühlingsmorgens.

Issy fiel die einfachere Aufgabe zu: Mit einer großen Kuchendose unter dem Arm marschierte sie zu ihrer alten Bushaltestelle hinüber. Der Sprühregen verdarb ihr nicht die gute Laune. Hinaus zur Haltestelle. Beinahe wie in alten Zeiten.

Und tatsächlich, da hielten wieder die wohlbekannten Gestalten – der wütende junge Mann mit dem lauten iPod und Mr Kopfhautproblem – nach dem großen roten Bus Ausschau, während die alte Frau mit den Plastiktüten vorbeizog. Und dann war da noch Linda, die über das ganze Gesicht strahlte, als sie Issy entdeckte.

»Hallo, Schätzchen! Hast du inzwischen Arbeit? Weißt du, es ist wirklich zu schade, dass du dich nie für Füße interessiert hast, so wie meine Leanne. Das habe ich noch gedacht.«

»Also …«, lächelte Issy, »ich habe trotzdem etwas auf die Beine gestellt. Ich habe ein kleines Café eröffnet … direkt hier um die Ecke!«

Linda drehte sich danach um, und es freute Issy, wie verblüfft sie aussah.

»Oh, wie nett«, meinte Linda. »Verkauft ihr auch Schinkenbrote?«

»Neeeeiin«, winkte Issy ab und nahm sich insgeheim vor, sich das mit den Schinkenbroten zu überlegen, wenn das Geschäft erst in Gang kam, da die Leute ja offensichtlich so dahinterher waren. »Bei uns gibt es Kaffee und Kuchen.«

»Du frönst also deinem Hobby?«, fragte Linda.

Issy biss sich auf die Lippe. Es passte ihr gar nicht, wenn man Backen als ihr »Hobby« bezeichnete, vor allem jetzt nicht mehr.

»Es heißt ja, man solle tun, was man mit Leidenschaft betreibt«, lächelte sie mit zusammengebissenen Zähnen. »Hier, nimm doch ein Stück Kuchen! Und einen Flyer!«

»Gerne. Oh, Issy, ich freue mich so für dich! Und wie läuft es mit diesem netten jungen Mann in dem schicken Auto?«

»Hm«, machte Issy.

»Oh, gut, dann kannst du dein Hobby ja bald aufgeben und bei mir in der Kurzwarenabteilung vorbeischauen, um Voile für deinen Schleier zu kaufen.«

»Komm doch mal auf einen Kaffee bei uns vorbei«, bat Issy und zwang sich dazu, eisern weiterzulächeln. »Ich würde mich freuen!«

»Nun, natürlich, klar. Solange du noch da bist«, versprach Linda. »Es ist so schön, ein Hobby zu haben.«

Es gelang Issy, nicht mit den Augen zu rollen, während sie die Schlange weiter entlanglief. Als schließlich der Bus kam, griff selbst der junge Mann, der nie die Kopfhörer aus den Ohren nahm, nach einem Stück Kuchen und prostete ihr damit zu. Sie steckte sogar den Kopf zur Tür hinein und bot dem Fahrer ein Stück an, der schüttelte aber vehement den Kopf, und Issy zog sich ein wenig ernüchtert zurück.

Was soll's, sagte sie sich. Irgendwo müssen wir ja anfangen.

Dann biss sie in einen köstlichen Cappuccino-Cupcake, dessen Cremeglasur sie so lange geschlagen hatte, dass sie wie ein Wölkchen darauf saß. Er war wirklich himmlisch. Oder eben einfach nur ein kleiner Kuchen, dachte sie.

»Von wegen Hobby«, knurrte sie dann wütend. Sie kam gerade rechtzeitig zum Laden zurück, um zwei Schulkinder zu erwischen, die mit je zwei Cupcakes in der Hand das Weite suchten.

»Macht, dass ihr wegkommt, ihr kleinen Mistkerle!«, brüllte sie ihnen hinterher. Sie war erleichtert, dass sie wenigstens die Kasse abgeschlossen hatte.

Der Mann aus der Eisenwarenhandlung marschierte an ihr vorbei und sah sie merkwürdig an.

»Hallo!«, grüßte Issy und versuchte, ihre normale Stimme wiederzufinden. Er blieb stehen.

»Hallo«, sagte er. Er hatte einen leichten Akzent, den Issy schlecht einordnen konnte.

»Wir haben hier den neuen Laden eröffnet«, erklärte sie. »Hätten Sie vielleicht gern ein Stück Kuchen?«

Ihr fiel auf, wie elegant er gekleidet war, mit Anzug, schmaler Krawatte, Überzieher, Halstuch und sogar einem Homburghut. Das Ganze wirkte recht altmodisch. Eigentlich hatte sie ihn sich eher im braunen Overall vorgestellt.

Er beugte sich über die Kuchendose und suchte sich den perfektesten Cappuccino-Cupcake aus, den er anmutig mit zwei Fingern herausnahm.

»Ich bin Issy«, stellte sie sich vor, nachdem er seine Wahl getroffen hatte.

»Angenehm«, antwortete der Mann und ging dann zu seinem Laden hinüber, bei dem wie immer die Rollläden heruntergelassen waren. Seltsam.

»So schnell lasse ich mich nicht unterkriegen«, schwor Issy selbst dann noch, als Pearl ungewöhnlich geknickt vom Kindergarten zurückkam. Sie brachte mehr als die Hälfte der Cupcakes wieder mit. »Joshua darf keinen Zucker essen«, berichtete sie, »und Tabitha hat Lebensmittelallergien. Und Ollys Mutter wollte wissen, ob das Fair-Trade-Mehl ist.«

»Hier ist alles Fair Trade«, sagte Issy genervt.

»Das habe ich ihr auch erklärt, aber sie hat vorsichtshalber trotzdem abgelehnt«, murmelte Pearl dumpf.

»Egal«, rief Issy, »wir machen weiter!«

Am nächsten Morgen brach Issy zur Stoke Newington High Street auf, um dort in jedem Laden Handzettel und Kuchen zum Probieren dazulassen. Das war allerdings nicht so einfach wie gedacht. Handzettel für Yoga, Babyturnen und -massagen, eine Zirkusschule, Jazzkonzerte, Tangounterricht, Biogemüsekisten, Strickgruppen, Veranstaltungen in der Bücherei, Aufführungen von Theatergruppen aus dem Viertel und Spaziergänge in der Natur belegten in den kleinen Shops bereits jeden freien Zentimeter. Die ganze Welt schien mit Flyern tapeziert zu sein, dachte Issy, und Zacs zauberhaftes, elegantes Design wirkte im Vergleich zu all dem Neonorange und grellen Gelb auf einmal fade und farblos. Die Leute in den Geschäften kamen ihr apathisch und gleichgültig vor, obwohl sie den Kuchen natürlich gerne annahmen. Issy nutzte die Gelegenheit, um sie sich einmal aus der Nähe anzuschauen. Das waren Menschen, die wie sie von ihrem eigenen Unternehmen geträumt und den Schritt in die Selbstständigkeit gewagt hatten. Sie wünschte wirklich, die würden nicht so müde und unglücklich aussehen.

Nachdem sie etwa ein Drittel der Straße abgeklappert hatte, stürmte auf einmal eine wütend wirkende Frau mit ungekämmten Haaren und in einem Batik-T-Shirt auf sie zu, die sich ihrem Gesichtsausdruck nach verdammt wichtig vorkam.

»Was machen Sie da?«, stellte sie Issy zur Rede.

»Ich verteile Gratisproben für mein neues Café«, erklärte Issy mutig und hielt ihr die Dose hin. »Möchten Sie mal probieren?«

Die Frau verzog das Gesicht. »Kuchen mit Raffinadezucker und Transfetten, die uns zu übergewichtigen Fernsehsklaven machen? Wohl eher nicht!«

Auf Desinteresse war Issy schon gestoßen, jetzt wurde sie wegen des Cafés aber zum ersten Mal offen angefeindet.

»Okay, dann eben nicht«, sagte sie und setzte den Deckel wieder auf die Dose.

»Sie können das hier nicht einfach so verteilen«, behauptete die Frau. »In dieser Straße gibt es noch andere Cafés! Wir sind schon viel länger hier als Sie, also verziehen Sie sich gefälligst!«

Issy drehte sich um, und tatsächlich – in den Cafés und Teehäusern standen Leute in der Tür und starrten sie feindselig an.

»Und wir sind eine Kooperative«, fuhr die Frau fort. »Bei uns arbeitet man partnerschaftlich zusammen. Alles ist vollwertig und aus fairem Handel. Wir vergiften keine Kinder, und so wollen das die Leute aus der Gegend auch. Also können Sie jetzt direkt wieder verschwinden.«

Issy zitterte vor Wut und Ärger. Wer verdammt noch mal war diese schreckliche Frau mit den furchtbaren grauen fettigen Haaren, der fiesen Brille und dem hässlichen T-Shirt?

»Ich denke, hier ist Platz für jeden«, brachte sie mit zitternder Stimme hervor.

»Nein, ganz und gar nicht«, widersprach die Frau, die offensichtlich ihr Leben lang bei Versammlungen aufgestanden war, um Parolen zu brüllen, und der die Sache, soweit Issy das beurteilen konnte, einen Heidenspaß machte. »Wir waren zuerst da. Wir unterstützen Gemeinden in Afrika, Sie hingegen tun überhaupt nichts Gutes. Keiner will Sie hier. Also ziehen Sie Leine, verstanden? Und das nächste Mal fragen Sie besser, bevor Sie einfach auftauchen und den Leuten ihre Lebensgrundlage entziehen wollen.«

In einer der Türen murmelte jemand: »Hört, hört!«, und zwar laut genug, dass Issy es mitbekam. Blind vor Tränen stolperte sie davon. Sie konnte die Blicke der anderen Cafébesitzer im Nacken spüren – die mussten sie mit ihrem Blümchenkleid ja für eine blöde Pute halten. Sie wusste kaum, wohin ihre Schritte sie da führten, Hauptsache weg von dieser Meute – sie hatte das Gefühl, sie würde diese Straße nie wieder betreten können –, also lief sie auf die Hauptstraße zu, wo sie sich unter den Scharen von Einkäufern verstecken konnte, zwischen all den Menschen verschiedenster Art und Hautfarbe, und drängte sich durch die Dalston Road, in der niemand eine weinende Frau in einem Vintagekleid bemerken würde.

Austin schob sich auf dem Weg zum Ramschladen durch die Menge. Er suchte für Darny nach etwas Nettem für eine Verkleidungsparty, obwohl er am liebsten das Spiderman-Kostüm mit den Muskeln gekauft hätte, das sein Bruder sich wünschte. Aber er hatte am Ende des Monats nicht viel Geld übrig, wenn er die Beiträge für Darnys Nachmittagsbetreuung und die Hypothek entrichtet hatte, die seine Eltern leichtsinnigerweise vor ihrem Tod noch nicht abbezahlt hatten. Dazu kamen dann noch die täglichen Ausgaben und die Mahngebühren all der Rechnungen, für die er eigentlich längst einen Bankeinzug einrichten wollte. Und es erschien ihm ohnehin sinnlos, Darny so etwas Teures zu kaufen, da er ja doch meistens mit schmutzigen und zerrissenen Klamotten nach Hause kam. (Vor Jahren hatte Darny einmal eine angehende Freundin von Austin vergrault. Sie hatte wissen wollen, was er denn gerne so machte. Der Junge hatte »Kämpfen!« geantwortet und sich dann mit erhobenen Fäusten auf sie geworfen, um ihr zu zeigen, was er meinte. Danach hatte Austin Julia nur noch selten zu Gesicht bekommen.) Als Austin schon fast auf der anderen Straßenseite war, bemerkte er dort Isabel Randall, die neben der Ampel stand, aber nicht hinüberging.

»Hallo«, grüßte er. Issy sah zu ihm auf und versuchte, ihre Tränen runterzuschlucken. Sie konnte nicht anders, sie war so froh, hier ein freundliches Gesicht zu entdecken. Aber sie traute sich trotzdem nicht, den Mund aufzumachen, falls sie plötzlich wieder in Tränen ausbrechen sollte.

»Hallo«, sagte Austin noch einmal, der fürchtete, sie hätte ihn vielleicht nicht erkannt. Issy schluckte heftig und riss sich zusammen. Vor seinem Bankmanager zu heulen war vermutlich das Schlimmste, was man machen konnte.

»Hm, äh, hallo«, brachte sie schließlich hervor und versuchte, ihm dabei keinen Rotz ins Gesicht zu pusten.

Austin war daran gewöhnt, dass er alle um ihn herum überragte, und es war gar nicht so einfach, den Leuten von dieser Höhe aus ins Gesicht zu sehen, dabei aber nicht so zu wirken, als würde man sie anstarren. Andererseits klang sie wirklich merkwürdig. Er schaute sie sich genauer an. Ihre Augen glänzten, und ihre Nase war ganz rot. Bei Darny war das selten ein gutes Zeichen.

»Alles in Ordnung bei Ihnen?«, fragte er. Issy wünschte nur, er würde nicht so mitfühlend klingen. Denn so würde sie bestimmt gleich wieder losheulen. Austin war klar, dass sie versuchte, sich zusammenzureißen. Er legte ihr die Hand auf die Schulter. »Würden Sie vielleicht gerne irgendwo eine Tasse Kaffee trinken?«

Sobald die Worte ausgesprochen waren, verfluchte er sich auch schon selbst. Zu Issys Verteidigung musste man sagen, dass sie es schaffte, nicht wieder in Tränen auszubrechen, aber ein einziger dicker Tropfen rollte ihr langsam und allzu offensichtlich über die Wange.

»Nein, nein, nein, natürlich würden Sie nicht … natürlich nicht. Hm.«

Weil sie nichts Besseres fanden, landeten sie schließlich in einem schrecklichen Pub voll morgendlicher Säufer. Issy bestellte einen grünen Tee, von dem sie mit dem Löffel den Schaum abtrug, Austin hatte sich nervös umgesehen und sich schließlich für eine Fanta entschieden.

»Es tut mir so leid«, beteuerte Issy immer wieder. Aber dann begann sie doch, ihm die ganze Sache zu erzählen – obwohl sie sicher war, dass sie es nachher bereuen würde. Aber es war so einfach, sich mit ihm zu unterhalten. Austin verzog gequält das Gesicht.

»Und jetzt, wo ich Ihnen das erzählt habe«, schloss Issy, die befürchtete, gleich wieder weinen zu müssen, »denken Sie bestimmt, dass ich völlig bescheuert und viel zu weich für die Geschäftswelt bin und dass ich es vielleicht, na, Sie wissen schon, nicht packen werde. Und wenn die sich jetzt alle gegen mich verschwören … Austin, die sind wie die Mafia. Am Ende muss ich noch Schutzgeld bezahlen, und die brechen bei mir ein und legen mir einen Pferdekopf in den Ofen!«

»Ich glaube, das sind alles Vegetarier«, gab Austin zu bedenken, nahm einen Schluck Fanta und kleckerte sich dabei aufs Hemd. Issy schluckte und versuchte sich an einem zaghaften Lächeln.

»Sie haben da was verschüttet.«

»Ich weiß«, sagte Austin, »mit Strohhalm sehe ich aber albern aus.«

Er lehnte sich vor. Issy bemerkte plötzlich, wie lang seine Wimpern waren. Sein Gesicht so nah an ihrem fühlte sich seltsam und vertraut an.

»Wissen Sie, ich kenne diese Typen. Die haben sich mit einer Kampagne an uns gewandt und wollten, dass wir mehr Fair Banking betreiben. Wir haben sie darauf hingewiesen, dass Bankgeschäfte grundsätzlich nicht besonders ethisch sind und wir nicht hundertprozentig versprechen können, nicht durch einige Investitionen mit der Rüstungsbranche in Verbindung zu stehen, denn immerhin ist das Großbritanniens größter Industriezweig. Sie haben gezetert, uns Faschisten geschimpft und sind empört von dannen gezogen. Nur um kurz darauf wieder angekrochen zu kommen und um ein Darlehen zu bitten. Dafür sind sie sechzehn Mann hoch angetanzt. Im Businessplan waren wöchentliche vierstündige Meetings vorgesehen, durch die sichergestellt werden sollte, dass auch wirklich alles fair zugeht. Angeblich kommt es bei diesen Treffen oft zu Handgreiflichkeiten …«

Issy lächelte schwach. Natürlich versuchte Austin nur, sie aufzumuntern – das hätte er auch für jeden anderen getan –, aber es half auf jeden Fall.

»Und über den Zusammenhalt unter den Cafébesitzern würde ich mir nicht zu viele Gedanken machen. Die hassen sich alle bis aufs Blut. Wenn der Laden eines Konkurrenten abgefackelt würde, wären die anderen total begeistert. Ich glaube also nicht, dass die sich gegen Sie zusammenrotten werden, die können sich ja noch nicht einmal zusammenrotten, um ihre eigenen Toiletten zu putzen, wie ich feststellen musste, als Darny mal ein dringendes Bedürfnis verspürt hat. Zu viel veganes Essen ist gar nicht gut für die Verdauung.«

Issy lachte.

»Das ist schon besser.«

»Ich weiß«, nickte Issy. »Ich bin sonst auch gar nicht so. Vor meinem Ausflug in die Unternehmerwelt war ich wirklich ein fröhlicher Mensch.«

»Sicher?«, fragte Austin. »Vielleicht waren Sie damals ja noch viel düsterer, und das Café muntert Sie jetzt auf.«

Issy lächelte wieder. »Oh, Sie haben recht – jetzt fällt es mir wieder ein. Ich war ein Goth und bin eigentlich nie aus dem Haus gegangen. Außerdem habe ich jede Menge ernste Musik gehört und oft geseufzt, so wie jetzt.«

Sie seufzte schwer, und Austin fiel mit ein.

»Und darum haben Sie sich überlegt, liebe fröhliche kleine Kuchen zu backen …«, sagte er.

»Die Sie nicht essen.«

»Aus gutem Grund.«

»Diese Laune ist für meine Verhältnisse also die reinste Ekstase«, witzelte Issy.

»Wusste ich's doch«, antwortete er.

Jetzt ging es Issy wirklich schon viel besser.

»Okay«, sagte Austin mit einem weiteren tiefen Seufzer. »Sie haben mich überredet. Jetzt geben Sie mir schon einen von Ihren deprimierenden Cupcakes.«

»Ha!«, rief Issy. »Nein.«

»Was soll das heißen, nein? Ich bin schließlich Ihr Bankberater, also her damit!«

»Zu spät«, rief Issy und deutete auf die verhärmten, rotnasigen Gesichter der Morgensäufer an der Theke. »Die habe ich nämlich verteilt, als Sie auf der Toilette waren. Die sahen so ausgehungert aus und waren auch furchtbar dankbar.«

Austin schüttelte den Kopf, als sie aufstanden und ihnen die alten Saufkumpane an der Theke zuprosteten.

»Sie haben wirklich ein gutes Herz, Miss Randall.«

»Das fasse ich mal als Kompliment auf, Mr Tyler.«

»Hören Sie bloß auf«, widersprach Austin plötzlich heftig, als er ihr die Tür aufhielt. Auf einmal war er bestürzt darüber, wie sehr er … nein, so durfte er nicht denken. Wirklich, er wollte doch nur, dass Issy Erfolg hatte. Das war alles. Sie war eine nette Frau mit einem netten Café, und er wollte, dass alles glattlief. Und diese unerklärliche Zärtlichkeit, die ihn beim Anblick dieser einzigen Träne erfüllt hatte – das war einfach nur Mitgefühl gewesen. Natürlich.

Issy ihrerseits sah zu seinem attraktiven, freundlichen Gesicht hoch und wünschte sich insgeheim, sie könnten noch etwas länger im fiesesten, muffigsten Pub der Welt sitzen bleiben.

»Womit soll ich aufhören?«

»Sie sollten nicht so furchtbar nett sein, Issy. Nicht in der Geschäftswelt. Gehen Sie einfach davon aus, dass jeder ringsumher so ein Arschloch ist wie diese Frau – die übrigens Rainbow Honeychurch heißt, falls es Sie interessiert, auch wenn in ihrer Geburtsurkunde Joan Millson steht.«

»Das interessiert mich tatsächlich«, erwiderte Issy.

»Und, wissen Sie, wenn Sie das packen, Issy, wenn die Sache funktioniert, dann müssen Sie härter im Nehmen werden.«

Issy dachte an die müden, unzufriedenen Gesichter der Boutiquebesitzer an der Straße und fragte sich, ob die vielleicht deshalb so aussahen. Weil sie härter im Nehmen geworden und abgestumpft waren.

Und Austin fragte sich, noch während er die Worte aussprach, ob er sie auch wirklich so meinte. Natürlich brauchte Issy eine dickere Haut – sie musste sich zusammenreißen und für ihr Unternehmen kämpfen. Aber er fragte sich, ob sie nicht so, wie sie war, ein besserer, angenehmerer Mensch war.

»Ich verspreche es«, sagte Issy mit bekümmertem Gesichtsausdruck.

»Gut«, meinte Austin und griff feierlich nach ihrer kleinen Hand. Sie lächelte und erwiderte den Händedruck. Plötzlich wollte keiner von ihnen der Erste sein, der die Finger wieder zurückzog.

Zum Glück klingelte in diesem Moment Issys Telefon – es war die Nummer des Cafés. Bestimmt wollte Pearl wissen, wo sie bloß steckte, also hatte sie einen Grund, sich ein wenig verlegen als Erste von ihm loszumachen.

»Hm«, murmelte sie. »Aber ist es denn in Ordnung, wenn ich jetzt einen Umweg zum Café gehe? Nur dieses eine Mal? Ich will nämlich nicht, dass die mit irgendwas auf mich losgehen.«

»Ja, bloß nicht«, meinte Austin. »Diese Haferkekse sind nämlich steinharte Wurfgeschosse.«

Kapitel 12

Brandy-und-Malzmilch-gute-Besserung-Kuchen

Nach einem guten, stärkenden Stück Kuchen fühlt man sich gleich besser, wie damals, wenn du nach einem harten Tag aus der Schule kamst, es draußen dunkel wurde, dir in deinem Jackett kalt war, du bei uns zu Hause Licht gesehen hast und Marian noch da war und dich in den Arm genommen und dir etwas zu essen gebracht hat. So schmeckt dieser Kuchen. Er sollte nicht zu schwer sein, damit er auch für Kranke eine angemessene Kost ist. Schick mir doch bitte auch ein Stück, Issy, damit ich nicht mehr so lange hierbleiben muss.

8 oz (230 g) weiche Butter
4 oz (110 g) extrafeiner Zucker
5 Eier
½ Dose gesüßte Kondensmilch
8 oz (230 g) Malzmilchpulver von Horlicks
8 oz (230 g) Mehl
½ TL Vanillearoma
2 EL Kognak

Das kleine, quadratische Backblech fetten und den Boden sowie die Seiten mit Backpapier auslegen. Das Papier sollte zweieinhalb Zentimeter über den Rand hinausragen, wenn du das flache Blech nimmst.

Butter und Zucker zusammen schaumig schlagen, dann

nach und nach die Eier dazuschlagen und unterrühren, bis alles gut vermischt ist. Die gesüßte Kondensmilch hinzufügen und gut vermengen. Das Horlickspulver unterrühren. Das Mehl unterheben. Zum Schluss Vanille und Kognak hinzufügen.

Den Teig auf das vorbereitete Blech gießen (er wird die Form fast zu 90% ausfüllen, aber keine Sorge, Liebling, der Kuchen geht nicht besonders hoch auf). Locker mit Alufolie abdecken.

Dreißig Minuten lang bei hoher Hitze dampfgaren. Nach der halben Stunde notfalls Wasser nachfüllen. Auf mittlere Hitze herunterschalten und für weitere 60 Minuten dampfgaren oder bis der Kuchen durch ist (wenn erwünscht, kann er bis zu 4 Stunden dampfgegart werden – danach kann man ihn – so heißt es im Volksmund – bis zu einem Monat aufbewahren). Vergiss nicht, heißes Wasser nachzufüllen, wenn der Dampf weniger wird.

In dieser Woche stand für Issy eine Unterredung mit der Buchhalterin, Mrs Prescott, über ihren Geldfluss an. Es war inzwischen Mitte April, und die schwache Abendsonne fiel durch das Rollo des Kellerfensters. Issy war todmüde und konnte sich nicht einmal mehr darin erinnern, wo sie eigentlich den Dampfgareinsatz aufbewahrten. Sie hatte heute ganze sechzehn Kunden bedient, und vom langen Stehen taten ihr die Füße weh. Als der Kindergarten anrief, weil Louis einen Wutanfall hatte, ließ sie Pearl früher gehen.

»Das liegt nur an diesen schrecklichen anderen Kindern«, fluchte ihre Angestellte. »Die starren ihn die ganze Zeit an. Und dann spielen sie so blöde Spiele wie Ringelreihen, bei denen er nicht mitmachen kann.«

Das wunderte Issy jetzt doch.

»Blöde Snobs!«, schimpfte Pearl.

»Kann er das mit dem Ringelreihen denn nicht lernen?«, fragte ihre Chefin. »Ich kann es ihm beibringen, wenn du willst.«

»Darum geht es doch gar nicht«, meinte Pearl. Sie wurde ganz still. »Die machen sich über ihn lustig!«

»Wie denn?«, fragte Issy, die mit Erstaunen bemerkte, wie wütend sie das machte.

»Sie nennen ihn Schweinchen Dick«, antwortete Pearl mit erstickter Stimme.

Issy biss sich auf die Lippe. »Oh.«

»Was denn?«, rief Pearl kampflustig. »Es ist doch nichts an ihm auszusetzen. Er ist einfach perfekt! Ein zauberhaftes rundliches Baby!«

»Er wird schon klarkommen«, sagte Issy. »Er muss sich nur erst eingewöhnen. Der Kindergarten ist schließlich eine neue Welt für ihn.«

Aber sie gab Pearl für den Nachmittag trotzdem frei. Und egal, ob sie nun wenige Kunden hatten oder manche ihrer Tische und Stühle gar nicht benutzt wurden – Pearl hatte jeden Tag die Toiletten geschrubbt, die Tische poliert und Armlehnen und Beine der Stühle abgewischt. Das Lokal war stets blitzblank. Vielleicht lag da das Problem, hatte Issy gedacht. Vielleicht hatten die Leute Angst, hier etwas schmutzig zu machen.

»Die Sache ist die«, begann Mrs Prescott bei ihrem Treffen, »Sie müssen ein Auge auf Ihr Warenangebot haben. Schauen Sie sich doch einmal an, was Sie an Zutaten verbrauchen. Ich weiß, ich sollte Ihnen wirklich keine Vorträge darüber halten, wie Sie Ihr Geschäft zu führen haben, aber so wie es aussieht, backen Sie einfach zu viel, und der Kuchen muss dann am Ende des Tages weggeworfen oder verschenkt werden.«

Issy sah auf ihre Hände und murmelte: »Ich weiß. Aber es ist so, mein Großvater … mein Großvater sagt, wenn man Gutes tut und etwas in die Welt hinausgibt, denn fällt das Gute auch auf einen zurück.«

»Ja, also, es ist nur ziemlich schwierig, diese guten Taten buchhalterisch zu erfassen«, schniefte Mrs Prescott. »Und es ist auch schwierig, mit guten Taten ein Darlehen abzuzahlen.«

Issy sah noch immer auf ihre Hände hinunter.

»Mein Großvater war erfolgreich«, versicherte sie und biss sich auf die Lippe. »Er hat es geschafft.«

»Vielleicht sind die Zeiten heutzutage eben härter«, meinte Mrs Prescott. »Das Leben ist rasanter geworden, die Erinnerung reicht nicht mehr so weit zurück, denken Sie nicht auch?«

Issy zuckte mit den Achseln. »Ich weiß nicht. Ich will doch nur ein gutes Café führen, ein nettes Café, das ist alles.«

Mrs Prescott zog die Augenbrauen hoch, erwiderte aber nichts mehr. In Gedanken nahm sie sich vor, sich schon mal nach neuen Kunden umzusehen.

Als Pearl an diesem Abend nach Hause kam, war sie schon aufgebracht genug, und dann saß er da auf der Treppe am Hintereingang, einfach so, als hätte er nur seine Schlüssel vergessen. Sie spürte, wie Louis' kleine Pfote in ihrer Hand vor Vorfreude zu zittern begann. Gut, dass er noch Windeln trug, denn er hatte sich bestimmt gerade vor Aufregung in die Hosen gemacht. Ihr war klar, dass er am liebsten freudestrahlend auf den Mann zugelaufen wäre. Allerdings wusste der kleine Junge auch, dass das seiner Mutter so gar nicht gefallen würde. Ebenso, dass dieser Mann sich manchmal darüber freute, ihn zu sehen, und dann mit Versprechungen und Geschenken kam, und manchmal nicht.

Pearl schluckte heftig. Es war vermutlich nur eine Frage der Zeit gewesen, bis sich herumgesprochen hatte, dass sie jetzt Geld verdiente. Und er wollte wahrscheinlich etwas davon abhaben.

Wie gut er doch immer noch aussah, dachte sie widerwillig. Louis hatte sein süßes Lächeln von ihr, aber der Rest seines zauberhaften Gesichtchens kam von ihm, die Augen unter den langen Wimpern und die hohen Wangenknochen.

»Na, ihr!«, rief Ben, als wäre er nicht für fünf Monate komplett von der Bildfläche verschwunden und hätte sich nicht einmal an Weihnachten gemeldet.

Pearl warf ihm einen ihrer Blicke zu. Louis klammerte sich fest an ihre Hand.

»Hallo, kleiner Mann!«, sagte Ben. »Na, du bist ja riesig geworden!«

»Er hat eben große Knochen«, entgegnete Pearl automatisch.

»Er sieht toll aus! Komm her und sag hi zu deinem Vater, Lou.«

Natürlich hatte es angefangen zu regnen. Also war Pearl nichts anderes übrig geblieben, als ihn auf eine Tasse Tee hereinzubitten. Ihre Mutter saß auf dem Sofa und schaute sich Vorabendsoaps an. Als sie Benjamin entdeckte, zog sie nur eine Augenbraue hoch, sagte aber nichts. Mit leicht übertriebener, ein wenig falscher Stimme rief Ben »Hallo, Mrs McGregor«, war aber nicht allzu überrascht, als er keine Antwort erhielt. Stattdessen kniete er sich neben Louis, der wie gebannt war, und griff in seine Tasche. In der kleinen Kochnische stellte Pearl den Kessel auf den Herd, ließ die beiden dabei aber nicht aus den Augen. Sie biss sich auf die Lippe. Für ihre nächste Begegnung mit Mr Benjamin Hunter hatte sie sich eine gepfefferte Rede zurechtgelegt, o ja. Sie war die ganze Sache in Gedanken immer wieder durchgegangen, und sie hatte ihm – genau wie ihre Freundinnen – so einiges zu sagen, über seine Untreue, darüber, dass er abends lange unterwegs war und ihr nicht einen Penny für Louis geschickt hatte, nicht einmal, seit er wieder arbeitete. Und dabei hatte er einen guten Job. Sie wollte ihm eine gehörige Standpauke darüber halten, welche Verantwortung er ihr und seinem Jungen gegenüber hatte, und ihn warnen, er sollte entweder endlich erwachsen werden oder Louis in Ruhe lassen.

Aber dann sah sie das Leuchten in Louis' Augen, der voller Staunen und Bewunderung dabei zusah, wie sein Vater einen Flummi aus der Tasche zog.

»Guck mal«, sagte Ben und ließ den Gummiball hart auf dem billigen Plastiklinoleum aufprallen. Er sprang in die Höhe, knallte gegen die niedrige Decke, schnellte wieder zu Boden und tat dasselbe noch zwei Mal. Louis brach in kreischendes Gekicher aus.

»Noch mal, Daddy, noch mal!«

Ben tat, wie ihm geheißen, und in den nächsten fünf Minuten hopste der Ball durch die winzige Wohnung, und auf der Hatz danach rollten und purzelten Louis und Ben durchs Zimmer, störten Pearls Mutter bei ihrer Fernsehsendung und ihrer stets vor sich hinqualmenden Zigarette und lachten sich dabei tot. Schließlich setzten sie sich prustend auf. Pearl briet inzwischen Würstchen.

»Hättet ihr auch genug davon für einen hungrigen Gast?«, fragte Ben. Er kitzelte Ben am Bauch. »Soll dein Daddy zum Tee bleiben, junger Mann?«

»Ja! Ja«, jubelte Louis. Pearl runzelte die Stirn.

»Louis, setz dich zu deiner Großmutter. Ben, ich will mit dir reden. Draußen.«

Ben folgte ihr hinaus und zündete sich unterwegs eine Zigarette an. Na super, dachte Pearl. Ein weiteres Vorbild für Louis.

Dann standen sie draußen in der Gasse, und Pearl presste sich gegen die Wand, um den Blicken der Nachbarn zu entgehen, die vorbeikamen und sie dort zusammen entdecken konnten.

»Du siehst gut aus«, bemerkte Ben.

»Lass das«, knurrte Pearl, »hör damit auf. Du kannst … du kannst hier nicht einfach nach fünf Monaten auftauchen und so tun, als ob nichts passiert wäre. Das geht nicht. So läuft das einfach nicht, Ben.«

Sie hatte noch viel mehr zu sagen, aber so stark sie auch war, Pearl konnte spüren, wie ihr die Worte im Hals stecken blieben. Ben ließ sie jedoch ausreden – das passte gar nicht zu ihm, normalerweise verteidigte er sich und brachte jede Menge Ausreden hervor.

Mit einiger Anstrengung riss Pearl sich zusammen.

»Es geht ja gar nicht um mich«, erklärte sie. »Um mich geht es nicht. Ich bin über die Sache hinweg, Ben, ich komme gut zurecht. Aber für ihn ... merkst du denn nicht, wie schrecklich das für ihn ist? Jetzt sieht er dich und ist ganz aufgeregt, und dann kriegt er dich wieder eine Ewigkeit nicht mehr zu Gesicht! Er begreift das nicht, Ben. Er glaubt, dass du seinetwegen verschwindest, dass er nicht gut genug ist.«

Sie verstummte kurz und sprach dann leise weiter. »Er ist gut genug, Ben. Er ist wunderbar. Und du verpasst das alles.«

Ben seufzte. »Ich weiß, es ist nur ... ich wollte mich einfach noch nicht binden.«

»Na, das hättest du dir früher überlegen sollen.«

»Genau, und du auch«, sagte Ben, womit er durchaus recht hatte, das wusste Pearl. Er war so nett, sah so gut aus, und er hatte Arbeit, was man von den meisten Männern, die sie so kennenlernte, nicht sagen konnte ... Sie hatte sich mitreißen lassen. Sie konnte ihn schließlich nicht für alles verantwortlich machen. Andererseits hieß das aber auch, dass er sich nicht einfach einklinken und dann wieder verschwinden konnte, wie er wollte.

»Ich meine, ich dachte mir, es ist besser, wenn er mich ab und zu sieht, als wenn ich überhaupt nicht komme, oder?«

»Da bin ich mir nicht so sicher«, meinte Pearl. »Wenn du regelmäßig vorbeischauen würdest ... wenn er wüsste, dass du kommst ... ja, das wäre für ihn fantastisch.«

»Hm, ich kann aber nicht immer so weit im Voraus planen«, murrte Ben.

Wieso denn nicht?, dachte Pearl aufmüpfig. Das musste sie doch schließlich auch.

Ben rauchte seine Zigarette zu Ende und drückte sie an der großen Mülltonne aus.

»Also, darf ich wieder mit reinkommen oder nicht?«

Pearl ging in Gedanken ihre Möglichkeiten durch. Sie konnte es Louis jetzt verwehren, kostbare Zeit mit seinem Vater zu verbringen … nur um Ben eine Lektion zu erteilen, die er vermutlich ja doch ignorieren würde. Sie seufzte.

»Okay«, stimmte sie schließlich zu.

Ben ging auf die Tür zu. Als er an ihr vorbeikam, drückte er ihr unvermittelt einen Umschlag in die Hand. Sie befühlte ihn. Darin war Geld. Nicht viel, aber mit Sicherheit genug, um Louis neue Turnschuhe zu kaufen. Verlegen zuckte Ben mit den Achseln.

»Deine Mutter hat mir gesagt, dass dein neuer Arbeitsplatz diesen Monat nicht überstehen wird. Ich dachte, das könntest du vielleicht gebrauchen, bis wieder regelmäßig Geld reinkommt.«

Verblüfft blieb Pearl noch ein paar Sekunden draußen stehen, umklammerte den Umschlag und hörte Louis wie einen Tiger brüllen, während die Würstchen anzubrennen drohten. Mein Gott, selbst Ben wusste, dass das Café zum Scheitern verurteilt war.

»Was würdest du sagen«, murmelte Austin, der versuchte, eine Nachricht für seine Großmutter in Kanada zu Ende zu schreiben, während er gleichzeitig mit einem bockigen Darny die Straße entlanglief. »Was meinst du, D, was hast du im Moment so am liebsten?«

Darny dachte kurz darüber nach.

»Die uralten Kampfsportgeheimnisse des Jiu-Jitsu«, verkündete er schließlich. »Und die spanische Inquisition.«

Austin seufzte. »Na, das können wir deiner Großmutter wohl kaum schreiben, oder? Fällt dir nichts anderes ein?«

Darny dachte weiter nach und zog auf dem Bürgersteig die Füße nach.

»Snowboarden.«

»Wie jetzt, so wie Skifahren? Aber du warst doch noch nie Snowboarden.«

»In der Schule finden alle Snowboarden ganz toll. Die sagen, das ist total krass. Deshalb ist es vermutlich eine dieser Sachen, von denen du dir wünschst, dass sie mir gefallen. Also schreib das doch einfach, es ist ja auch egal.«

Austin sah ihn argwöhnisch an. Darny ging auf eine gute Schule, und in letzter Zeit war die Gegend, in der sie lebten, immer schicker geworden.

»Das würde dir bestimmt Spaß machen«, überlegte er. »Wir sollten es dieses Jahr mal probieren.«

»Sei doch nicht albern«, entgegnete Darny. »Erstens würdest du sowieso nie mit mir da hinfahren, zweitens würdest du es ganz furchtbar finden, und drittens muss man dabei bescheuerte Mützen tragen. Total be-scheu-ert«, wiederholte er, für den Fall, dass Austin es noch nicht kapiert haben sollte.

»Okay«, seufzte sein Bruder und tippte »Skifahren« in sein BlackBerry. Es war ja nun wirklich nicht so, als ob Großmutter kommen würde, um das zu überprüfen. Sie war alt, dachte er plötzlich, das stimmte ja, und vom Tod ihres einzigen Sohnes schwer getroffen. Es kam ihm so vor, als wäre das die Tragödie ihres Lebens und man dürfe sie seitdem mit nichts anderem mehr belästigen. Abgesehen davon, dass sie sich gelegentlich meldete und ihnen an Weihnachten einen nicht besonders üppigen Scheck zukommen ließ, hatte sie nie auch nur das geringste Interesse am Schicksal ihrer Enkel gezeigt. Austin hatte es längst aufgegeben, das zu begreifen. Egal, wie groß sie waren, Familien waren schon komisch. Er drückte Darny an seiner Seite.

»Hey«, machte der. Austin wandte sich um. »Sirenen!«, rief Darny. »Das ist die Feuerwehr. Da müssen wir hin, das will ich sehen.«

Austin lächelte. Jedes Mal, wenn er fürchtete, dass Darny sich viel zu schnell zu einem schmollenden Teenager entwickelte, meldete sich der Zehnjährige in ihm wieder zu Wort. Trotzdem wollte Austin ihn lieber zurückhalten. Vor Jahren hatten solche Sirenen ihren Eltern gegolten. Er lebte in ständiger Angst, miterleben zu müssen, wie so etwas jemand anderem passierte.

»Lieber nicht, D«, sagte er und schlug die Richtung zu einem Süßwarenladen in der Nachbarschaft ein.

»Feuerwehrautos«, verkündete Darny. »Das kannst du Großmutter schreiben, am liebsten mag ich Feuerwehrautos.«

Sowohl die in Gedanken versunkene Pearl als auch Issy hörten das Knirschen nicht nur, sie schienen es auch zu spüren, es ertönte an diesem ruhigen Samstagmorgen laut und unheimlich. Ein durchdringendes, verzerrtes metallenes Geräusch, durchzogen von zersplitterndem Glas. Dann hörte man Schreie, und die Alarmanlagen von Autos gingen los, es wurde heftig und wütend gehupt.

Außer ihnen waren noch zwei Kunden im Café, zwei junge Studenten, die einen kleinen Latte und eine Flasche Mineralwasser bestellt, dann ihre Laptops eingestöpselt hatten und seit 45 Minuten das kostenlose WLAN nutzten. Alle vier rannten zum Ausgang des Pear Tree Court.

»Himmel!«, rief Issy und blieb wie angewurzelt stehen.

Pearl schlug die Hand vor den Mund und war nur froh, dass Louis zu Hause bei ihrer Mutter war.

Auf der anderen Seite der Straße lag ein Bus der Linie 73 – und zwar zerschmettert auf der Seite, als hätte ihn ein gelangweiltes Kind vom Himmel herabgeworfen. Er blockierte fast die ganze Straße, und mit einem Mal wurden seine wahren Ausmaße deutlich – er war so breit, wie die Häuser hoch waren, und etwa halb so lang wie die ganze Straße. Der Gestank des demolierten Motors war fürchterlich, aus dem Fahrwerk stieg Rauch auf, und es war ein Gewirr aus blankliegendem Metall und Schläuchen zu sehen.

Ein Taxi mit eingedrücktem Dach war inzwischen zum Stillstand gekommen, es thronte in einem seltsamen Winkel verdreht auf einer Verkehrsinsel. Dahinter konnte man noch ein kleines Stückchen des schmutzigen weißen Fort Escort erkennen, der ihm hinten reingefahren war. Am meisten nahm sie jedoch das verbogene, verbeulte Fahrrad mit, das einige Meter weiter rechts zu sehen war.

Issy war übel, und sie spürte, wie ihr das Herz in der Brust schlug. »Gott«, rief einer der Laptop-Typen. »O mein Gott.«

Issy suchte in der Schürzentasche nach ihrem Handy. Benommen sah sie zu Pearl hinüber, die ihr Telefon bereits zur Hand hatte und gerade den Notruf wählte.

»Schnell«, sagte der zweite Mann. »Kommt, wir müssen die da rausholen!«

Wie in Zeitlupe blickte Issy auf und entdeckte, dass der Bus voller Menschen war – voll schreiender, winkender, krabbelnder, zappelnder Menschen. Aus den Läden und Häusern und von der Bushaltestelle liefen bereits Menschen herbei, um zu helfen. In der Ferne waren erste Sirenen zu hören.

Issy griff wieder nach ihrem Handy.

»Helena?«, keuchte sie ins Telefon. Sie wusste, dass ihre Mitbewohnerin heute nicht arbeiten musste – es war einer ihrer kostbaren freien Tage –, aber sie war nur zwei Straßen von hier entfernt.

»Hm?«, machte Helena offensichtlich noch im Halbschlaf. Dann aber war sie innerhalb von zwei Sekunden hellwach und streifte sich etwas zum Anziehen über.

Im hinteren Bereich des Busses hämmerten die Leute gegen die Scheibe, die aber nicht nachzugeben schien. Bei all dem Rauch, der aus den Schläuchen aufstieg, fragte sich Issy – fragten sich alle –, ob der Motor wohl gleich explodieren würde. Bestimmt nicht. Aber es gab Geschichten über Busse, die in Flammen aufgegangen waren, das wusste jeder. Da konnte alles Mögliche passieren. In der Mitte des Busses versuchte ein Mann verzweifelt, die Tür über seinem Kopf zu öffnen. Einer der Männer aus dem Café kletterte bereits am Bus hoch – an der Seite, die eigentlich das Dach war –, und andere riefen ihm verzweifelt Anweisungen zu. Im Inneren des Fahrzeugs waren Schreie zu hören, und es sah so aus, als ob der Fahrer bewusstlos war.

Ein wenig weiter die Straße hinunter stieß plötzlich eine Frau einen Schrei aus. Ein junger Mann – offensichtlich ein Fahrradkurier, dessen hautenge Radlerhosen mit dem riesigen Walkie-Talkie an der Hüfte zerrissen waren – lag mit wirrem Blick im Rinnstein. Sein Arm war in einem seltsamen Winkel abgespreizt. Issy blickte über ihre Schulter und entdeckte zu ihrer Erleichterung, dass Helena in vollem Tempo die Straße entlanggerast kam.

»Hierher!«, rief sie und führte ihre Freundin dann durch die Menge. »Sie ist Krankenschwester! Sie ist Krankenschwester!«

Helena hielt auf den Radfahrer zu, während die Sirenen immer lauter wurden.

»Ich bin Medizinstudent«, meldete sich ein junger Mann auf dem Bordstein.

»Na, dann hilf mir mal, Bürschchen«, forderte Helena ihn grimmig auf. »Aber komm mir bloß nicht frech.«

Issy sah sich um. Auf einmal bemerkte sie eine ruhige, gelassene Gestalt. Während alle anderen entweder noch im Schockzustand verharrten oder wild durch die Gegend liefen, näherte sich vom Pear Tree Court her eine Silhouette. Es war der seltsame Mann aus der Eisenwarenhandlung, der nicht einmal Hallo gesagt hatte, als sie neben ihm eröffnet hatten. Er hatte einen riesigen Metallkasten dabei, der mit Sicherheit eine Tonne wog, den er jedoch mühelos trug.

Sie folgte ihm mit ihren Blicken, als er auf den Bus zuging, sich auf der vom Fahrer abgewandten Seite neben die Scheibe kniete, seine Kiste öffnete und nach einem Holzhammer griff. Er bedeutete den panischen Passagieren im Innenraum, Abstand zu halten, und schlug dann kraftvoll drei oder vier Mal gegen das Glas, bis es schließlich zerbrach. Danach wählte er bedächtig eine Zange aus und zog damit die großen, gefährlichen Scherben aus der schwarzen Gummiumrandung des Fensters. Erst dann winkte er die Menschen aus dem Inneren heran. Als Erstes verließ ein schreiendes Baby den Bus, welches er der nächstbesten Person in den Arm drückte. Und das war zufällig Issy.

»Oh«, sagte Issy. »Na, na.«

Das kleine Mädchen weinte und vergrub sein Gesicht an Issys Schulter. Seltsamerweise wirkte ihr erdnussförmiger Mund breiter als ihr ganzer Kopf. Issy strich ihr tröstend über das dichte schwarze Haar.

»Sch«, machte sie, und zwei Sekunden später war dann auch die Mutter draußen und streckte die zitternden Hände nach ihrem Baby aus. Den verbeulten und verbogenen Kinderwagen ließ sie zurück.

»Da ist Mummy ja auch schon«, gurrte Issy. Die Frau stand unter Schock und brachte kaum einen vollständigen Satz heraus.

»Ich dachte, sie wäre … Ich dachte, wir wären …«

Zurück in den so vertraut riechenden Armen ihrer Mummy schluckte und hickste die Kleine und stieß versuchsweise noch ein letztes Heulen aus, schien dann aber zu beschließen, dass die größte Gefahr jetzt vorbei war, kuschelte ihr feuchtes Gesichtchen an den Hals ihrer Mutter und blickte dann zurück, um Issy aus großen schwarzen Augen anzusehen.

»Alles in Ordnung«, beruhigte Issy die Frau und tätschelte ihr die Schulter. »Jetzt ist ja alles in Ordnung.«

Dann schoben sich hinter der Mutter noch andere Menschen aus dem Bus – manche hielten sich den Kopf, bei anderen war die Kleidung zerrissen, und auf allen Gesichtern lag der gleiche schockierte und verwirrte Ausdruck. Issy war trotzdem erleichtert, dass der Unfall wohl doch glimpflich verlaufen war. Niemand schien ernsthaft verletzt zu sein … abgesehen von dem Radfahrer. Sie sah sich nach ihm um, konnte aber nur Helena sehen, die sich über ihn beugte und dem jungen Medizinstudenten Anweisungen gab. Der Anblick schnürte ihr die Kehle zu. Wer auch immer das war, er hatte heute Morgen sorglos das Haus verlassen.

Der Fahrer lag noch immer verrenkt über dem riesigen Steuer.

»Alle weg vom Bus!«, rief der Eisenwarenhändler in einem Tonfall, der keine Widerrede duldete. Auf dem Bürgersteig drängten sich Schaulustige und Gaffer, und niemand schien zu wissen, was man für die verwirrten Pendler mit den aufgeplatzten Lippen und den zuckenden Lidern tun konnte.

»Vielleicht«, schlug der Eisenwarenhändler Issy vor, »könnten Sie den Leute etwas Heißes zu trinken bringen. Und ich habe auch gehört, dass Zucker bei einem Schock gut sein soll.«

»Natürlich!«, rief Issy. Warum hatte sie nicht selbst daran gedacht? So schnell sie konnte, rannte sie los, um Wasser heiß zu machen.

Als sie die Betroffenen fünf Minuten später mit Tee und Kuchen versorgte, waren Feuerwehr und Krankenwagen bereits eingetroffen. Die Polizei scheuchte die Leute vom Bus weg und ließ die Straße absperren. Alle waren begeistert von den heißen Getränken und dem Backwerk, das Issy und Pearl verteilten. Der Busfahrer, der langsam zu sich zu kommen schien, wurde mit der Ambulanz abtransportiert.

Helena und der Medizinstudent, der Ashok hieß, hatten den Radfahrer stabilisiert und dafür großes Lob von den Rettungssanitätern geerntet, die beim Kuchen ordentlich zugegriffen hatten, als der Patient endlich in der Notaufnahme war. Die Unfallopfer begannen bereits, sich angeregt zu unterhalten, und tauschten Geschichten darüber aus, wohin sie eigentlich unterwegs gewesen waren. Mit diesen Gelenkbussen musste es ja eines Tages Probleme geben, da waren sich alle einig, aber zum Glück war ja, so wie es aussah, niemand ums Leben gekommen oder ernsthaft verletzt worden. Die Leute waren gesprächig und aufgekratzt wie bei einer Cocktailparty, scharten sich um Issy und dankten ihr. Ein oder zwei der Anwesenden erklärten ihr, dass sie gleich um die Ecke wohnten, von ihrem Café aber noch nie gehört hatten. Als schließlich der Fotograf einer Lokalzeitung erschien und aus allen erdenklichen Winkeln Fotos des zertrümmerten Busses schoss, da machte er auch eine Aufnahme von einer lächelnden Issy im Kreise der Fahrgäste. (Der Eisenwarenhändler war inzwischen so leise wieder verschwunden, wie er aufgetaucht war, auch Issy hatte es gar nicht bemerkt.) In der nächsten Wochenausgabe der Walthamstow Gazette würde die Schlagzeile des Artikels über den Busunfall »Kuchen von der Nachbarin die beste Medizin« lauten, und danach würde sich so einiges ändern.

Zunächst war jedoch die Überraschung groß, als sie am Abend kein einziges Küchlein übrig hatten. Die Hälfte hatten sie an die Gestürzten, Schockierten und Lädierten verteilt, die andere Hälfte an Neugierige und Schaulustige verkauft. Wie auch immer, es war jeder Krümel aufgewischt, die Milch aufgebraucht und die riesige, kapriziöse Kaffeemaschine war heute auf Hochtouren gelaufen – offensichtlich, dachte Issy im Nachhinein, war sie dafür gemacht, ständig im Einsatz zu sein. Sie konnte es wohl nicht leiden, einfach nur rumzusitzen und in die Gegend zu starren.

Issy sah erschöpft zu Pearl hinüber, die gerade den Fußboden wischte.

»Gehen wir noch aus?«, fragte sie.

»Warum nicht?«, lächelte Pearl.

»Hey!«, rief Issy zu Helena herüber, die ungewohnt verträumt aus dem Fenster schaute. »Kommst du mit, was trinken?«

Sie setzten sich in eine nette Weinbar und entspannten bei einer Flasche Rosé. Pearl hatte noch nie welchen getrunken und fand, dass er wie Essig schmeckte, nippte aber unerschrocken an ihrem Glas und versuchte, darüber hinwegzusehen, wie schnell die anderen beiden ihren Wein hinunterschütteten.

»Was für ein Tag«, seufzte Issy. »Mannomann. Glaubt ihr, dass diese Leute noch mal wiederkommen?«

Helena stieß mit Pearl an.

»Ich vermute, die Seite deiner Chefin, die immer das halb leere Glas sieht, kennst du schon, oder?«

Pearl lächelte.

»Was soll das denn heißen?«, protestierte Issy. »Ich bin doch total optimistisch.«

Helena und Pearl tauschten Blicke.

»Na ja, es ist vielleicht nicht unbedingt Pessimismus«, meinte Helena, »sondern vielmehr … Zurückhaltung.«

»Ich hab doch mein eigenes Geschäft gegründet«, wandte Issy ein. »Das kommt mir ziemlich optimistisch vor.«

»Und du denkst auch immer noch, dass Graeme dich irgendwann zu seiner angetrauten Ehefrau nimmt«, stichelte Helena und starrte in ihr zweites Glas Wein. »Das ist wahrer Optimismus.«

Issy spürte, wie sie rot wurde.

»Wer ist denn Graeme?«, wollte Pearl wissen.

»Niemand«, warf Issy ein. »Mein Ex.«

»Ihr Ex-Boss«, erklärte Helena äußerst hilfreich.

»Autsch«, sagte Pearl. »Das klingt gar nicht gut.«

Issy seufzte. »Na ja, jetzt sehe ich jedenfalls nach vorne. Und nehme mein Leben selbst in die Hand.«

»War er wenigstens nett?«, fragte Pearl. Sie wusste ganz genau, dass sie nun wirklich keine Ratschläge über Exmänner und wie man mit ihnen umging, verteilen durfte.

»Nein«, stellte Helena klar.

»War er doch!«, widersprach Issy. »Ihr habt die zwar nie gesehen, aber er hat auch seine sensible Seite.«

»Die aber nur zum Vorschein kam, wenn er dich mitten in der Nacht in einem Taxi quer durch die halbe Stadt gescheucht hat, damit du ihm Instant-Nudeln machst.«

»Das mit den Fertignudeln hätte ich dir nie erzählen sollen.«

»Wohl wahr«, meinte Helena und schob die Hand in ihre Chipstüte. »Sonst würde ich dich jetzt nämlich anflehen, dich bitte zum Fußabtreter zu degradieren, nur weil er aussieht wie aus einem Werbespot für Rasierklingen.«

»Er ist doch wirklich attraktiv«, verteidigte ihn Issy.

»Und deshalb muss er seinen Look in jeder glänzenden Oberfläche überprüfen?«, seufzte Helena. »Du kannst froh sein, dass du über den hinweg bist.«

»Hm«, machte Issy.

»Und jetzt diesen Banktypen hast, für den du schwärmen kannst.«

Issy warf Pearl einen Blick zu. »Helena!«, knurrte sie.

Pearl lächelte den Rotschopf an. »Oh, das wusste ich doch längst.«

»Ich allerdings nicht. Und nur zu eurer Information, nur weil ich nicht ständig darüber rede, heißt das nicht, dass ich Graeme nicht vermisse.«

Pearl tätschelte ihr die Hand. »Keine Sorge«, sagte sie. »Ich weiß, wie schwer es sein kann, so jemanden zu vergessen.«

»Du?«, fragte Issy. »Du wirkst nicht gerade wie jemand, der sich über so etwas den Kopf zerbricht.«

»Ach, tatsächlich?«, schnaubte Pearl. »Soll das heißen, dass ich völlig geschlechtsneutral bin?«

»Nein!«, rief Issy. »Ich meine nur, dass du immer so ausgeglichen und gelassen wirkst.«

Pearl zog die Augenbrauen hoch. »Na sicher, Issy. Ach, und dann ist da ja auch noch der Vater von Louis, Barack Obama, der uns hier abends mit dem Hubschrauber abholen lässt.«

»Hast du noch Kontakt zu seinem Dad?«, fragte Helena, direkt wie immer.

Pearl versuchte, ein Lächeln zu unterdrücken. Sie war doch hart im Nehmen. Wenn selbst Issy ihren nichtsnutzigen Lover in die Wüste schicken konnte, dann würde sie es Benjamin wenigstens nicht leicht machen. Andererseits – so wie die Dinge jetzt standen …

»Na ja, er besucht seinen Jungen schon«, sagte sie und war sich dessen bewusst, dass da ein bisschen Stolz mitschwang.

»Und wie läuft es so?«, fragte Issy, die die Unterhaltung nur zu gerne auf die romantische Mühsal anderer lenken wollte.

»Also«, sinnierte Pearl, »Mum hat immer gesagt, dass bei gut aussehenden Männern nicht viel dahintersteckt … aber ich höre ja eher selten auf meine Mutter.«

»Ich auch nicht«, sagte Issy. »Meine sagt immer: ›Lass dich nie von einem Mann festnageln!‹ Aber ich würde nur zu gerne festgenagelt werden …«

»Oder auch nur genagelt«, fügte Helena hinzu.

»Aber da gibt es leider keine Interessenten. Also bin ich frei und ungebunden.« Issy seufzte und fragte sich, ob ein weiteres Glas Rosé wohl helfen würde. Vermutlich nicht, aber unter den gegebenen Umständen war es einen Versuch wert.

»Aber jetzt sieh dich doch an – du führst dein eigenes Café und hast heute jede Menge Cupcakes verkauft«, sagte Helena. »Du bist nicht von irgend so einem hohlwangigen Idioten abhängig. Außerdem lieben Männer Frauen in einem netten

Blümchenkleid, die auch noch backen können, dann denken sie nämlich, dass sie wieder in den Fünfzigern sind und du ihnen gleich einen Martini mixt. Glaub mir, die Kerle rennen dir bald die Bude ein.« Sie erhob ihren Wein.

»Jetzt ist das Glas also halb voll«, meinte Issy tatsächlich ein wenig aufgemuntert.

»Was hat deine Mutter dir denn mit auf den Weg gegeben, Helena?«, fragte Pearl.

»Dass ich mich nicht in fremde Angelegenheiten mischen soll«, erwiderte die Gefragte prompt. Die drei Frauen lachten und stießen an.

Kapitel 13

»Wo ist denn eigentlich mein kleines Pummelchen?«, fragte Issy eines Morgens, als Pearl endlich erschien – mit Verspätung, was Issy aber großzügig übersah, weil sie ihrer Angestellten so dankbar war. »Er fehlt mir.«

Pearl lächelte angespannt und beeilte sich, Staubsauger und Mopp herauszuholen, um den Laden auf Vordermann zu bringen, bevor sie öffneten.

»Er verbringt eben gerne Zeit mit seiner Großmutter«, antwortete sie. Ihr war klar, dass sie damit ein Bild von einer Idylle mit Kuchenbacken und Entenfüttern heraufbeschwor, das nichts mit ihrer traurigen, miefigen kleinen Wohnung zu tun hatte. »Egal, lass mich vor dem ersten Ansturm eben kurz das Lokal durchgehen.«

Darüber musste sie lächeln, aber es stimmte, dass nach dem Unfall ständig neue Kunden kamen – die Krankenwagenfahrer, die Schaulustigen, die Mutter mit dem hübschen Baby, und Ashok, der hereingeschaut hatte, um Issy nach Helenas Telefonnummer zu fragen, was diese nur mit dem Hochziehen der Augenbrauen quittiert hatte. Er hatte sich augenblicklich entschuldigt, Issy hatte dann seine Nummer entgegengenommen und sie mit der Vermutung weitergereicht, dass Helena sie wohl in der Müllverbrennungsanlage des Krankenhauses entsorgen würde. Die Stadt hatte die langen Gelenkbusse wieder durch die ursprünglichen Doppeldecker ersetzt, die viel hübscher aussahen, wenn sie die Straße entlangkamen (und auch mehr Tempo draufhatten), in die aber wesentlich weniger Fahrgäste passten. Deshalb mussten zur Stoßzeit viele auf den nächsten Bus warten und schauten auf einen Kaffee vorbei, um die Zeit totzuschlagen. Issy musste Croissants zukaufen. Die zu backen war eine Kunst, und die Cafébesitzerin musste sich langsam eingestehen, dass sie auch nur zwei Hände hatte. Anstatt sich ein neues Ziel zu stecken, machte sie mit François' Hilfe einen wunderbaren Boulanger ausfindig, der jeden Morgen um Punkt sieben eine köstliche Mischung aus Croissants, Schokobrötchen und Mandelhörnchen lieferte, von denen um neun Uhr kein Krümel mehr übrig war.

Dann kam der Morgenkaffee: Mira, die mit Elise im Schlepptau auftauchte, hatte unter den anderen Müttern ein paar Freundinnen gefunden. Sie kamen oft vorbei und unterhielten sich auf dem grauen Sofa laut auf Rumänisch. Durch die rege Nutzung bekam die Couch endlich die weiche, leicht glänzende Textur, auf die Issy so gehofft hatte. Auch einige der schicken Mummys aus dem Kindergarten schauten herein. Wenn sie Pearl erkannten, lächelte diese kurz und war dann plötzlich (gerechtfertigterweise) schwer damit beschäftigt, Biolimonade und -säfte herbeizuschaffen. Gegen Mittag gab es noch einmal ziemlich viel zu tun, am Nachmittag war die Stimmung hingegen eher meditativ, Büroangestellte und Frauen, die einen Kindergeburtstag organisierten, kamen vorbei, um eine Schachtel mit einem halben oder sogar einem ganzen Duzend Cupcakes mitzunehmen. Issy überlegte, mit einem Aushang darauf hinzuweisen, dass sie auch persönlich zugeschnittene Spezialaufträge zu jedem Anlass übernahmen. Und in der Zwischenzeit ging es ohne Unterlass weiter: Lattes, Tees, Himbeer-Spezials, Blaubeercakes mit Vanilleglasur, Stücke vom dicken Apfelkuchen, aufräumen, putzen, auf Lieferscheinen unterschreiben, Rechnungen, die Post, Spritzer wegwischen, Kinder anlächeln und Stammgästen zuwinken, mit Laufkunden plaudern und dann noch mehr Milch anbrechen, mehr Butter, mehr Eier. Wenn es dann vier Uhr war, hätten Issy und Pearl sich am liebsten auf die riesigen Mehlsäcke im Vorratsraum sinken lassen, in dem Pearl furchtlos mit dem Mopp in den Ecken herumkratzte, um sicherzugehen, dass dieser Teil des Lokals genauso blitzte und blinkte wie der, den die Kunden zu Gesicht bekamen.

Das Cupcake Café hatte Fahrt aufgenommen, es war aus dem Hafen ausgelaufen und segelte schwankend davon. Die Besatzung hatte zwar alle Hände voll zu tun, aber das Schiff nahm Tempo auf. Issy kam es vor wie ein lebendes, atmendes Wesen, das genauso ein Teil von ihr war wie ihre linke Hand. Und es begleitete sie überallhin: Sie saß spätabends noch mit Mrs Prescott über den Büchern, träumte nachts von Buttercreme und Glasur, dachte ständig an Schlüssel und Lieferungen und Zuckerrosen. Freunde riefen an, sie schlug ihre Einladungen jedoch aus; Helena schnaubte und verglich sie mit einer Frischverliebten, die für nichts anderes mehr Augen hatte. Und obwohl sie müde – geradezu erschöpft – war, weil sie sechs Tage in der Woche schuftete, obwohl sie so gerne mal ausgehen und was trinken würde, ohne daran zu denken, wie sehr sie das am nächsten Tag bereuen würde, obwohl sie sich gerne einfach mal vor den Fernseher setzen würde, ohne über Vorräte, Haltbarkeitsdaten und diese blöden Wegwerfhandschuhe nachzugrübeln, schüttelte sie ungläubig den Kopf, wenn jemand das Wort »Urlaub« erwähnte. Tief in ihrem Inneren wusste sie jedoch, dass sie seit Jahren nicht mehr so glücklich gewesen war, und dieses Gefühl wurde mit jedem Tag stärker. Vor allem dann, als sie zunächst die Miete erwirtschaftete, später die Nebenkosten, Pearls Lohn und dann endlich, endlich etwas für sie selbst, durch das, was sie mit ihren eigenen Händen erschaffen hatte, um Menschen glücklich zu machen und ihren Hunger zu stillen.

Um zwei Uhr nachmittags schob sich, erst zögerlich, eine Gruppe Mütter mit riesigen dreirädrigen Buggys herein. Der Laden war so klein, dass Issy sie eigentlich lieber gebeten hätte, die Kinderwagen draußen zu lassen, damit die anderen Kunden sich daran nicht die Knie stießen. Aber ehrlich gesagt hatte sie ein wenig Angst vor diesen Stoke-Newington-Mummys mit den perfekten Strähnchen im Haar und den knallengen Jeans mit Absätzen. Wie unglaublich in Form diese Frauen waren, obwohl sie alle zwei Kinder zur Welt gebracht hatten. Manchmal dachte Issy, dass es doch ein wenig anstrengend sein musste, exakt so wie alle Freundinnen auszusehen. Auf der anderen Seite war sie des Geschäfts wegen natürlich begeistert.

Sie lächelte herzlich, die Frauen schauten jedoch an ihr vorbei, und ihr Blick erhellte sich, als sie Pearl entdeckten, die nur halbwegs erfreut wirkte, denen hier zu begegnen.

»Hm, hi«, sagte Pearl zu einer der Mütter, die sich im Café umsah.

»Also, wo ist denn nur Ihr entzückender kleiner Louis?«, fragte sie. »Den trifft man hier doch sonst immer an! Der passt ja so gut in ein Kuchenlokal.«

Issy sah hoch. Diese Stimme kannte sie. Tatsächlich, ein wenig nervös stellte sie fest, dass dort Caroline vor ihr stand, die Frau, die hier eigentlich ein Vollwertcafé eröffnen wollte.

»Hallo, Caroline«, begrüßte Pearl sie stoisch. Ihre Stimme wurde wesentlich sanfter, als sie sich an das blonde Mädchen mit den ernsten Augen und an den kleinen Jungen wandte, der im Buggy am Tischende saß.

»Hallo, Hermia! Achilles, hallo!«

Issy kam herbei, um die neuen Gäste ebenfalls zu begrüßen, Caroline schien sie jedoch völlig zu ignorieren.

»Oh, achten Sie gar nicht auf die beiden. Die waren schon den ganzen Morgen völlig unleidlich.«

In Issys Augen wirkten die Kinder nicht unleidlich. Vielleicht ein wenig müde.

»Und Kate kennen Sie ja schon, nicht wahr?«

»Na, ist das nicht herzallerliebst!«, rief Kate aus und sah sich beifällig um. »Wir lassen gerade das große Haus auf der anderen Straßenseite herrichten, und dieses Lokal ist exakt, was wir brauchen, um die Immobilienpreise hier in die richtige Richtung zu lenken. Sie wissen schon, was ich meine. Ha!«

Sie hatte ein jähes, hustendes Lachen, auf das Issy nicht vorbereitet gewesen war, und zwei Töchter, die offensichtlich Zwillinge waren und händchenhaltend auf demselben Hocker saßen. Die eine trug einen kurzen Bob und eine rote Latzhose, der anderen wallten lange, blonde Locken über die Schultern, und sie hatte einen rosafarbenen Rock mit einem bauschigen Unterrock an.

»Das sind aber reizende Mädchen!«, rief Issy und trat einen Schritt vor. »Und hallo, Caroline!«

Die Angesprochene nickte ihr gnädig zu. »Ich bin erstaunt, dass der Laden so gut zu laufen scheint«, sagte sie. »Ich wollte mir doch einmal anschauen, worum die Leute so viel Aufhebens machen.«

»Gute Idee!«, antwortete Issy fröhlich und beugte sich zu den kleinen Mädchen hinunter.

»Hallo, ihr beiden!«

Kate schnaufte. »Sie sind zwar Zwillinge, aber trotzdem Individuen. Es ist ziemlich gefährlich, sie nicht wie zwei verschiedene Menschen zu behandeln. Ich arbeite hart daran, ihre unterschiedlichen Identitäten zu stärken.«

Issy nickte. »Verstehe«, sagte sie, obwohl sie ehrlich gesagt überhaupt nichts verstand.

»Das ist Seraphina.« Kate deutete auf das kleine Mädchen mit den langen blonden Locken. »Und das hier«, sie wies auf das andere Kind, »ist Jane.«

Seraphina lächelte lieblich. Jane blickte finster drein und verbarg ihr Gesicht an der Schulter ihrer Schwester. Die tätschelte ihr mütterlich die Hand.

»Also, willkommen!«, rief Issy. »Normalerweise servieren wir ja nicht am Tisch, aber wenn ich schon mal da bin – was darf ich Ihnen bringen?«

Pearl stand inzwischen längst wieder hinter der Theke unter dem hübschen Tuch, das sie an der Wand drapiert hatten, Issy beteuerte Helena gegenüber jedoch später, dass sie in diesem Moment *fühlen* konnte, wie ihre Angestellte angesichts ihrer Worte mit den Augen rollte.

»Gut«, sagte Kate, nachdem sie die Karte gewissenhaft studiert hatte, »nun.« Seraphina stupste Jane an, und die beiden Mädchen, die ungefähr vier waren, trippelten zur Auslage hinüber, stellten sich auf die Zehenspitzen und drückten ihre Nasen gegen die Scheibe.

»He, ihr Süßen! Weg mit dem Schnodder vom Glas, ihr beiden!«, rief Pearl streng, aber freundlich, und die beiden Mädchen zogen augenblicklich den Kopf zurück. Kichernd verharrten sie in einigen Zentimetern Entfernung, sodass sie die Glasur genau unter die Lupe nehmen konnten. Hermia sah zu ihrer Mutter auf.

»Darf ich bitte …«, riskierte sie.

»Nein«, schnitt Caroline ihr das Wort ab. »Setz dich bitte vernünftig hin. *Assieds-toi!*«

Hermia sah sehnsüchtig zu ihren Freundinnen hinüber.

»Oh, sind Sie Französin?«, fragte Issy.

»Nein!«, verkündete Caroline stolz. »Wieso, sehe ich etwa französisch aus?«

»Ich hätte gerne einen Pfefferminztee«, erklärte Kate schließlich. »Haben Sie auch Salat?«

Issy wagte es nicht, zu Pearl hinüberzusehen.

»Nein. Nein, im Moment bieten wir noch keine Salate an, sondern vor allem Kuchen.«

»Wie wäre es mit, Sie wissen schon, Bio-Haferkeksen?«

»Wir hätten Obstkuchen da«, wandte Issy ein.

»Mit Dinkelmehl?«

»Äh, nein, mit richtigem Mehl«, stotterte Issy und wünschte sich, dieser Unterhaltung irgendwie entfliehen zu können.

»Mit Nüssen?«

»Ein paar Nüsse sind da schon drin.«

Kate stieß einen langen Seufzer aus, so als wäre es einfach unglaublich, welchen Qualen man sie hier aussetzte.

»Kriegen wir Kuchen, Mummy? Biiiitte!«, bettelte Jane vom Tresen aus.

»Es heißt ›kriege *ich* einen Kuchen‹, Jane. Ich.«

»Kriege ich dann bitte Kuchen?«

»Ich auch! Ich auch!«, rief Seraphina.

»Oh, Schätzchen …«

Kate sah aus, als würde sie gleich einknicken. »Sie haben … Sie haben nicht zufällig so kleine Schächtelchen mit Rosinen, oder?«

»Hm«, machte Issy. »Nein.«

Kate seufzte. »Zu schade. Was meinst du, Caroline?«

Caroline verzog keine Miene – ihre Augenbrauen liefen spitz zu –, aber Issy hatte trotzdem den Eindruck, dass sie enttäuscht war. Sie sah Hermia an, die zu ihren Freundinnen hinüberstarrte und über deren Wange langsam eine einzige Träne rann. Achilles klärte die Sache für sie.

»Mummy! Kuchen! Jetzt! Mummy! Kuchen! Kuchen! Mummy!« Er lief rot an und kämpfte mit den Gurten des Buggys. »Ich will jetzt!«

»Also, Schätzchen, du weißt doch, dass wir eigentlich nicht so für Kuchen sind«, gab Caroline zu bedenken.

»Kuchen! Kuchen!«

»O mein Gott«, stöhnte Kate. »Das war unser letzter Besuch hier.«

»Kuchen! Kuchen!«

»Kinder werden von Zucker aber hyperaktiv.«

Issy wollte sie nicht darauf hinweisen, dass alles in ihrem Laden aus ganz natürlichen Zutaten hergestellt war und dass sie bis jetzt doch noch gar nichts probiert hatten.

»Na gut«, lenkte Caroline ein, die jetzt nur noch ihren Sohn zum Schweigen bringen wollte. »Zwei Törtchen. Mir ist egal, welche. Hermia, beiß bitte immer nur ein kleines Stückchen ab. Du willst schließlich nicht aufgehen wie ein …« Sie verstummte augenblicklich.

»Ja!«, jubelten die Zwillinge am Tresen.

»Ich will pink! Ich will pink!«, riefen sie beide gleichzeitig, und zwar mit so ähnlichen Stimmen, dass Issy sich fragte, wie man die bloß auseinanderhalten sollte.

»Ihr könnte nicht beide pink haben«, erklärte Kate zerstreut und griff nach der *Mail.* »Jane, du nimmst den braunen.«

Später kam Caroline zu Issy herüber, um sich ein wenig mit ihr zu unterhalten.

»Das ist hier tatsächlich recht urig«, bemerkte sie. »Wissen Sie, ich backe ja auch ganz gerne … natürlich viel gesünder als das hier, und wir essen auch überwiegend Rohkost, aber ich wollte unbedingt eine angemessene Küchenausstattung für meine kleinen Experimente … Also«, fuhr sie nach einem Blick in den Keller fort, »ich denke, mein Ofen ist sogar noch größer als Ihrer! Der Hauptofen natürlich. Dann habe ich auch noch einen Dampfofen und einen Umluftofen. Eine Mikrowelle allerdings nicht, denn die sind ja ganz furchtbar.«

Issy lächelte höflich. Pearl ließ ein Schnauben vernehmen.

»Im Moment bin ich zwar fürchterlich beschäftigt … Ich habe jede Menge Wohltätigkeitsprojekte in Angriff genommen, mein Mann ist in der City, Sie wissen schon … Aber vielleicht könnte ich Ihnen eines Tages ein paar von meinen Rezepten vorbeibringen! Ja, ich entwickele auch selbst Rezepte … Es ist schließlich nicht so einfach, seine kreative Seite auszuleben, nicht wahr? Vor allem, wenn Kinder da sind.«

Bei diesen Worten blickte sie Issy an, und diese versuchte, höflich zurückzuschauen, selbst wenn die Kundin eine absolute Idiotin war, eine Idiotin, die offensichtlich fand, dass Issy alt und rundlich genug aussah, um jede Menge Kinder geboren zu haben. Caroline hielt natürlich in etwa das Gewicht einer Vierzehnjährigen.

»Ja, das wäre sicher faszinierend«, warf Pearl ein, bevor Issys Kinnlade noch weiter herunterklappte. »Hm, Caroline, ist das Ihr Sohn, der da gerade versucht, seine Windel in eine Hermès-Tasche zu stopfen?«

Quiekend fuhr Caroline herum.

»Sind die alle so?«, fragte Issy, nachdem die Truppe endlich von dannen gezogen war. Achilles hatte geschrien, Hermia hatte leise vor sich hingeweint, und die Zwillinge hatten zu Kates wortreich bekundeter Empörung ihre Cupcakes durchgeschnitten und die Hälften wieder aneinandergedrückt, sodass sie nun beide den gleichen Kuchen hatten.

»O nein«, meinte Pearl. »Die meisten sind noch viel schlimmer. Eine hat mal verkündet, dass sie ihren Sohn nicht aufs Töpfchen setzen wird, bis er diese Entscheidung nicht von selbst trifft.«

»Na, das ist doch total sinnvoll«, knurrte Issy. »Windeln bis zum elften Lebensjahr – das spart sicher viel Zeit. Kocht der Kleine auch selbst?«

»O nein, ›Orlando isst nur Rohkost und Sprossen‹«, zitierte Pearl. »Bis auf das eine Mal, als ich ihn dabei erwischt habe, wie er Louis' Mars klauen wollte.«

Issy zog die Augenbrauen hoch, sagte dazu aber nichts. Und sie fragte auch nicht, warum Pearl schon den ganzen Tag so abwesend wirkte. Wenn sie ihr erzählen wollte, was los war, dann würde sie es schon tun.

Nach ihrer bisher hektischsten Woche waren sie am Freitagnachmittag um halb fünf fix und fertig. Issy schloss ab und drehte das Schild mit der »Geschlossen«-Seite nach außen um.

Dann gingen sie in den Keller hinunter, und Issy holte ihren inzwischen schon rituellen Ende-der-Woche-Weißwein aus dem Kühlschrank. Samstags war es meistens ruhig, obwohl da inzwischen auch mehr los war, vor allem gegen Mittag, aber deshalb konnten sie sich freitags ohne schlimmere Folgen für den nächsten Morgen etwas gönnen.

Und so hatten sie sich (obwohl Issy genau wusste, dass Hygiene- und Sicherheitsinspektoren darüber nicht begeistert wären) angewöhnt, zunächst die Einkünfte des Tages zu zählen und dann die riesigen Mehlsäcke zu Sitzmöbeln umzufunktionieren, auf die sie sich müde sinken ließen.

Issy füllte Pearls Glas großzügig.

»Das«, stellte sie fest, »war bisher unsere beste Woche.«

Müde hob Pearl ihr Weinglas. »So ist es.«

»Natürlich im Vergleich zu nicht besonders viel. Aber wenn man das mal hochrechnet …«

»Oh«, sagte Pearl, »das habe ich ja ganz vergessen. Ich hab bei der Bank deinen coolen Typen getroffen.«

Issys Interesse war augenblicklich geweckt. »Ach, echt? Austin? Äh, ich meine, wie bitte? Wen meinst du?«

Pearl warf ihr einen ihrer typischen Blicke zu. Issy seufzte.

»Okay. Wie geht's ihm?«

»Warum fragst du?«

Issy merkte, dass sie schon wieder rot anlief, und blickte lieber in ihr Glas. »Nur so, aus reiner Höflichkeit«, quiekte sie.

Pearl schnaubte und schwieg.

»Also?«, fragte Issy nach einer Minute.

»Ha!«, rief Pearl. »Wusste ich's doch! Wenn es wirklich reine Höflichkeit wäre, hättest du dir nicht die Mühe gemacht, noch mal nachzuhaken.«

»Das stimmt doch gar nicht«, verteidigte sich Issy. »Unsere Beziehung ist rein beruflich.«

»Ihr habt also eine Beziehung?«, frotzelte Pearl.

»Pearl! Was hat er denn gesagt? Hat er nach mir gefragt?«

»Schwer zu sagen, er war von etwa fünfzehn Unterwäschemodels umringt und stieg gerade mit ihnen in den Whirlpool.«

Issy knurrte missbilligend, bis Pearl sich endlich erbarmte.

»Er sah ziemlich gut aus. Hatte einen neuen Haarschnitt.«

»Och, ich mochte seine Haare«, sagte Issy.

»Weshalb er wohl beim Friseur war?«, überlegte Pearl. »Vielleicht deinetwegen?«

Issy tat so, als fände sie diese Bemerkung überhaupt nicht komisch, aber Männer wie Austin hatten meistens eine Freundin. Die sah bestimmt ziemlich gut aus und war auch noch furchtbar nett. So lief das doch immer. Sie seufzte. Damit musste sie sich eben abfinden, im Moment war sie einfach nur Geschäftsfrau. Sie würde sich später darüber Gedanken machen. Trotzdem schade. Einen Moment, nur eine Sekunde lang, ertappte sie sich dabei, wie sie sich vorstellte, ihm zärtlich ein paar lose Härchen aus dem Nacken zu streichen, und …

»Und«, versetzte Pearl laut, als sie Issys gedankenverlorenen Gesichtsausdruck bemerkte und ganz richtig vermutete, dass sie wieder einmal von dem gut aussehenden jungen Bankberater träumte, »und er hat gesagt, dass ich dir etwas ausrichten soll.«

»Wie bitte?«, hakte Issy verdutzt nach.

»Ich habe eine Nachricht von ihm. Nur für dich.«

Plötzlich saß Issy kerzengerade auf ihrem Sack.

»Und die lautet?«

Pearl versuchte, sich an den genauen Wortlaut zu erinnern.

»Es war … Sagen Sie ihr: ›Denen haben Sie es aber gezeigt!‹«

»Es ihnen gezeigt? Wem habe ich was gezeigt? … Oh«, sagte Issy schließlich, als ihr klar wurde, dass er die Cafébesitzer von Stoke Newington meinte. »Oh«, machte sie wieder und lief rot an. Er hatte an sie gedacht! Er dachte an sie! Okay, wahrscheinlich sah er sie nur als geschäftliche Investition, aber trotzdem …

»Ach, wie nett«, hauchte sie.

Pearl sah sie an.

»Das war ein Insider.«

»Hm, tatsächlich?«, fragte Pearl. »Na, das hält ihn ja offensichtlich bei Laune.«

Issy sah Pearl an. »Und was ist mit dir?«, fragte sie. »Was ist denn nur in deinem Liebesleben los?«

Pearl verzog das Gesicht. »Ist das so offensichtlich?«

»Du hast heute viermal dieselbe Toilette geputzt«, lächelte Issy. »Ich will ja nicht, dass du mich für undankbar hältst, aber …«

»Nein, nein, ich weiß«, winkte Pearl ab. »Hach. Also, Louis' Vater … hat bei uns vorbeigeschaut.«

»Oh«, machte Issy. »Und, ist das gut, schlecht, in Ordnung, schrecklich oder vielleicht alles zusammen?«

»Oder vielleicht e) ich weiß nicht«, überlegte Pearl. »Ja, ich denke eher e) ich weiß nicht.«

»Hm. Aber freut sich Louis denn?«

»Er ist hin und weg«, sagte Pearl mürrisch. »Und könnten wir jetzt bitte das Thema wechseln?«

»Gerne!«, rief Issy. »Hm. Okay. Na ja, hier sitzen wir also und trinken Wein, deshalb kann ich auch direkt damit rausrücken. Ich hasse es ja, ein so heikles Thema anzusprechen, aber … hast du etwa abgenommen?«

Pearl rollte mit den Augen.

»Vielleicht«, gab sie zu. »Aber nicht absichtlich«, verteidigte sie sich augenblicklich.

»Du weißt, dass ich nichts dagegen habe, wenn du an den Kuchen gehst«, beteuerte Issy, die schon befürchtete, ihre Angestellte beleidigt zu haben.

»Also, hör mal«, meinte Pearl, »du bist wirklich das reinste Genie in der Backstube, und wir sollten es den Kunden auch besser nicht verraten, aber …«

Issy sah sie an. In Pearls Augen blitzte der Schalk.

»Offensichtlich … habe ich gar keinen Appetit mehr auf Süßes. Es tut mir leid, Issy! Sorry! Es liegt auch nicht an dir. Bitte wirf mich nicht raus!«

Issy riss den Mund auf und fing dann an zu lachen.

»O Gott, bitte, bitte, Pearl, sag doch das nicht.«

»Was ist denn?«, sagte die.

»Ich habe seit sechs Wochen keinen Kuchen mehr angerührt.«

»Was ist bloß los mit uns?«, fragte Pearl hilflos. »Können wir nächstes Mal nicht lieber eine Frittenbude aufmachen?«

»Und ob«, nickte Issy. »Her mit Pommes und Chips!«

»Von denen träume ich den lieben langen Tag«, erklärte Pearl. »Ich will ja nicht sagen, dass das hier nicht toll ist, Issy, im Ernst. Aber diese langen Stunden hier … danach habe ich die Nase wirklich voll.«

»Ich auch«, stimmte Issy zu. »Ich auch. Und dass ich mal zugeben würde, keine Lust mehr auf Kuchen zu haben … damit verleugne ich ja die Essenz meines Daseins. Quasi mich als Person.«

»Das ist schlimm«, murmelte Pearl. »Und auch ein Nachteil für die Qualitätskontrolle.«

»Hm«, nickte Issy. »Vielleicht brauchen wir hier noch jemanden, der uns hilft.«

Ohne darauf etwas zu entgegnen, ballte Pearl die Hand hinter ihrem Sack triumphierend zur Faust.

»Hm«, machte sie unverbindlich, so als würde diese Bemerkung sie gar nicht berühren.

Issy hatte wirklich mit allem gerechnet, aber nicht damit, wie schwierig es sein würde, noch jemanden für das Lokal zu finden. Es herrschten doch harte Zeiten, und die Leute suchten verzweifelt nach einem Job, oder etwa nicht? Nachdem der entsprechende Aushang über die freie Stelle informierte, hatte sie eigentlich gedacht, dass die Sache in zehn Sekunden geregelt sein würde – tief in ihrem Inneren hatte sie sich sogar gefragt, ob es ihr vielleicht sogar gelingen würden, einen arbeitslosen Top-Patissier anzuwerben, einen, der nach der Arbeit in einem großen Hotel keine Lust mehr auf die nächtliche Schufterei hatte und dem es auch nichts ausmachte, dass sie ihm nur den Mindestlohn plus Trinkgeld bieten konnte.

Stattdessen waren die Kandidaten, die sich auf den Aushang – und später auf ihre Anzeige in der *Stoke Newington Gazette*, die den Erfolg des Cafés rühmte und sich bei der tollen Nachbarschaft für die Unterstützung bedankte – meldeten, alle völlig ungeeignet. (Issys Augen hatten bei der Vorstellung boshaft gefunkelt, dass die anderen Cafébesitzer die Annonce lesen würden. Es war fies von ihr, das war klar, und sie versuchte, den Gedanken auch umgehend zu verscheuchen. Aber es war so eine tolle Anzeige, mit einem zauberhaften Design – so langsam musste sie Zac wirklich mal für seine Arbeit bezahlen.) Neue Mitarbeiter zu finden war jedoch nicht so einfach, wie sie gedacht hatte. Einige Leute kamen zum Vorstellungsgespräch und zogen die ganze Zeit nur über ihren früheren Arbeitgeber her. Eine Kandidatin erklärte, den Dienstag- und Donnerstagnachmittag müsse sie sich für die Termine bei ihrem Therapeuten freihalten, eine fragte als Erstes, wann denn der Lohn erhöht würde, und mindestens vier gaben zu, dass sie noch nie etwas gebacken hatten, aber davon überzeugt waren, das könne doch nicht so schwer sein.

»So kompliziert ist es ja auch nicht«, erklärte Issy Helena, die gerade ihr Make-up auflegte. »Aber es stört mich, dass ihnen die Cupcakes völlig egal sind. Sie scheinen es total uncool von mir zu finden, dass ich ein wenig Interesse an dem Job erwarte. Mein Gott, das geht jetzt schon seit Wochen so.«

»Du klingst, als wärst du fünf Jahre alt«, erklärte Helena und schmierte sich so ein dickes, goldgrünes Zeug auf die Lider, das sie irgendwie gar nicht wie ein Flittchen, sondern eher wie eine Göttin aussehen ließ. Nicht, dass Ashok sie nicht sowieso vergöttern würde. Es war verrückt, aber sie waren sich zum Teil nur deshalb näher gekommen, weil Issy so beschäftigt war. Zusammen mit ihr dem Single-Dasein zu frönen, war völlig in Ordnung gewesen. Aber es war total blöd, sich jeden Abend alleine die Wiederholung von *America's Next Top Model* anzuschauen.

Eines Tages hatte Ashok mit einem schicken rosafarbenen Hemd unter seinem weißen Kittel, das seine dunklen Augen noch herausstrich, ganz zufällig bei ihr in der Notaufnahme vorbeigeschaut, als sie gerade damit beschäftigt war, Erbrochenes aufzuwischen. (Es gab zwar ein Putzteam, das sich eigentlich um so etwas kümmern sollte; damit von denen jemand kam, musste sie aber zuerst bei der Zentrale anrufen und eine halbe Stunde in der Warteschleife verbringen, bevor sie schließlich mit der zuständigen externen Firma verbunden wurde; und es war wirklich einfacher, sich selbst darum zu kümmern, bevor noch jemand ausrutschte und sich den Steiß brach, und außerdem ging sie so den jüngeren Schwestern mit gutem Beispiel voran.) Er hatte verkündet: »Also, ich vermute ja, dass du Donnerstagabend furchtbar beschäftigt sein wirst. Für den Fall, dass du allerdings noch nichts vorhaben solltest, habe ich mir erlaubt, uns einen Tisch im Hex zu reservieren, sag mir also Bescheid.«

Helena hatte hinter ihm hergestarrt, als er im Flur verschwunden war. Das Hex war das coolste neue Restaurant in London und stand jeden Tag in der Zeitung. Angeblich war es so gut wie unmöglich, dort einen Tisch zu bekommen. Trotzdem dachte sie, dass sie da natürlich nicht hingehen konnte. Denn so sprang man mit ihr nicht um. Auf keinen Fall.

»Du siehst umwerfend aus«, bemerkte Issy, die ihre Freundin jetzt zum ersten Mal richtig ansah. »Wie machst du das mit deinen Augen bloß? Ich würde damit nur aussehen wie ein Unfall in der Selbstbräunerfabrik.«

Helena schenkte ihr ein Mona-Lisa-Lächeln und verwischte weiter die Konturen.

»Was wird das eigentlich? Wo willst du denn hin?«

»Ich gehe aus«, erklärte Helena. »Man erwartet mich an einem Ort, der weder unsere Wohnung ist noch dein Laden. Und da laufen so Sachen, die in aller Munde sind. Auch bekannt als ›Tagesgeschehen‹ und ›gesellschaftliche Verpflichtungen‹.«

Normalerweise hätte sie Issy sofort verraten, was sie vorhatte. Aber jetzt war sie hin- und hergerissen – zum einen, weil sie fand, dass sie das nicht so auf die Schnelle erzählen sollte, zum anderen, weil sie keine Lust auf all den Spott darüber hatte, dass sie gegen ihre Prinzipien verstieß und sich mit einem nervösen, unterbezahlten Arzt im ersten Jahr traf, einem dieser Juniordoktoren mit schwitzigen Händen. Über die rissen sie doch seit Jahren schon Witze. Sie kamen in zwei Fuhren, im Februar und im September, waren noch ganz feucht hinter den Ohren und entwickelten schließlich unendliche Dankbarkeit für Helena, ihre strenge Hand und ihre großartigen Brüste, sodass mindestens einer von ihnen wochenlang mit Blumen und leidendem Blick um sie herumscharwenzelte. Helena gab niemals nach. Nie.

»Wenn du mal wieder Zeit hast, um deine Sozialkontakte zu pflegen«, fuhr sie nun fort, »dann wirst du es schon noch herausfinden.«

Issys Wangen brannten.

»Ach, jetzt werd doch nicht rot«, rief Helena. Sie war wirklich erstaunt, sie hatte ihre Freundin nicht vor den Kopf stoßen wollen. »So war das doch gar nicht gemeint. Außerdem dachte ich, du wärst viel härter im Nehmen geworden.«

»Jetzt hör doch auf!«

»Nein, wirklich, das liegt daran, dass du jetzt Unternehmerin bist. Ihr Schritt ist so beschwingt, Miss Randall. Du bist nicht länger das Mädchen, das ich damals kennengelernt habe und das Angst hatte, wegen einer Warze am Finger zum Gesundheitsdienst für Studenten zu gehen.«

Bei der Erinnerung musste Issy lächeln. »Ich dachte, da müsste ich mein Höschen ausziehen.«

»Und, wäre das so schlimm gewesen?«

»Nein.«

»Und jetzt sieh dich doch an! Eine Geschäftsfrau! Wenn du noch etwas nervtötender und wesentlich bekloppter wärst, könntest du direkt bei *Big Boss* mitmachen. Wenn sie da auch ein paar Backaufgaben hätten. Na ja, wenn es nur ums Kuchenbacken ginge.«

»Das fasse ich jetzt mal als Beinahe-Kompliment auf, was aus deinem Mund schon etwas heißen will. Aber du hast recht, ich bin wirklich furchtbar langweilig geworden. Ich denke eben an nichts anderes mehr.«

»Was ist denn mit diesem heißen Banktypen, diesem schludrigen Kerl mit der Hornbrille?«

»Was sollte denn mit ihm sein?«

»Nichts, es freut mich nur, dass du nicht herumsitzt und darauf wartest, dass Graeme wieder zu dir zurückkehrt.«

»Nein«, sagte Issy plötzlich. »Nein, das tue ich wirklich nicht. Hey, weißt du was – vielleicht sollte ich dich einfach begleiten!«

Helena begann, Mascara aufzulegen. »Hm, das geht leider nicht.«

»Wieso denn nicht? Auf die Art und Weise vergesse ich mal ein bisschen den Arbeitsalltag.«

»Das heute geht dich gar nichts an!«

»Lena, hast du etwa eine Verabredung?«

Ihre Freundin fuhr in aller Seelenruhe fort, sich die Wimpern zu tuschen.

»Du hast also wirklich ein Date! Mit wem? Du musst mir alles erzählen!«

»Das hätte ich ja schon längst«, meinte Helena. »Wenn du nicht ständig vom Cupcake Café reden würdest. Und jetzt bin ich leider spät dran.«

Sie drückte Issy einen dicken Kuss auf die Wange und schwebte in einer Wolke *Agent Provocateur* aus dem Zimmer.

»Ist es etwa einer von den Grünschnäbeln?«, fragte Issy und lief hinter ihr her. »Erzähl doch, komm schon. Es muss doch einen Grund dafür geben, dass du nicht mit der Sprache herausrückst.«

»Lass es gut sein.«

»Also doch! Es ist einer von den jungen Ärzten.«

»Das ist nicht dein Bier.«

»Wie nett von ihm, dass er zwischen all den tödlichen Behandlungsfehlern noch einen Moment Zeit findet, dich auszuführen.«

»Pst!«

»Ich hoffe, jeder bezahlt auch für sich selbst.«

»Halt den Mund!«

»Und nimm besser ein Buch mit, falls er dir über der Suppe einschläft!«

»Zieh Leine!«

»Ich bleibe wach und warte auf dich!«, rief Issy dem verschwindenden Rücken ihrer Freundin hinterher.

»Von wegen!«, lautete die Antwort, und tatsächlich fielen ihr am Ende von *Mieten Kaufen Wohnen* bereits die Augen zu.

Am nächsten Morgen war der Croissant-Rummel gerade vorbei, und Pearl faltete neue Schachteln zusammen, die sie bestellt hatten. Sie waren gestreift wie Zuckerstangen, und vorne prangte der Name des Cafés. Ein Dutzend Küchlein passten perfekt hinein, und sie würden die Schachtel mit einem rosafarbenen Bändchen verschließen, bevor sie sie den Kunden reichten. Die Schächtelchen waren wunderschön, aber es war gar nicht so einfach, sie zusammenzufalten, und Pearl übte schon einmal, um die Sache später aus dem Effeff zu beherrschen.

Die Klingel an der Tür kündigte Kundschaft an, und Pearl blickte auf die große Bahnhofsuhr – in ein paar Minuten würde der 11-Uhr-Zucker-Ansturm einsetzen. Sie wischte sich über die Stirn. Mann, es war zwar toll, so beschäftigt zu sein, aber auch ganz schön hart. Issy war unten und arbeitete am weltweit ersten Ingwerbier-Cupcake. Der Duft von Zimt, Ingwer und braunem Zucker erfüllte den Raum und war absolut betörend. Alle wollten die neue Kreation probieren und scharten sich um die Treppe, als sie hörten, dass sie noch nicht fertig war. Es entspann sich die eine oder andere Unterhaltung, was Pearl zwar schön fand, im Moment brauchte sie aber vor allem Platz, um die leeren Kaffeetassen abzuräumen. Seit sie mehr zu tun hatten, hatte sich hellgelbes Geschirr zu dem graublauen und türkisfarbenen hinzugesellt, und sie wollte gerade die Spülmaschine anstellen. Nun musste sie auch noch für eine Lieferung unterschreiben, jetzt kamen die Eier noch voller Federn frisch von der Farm. Die musste sie abzupfen, die Ware nach unten bringen und außerdem die Leute in der Schlange bedienen, was aber nicht ging, weil sie keine Tassen mehr hatten. »Issy!«, brüllte sie. Von unten war ein Klirren zu hören.

»Autsch, oh, heiß, heiß«, quiekte Issy. »Ich halte nur schnell meinen Finger unter kaltes Wasser!«

Pearl seufzte tief und übte sich in Geduld, während zwei Teenager an der Kuchenvitrine vor der Qual der Wahl standen und ihre Meinung immer wieder änderten.

Auf einmal flog die Tür auf. Draußen goss es, der Frühlingsregen floss in Strömen, aber der Baum hatte dennoch versuchsweise nervöse kleine Knospen getrieben, winzige, sich aufrollende Sprossen, die sich an den Zweigen zeigten. Dann und wann nahm Pearl heimlich etwas Kaffeesatz mit hinaus und verteilte ihn um den Stamm herum. Sie hatte gehört, dass der gut für

Bäume war, und dieser Baum stand unter ihrem persönlichen Schutz. Die Frau, die da in den Laden gestürmt kam, erkannte sie sofort, und ihre Miene verfinsterte sich. Das war Caroline, der Gesundheitsapostel aus Louis' Kindergarten, die Frau, die vor Issy ein Angebot für dieses Lokal gemacht hatte.

Caroline marschierte schnurstracks zum Anfang der Schlange. Als sie näher kam, stellte Pearl fest, dass sie gar nicht so makellos aussah wie sonst. Das Blond wuchs heraus, sodass man den grauen Haaransatz sehen konnte. Sie trug kein Make-up, und außerdem hatte sie abgenommen, sodass ihr einst schlanker Körper jetzt extrem dünn wirkte.

»Kann ich bitte mit Ihrer Chefin sprechen?«, blaffte sie.

»Hallo, Caroline«, sagte Pearl. Vielleicht hatte diese unglaublich unhöfliche Frau sie ja auch einfach nur nicht erkannt.

»Ja, hallo, äh …«

»Pearl.«

»Pearl. Kann ich mit Ihrer Chefin sprechen?«

Caroline sah sich mit großen Augen im Laden um. Auf dem Sofa hockten junge Mütter und schäkerten mit den Babys der anderen, obwohl sie natürlich ihr eigenes viel lieber mochten. Neben dem großen Fenster hielten zwei Geschäftsleute mit Laptops und um sie ausgebreiteten Papieren ein Meeting ab. Ein junger Student las in einer alten, grauen *Penguin Classics*-Ausgabe, hatte aber große Schwierigkeiten, sich auf das Buch zu konzentrieren, und blickte stattdessen immer mal wieder zu einer Studentin hinüber, die sich neben dem Kamin auf einem Block Notizen machte und sich dabei vermutlich ganz bewusst die lange Lockenmähne über die Schulter warf.

»Issy«, brüllte Pearl wieder die Treppe hinunter, und zwar so laut, dass die Angesprochene zusammenzuckte. Sie saugte an ihrem verbrannten Finger und kam endlich die Stufen hinauf. Caroline lehnte sich an die Wand und trommelte ungeduldig mit dem Fuß auf den Boden.

Sie drehte sich zu Pearl um. »Sie wissen ja, dass mein Sohn im September zur Schule geht. Er hat all diese alten Klamotten, die ich eigentlich weggeben wollte, aber ich dachte, dass Ihr kleiner Junge sie vielleicht gerne hätte. Er ist ungefähr in dem richtigen Alter, und das sind wirklich schöne Sachen – ziemlich viel von White Company, Mini Boden und Petit Bateau.«

Pearl trat hinter der Theke einen Schritt zurück.

»Nein danke«, lehnte sie steif ab. »Ich denke, ich kann ihm schon selbst etwas zum Anziehen kaufen, vielen Dank.«

»Oh, okay«, antwortete die Blondine völlig ungerührt. »Dadurch hätte ich mir den Weg zum Secondhand-Shop gespart. Aber macht ja nichts.«

»Ich brauche keine Almosen«, knurrte Pearl, aber die Frau hatte sich bereits zur Treppe umgedreht, die Issy jetzt hinaufkam, und fuchtelte nervös mit den Händen herum.

»Oh … oh, hallo!«

Müde wischte sich Issy die Hände ab. Nach jenem ersten Besuch waren Caroline und Kate nie wieder im Café aufgetaucht, was sie durchaus persönlich genommen hatte. Als kleines Nachbarschaftsunternehmen brauchte sie jeden Kunden.

»Also, Sie wissen ja«, begann Caroline, »dass ich damals das Lokal hier nicht bekommen habe.«

Pearl kümmerte sich jetzt wieder um die anderen Kunden.

»Natürlich«, sagte Issy. »Haben Sie … haben Sie inzwischen etwas anderes gefunden?«

»Hm, na ja, ich habe selbstverständlich jede Menge Angebote in Betracht gezogen. Denn der Moment für dieses Konzept ist jetzt wirklich gekommen …«, erklärte Caroline, verstummte dann aber langsam.

»Oh. Okay«, sagte Issy, die keine Ahnung hatte, wohin diese Unterhaltung führen sollte. Sie musste wieder nach unten, um nach ihren Ingwerbier-Cupcakes zu sehen. »Also, es war nett, Sie wiederzusehen. Hätten Sie vielleicht gerne einen Kaffee?«

»Ehrlich gesagt …« Caroline sprach jetzt leise, so als wäre das Ganze ein furchtbar lustiges Geheimnis. »Nein. Äh, okay. Also, die Sache ist die. Ha, ich weiß, dass das jetzt total verrückt und so klingen wird, aber …« Plötzlich schien ihr abgezehrtes, aber immer noch schönes Gesicht in sich zusammenzufallen. »Dieser Mistkerl. Mein ätzender Ehemann hat mich schließlich wegen dieser dummen Pute von der Pressestelle verlassen – und ich soll mir jetzt verdammt noch mal einen Job suchen!«

»Nein«, versetzte Pearl später. »Nein nein nein nein nein.«

Issy biss sich auf die Lippe. Natürlich war das eine eher ungewöhnliche Herangehensweise. Aber Caroline war ja offensichtlich ein helles Köpfchen. Nach ihrem Abschluss in Marketing hatte sie für eine renommierte Marktforschungsfirma gearbeitet, bevor sie alles für die Kinder aufgegeben hatte. Während ihr Mann, wie sie schluchzend erklärt hatte, mit dieser Presseagentin Anfang zwanzig ins Bett ging. Nachdem sie endlich aufgehört hatte zu heulen, hatte sie ihnen bei einer Tasse Tee und einer Nussecke dargelegt, dass sie wirklich viele Leute hier aus der Gegend kannte: Mit ihr konnte das Café zu einem Ort werden, an dem die Leute den Kuchen für Geburtstage oder Babypartys kauften, und da sie gleich um die Ecke wohnte, konnte sie gut die Stunden übernehmen, für die sie jemanden brauchten …

»Aber diese Frau ist doch einfach furchtbar«, wandte Pearl später ein.

»Vielleicht ist sie im Moment ein wenig von sich selbst eingenommen«, gab die weichherzige Issy zu. »Aber es ist schrecklich, verlassen zu werden«, ihre Stimme wurde einen Moment lang leiser, »oder wenn es einfach nicht funktioniert.«

»Sicher, das macht automatisch unhöflich und selbstsüchtig«, knurrte Pearl. »Sie braucht den Job doch nicht einmal. Den sollte jemand bekommen, der darauf angewiesen ist.«

»Sie sagt, dass sie ihn braucht«, gab Issy zu bedenken. »Offensichtlich hat ihr Mann klargestellt, dass sie den Arsch hochkriegen und arbeiten muss, wenn er ihr ohne Theater das Haus überlassen soll.«

»Also möchte sie hier herumstolzieren und unsere Kunden anblaffen«, meinte Pearl. »Dann will sie bestimmt Rosinen, Vollkornmehl und Weizengrassaft einführen. Sie wird über den Body-Mass-Index reden und den ganzen Tag keine Ruhe geben.«

Issy war hin- und hergerissen. »Ich meine, es ist ja nicht gerade so, als würden uns hier jede Menge tolle Kandidaten die Bude einrennen«, gab sie zu bedenken. »Keiner, mit dem wir gesprochen haben, passte auch nur annähernd. Und sie würde ja in erster Linie einspringen, wenn du nicht da bist, du würdest sie also gar nicht oft zu Gesicht bekommen.«

»Das ist hier ein ziemlich kleiner Laden«, sagte Pearl finster. Issy seufzte und beschloss, die Entscheidung erst mal zu vertagen.

Der Ansturm auf das Café ließ nicht nach – was toll war, aber auch Probleme mit sich brachte. Jetzt klingelte ständig das Telefon, die Auftragsliste wurde immer länger, Issy schlief während ihrer Mittagspause ein, Helena war dauernd unterwegs, Janey hatte sie seit der Geburt ihres Babys noch nicht gesehen, Tom und Carla waren inzwischen nach Whitstable umgezogen, und sie hatte es nicht zu ihrer Einweihungsparty geschafft, und mein Gott, wenn sie zwischendurch mal fünf Minuten Zeit hatte, dann vermisste sie Graeme, oder vielleicht fehlte ihr auch nur einfach jemand, irgendjemand, der gelegentlich ihre Hand hielt und ihr versicherte, dass alles gut werden würde, aber dafür hatte sie eben keine Zeit, sie hatte für nichts Zeit, und ihre Nöte und Sorgen türmten sich immer weiter auf.

Sie schluckte diese Gefühle herunter und arbeitete einfach noch härter, aber an dem Tag, als Linda zur Tür hereinspazieren würde, war sie mit ihrer Weisheit so langsam am Ende.

Der Frühling ging zur Neige, und an diesem wunderschönen Freitag verhieß die warme Luft ein sommerliches, unbeschwertes Londoner Wochenende.

Die Leute, die sich auf den Straßen drängten, wirkten fröhlich, und im Café boomte der Verkauf ganzer Schachteln von leichten, nach Zitronen duftenden Cupcakes mit einer samtigen Glasur und kandierten Früchten. Wer in einem Büro arbeitete, wollte dort ein wenig von diesem schönen Tag verteilen. Vor Erschöpfung in sich zusammengesunken stand Issy da und betrachtete voller Stolz den Kuchenberg, den sie so früh am Morgen gebacken hatte – man konnte bei den Mengen kaum glauben, dass am Ende des Tages alles verkauft sein würde – und doch verschwanden die Küchlein nach und nach im ganzen und halben Dutzend. Außerdem kauften die Leute jetzt auch mehr kalte Getränke, weshalb sie etwas mehr Ruhe beim Kaffeekochen hatten. Selbst wenn Issy inzwischen mit raschen und eleganten Handgriffen einen Espresso oder einen großen Magermilch-Latte hinbekam (die ersten neunzehn Mal hatte sie eigentlich immer etwas verschüttet), dauerte es trotzdem länger, als einfach einen Holundersaft aus dem Kühlschrank zu nehmen. (Issy hatte sich gegen das Zeug mit Kohlensäure und für feinere Getränke entschieden. Die passten besser zum Ethos des Ladens, und bei denen war, wie Austin bemerkt hatte, auch die Gewinnspanne größer.)

Als es um vier Uhr etwas ruhiger wurde, kam das Beste von allem – die Türklingel kündigte Keavie an, die Issys Großvater im Rollstuhl hereinschob. Issy sprang auf und schlang ihm die Arme um den Hals.

»Gramps!«

»Ich denke nicht«, bemerkte der alte Mann schwerfällig, »dass du weißt, was du da mit dem Eischnee anstellst.«

»Und ob!«, rief Issy pikiert aus. »Hier, probier mal.«

Sie setzte ihm eines ihrer neuen Baiser-Törtchen vor, dessen Zitronencreme so dick und zartschmelzend war, dass die dünne Teigschicht sie aufsaugte. So ein Gebäckstück konnte man in zwei Sekunden verputzen, die Erinnerung daran würde einen aber den ganzen Tag nicht mehr loslassen.

»Das Baiser ist zu hart«, verkündete Grampa Joe.

»Das sagst du nur, weil du keine Zähne mehr hast«, entgegnete Issy gekränkt.

»Bring mir eine Schüssel. Und einen Schneebesen. Und Eier.«

Pearl machte Keavie eine heiße Schokolade, und dann sahen sie dabei zu, wie Joe und Issy alle Zutaten zusammentrugen und sich seine Enkelin dann auf einem Stuhl neben ihm niederließ. Pearl betrachtete den dunklen Lockenkopf neben dem gebrechlichen Schädel und konnte sich genau vorstellen, wie die beiden wohl in Issys Kindheit zusammen ausgesehen hatten.

»Deine Handbewegung ist ja ganz falsch«, knurrte Gramps. Selbst in seinem Alter zerschlug er die Eier noch mit einer Hand, ohne auch nur hinzusehen, und trennte sie blitzschnell.

»Das ist, weil ...« Issy verstummte.

»Was denn?«, fragte Gramps.

»Nichts.«

»Was?«

»Das ist, weil ich ein elektrisches Rührgerät benutze«, gab Issy zu und lief rot an, was Pearl laut auflachen ließ.

»Na, da haben wir es ja auch schon«, nickte Gramps. »Kein Wunder.«

»Aber ich muss schließlich eine Rührmaschine benutzen, davon mache ich doch jeden Tag Dutzende. Wie soll ich denn das sonst schaffen?«

Gramps schüttelte nur den Kopf und schlug den Eischnee weiter. In diesem Moment kam draußen der Eisenwarenhändler vorbei, und Joe bedeutete ihm mit einer Geste hereinzukommen.

»Wussten Sie, dass meine Enkelin für ihren Eischnee ein elektrisches Rührgerät benutzt? Nach allem, was ich ihr beigebracht habe!«

»Und deshalb esse ich hier auch nie etwas«, erwiderte der Eisenwarenhändler. Als er Issys schockiertes Gesicht sah, fügte er hinzu: »Entschuldigen Sie, Madame. Ihr Laden ist zwar ganz zauberhaft, Ihre Preise liegen aber auch ein wenig außerhalb meiner Möglichkeiten.«

»Na, dann lade ich Sie gerne auf ein Törtchen ein«, sagte Issy. »Eins ohne Baiser.«

Pearl bot ihm ergeben ein Küchlein an, er aber winkte ab. »Wie Sie möchten«, seufzte Pearl, Issy drängte es ihm jedoch auf, bis er endlich einlenkte.

»Wirklich lecker«, urteilte er schließlich, den Mund voller Brownie-Cupcake.

»Und jetzt stellen Sie sich doch einmal vor, wie lecker der erst wäre, wenn sie die Zutaten von Hand rühren würde«, sagte Gramps. Issy versetzte ihm einen spielerischen Klaps auf den Kopf.

»Wir reden hier von Großküchenmengen, Gramps.«

Grampa Joe lächelte.

»Ich meine ja nur.«

»Dann hör eben auf zu meinen.«

Grampa Joe reichte ihr die Schüssel mit dem perfekten gezuckerten Eischnee, der steif war, Spitzen zog und glänzte.

»Den streichst du jetzt auf Backpapier und wartest fünfundvierzig Minuten …«

»Ja, ich weiß, Gramps.«

»Okay, ich dachte nur, du schiebst ihn jetzt vielleicht in die Mikrowelle oder so.«

Pearl grinste.

»Sie sind ein gestrenger Lehrmeister, Mr Randall«, bemerkte sie und beugte sich zum Rollstuhl hinunter.

»Ich weiß«, flüsterte Grampa Joe laut vernehmlich. »Was denken Sie denn, warum sie so gut ist?«

Später verspeisten sie Gramps' fantastisches Baiser mit frisch geschlagener Sahne und einem Löffel Himbeercoulis, dann brachte Keavie ihn – mit einer riesigen Schachtel Kuchen für die Heimbewohner – zurück zum VW-Bus, und schließlich waren sie auch endlich mit dem Putzen fertig.

Issy steckte die Müdigkeit in den Knochen, aber immerhin wartete nun eine Flasche Wein auf sie, und am Samstag öffneten sie ja auch nicht vor zehn, was ihr inzwischen wie langes Ausschlafen vorkam, und dann würde sie früh zumachen und den ganzen Sonntag frei haben. Vielleicht war es ja sogar warm genug, um Gramps mit dem Rollstuhl in den Garten fahren zu können (obwohl ihm in letzter Zeit immer so kalt war), und dann konnte sie sich auf einer Decke ausstrecken und ihm etwas aus der Zeitung vorlesen, und vielleicht war Helena ja später zu Hause, und sie konnten zusammen Curry essen und endlich mal wieder in Ruhe reden. Sie genoss ihre kleine Träumerei und die Strahlen der späten Nachmittagssonne, die durch die sauberen Fenster hineinfielen, das Klingeln der Tür, das einen nie versiegenden Strom neuer Kunden ankündigte, und die Kuchen-Vorfreude auf den Gesichtern, als ebendiese Tür plötzlich panisch aufgestoßen wurde.

Issy sah auf. Zunächst erkannte sie die Frau, die hereingestürmt kam, überhaupt nicht. Ihr war nicht klar, dass da Linda vor ihr stand, die sonst stets so gelassene Kurzwaren-Linda, in deren Leben nie etwas chaotisch oder durcheinander war.

»Hallo«, grüßte Issy, die sich freute, sie zu sehen. »Was ist denn mit dir los?«

Linda rollte mit den Augen. Sie sah sich im Café um, und es versetzte Issy einen kleinen Stich, als ihr klar wurde, dass ihre Freundin von der Bushaltestelle heute zum ersten Mal hier war. Sie hatte eigentlich gedacht, die würde sie ein wenig mehr unterstützen, wenn man bedachte, dass sie hier aus der Nachbarschaft war und dass sie doch zusammen in Wind und Sonnenschein ausgeharrt hatten. Ihr Ärger verflog allerdings sofort, als Linda innehielt und tief Luft holte.

»Oh, Schätzchen, das ist einfach zauberhaft. Ich hatte ja keine Ahnung, ich dachte, es wäre nur ein kleiner Zeitvertreib. Das tut mir so leid! Wenn ich das nur gewusst hätte.«

Pearl, die ihr mindestens dreimal ein Flugblatt in die Hand gedrückt hatte, schnaubte, Issy versetzte ihr aber einen Stoß in die Seite, und ihre Angestellte kümmerte sich wieder um den Postboten, der nach seiner Runde viel zu oft hier vorbeischaute. (Issy machte sich Sorgen – zwei Cupcakes am Tag waren bestimmt nicht gut für seine Gesundheit. Pearl vermutete, dass er ein Auge auf sie geworfen hatte. Sie hatten beide recht.)

»Na, jetzt bist du ja da«, sagte sie. »Willkommen! Was hättest du gerne?«

Linda sah nervös drein. »Ich muss ... Ich muss ... Kannst du mir helfen?«

»Was ist denn?«

»Es ist ... Es geht um Leannes Hochzeit – die ist morgen. Aber ihr Kuchenlieferant ... Eine Freundin hat versprochen, den Kuchen für sie zu backen, und dann hat sie alles durcheinandergebracht oder so, und Leanne hatte Hunderte von Pfund bezahlt, und trotzdem gibt es jetzt keine Hochzeitstorte.«

Issy wurde erst später klar, wie schwer es Linda gefallen sein musste, das über ihre perfekte Tochter zu sagen, bei der doch sonst immer alles Hand und Fuß hatte.

»Keine Torte für ihre Hochzeit! Und ich hab noch hunderttausend Sachen auf meiner Checkliste.«

Issy erinnerte sich wieder daran, dass dies die Hochzeit aller Hochzeiten war, dass Linda schon seit anderthalb Jahren über nichts anderes mehr redete.

»Okay, okay, ganz ruhig, ich bin sicher, dass wir dir helfen können«, versprach sie. »Von wie vielen Gästen sprechen wir hier? Siebzig?«

»Hm …«, machte Linda und murmelte etwas so leise, dass Issy es nicht verstand.

»Wie war das?«

»…«, hauchte Linda wieder.

»Komisch«, meinte Issy, »das hörte sich jetzt fast an wie 400.«

Linda sah mit rot geränderten Augen zu Issy hoch.

»Es geht alles den Bach runter. Die Hochzeit meiner einzigen Tochter! Das wird eine Katastrophe!« Und sie brach in Tränen aus.

Um halb acht waren sie erst bei der zweiten Teigladung angekommen, und Issy wusste bereits, dass sie es so niemals schaffen würden. Pearl schlug sich wirklich tapfer, sie war eine Heilige, eine Heldin, hatte es sich nicht zweimal überlegt und war geblieben (Issy wusste, dass ihr die Überstunden außerdem gelegen kamen), aber die Cupcakes von heute konnten sie nicht nehmen. Sie mussten bei null anfangen und sich außerdem noch überlegen, wie sie die Küchlein in der Form einer Hochzeitstorte anordnen würden.

»Mir tun schon die Arme weh«, jammerte Pearl, die die Zutaten in den Mixer gab. »Sollen wir nicht erst mal die Flasche Wein leeren, bevor wir richtig loslegen?«

Issy schüttelte den Kopf. »Das würde sicher nicht gut gehen«, sagte sie. »O Gott, wenn ich nur jemanden kennen würde, der gerne …« Sie hielt inne und sah Pearl an. »Oder ich telefoniere kurz mit …«

Pearl wusste augenblicklich, woran sie dachte.

»Nicht sie. Egal wer, aber nicht sie.«

»Außer ihr bleibt uns aber keiner«, erklärte Issy. »Absolut niemand. Ich hab schon alle angerufen.«

Pearl seufzte und blickte dann wieder in die Schüssel.

»Wann genau ist die Hochzeit?«

»Morgen früh um zehn.«

»Am liebsten würde ich jetzt heulen.«

»Ich auch«, erklärte Issy. »Oder jemanden anrufen, der Ahnung von Zeit und Organisation hat.«

Pearl wollte es ja nur ungern zugeben, aber Issy hatte wirklich recht gehabt. Die dürre Blondine war in einer makellosen Küchenuniform hereinmarschiert – dem Überbleibsel eines einwöchigen Kochkurses in der Toskana, den ihr ihr Mann geschenkt hatte, um diese Zeit mit seiner Geliebten zu verbringen – und arrangierte augenblicklich eine Art Fließbandproduktion, die außerdem auch noch auf die Backzeiten abgestimmt war.

Als sie etwas später endlich den Dreh raushatten, stellte Pearl das Radio an, und plötzlich tanzten sie in einer Reihe zu Katy Perry, während sie mit Butter und Mehl hantierten, backten und glasierten, Blech um Blech aus dem Ofen holten, ohne aus dem Takt zu kommen, und der Kuchenberg vor ihnen stetig weiterwuchs. Aus alten Verpackungen improvisierte Caroline eine riesige Etagere und schlug sie wunderschön in Hochzeitspapier ein, das sie beim Kiosk geholt hatte. Dabei erzählte sie ohne Unterlass von der 900 Pfund teuren Torte, die sie für ihre Hochzeit extra von einem italienischen Patissier aus Mailand hatte anfertigen lassen, von der sie schließlich aber kein Stück abbekommen hatte, weil sie den gesamten Tag damit verbrachte, mit einem Freund ihres Vaters zu sprechen, der wissen wollte, wie seine Tochter in der Marketingbranche Fuß fassen konnte, während ihr fieser Ex sich mit seinen alten Collegefreunden betrank, unter denen sich auch seine Exfreundin befand, und es nicht einmal für nötig hielt, ihr zu Hilfe zu eilen.

»Ich hätte wissen sollen, dass die Sache zum Scheitern verurteilt war«, sagte sie

»Und warum hast du das nicht sofort geschnallt?«, fragte Pearl schnippisch. Caroline sah sie an.

»O Pearl, wenn du je verheiratet gewesen wärst, würdest du das verstehen.«

Vom Milchkühlschrank aus knurrte die Angesprochene sie leise an.

Sie hüllten die Cupcakes in eine schlichte Vanilleglasur, die Issy scheinbar mühelos voller Perfektion auftrug, und schrieben darauf mit Silberkügelchen die Initialen für Leanne und Scott, ihren Bräutigam. Das war das Allerschlimmste. Um halb elf ordnete Pearl die Kügelchen einfach irgendwie an und behauptete, das bedeute L/S. Aber der Kuchenberg wuchs, die Cupcakes wurden ausbalanciert und bildeten tatsächlich eine beeindruckende Hochzeitstorte, die sie mit rosafarbenem Glitzerzucker bestäubten.

»Weitermachen, los, los!«, rief Caroline. »Jetzt rührt doch mal um, als würdet ihr es ernst meinen.«

Pearl warf Issy einen Blick zu. »Ich fürchte, *sie* glaubt jetzt schon, dass sie hier arbeitet.«

»Und ich denke, das tut sie auch«, antwortete Issy leise.

Caroline strahlte und hielt einen Moment inne.

»Oh«, lächelte sie. »Danke. Das ist … das ist meine erste gute Nachricht seit Langem.«

»Oh, schön«, sagte Issy und ging bei ihrer neuen Angestellten nahtlos zum Du über. »Ich habe mir auch ein bisschen Sorgen um dich gemacht, du siehst so furchtbar dünn aus.«

»Okay, das wäre dann die zweite«, sagte Caroline. Pearl rollte mit den Augen. Aber als sie nach Mitternacht endlich fertig waren, wusste sie, dass sie es ohne Caroline nicht geschafft hätten.

»Danke«, grunzte Pearl widerwillig.

»Das geht schon in Ordnung«, sagte Caroline. »Nimmst du dir ein Taxi?«

Pearl verzog das Gesicht. »Da, wo ich wohne, fahren die Taxis nicht hin.«

»Ach, tatsächlich?«, fragte Caroline. »Du wohnst auf dem Land? Wie nett.«

Issy schob Caroline hinaus, bevor sie sich noch tiefer hineinritt, und bat sie, zunächst einmal mittags eine Stunde für Pearl und sie zu übernehmen, bevor sie, wenn alles gut ging, zur allgemeinen Zufriedenheit ihre Arbeitszeiten verlängern würde.

»Ganz klar«, nickte Caroline. »Dann verlege ich auch gerne meinen Lesekreis hierher. Und meine Nähgruppe. Und meine *Jamie at Home*-Tupperpartys. Und die Treffen vom Rotary Club. Und meinen Kurs über die Kunst der italienischen Renaissance.«

Issy nahm sie in den Arm. »Du hast dich wohl sehr allein gefühlt, was?«

»Ganz furchtbar einsam.«

»Ich hoffe, das wird jetzt besser.«

»Danke.« Und Caroline nahm sogar die große Tüte mit Cupcakes an, die Issy ihr in die Hand drückte.

»Jetzt guck mich nicht so an«, sagte Issy zu Pearl, obwohl die hinter ihr stand. »Du hast ja fast recht, das muss ich zugeben. Aber fast recht zu haben heißt nicht, immer recht zu haben.«

Der nächste Morgen war strahlend schön, man hatte das Gefühl, dass sich die ganze Stadt für die Hochzeit in Schale geworfen hatte. Issy und Pearl hockten in einem Taxi, das sich ganz langsam durch die Straßen schob, und hatten furchtbare Angst, ihr Kuchenturm würde in sich zusammenfallen, aber es blieb alles heil. Sie stellten das Gebilde mitten auf einen riesigen Tisch, der mit rosafarbenen Sternchen und Luftballons verziert war.

Linda und Leanne eilten herbei. Als die Braut, die in ihrem trägerlosen Kleid jung und hübsch erblühte, das Werk aus Hunderten von zarten, in sanfte Glasur gehüllten Cupcakes erblickte, fiel ihr die Kinnlade herunter, und ihre frisch gebleichten Zähne erstrahlten.

»Oh«, hauchte sie, »wie schön! Das ist ja wunderschön! Ich bin so glücklich! Damit macht ihr mich so glücklich! Danke!

Vielen, vielen Dank!« Und dann nahm sie die beiden in den Arm.

»Leanne!«, brüllte Linda. »Jetzt müssen wir dein Augen-Make-up schon wieder erneuern, ich fasse es nicht. Du weißt doch, dass wir diese Visagistin nach Stunden bezahlen, oder?«

Leanne tupfte sich hastig die Tränchen weg.

»Tut mir leid, sorry, aber ich bin den ganzen Morgen schon so nah am Wasser gebaut. Hach, das ist alles so verrückt. Aber ihr beide … ihr habt mir die Hochzeit gerettet.«

Eine Frau huschte herein und begann, an Leannes Haaren herumzuhantieren.

»Der Wagen ist unterwegs«, warf jemand anderes ein. »Noch fünfundvierzig Minuten.«

Leanne riss panisch den Mund auf. »O mein Gooootf«, rief sie. »O mein Goootf!« Sie griff nach Pearls und Issys Hand. »Wollt ihr nicht bleiben? Bitte, bleibt doch.«

»Würde ich ja gerne«, sagte Issy, »nur …«

»Ich muss nach Hause zu meinem Jungen«, erklärte Pearl mit Nachdruck. »Aber ich wünsche euch beiden alles Gute.«

»Das wird euer großer Tag«, fügte Issy hinzu und legte einen Stapel Visitenkarten neben dem Kuchen auf den Tisch.

Linda umarmte sie beide. Dann stiegen sie die Treppe hinauf und traten hinaus in einen wunderschönen Londoner Vormittag. Tauben sonnten sich auf den Bürgersteigen, die Leute eilten an ihnen vorbei und holten sich einen Kaffee, sie gingen zum Markt und kauften Stoff für einen Sari, Fleisch für den Grillabend, Bier fürs Fußballspiel, Ziegenkäse für eine Dinnerparty, die Zeitung, um sie im Park zu lesen, und natürlich ein Eis für die Kinder. Draußen warteten bereits Leannes Freundinnen, junge, bildhübsche Mädchen in Kleidern so bunt wie Pfauenfedern und mit sorgfältig gestyltem Haar. Ihre hohen Riemchensandalen und nackten Schultern waren für eine Hochzeit im Mai ganz schön gewagt. Die jungen Frauen quietschten vor Aufregung, machten einander über ihr Aussehen Komplimente und spielten nervös mit Handtaschen, Zigaretten und dem Konfetti herum.

Immer nur beim Catering, niemals die Braut, dachte Issy ein wenig bedauernd.

»Na, so langsam reicht es mir auch«, verkündete Pearl fröhlich und zog die Schürze aus. »Ich werde gleich meinen Jungen in den Arm nehmen und ihm erklären, dass er seine Mutter von nun an öfter sehen wird, wo doch jetzt die böse Hexe des Westens hier arbeitet.«

»Lass doch die Sprüche«, rief Issy lachend. »Es wird gut mit ihr laufen. Und jetzt verschwinde!«

Pearl gab ihr einen Kuss auf die Wange.

»Geh nach Hause und ruh dich ein bisschen aus!«, riet sie.

Aber Issy hatte gar keine Lust, sich hinzulegen. Der Tag war wunderschön, und sie war unruhig und kribbelig. Sie hatte sich eigentlich überlegt, einfach in den nächsten Bus zu steigen und ein wenig herumzufahren, als sie an der Haltestelle eine vertraute Gestalt entdeckte. Der Mann beugte sich gerade hinunter und fummelte an den Schnürsenkeln eines dünnen kleinen Jungen mit abstehendem rotbraunem Haar und wütendem Gesichtsausdruck herum.

»Ich mag die so«, erklärte der Knirps.

»Ja, aber bei den Knoten fällst du doch ständig hin.« Der Mann klang gereizt.

»Aber ich will die so.«

»Versuch doch lieber, über einen Pflasterstein zu stolpern, dann können wir wenigstens die Stadt verklagen.«

Austin richtete sich auf und war so erstaunt, Issy zu sehen, dass er beinahe einen Schritt rückwärts auf die Straße gemacht hätte.

»Oh, hallo«, sagte er.

»Hallo.« Issy tat alles Menschenmögliche, um auf keinen Fall rot zu werden. »Hm, hi.«

»Hi«, grüßte Austin wieder. Dann herrschte kurz Schweigen.

»Wer bist du denn?«, fragte der kleine Junge unhöflich.

»Hallo. Na, ich bin Issy«, stellte sie sich vor. »Und wer bist du?«

»O Mann, ich bin doch Darny«, sagte der Junge. »Du bist sicher drauf und dran, eine von Austins doofen Freundinnen zu werden, oder?«

»Darny!«, rief Austin in warnendem Tonfall.

»Und dann kommst du zu uns nach Hause, kochst was Schreckliches und flötest mit alberner Stimme: ›Oh, es ist so tragisch, dass der kleine Darny Mama und Papa verloren hat, da muss ich mich einfach um ihn kümmern.‹ Küsschen, Küsschen, Küsschen, Knutsch, Knutsch, gähn, und dann wollen sie mir auch noch vorschreiben, wann ich ins Bett gehen soll!«

Austin wäre in diesem Moment am liebsten im Boden versunken. Aber Issy sah gar nicht beleidigt aus, eher so, als würde sie gleich loslachen.

»Das machen die mit dir?«, fragte sie. Darny nickte aufmüpfig. »Das klingt ja wirklich blöd. Nein, so bin ich gar nicht. Ich arbeite mit deinem Bruder zusammen und wohne hier die Straße rauf, das ist alles.«

»Oh«, sagte Darny. »Ich denke, das ist dann okay.«

»Das denke ich auch.« Sie lächelte Austin an. »Alles in Ordnung?«

»Klar, sobald ich mir diesen Zehnjährigen hab entfernen lassen.«

»Hahaha«, machte Darny. »Das fand ich gar nicht lustig«, erklärte er dann Issy. »Ich hab nur so getan, das war sarkastisch gemeint.«

»Oh«, antwortete diese. »Das mache ich auch manchmal.«

»Was treiben Sie denn so?«, fragte Austin.

»Das wird Sie freuen: Ich habe doch tatsächlich die ganze Nacht durchgearbeitet«, verriet Issy. »Ich habe das Catering für eine Hochzeit hier in der Nähe übernommen. Und außerdem noch jemanden eingestellt. Eine tolle Frau … etwas schwierig im Umgang, aber sonst …«

»Oh, das ist ja super«, lobte Austin und lächelte strahlend. Issy begriff, dass er sich wirklich, wirklich für sie freute. Nicht nur vom Standpunkt des Bankers aus, sondern auch als Mensch.

»Nein, was machst du denn jetzt?«, warf Darny da ein. »Das war es, was er wissen wollte. Wir gehen nämlich ins Aquarium. Kommst du mit?«

Austin zog die Augenbrauen hoch. Das war ja das Neuste! Normalerweise zeigte Darny unmissverständlich, dass er Erwachsene nicht mochte, und war besonders frech zu ihnen, um ihrem besorgten Getue zuvorzukommen. Dass er jemanden spontan einlud, das hatte es noch nie gegeben.

»Na ja, ich überlege, nach Hause zu gehen und mich ins Bett zu legen«, gab Issy zu.

»Tagsüber?«, staunte Darny. »Zwingt dich denn jemand dazu?«

»Nein, ehrlich gesagt nicht.«

»Okay«, sagte Darny. »Na, dann komm doch mit.«

Issy sah Austin an.

»Oh, ich sollte eigentlich besser …«

Austin wusste, dass das nicht sehr professionell war. Wahrscheinlich hatte sie ja nicht einmal Lust dazu. Aber er konnte nicht anders. Er mochte sie. Er würde sie einladen. Einfach so.

»Komm«, duzte er sie auf einmal. »Ich kaufe dir auch einen Frappuccino.«

»Das ist Bestechung«, lächelte Issy. »Durch die ich aber meinen Samstag gerne unter Fischen verbringe.«

Da bog auch schon der Bus um die Ecke, und nach einem kurzen Moment stiegen alle drei ein.

Im Aquarium war es ruhig – der erste schöne, sonnige Tag des Jahres hatte die meisten Leute nach draußen gelockt –, und Darny war von den Glaskästen voller Fische völlig fasziniert: Es gab dort flinke Scharen silberner Winzlinge und einen riesigen, beeindruckenden Quastenflosser, der aussah, als stamme er aus der Zeit der Dinosaurier. Austin und Issy unterhielten sich ganz leise, weil in der dunklen, warmen Umgebung ein ruhiger Tonfall und kleine Vertraulichkeiten irgendwie angebracht zu sein schienen. Im Dämmerlicht war es einfacher, miteinander zu reden, vielleicht weil sie einander kaum erkennen konnten. Nur der Umriss von Issys Lockenmähne wurde von den Quallen pink und strahlend erhellt, und das Meeresleuchten aus den Becken spiegelte sich in Austins Brillengläsern wider.

Issy fiel auf, dass die Nöte und Sorgen über das Café, die doch seit Monaten unerbittlich auf ihren Schultern gelastet hatten, in dieser seltsamen Unterwasser-Beschaulichkeit an Bedeutung verloren, während Austin sie mit Schulgeschichten von Darny zum Lachen brachte oder ohne eine Spur von Selbstmitleid durchblicken ließ, wie schwer das Leben als alleinerziehender Vater war, vor allem, wenn man nicht einmal wirklich Vater war. Und Issy ertappte sich auf einmal dabei, dass sie von ihrer Mutter erzählte – wenn sie über ihre Familie sprach, ging es doch meistens darum, wie toll ihr Großvater war und wie sie früher alle zusammengelebt hatten. Das klang dann sehr beschaulich. Aber jemand, der wusste, wie es war, seine Eltern unwiderruflich und für immer zu verlieren, dem konnte sie viel leichter anvertrauen, dass ihre Mutter immer wieder in ihrem Leben auftauchte, nur um dann wieder daraus zu verschwinden, während sie versuchte, endlich ihr Glück zu finden, damit aber weder sich selbst noch sonst irgendwen glücklich machte.

»Waren deine Eltern glücklich?«, fragte sie.

Austin dachte darüber nach. »Also, ich hab mich das eigentlich nie gefragt. Eltern sind doch einfach nur Eltern, oder nicht?

Als Kind glaubt man, dass eben alle Erwachsenen so sind. Aber ja, ich denke schon, dass sie glücklich waren. Sie haben sich ständig berührt und immer die Nähe des anderen gesucht, hielten Händchen oder hockten aneinandergeschmiegt auf dem Sofa.«

Ohne darüber nachzudenken, sah Issy hinunter. Ihr Umriss war vor dem leuchtenden Becken, in dem Aale herumschossen, gut zu erkennen, und ihre Hand war gar nicht weit von Austins entfernt. Plötzlich fragte sie sich, wie es sich wohl anfühlen würde, hier und jetzt danach zu greifen. Wie würde er reagieren? Sie konnte beinahe das erwartungsvolle Kribbeln in den Fingerspitzen fühlen.

»Und dann kommt natürlich noch hinzu, dass sie ja quasi uralt waren, als Darny kam, zu einem Zeitpunkt, als ihre Freunde alle schon Großeltern wurden. Also lief es zwischen ihnen wohl ganz gut. Damals fand ich es natürlich total widerlich …«

Issy lächelte. »Das kaufe ich dir nicht ab. Ich wette, du warst ganz verrückt nach dem Kleinen.«

Austin sah zu Darny hinüber, der mit weit aufgerissenen Augen wie hypnotisiert die Runden eines Hais in seinem Becken verfolgte.

»Natürlich war ich ganz verrückt nach ihm«, murmelte er und wandte sich ein wenig von ihr ab, sodass seine Hand sich jetzt nicht mehr in ihrer Reichweite befand. Vielleicht war Issy zu weit gegangen.

»Tut mir leid«, sagte sie. »Ich wollte dir nicht zu nahe treten.«

»Das ist es nicht«, stieß Austin mit gedämpfter Stimme hervor. »Es ist nur … Weißt du, ich hätte sie so gerne noch richtig kennengelernt. Als Erwachsener, nicht als ein in die Jahre gekommener Teenager.«

»Wenn du so redest, bekomme ich ja beinahe Lust, meine Mutter mal wieder anzurufen«, bemerkte Issy.

»Das solltest du wirklich machen«, meinte Austin.

Jetzt wandte Issy den Blick ab.

»Ich habe ihre neue Telefonnummer nicht«, erklärte sie leise.

Und dann griff Austin, ohne sich wirklich dessen bewusst zu sein, was er da eigentlich tat, nach ihrer Hand. Zuerst drückte er sie nur ganz sanft, dann wollte er sie gar nicht mehr loslassen.

»Eis essen!«, ertönte da auf einmal eine laute Stimme direkt vor ihnen. Augenblicklich ließen sie die Hand des anderen los. Hier unten ist es viel zu duster, dachte Issy plötzlich. Wie in einem Nachtclub.

»Ich hab mit dem Hai gesprochen«, erklärte Darny seinem Bruder bedeutungsvoll. »Er meinte, dass ich einen guten Meeresbiologen abgeben würde und dass ich mir jetzt ein Eis verdient habe. Das fand er sogar ziemlich wichtig. Das Eis essen gehen. Und zwar jetzt sofort.«

Austin sah Issy an und versuchte, etwas aus ihrer Miene zu schließen, das war in diesem Dämmerlicht jedoch unmöglich. Mit einem Mal war die ganze Situation irgendwie peinlich.

»Hm, also los zur Eisdiele?«, fragte er.

»Ja, bitte!«, nickte Issy.

Dann saßen die drei am Fluss, beobachteten die vorbeifahrenden Schiffe und das große Riesenrad über ihnen und hatten einfach jede Menge Spaß, sodass Issy gar nicht merkte, wie die Zeit verstrich. Als sie sich schließlich auf den Heimweg machten, kehrte Darny mit klebrigen Fingern vom Klettergerüst zurück und griff nach ihrer Hand, und das machte ihr gar nichts aus – sie fand es sogar toll, während Austin aus dem Staunen nicht mehr herauskam –, und sie beschlossen, sich zur Feier des Tages ein Taxi zurück nach Stoke Newington zu gönnen. Darny probierte im Inneren des Wagens alle Knöpfe aus, rollte sich dann zusammen und schlief an Issys Schulter ein. Das Auto schob sich langsam durch den Verkehr, und als Austin nach ein paar Minuten wieder zu den beiden hinübersah, war auch Issy eingedöst. Ihre schwarzen Locken kitzelten Darnys

Igelschnitt, und ihre Wangen leuchteten rosig. Er starrte sie den ganzen Weg über an.

Issy konnte nicht fassen, dass sie im Taxi eingeschlafen war. Okay, sie war in der Nacht zuvor nicht ins Bett gekommen, aber trotzdem. Hatte sie vielleicht gesabbert? Oder geschnarcht? O Gott, wie furchtbar. Austin hatte zum Abschied nur höflich gelächelt … Himmel, das hieß bestimmt, dass sie beides getan hatte, denn sonst … sonst hätte er sie doch sicher um ein weiteres Date gebeten. Obwohl das ja eigentlich keine richtige Verabredung gewesen war, oder? Oder doch? Nein. Doch. Nein. Sie dachte an den Moment zurück, als er ihre Hand gehalten hatte. Sie konnte nicht fassen, wie sehr sie sich gewünscht hatte, ihn nie wieder loszulassen. Issy seufzte, als sie den Schlüssel ins Schloss schob. Helena wusste sicher, was zu tun war.

Issy erhaschte einen Blick auf sich selbst im filigranen Spiegel, der in ihrem winzigen Flur an der Wand mit der geblümten Retrotapete hing, auf die sie so stolz war. Bis zu diesem Moment war ihr nicht klar gewesen, dass sie den ganzen Tag über Mehl von den Hochzeitscupcakes im Haar gehabt hatte.

»Helena? Lena! Ich brauche dich hier!«, rief sie. Sie stapfte ins Wohnzimmer und zum Kühlschrank hinüber, in dem auf jeden Fall noch ein paar Flaschen Rosé von irgendeinem Anlass übrig sein mussten. Dann hielt sie inne und drehte sich um. Ja, das da auf dem Sofa war tatsächlich Helena. Und neben ihr entdeckte sie jemanden, der ihr irgendwie bekannt vorkam. Und die beiden sahen genauso aus wie zwei Menschen, die sich mit einem Satz voneinander losgemacht hatten und nun so taten, als könnten sie kein Wässerchen trüben.

»Oh«, machte Issy.

»Hallo!«, murmelte Helena. Issy betrachtete sie eingehend. Wurde sie da etwa …? Das konnte doch nicht sein. War Helena wirklich rot geworden?

Ashok hingegen war begeistert. Helenas Freunde kennenzulernen war ein großer Schritt. Er sprang augenblicklich auf.

»Hallo, Isabel. Wie schön, dich wiederzusehen«, sagte er artig und schüttelte ihr die Hand. »Ich bin …«

»Ashok. Ja, ich weiß.« So ohne seinen kurzen weißen Kittel, der seinen Anfängerstatus unterstrich, sah er viel besser aus, als sie ihn in Erinnerung hatte. Sie blickte Helena über seinen Kopf hinweg an und zog vielsagend die Augenbrauen hoch, was ihre Mitbewohnerin allerdings ignorierte.

»Also, was wolltest du denn mit mir besprechen?«, versuchte der Rotschopf schnell das Thema zu wechseln.

»Hm, vergiss es«, meinte Issy und ging zum Kühlschrank rüber. »Möchte jemand ein Glas Wein?«

»Dein Gramps hat angerufen«, fiel Helena plötzlich ein, als sie schließlich alle zusammen im Wohnzimmer saßen. Issy bemerkte, wie wohl sie sich augenblicklich in Ashoks Anwesenheit fühlte, er goss Wein nach und wusste genau, wann es an der Zeit war, etwas zum Gespräch beizutragen.

»Oh, wie schön«, sagte Issy. »Was treibt er denn so? Abgesehen davon, hm, im Bett zu liegen.«

»Er wollte wissen, ob du sein Rezept für Cream-of-Soda-Scones bekommen hast.«

»Ah«, seufzte Issy. Das hatte sie, die Sache war nur die, dass es in vierfacher Ausführung bei ihr eingetrudelt war, jedes Mal in der gleichen zittrigen Handschrift. Das hatte sie ganz vergessen.

»Und«, fügte Helena hinzu, »er hat mich am Telefon nicht erkannt.«

»Oh«, machte Issy.

»Dabei kennen wir uns doch so gut«, bedauerte Helena.

»Ich weiß.«

»Ich brauche dir wohl nicht zu sagen, was das bedeutet.«

»Nein«, sagte Issy leise. »Aber gestern schien mit ihm doch noch alles in Ordnung zu sein.«

»Es kommt eben in Schüben«, wandte Helena ein. »Und das weißt du.«

»Das tut mir leid«, bemerkte Ashok. »Bei meinem Großvater war es das Gleiche.«

»Wurde es bei ihm wieder besser?«, fragte Issy. »Irgendwann war doch sicher alles wieder wie früher und völlig in Ordnung, so wie damals, als du klein warst, oder?«

»Hm … nicht so ganz«, erwiderte er und bot ihr noch ein wenig Wein an, aber Issy merkte auf einmal, dass ihr langsam die Augen zufielen. Sie wünschte den beiden noch einen schönen Abend und wankte ins Bett.

»Jetzt rufe ich erst mal im Heim an«, erklärte Issy, nachdem sie sich am nächsten Tag den Luxus gegönnt hatte, in aller Ruhe auszuschlafen.

»Gut«, nickte Helena. »Was wolltest du eigentlich gestern noch mit mir besprechen?«

»Oh«, murmelte Issy. »Na ja.« Und dann berichtete sie von ihrem Tag mit Austin. Helenas Grinsen wurde immer breiter.

»Hör auf damit«, knurrte Issy. »So guckt Pearl auch immer, wenn sein Name fällt. Ihr beide steckt doch unter einer Decke.«

»Er ist schließlich ein attraktiver Mann …«

»Dem ich jede Menge Geld schulde«, wandte Issy ein. »Das geht einfach nicht.«

»Noch hast du ja nichts gemacht«, beruhigte sie Helena.

»Neeeeiiin …«

»Mal abgesehen vom Sabbern.«

»Ich hab nicht gesabbert.«

»Lass uns nur hoffen, dass er Sabber toll findet!«

»Hör auf!«

»Ach, zumindest hat er dich schon einmal im Sabberzustand gesehen. Jetzt kann es nur besser werden.«

»Sei still!«

Helena grinste. »Ich wette, er ruft dich bald an.«

Issy spürte, wie ihr Herz ein wenig schneller schlug. Über ihn zu reden war bereits … na ja, es fühlte sich gut an.

»Meinst du?«

»Selbst wenn er dir nur die Rechnung für die Reinigung schicken will.«

Austin meldete sich tatsächlich. Ganz früh am Dienstagmorgen.

Allerdings war es nicht die Art von Telefonat, nach der ihm eigentlich der Sinn stand. Es war einer von diesen Anrufen, die keiner gerne erledigte. Und dass er ausgerechnet Issy anrufen musste, machte ihm unmissverständlich klar: Sie konnte zwar noch so hübsch und süß sein, und er konnte sie auch noch so interessant finden, aber das ging einfach nicht, er durfte Privates und Geschäftliches nicht miteinander vermischen, und damit hatte es sich. Was wirklich ärgerlich war, weil er sie trotzdem anrufen musste. Und es war auch nicht gerade hilfreich, dass Darny ständig nach ihr fragte.

Es half ja alles nichts. Er seufzte und griff zum Hörer.

»Hallo«, sagte er.

»Hallo!« Issys Tonfall wurde augenblicklich wärmer, sie schien sich wirklich über seinen Anruf zu freuen. »Hallo! Bist du das, Austin? Wie schön, dass du dich meldest. Wie geht es Darny? Du kannst ihm sagen, dass ich nach Kuchenförmchen in Fischform gesucht habe, aber ich kann keine finden. Offensichtlich mögen die Leute keinen fischigen Kuchen. Na ja, sie mögen Fischküchlein, du weißt schon, was ich meine, aber keine … egal, meinst du, Dinosaurier gingen vielleicht auch oder …« Issy wurde klar, dass sie zu viel redete.

»Hm, alles okay, Darny geht's gut. Hm, hör mal, Issy …«

Dieser Satz war wie eine kalte Dusche, sein Tonfall war unmissverständlich. Er hatte also nicht angerufen, um über den Samstag zu reden. Hatte es sich anders überlegt, falls er überhaupt je an ihr interessiert gewesen war. Okay. Okay. Sie atmete tief durch und riss sich zusammen, legte das Spachtelmesser weg und strich sich die Haare aus dem Gesicht. Es erstaunte sie, wie groß ihre Enttäuschung war, eigentlich hatte sie gedacht, dass sie noch immer ihr gebrochenes Herz auskurierte, aber das hier schmerzte sie viel mehr als der Gedanke an ihren früheren Chef.

»Ja?«, fragte sie kurz angebunden.

Austin war auf sich selbst wütend, er kam sich so bescheuert vor. Warum konnte er nicht einfach sagen, hör mal, hättest du vielleicht Lust, dich mal, na ja, auf einen Drink mit mir zu treffen? In irgendeiner netten Kneipe. Spät am Abend und in einer Welt, in der niemand morgens früh aufstehen und um sieben bei der Arbeit sein muss, wo niemand ins Bett pinkelt, wenn er *Doctor Who* gesehen hat, und in dessen Hochbett man dann zu unmöglichen Uhrzeiten die Laken wechseln muss. Irgendwo, wo man ein schönes Glas Wein trinken und lachen und tanzen kann, und dann vielleicht … Mein Gott. Am liebsten hätte er sich selbst geohrfeigt. Jetzt konzentrier dich endlich.

»Hör mal«, brachte er schließlich hervor. Er musste sich kurz und knapp fassen, damit er ja nichts Unangemessenes sagte. »Mrs Prescott hat mich angerufen …«

»Und?«

Eigentlich rechnete Issy mit guten Neuigkeiten. Der Gewinn stieg stetig an, und sie ging davon aus, dass Caroline den Laden noch mal ordentlich in Schwung bringen würde. Wenn sie nicht gerade in Tränen ausbrach oder sich über die Butterbestellung aufregte, stellte sie ihre Effizienz bereits unter Beweis.

»Sie behauptet, es gäbe da … Sie sagt, sie muss eine Rechnung rausschicken, und du lässt sie nicht.«

»Na, das habe ich Mrs Prescott doch bereits erklärt«, entgegnete Issy steif. »Ich habe einer Freundin bei einer Hochzeit einen Gefallen getan.«

»Sie sagt, dass diese Sache nirgendwo aufgeführt ist. Rausgefunden hat sie das nur, weil ohne jeden Beleg Zutaten für etwa vierhundert Cupcakes fehlen …«

»Gott, sie ist wirklich gut«, stöhnte Issy. »Genauer gesagt waren es vierhundertzehn. Falls welche den Transport nicht überstehen sollten.«

»Das ist nicht witzig, Issy. Das entspricht dem Gewinn einer ganzen Woche.«

»Aber es war doch ein Hochzeitsgeschenk! Für eine Freundin!«

»Du solltest trotzdem eine Rechnung ausstellen, ruhig mit ordentlichem Rabatt. Aber du musst dir doch zumindest die Zutaten erstatten lassen.«

»Nicht bei einem Geschenk«, wiederholte Issy dickköpfig. Wie konnte er es nur wagen, sie am Samstag einzuladen und ganz lieb und sanft zu tun, nur um sie dann drei Tage später anzurufen und ihr so eine Standpauke zu halten! Der war ja genauso schlimm wie Graeme.

Austin war mit seinem Latein am Ende.

»Issy, so kann man doch keinen Betrieb führen! Das geht einfach nicht! Begreifst du das denn nicht? Du kannst nicht ohne Vorankündigung zumachen, und du kannst deine Produkte auch nicht einfach verschenken! Wenn Apple keine gratis iPods verteilt, dann gilt das auch für dich. Die Regeln sind für alle gleich.«

»Aber wir haben in letzter Zeit doch viel mehr zu tun«, wandte Issy ein.

»Ja, aber du hast noch jemanden eingestellt und bezahlst Überstunden. Du kannst meinetwegen eine Million Kunden am Tag haben, solange du nicht mehr einnimmst, als du ausgibst, führt dein Weg in die Pleite, und damit ist die Sache dann gelaufen. Am Samstag hattest du ja nicht einmal auf.«

Damit war er zu weit gegangen, das wussten sie beide.

»Du hast recht«, sagte Issy. »Das mit Samstag war offensichtlich ein Fehler.«

»So meinte ich das doch gar nicht«, beteuerte Austin.

»Ich glaube doch«, knurrte Issy.

Einen Moment lang herrschte Stille. Dann fügte sie hinzu: »Weißt du, mein Großvater … Es gab mal einen Moment, da hatte mein Großvater drei Bäckereien. Er war ein erfolgreicher Geschäftsmann, den jeder kannte. Das Geld ist natürlich längst weg … Das Pflegeheim, du weißt schon. Gute Versorgung ist teuer.«

»Ja, ich weiß«, antwortete Austin. Issy bemerkte, wie gequält seine Stimme klang, sie schluckte ihr Mitleid aber runter.

»Egal, jedenfalls war er richtig berühmt, als ich klein war, jeder hat sein Brot bei ihm gekauft. Und wenn die Leute krank waren oder ihre Rechnungen mal eine Woche nicht bezahlen konnten, dann hat er ihnen geholfen, oder wenn hungrige Kinder vorbeikamen, dann hatte er immer ein Stück Kuchen für sie, genauso wie für eine kranke Mutter oder einen alten Soldaten. Jeder kannte ihn. Und er hatte großen Erfolg. Und genau das will ich auch.«

»Das ist wirklich bewundernswert«, sagte Austin. »Es klingt, als wäre er ein fantastischer Mensch.«

»Das ist er wirklich«, versicherte Issy inbrünstig.

»Und so haben Geschäfte seit Hunderten von Jahren funktioniert – und dann kamen die großen Kerle und haben vor der Stadt riesige Läden gebaut und alles viel billiger angeboten und den Generalvertrieb erfunden, und obwohl alle die kleinen Läden besser fanden und die Leute dort kannten, gingen sie trotzdem zu den großen. So war das eben.«

Issy schwieg. Sie wusste ja, dass er recht hatte. Als Gramps sich schließlich aus dem Berufsleben zurückgezogen hatte, waren von den alten Lädchen kaum noch welche übrig gewesen, die Innenstadt hatte beinahe verwaist dagelegen. Die Leute wollten zu ihrem Brot kein Schwätzchen mehr, nicht wenn jeder Laib damit ein paar Pence extra kostete.

»Wenn du also einen so persönlichen Service anbietest und einen kleinen Laden mit all den entsprechenden Kosten hast, dann musst du heute vermutlich weitaus härter kämpfen als dein Großvater damals.«

»Härter als er kämpft niemand«, widersprach Issy.

»Na, das ist doch wunderbar. Ich bin froh, dass du seinen Kampfgeist geerbt hast. Aber bitte, bitte, Issy, pass deinen Schlachtplan an die heutige Zeit an.«

»Danke für den Rat in geschäftlichen Fragen.«

»Keine Ursache«, seufzte Austin.

Und dann legten in verschiedenen Ecken von Stoke Newington beide wütend und frustriert den Hörer auf.

Es war albern gewesen, in den gemeinsamen Samstag so viel hineinzuinterpretieren, dachte Issy und nahm sich daher Austins Worte zu Herzen. Sie stürzte sich in die Arbeit, bezahlte ihre Rechnungen rechtzeitig und kümmerte sich um den Papierkram. Sie nutzte die Zeit, in der Caroline ihnen im Café zur Hand ging, um alles zu organisieren und die Abläufe zu beschleunigen. Selbst Mrs Prescott ließ sich angesichts ihrer Anstrengung fast zu einem Lächeln herab. Issy kam morgens in den Laden, um zu backen, und zwar die üblichen Lieblingssorten der Kunden – Küchlein mit Orangen- und Zitronengeschmack oder doppelter Schokolade sowie Erdbeer- und Vanillecupcakes – und außerdem eine sich ständig ändernde Auswahl, durch die sie Stammkunden dazu brachte, immer wiederzukommen. Das Probeessen übernahm meistens Doti, der Briefträger, dessen häufige Besuche inzwischen alle peinlich fanden, außer Pearl, die ihn anlächelte und aufzog wie jeden, der ihr über den Weg lief.

Caroline und Pearl gerieten auch weiterhin oft aneinander.

»Diese Fenster müssen dringend mal wieder geputzt werden«, murmelte Caroline eines Tages, als sie sich schon auf den Weg nach Hause machte.

Pearl rollte mit den Augen. »Na, das kann ich doch übernehmen.«

»Nein, nein«, wehrte Caroline ab. »Dann komme ich eben an meinem freien Tag.«

Natürlich machte sich Pearl augenblicklich daran, die Scheiben zu polieren.

»Wir sollten Issy besser sagen, dass in den Zimtschnecken zu viel Zimt ist, meinst du nicht?«, sagte Caroline kameradschaftlich zu Pearl. »Aber ich mache das schon.«

Und auf diese Art und Weise bekam Pearl das Gefühl, als wäre Caroline ihre Vorgesetzte. Als sie eines Tages im Laden allein war, marschierte Kate mit den Zwillingen zur Tür herein.

»Ich komme wegen der Bestellung.«

Seraphina trug ein rosafarbenes Tutu, Jane eine blaue Latzhose. Pearl versuchte, sich auf Kate zu konzentrieren, war aber abgelenkt, weil Seraphina am Gummi ihres Balletröckchens zog und Jane hineinzuklettern versuchte, während sie ihrer Schwester gleichzeitig einen Träger ihrer Hose über die schmale Schulter streifte.

»Wie bitte?«, fragte sie freundlich.

»Es geht um die Küchlein mit den Nachrichten. Caroline fand die Idee toll und hat versprochen, dass sie euch gleich darauf ansetzt.«

»Ach, tatsächlich?«, knurrte Pearl. Von ihrem typischen Schnauben blieb Kate verschont, weil die beiden kleinen Mädchen in diesem Moment auf die Nase fielen.

»Seraphina! Jane! Was macht ihr denn da?«

Die beiden waren völlig in ihren Kleidern verheddert und rollten quiekend auf dem Fußboden herum.

»Wir nich Jane und Sefina! Wir Sefijane!«

Wieder brachen sie in Kichern aus und umarmten einander, zwei blonde Schöpfe, die nicht auseinanderzuhalten waren.

»Steht auf!«, rief Kate. »Oder du musst in die Ecke, Seraphina, und du vor die Tür, Jane!«

Mit hängenden Köpfen entwirrte sich das Bündel.

»Also wirklich«, seufzte Kate und sah kopfschüttelnd zu Pearl hinüber.

»Die beiden sind doch ganz zauberhaft«, bemerkte Pearl, die Louis mal wieder vermisste. Sie konnte selbst nicht fassen, dass ihr jemand so sehr fehlen konnte, den sie doch in ein paar Stunden schon wiedersehen würde. Wenn er schon im Bett war, ging sie manchmal nachts zu ihm rüber, um ihm beim Schlafen zuzusehen, weil sie es nicht mehr bis zum nächsten Morgen aushielt.

»Grmpf«, machte Kate. »Also, kriegen Sie das hin?«

»Was denn?«, fragte Pearl, die schon allein die Vorstellung hasste, dass Caroline Aufträge für sie an Land zog.

»Ich hätte gerne Buchstaben auf meinen Cupcakes.«

»Oh«, sagte Pearl. Das war aufwendig, dafür konnten sie aber vermutlich etwas mehr berechnen. Ob sich das lohnte?

»Das Ganze soll professionell aussehen«, fügte Kate hinzu. »Und nicht nach bastelnden Hausfrauen.«

Und würde es sich auch dann noch lohnen, wenn sie Kates Ansprüchen genügen mussten?

»Kriegen wir Kuchen, Mummy?«, fragte Seraphina zuckersüß. »Wir teilen auch.«

»Wir teilen gern«, rief Jane.

»Nein, Schätzchen, die verkaufen hier nur Mist«, erwiderte Kate geistesabwesend. Pearl seufzte. Sie stand da, verfluchte Caroline und ihre Freundinnen und wartete, während Kate ein kurzes Telefonat erledigte.

»Also«, erläuterte sie hastig und packte ihr Handy weg. »Ich will Zitronencupcakes mit Orangenglasur und H-E-R-Z-L-I-

C-H-E-N-G-L-Ü-C-K-W-U-N-S-C-H-E-V-A-N-G-E-L-I-N-A-W-I-R-D-H-E-U-T-E-4.«

Pearl schrieb alles auf. »Ich denke, das kriegen wir hin.«

»Gut«, sagte Kate. »Ich hoffe, Caroline hatte recht, was Sie betrifft.«

Wohl eher nicht, dachte Pearl bei sich.

»Macht's gut, Zwillinge!« Sie winkte.

»Tschüs!«, riefen die Mädchen wie aus einem Munde.

»Eigentlich heißen sie ja Seraph…«

Aber Pearl war schon im Keller verschwunden und überbrachte Issy die gute Nachricht.

Die beiden arbeiteten noch bis spätabends an dem Auftrag. Helena kam vorbei, um ein wenig zu plaudern und zu sehen, was es Neues gab. Die beiden zogen sie unerbittlich wegen Ashok auf, Helena weigerte sich jedoch, ihnen diesbezüglich Rede und Antwort zu stehen, drehte den Spieß vielmehr um und löcherte Pearl wegen Ben. Diese setzte sich dagegen zur Wehr, indem sie sich bei Issy über Caroline beschwerte, die Chefin hatte allerdings überhaupt keinen Nerv, sich das jetzt anzuhören. Nach und nach verstummten Helena und Pearl und sahen Issy bei der Arbeit zu. Was sie da tat, war rein instinktiv – sie brauchte weder Messbecher noch Waage, warf die Zutaten ohne groß nachzudenken einfach in eine Schüssel, rührte sie dann mit einer eleganten, unbekümmerten Bewegung um und goss innerhalb von Sekundenbruchteilen vierundzwanzig perfekt gleichmäßige Portionen in die Vertiefungen des gefetteten Backblechs, ohne auch nur hinzusehen. Sie stellte die Glasur her, trug sie dann auf und brachte sie mit einem Messer in Form. Jeder einzelne Cupcake war perfekt und delikat. Selbst ohne die bestellten Buchstaben war jedes Küchlein bereits ein kleines Kunstwerk. Ihre Zuschauerinnen warfen sich einen Blick zu.

»Das ist wirklich cool«, bemerkte Helena schließlich.

Issy, die völlig in ihre Arbeit vertieft gewesen war, sah erstaunt auf.

»Aber das mache ich doch jeden Tag«, erklärte sie. »Das ist so, als würdest du einen aufgeschlitzten Arm nähen.«

»Das kriege ich tatsächlich ganz gut hin«, nickte Helena. »Aber es sieht am Ende nicht so lecker aus.«

Die Küchlein, die Issy nebeneinander aufgereiht hatte, waren fantastisch geworden. Issy würde sie auf dem Weg nach Hause bei Kate vorbeibringen.

»Die sind für unsere Auftraggeberin doch viel zu schade«, maulte Pearl.

»Benimm dich«, mahnte Issy und streckte ihr die Zunge raus.

Als Pearl eines Morgens in den Laden eilte und vor dem ersten Kundenandrang, der langsam zur Norm wurde, die temperamentvolle Kaffeemaschine anwarf, wurde ihr plötzlich klar, dass sie die Post vom Vortag noch gar nicht geöffnet hatte. »Ein! Swei! Drei! Hopp!« Sie setzte Louis auf einen der hohen Hocker, die seit Neuestem rund um den Kamin standen, damit die Leute mehr Sitzgelegenheiten hatten, wenn es voll war, reichte ihm ein Schokobrötchen und machte einen Brief vom Kindergarten auf. Dann starrte sie ungläubig auf das Schreiben.

Die Türklingel erklang. Issy traf sich an diesem Morgen mit einem Zuckervertreter und würde etwas später kommen, deshalb sprang Caroline ein.

»Buens dies, Caroline!«, rief Louis, der im Kindergarten gelernt hatte, in verschiedenen Sprachen guten Tag zu sagen, und davon ganz begeistert war.

»Guten Morgen, Louis«, antwortete Caroline überdeutlich, die Louis' Aussprache schrecklich fand und fürchtete, dass sie der einzige Mensch war, der ihn davor bewahren würde, wie jemand aus der Unterschicht zu klingen. Und sie wünschte wirklich, Pearl würde sich ein wenig dankbarer erweisen, aber dieser unglaubliche Komplex der Südlondoner machte sie ja leider für vieles blind. »Guten Morgen, Pearl.«

Pearl sagte keinen Mucks. Na, fantastisch, dachte Caroline, die solchen Zickenkrieg allerdings gewohnt war, seit man sie auf eine Mädchenschule geschickt hatte, in der große Belastungen und Konkurrenzdenken an der Tagesordnung waren und zu deren Aufnahmeprüfung sie eines Tages auch Hermia anmelden wollte. Auf dieser Schule hatte sie so ziemlich alles über Zankereien mit anderen Frauen gelernt. Sie konnte schmollen wie keine andere, so etwas berührte sie also kaum. Mein Gott, sie steckte schließlich mitten in einer Scheidung. Sie war eben allen egal.

Aber als sie sich umdrehte, um ihren Aquascutum-Regenmantel aufzuhängen, fiel ihr auf, dass Pearl gar nicht ihren üblichen misstrauischen Hundeblick zur Schau trug. Stattdessen hielt sie einen Brief in der Hand, starrte ins Leere – und weinte.

Caroline überkam derselbe Beschützerinstinkt, der sich auch bei ihr meldete, wenn einer ihrer Hunde krank war. Augenblicklich eilte sie zu ihrer Kollegin hinüber.

»Schätzchen, was ist denn los? Was ist passiert?«

»Mummy?«, rief Louis aufgeregt. Von dem hohen Hocker kam er alleine nicht mehr runter (was den Vorteil mit sich brachte, dass er auch nirgendwo seine Finger reinstecken konnte, wenn er erst einmal saß). »Mummy? Aua?«

Es fiel Pearl nicht leicht, aber dann riss sie sich endlich zusammen. Mit nur ein wenig zittriger Stimme erklärte sie: »Oh, nein, Liebes. Mummy hat kein Aua.«

Caroline berührte sie sanft an der Schulter, Pearl schaffte es aber nur noch, ihr mit zitternden Händen den Brief zu reichen, bevor sie die Theke umrundete und Louis in den Arm nahm.

»Komm her, Baby«, sagte sie und presste sein Gesicht an ihre Schulter, damit er ihre Tränen nicht sah. »So ist es gut«, gurrte sie. »Alles in Ordnung.«

»Will nicht in Kindergarten«, erklärte Louis entschlossen. »Hier bei Mummy bleiben.«

Caroline warf einen Blick auf das Blatt. Es trug die offizielle Anschrift des Gesundheitsamtes von North East London.

Liebe Mrs McGregor,
Ihr Sohn, Louis Kmbota McGregor, hat im Stoke Newingtoner Kindergarten Little Teds, Osbaldeston Road 13, London N16, vor kurzem an einem Gesundheitscheck teilgenommen. Die Ergebnisse dieses Tests zeigen, dass Louis seinem Alter und seiner Größe entsprechend übergewichtig bis fettleibig ist.

Selbst in diesem frühen Alter können Übergewicht oder Fettleibigkeit bei einem Kind zu schweren Schäden für Gesundheit und Fitness im späteren Leben führen. Sie können Herzkrankheiten, Krebs, Unfruchtbarkeit, Schlafstörungen, Depressionen und einen frühen Tod zur Folge haben. Ein paar Umstellungen in der Ernährung und im Training Ihres Kindes, Louis Kmbota, können dazu beitragen, dass er gesund heranwächst und ein langes, erfülltes Leben vor sich hat. Wir haben für Sie am 15.07. einen Termin mit unserer Ernährungsberaterin, Ned Mahet, vereinbart …

Caroline ließ das Papier sinken.

»So eine Frechheit!«, verkündete sie, und ihre Nase zuckte. »Das sind doch alles Despoten, grausame, völlig beschränkte linke Idioten, die meinen, dass Väterchen Staat sich in alles einmischen und seine dummen kleinen Bürger an die Hand nehmen muss.«

Pearl blinzelte zu ihr hinüber. Etwas Besseres hätte Caroline gar nicht sagen können, um sie aufzumuntern. »Aber … das ist doch ein offizielles Schreiben.«

»Und es ist auch ganz offiziell eine Katastrophe. Wie können die es nur wagen? Sieh dir deinen zauberhaften Jungen doch mal an. Ja, gut, er ist ein bisschen mollig, aber das wusstest du auch vorher. Das geht die doch überhaupt nichts an. Soll ich den für dich zerreißen?«

Mit vor Staunen aufgerissenen Augen starrte Pearl ihre Kollegin an.

»Aber das ist doch offiziell!«

Caroline zuckte mit den Achseln. »Ja und? Wir zahlen doch schließlich Steuern. Je weniger von diesen Wichtigtuern mit solchem Kram beschäftigt sind, desto besser für uns alle. Also, soll ich?«

Pearl war schockiert und fühlte sich wie ein ganz böses Mädchen, nickte aber trotzdem. Normalerweise hielt sie sich immer exakt an die Regeln, wenn es um etwas Offizielles ging. In ihrer Welt taten die Leute, was solche Briefe verlangten, oder es hatte schlimme Folgen. Leistungen wurden gestrichen. Es wurden neue Wohnungen zugewiesen, und da musste man dann hinziehen, egal, wie schrecklich die auch waren. Oder es kam jemand vorbei und fasste die Kinder an, und wenn die Eltern etwas dagegen hatten, konnte man ihnen die Kleinen sogar einfach wegnehmen, davon war sie überzeugt. Die wollten wissen, wie viel man trank und rauchte und wie lange man arbeitete und wo denn der Vater des Kindes steckte, und wenn man nicht die richtigen Antworten gab, wenn man nur ein kleines bisschen danebenlag, dann konnte man in nächster Zeit eben keine Schuhe mehr kaufen. Dass Caroline den Brief jetzt einfach zerriss, als ob er nichts zu bedeuten hätte – einfach nur blöd war und ignoriert werden sollte –, das eröffnete ihr auf einmal völlig neue Perspektiven. Es machte sie immer noch wütend, dass Caroline sich um solche Sachen nicht zu scheren brauchte. Aber es war auch befreiend.

»Danke«, sagte sie leise mit widerwilliger Bewunderung zu Caroline.

»Also, weißt du«, bemerkte ihre Kollegin, die die Schnipsel anmutig zusammenfegte, »du siehst nun wirklich nicht wie jemand aus, der sich herumkommandieren lässt.«

Pearl setzte Louis zurück auf den hohen Hocker. War er tatsächlich so mollig? Er hatte runde Babybäckchen und einen zauberhaften kleinen Kugelbauch, einen wohl gepolsterten Hintern, dralle Schenkel, die zum Küssen einluden, und runde Moppelfinger. Wie konnten sie ihn bloß als fett bezeichnen? Er war doch einfach perfekt!

»Du bist wunderschön«, sagte sie und sah ihn an. Louis nickte. Das bekam er von seiner Mutter oft zu hören, und er wusste, wie er reagieren musste, um etwas Süßes zu bekommen.

»Louis wunnerschön!«, plapperte er, grinste fröhlich und zeigte alle Zähne. »Ja! Louis wunnerschön! Jetzt Süßes!«

Er streckte die pummelige Hand aus und machte eine fordernde Geste.

»Hm«, fügte er zur Verstärkung noch hinzu, falls das jemand missverstanden haben sollte, leckte sich die Lippen und rieb sich den Bauch. »Louis mag sooo gern Süßes!«

Selbst ihren eigenen Kindern gegenüber zeigte Caroline ihre Zuneigung selten – sie musste sich sogar eingestehen, dass sie bei ihnen eigentlich meistens gereizt war –, jetzt aber ging sie auf Louis zu, der sie misstrauisch beäugte. Er mochte alle Menschen, aber von dieser Frau bekam er nie etwas Süßes, das wusste er ganz genau.

Caroline zwickte ihn in sein fettes Bäuchlein, und er kicherte und zappelte eifrig.

»Du bist wunderschön, Louis«, bestätigte sie. »Aber das hier solltest du eigentlich gar nicht haben.«

»Das ist doch nur ein Babybäuchlein«, protestierte Pearl lautstark.

»Nein, das sind Speckröllchen«, sagte Caroline, die sich mit menschlichen Körperfetten in jeglicher Form nur allzu gut auskannte. »Das ist nicht in Ordnung. Und ich habe ihn auch noch nie ohne einen Cupcake in der Hand gesehen.«

»Na, er ist ja schließlich im Wachstum«, verteidigte sich Pearl. »Da muss er viel essen.«

»Stimmt«, murmelte Caroline nachdenklich. »Aber es kommt immer darauf an, was.«

Die ersten Kunden kündigten sich mit einem Klopfen an der Tür an – es waren die Handwerker, die Kates Haus in der Albion Road renovierten. Inzwischen gab Kate ganz offen Caroline die Schuld dafür, dass es damit so langsam voranging und das Ende der Bauarbeiten immer noch in weiter Ferne lag. Sie verkaufte ihnen nämlich zu jeder Tageszeit Kaffee und Kuchen und ließ sich auch gerne auf ein Schwätzchen mit ihnen ein, statt sie anzutreiben, damit sie mit der Arbeit vorankamen und fünf Minuten ihrer Freizeit dazu nutzten, auf dem Dach unter den Balken schnell ein mitgebrachtes Käsebrot zu verschlingen. Seit Kate so verstimmt war, machte Caroline die Nähgruppe nicht mehr besonders viel Spaß.

Die beiden Frauen kümmerten sich um den morgendlichen Andrang, während Louis fröhlich die Stammkunden begrüßte, die es kaum fertigbrachten, an ihm vorbeizugehen, ohne ihn in die klebrigen Bäckchen zu kneifen oder ihm über den weichen, kurzgeschorenen Schopf zu streichen. Immer wieder beobachtete Pearl ihn durch den verblichenen, antiken Spiegel an der Wand. Die alte Mrs Hanwotz, die bei ihrer riesigen Tasse heiße Schokolade gerne einen ausführlichen Plausch hielt, kraulte ihm den runden Bauch, als wäre er ein Hündchen – bevor sie ihm das Marshmallow in den Mund schob, das ihr Getränk krönte. Und Fingus, der Klempner, der eine riesige Wampe hatte und dessen Hintern an den Seiten seiner weißen Latzhose hervorquoll, klatschte mit seinem kleinen Freund ab und fragte ihn wie jeden Morgen, ob er auch seinen Schraubenschlüssel dabeihatte, er würde doch bald als Azubi bei ihm einsteigen. Selbst

Issy schlug in die gleiche Kerbe – als sie von ihrem frühen Termin zurückkehrte und sich endlich ans Backen machen wollte, ging sie zuerst zu Louis hinüber, nahm ihn in den Arm und verkündete lautstark: »Guten Morgen, mein kleines Pummelchen.« Pearl runzelte die Stirn. War er das wirklich? Jedermanns dickes kleines Maskottchen? Er war doch kein Haustier. Er war ein Mensch, mit den gleichen Rechten wie jeder andere auch.

Ihr Blick traf Carolines, und die blonde Kollegin biss sich auf die Lippe. Pearl wollte also nicht, dass ihr Kind einmal so endete wie sie, das war doch schon ein Anfang. Pearls Kummer hatte sie auf eine Idee gebracht …

»Na ja, womöglich hat sie recht«, überlegte Ben und lehnte sich in der Küche an die Arbeitsplatte. »Also, ich weiß nicht. Ich finde, er sieht okay aus.«

»Ich auch«, sagte Pearl. Ben hatte auf dem Weg nach Hause »zufällig vorbeigeschaut«, obwohl er in Stratford, am anderen Ende der Stadt, arbeitete. Pearl tat so, als hätte er nur mal eben reingeschaut, und Ben tat so, als wollte er hier eigentlich gar nicht die Nacht verbringen, obwohl er schon allein wegen des Essens gern bleiben wollte. Pearl fand es wirklich seltsam. Wenn sie nicht arbeitete, machte sie sich selten die Mühe zu kochen, und sie lebten von Hähnchen und Fischstäbchen. Jetzt hingegen setzte sie Louis, obwohl sie müde war, abends gern auf die Arbeitsplatte und bereitete eine Mahlzeit zu. Immerhin war sie eine gute Köchin. Und Louis strahlte glücklich.

Jetzt krabbelte ihr kleiner Junge unter einer Decke versteckt an ihnen vorbei.

»Hey, Louis«, rief sein Vater.

»Ich nich Louis. Ich Schildkröte«, ertönte eine gedämpfte Stimme. Ben zog die Augenbrauen hoch.

»Frag mich nicht«, winkte Pearl ab. »Er war schon den ganzen Tag eine Schildkröte.«

Ben stellte seine Tasse Tee ab und sprach jetzt lauter.

»Gibt es hier irgendwelche Schildkröten, die gerne nach draußen gehen und Fußball spielen würden?«

»Jaaaaa!«, rief die Schildkröte, richtete sich auf, ohne die Decke abzunehmen, und stieß sich dabei den Kopf am Herd. »Aua!«

Pearl sah ihre Mutter verblüfft an, als Ben mit seinem Jungen nach draußen verschwand.

»Red dir da bloß nichts ein!«, warnte Louis' Großmutter. »Er kommt für eine Weile und verschwindet dann wieder. Der Kleine sollte sich nicht zu sehr an ihn gewöhnen.«

Kleie-und-Möhren-Cupcake-Überraschung

1½ Cups (180 g) Vollkornmehl
½ TL Backnatron
2 ¼ TL Backpulver
¾ Cups (85 g) Hafer- oder Weizenkleie
Eiersatz für 2 Eier
1 Cup (200 ml) Lab
½ Cup (100 ml) brauner Reissirup
¼ Cup (50 ml) Apfelmus
¼ Cup (50 ml) Saflordistelöl
1½ Cups (180 g) geriebene Möhren
4–6 oz (110–170 g) zerkleinerte Datteln
½ Cup (60 g) Rosinen
½ Cup (60 g) gehackte Wal- oder Pekannüsse

»Ich wollte einfach mal was Neues ausprobieren«, verkündete Caroline am nächsten Morgen und versuchte, dem Anlass entsprechend bescheiden und hilfreich auszusehen, als sie mit der Tupperdose auftauchte. »Nichts Besonderes, ich hab einfach ein paar Zutaten zusammen in den Ofen geschoben.«

»Was zum Teufel ist denn brauner Reissirup?«, wollte Pearl nach einem Blick auf das Rezept wissen. »Und Saflordistelöl?«

»Das kriegt man doch überall«, log Caroline.

»›Überraschung‹ würde ich die nicht nennen«, sagte Issy über ihre Schulter hinweg. »Jedes Kind weiß doch, dass sich hinter diesem Namen heimlich untergemischtes Gemüse versteckt. Nenn die doch lieber ›Schokokaramell-Zauber mit weißer Schokolade‹.«

»Das ist einfache, gesunde Kost«, behauptete Caroline und versuchte, ein Jamie-Oliver-Gesicht aufzusetzen. Tatsächlich hatte sie dafür fünf Stunden lang in ihrer auf alt gemachten Landhausküche von Neff geschuftet und hatte viel geflucht, bevor die Mischung gestimmt hatte und die Küchlein nicht mehr auseinandergefallen waren. Warum sah das bei Issy bloß so leicht aus, wenn sie einfach nach ein paar Zutaten griff und daraus einen Kuchen machte, der luftig leicht war und geradezu auf der Zunge zerging? Na, sie benutzte dabei natürlich ungesunde, stark verarbeitete Zutaten, die sie früh ins Grab schicken würden. Während Caroline ihre Zutaten immer wieder neu gemischt und verarbeitet hatte, hatte sie sich an einem Tagtraum geweidet – ihre Vollkorn-Küchlein würden sich viel besser als der zuckrige Mist verkaufen, Carolines frische Küche würde das Cupcake Café in den Schatten stellen und Kinder auf der ganzen Welt für einen gesünderen, schlankeren Lebensstil begeistern … Und dann wäre sie nicht mehr nur eine Teilzeit-Angestellte, o nein …

Pearl und Issy sahen einander kauend an und führten die Hand zum Mund.

»Also?«, fragte Caroline, die durch den Schlafmangel in der vergangenen Nacht noch immer ein wenig benommen war. Ihre Putzfrau hatte heute viel zu tun. »Gib Louis doch mal einen.«

»Louis auch!«

Pearl ließ die Hand sinken. »Ja, einen Moment.«

Issy kämpfte gegen die Versuchung an, sich die rohen Möhrenstückchen von der Zunge zu kratzen. Und woher stammte bloß dieser seltsame Nachgeschmack, der ein wenig an Brokkoli erinnerte?

»Hier, mein Kleiner.« Caroline nahm die Dose mit zu dem Jungen hinüber.

»Hm, er hat gar keinen Hunger«, warf Pearl verzweifelt ein. »Weißt du, ich versuche, ihm nicht mehr so viel Kuchen zu geben.«

Aber Louis hatte bereits fröhlich seine kleine Pranke in die Dose gesteckt.

»Dank dich, Caline.«

»Ich danke dir«, verbesserte ihn Caroline, die einfach nicht anders konnte. »Das heißt ›Ich danke dir‹.«

»Ich fürchte, in einer Minute wird er keins von beidem mehr sagen«, murmelte Pearl Issy zu, die immer wieder ein Schlückchen Kaffee nahm und sich damit den Mund ausspülte. Pearl hatte hingegen einen von Issys neuen Victoria-Sponge-Cupcakes in sich hineingestopft, um den Geschmack zu überdecken, und das konnte ihre Chefin ihr nicht verdenken. Caroline sah Louis erwartungsvoll an.

»Die sind viel besser, als die albernen alten Küchlein, die du sonst immer isst, mein Schatz«, erklärte sie ihm eindringlich. Louis biss zuversichtlich in dieses Ding, das wie ein Cupcake aussah, als er zu kauen begann, nahm sein Gesicht jedoch einen verwirrten, bestürzten Ausdruck an, wie bei einem Hund, der an einer Plastikzeitung geknabbert hatte.

»So ist es gut, Schätzchen«, ermunterte ihn Caroline. »Lecker, nicht?«

Zuerst warf Louis seiner Mutter einen flehentlichen Blick zu, dann ließ er seinen Unterkiefer, als hätte er überhaupt nichts mit ihm zu tun, ganz einfach herunterklappen, bis ihm die Masse aus dem Mund quoll und sich über den Boden verteilte.

»Louis!«, stöhnte Pearl und rannte zu ihm hinüber. »Hör sofort auf damit!«

»Igitt, Mummy! Igitt! Bah, bah, bah!«

Louis begann, sich hektisch mit der Hand über die Zunge zu fahren, um alle eventuellen Reste des Küchleins loszuwerden.

»Iiih, Mummy! Iiih, Caline! Igitt!«, rief er anklagend, während Pearl ihm ein Glas Milch holte, um ihn zu beruhigen, und Issy nach Handfeger und Kehrblech griff. Mit roten Flecken auf den Wangen stand Caroline einfach nur da.

»Also«, erklärte sie, als Louis endlich wieder ganz er selbst war, »offensichtlich hat das ganze schlechte Essen seinen Gaumen verdorben.«

»Hm«, knurrte Pearl wütend.

»Caline«, sagte Louis ernst und beugte sich vor, um seinen Standpunkt noch zu verdeutlichen. »Schlechter Kuchen, Caline.«

»Nein, leckerer Kuchen«, erwiderte Caroline steif.

»Nein, Caline«, begann Louis wieder. Issy ging schnell dazwischen, bevor sich das noch zu einem echten Streit zwischen einer Vierzigjährigen und einem Zweijährigen auswuchs.

»Das ist eine tolle Idee, Caroline«, jubilierte sie. »Wirklich brillant.«

Caroline starrte sie mit glänzenden Augen an. »Also, ich habe ja immer noch das Copyright für das Rezept.«

»Hm, nun …«, druckste Issy, »aber natürlich, also, klar. Selbstverständlich. Wir könnten sie ›Carolines Cupcakes‹ nennen, wäre das vielleicht eine Idee?«

Caroline händigte ihr die restlichen Küchlein nur ungern aus (Issy wollte verhindern, dass sie die womöglich einem Käufer zusteckte. Sie vertraute Caroline blind, wenn es um Geld, die Vorräte oder ihre Arbeitszeiten ging, fürchtete sich aber vor ihrer Überzeugung, am besten einschätzen zu können, was die Kundschaft wollte), Issy bestand jedoch darauf, sie für einen ihrer Versuche mitzunehmen, und es stimmte ja auch, dass sie nicht so gut zusammenhielten, wie Caroline eigentlich gehofft hatte. Lab war wohl doch nicht so gut dazu geeignet, köstlichen, festen Kuchen zu backen, wie ihr Vollwertkochbuch behauptete. Issy war sich nicht einmal sicher, ob sich dieses Zeug auch nur für den Kompost auf der Hackney City Farm eignete, die ihre Reste seit einiger Zeit übernahm, aber sie entsorgte es trotzdem diskret.

Der Vorfall brachte augenblicklich zwei positive Veränderungen mit sich: Erstens hatte Caroline in einer Hinsicht völlig recht. Es gab tatsächlich einen Markt für »gesunde« Cupcakes.

»Carolines Cupcakes«, wie Issy sie zur Wiedergutmachung genannt hatte, waren Muffins mit Apfelmus, Rosinen und Preiselbeeren, die in winzigen Förmchen gebacken und mit rosafarbenen Schirmchen verkauft wurden. Bei Müttern, denen nicht wohl dabei war, ihre Kinder einmal am Tag all dem Zuckerguss auszusetzen, waren sie ein echter Hit, und Issy setzte brav jede Woche ein Kilo Möhren mit auf die Einkaufsliste und nahm dann jeden Abend ein paar davon mit nach Hause. Caroline glaubte wirklich, dass das Wurzelgemüse mit in den Teig kam. Helena und Ashok, der inzwischen so gut wie bei ihnen wohnte (Helena hatte erklärt, dass seine Medizinstudenten-Single-Bude so einiges zu wünschen übrig ließ und es auch dann noch tun würde, wenn sie ein Hund, ein Frettchen oder eine Ratte wäre), aßen jetzt jede Menge Suppe. Für das Lab fand Issy allerdings keine Verwendung.

Die zweite positive Veränderung bestand darin, dass Louis von nun an keinem Cupcake mehr über den Weg traute und sich weigerte, im Café ein zweites Frühstück einzunehmen. Das schadete ihm nicht im Geringsten, und jetzt, wo Caroline mehr Stunden übernahm und Louis jeden Tag an der Seite seiner Mutter zur Bushaltestelle hopste, verlief sein zweiter Gewichtscheck problemlos.

Drei Wochen später kam Pearl herein und fand Caroline völlig erstarrt an die Theke gelehnt vor.

»Was ist denn los?«

Ihre Kollegin brachte keine Antwort heraus. Sie war steif wie ein Brett.

»Was ist passiert, Schätzchen?«

»Mir … mir geht's gut«, stammelte Caroline.

Pearl drehte sie sanft, aber entschlossen zu sich um.

»Was hast du bloß?«

Carolines sonst so perfektes Gesicht war tränenverschmiert, und die Mascara rann ihr dramatisch über die Wange.

»Was ist denn nur?«, fragte Pearl, die wusste, wie heftig einen der Schmerz über den Verlust eines Mannes in den unerwartetsten Momenten treffen konnte, selbst wenn man schon seit Tagen nicht mehr an ihn gedacht hatte. Einmal war sie zum Beispiel mit dem Bus am Clapham Common Park vorbeigekommen und hatte sich an ein gemeinsames Picknick dort erinnert. Sie war damals mit Louis schwanger gewesen und hatte es genossen, ausnahmsweise mal nicht dick, sondern einfach nur schwanger auszusehen, obwohl ihre Brüste damals riesig geworden waren (was Ben ganz toll gefunden hatte). Sie saßen im Park und aßen Hähnchen, und Ben malte sich die Zukunft seines Sohnes aus und was er später mal werden würde, und sie schaute in den blauen Himmel und fühlte sich so sicher und glücklich wie nie zuvor. In diesen Park ging sie inzwischen nicht mehr.

Caroline würgte und deutete auf den Reißverschluss ihrer Hose. Sie trug ein ziemlich enges und offensichtlich sehr teures Modell, das unten schmal zulief. Der Reißverschluss daran war jedoch geplatzt, und zu allem Übel war oben auch noch der Knopf abgesprungen.

»Sieh doch!«, jaulte sie. »Schau dir das an!«

Pearl kniff die Augen zusammen und nahm die Sache unter die Lupe.

»Du hast den Reißverschluss gesprengt … Stopfst du hinter unserem Rücken etwa heimlich Ingwerplätzchen in dich rein?«

»Nein!«, empörte sich Caroline. »Absolut nicht. Ich bin nur an einer Tür hängengeblieben.«

»Wenn du es sagst«, meinte Pearl, die Carolines obsessive Selbstkasteiung eher amüsant fand. »Also, wo liegt dann das Problem?«

»Das ist das Cruise-10-Modell von D&G«, erklärte Caroline. Das sagte Pearl so gar nichts. »Ich … ich meine, die kostet mehrere hundert Pfund.«

Pearl überlegte, dass sie bei Primark wohl problemlos so ein Teil für einen Zehner kriegen würde, hielt aber lieber den Mund.

»Und ich … ich kann mir so eine jetzt nicht mehr leisten. Das war es für mich. Dieser Bastard sagt, dass er meinen Lebensstil nicht länger finanzieren wird.« Sie fing wieder an zu weinen.

»Ab jetzt muss ich bei … billigen Ketten einkaufen.« Ihr Schluchzen wurde lauter. »Und mir selbst die Haare färben!«

Pearl verstand nicht, wo das Problem lag. »Na, daran ist doch nichts auszusetzen. Du weißt doch, wie es so schön heißt, solange man genug zu essen und ein Dach über dem Kopf hat …«

»Ich habe noch nie genug gegessen«, verteidigte sich Caroline.

»Lass mich mal einen Blick darauf werfen«, bat Pearl. »Da ist ja nur der Reißverschluss kaputt. Kannst du das nicht in deiner Nähgruppe reparieren?«

»Ha!«, lachte Caroline. »Nein. Da geht es doch nur um Patchwork. Und ums Tratschen.«

»Na, dann kann ich das vielleicht ausbessern«, schlug Pearl vor. Caroline starrte sie mit großen blauen Augen an.

»Wirklich? Das würdest du für mich tun?«

»Was hättest du denn normalerweise gemacht?«

Caroline zuckte mit den Achseln. »Ich denke … ich hätte mir einfach eine neue Hose gekauft. Früher zumindest. Und diese hier natürlich dem Secondhandshop gespendet.«

»Natürlich«, murmelte Pearl kopfschüttelnd. Sie hätte eine mehrere hundert Pfund teure Hose weggegeben, und das nur wegen des Reißverschlusses. Diese Welt war wirklich verrückt.

Die Türklingel kündigte einen Kunden an: Doti, der Briefträger, kam mit seinem üblichen hoffnungsvollen Lächeln herein.

»Hallo, die Damen«, grüßte er höflich. »Was ist denn hier los?«

Pearl konnte sich den Spruch nicht verkneifen: »Caroline hat ihre Hose gesprengt.«

»Oh, gut.«

»Was ist denn daran gut?«, fauchte Caroline.

»Sie brauchen ein bisschen was auf den Rippen«, meinte Doti. »Dürre Frauen sehen so … traurig aus. Sie sollten welche von Ihren köstlichen Cupcakes essen.«

Caroline rollte mit den Augen. »Ich sehe nicht traurig aus. Sieht Cheryl Cole etwa traurig aus? Oder Jennifer Aniston?«

»Und ob«, meinte Pearl.

»Die kenne ich nicht«, räumte Doti ein.

»Ich bin einfach nur in Form, das ist alles.«

»Na ja, Sie sehen schon gut aus«, sagte Doti.

»Danke«, meinte Caroline. »Allerdings bin ich nicht sicher, ob ich wirklich einen Briefträger um Stylingtipps bitten sollte.«

»Wir Postboten kriegen doch alles mit«, entgegnete Doti, der ganz und gar nicht beleidigt war, während er ein paar Umschläge auf die Theke legte und Pearl ihm gleichzeitig einen Espresso reichte. Sie lächelten sich an.

»Sie, hingegen«, verkündete Doti und nahm einen Schluck aus der Tasse, um sich Mut zu machen. »Sie sind wirklich schön.«

Pearl lächelte und bedankte sich, als Doti ging und Caroline mit offenem Mund stehen ließ.

»Was denn?«, fragte Pearl. Dotis Kompliment freute sie so sehr, dass Carolines nicht sehr schmeichelhafte Verblüffung sie gar nicht störte. »Glaubst du etwa, das war nicht ernst gemeint?«

Caroline musterte sie von oben bis unten, ließ ihren Blick über Pearls runde Hüften, den großen Busen, die Krümmung des Rückens und ihren Po wandern.

»Nein«, brachte die Blondine dann mit der kleinlautesten Stimme hervor, die Pearl je bei ihr gehört hatte. »Nein. Du bist nämlich wirklich schön. Das liegt an mir. Ich habe es ja nicht mal bemerkt. Manchmal«, fügte sie hinzu, und ihre Stimme wurde immer trauriger, »manchmal kriege ich so einiges nicht mit.«

Also nahm Pearl Carolines Hose mit nach Hause und tauschte den Reißverschluss aus, nähte den Knopf wieder an und kümmerte sich auch um einen losen Saum. Ehrlich gesagt war sie von der Qualität der Hose ziemlich enttäuscht, wenn man bedachte, dass sie Hunderte von Pfund gekostet hatte. Caroline war ihr so dankbar, dass sie die Hose rekordverdächtige zwei Mal in derselben Woche trug und fast vier Tage lang nicht an Louis' Aussprache herummäkelte, bis er schließlich »ey, Alter« sagte und sie es nicht mehr aushielt.

Kapitel 14

Der beste Geburtstagskuchen aller Zeiten

4 oz (110 g) weiche bretonische Fassbutter
8 oz (230 g) weißer extrafeiner Zucker, gesiebt
4 große frische Eier aus Freilandhaltung, verquirlt
6 oz (170 g) Mehl mit Backpulverzusatz
6 oz (170 g) Mehl
1 Cup (240 ml) frische Milch
1 TL Vanillearoma

Glasur

4 oz (110 g) weiche bretonische Fassbutter
16 oz (450 g) Puderzucker
1 TL Vanilleessenz
2 oz (60 ml) Milch
2 TL Rosenaroma

Drei kleine Backformen einfetten. Die Butter rühren, bis sie so weich ist wie ein Babypopo.

Den Zucker nach und nach in kleinen Portionen zugeben. Schmeiß ihn nicht einfach in die Schüssel, wie du es sonst immer machst, Isabel. Die Mischung muss locker sein, so richtig luftig. Gib Körnchen für Körnchen dazu, während du mit dem Schneebesen rührst.

Dann füg langsam die Eier hinzu. Immer schön weiterrühren.

Vermisch die beiden gesiebten Mehlsorten und füg dem Teig etwas Milch und Vanillearoma hinzu, dann ein wenig Mehl, dann wieder Milch und Vanilleessenz, und so weiter. Lass dir Zeit. Das ist dein Geburtstagskuchen für dich, und du bist etwas ganz Besonderes. Du hast ein wenig Zeit verdient.

20 Minuten bei 180°C/Gas Stufe 4 backen.

Für die Glasur die Hälfte des Puderzuckers mit der Butter mischen. Milch, Vanille- und Rosenaroma hinzufügen. Gut vermengen und dann Zucker hinzugeben, bis die gewünschte Konsistenz erreicht ist.

Die Schichten und die Oberseite des Kuchens glasieren. Kerzen hinzufügen. Aber nicht zu viele.

Freunde hinzufügen. So viele wie möglich.

Die Kerzen auspusten und sich etwas Schönes wünschen. Und niemandem a) deinen Wunsch oder b) dieses Rezept verraten. Manche Dinge sind eben etwas Besonderes, genau wie du, mein Schatz.

Alles Liebe, Gramps

Issy stellte die Geburtstagskarte ins Fenster. Jetzt, am 21. Juni, schien die Sonne so stark, dass Issy spürte, wie sie auf ihren Wangen brannte. Sie fragte sich, ob man durch Glasscheiben wohl braun werden konnte. Denn das war in diesem Jahr ihre einzige Chance, ein bisschen Farbe abzubekommen.

»Auf einmal ist der Sommer da, und ich habe es gar nicht mitbekommen«, sinnierte sie.

»Hm«, machte Pearl. »Mir entgeht das nie. Ich hasse jedes Wetter, bei dem ich keine Strumpfhosen tragen kann. Dann wissen meine Beine nämlich nicht wohin mit dem ganzen Geschwabbel. Ich hoffe, wir kriegen wieder einen kalten Sommer.«

»O nein, bloß nicht«, rief Issy bestürzt. »Unsere Kunden sollen sich doch im Hof sonnen und so lange wie möglich bleiben. Schade, dass wir keinen Alkohol ausschenken dürfen.«

»Erst Zuckerjunkies, und jetzt auch noch Betrunkene?«, sagte Pearl. »Hm. Außerdem wäre das auch nicht richtig.« Sie deutete auf einen Tisch beim Fenster, an dem gerade vier alte Männer saßen.

»Ach, stimmt!«, kicherte Issy. Das war wirklich komisch gewesen. Eines Tages waren, schon spät am Nachmittag, zwei alte Männer zur Tür hereingekommen. Ehrlich gesagt hatten sie ein wenig wie betrunkene Landstreicher ausgesehen. Es gab in der Nachbarschaft schon einen Obdachlosen, Berlioz, der fast jeden Tag vorbeikam, um eine Kleinigkeit zu essen und eine Tasse Tee zu schlürfen, wenn es ruhig war (Pearl erlaubte ihm außerdem auch noch, die BUND-Spendendose neben der Kasse zu leeren – wovon Issy nichts wusste, Pearl hatte jedoch den Segen ihres Pfarrers), aber diese Typen waren neu.

Einer von ihren schlurfte zu ihnen heran.

»Hm, zwei Kaffee bitte«, gab er mit kratziger, tabakgeschädigter Stimme seine Bestellung auf.

»Natürlich«, sagte Issy. »Möchten Sie auch etwas essen?«

Der Mann zog einen nagelneuen Zehn-Pfund-Schein hervor, und dabei fiel Austins Karte herunter.

»Nein. Oh, aber wir sollen sagen, dass Austin uns schickt.«

Issy kniff einen Moment lang die Augen zusammen, aber dann fiel es ihr wieder ein. Das waren die Säufer aus dem Pub, in den der Bankberater sie mitgenommen hatte.

»Oh«, machte sie überrascht. Sie war ihm in letzter Zeit aus dem Weg gegangen. Es war ihr immer noch peinlich, dass sie gedacht hatte, er könnte aus einem anderen Grund als wegen des Geschäfts an ihr Interesse haben, und da inzwischen alles viel besser lief, hatte die Bank wirklich keinen Grund zur Klage. Manchmal dachte sie jedoch an ihn und fragte sich, wie es wohl Darny ging. Die Dinosaurierbackformen hatte sie immer noch nicht benutzt. Und sie wusste nicht so ganz, was sie von ihren neuen Kunden halten sollte.

Aber von nun an kamen sie dreimal die Woche, und nach und nach schlossen sich ihnen immer mehr zweifelhafte Gestalten an. Als Pearl eines Tages rund um sie herum sauber machte, begriff sie irgendwann, dass hier ein inoffizielles Treffen der Anonymen Alkoholiker stattfand. Issy fragte sich kopfschüttelnd, wie Austin sie wohl dazu überredet hatte. Und schwor sich, diesen Pub von nun an weiträumig zu umgehen, denn der Wirt war doch sicher nicht begeistert. Damit waren es bereits fünf Lokale, an denen sie sich nicht mehr vorbeitraute. Eines wusste Issy jedoch nicht: Tatsächlich schauten die Leute, die extra wegen ihrer Cupcakes nach Stoke Newington kamen, auch oft bei den anderen Läden und Cafés in der Gegend vorbei. Und der Wirt des Pubs war begeistert, die alten Schluckspechte endlich losgeworden zu sein: Er hatte sich WLAN zugelegt, die Fenster geöffnet und machte jetzt ein gutes Geschäft mit herzhaftem Frühstück und Tee für ein Pfund. Die Leute saßen viel lieber in einem hellen Raum, der nach frischem Toast duftete und nicht schon morgens voller Schnapsleichen war. Aber Issy ging den anderen Lokalbesitzern trotzdem aus dem Weg.

»St. Johannis Regengüsse verderben uns die besten Nüsse«, zitierte einer der Alten eine Bauernregel mit äußerst anzüglicher Stimme. Die anderen lachten herzlich und riefen, er solle es doch mit den derben Anspielungen gut sein lassen.

»Ist heute wirklich schon der längste Tag des Jahres?«, fragte Issy plötzlich und sah auf die Uhr. Da das Cupcake Café jetzt endlich in ruhigen Gewässern segelte und Geld einbrachte, hatte sie nach Abschluss des Geschäftsjahres das Zeitgefühl völlig verloren. Klar, sie musste immer noch das Darlehen zurückzahlen, aber es sah trotzdem so aus, als könnte sie sich mit dem Lokal bald den Lebensunterhalt verdienen. Was recht ironisch war, dachte Issy, denn sie war so sehr auf das Café fixiert, dass sie sich schon seit Monaten keine neuen Klamotten mehr gekauft hatte, die sie unter ihrer Schürze ja auch eigentlich nicht brauchte. Allerdings musste sie dringend mal den Haaransatz nachfärben, dachte sie, als sie einen Blick auf ihr Spiegelbild in den Metallecken der Kuchenauslage erhaschte. Vor zehn Jahren waren ungleichmäßig gefärbte Haare noch irgendwie sexy und süß und erinnerten an sonnengebleichte Strandfrisuren. Jetzt hingegen lief sie mit dem Look Gefahr, wie eine verrückte Alte auszusehen. Sie zog vor ihrem verzerrten Abbild eine Grimasse. Woher kam nur diese Falte zwischen ihren Brauen? War die schon immer da gewesen? Manchmal überraschte sie sich mit diesem Gesichtsausdruck einer Frau, der viel zu viele Dinge durch den Kopf gingen und die immer einen Schritt hinterherhinkte. Sie glättete die Falte mit dem Finger, aber eine feine Linie blieb trotzdem zurück. Als sie die besorgt betrachtete, nahm ihr Gesicht wieder den gleichen Ausdruck wie zuvor an. Sie seufzte.

»Was ist denn los?«, erkundigte sich Pearl, die Schablonen für das Schokoladenpulver auf dem Cappuccino zurechtschnitt. Warum sich die Kunden so über kleine Blümchen auf ihrem Kaffeeschaum freuten, war ihr zwar ein Rätsel, aber sie kam ihren Wünschen nur zu gerne nach.

»Hm. Nichts«, sagte Issy. »Es ist nur … ich habe bald Geburtstag, das ist alles.«

»Oh, ein runder?«, wollte Pearl wissen.

Issy sah sie an. Meinte sie damit jetzt den dreißigsten? Oder den vierzigsten?

»Für wie alt hältst du mich denn?«, fragte sie.

Pearl seufzte. »Darauf kann ich wirklich keine Antwort geben. Ich weiß nie, wie alt die Leute eigentlich sind. Sorry. Ich würde nur danebenliegen und dich beleidigen.«

»Außer, wenn du mich wirklich jung schätzt«, meinte Issy.

»Na, damit würde ich dich doch auch beleidigen, oder nicht? Wenn du denkst, ich halte dich für 28, nur um dir zu schmeicheln.«

»Also würde ich nicht für 28 durchgehen?«, fragte Issy. Pearl reckte die Hände gen Himmel.

»Was muss ich nur tun, um dieser Unterhaltung zu entkommen?«

Issy seufzte wieder. Pearl blickte sie an. Es sah ihrer Chefin gar nicht ähnlich, derart Trübsal zu blasen.

»Was denn?«

Issy zuckte mit den Achseln. »Ach, nichts. Es ist nur … na ja, du weißt schon. Mein Geburtstag steht direkt vor der Tür. Der ist am Donnerstag, um genau zu sein. Und das hat mich … das hat mich dieses Jahr einfach überrascht. Normalerweise vergesse ich meinen Geburtstag nie.«

Sie rief Helena an.

»Hm, Lena. Wusstest du, dass ich Donnerstag Geburtstag habe?«

Am anderen Ende herrschte Schweigen.

»Oh, Issy, das ist ja schon in drei Tagen!«

»Ja, ich weiß. Ich, äh, hab das völlig vergessen.«

»Das hört sich eher so an, als hättest du es verdrängt.«

»Ja, ja. Sei bloß ruhig.«

»Okay, also, sollen wir dann am Wochenende was zusammen machen? Ich muss Donnerstagabend arbeiten, und ich hab schon zweimal getauscht, noch mal geht das jetzt nicht. Tut mir leid.«

»Das ist schon in Ordnung«, sagte Issy bedrückt.

»Möchtest du vielleicht Sonntag was unternehmen? Ashok hat auch frei.«

»Am Sonntag ist das Wetter vielleicht schon nicht mehr so gut«, wandte Issy ein. Sie war sich völlig dessen bewusst, dass sie jetzt quengelig wurde. Außerdem – was hatte sie denn erwartet? In den letzten Monaten hatte sie sich um das Café gekümmert und ihre Freunde weitestgehend ignoriert. Sie konnte jetzt kaum damit rechnen, dass die, wenn sie sie nun auf den letzten Drücker einlud, alles stehen und liegen ließen, um ihren großen Tag zu feiern, während sie ihnen nicht einmal eine Karte zur Geburt ihres ersten Kindes oder zum Umzug geschickt hatte.

Als Felipe, wie er es einmal in der Woche tat, hereinkam und höflich fragte, ob er ihre Kunden mit einem Ständchen auf seiner Geige erfreuen durfte, lehnte sie ein wenig schärfer als sonst ab. Sie wusste ja, dass Stoke Newington ein Künstlerviertel und ziemlich exotisch war, aber die Idee, dass ein umherwandernder Troubadour ihre Gäste belästigte, die in aller Ruhe ihren Kuchen essen und die Zeitung lesen wollten, überzeugte sie immer noch nicht. Felipe wirkte nie beleidigt oder genervt, zupfte nur ein paar Noten, legte zum Gruß die Hand an seinen schwarzen Hut und verschwand wieder.

»Also, manchmal«, sagte Pearl, die ihn und seinen fröhlichen Hund davonziehen sah, »finde ich diese Gegend wirklich seltsam. Und du solltest mal sehen, wo ich wohne.«

Am Donnerstagmorgen schien die Sonne immer noch, das war schon mal gut. Issy schluckte – sie musste daran denken, wie es vor einem Jahr gewesen war. Nach der Arbeit waren sie in den Pub gegangen, um ihren Geburtstag zu feiern, und es war super gewesen. Dann hatten Graeme und sie so getan, als würden sie auf eine Zigarette verschwinden, obwohl sie beide gar nicht rauchten, und in der Gasse draußen wie zwei Teenager rumgeknutscht. Es passte gar nicht zu Graeme, sich so liebevoll und romantisch zu zeigen, das war völlig untypisch gewesen. Sie hatten so viel Spaß gehabt. Dass ihr Chef ihr Herz im Sturm erobert hatte, hatte sie sehr glücklich gemacht, und sie war voller Pläne gewesen. Sie hatte gedacht … sie hatte wirklich geglaubt, dass sie dieses Jahr vielleicht sogar mit einem Ring rechnen konnte. Das kam ihr nun so albern vor. So dumm. Jetzt war auf jeden Fall kein Ring mehr drin, das war klar.

Sie wusste, wann Graeme Geburtstag hatte: am 17. September. Im Büro hatte sie auf seiner Geburtstagskarte unterschrieben, wie alle anderen auch, aber sie hatte immer gerne gedacht, dass er die geheime Botschaft hinter diesen Küsschen verstehen würde. Sein Sternzeichen war Jungfrau, also war er ziemlich pingelig und hatte eine perfektionistische Ader, auch das erschien Issy alles ganz logisch. Sie las gerne sein Horoskop, damit kam sie sich fürsorglich vor und als hätte sie ein gewisses Anrecht auf ihn. Aber natürlich hatte er sich ihren Geburtstag nie merken können. Und außerdem fand er es total idiotisch, wie Frauen sich aufführten, wenn es um Geschenke und dergleichen ging. Es hätte ihn selbst dann nicht interessiert, wenn sie noch zusammen wären. Sie seufzte.

Ehrlich gesagt wünschte sie sich in diesem Augenblick, sie hätte ihren Geburtstag überhaupt nicht erwähnt und ihn einfach ignoriert. Die Sache war ihr Helena und Ashok gegenüber peinlich, als wären das ihre einzigen Freunde. Und außerdem machte die ganze Geschichte ihr auch auf schreckliche Art und Weise klar, wie hart sie eigentlich arbeitete und dass sie sich noch so viele neue Cremes ins Gesicht schmieren und bei Topshop einkaufen konnte – die Zeit blieb trotzdem nicht stehen. Sie biss sich auf die Lippe. Nein. So durfte sie nicht denken. Zweiunddreißig war doch gar nichts. Überhaupt nichts. Helena machte sich über ihr Alter so gar keine Gedanken, dabei war sie schon seit Jahren einunddreißig. Gut, einige ihrer Freundinnen mussten unbedingt ihren dicken Babybauch zur Schau tragen, und okay, all diesen schicken Mummys in Stoke Newington, die ihre kleinen Olivias und Finns durch die Gegend schoben, wirkten nicht viel älter als sie. Ja, und? Sie bekam ihr Leben doch so langsam auf die Reihe. Sie stand doch jetzt viel besser da als noch vor einem Jahr, immerhin hatte sie jetzt eine vernünftige Arbeit. Und das Cupcake Café machte sie wenigstens glücklich. Das Telefon klingelte. Eine kleine, winzige Sekunde lang fragte sie sich, ob das vielleicht Graeme war.

»Hallo?«, erklang eine betagte Stimme, die durch die Leitung ein wenig krächzend klang. »Hallo?«

Issy musste lächeln. »Gramps!«

»Und, hast du auch einen schönen Tag, Liebes?«, fragte ihr Großvater. Seine Stimme klang in letzter Zeit dünner, wie gehaucht, so als würde er sich nach und nach auflösen, sich von der realen Welt entfernen.

Issy dachte an die Geburtstage über der Bäckerei. Grampa hatte für sie immer einen besonderen, riesigen Kuchen gebacken, der viel zu groß für sie und die paar Freunde war, die sie zu Hause besuchten und fragten, wo denn ihre Mutter steckte, oder, falls ihre Mutter da war, wissen wollten, warum sie denn Zweige im Haar trug und ganz still im Schneidersitz dasaß. Besonders demütigend war das an ihrem neunten Geburtstag gewesen, als ihre Mutter gerade auf transzendentale Meditation stand. Damals hatte sie Issy erzählt, dass sie fliegen könnte, wenn sie nur genug trainierte.

Es überwogen jedoch die schönen Erinnerungen: die rosafarbene Kuchenglasur, die Kerzen, das gedämpfte Licht, Gramps' Tisch voller Leckereien – kein Wunder, dass sie so ein moppeliges Kind gewesen war –, und dann schauten alle aus der Bäckerei vorbei und gratulierten ihr, da ihr stolzer Großvater natürlich jedem von ihrem Geburtstag erzählt hatte. Es gab viele Geschenke – nichts Großes, nur Filzstifte und Schulhefte und alle möglichen Kleinigkeiten, aber sie war sich damit reich vorgekommen, wie eine Prinzessin. Wenn ihr damals jemand erzählt hätte, dass es möglich war, sich an seinem Geburtstag einsam zu fühlen, dann hätte sie das nicht geglaubt. Aber genau so erging es ihr jetzt.

Issy holte tief Luft.

»Ja«, log sie tapfer. »Ich schmeiße mit all meinen Freunden eine große Party in einem schicken Restaurant. Wir werden lecker essen, und die haben alle zusammengelegt, um mir ein tolles Geschenk zu kaufen.« Sie versuchte, sich bloß nichts anmerken zu lassen. Nämlich, was in Wirklichkeit anstand: zur Arbeit gehen, das Café aufschließen, backen, die Kunden bedienen, die

Kasse machen, abschließen, nach Hause gehen, Möhrensuppe essen, fernsehen und sich dann ins Bett legen. O nein … Sie hörte ein Klopfen an der Tür und wusste augenblicklich, dass es der Paketbote war, der ihr die jährliche Kiste kalifornischen Wein brachte. Gott, das machte es nur noch schlimmer. Vielleicht würde sie vor dem Schlafengehen etwas davon trinken und so sichergehen, dass sie zu allem anderen am nächsten Tag auch noch einen ordentlichen Kater hatte.

»Gramps, da ist jemand an der Tür«, sagte sie. »Ich muss gehen. Aber ich komme am Sonntag bei dir vorbei.«

»Hallo? Hallo?«, rief ihr Großvater ins Telefon. Es hörte sich an, als wäre er auf einmal in einem ganz anderen Gespräch gelandet. »Hallo? Können Sie mich hören? Mit wem spreche ich denn da?«

»Ich bin's, Gramps, Issy.«

»Hm. Issy. Ach ja. Gut.«

Issy spürte, wie sich ihr vor Angst das Herz zusammenzog. Jetzt wurde an der Wohnungstür laut geschellt. Wenn sie nicht aufmachte, würde der Bote wieder gehen, und sie musste die Kiste selbst abholen, und für so etwas hatte sie im Moment einfach keine Zeit.

»Ich muss jetzt auflegen. Ich hab dich lieb.«

»Ja. Hm. Richtig. Ja.«

Issy wickelte sich in ihren hässlichen, aber gemütlichen Morgenmantel und ging zur Tür. Ja, es war der Paketbote mit ihrer Kiste Wein. Den Bruchteil einer Sekunde lang hatte sie gehofft, dass Graeme vielleicht … Vielleicht ein paar Blumen … Nein. Und es wusste ja auch jeder, dass sie den ganzen Tag im Café war. Sie unterschrieb und öffnete die Kiste. Jap, wieder mal kalifornischer Rotwein. Irgendwann würde sich ihre Mutter doch sicher merken können, dass sie nur Weißen und Rosé trank, oder nicht? Denn wenn sie mal zusammen aus gewesen waren, hatte sie da nicht jedes Mal vermieden, Rotwein zu bestellen, weil sie davon Kopfschmerzen bekam? Vielleicht war das Marians Art, ihrer Tochter zu sagen, dass sie nicht so viel trinken sollte. Vielleicht war es ihre Art zu zeigen, dass sie ihr wichtig war.

Im selben Moment wachte Graeme im Malmaison Hotel in Edinburgh auf und fasste einen Entschluss. Er hatte schon länger darüber nachgedacht, und jetzt war die Sache endlich klar. Immerhin war er ein entscheidungsfreudiger und willensstarker Typ, wie er sich in Erinnerung rief, und es war an der Zeit, sich zu holen, was er wollte.

Im Café munterte Louis Issy ein wenig auf, indem er sie ganz fest in den Arm nahm und ihr eine mit orangefarbenen Flecken übersäte Karte überreichte, die er selbst gemacht hatte.

»Danke, mein Schatz«, sagte sie. Sie freute sich wirklich und genoss das Gefühl seiner kleinen Ärmchen um ihren Hals. Er gab ihr einen schlabbrigen, feuchten Kuss.

»Herzlichen Burtstag, Tante Issy!«, rief er. »Ich bin fünf!«

»Du bist gar nicht fünf«, verbesserte ihn Pearl nachsichtig. »Du bist erst zwei.«

Louis warf Issy einen schelmischen Blick zu, so als wäre das ihr kleines Geheimnis. »Ich bin fünf«, wiederholte er und nickte dabei heftig.

»Na ja, ich bin schon ein bisschen älter als fünf«, verriet Issy, während sie seine Karte bewunderte und im Café aufhängte.

»Alles Gute zum Geburtstag, Boss«, gratulierte ihr Pearl. »Ich hätte dir ja gerne einen Kuchen gebacken, aber …«

»Ich weiß, ich weiß«, seufzte Issy und band sich die Schürze um.

»Also …« Pearl drehte sich um, griff in ihre Tasche und zog eine Tupperdose heraus. Als sie sie öffnete, quietschte Issy begeistert und schlug sich die Hand vor den Mund.

»Das dürfen wir aber niemandem zeigen«, wisperte sie.

»Ich weiß«, lächelte Pearl. »Dann wäre der aber auch sofort weg.«

Vor ihnen stand ein kleines Kunstwerk in Kuchenform, das leidlich gut zusammenhielt.

Statt aus Teig war es aus Snacks gemacht, auf einem Grundriss aus Chips stapelten sich ineinander verschlungene Erdnussflips und ein Turm aus Ringlis, der von einer Salzstangen-Fahne gekrönt war.

»Die Leute im Bus haben ziemlich komisch geguckt«, erklärte Pearl. »Das Ganze wird mit Marmite zusammengehalten.«

Issy schloss sie in die Arme. »Danke!«, sagte sie innig und spürte, dass es ihr ein wenig die Kehle zuschnürte. »Für alles. Ich hätte ... ich weiß nicht, wie ich das alles ohne dich je geschafft hätte.«

»Oh, Caroline und du, ihr würdet ohne mich doch inzwischen die ersten Filialen in Tokio eröffnen«, winkte Pearl ab und klopfte ihr auf die Schulter.

»Hab ich da etwa meinen Namen gehört?«, fragte Caroline, die in diesem Moment hereinspazierte. »Okay, das ist mein Geschenk für dich. Du hast heute Vormittag frei. Ich hab die Kinder in kompetente Hände übergeben.«

»Du meinst, sie sind in der Schule?«, stellte Issy klar.

»Genau«, nickte Caroline. »Megaperls und ich, wir werden den Laden schon schmeißen, oder nicht?«

Issy wusste, dass dieser Kosename liebevoll gemeint war, aber ihr entging nicht, wie Pearl bei der wenig schmeichelhaften Bezeichnung zusammenzuckte.

»Bist du sicher?«

»Natürlich«, nickte Pearl. »Wir halten hier die Stellung. Jetzt verschwinde schon!«

»Aber ich weiß ja gar nicht, was ich mit mir anfangen soll«, wandte Issy ein. »Zeit für mich selbst ... das kenne ich gar nicht mehr ...«

»Diese Zeit für dich selbst findet aber ein jähes Ende, wenn ich um halb zwei meine Reiki-Sitzung habe«, erklärte Caroline. »Ich würde mich an deiner Stelle also ranhalten.«

Als Issy die Straße entlanglief, wärmte ihr die Sonne den Rücken. Sie fühlte sich seltsam leicht und frei – keiner wusste, wo sie steckte! Sie konnte einen Bus zur Oxford Street nehmen und shoppen gehen! Hm, aber vielleicht hatte sie gar nicht genug Geld zum Einkaufen. Sie musste wirklich mal Austin fragen. Sie hatte keine Ahnung, wie es um ihre persönlichen Finanzen stand. Die Vorstellung, sich bei ihm danach zu erkundigen, war ihr furchtbar unangenehm. Wahrscheinlich würde er ihr wieder nur eine Standpauke halten. Aber was kümmerte es sie. In privater Hinsicht verband sie ja nichts, also sollte sie sich darüber keine Gedanken machen: Sie würde sich einfach mit einer geschäftlichen Frage an ihn wenden. Er hatte schließlich hundertprozentig klargemacht, dass sich seiner Meinung nach alles aufs Geschäftliche beschränken sollte, und außerdem machte ihr das auch gar nichts aus. Aber es machte ihr durchaus etwas aus, an den anderen Cafés auf der Stoke Newington High Street vorbeizugehen. Sie hatte noch nicht vergessen, was hier beim letzten Mal passiert war. Das war schrecklich gewesen, aber immerhin hatte man sie seitdem in Ruhe gelassen.

Ach, zum Teufel damit, auch das kümmerte sie heute einfach gar nicht. Sie hatte Geburtstag, und wenn sie an den anderen Lokalen auf der Hauptstraße vorbeigehen wollte, dann tat sie das auch. Sie versuchte, die Straße möglichst unerkannt zu passieren, stolzierte hoch aufgerichtet voran und vermied dabei jeglichen Blickkontakt. Einerseits war sie nervös, andererseits erfüllte sie nun trotzige Entschlossenheit. Ob es diesen Leuten nun passte oder nicht, sie war jetzt ein Teil dieser Gemeinschaft, und damit basta. Sie gehörte dazu.

Im Pub vor der Bank setzte sie sich nach draußen. Vielleicht konnte sie eines Tages auch solche Terrassentische für das Café bestellen. Offiziell hatte sich noch niemand darüber beschwert, dass sich ihre Kunden draußen unter den Baum hockten, aber es kam ihr unhöflich vor, und der Eisenwarenhändler starrte immer wütend rüber, wenn er zu seltsamen Uhrzeiten seinen Laden aufsuchte. Issy bestellte einen Kaffee. Er schmeckte fürchterlich, kostete aber nur ein Pfund fünfzig. Damit konnte sie leben. Um zehn nach neun erschien Austin und hastete wie immer eilig vorbei. Dabei hing ihm das Hemd aus der Hose – über einem, wie Issy nicht entging, recht süßen Hintern. Das lag bestimmt an der Sonne. Sie fand Hintern selten bemerkenswert, zumindest im Vergleich mit Graemes fitnessgestähltem Po, auf den er, wie sie manchmal dachte, ein wenig zu stolz war. Egal, sie starrte Austin ja nicht auf den Hintern. Sie wollte ihm eine geschäftliche Frage stellen, das war alles. Sie war absolut nicht erpicht auf diese Begegnung mit ihm, selbst wenn sein blaues Hemd zu seinen Augen echt toll aussah. Trotzdem, wirklich nicht.

»Austin!«, rief sie zögernd und winkte mit ihrer Zeitung. Er drehte sich um, entdeckte sie und wirkte erst sehr erfreut, dann eine Sekunde lang ein wenig gequält. Das ärgerte Issy. Er brauchte doch nicht so zu tun, als wäre sie eine Art Stalkerin.

Der Bankberater kam über die Straße. Innerlich ärgerte es ihn, wie schön er es fand, sie zu sehen. Es ging doch sicher nur um etwas Geschäftliches.

»Jetzt guck nicht so ängstlich, es geht nur um etwas Geschäftliches«, stichelte Issy. Das sollte eigentlich witzig rüberkommen, aber jetzt fand sie ihren Spruch auf einmal sehr merkwürdig.

»Hurra!«, sagte er und setzte sich. Issy war enttäuscht. »Also gut. Sollen wir nicht einfach einen Kaffee bestellen und das Ganze als Meeting betrachten?«

Issy sah ihm dabei zu, wie er Janet anrief. »Ja, ich habe leider vergessen zu erwähnen … tatsächlich? Dann hatte ich für diese Uhrzeit also zwei Termine? Sagen Sie ihnen bitte, dass es mir schrecklich leidtut …«

Issy schüttelte den Kopf. »Wie hält Janet es nur mit dir aus?«

»Sie zieht dann so ein Gesicht«, erklärte Austin und blickte streng drein. »Ich hab ihr gesagt, dass hier bald ein anderer Wind weht, aber das kauft sie mir nicht ab. Auf mich hört ja niemand.«

Austins Bestellung wurde gebracht.

»Der Laden wird immer besser«, bemerkte er.

»Wirklich?«, fragte Issy und schlürfte den bitteren Schaum von ihrem sogenannten Kaffee.

»O Gott, ja, das ist der reinste Luxus im Vergleich zu vorher.«

»Da muss ich mich dann wohl auf dein Urteil verlassen«, lächelte Issy. Sie war erleichtert, dass zwischen ihnen kein Groll herrschte. Obwohl das eigentlich zu erwarten gewesen wäre – er hatte es gar nicht verdient, dass sie so nett zu ihm war, dachte sie. Sie fragte nicht nach Darny. Bloß nicht zu persönlich werden. »Also, was ich gerne wissen würde … habe ich eigentlich Geld?«

»Na ja, das kommt darauf an«, sagte Austin und gab vier Stück Zucker in seinen Kaffee. Als er bemerkte, wie Issy ihn deshalb anstarrte, streckte er ihr die Zunge raus und nahm noch einen weiteren Würfel. Manchmal, dachte Issy, kann er einfach nicht anders.

»Du bist wirklich ein ungewöhnlicher Bankberater«, seufzte sie.

»Bin ich gar nicht. Die anderen spielen alle Golf, kannst du dir das vorstellen? Wie seltsam ist das denn bitte schön? Golf!«

»Worauf kommt es an?«, wollte sie schließlich wissen.

»Beim Geld? Es kommt darauf an, was du damit anfangen willst. Hast du vor, alles hinzuschmeißen und nach Südamerika auszuwandern?«

»Könnte ich das denn?«

»Nein. Wie ich damit eigentlich illustrieren wollte. Das nicht.«

»Okay. Eigentlich hatte ich mich gefragt … habe ich genug, um mir ein paar Klamotten zu kaufen?«

Kurz nach der Eröffnung des Cafés hatte Issy Austins Bank auch ihre persönlichen Konten übertragen. Da sie den Großteil des Unternehmens selbst finanzierte, erschien es ihr logisch, alles unter einem Dach zu haben. Es war komisch, dass Austin so viel über ihren persönlichen Kontostand wusste, wenn sie doch andererseits gewissermaßen vereinbart hatten, persönliche Angelegenheiten aus ihrer Beziehung herauszuhalten.

»Wofür?«

Plötzlich war Issy die Sache peinlich.

»Also … es ist so … ich hab heute Geburtstag.«

Austin sah überrascht, aber auch ein wenig schuldbewusst auf. »Na, das ist ja eine Überraschung! Glückwunsch!«, gratulierte er ihr. »O nein, warte mal, das klingt jetzt aber verlogen. Ich wusste das ja, immerhin stand es auf allen Formularen«, gab er zu und war jetzt wirklich durcheinander. »Hm, die hab ich letztens noch einsortiert. Gewissermaßen. Ich war also im Bilde. Aber ich wollte da jetzt keine große Sache draus machen, falls du Geburtstage lieber ignorierst. Du weißt schon. Was du ja offensichtlich nicht tust. Also: Herzlichen Glückwunsch.«

Er lächelte nicht sonderlich überzeugend.

»Ich hätte ihn lieber ignorieren sollen«, seufzte Issy. »Im Ernst. Das ist ein ziemlich doofer Geburtstag. Mal abgesehen von der Arbeit. Die Arbeit läuft super. Aber das bedeutet«, erklärte sie mit Nachdruck, »das bedeutet ja, dass sich mein gesamtes Leben um das Café dreht und ich keinen Ausgleich im Privatleben habe. Was heißt, dass sich mein emotionales Wohlergehen komplett auf den Job stützt und ich niemals nach vorne schauen kann …«

»Vielleicht liest du einfach nur zu viele Ratgeber«, warf Austin ein.

»Oh, ja.« Issy beruhigte sich ein wenig. »Das kann natürlich sein.«

»In dieser Phase deines Lebens solltest du stolz auf dich sein«, meinte Austin. »Sieh dich doch an, du bist eine erfolgreiche Unternehmerin!«

»Ich weiß.«

»Was hast du denn an deinem letzten Geburtstag gemacht?«

»Na ja, ich bin mit ein paar Kollegen aus dem Büro was trinken gegangen …«

Austin rollte mit den Augen. »Siehst du?«

»Na, was hast *du* denn an deinem letzten Geburtstag gemacht?«, fragte Issy.

»Darny und ich waren bei einem Hot-Dog-Festival«, verriet Austin.

»Wer ist denn auf die Idee gekommen?«

»Äh, Darny vielleicht?«

»Hm-hm. Und, wie ist es gelaufen?«

Austin verzog angesichts der Erinnerung das Gesicht.

»Na ja, lass es uns mal so sagen, einige der Hot Dogs haben wir später wiedergesehen. Und zwar über den Bürgersteig verteilt.« Dann lächelte er. »Aber Darny meinte, das war es wert. Und ich hab immer noch die Karte von ihm, guck mal.«

Austin schob die Hand in die Anzugtasche und wühlte darin herum. Er zog ein paar Kassenbons von der Wäscherei, einen kleinen Plastikcowboy und ein Wählerregistrierformular hervor.

»Ach, da steckt das also«, sagte er zu sich selbst. »Also, ich hatte sie zumindest. Und sie war wirklich toll. Darny hatte ein Bild davon gemalt, wie wir beide gegen ein riesiges Kackmonster kämpfen. Und mal abgesehen von der Kotzerei hatten wir viel Spaß. Und die haben wir schließlich mit Eis kuriert.«

»Ob das so eine gute Idee war?«, fragte Issy lächelnd.

»Das funktioniert besser, als man denkt«, versicherte Austin.

»Bei dieser Ersatzeltern-Geschichte lernt man wirklich so einiges.«

Plötzlich fasste Issy einen Entschluss. Okay, sie war bei ihm schon einmal abgeblitzt. Nie wieder, hatte sie sich geschworen. Aber trotzdem hatten ihre Füße sie irgendwie hierhergetragen … Sie hätte schließlich einfach Janet anrufen und nach ihrem Kontostand fragen können. Aber das hatte sie eben nicht gemacht, oder? Also würde sie sich jetzt ein Herz nehmen und ihn fragen. Sie schluckte.

»Hm«, sagte sie. »Würdest du vielleicht gerne … also, mit Darny, denke ich, oder vielleicht hast du ja auch einen Babysitter? Oder vielleicht doch nicht, natürlich nicht, das war wirklich eine blöde Idee, vergiss es, ich habe nichts gesagt.«

»Was denn?«, fragte Austin. Schlagartig war er ganz aufgeregt, und seine Ohren begannen zu brennen.

»Hm, ist ja auch egal«, murmelte Issy. Auf einmal fiel ihr auf, dass sie wieder rot wurde, sie merkte aber gleichzeitig, dass es das erste Mal seit Langem war. War das etwa ein Fortschritt?

»Was denn?« Austin wollte jetzt unbedingt wissen, was für einen Vorschlag sie sich da verkniffen hatte. Dieses Hin und Her war ihm einfach unerträglich. Aber meinte sie das ernst? Was wollte sie wirklich von ihm? Issy starrte inzwischen zu Boden und sah unglaublich gequält drein.

»Ich … ich wollte dich eigentlich fragen, ob du vielleicht Lust hättest, heute Abend mit mir was trinken zu gehen, aber das war natürlich bescheuert, vergiss es einfach. Denn eigentlich sollte ich das ja meine Freunde fragen – ich hab nämlich jede Menge Freunde …«

»Das freut mich zu hören«, warf Austin ein.

»… na, egal, wie auch immer. Vergiss es.«

Unglücklich starrte Issy in ihren Schoß.

»Okay«, sagte Austin. »Ehrlich gesagt wäre ich sehr gerne mitgekommen. Aber ich habe heute Abend schon etwas vor.«

»Oh«, machte Issy, sah aber nicht auf.

Dann schwiegen sie beide. Issy fühlte sich gedemütigt – was hatte sie sich bloß dabei gedacht? Hatte sie da gerade ihren Bankberater gebeten, mit ihr etwas trinken zu gehen? Nachdem er eindeutig klargestellt hatte, dass er nicht an ihr interessiert war? Und nun hatte er ihr einen Korb gegeben, so als wollte er ihr das alles noch mehr unter die Nase reiben. Und sie mussten jetzt jahrelang zusammenarbeiten, wobei er stets im Hinterkopf haben würde, wie sehr sie auf ihn stand. Na super. Der Tag wurde immer besser. Ihr allerschönster Geburtstag.

»Na, dann gehe ich wohl mal besser«, sagte sie leise.

»Okay«, antwortete Austin. Peinlich berührt standen sie beide gleichzeitig auf und wandten sich zur Straße hin.

»Hm, ciao«, verabschiedete sich Issy.

»Ciao.« Austin hob ein wenig ungeschickt die Arme, so als wollte er sie auf die Wange küssen, und Issy beugte sich genauso ungeschickt vor, dachte dann aber, dass sie seine Geste vielleicht missverstanden hatte, und lehnte sich schnell wieder zurück. Aber es war schon zu spät, und jetzt dachte Austin, dass sie sich zu einem dieser Höflichkeitsbussis vorgelehnt hatte, die er so peinlich fand, also wollte er auch tun, was von ihm erwartet wurde. Er küsste sie in genau dem Moment, als sie sich schon wieder abwandte, und erwischte daher aus Versehen ihren Mundwinkel.

Issy zuckte zurück und setzte ein breites falsches Grinsen auf, um ihre Bestürzung zu überspielen, während Austin unwillkürlich seine Lippe berührte.

»Ciao!«, rief Issy noch einmal betont fröhlich. Sie spürte, dass ihr Gesicht glühte wie die Sonne – und einen kurzen und verführerischen Moment lang hatte sie auch seine erstaunlich weichen Lippen auf den ihren gespürt.

Als Austin an diesem Morgen zu spät zu seinem Meeting kam, war er noch zerstreuter als sonst. Mein Gott, diese Frau!

Schließlich ging Issy dann doch nicht shoppen. Stattdessen kaufte sie sich einen Bagel mit Frischkäse und geräuchertem Lachs, einen Champagner-Pikkolo mit Strohhalm – auch wenn es dafür vielleicht noch zu früh war – und eine Zeitschrift und setzte sich in einem Park in die Sonne. Sie versuchte, die Rufe der glücklichen Kinder anderer Leute zu genießen, die die Enten fütterten, und auch das unruhige, zittrige Gefühl, das sie überkam, wenn sie an Austins versehentlichen Beinahe-Kuss dachte.

Viele Freunde schickten ihr per Facebook Geburtstagsgrüße, was zwar nicht damit zu vergleichen war, wenn sie persönlich vorbeigeschau hätten, um mit ihr zu feiern, aber besser als nichts, und ihr Handy piepste jedes Mal fröhlich, wenn eine neue Nachricht hereinkam. Nach dem Bagel kaufte sie sich noch ein Eis, legte sich dann hin und beobachtete die Wolken. Sie überlegte, dass sie es seit letztem Jahr tatsächlich weit gebracht hatte, wirklich. Also musste sie jetzt aufhören, so mürrisch zu sein und … nein. Das half auch nicht weiter. Ihr war von dem Champagner ein wenig schlecht, und plötzlich fühlte sie sich inmitten des belebten Parks und all der lauten Menschen furchtbar einsam.

»Kopf hoch, Liebes«, munterte sie einer von Kates Bauarbeitern auf.

Issy drehte sich zu Pearl um. Sie war zurück im Laden und hatte Caroline nach Hause geschickt, nachdem diese Pearl, immer wieder von Kunden unterbrochen, eine komplizierte Geschichte über ihren Urlaub in der Dominikanischen Republik erzählt hatte. Auf irgendeine völlig bescheuerte Art und Weise hatte Caroline wohl angenommen, dass sie damit Pearls Bewunderung und Zuneigung gewinnen würde, was aber beides nicht der Fall war.

»Neunmal«, sagte Issy.

»Neunmal was?«, fragte der Handwerker, der gerade das Smartie von seinem Zimt-Cupcake saugte. »Hm, die sind echt lecker.«

»Jetzt ist schon neunmal jemand hereingekommen und hat ›Kopf hoch, Liebes‹ zu mir gesagt.«

»Und dreimal ›So schlimm wird es bestimmt gar nicht‹«, fügte Pearl überflüssigerweise hinzu.

Issy sah sich im Café um. Es war viel los. Auf dem Weg zurück hatte sie spontan einen Strauß Lilien gekauft, um sich etwas aufzumuntern, und der Duft der Blumen erfüllte den Raum. Auch wenn das völlig gegen die Brandschutzbestimmungen verstieß, wie Pearl bemerkt hatte, standen hier an diesen seltenen warmen Tagen Tür und Fenster weit offen. Das Café war frisch und sommerlich, erfüllt vom Klappern des Geschirrs und anderen geselligen Geräuschen. Sie hatten ein paar neue geblümte Teller gekauft, um die leichteren Zitronen- und Orangenküchlein mit den kandierten Früchten besser zur Geltung zu bringen, die sich an warmen Tagen so gut verkauften, und die sahen einfach toll aus. Issy bemerkte, dass die beiden Studenten, die den nassen Frühling über mit ihrem kostenlosen WLAN an ihrer Diplomarbeit gearbeitet hatten, zusammengekuschelt dasaßen und tippten, wenn sie sich nicht gerade küssten. Sie nahm mal an, dass die sich jetzt mehr als nur die Internetverbindung teilten. Na ja, wenigstens war nicht jeder an ihrem Geburtstag einsam, dachte sie traurig.

»Also, was ist denn los?«, fragte der Bauarbeiter und nippte in aller Seelenruhe an seinem Cappuccino. Issy biss sich auf die Lippe. Kate würde sie umbringen. Sie hatte Caroline doch ernsthaft gebeten, den Männern keinen Kaffee mehr zu servieren, als »Freundschaftsdienst«. Woraufhin Caroline ihr erklärt hatte, dass nach einer Nutzen-Kosten-Analyse keine Marketingexpertin, die ihr Geld wert war, auf so einer Basis ein Geschäft führen würde. Dann hatte Kate die Nerven verloren und herausgebrüllt, dass sie vor ihrer Zeit als Mutter zweier individueller Kinder einen Abschluss in Betriebswirtschaftlehre gemacht hatte und nun wirklich keine Belehrungen von einer verlassenen Ehefrau brauchte. Issy war dazwischengegangen, bevor Kate ihre Nähgruppe womöglich noch irgendwo anders hin verlegte und sie dadurch wertvolle Kundschaft verlor. Allerdings folgte auch sie Carolines Ansatz und bediente jeden, der zur Tür hereinkam, egal, was andere Leute darüber dachten.

»Was hat Ihnen denn die Petersilie verhagelt?«, fragte der Arbeiter weiter.

»Ehrlich gesagt ist gerade meine gesamte Familie gestorben«, knurrte Issy weitaus zickiger als sonst. Aber es war wirklich nervtötend, mit welchen Sprüchen ihr die Leute kamen. Der Arbeiter sah pikiert aus.

»Oh, tut mir leid, das war gar nicht so gemeint«, lenkte sie augenblicklich ein. »Es ist nur – ich habe heute Geburtstag. Und ich bin Single, und meine Freunde sind alle nicht da, und ich fühle mich ein bisschen einsam, das ist alles.«

»Echt?«, fragte der Arbeiter, der etwa achtundzwanzig war und auf eine freche Art gar nicht schlecht aussah. »Kommen Sie doch mit mir und den Jungs mit. Wir machen nach Feierabend einen drauf.«

»An einem Donnerstagabend? Kate wird in die Luft gehen« – diese Rüge wäre Issy beinahe herausgerutscht, sie konnte sich aber gerade noch zurückhalten und lächelte lediglich.

»Wie jetzt – ein Haufen Handwerker und ich?«

»Manche Frauen stehen da drauf«, meinte der Arbeiter.

»Heute ist eben dein Glückstag«, grinste Pearl. »So, ihr Männer, jetzt raus aus unserem Laden, ihr macht uns ja den Fußboden ganz dreckig.«

»Lass uns doch noch hierbleiben, Omi«, bettelten die Männer. »Bitte.«

Aber Pearl scheuchte sie schon hinaus.

»Wenn ihr das Haus dieser netten Lady fertig macht, dann verkaufen wir euch auch weiter Kuchen. Capito?«

»Sie ist aber gar keine nette Lady!«, wandte der Arbeiter ein. Dem hätte Issy am liebsten zugestimmt, nachdem Kate mehrmals demonstrativ draußen vor dem Laden auf- und abmarschiert war, mit dem Fuß getrommelt und vor sich hingeschnauft hatte, wenn die Männer sich zu viel Zeit ließen.

»Darum geht es doch gar nicht«, meinte Pearl. »Wenn ihr für die Arbeit bezahlt werdet, dann macht sie gefälligst auch vernünftig. Danach gibt es dann wieder Cupcakes. So, jetzt raus hier!«

Der Bauarbeiter zwinkerte Issy zu. »Wenigstens ist der Kuchen lecker – der Service ist nämlich unter aller Sau.«

»Verschwindet endlich!«, verscheuchte sie Issy. »Und seid brav.«

»Wir sehen uns dann im Fox and Horses«, rief der Bauarbeiter noch zum Abschied. »Ab halb fünf!«

Pearl schüttelte den Kopf und bediente dann endlich die junge Frau aus der Zeitarbeitsfirma in derselben Straße.

»Im Ernst, ich werd die nicht mehr reinlassen.«

Issy seufzte. »Nicht zu fassen, aber das war das beste Angebot, das ich heute bekommen habe.« Sie wandte sich wieder an Pearl. »Trotzdem danke. Ich würde Kates Gruppe nur ungern verlieren.«

»Herzlichen Glückwunsch«, sagte die junge Frau aus der Zeitarbeitsfirma, die immer so aussah, als hätte sie nur ungefähr zwei Stunden geschlafen und bräuchte in allem einen Extraschuss Koffein, sogar in ihrem Kaffeeküchlein. »Geburtstage sind schrecklich. Meinen letzten hab ich damit verbracht, den *Ghost Hunters*-Marathon auf Living zu gucken. Ich konnte kein Auge zutun«, fügte sie hinzu. »Ich hab nämlich Schlafstörungen.«

»Nach *Ghost Hunters* würde ich auch kein Auge zukriegen«, meinte Pearl.

»Oh, Schätzchen«, murmelte Issy und überlegte verzweifelt,

was sie am Abend tun konnte, wenn sie nicht auch vor dem Fernseher enden wollte. »Ein Extraschuss?«

»Ja, bitte. Noch mal herzlichen Glückwunsch.«

Gegen Feierabend hatte Issy nicht einmal Lust, das Café zuzumachen. Sie hetzte die letzten Kunden kaum, die noch vor ihren Laptops saßen oder die Zeitungen fürs Altpapier zusammenfalteten. Sie trödelte herum und bereitete alles für den nächsten Tag vor. Pearl sah sie an.

»Ich geh jetzt Louis abholen, okay?«

»Okay.«

»Möchtest du … würdest du vielleicht gerne mitkommen und bei uns essen?«

Issy konnte Pearls Mitleid nicht ertragen. Das war kein schöner Zug, das war ihr klar. Das bedeutete nämlich, dass sie eigentlich Pearl für die Bedauernswerte von ihnen beiden hielt. Aber sie kam nicht dagegen an.

»Nein, nein … oder, ja, natürlich würde ich gerne mitkommen«, fügte sie rasch hinzu. »Ja, gerne. Aber, du weißt schon, nicht heute Abend.«

Pearl nickte. »Okay. Dann ciao!«

Die Türklingel ging, und dann war sie verschwunden. Draußen wurden die Schatten immer länger, aber es war trotzdem noch ein schöner Nachmittag. Was soll's, dachte Issy, drehte das Schild mit der »Geschlossen«-Aufschrift nach außen um und sperrte hinter sich ab. Das war doch albern. Sie hatte den ganzen Tag nur vor sich hingemurrt. So, das musste jetzt ein Ende haben. Ohne groß darüber nachzudenken, zog sie vom Café aus los und ging wieder in Richtung High Street. Dort hatte eine Freundin von Caroline eine kleine Boutique eröffnet. Selbst wenn diese Straße sie immer noch ein wenig nervös machte, würde sie dort hingehen und sich in dem Geschäft ein wenig umsehen, und das reichte ihr dann für heute.

Das Lädchen hieß einfach nur »44«, es war mit Klamotten vollgepackt und roch delikat und teuer. Issy versuchte, sich von der Verkäuferin hinter dem Tresen, einer eleganten blonden Dame mit perfektem rotem Lippenstift und einer Fünfzigerjahre-Sonnenbrille, nicht einschüchtern zu lassen.

»Hallo«, sagte sie. »Ich suche nach … na ja, einem Kleid.«

»Da sind Sie bei uns an der richtigen Adresse«, antwortete die Frau, die sie mit fachmännischem Blick begutachtete. »Ein Abendkleid? Oder eher etwas Hübsches, das nicht allzu aufgedonnert wirkt?«

»Ja, so was.« Issy sah sich um. »Aber es sollte nicht zu teuer sein.«

Die Frau zog die perfekt gezupften Augenbrauen hoch. »Nun, Sie wissen ja, Qualität hat ihren Preis.«

Issy spürte, dass sie schon wieder ein wenig rot wurde, aber die Boutiquebesitzerin war bereits auf dem Weg nach hinten. »Warten Sie einen Moment!«, rief sie. Issy rührte sich nicht vom Fleck und sah sich staunend in Aladins Höhle um – an der Wand hingen zauberhafte Cocktailkleidchen aus Chiffon in knalligem Pink oder dunklem Rot. Sie schrien geradezu danach, mit Parfüm getränkt und zum Tanzen ausgeführt zu werden. Dann gab es winzige Täschchen mit glänzenden Schleifchen aus Lackleder, die gerade groß genug für eine Einladung und einen Lippenstift waren, und unglaublich schicke Schuhe. Es war alles so atemberaubend, dass Issy schmerzhaft daran erinnert wurde, wie lange sie sich schon nicht mehr für jemanden schick gemacht hatte.

Mit einem einzigen Kleid in der Hand kehrte die Frau zurück. »Dann wollen wir mal.« Sie schob Issy in die enge Umkleidekabine. »Tragen Sie auch einen vernünftigen BH? Nein, das hatte ich mir schon gedacht.«

»Sie kommandieren Ihre Kundschaft ja genauso herum wie Caroline«, bemerkte Issy.

»Caroline? Die hat doch keinen Mumm in den Knochen«,

schnaubte die Ladeninhaberin. »So, jetzt beugen Sie sich mal vor.«

Das tat Issy. Und als sie sich wieder aufrichtete, ergoss sich der weiche, moosgrüne Jerseystoff über ihren Körper, während das Unterkleid aus Seide sich an ihre Haut schmiegte.

Das Kleid umschmeichelte ihre Kurven und ließ ihre Taille winzig erscheinen. Der weite Rock raschelte und schwang bei jedem Schritt mit. Das Grün brachte ihre Augen zur Geltung und bildete einen zauberhaften Kontrast zu ihren dunklen Haaren, der U-Boot-Ausschnitt offenbarte nur ein kleines bisschen von ihren weißen Schultern, und die ellbogenlangen Handschuhe passten wie angegossen. Es war ein absolutes Traumkleid.

»Oh«, machte Issy, als sie sich im Spiegel sah, und drehte sich dann einmal um die eigene Achse. »Das ist ja zauberhaft.«

»Tja, ich hatte mir schon gedacht, dass es passen würde«, bemerkte die Dame und musterte sie über ihre Brillengläser hinweg. »Sehr schön.«

Issy lächelte. »Was kostet das denn?«

Die Summe, die die Frau nannte, lag beinahe, aber nur fast, über dem, was Issy je für ein Kleid zu bezahlen bereit gewesen wäre. Aber als sie sich noch einmal drehte und wendete, um sich im Spiegel zu betrachten, war ihr klar: Das musste einfach ihr gehören. Einerseits, weil es so fantastisch aussah, keine Frage, andererseits aber auch, weil das Geld dafür nicht von einer Kreditkarte oder einem Monatslohn oder irgendetwas anderem Wahllosen und Unberührbaren stammen würde. Das war ihr Geld, das sie selbst verdient hatte, jeder Penny stammte von ihrer Hände harter Arbeit.

»Ich nehme es«, erklärte Issy.

Dann machte sie sich wieder auf den Weg zum Café, denn sie war dort einfach aufgebrochen, ohne vorher Ordnung zu schaffen. Sie war jedoch nur zu froh über ihren kleinen Ausflug. Am

Lokal angekommen schloss sie auf, stellte die Kaffeemaschine noch einmal an und machte sich selbst einen großen schaumigen Latte, gab ordentlich Kakaopulver darüber, nahm sich eins der übriggebliebenen Küchlein – einen für ihre Kunden vielleicht zu fortgeschrittenen, aber trotzdem köstlichen Chili-Schokoladen-Cupcake –, griff dann nach der Abendzeitung und ließ sich auf das Sofa sinken. Sie hockte sich mit dem Rücken zum Fenster hin und hob den Kopf nicht zu hoch, damit keiner dachte, dass sie womöglich noch geöffnet hatte. Sie hatte nichts zu tun und niemanden, mit dem sie etwas hätte unternehmen können, also hatte sie es auch nicht eilig, irgendwo hinzukommen. Sie wollte nur ein paar Minuten verschnaufen. Hier war es so gemütlich, das Café lenkte sie stets ab, und selbst heute Abend war hier noch viel zu tun. Sie würde ihre Versicherungspapiere unterzeichnen, im Vorratskeller Inventur machen und dann gucken, ob ihr vielleicht jemand einen Blumenstrauß nach Hause geschickt hatte. Um den Tag ausklingen zu lassen, würde sie sich vielleicht noch in die Wanne legen, etwas von dem schrecklichen Wein ihrer Mutter trinken und …

Als Issy wieder aufwachte, stand die Sonne bereits tief am Himmel, und der kleine Baum warf seinen Schatten sogar bis in den Laden hinein. Sie zwinkerte ein wenig und fragte sich einen Moment lang, wo sie überhaupt war. Und dann war da ein Geräusch, das ihr irgendwie bekannt vorkam … ja, das war Felipe, der auf seiner Geige spielte. Aber warum denn nur so spät am Abend, jetzt hatte doch alles zu? Sie hatte doch nicht etwa bis zum nächsten Morgen durchgeschlafen, oder? Sie sah auf die Uhr. Nein, sie hatte nur anderthalb Stunden gedöst. Aber was war das denn bloß für ein Lärm? Sie drehte sich um, reckte schläfrig die Arme, und …

»Überraschung!«

Zuerst dachte Issy, dass sie immer noch träumte. Das ergab doch gar keinen Sinn. Draußen war das kleine, mickrige Bäumchen in der Dämmerung mit einer Lichterkette geschmückt. Die

Straßenbeleuchtung brannte bereits und erinnerte sie an die Laterne in Narnia. Aber was sie beleuchtete, war noch viel erstaunlicher. In einem eher schäbigen Jackett mit Krawatte spielte Felipe *Someday,* und um ihn herum standen … einfach alle.

Helena war gekommen, natürlich mit Ashok, der ihr den Arm um die Schulter gelegt hatte und sie zur Schau trug wie eine wertvolle Vase. Der Juniorarzt glaubte fest daran, dass ihn sein unermüdlicher Arbeitseifer auf die medizinische Fakultät gebracht und ihm zu den Schichten in den schwierigsten Stationen verholfen hatte und dass er sich so eines Tages zu einem führenden Chirurgen hocharbeiten würde. Hingabe war für ihn alles, und so war er auch bei Helena vorgegangen. Und das schien sich langsam auszuzahlen. Er versuchte, nicht über beide Ohren zu grinsen, innerlich war er jedoch stolz wie Oskar. Zac war mit seiner Freundin, Noriko, gekommen. Pearl und Louis waren natürlich da und lachten sich tot, und an Carolines Seite hopsten Hermia und Achilles aufgeregt herum. Aber abgesehen davon waren auch ihre Freunde da – alle alten Freunde. Tobes und Trinida vom College waren den weiten Weg aus Brighton hergekommen. Und Tom und Carla aus Whitstable. Und Janey, mit der sie seit jenem unglückseligen Theaterstück in der Orientierungswoche befreundet war. Die hatte sich zwar von ihrem neuen Baby losgerissen, sah aber völlig erschöpft aus. Paul und John waren da und offensichtlich immer noch schwer verliebt, Brian und Lana, von denen sie eigentlich dachte, dass sie sie nur noch über Facebook sehen würde, wenn überhaupt, und sogar François und Ophy aus ihrem alten Büro … Issy ging das Herz auf. Sie wollte aus dem Café laufen, bemerkte dann aber, dass sie hinter sich abgeschlossen hatte, und musste herumsuchen, um die Schlüssel zu finden. Draußen wurde immer noch herzlich gelacht, und als sie sie endlich hereinließ, begann die ganze Truppe, laut *Happy Birthday* zu singen, was Issy augenblicklich die Tränen in die Augen trieb, genauso wie die wunderbaren, wohlüberlegten Geschenke, die Umarmungen und Küsse.

»Das ist jetzt deine letzte Chance«, meinte Zac. »Hör auf, all deine Freunde zu vernachlässigen.«

»Okay«, versprach Issy und nickte heftig. Wer das Café noch nicht gesehen hatte, kam herein und bestaunte es mit viel Ah und Oh, und Helena öffnete die Champagnerkisten, die sie vom Haus herübergeschleppt hatten. Dort hatten zuvor alle fünfundvierzig Minuten lang im Schrank gehockt, bevor ihnen klar geworden war, dass Issy wohl nicht nach Hause kommen würde. Als Erste hatte Pearl geahnt, wo sie wohl steckte, und Helena informiert. Schließlich hatten sie sich dann vergnügt kichernd einer nach dem anderen auf den Hof geschoben. Aber jetzt war endlich Feiern angesagt! Und Issy hatte dafür sogar ein perfektes neues Kleid.

Felipe fiedelte, was das Zeug hielt, während Freunde, Familie, Kunden und auch einige blinde Passagiere (wie Berlioz, der auftauchte, um sich an den Häppchen gütlich zu tun) feierten und schwatzten. Es war ein wunderbar warmer Abend, und das sanfte Licht aus dem Cupcake Café, die Lichterkette im Bäumchen und ein paar Kerzen, die Helena mitgebracht hatte, tauchten den ganzen Pear Tree Court in ein zauberhaftes Leuchten, das den Hof zu einem verwunschenen Ort machte, ein privates Paradies voller lachender Freunde, fröhlicher Trinksprüche, Geburtstagskuchen, Gewürzkuchen, Hunter's Cake, Paris Cake und jeder Menge Cupcakes. Louis tanzte mit jedem, der vorbeikam, und fröhliche, gesellige Klänge breiteten sich zwischen den Backsteinhäusern aus. Wer jetzt an der Sackgasse vorbeikam, musste sich einfach fragen, was es wohl mit der glitzernden kleinen Oase unter dem dunklen Abendhimmel auf sich hatte.

Wie so oft, wenn alte Freunde nach langer Zeit wieder zusammenkommen, waren bald alle ziemlich beschwipst. Als Austin es endlich wagte, Darny mit der Babysitterin allein zu lassen und sich auf den Weg zu machen (er drückte ihr die Daumen, hatte ihr aber nicht verraten, dass es für sie ein ziemlich stressiger Abend werden würde, falls sie nicht zufällig einen Abschluss in Dinosaurierkunde hatte), da glühten bei Issy schon die Wangen, sie war völlig aufgedreht und schwatzte mit jedem in ihrer Reichweite angeregt über Babys, andere Freunde, alte Anekdoten und das Café, egal, woher sie die Person kannte. Pearl hatte Austin angerufen und unerbittlich darauf gepocht, dass auch er kam, und mit ihr wollte er es sich nun wirklich nicht verscherzen. Als er das Café erreichte, merkte er gleich, dass alle bereits ein wenig angeheitert waren. Ihm würde hier also die Rolle des vernünftigen Bankberaters zufallen. Er seufzte.

»Austin«, rief Issy, als sie ihn entdeckte. Auch sie hatte schon ein paar Glas Champagner zu viel intus. Scheiß drauf, dachte sie. Dann mochte er sie eben nicht – wen scherte das schon. Aber er war da! Graeme war nicht gekommen, und es hatte ihn auch niemand erwähnt. Heute war ihr Geburtstag, in ihrem neuen grünen Kleid sah sie fantastisch aus, und auf einmal fühlte sie sich auch so, voller Zufriedenheit und Glück und Liebe. Das war hier die Riesenparty, die ihr Großvater sich für sie gewünscht hatte, und sie wollte ihr Glück mit allen teilen.

Sie schwankte zu Austin hinüber. »Du wusstest also Bescheid!«, rief sie anklagend. Mit ihren vollen Locken und den geröteten Wangen und Lippen fand Austin sie wunderschön. »Du hast mich angeschwindelt!«

»Natürlich wusste ich Bescheid«, gestand er ergeben und ließ sich ein wenig erstaunt von ihr in den Arm nehmen. Im Bank-Ratgeber stand doch mit Sicherheit irgendetwas darüber, dass man seinen Kunden nicht zu nahe kommen sollte. Dieses Handbuch hatte er allerdings nie gelesen. Dann musste er wieder an ihren Beinahe-Kuss am Morgen denken und schaute sich um. Eine sehr dünne blonde Frau starrte ihn hungrig an.

»Wer ist das denn?«, fragte Caroline und ließ reflexartig die Hand ihres Sohnes los, der augenblicklich losbrüllte.

»Finger weg!«, knurrte Pearl.

Caroline lachte kurz auf. »Wie jetzt, der und Issy …?«

Nach einem warnenden Blick ihrer Kollegin sprach sie zwar lieber nicht weiter, war innerlich aber völlig ungerührt.

Austin lächelte. »Pearl hat mich eingeladen. Na ja, ehrlich gesagt hat sie mich vielmehr herkommandiert. Und einer Anweisung von Pearl widersetzt man sich besser nicht …«

Issy nickte heftig. »Stimmt, wenn dir dein Leben lieb ist.«

Pearl stand am anderen Ende des kleinen Hofes und unterhielt sich mit Freunden von Issy, die weitaus mehr Details über die Verdauung ihres neuen Babys ausführten als nötig. Sie sah zu ihrer Chefin hinüber. In Issys Haar glänzten Lichtreflexe, als sie sich auf die Zehenspitzen stellte, um Austin besser zu verstehen. Er war so groß und zerzaust. Was auch immer er gerade von sich gegeben hatte, Issy lachte darüber mit weit aufgerissenem Mund und berührte ihn dabei am Arm. Pearl lächelte in sich hinein. Na also. Das sah doch ganz gut aus.

»Ähem«, räusperte sich Helena plötzlich an Issys Seite. Die löste sich mit einem schuldbewussten Satz von ihrem Bankberater.

»Ja?«, sagte sie. Und dann: »Oh, Lena, ich kann nicht fassen … ich kann nicht fassen, dass du das alles organisiert hast. Ich bin so, so, so …«

»Ja, ja«, beschwichtigte Helena sie rasch. »Also, du hast doch die ganze Zeit hart gearbeitet, und ich wusste, dass du die Leute gerne sehen wolltest, deshalb …«

»Das war wirklich lieb von dir.«

Helena blickte bedeutungsvoll zu Austin hinüber.

»Oh.« Issy wurde rot. »Das ist …«

»Austin, ich weiß«, antwortete Helena, was Issy kaum peinlicher sein konnte. Na toll, dachte sie, jetzt wusste er, dass sie über ihn geredet hatten. »Hallöchen.«

»Hallo«, grüßte Austin würdevoll. Helena fand, dass sich Issy viel zu sehr über die rotbraunen Haare ausgelassen hatte und darüber die umwerfenden grauen Augen und die breiten Schultern vernachlässigt hatte. Dieser Typ sah hundertmal besser aus als Graeme. Trotzdem wollte sie auf keinen Fall, dass sich ihre Freundin zu sehr in die Sache reinsteigerte und dann wieder enttäuscht wurde. Zweimal in einem Jahr wäre nun wirklich zu viel des Guten.

»Du solltest lieber noch eine Runde drehen«, riet Helena der glühenden Issy. »Diese Leute sind alle von weither gekommen. Er hingegen arbeitet hier die Straße runter.«

Issy lächelte Austin entschuldigend an.

»Oh, ja, du hast vermutlich …«

»Hol Issy noch was zu trinken«, befahl Helena Ashok, der augenblicklich davoneilte, um ihrem Wunsch nachzukommen.

»Der spurt aber ganz schön«, bemerkte Issy bewundernd. »Ich hab eigentlich geglaubt, du wolltest einen Typen, der das Heft in der Hand hat, so einen wie Simon Cowell, aber in sexy.«

»Simon Cowell ist Simon Cowell in sexy«, knurrte Helena genervt. Wie oft hatten sie das jetzt schon durchgekaut? »Aber ehrlich gesagt dachte ich das auch«, fügte sie dann noch hinzu.

Ashok sah von der anderen Seite des Raumes aus zu ihr herüber. Er stand auf Frauen, die wussten, was sie wollten.

»Aber manchmal weiß man selbst nicht, was gut für einen ist.« Beinahe entschuldigend senkte Helena die Stimme und flüsterte fast: »Ich war noch nie so glücklich.«

Issy umarmte sie.

»Danke«, sagte sie. »Danke, meine liebe Freundin. Das ist toll. Das ist einfach nur super. Ich freue mich so für dich.«

Und dann machte sie sich auf, um mit ihren lange vernachlässigten Freunden zu reden, die von so weit her gekommen waren, während Austin in der Ecke stand und sich schließlich mit Des, dem Immobilienmakler, unterhielt. So hatte er sich diese Party zwar nicht vorgestellt, aber immerhin hatte die Babysitterin bis jetzt nicht angerufen, und das war absoluter Rekord.

Um halb zehn war plötzlich lauter Lärm zu vernehmen. Helena hatte eigentlich längst mit Beschwerden der Nachbarn gerechnet und war davon ausgegangen, dass die Party schließlich in ihrer Wohnung enden würde, aber das war vielmehr das vertraute Rasseln einer Ladenjalousie, die geräuschvoll hochgeschoben wurde. Es war der Eisenwarenhändler. Ist das denn möglich?, dachte Issy. Der konnte doch um diese Uhrzeit unmöglich noch im Geschäft sein. Aber er war es wirklich. Feierlich kam er aus seinem Geschäft, das in tiefer Dunkelheit lag, und schritt auf Issy zu wie bei einem Beerdigungsmarsch. Die Cafébesitzerin, der auf einmal ein wenig schwummerig zumute war, stellte ihn sich plötzlich mit einem schwarzen Hut wie eine Figur aus einem Dickens-Roman vor. Stattdessen trug er nur einen dunklen Dreiteiler und eine Taschenuhr. Sie lächelte freundlich und bot ihm ein Glas Schampus an, das er ablehnte. Stattdessen baute er sich vor ihr auf.

»Herzlichen Glückwunsch, Liebes«, sagte er und reichte ihr ein kleines, eingepacktes Päckchen. Dann nickte er ihr zu (er hätte vielmehr die Hand an den Hut legen sollen – oder den Hut an die Hand, dachte Issy benebelt. Ooh, sie musste wirklich aufhören zu trinken), verließ den kleinen Hof und verschwand in der Dunkelheit.

Alle scharten sich um Issy, während sie das braune Papier aufriss. Darin befand sich ein Pappschächtelchen, das Issy mit aufgeregten, zittrigen Fingern öffnete. Dann zog sie unter Begeisterungsrufen einen winzigen Schlüsselanhänger hervor, eine delikate Metallarbeit, die gekonnt das Logo des Cupcake Cafés nachempfand und dazu den kleinen Birnbaum darstellte, unter dem sie gerade standen. Dieses Geschenk war einfach zauberhaft.

»Oh«, hauchte Issy, die auf einmal ganz weiche Knie bekam.

»Lass mich mal gucken! Lass mich gucken!«, rief Zac, der begeistert war, ein dreidimensionales Modell seines Designs in der Hand halten zu können. Die Metallarbeit war einfach entzückend, ein wahres Meisterwerk von unglaublicher Schönheit.

»Das ist doch viel zu hübsch, um an einem Schlüsselbund zu baumeln«, bemerkte Pearl augenblicklich, und Issy nickte.

»Genau«, stimmte sie zu. »Das ist einfach unglaublich. Ich denke, ich werde es ins Fenster hängen.«

Auch die Geschenke der anderen – Parfüm von Jo Malone, Halstücher von Madeleine Hamilton und Kuchendosen von Cath Kidston – würde sie in Ehren halten, aber Issy wusste trotzdem, dass dieser Schlüsselanhänger etwas ganz Besonderes war. Es war aus Metall – anders als ein Kuchen, der nur einen Tag lang hielt, oder die Speisekarte aus Pappe, die sie nach ein paar Wochen wegwarfen. Dieses Kleinod hingegen würde viele, viele Jahre halten. Was ihr Hoffnung machte, dass es ihr Café vielleicht auch so lange geben würde.

Es fehlte nur eine einzige Person. Sie wusste es, sie konnte es nicht verleugnen. Und wenn er gut genug für sie gewesen wäre, das wusste sie auch, dann hätte ihn nichts zurückgehalten. Inmitten all ihrer Glückseligkeit überkam es Issy auf einmal eiskalt.

Obwohl es immer noch ein lauer Abend war, brachen die Leute allmählich auf. Freunde, die von weither gekommen waren, mussten einen Spätzug erwischen oder ihren Babysitter erlösen, andere hatten am nächsten Morgen einen langen Weg zur Arbeit vor sich. Auch Pearl machte sich fertig und schnappte sich Louis, der unter dem Baum eingeschlafen war. Irgendwann sah Issy sich um und stellte fest, dass die meisten längst gegangen waren und nur noch ein paar leicht beduselte Gestalten auf dem Hof standen. Felipe spielte jetzt ein Lied, das ganz stark nach Abschied klang.

Die Cafébesitzerin sah auf und stellte fest, dass sie erstens direkt vor Austin stand und zweitens ziemlich betrunken war.

Ziemlich betrunken und glücklich, wie ihr jetzt klar wurde. Lag das an Austin? War das der Zusammenhang? Sie schien immer glücklicher zu sein als vorher, wenn sie ihn gesehen hatte. Aber vielleicht lag das auch daran, dass er ihr Geld lieh. Das war alles so verwirrend.

Austin biss sich auf die Lippe und schaute Issy an. Sie sah so hübsch, so süß aus, aber sie war offensichtlich ziemlich beschwipst, also war es wohl besser, wenn er jetzt ging. Er kam bei Frauen gut an – einige von ihnen waren fasziniert von all dem Batman-Spielzeug, das sie bei ihm zu Hause entdeckten, andere wurden davon eher abgeschreckt. Die einen wollten am liebsten gleich bei ihm einziehen und Vater-Mutter-Kind spielen, die anderen machten sich in Überlichtgeschwindigkeit vom Acker. Wenn Austin mal einen Abend frei hatte, wandte er sich gerne der Damenwelt zu und erklärte seinen Eroberungen ganz offen, dass er keine Lust hatte, noch mehr Unordnung in Darnys Leben zu bringen, bis der Junge ein wenig … na ja, ein wenig gefestigter wäre. Aber er verspürte trotzdem Sehnsucht. Manchmal sehnte er sich einfach nach ein bisschen Gesellschaft. Man fand leicht jemanden für einen kurzen Flirt, vor allem, wenn Alkohol mit im Spiel war. Aber von Zeit zu Zeit hatte er das Gefühl, dass er langsam für etwas Dauerhaftes bereit war, immerhin war er schon über dreißig. Normalerweise fand er zwar, dass er sich im Leben bereits um genug Erwachsenen-Kram kümmerte und nicht auch noch die Probleme einer erwachsenen Beziehung brauchte. Aber gelegentlich – so wie jetzt – stellte er sich so etwas wirklich schön vor.

»Hey«, sagte Issy.

Aber Issy, dachte Austin, der augenblicklich all die anderen Abende vergaß. Sie war … sie ging ihm unter die Haut, das konnte er nicht leugnen. Das lag an der Begeisterung, die ihr so oft ins Gesicht geschrieben stand, an dem ein wenig gequälten Ausdruck, den ihre Züge annahmen, wenn jemand Hilfe zu brauchen schien, am Optimismus ihrer kleinen Küchlein mit der rosa Glasur und daran, wie hartnäckig sie viele, viele Stunden in ihr Projekt investiert hatte, um das Café zu einem Erfolg zu machen. Das gefiel ihm. Wenn er ehrlich war, gefiel ihm alles an ihr. Er hatte sie gern. Und da stand sie nun, mit rosigem, erwartungsfrohem Gesicht, und sah zu ihm auf. Die Lichterkette leuchtete im Bäumchen, die Sterne glänzten hoch über ihnen, und nach dem »Hey« hatte keiner von ihnen mehr etwas gesagt, das war überhaupt nicht nötig. Issy schaute zu ihm hoch und biss sich auf die Lippe. Ohne groß darüber nachzudenken, was er da eigentlich tat, hob er langsam seine große Hand und zeichnete mit einer sanften, hauchzarten Berührung die Linie ihres Kiefers nach.

Issy erbebte unter seiner Geste, und er sah, wie ihre Pupillen sich weiteten. Jetzt hob er die Hand weiter und umfasste ihr Gesicht fester, während er die ganze Zeit in ihre großen grünen Augen starrte. Issy spürte, dass ihr Herz heftig zu schlagen begann, als hätte man ihm einen Stromstoß verpasst. Zum ersten Mal seit gefühlten Monaten floss das Blut wieder schneller durch ihre Adern. Sie lehnte sich gegen die warme Hand, spürte die Berührung auf ihrer Haut und als sie wieder zu ihm aufsah, sagten ihre Augen unmissverständlich Ja.

Graeme stieg aus dem Taxi. Sein Flug aus Edinburgh war mit Verspätung eingetroffen, aber das war ihm egal, er hatte jetzt keine Zeit mehr zu verlieren. Es war gut möglich, dass Issy immer noch in ihrem albernen Laden war und Brötchen glasierte oder was auch immer sie da so machte, und wenn er sie dort nicht antraf, dann würde er es in ihrer Wohnung versuchen. Er vergaß nicht, nach einer Blankoquittung zu fragen, und knallte die Taxitür zu. Dann entdeckte er, dass vor dem Café noch Leute standen, auch wenn er in der Dämmerung keine Einzelheiten ausmachen konnte. Sicher war Issy dabei. Er trat aus den

Schatten in die Gruppe. Wer Graeme kannte, verstummte augenblicklich.

Issy, die in Austins Blick versunken war, spürte nur, dass sich um sie herum irgendetwas veränderte. Sie wandte sich um und sah Graeme, attraktiv wie immer und schick angezogen, unter der Straßenlaterne stehen.

»Issy«, rief er leise. Sie machte sich mit einem Satz von Austin los, als hätte sie etwas gestochen.

Der Bankberater sah auf. Auch wenn er ihm noch nie zuvor begegnet war, musste er nur einen Blick auf Graeme werfen, um lieber den Rückzug anzutreten.

In Edinburgh hatte Graeme viel nachgedacht. Irgendwie hatte die Umgebung dazu eingeladen. Es gab dort jede Menge teure Immobilien. Er hatte eindeutig gespürt, dass irgendetwas in der Luft lag, es war beinahe greifbar gewesen. Diese Stadt war einfach so verdammt urig, voller Straßen, die plötzlich irgendwo endeten, versteckter kleiner Plätze, Kopfsteinpflaster und abseits gelegener Gässchen. Und man sah den Menschen an, wie begeistert sie waren: die Touristen, die Studenten, die Leute, die sich nur einmal umsahen, und solche, die am liebsten gleich hierbleiben wollten. Heutzutage musste die Umgebung eben so individuell wie möglich sein. Die Kunden wollten nicht mehr in einem Hochhaus leben oder einem Loft mit Backsteinwänden oder so einem kalten Kasten, obwohl er das gar nicht nachvollziehen konnte – er fand moderne Gebäude mit Klimaanlage und Sicherheitsschlüsseln tausendmal besser als solche alten Gemäuer. Aber diese Meinung schien niemand zu teilen. Die Kunden wollten originelle alte Häuschen mit »Charakter«. Graeme fand das bescheuert – die sollten sich lieber auf das konzentrieren, was funktionierte und bequem war. Aber wenn die Leute andererseits dazu bereit waren, dafür mehr Geld lockerzumachen – hatte er in seinem runden Turmzimmer in seinem teuren kleinen Hotel überlegt –, wenn sie dazu bereit waren, für den Niedlichkeitsfaktor mehr als üblich hinzublättern, dann sollte es an ihm nicht liegen.

Und dann war ihm diese brillante Idee gekommen, die ihn sogar selbst beeindruckte und von der alle profitieren würden. Er musste sofort zurück nach London, die Sache war einfach überragend. Der Pear Tree Apartmentkomplex.

Natürlich bedeutete »Apartmentkomplex« auch nichts anderes als »Wohnungen«, aber es klang irgendwie amerikanischer, und seiner Erfahrung nach hieß »amerikanischer« immer »besser«. Lebens- und Arbeitsräume in einem urigen kleinen alten Innenhof, nur ein paar Schritte von der Stoke Newington High Street entfernt, aber zugleich zauberhaft und ruhig und fernab vom Straßenverkehr. Aber das Raffinierte daran – das wirklich Raffinierte – war, dass die Gebäude zwar alt aussehen, es sich dabei aber nur um die Fassade handeln würde. Sie würden das alles ganz neu gestalten. Diese albernen Fensterchen, durch die man ja gar nicht durchgucken konnte, und die zugigen Holztüren rausreißen und sie durch vernünftige PVC-Rahmen und Türsysteme ersetzen, die die Bewohner durch den Fingerabdruck identifizierten (das fanden die Manager aus der Londoner City einfach super), und der Komplex würde von Videokameras überwacht werden – wenn er nur daran dachte, begann Graemes Herz bereits höher zu schlagen. Vielleicht konnten sie die Gasse sogar mit einem Tor zur Straße hin abschotten, damit die Bewohner ihr eigenes kleines Privatgrundstück hatten. Das wäre der Hammer! Den Baum würden sie einfach fällen, damit die Leute auf dem Hof parken konnten. Wirklich fantastisch. Die Anlage wäre auf alt gemacht, würde aber über all den neuesten Hightech-Schnickschnack verfügen – Klimaanlage, Weinkühlschrank und ein Entertainment-System auf dem allerneuesten Stand.

Das Beste daran war, und dazu gratulierte er sich selbst, dass er Issy in den Deal mit einbeziehen konnte. Das war doch nur fair, immerhin hatte sie ihn erst auf dieses Objekt aufmerksam gemacht, wofür sie ja wohl einen Finderlohn verdiente. Sie konnte wieder zurückkommen und mit ihm zusammenarbeiten – aber jetzt würde sie nicht mehr die Meetings protokollieren, sie konnte selbst als Entwicklerin einsteigen, wenn sie wollte. Das wäre doch ein riesiger Schritt für sie. Und er würde … er konnte selbst noch nicht fassen, was er sich da überlegte. Wenn mal jemand zu ihm gesagt hätte, Graeme, du alter Trottel, du wirst noch zu einem richtigen Stubenhocker, du stehst ja unterm Pantoffel, dann hätte er ihm kein Wort geglaubt.

Aber seit sie nicht mehr zusammen waren, hatte er begriffen, was so alles toll an Issy war, wenn sie sich nicht gerade in diesem albernen Café totschuftete. Ihre Kochkunst. Ihr Interesse an ihm. Die Art und Weise, auf die sie sein Leben ein wenig sanfter, einfacher und netter gestaltete, während er den ganzen Tag die Krallen ausfahren musste. Das mochte er. Und das wünschte er sich zurück. Er war dazu bereit, ein großes Opfer zu bringen, während er auch ihr Leben viel lebenswerter machen würde – sie müsste nicht mehr morgens um sechs anfangen –, und außerdem würden sie damit auch noch jede Menge Geld scheffeln. Jetzt sah er die Zukunft klar und deutlich vor sich. Er hatte die Lösung für all seine Probleme gefunden. In der Firma wäre er bald wieder der absolute King. Gut, er würde sich von seinen Kollegen so einige Sprüche anhören müssen, weil er sich für eine Frau entschieden hatte, die, das musste man zugeben, nur wirklich kein dürres schwedisches Unterwäsche-Model war. Aber damit konnte er leben. Er wusste, was er wollte. Und sie wäre natürlich einverstanden.

»Issy«, sagte er wieder, und sie sah ihn an. Er merkte, dass sie ein wenig nervös war. Bestimmt war das Aufregung und Vorfreude, sie ahnte sicher, dass da etwas im Busch war. Was er zu sagen hatte, würde sie geradezu umhauen.

»Iss … ich war so ein Idiot. Es war total bescheuert von mir, dich gehen zu lassen. Du hast mir wirklich gefehlt. Können wir nicht noch einmal ganz von vorn anfangen?«

Issy war völlig durcheinander. Helena schüttelte den Kopf. Graeme trat einen Schritt vor, bemerkte die Karten und Geschenke und schaltete schnell. Na, das war ja noch viel besser!

»Herzlichen Glückwunsch, mein Schatz! Hast du mich vermisst?«

Austin hastete nach Hause. Er hätte sich selbst in den Arsch treten können. Kapierte er es denn niemals?

Wütend schloss er die Haustür auf, befreite die Babysitterin aus Darnys Gefängnis unter dem Tisch, bezahlte ihr wie immer das Doppelte und rief ihr lustlos ein Taxi. Verdammt noch mal!

Issy stand da wie angewurzelt. Sie konnte es nicht fassen. Das, wovon sie geträumt hatte, worüber sie bittere Tränen vergossen hatte, das, was sie sich mehr als je zuvor gewünscht hatte, war eingetreten: Graeme war hier und bat sie um Vergebung, um eine neue Chance.

Er suchte in seiner Tasche herum und zog hervor, was er am Flughafen erstanden hatte.

»Äh, hier«, sagte er.

Graeme! Mit einem Geschenk! Es geschahen noch Zeichen und Wunder! Issy konnte Helenas bohrenden Blick im Nacken spüren. Immer noch unfähig, auch nur ein einziges Wort hervorzubringen, zog sie das Präsent aus dem Plastikbeutel. Es war eine Flasche Whisky.

»Bester Single Malt«, erklärte Graeme. »Der kostet normalerweise an die 150 Pfund.«

Issy verzog das Gesicht zu einem Lächeln.

»Aber ich trinke doch gar keinen Whisky«, erwiderte sie.

»Ich weiß. Aber ich dachte, den könntest du vielleicht für deinen Kuchen nehmen oder so. Für dein superwichtiges, erfolgreiches Unternehmen.«

Issy sah ihn an.

»Es tut mir leid«, beteuerte er. »Ich hab dich nicht ernst genommen. Das war ein Fehler.«

Issy stand da und schlang die Arme um den Körper. Der Wind schien langsam aufzufrischen, und es wurde eindeutig etwas kälter. Graeme warf durch die Fenster einen Blick in das dunkle Café und betrachtete dann die leer stehenden Gebäude ringsumher. Er legte die Fingerspitzen aneinander und nahm geruhsam den ganzen Pear Tree Court in Augenschein.

»Also, weißt du«, behauptete er jetzt, »ich hab immer gewusst, dass dieses Lokal Großes vor sich hat.«

»Du bist ein elender Lügner!«, rief Issy, noch bevor sie sich auf die Zunge beißen konnte. »Du dachtest, ich würde hier verhungern.«

»Hm, das war doch umgekehrte Psychologie«, grinste er.

»Ach, tatsächlich?«

»Na ja, aber es ist doch super geworden. Ein voller Erfolg für dich!«

»Auf Issys Erfolg!«, warf Helena laut vernehmlich ein und hob ihr Glas, was die wenigen noch verbliebenen Gäste ihr nachtaten. Danach hatte man irgendwie das Gefühl, dass die Party jetzt vorbei war, und Issy wusste nicht, was sie jetzt tun sollte. Helena war ihr da auch keine große Hilfe, sie verschwand mit Ashok nach Hause, was bedeutete, dass sie Graeme dort nicht unbedingt mit hinnehmen wollte, denn so dick waren die Wände nun auch wieder nicht … et cetera.

»Wir müssen reden«, erklärte sie also, um Zeit zu gewinnen.

»Genau«, nickte Graeme fröhlich und rief ihnen ein Taxi nach Notting Hill. Siegessicher schob er sich unauffällig ein Tic Tac in den Mund.

Kapitel 15

Helenas geheime Ingwerkrapfen

Kauf echten Ingwer. Das ist so eine knubbelige Wurzel. Du kannst auch jemanden fragen, wenn du nicht sicher bist. Aber nicht diesen ekligen Gemüsehändler, der dir immer irgendwelche Melonen-Sprüche hinterherruft. Und jetzt stibitz einen von diesen Medizin-Messbechern aus dem Krankenhaus, mit den Zentilitern oder so, die Dinger sind doch die einzigen, mit denen du klarkommst, also arbeitest du am besten damit. Und jetzt reib den Ingwer.

Hör auf, dein Spiegelbild im Dunstabzug zu bewundern. Du siehst toll aus, und wenn du nicht mal weiterrührst, dann wird die Masse zu fest, und du kriegst statt Krapfen Ingwerzwieback.

Okay, jetzt kommt's. Und die geheime Zutat ist Limettencreme. Die von Mrs Darlington's aus Penrith. Darauf wärst du jetzt nie gekommen, was?

900 g Mehl plus etwas mehr zum Bestäuben
4 TL Backpulver
2 TL Backnatron
1½ TL Salz
1½ TL geriebener Ingwer
400 g Zucker
2 oz (60 g) grob gehackter kandierter Ingwer
500 ml Buttermilch, gut geschüttelt
60 g ungesalzene Butter, geschmolzen und leicht abgekühlt

2 große Eier
1 TL Pflanzenöl
450 ml Limettencreme

Mehl, Backpulver, Backnatron, Salz und einen dreiviertel TL geriebenen Ingwer in einer großen Schüssel mischen. 300 g Zucker und den restlichen dreiviertel TL geriebenen Ingwer in einer flachen Schüssel vermengen. Die restlichen 100 g Zucker mit dem kandierten Ingwer in der Küchenmaschine zerkleinern, bis der Ingwer fein gehackt ist. Diese Mischung in eine Schüssel geben und Buttermilch, Butter und Eier untermischen, bis eine glatte Masse entsteht. Die Buttermilchmischung zur Mehlmischung geben und umrühren, bis daraus eine eher klebrige Masse wird. Diesen Teig auf eine gut bemehlte Oberfläche geben und 10 bis 12 Mal sanft kneten, bis er glatt und elastisch wird, dann eine Kugel daraus formen. Oberfläche und Teig leicht mit Mehl bestäuben und dann einen ca. 33 cm großen, einen knappen Zentimeter dicken Kreis ausrollen. Mit einem in Mehl gewälzten Förmchen Kreise ausstechen und auf ein leicht bemehltes Backblech legen. Die Teigreste zusammenklauben und wieder vermengen, dann weitere Kreise ausstechen. (Das sollte man aber nur einmal machen). In einer weiten, schweren Pfanne Öl so weit erhitzen, dass man von den Spritzern Verbrennungen dritten Grades davontragen würde. Immer etwa sieben oder acht Kreise gleichzeitig im heißen Öl pro Ladung eineinhalb bis zwei Minuten lang goldbraun ausbacken, sie dabei einmal umdrehen. Auf ein Küchentuch geben, etwas abkühlen lassen und dann im Ingwerzucker wenden. Die Krapfen vorsichtig halbieren, die Unterseite mit der Limettencreme bestreichen und die obere Hälfte wieder daraufsetzen. Drei oder vier auf einem Teller servieren und mit kandiertem Ingwer verzieren.

»Na, das hat ja gerade mal fünf verdammte Sekunden gedauert«, knurrte Helena.

»Jetzt hör schon auf«, meinte Issy und sah hilfesuchend zu Pearl hinüber.

»Genau«, nickte Pearl. »Oder eher vier.«

»Die respektieren dich nicht mehr, wenn du sofort wieder angekrochen kommst«, warf Caroline ein. »Mit dem Bastard hab ich schon seit Monaten nicht mehr gesprochen.«

»Und, wie läuft es so?«, fragte Pearl.

»Ganz gut, danke, Pearl«, schniefte Caroline laut. »Ehrlich gesagt sehen die Kinder ihn jetzt öfter als während unserer Ehe. Einen Samstagnachmittag alle zwei Wochen. Ich glaube, er findet es furchtbar, er war nämlich schon dreimal mit ihnen im Zoo. Umso besser.«

»Na ja, dann kann ich mich ja auf einiges gefasst machen«, murmelte Issy, die angesichts ihrer neuen Beziehung eigentlich mit enthusiastischeren Reaktionen gerechnet hatte.

»Was ist denn mit diesem tollen Typen von der Bank?«, wollte Helena wissen.

»Das ist doch rein beruflich«, log Issy. Aber war Austin etwa nicht blitzschnell von der Bildfläche verschwunden? Sie wusste ja, dass er keine Beziehung wollte, und außerdem hatte er auch noch Darny. Es war dumm, sich Dinge zusammenzufantasieren, die sie nicht haben konnte, so als würde man von einem Popstar träumen. Graeme hingegen war wieder zu ihr zurückgekehrt …

»Außerdem habe *ich* den auch schon ins Auge gefasst«, warf Caroline ein.

»Wozu, willst du ihn adoptieren?«, erkundigte sich Helena.

»Entschuldigung, arbeitest du eigentlich hier?«, fauchte Caroline. »Ich hänge hier nämlich nur rum, weil ich dafür bezahlt werde.«

»Also, ich finde es unglaublich, dass er seinen Fehler eingesehen hat und wieder angekrochen kam«, bekräftigte Issy. »Oder nicht? Was meint ihr?«

Die anderen Frauen sahen sich an.

»Na ja, wenn du damit glücklich bist«, stellte sich Pearl auf ihre Seite. »Trotzdem ist dieser Typ von der Bank doch echt nett.«

»Jetzt hör schon mit dem Banktypen auf«, schnauzte Issy sie an. »Oh. Entschuldige. Ich wollte nicht laut werden. Aber ich … ich war so einsam. Obwohl ich natürlich euch alle hatte, ich weiß. Aber ich habe hier ganz allein den Laden geschmissen, und abends saß ich einsam zu Hause, weil Helena damit beschäftigt war, mit ihrem Arzt rumzuknutschen …«

»Der mich vergöttert«, fügte Helena hinzu.

»… und jetzt ist er wieder da und will Ernst machen, und das ist doch alles, was ich mir je gewünscht habe.«

Er herrschte Schweigen.

»Trotzdem, das waren keine fünf Sekunden«, murmelte Helena. Issy streckte ihr die Zunge heraus. Sie wusste schließlich, was sie tat. Oder etwa nicht?

Als Graeme sich ein paar Tage später am frühen Morgen für ein Squash-Spiel fertig machte, setzte Issy sich auf und umarmte ihre Knie. »Was ist los, Iss?«, fragte er lächelnd. Sie konnte immer noch nicht fassen, wie gut er aussah: die wie in Marmor gemeißelte Brust mit den zarten, dunklen Härchen, die breiten Schultern und das schneeweiße Lächeln. Sie starrte ihn an, und er zwinkerte ihr zu. Seit sie in jener Nacht zu ihm zurückgekehrt war, war er ein ganz neuer Mensch: Er zeigte sich romantisch und aufmerksam, fragte sie nach der Bäckerei und Pear Tree Court und wie es ihr dort gefiel.

Trotzdem war sie immer noch ein bisschen wütend auf sich selbst. Es war doch nun wirklich nicht so, dass er nur zu pfeifen brauchte und sie angerannt kam. Sie war nicht nur zu ihm zurückgekehrt, weil er eben gerade verfügbar war. Sie hatte Helena nicht zurückgerufen, die ihr elf SMS geschickt hatte, um zu fragen, ob sie a) zurückkommen, b) sich endlich mal melden würde oder ob sie ihr c) ihr Zimmer überlassen würde. Issy hasste die Vorstellung, dass er nur mit den Augenbrauen wackeln musste, um sie ins Bett zu kriegen.

Aber sie hatte ihn doch so sehr vermisst. Ihr hatte die menschliche Wärme gefehlt, die Kameradschaft, und am meisten jemand, zu dem man am Ende des Tages nach Hause kommen konnte. Mein Gott, sie hatte sich so einsam gefühlt, dass sie sich beinahe vor diesem Bankberater lächerlich gemacht hätte. Sie wurde ganz rot, wenn sie nur darüber nachdachte. Fast wäre sie als alte Jungfer geendet. Und auf ihrer Party hatte sie dann gesehen, wie glücklich Helena und Ashok oder Zac und Noriko oder Paul und John oder all ihre anderen Freunde ausgesehen hatten, die mit jemandem zusammen waren, wie fröhlich sie gewirkt hatten – verdiente sie nicht auch ein kleines bisschen von diesem Glück? Sie wünschte, die könnten sie jetzt sehen, so strahlend und geliebt wie in einer Zahnpastawerbung. Graeme, überlegte sie verträumt, würde vermutlich ohne Probleme eine Rolle in der Zahnpastawerbung bekommen.

»Alles klar bei mir«, beteuerte sie. »Ich wünschte nur, wir müssten heute gar nicht aufstehen.«

Graeme beugte sich zu ihr hinunter und küsste sie auf die sommersprossige Nase. Alles schien gut zu laufen. Er fand es toll, dass Issy zu ihm zurückgekehrt war, auch wenn es ihn nicht verwunderte. Jetzt musste er den nächsten Schritt seines Plans angehen. Wenn er sie erst einmal so weit hatte, die Bäckerei aufzugeben, dann würde er eine äußerst dankbare Freundin an seiner Seite haben. Und jede Menge Geld und noch mehr Prestige in der Firma. Kein Wunder, dass er so gut gelaunt war.

»Ich wollte dich etwas fragen«, verkündete er.

Issy lächelte ihn strahlend an. »Ach ja?«

»Hm … Also. Äh.« Sie sah auf. So herumzudrucksen sah Graeme gar nicht ähnlich. Er gehörte sonst nicht zu den Leuten, die um den heißen Brei herumschlichen.

Das war natürlich alles nur Show. Graeme dachte, dass ein wenig Schüchternheit der Sache sicher zuträglich wäre.

»Also, ich hab mir gedacht«, fuhr er schließlich fort, »dass es doch ganz gut mit uns läuft, nicht wahr?«

»In den letzten fünf Tagen, ja. Ich denke schon«, stimmte Issy zu.

»Ich wollte dir einfach sagen, wie gerne ich dich hierhabe«, erklärte er.

»Ich bin auch gerne hier«, sagte Issy, bei der sich langsam eine seltsame Mischung aus Glück und Nervosität breitmachte, während sie zu erraten versuchte, worauf er eigentlich hinauswollte.

»Also, was ich sagen wollte … das habe ich vorher noch nie jemanden gefragt …«

»Ja?«

»Würdest du gerne bei mir einziehen?«

Issy starrte Graeme fassungslos an. Und dann ärgerte es sie, dass seine Frage sie so mitnahm. Immerhin war das doch alles, wovon sie je geträumt hatte. Alles, wovon sie je geträumt hatte – mit dem Mann ihrer Träume zusammenzuziehen, an seinem Leben teilzuhaben, zu kochen, Zeit miteinander zu verbringen, am Wochenende einfach nur abzuhängen, ihre gemeinsame Zukunft zu planen – das alles lag jetzt hier vor ihr. Sie blinzelte.

»Was hast du da gerade gesagt?«, fragte sie. Das fühlte sich irgendwie falsch an. Sie hätte doch begeistert sein und vor Freude jubilieren sollen. Warum macht ihr Herz vor Glück keine Luftsprünge? Sie war zweiunddreißig und liebte Graeme, verdammt noch mal, natürlich tat sie das. Ganz klar. Und dann bemerkte sie, wie aufgeregt er war und wie nervös. Wie nur selten zuvor konnte sie in diesem Augenblick erahnen, wie er wohl als kleiner Junge ausgesehen haben musste.

Und jetzt entdeckte sie auf seinen Zügen leichte Verwunderung, so als hätte er (wie es ja auch tatsächlich der Fall war) erwartet, dass sie ihm begeistert um den Hals fallen würde.

»Hm, also«, sagte Graeme, der nun, da die erwartete Reaktion ausblieb, tatsächlich ein wenig stammelte. »Ich habe gefragt, ob du vielleicht Lust hättest, hier einzuziehen und bei mir zu wohnen? Du könntest, ich weiß auch nicht, deine Wohnung verkaufen oder sie vermieten oder so …«

Issy wurde klar, dass sie daran noch gar nicht gedacht hatte. Ihr geliebtes Zuhause! Mit der pinkfarbenen Küche! Okay, sie war jetzt nicht mehr so oft zu Hause wie früher, aber trotzdem. Sie hatte dort viel Zeit mit Helena verbracht, all die gemütlichen Abende, die geglückten oder weniger geglückten Backexperimente, die langen Stunden, in denen sie ihre Beziehung zu Graeme durchgekaut und jede seiner Verhaltensweisen analysiert hatten – plötzlich bekam sie ein schlechtes Gewissen, weil ihr klar wurde, dass sie Helena in ihrer Beziehung zu Ashok nicht ebenso zur Seite gestanden hatte, weil sie viel zu sehr mit dem Café beschäftigt gewesen war – die Pizza-Abende, die riesige Flasche mit den Pennystücken im Flur, von der Issy zwischendurch mal gedacht hatte, dass sie sie vielleicht zerschlagen müsste, um die Gebäudeversicherung für das Lokal zu bezahlen … das alles. Das sollte sie jetzt für immer aufgeben.

»… oder wir könnten es ja erst mal ausprobieren …«

Damit hatte Graeme nun wirklich nicht gerechnet. Er hatte erwartet, dass sie überglücklich sein und ungestüm Pläne schmieden würde. Er hatte sich schon darauf eingestellt, sie zu bremsen und zu bitten, die Fenster noch nicht für neue Vorhänge auszumessen, und sich den Gedanken ans Heiraten erst mal aus dem Kopf zu schlagen. Danach hatte er dann mit dankbarem Sex gerechnet. Und nach seiner Enthüllung, dass er sie außerdem reich machen und von der Bürde ihres Lädchens befreien würde, dann mit noch mehr dankbarem Sex. Auf diesen bestürzten und ein wenig abwesenden Blick war er nun wirklich nicht vorbereitet gewesen. Er beschloss, den Beleidigten zu spielen.

»Tut mir leid«, sagte er, sah zu Boden und blickte traurig drein. »Sorry, aber … vielleicht liege ich da ja falsch, ich dachte nur, dass es wirklich ernst zwischen uns wird.«

Issy konnte es nicht ertragen, ihn – ihren Graeme – traurig zu sehen. Was war denn bloß los mit ihr? Das war doch lächerlich. Hier hatte sie Graeme vor sich, den sie schließlich liebte, von dem sie so oft geträumt hatte, ihren Angebeteten, ihren Schwarm. Er präsentierte ihr das alles auf einem Silbertablett, und jetzt stellte sie sich auf einmal bockig und war so bescheuert, was bildete sie sich nur ein? Sie eilte zu ihm und schmiegte sich an ihn.

»Sorry!«, rief sie. »Tut mir leid! Ich war – ich war einfach nur so überrascht, ich weiß gar nicht, was ich denken soll!«

Warte erst mal ab, dachte Graeme, ich hab nämlich noch ein Ass im Ärmel. Er war erleichtert, dass seine Taktik aufgegangen war, und schloss sie glücklich in die Arme.

»Könnten wir …? Wie wär's mit …?«, wagte Issy einen Vorstoß.

Graeme brachte sie mit einem Kuss zum Schweigen. »Ich muss zum Squash. Lass uns morgen über die Details sprechen«, vertröstete er sie sanft, so als sei sie eine unentschlossene Kundin.

Ben hatte an der Bushaltestelle auf Pearl gewartet, und Louis rannte voraus, während seine Eltern schwatzten und lachten. Pearl konnte am Halsausschnitt ein paar winzige Locken von Bens Brusthaar erahnen. Ihre Mutter hatte ihr mal wieder eine Standpauke gehalten und ihr damit gedroht, zu ihrer Schwester zu ziehen, da Pearls Macker jetzt ja wieder da war. Sie hatte klargestellt, dass Ben nicht einfach hereinschneien konnte, wie es ihm gerade passte … Würde er jetzt zu der Sache stehen wie ein Mann oder nicht?

»Was würdest du davon halten«, fragte Pearl so beiläufig wie möglich, »wieder bei uns einzuziehen?«

Ben grunzte unverbindlich, wechselte augenblicklich das Thema und verabschiedete sich an der Haustür mit einem höflichen Wangenküsschen von ihr. Das hatte sie sich ein wenig anders vorgestellt.

»Caline, Mummy traurig«, verkündete Louis bei der Arbeit laut.

»Manchmal sind Mummys eben traurig, Louis«, erklärte Caroline und warf Pearl einen mitfühlenden Blick zu. Auf ihr Mitleid legte Pearl zwar keinen gesteigerten Wert, aber sie musste wohl nehmen, was sie kriegen konnte.

»Nich traurig sein, Mummy. Mummy traurig!«, verriet Louis auch dem Briefträger, der gerade mit der Post hereinkam.

»Ach, tatsächlich?«, fragte Doti und hockte sich neben ihn. »Hast du ihr denn schon eins von deinen ganz besonderen Küsschen gegeben?«

Louis nickte und flüsterte dann laut: »Louis schon Küsschen gegeben. Aber immer noch traurig!«

Doti schüttelte den Kopf. »Ja, das ist nun wirklich zu dumm.« Er richtete sich wieder auf. »Vielleicht könnte ich deine Mami ja glücklich machen und sie mal auf einen Kaffee einladen.«

Pearl schnaufte. »Falls Sie es noch nicht bemerkt haben sollten«, knurrte sie, »ich bin hier von Kaffee umgeben.«

»*Ich* würde mitgehen!«, rief Caroline und schlug sich dann die Hand vor den Mund. »Hm, ich meine, ich ziehe mich einfach nur hier hinten in meine Ecke zurück und arbeite still und leise vor mich hin.«

Die beiden ignorierten sie.

»Dann vielleicht mal auf einen Drink?«

»Vielleicht«, lenkte Pearl ein.

»Ich hab früh Feierabend.«

»Ich nicht.«

»Wie wär's mit Mittagessen?«, parierte Doti. »Nächsten Dienstag?«

Pearl tat so, als würde sie aus dem Fenster schauen. Schließlich hielt Issy es nicht länger aus und schob den Kopf durch den Treppenschacht nach oben.

»Die Antwort lautet ja!«, rief sie lautstark.

Nach der Arbeit ging Issy direkt in ihre Wohnung. Helena war da und Ashok auch, den seine Freundin umgehend abkommandierte, ihnen einen Kaffee zu holen. »Nein, bloß keinen Kaffee mehr«, stöhnte Issy. »Könntest du mir bitte eine Fanta mitbringen? Und ein paar Kartoffelringlis?«

»Du bist ja ein ganz schlimmer Finger«, bemerkte Helena und stellte den Kessel auf den Herd. »Also, wie läuft das neue Leben mit dem alten Mann? Macht es Spaß?«

Issy nahm sie in den Arm. »Vielen Dank für die Party«, sagte sie. »Das war … echt Wahnsinn. Dafür kann ich dir gar nicht genug danken.«

»Und ob«, widersprach Helena. »Die ersten vierhundert Mal während der Feier haben eigentlich schon gereicht.«

»Okay, okay. Aber hör mal, stell dir vor, was passiert ist!«

Helena zog eine perfekt gezupfte Augenbraue in die Höhe. Sie hatte schon befürchtet, dass irgendetwas im Busch war, weil Issy so hibbelig wirkte. Nachdem sie Himmel und Hölle in Bewegung gesetzt hatte, um sicherzugehen, dass Austin auch da sein würde, musste ausgerechnet Graeme auf der Bildfläche erscheinen. Sie hoffte nur, dass Issy nicht etwa dachte, sie hätte ihn eingeladen. Obwohl sie natürlich zugeben musste, dass selbst ein Trottel wie Graeme früher oder später Issys Vorzüge erkennen würde.

»Erzähl«, bat sie.

»Graeme hat mir vorgeschlagen, bei ihm einzuziehen.«

Damit hatte selbst Helena nicht gerechnet. Sie hatte gedacht, dass er ihr vielleicht seine Liebe gestanden, sie als seine offizielle Freundin bezeichnet hatte oder sie seinen Eltern vorstellen wollte. Zusammenzuziehen war hingegen ein großer Schritt. Selbst als sie die paar Monate zusammen gewesen waren, hatte die Sache auf sie kaum so ernst gewirkt, und Graeme kam ihr jetzt auch nicht gerade wie ein herzlicher und gastfreundlicher Typ vor. Aber andererseits hatte sie auch Ashok, der sich als der tollste Mann der Welt herausgestellt hatte, für einen schüchternen, zurückhaltenden Typen gehalten, also, was wusste sie schon.

»Oh«, sagte sie und versuchte, nicht allzu heuchlerisch rüberzukommen. »Das ist ja super!«

Dann sah sie ihre Freundin prüfend an. Issy klang begeistert, aber … war ihr Überschwang auch echt? Fand sie das wirklich so toll? Noch vor drei Monaten hätte sie nach dieser Ankündigung vor Freude Luftsprünge gemacht, aber jetzt wirkte sie irgendwie …

»Und, bist du glücklich?«, fragte Helena. Sie fuhr zusammen, als ihr klar wurde, wie harsch ihr Tonfall klang.

»Hm, sollte ich das etwa nicht sein?«, fragte Issy versuchsweise. »Ich meine, du weißt schon … wir reden hier von Graeme. Graeme. Nach dem ich schon lange, lange, lange völlig verrückt bin und der mich gerade gefragt hat, ob ich bei ihm einziehen will.«

Ihre Mitbewohnerin schwieg kurz und goss den Tee ein. Sie ließen einen Moment verstreichen und hantierten mit Tassen und Löffeln herum, bis Helena endlich wieder den Mund aufmachte.

»Also, weißt du, du musst das nicht machen. Wenn dir nicht danach ist. Ihr habt ja schließlich jede Menge Zeit.«

»Aber genau das will ich«, beteuerte Issy. Sie klang aufgewühlt, so als versuchte sie, sich selbst etwas einzureden. »Und nein, mir bleibt nicht mehr viel Zeit, Lena, tu doch nicht so.

Ich bin zweiunddreißig. Ich bin kein Kind mehr. Ich meine, so langsam werden doch alle sesshaft, auf der Party musste ich mir etwa neuntausend Babyfotos ansehen. Und das wünsche ich mir auch, Lena. Das ist es, was ich möchte. Einen guten Mann, der mich liebt und sein Leben mit mir teilen will und das alles. Deshalb bin ich doch kein schlechter Mensch, oder?«

»Natürlich nicht«, meinte Helena. Und es stimmte schon, dieser nette Typ von der Bank, na ja, bei dem konnte man ja nicht einmal darauf vertrauen, dass er seine Unterhose richtig herum anzog, geschweige denn sich um Issy kümmern würde, oder? Und außerdem musste er auch schon ein Kind versorgen. Graeme hingegen verdiente gutes Geld, sah toll aus und hatte nicht so einen Klotz am Bein – er war in jeder Hinsicht eine gute Partie, klar.

Und Issy hatte durchaus recht, Helena hatte das schon so oft miterlebt. Jemand machte mit dem Partner Schluss, nur weil er irgendwie nicht perfekt schien, und hoffte dann, noch etwas Besseres zu finden, aber das war nicht immer der Fall. So lief das im Leben einfach nicht. Sie hatte zu viele Freundinnen und Kolleginnen, die sich einsam fühlten und Torschlusspanik hatten und sich von ganzem Herzen wünschten, dass sie mit einunddreißig nicht Mr Ich-bin-zwar-nett-aber-eben-nicht-perfekt in die Wüste geschickt hätten. Okay, er hatte eben etwas länger gebraucht, bis er Issy endlich ernst nahm – aber deshalb musste er doch kein mieser Typ sein, oder?

»Das ist toll«, sagte Helena. »Ich würde ja vorschlagen, darauf anzustoßen, aber ich fürchte, du hattest diese Woche schon genug Alkohol.«

»Hör auf, mich wie eine Patientin zu behandeln.«

»Letztens wurde bei uns eine junge Frau eingeliefert, jünger als du, und die war ganz gelb angelaufen. Leberversagen.«

»Mir mit Graeme eine Flasche Wein zu teilen führt nicht zu Leberversagen.«

»Ich meine ja nur.«

Aber es fühlte sich gut an, dass sie jetzt wieder beim üblichen Geplänkel waren. Trotzdem tranken sie ihren Tee schweigend zu Ende. Die Situation war Issy irgendwie unangenehm, und sie war ein wenig geknickt. Eigentlich hatte sie nämlich erwartet, dass Helena sich wie üblich mit ihrer spitzen Zunge auf sie stürzen und feststellen würde, wie albern dieser Vorschlag doch war, dass sie natürlich nicht bei Graeme einziehen konnte und stattdessen hier bei ihr bleiben würde. Nichts würde sich ändern, alles wäre einfach super, und hinter der nächsten Straßenecke würde eine Million heißer Typen und tolle Überraschungen auf sie warten. Aber so hatte Helena nicht reagiert. Ganz und gar nicht. Was wohl hieß, dass Issy total bescheuert war. Natürlich war dies das Richtige. Es war ganz wunderbar. Und tief in ihrem Inneren war sie richtig aufgeregt, na klar. Es war doch ganz normal, ein bisschen Angst zu haben, das war alles.

Helena lächelte sie hoffnungsvoll an. »Und, weißt du … sag einfach Nein, wenn dir das alles zu schnell geht oder so, aber na ja …«

»Jetzt spuck's schon aus«, drängte Issy. Seit wann wurde Helena denn so nervös?

»Also«, meinte ihre Freundin, »ich kenne da jemanden, der vielleicht gerne dein Zimmer übernehmen würde.«

Issy zog die Augenbrauen hoch.

»Du meinst doch nicht etwa … einen gewissen Juniorarzt?«

Helenas Wangen glühten. »Seine Studentenbude ist schrecklich, einfach furchtbar. Eigentlich sieht er sich ja schon nach einer Wohnung um, aber hier bei dir ist es so nett, und …«

Issy hob die Hände. »*Du* hast das also alles eingefädelt!«

»Ich habe nichts damit zu tun, ich schwöre!« Helena biss sich auf die Lippe, um ein Grinsen zu unterdrücken.

»Ich würde mich doch wahrer Liebe nie in den Weg stellen«, beteuerte Issy.

»Meinst du das ernst?«, quiekte Helena. »O mein Gott! O

mein Gott! Das ist ja Wahnsinn! O mein Gott! Ich rufe ihn nur schnell an. Oh! Schau uns doch an!«, rief sie. »Wir wohnen mit unseren Freunden zusammen. O mein Gott!«

Sie gab ihrer früheren Mitbewohnerin einen Kuss und eilte zum Telefon.

Issy konnte nicht anders, ihr ging durch den Kopf, wie sehr sich Helenas helle Begeisterung von ihren eigenen Zweifeln unterschied. Außerdem spürte sie, wie sich kaum merklich etwas in ihrer Freundschaft veränderte, wie sich ein hauchdünner Riss zwischen ihnen auftat. Sie wusste, wie das lief. Wenn eine Freundin jemanden kennengelernt hatte, dann konnte man mit ihr in aller Ruhe über die Vorzüge und Nachteile des Neuen diskutieren. Sobald die Sache jedoch ernst wurde, war es zu spät. Dann musste man so tun, als wäre dieser Partner in jeder Hinsicht perfekt, nur für den Fall, dass sie dann irgendwann heirateten. Und während es ja ganz schön war, seine Freunde so glücklich zu sehen, bedeutete das trotzdem, dass sich für einen selbst etwas veränderte. Issy freute sich mit Helena, wirklich. Aber die Dinge veränderten sich eindeutig. Sie sahen beide nach vorn, das war alles, redete sie sich ein.

Sie verabredeten, am Abend etwas trinken zu gehen, damit Issy Zeit hatte, ein paar ihrer Sachen zusammenzupacken, und dann zogen sie los, schlürften ein Katerbier und taten so, als ob noch alles wäre wie früher. Bei der zweiten Flasche legte Helena dann doch die Karten auf den Tisch.

»Warum?«, wollte sie wissen. »Warum bist du bloß so schnell wieder zu ihm zurückgekehrt?«

Issy schaute schon wieder auf ihr Handy – sie hatte Graeme gesimst, um ihm zu sagen, dass es etwas später wurde, wartete aber vergeblich auf eine Antwort. Sie spürte, wie ihre Miene erstarrte.

»Na, weil er toll ist und ich ihn haben kann und ich ihn wirklich, wirklich mag. Das weißt du doch«, erklärte sie.

»Aber er reißt dich auf und lässt dich dann wieder fallen, wie es ihm Spaß macht. Auf einmal soll er in deinem Leben so eine wichtige Rolle spielen … dabei weißt du doch gar nicht, was er im Schilde führt.«

»Warum sollte er denn irgendwas im Schilde führen?«, fragte Issy und spürte, dass sie schon wieder rot wurde.

»Also, weißt du, mit meinem Ashok …«

»Oh, ja, mit deinem Ashok läuft natürlich alles super, dein perfekter Ashok, oh, seht euch doch nur meinen tollen, gut aussehenden Arzt an, den alle lieben und der mich vergöttert, und ich bin ja ach so verliebt, blablabla. Aber wenn es um Graeme geht, dann spielst du auf einmal den Snob.«

»Ich spiele doch nicht den Snob. Ich sage ja nur, dass er dir schon so einiges Kopfzerbrechen bereitet hat, und …«

»Und ich bin nicht gut genug, um jemanden zu haben, der mich so wie Ashok liebt, wolltest du das vielleicht sagen? Dass mich niemand haben will, wenn dahinter nicht noch irgendeine andere Absicht steckt?«

Diese Seite kannte Helena an Issy gar nicht.

»So sollte das jetzt wirklich nicht klingen …«

»Ach, wirklich? Es hat sich aber genau so angehört. Oder vielleicht hast du auch gedacht, dass die gute alte Issy es sowieso nicht wagen würde, dir zu widersprechen? Meinst du etwa, ich habe gar kein Rückgrat?«

»Nein!«

»Na, dann liegst du bei einem wenigstens richtig. Rückgrat hab ich nämlich doch!«

Damit stand sie auf und marschierte aus der Kneipe.

Auf der anderen Seite der Stadt starrte Pearl Ben an.

»Das ist echt nicht okay«, murmelte sie.

»Was denn?«, fragte der. Zu seinen Füßen spielte Louis fröhlich mit seiner Eisenbahn. »Ich bin nur kurz vorbeigekommen, damit deine Mutter mir einen Knopf annäht.«

»Hm«, machte Pearl. Dass Ben hier ohne Hemd saß, nur beim Licht der neuen Leselampe, in deren Schein ihre Mutter die Näharbeit erledigte, die Bens Mum genauso gut hätte übernehmen können, oder sogar Ben selbst, wenn er nicht so verdammt faul wäre … Sie kannte seine Spielchen.

»Warum geht ihr beide nicht was trinken, während ich das hier fertig mache?«, schlug Pearls Mutter vor, der es gelang, gleichzeitig zu rauchen und zu nähen, eine echte Meisterleistung. »Um Louis kümmere ich mich schon.«

»Louis kommt mit trinken«, rief der Kleine mit einem nachdrücklichen Nicken.

»Schlafenszeit«, verkündete Pearl. Sie hätte es zwar in einer Million Jahren nicht zugegeben, aber es hatte ihr zu denken gegeben, wie schlimm Caroline es fand, dass Louis zur gleichen Zeit wie sie ins Bett ging, und sie hatte Besserung gelobt.

»Nein, nein, nein, nein«, rief Louis. »Nein, nein, nein, nein. Danke«, fügte er nach kurzem Nachdenken schließlich hinzu. »Nicht schlafen, danke, Mummy.«

»Jetzt verschwindet schon«, bestimmte seine Großmutter. Louis sah aus, als würde er ein ganz schönes Theater veranstalten, wenn man jetzt von ihm verlangte, ruhig in der Ecke zu liegen, während die anderen aufblieben. »Ich bring ihn schon ins Bett.«

»Ich hab noch ein T-Shirt in der Tasche«, erklärte Ben. »Oder ich könnte auch einfach so gehen.«

»Heute hü, morgen hott, das kannst du mit mir nicht machen, das weißt du.«

»Schon klar«, sagte Ben. »Und jetzt zieh das rote Kleid an. Das, in dem du so schön mit den Hüften wackelst.«

»Mit Sicherheit nicht!«, fauchte Pearl. Als sie das Kleid das letzte Mal zu einem Date mit Ben angezogen hatte … na ja, sie hatte schon ein weiteres Maul zu stopfen.

Er bot ihr seinen Arm an, als sie die kleine Wohnung verließen. Pearls Mutter starrte ihnen hinterher, bis sie verschwanden, und Louis protestierte laut und vernehmlich dagegen, dass seine Eltern ohne ihn ausgingen, aber davon bekam Pearl schon gar nichts mehr mit.

»Was ist denn los, Prinzessin?«, fragte Graeme, als Issy nach Hause kam. Sie blickte zu Boden.

»Ach, Frauenkram«, winkte sie ab.

»Oh«, machte Graeme, der nicht die leiseste Ahnung hatte, was man dagegen unternehmen konnte, und den das auch nicht im Geringsten interessierte. »Mach dir darüber mal keine Sorgen. Komm lieber ins Bett für ein bisschen Männerkram.«

»Okay«, nickte Issy, obwohl sie die Vorstellung hasste, dass ihre Freundin jetzt allein in ihre Wohnung zurückkehrte und dass sie im Streit auseinandergegangen waren. Graeme strich ihr über die dunklen Locken.

»Komm schon«, lockte er. »Oh, und ich dachte … wo wir jetzt zusammenziehen und alles … hättest du vielleicht Lust, meine Mutter kennenzulernen?«

Und deshalb war Issys letzter Gedanke, bevor sie einschlief, dass er sie liebte. Dass sie ihm wichtig war. Sie wohnte jetzt bei ihm und würde seine Familie kennenlernen. Helena hatte von ihm eben einen völlig falschen Eindruck.

Graeme lag noch ein wenig länger wach. Heute Abend hatte er Issy eigentlich von seinen Plänen erzählen wollen – er hatte im Büro die Katze aus dem Sack gelassen, und alle waren Feuer und Flamme gewesen. Ein begeisterter Grundstücksbesitzer, der offensichtlich eine Nase für ein gutes Geschäft hatte, und unkomplizierte Mieter – das Ganze war wirklich perfekt. Fast schon zu einfach.

Das ist zu einfach, dachte Pearl, als auf dem Weg vom Pub nach Hause Bens Hand die ihre streifte. Viel zu einfach. Und so etwas hatte sie früher schon einmal in große Schwierigkeiten gebracht.

»Darf ich bleiben?«, fragte er in bittendem Tonfall.

Pearl blieb hart: »Nein. Bei uns gibt es nur ein Zimmer, und da schläft Nan. Das geht einfach nicht.«

»Na, dann komm doch mit zu mir. Oder wir könnten in ein Hotel gehen.«

Pearl sah ihn an. Im Licht der Straßenlampe sah er besser aus als je zuvor. Die breiten Schultern, das zauberhaft gelockte Haar, seine attraktiven Züge. Louis würde ihm später sehr ähnlich sehen. Er war der Vater ihres Kindes, er sollte das Herzstück ihrer Familie sein. Unter der Straßenlaterne beugte er sich ganz sanft vor und küsste sie, und sie schloss die Augen und ließ es zu. Es fühlte sich vertraut und gleichzeitig seltsam an, denn es hatte sie schon so lange kein Mann mehr berührt.

Am nächsten Morgen krabbelte Issy beim ersten Sonnenstrahl aus dem Bett und begann hastig, Klamotten aus Beuteln hervorzukramen.

»Warum denn die Eile, Baby?«, fragte Graeme schläfrig.

Sie blinzelte in seine Richtung. »Ich muss zur Arbeit. Die Cupcakes backen sich nicht von allein.«

Sie unterdrückte ein Gähnen.

»Na, dann nimm mich doch wenigstens noch mal in den Arm.«

Issy kuschelte sich an seine haarlose Brust. »Hm«, machte sie, in Gedanken lief ihr aber die Zeit davon, denn jetzt musste sie schließlich quer durch ganz Nordlondon pendeln.

»Warum lässt du die Arbeit heute nicht ausnahmsweise mal ausfallen?«, schlug Graeme vor. »Du schuftest viel zu hart.«

Issy lächelte. »Und das sagst ausgerechnet du.«

»Ja, aber würdest du es nicht gerne ein bisschen ruhiger angehen lassen? Etwas weniger arbeiten? Wieder in einem hübschen, gemütlichen Büro sitzen, mit Krankengeld und Büropartys und jemandem, der den ganzen Papierkram für dich übernimmt?«

Issy rollte sich auf den Bauch und stützte das Kinn in der Hand auf.

»Weißt du was«, sinnierte sie, »ich denke, das will ich eben nicht. Ich glaube, ich würde für alles Geld der Welt nicht mehr für jemand anderen arbeiten. Noch nicht einmal für dich!«

Graeme starrte sie fassungslos an. Er würde es ihr später erzählen, dachte er. Mal wieder.

Pearl summte doch tatsächlich vor sich hin, als sie zur Tür hereinkam.

»Was ist denn mit dir los?«, wollte Caroline argwöhnisch wissen. »Du wirkst so seltsam fröhlich.«

»Darf ich denn nicht mal fröhlich sein?«, fragte Pearl und holte den Besen hervor, während ihre Kollegin die temperamentvolle Kaffeemaschine polierte. »Haben darauf nur Leute aus der Mittelschicht ein Anrecht?«

»Ganz im Gegenteil«, meinte Caroline, die heute Morgen einen besonders fiesen Anwaltsbrief bekommen hatte.

»Was ganz im Gegenteil?«, fragte Issy, die gerade mit mehlbestäubten Augenbrauen die Treppe hinaufkam, um Pearl zu begrüßen und sich einen Kaffee zu holen.

»Pearl glaubt, dass Menschen aus der Mittelschicht fröhlich sind.«

»Tu ich gar nicht«, wandte Pearl ein und steckte den Finger in Issys Schüssel.

»Lass das lieber«, rief Issy. »Der Typ von der Gesundheitsbehörde würde einen Anfall kriegen.«

»Ich hab doch meine Plastikhandschuhe an!«, verteidigte sich Pearl und zeigte ihr die Hände. »Und außerdem probieren schließlich alle großen Köche, was sie zubereiten. Wie weiß man denn sonst, wie es schmeckt?«

Sie kostete Issys Mischung. Es war ein Teig mit Orange und Kokos, weich, sanft und nicht zu süß.

»Das schmeckt ja nach Piña Colada«, rief sie aus. »Umwerfend. Einfach köstlich.«

Issy starrte sie an und warf dann ihrer anderen Angestellten einen Blick zu.

»Caroline hat recht«, sagte sie. »Was ist denn bloß mit dir los? Gestern warst du noch ein Häufchen Elend, und heute strahlst du plötzlich wie ein Glückskind.«

»Ich darf also nie fröhlich sein?«, fragte Pearl. »Nur weil ich nicht hier in der Nachbarschaft lebe und mit dem Bus komme?«

»Das ist nicht fair«, warf Issy ein. »So oft, wie ich Bus fahre!«

»Und ich muss sowieso bald aus dieser Gegend wegziehen«, behauptete Caroline. Sie klang so finster, dass die beiden anderen sie erstaunt ansahen, als auf einmal auch sie den Finger in die Schüssel steckte.

»Okay«, knurrte Issy entnervt. »Den schütte ich dann mal weg und mache eine neue Ladung, wie wär's damit?«

Pearl und Caroline fassten das als Einladung auf, sich nun erst recht am Teig gütlich zu tun, also stellte Issy den Teig mit einem Seufzen ab, zog einen Stuhl heran und machte mit.

»Was ist denn los?«, fragte Pearl.

»Oh, mein verfluchter Exmann«, knurrte Caroline. »Er will, dass ich aus dem Haus ausziehe. Aus meinem Zuhause, das ich übrigens fast ganz allein renoviert habe. Ich habe für alle Zimmer, inklusive sein Arbeitszimmer, die Möbel ausgesucht, hab den Einbau der Glaswand auf der Rückseite überwacht und mich um die Einrichtung der fünfzigtausend Pfund teuren Küche gekümmert, was übrigens kein Zuckerschlecken war.«

»Obwohl darin natürlich Platz für jede Menge Zucker ist«, warf Pearl ein, bevor Carolines Miene ihr klarmachte, dass jetzt keine Zeit für flotte Sprüche war. »Sorry«, fügte sie hinzu, aber das bekam Caroline kaum mit.

»Ich dachte, wenn ich mir Arbeit suche und dadurch zeige, dass ich kompromissbereit bin … Er legt das hingegen so aus, dass ich ja offensichtlich zum Arbeiten in der Lage bin und deshalb auch alleine klarkomme! Das ist so unfair! Mit dem, was ich hier verdiene, kann ich doch unmöglich Haus und Personal und das alles bezahlen. Das reicht ja kaum für meine Pediküre!«

Issy und Pearl blickten konzentriert auf den Kuchenteig.

»Tut mir leid, aber so ist es doch. Also weiß ich jetzt wirklich nicht, was ich machen soll.«

»Er würde dich doch sicher nicht zwingen, mit den Kindern da auszuziehen, oder?«, fragte Issy.

»Bei uns in der Sozialsiedlung findet sich bestimmt noch ein Plätzchen für euch«, beruhigte sie Pearl, woraufhin Caroline ein Schluchzen unterdrückte.

»Sorry«, sagte sie. »Das sollte jetzt keine Beleidigung sein.«

»So hab ich's auch nicht aufgefasst«, sagte Pearl. »Ich würde auch lieber in deinem Haus wohnen. Oder auch nur in deiner Küche.«

»Na ja, in dem Brief steht jedenfalls, dass ›weitere Schritte eingeleitet werden könnten‹«, erklärte Caroline. »O Gott.«

»Aber er muss doch einsehen, dass du dir Mühe gibst«, wandte Issy ein. »Zählt das denn gar nicht?«

»Er will nicht, dass ich mir Mühe gebe«, fauchte Caroline. »Er will, dass ich von der Bildfläche verschwinde. Und zwar für immer. Damit er weiter mit dieser verfluchten Annabel Johnston-Smythe rummachen kann.«

»Passt so ein Name überhaupt auf eine Kreditkarte?«, wunderte sich Pearl.

»Egal, lasst uns lieber das Thema wechseln«, erwiderte Caroline gereizt. »Also, Pearl, warum bist du bloß so fröhlich?«

Die Gefragte sah verlegen drein und erklärte, dass eine Dame am besten genießt und schweigt, woraufhin ihre Kolleginnen zu quietschen begannen, was Pearl ziemlich wütend machte. Dann tauchte auch noch Doti, der Briefträger, auf und betonte, dass sie an diesem Morgen besonders schön aussah. Erst in diesem

Moment fiel ihnen auf, dass vor der Tür bereits hungrige Kunden Schlange standen, die es zwar eilig hatten, ihren vertrauten Schwatz aber nicht unterbrechen wollten.

»Ich habe zu tun«, verkündete Pearl steif und stand auf.

»Lass es schön langsam angehen«, riet ihr Issy, die hastig nach unten eilte, als die erste Kundin nach dem Orangen-Kokos-Cupcake fragte, den sie bereits auf die Tageskarte gesetzt hatten.

»Bald, bald«, versprach sie.

»Liefert ihr auch nach Hause?«, fragte die Frau. Die Cafédamen sahen sich an.

»Das sollten wir wirklich anbieten«, meinte Pearl.

»Ich setze es auf die Liste«, versprach Issy.

Pearls gute Laune war ansteckend – da sie sich zur Identität ihres Verehrers nicht äußern wollte, vermutete Issy, dass es vielleicht Louis' Vater war, aber es wäre ihr nie in den Sinn gekommen, ihre Angestellte so etwas Persönliches zu fragen. Allerdings machte ihr Carolines Scheidung Sorgen, zum einen ihretwegen, zum anderen, weil sie sie nicht verlieren wollte. Denn Caroline war zwar kratzbürstig und ein Snob, aber sie arbeitete hart und hatte ein Gespür für zauberhafte Kuchenarrangements. Außerdem hatte sie im Café kaum merkliche Verbesserungen eingeführt – wenn es draußen dunkel wurde, tauchten auf einmal winzige Schwimmkerzen auf, und unbequeme Ecken hatte sie mit weichen Kissen gemütlicher gestaltet. Für solche Sachen hatte sie zweifellos ein Händchen.

Während Issy den neuen Kuchenteig anrührte, mit lockerer Geste die Kokosraspeln einstreute und für einen intensiveren Geschmack statt weißem Zucker lieber braunen nahm, konnte sie nicht anders, als an Helena zu denken. Sie hatten sich noch nie so gestritten, nicht einmal damals, als Issy sie gebeten hatte, die einbeinige Taube zu retten. Sie verstanden sich sonst immer, und Issy konnte den Gedanken nicht ertragen, dass sie Helena jetzt nicht von Pearls Neuigkeiten und all dem anderen Klatsch und Tratsch erzählen konnte. Sie überlegte, sie vielleicht anzurufen, aber es war einfach keine gute Idee, mit Helena zu telefonieren, wenn die bei der Arbeit war, da ihre Hand immer gerade in irgendeinem Hintern steckte oder sie mit einem abgetrennten Zeh hantierte oder so. Sie würde persönlich vorbeischauen. Und ihr ein Geschenk mitbringen.

Issy traf Helena auf halber Strecke.

»Ich war gerade auf dem Weg zu dir …«, rief Helena. »Es tut mir so, so, so …«

»Nein, mir tut es leid«, beteuerte Issy.

»Ich freue mich für dich, wirklich«, erklärte Helena. »Ich will doch nur, dass du glücklich bist.«

»Ich auch. Bitte, lass uns nicht streiten.«

»Nein.« Die beiden Frauen umarmten sich mitten auf der Straße.

»Hier«, sagte Issy und reichte ihr den Zettel, den sie schon den ganzen Tag mit sich herumgetragen hatte.

»Was ist das?«, wollte Helena wissen. Sie starrte auf das Blatt Papier und begriff augenblicklich. »Das Rezept! Das gibt's doch nicht. O mein Gott!«

»Na«, meinte Issy. »Jetzt hast du alles, was dein Herz begehrt.«

Helena lächelte. »Begleit mich doch«, bat sie. »Komm mit und trink einen Tee mit mir. Es ist doch immer noch deine Wohnung.«

»Ich sollte besser los«, lehnte Issy ab »Zu meinem Freund, weißt du.«

Helena nickte. Das verstand sie nur zu gut. Aber das machte es nicht weniger seltsam, als sie sich noch einmal fest in den Arm nahmen und dann aufbrachen. Sie gingen beide nach Hause, aber in verschiedene Richtungen.

Helena hatte Issy auch ihre Post mitgebracht. Ihr wurde schwer ums Herz. Es waren wieder Rezepte dabei, aber es waren entweder solche, die sie bereits hatte, oder wirres Zeug, das keinen Sinn ergab. Keavie hatte ihr am Telefon erklärt, dass Gramps bei der letzten Visite zwar gut drauf gewesen war, es insgesamt aber nicht zufriedenstellend lief, und dass sie doch besser mal wieder vorbeischauen sollte, was sie tags darauf tun wollte.

Als sie am nächsten Tag im Heim ankam, befand sich zu ihrer großen Überraschung bereits jemand im Zimmer. Ein kleiner Mann hockte auf dem Stuhl neben Joes Bett, seinen Hut auf den Knien. Als er sich umdrehte, wusste sie, dass sie ihn kannte, konnte sein Gesicht aber einen Moment lang nicht einordnen. Und dann fiel endlich der Groschen: der Eisenwarenhändler!

»Was machen Sie denn hier?«, fragte sie und ging zu Gramps hinüber, um ihm einen Kuss zu geben. Sie freute sich so, ihn zu sehen.

»Ist sie nicht ein liebes Mädchen?«, rief ihr Großvater. »Und ich bin fast völlig, aber nicht so ganz sicher, welches. Dieser nette Mann hat mir Gesellschaft geleistet.«

Issy sah ihn verschwörerisch an. »Also, das ist wirklich nett von Ihnen.«

»Keine Ursache«, winkte der Mann ab. Er reichte ihr die Hand. »Chester.«

»Issy. Danke für den Schlüsselanhänger«, sagte sie und war auf einmal ganz schüchtern. Der Mann lächelte ebenso schüchtern zurück.

»Ich habe Ihren Großvater durch Ihr Café kennengelernt. Wir sind gute Freunde geworden.«

»Gramps?«

Ihr Großvater lächelte sanft. »Ich habe ihn nur gebeten, ein Auge auf dich zu haben.«

»Lässt du mich etwa ausspionieren?«

»Du benutzt eine Mikrowelle! Was kommt bloß als Nächstes, etwa Margarine?«

»Niemals!«, rief Issy entrüstet.

»Das stimmt«, warf Chester ein. »Eine Margarinelieferung hat sie noch nie bekommen.«

»Hören Sie auf, mir hinterherzuschnüffeln!«

»In Ordnung«, versprach Chester. Er hatte einen leichten mitteleuropäischen Akzent, den sie nicht so recht einordnen konnte. »Dann halte ich mich ab jetzt zurück.«

»Oder … na ja, wenn es denn sein muss«, wandte Issy ein, die es gar nicht so schlimm fand, dass jemand auf sie aufpasste. Das war schließlich eine Premiere. »Aber schauen Sie doch wenigstens mal herein und probieren Sie unseren Kuchen.«

Der Mann nickte. »Ihr Großvater hat mich allerdings davor gewarnt, Ihnen den Gewinn wegzuessen. Er meinte, Sie hätten ein viel zu großes Herz und würden mich nur zu gerne umsonst durchfüttern, und deshalb sollte ich um nichts bitten.«

»Es ist immerhin ein Geschäft«, erklärte Grampa Joe mit schwacher Stimme vom Bett aus.

Keavie steckte den Kopf zur Tür herein. »Hi, Issy! Wie läuft das Liebesleben?«

»Sie weiß also auch schon alles!«, rief Issy eingeschnappt.

»Na, lassen Sie's gut sein! Außerdem ist er für Ihren Großvater eine wahre Wohltat. Muntert ihn wirklich auf.«

»Hm«, knurrte Issy.

»Und mir macht die Sache Spaß«, erklärte der Eisenwarenhändler. »Schraubenschlüssel zu verkaufen ist ein ziemlich einsames Geschäft.«

»Und wir können uns über unsere Läden austauschen«, fügte Gramps hinzu.

»Okay, okay«, lachte Issy. Sie war so daran gewöhnt, sich als Einzige um ihren Großvater zu kümmern, dass sie nicht so ganz wusste, was sie von seinem neuen Freund halten sollte. Nun sah sich Gramps aber plötzlich verwirrt um.

»Wo bin ich hier denn?«, fragte er. »Isabel? Isabel?«

»Ich bin ja da«, beruhigte ihn Issy. Chester verabschiedete sich lieber und brach auf. Sie griff nach Gramps' Hand.

»Nein«, sagte er. »Nicht du. Nicht Isabel. Dich habe ich gar nicht gemeint. Ich meinte etwas ganz anderes.«

Er wurde immer aufgeregter und sein Griff immer eiserner, bis Keavie schließlich mit einem Pfleger hereinkam und ihm eine Tablette verabreichte.

»Das wird ihn beruhigen«, erklärte die Krankenschwester und sah Issy direkt in die Augen. »Das verstehen Sie doch sicher«, fuhr sie fort. »Ihn zu beruhigen, es ihm bequem zu machen … das ist eigentlich alles, was wir jetzt noch …«

»Sie wollen damit sagen, dass es nicht mehr besser wird«, schlussfolgerte Issy traurig.

»Es gibt weniger lichte Momente, und sie liegen immer weiter auseinander«, erklärte Keavie. »Darauf müssen Sie sich leider einstellen.«

Sie sahen sich an, während der alte Mann zurück in die Kissen sank.

»Und er weiß das auch«, flüsterte Keavie. »Selbst die Patienten mit Demenz … Wir alle hier haben Ihren Großvater sehr gern. Und das sage ich nicht nur so.«

Issy drückte ihr dankbar die Hand.

Zwei Samstage später steckte Des, der Immobilienmakler, den Kopf zur Tür herein. Jamie schrie sich die Seele aus dem Leib.

»Sorry«, sagte er zu Issy, die vor dem Mittagsansturm der Samstagseinkäufer im *Guardian Guide* las. Ihr Cupcake-Café-Schlüsselanhänger hing im polierten Fenster und glänzte im Sommersonnenschein.

»Oh, kein Problem.« Issy sprang auf. »Ich hab mich nur kurz hingesetzt. Bleiben Sie doch, was kann ich Ihnen bringen?«

»Ich hatte mich eigentlich gefragt, ob Sie vielleicht Mira gesehen haben«, erklärte Des.

Issy sah zum Sofa hinüber. »Oh, normalerweise schaut sie um diese Zeit immer vorbei. Sie müsste jeden Moment hier sein. Sie hat endlich Arbeit gefunden, und die beiden haben jetzt eine richtige Wohnung!«

»Das ist ja toll!«

»Ich weiß! Ich versuche sie die ganze Zeit dazu zu überreden, dass sie Elise in denselben Kindergarten schickt wie Louis, aber sie will nichts davon hören, also geht die Kleine weiter in ihre rumänische Tagesstätte.«

»Ich wusste nicht einmal, dass es so was überhaupt gibt«, wunderte sich Des.

»In Stoke Newington gibt es einfach alles … Aha!«, rief Issy, als Mira und Elise hereinkamen. »Wenn man vom Teufel spricht!«

Mira nahm Des sofort den Jungen ab, und wie üblich unterbrach Jamie sein Geschrei, um sie mit großen runden Augen anzustarren.

»Ems hat mich aus dem Haus geworfen … für ein paar Stunden«, fügte er hastig hinzu, falls die Frauen jetzt glaubten, dass er endgültig rausgeflogen war. (Es war ganz schön traurig, dachte Issy, wenn man so ein Missverständnis über seine Ehe ausräumen musste.) »Nachdem diese Kolik ausgestanden war, ging es ihm so gut, Mira, er war absolut in Hochform … Er ist ein tolles kleines Kerlchen.« Seine Stimme drohte beinahe zu versagen, als er seinen Sohn betrachtete. »Ja«, sagte er, »also, genau. Die Sache ist die – die letzten paar Tage waren schrecklich, einfach furchtbar.«

Mira zog die Augenbrauen hoch.

»Der Arzt hat gesagt, dass alles in Ordnung ist und er nur Zähne kriegt.«

»Also haben Sie ihn zur Baby-Flüsterin gebracht«, warf Issy fröhlich ein und reihte einen Tee, einen Babycino für Elise und einen großen Cappuccino mit viel geraspelter Schokolade nebeneinander auf. Jamie, der doch gerade noch so zufrieden dreingeschaut hatte, riss den Mund auf und setzte zu lautem Heulen an, während Mira die Finger auf sein weiches Zahnfleisch presste.

Des sah sie verlegen an. »Hm, na ja, so was in der Art eben.«

Mira bedachte ihn mit einem strengen Blick, als Jamie losbrüllte.

»In diesem Land finden es alle so lustig, dass keiner mehr etwas über Babys weiß, und die Großmütter sagen: ›Oh, ich mische mich da nicht ein‹, und die Tanten sagen: ›Oh, für so etwas bin ich viel zu beschäftigt‹, und alle ignorieren die Babys einfach und kaufen blöde Bücher über Babys und gucken dumme Sendungen über Babys«, verkündete sie erbittert. »Babys sind überall gleich. Nur die Erwachsenen nicht. Geben Sie mir mal ein Messer.«

Issy und Des starrten einander an.

»Hm, wie bitte?«, hakte Issy nach.

»Ein Messer. Ich brauche ein Messer.«

Des reckte die Hände gen Himmel. »Mal im Ernst, viel länger halten wir das zu Hause nicht mehr aus. Im Moment schläft Ems sogar bei ihrer Mutter. Und ich fange langsam an, aus dem Augenwinkel Gespenster zu sehen.«

»Ihnen gebe ich also keine spitzen Gegenstände«, bemerkte Issy. Zaghaft reichte sie Mira ein gezacktes Messer. Mit blitzschnellen Handgriffen legte die Frau Jamie auf den Rücken, hielt ihm die Arme fest und schob ihm die Klinge zweimal rasch in den Mund. Jamie schrie den ganzen Laden zusammen.

»Was … was haben Sie da gemacht?«, fauchte Des, entriss ihr Jamie und wiegte ihn in seinen Armen. Mira zuckte mit den Achseln. Des starrte sie an, bemerkte aber, dass Jamie nach dem anfänglichen Schock und Schmerz tatsächlich langsam ruhiger wurde. Er schnappte nicht mehr so heftig nach Luft, und nach und nach entspannte sich sein verkrampfter, wütender kleiner Körper. Er kuschelte sich liebevoll an die väterliche Brust, und wieder einmal fielen ihm nach schmerzerfüllten, schlaflosen Nächten endlich die Augen zu.

»Also«, murmelte Des. »Na ja.«

Issy schüttelte den Kopf. »Mira, wie haben Sie das bloß hingekriegt? Was haben Sie da gemacht?«

Mira zuckte wieder mit den Achseln. »Er kriegt Zähne. Die schieben sich durchs Zahnfleisch. Das tut weh. Ich hab das Zahnfleisch aufgeschnitten. Jetzt sind die Zähne durch. Tut nicht mehr weh. Das ist doch keine Kunst.«

»Von dieser Methode höre ich wirklich zum ersten Mal«, wandte Des leise ein, um das jetzt vor sich hindösende Baby nicht zu wecken.

»Hier hat ja noch nie jemand von irgendwas gehört«, schnaubte Mira.

»Sie sollten wirklich ein Buch über Babys schreiben«, schlug Issy voller Bewunderung vor.

»Das wäre nur eine Seite lang«, entgegnete Mira. »Und darauf würde dann stehen: Lies kein blödes Babybuch, frag lieber deine Großmutter. Danke.«

Sie nahm den Tee gerne an, und Elise, die mit einem Buch ruhig in der Ecke gesessen hatte, bedankte sich leise für den Babycino. Des zog augenblicklich sein Portemonnaie hervor, um die Getränke zu übernehmen.

»Damit haben Sie mir das Leben gerettet«, verkündete er. »Meinen Kaffee hätte ich allerdings gern zum Mitnehmen. Ich gehe jetzt direkt nach Hause und versuche, ein bisschen zu schlafen.«

»Natürlich«, nickte Issy.

Des sah sich um. »Also … ähm … ich hab da so was läuten hören.«

»Was denn?«, fragte Issy gut gelaunt und kassierte die Getränke ab.

»Über dieses Lokal … aber dann war das wohl nur ein Gerücht.«

»Was meinen Sie?«

»Es hieß, dass der Laden hier verkauft würde … ich hatte angenommen, dass Sie was Größeres gefunden haben.« Er sah sich anerkennend um. »Sie haben hier wirklich tolle Arbeit geleistet und sich keinen Fehler erlaubt.«

Issy reichte ihm sein Wechselgeld.

»Nein, das haben Sie ganz falsch verstanden«, stellte sie klar. »Wir gehen nirgendwohin!«

»Super!«, freute sich Des. »Dann habe ich da wohl etwas nicht richtig mitbekommen. Schlafmangel, Sie wissen schon. Okay, also, danke noch mal.«

Plötzlich war draußen ein lautes, schabendes Geräusch zu hören. Issy lief hinaus, Des blieb jedoch lieber im Café, falls Jamie wieder aufwachen würde. Draußen zog der Eisenwarenhändler im grellen Sommersonnenschein gerade zwei schmiedeeiserne Stühle am Baum vorbei. Daneben entdeckte sie einen zauberhaften Tisch in einem Cremeton. Issy stand einfach nur da und starrte ihn an.

»Das ist ja unglaublich«, staunte sie. Doti bog um die Ecke. Er war ein wenig geknickt, weil Pearl jetzt doch nicht mit ihm ausging. Während sie immer noch den unentschlossenen Ben an der Backe hatte, so hatte sie Issy anvertraut, wollte sie die Dinge nicht unnötig kompliziert machen. Issy eilte dem Eisenwarenhändler zu Hilfe, um die Möbel vernünftig aufzustellen. Es gab zwei Tische, je mit drei Stühlen, und zwei schwere Ketten, die verhindern würden, dass ihre neue Terrassenausstattung nachts geklaut würde. Es sah einfach toll aus.

»Das hat alles Ihr Großvater bei mir in Auftrag gegeben«, rechtfertigte sich Chester mit erhobenen Händen, als Issy ihm um den Hals fiel. »Und er hat es auch bezahlt, machen Sie sich darüber also keine Sorgen. Er hat wohl gedacht, dass Sie hier draußen ein paar Sitzgelegenheiten gut gebrauchen könnten.«

»Womit er völlig recht hat.« Issy schüttelte den Kopf. »Wir können wirklich von Glück reden, Sie zu haben. Sie sind unser Eisenwarenschutzengel.«

Chester lächelte. »In der großen Stadt muss man doch zusammenhalten«, sagte er. »Und er hat es mir zwar verboten, aber …«

»Kaffee und Kuchen?«

»Das wäre toll.«

Pearl kam mit einem vollbeladenen Tablett hinaus, warf Doti ein schüchternes Lächeln zu und setzte sich erst einmal, um den Hof in seiner neuen Pracht zu bewundern.

»Perfekt«, lautete ihr Urteil. Louis krabbelte zwischen ihren Füßen herum.

»Ich bin Löwe in Käfig«, brummelte er. »Grrrr!«

»Und unser Wachlöwe vertreibt ungebetene Besucher, die wir nicht mögen«, grinste Issy.

»Aber ich mag doch alle!«, verkündete der Wachlöwe unter dem Tisch.

»Genau da liegt das Problem«, seufzte Pearl und nahm die leeren Tassen wieder mit hinein.

Jetzt müsste es doch jeden Tag so weit sein. Bald würde sie aufhören, sich wie ein Gast in einem fremden Zuhause zu fühlen. Sie würde nicht mehr auf Zehenspitzen durch das Apartment schleichen und Angst haben, alles durcheinanderzubringen. Ihr war vorher nie aufgefallen, wie … wie ernst Graeme es mit dem Minimalismus nahm.

Ja, natürlich war die Wohnung toll, sie hatte aber überall scharfe Ecken und Kanten. Die Sofas waren ungemütlich, die Blu-ray-Fernseh-Stereoanlage unglaublich kompliziert, und der Ofen war wohl im Nachhinein noch in die ab Plan erworbene Hightech-Junggesellenbude eingebaut worden. Die Küche war ganz einfach nicht für Leute gemacht, die gern kochten. Den

Wasserhahn nur für siedend heißes Wasser fand Issy nach den ersten Brandblasen allerdings ganz nützlich.

Insgesamt ging es aber mehr um ihr Verhalten – sie durfte nicht vergessen, sich an der Haustür die Schuhe auszuziehen, und nie irgendwo etwas liegen lassen, nicht einmal ihren Mantel, nicht einmal für eine winzige Sekunde. Es durften keine Zeitschriften herumfliegen, die Fernbedienungen mussten parallel nebeneinander angeordnet werden. Und sie suchte verzweifelt nach ein wenig Platz, um eine Kommode mit ihren Kleidern unterzubringen, da Graeme seine alle noch in der Plastikfolie der Wäscherei auf Bügel hängte. Sein Badezimmerschrank war voll von allen nur erdenklichen Pflegeprodukten für Haut und Haar, alles fein säuberlich aufgereiht.

Zweimal die Woche wuselte die Putzfrau durch die Wohnung und schrubbte alles einmal von oben bis unten ab, und wenn Issy dann zu Hause war, wagte sie es danach nicht, irgendetwas anzufassen. Vom Toastbrot hatte sie sich leider verabschieden müssen – das krümelte auf den glänzenden Glasoberflächen der Küche viel zu sehr –, und sie aßen häufig Pfannengerichte, weil man danach leicht sauber machen konnte, aber Issy ärgerte sich sehr über eine Küche, in der es einen Heißwasserhahn, eine Wok-Flamme und sogar einen Weinkühlschrank, aber keinen vernünftigen Ofen zum Backen gab. Würde sie sich hier je richtig wohl fühlen?

Graeme hingegen fand, dass er sich wirklich an die neue Situation gewöhnen konnte. Solange er Issy nur jedes Mal scharf ansah, wenn sie etwas auf dem Fußboden liegen ließ – warum waren Frauen bloß so unordentlich? Wofür brauchten sie nur all die Tüten für ihren Kram? Er hatte ihr eine Kommode zugewiesen, ihm war aber aufgefallen, dass sich ihr Shampoo und ihr Haarserum – billiges Zeug, das er eigentlich für Geldverschwendung hielt – langsam in sein schwarz gekacheltes Badezimmer einschlichen. Darüber würde er mal ein Wörtchen mit ihr reden.

Abgesehen davon war es schön, abends zu jemandem nach Hause zu kommen – sie hatte ja viel früher Schluss als er. Es war schön, dass ihn nun jemand nach seinem Tag fragte und gekocht hatte, statt ihm die Marks-&-Spencer-Fertiggerichte vorzusetzen, von denen er früher gelebt hatte. Sie goss ihm ein Glas Wein ein und hörte sich an, was er über die Arbeit erzählte. Das gefiel ihm wirklich gut, er fragte sich nur, warum ihm so etwas nicht früher in den Sinn gekommen war. Sie hatte gefragt, ob sie ihre Bücher mitbringen könnte, aber das ging natürlich nicht. Er hatte keine Regale, die würden ja das Design des extra hohen Wohnzimmers verderben, und er wollte auch auf keinen Fall ihre kitschigen Küchenutensilien in seiner Wohnung. Aber das schien sie nicht zu stören. Alles lief super.

Trotzdem nagte da etwas ständig an ihm. Das Londoner Büro war inzwischen ganz heiß auf die Pear-Tree-Court-Idee, und alle warteten darauf, dass er die Geschichte endlich vorantrieb. Man sah darin die Möglichkeit, nicht länger einfach nur Büros zu vermieten, sondern vielmehr einen Lebensstil zu vermarkten, und wenn das gut lief, dann erwartete ihn eine große Zukunft in der Lifestyle-Entwicklung. Das war eine Riesensache.

Ihm dämmerte jedoch langsam, dass Issy tatsächlich so bescheuert war und dieses blöde kleine Café gern führte. Es machte ihr doch wirklich und wahrhaftig Freude, im Morgengrauen aufzustehen und den ganzen Tag wie eine Dienstmagd zu schuften. Je besser der Laden lief und je härter sie arbeiten musste, desto glücklicher wirkte sie. Und dabei war der Gewinn immer noch völlig lächerlich. Aber sie würde doch sicher zur Vernunft kommen, wenn er ihr die ganze Sache erklärte …

Graeme knurrte und drehte sich noch einmal vor dem Spiegel, um zu überprüfen, ob seine glatten Gesichtszüge auch perfekt rasiert waren. Zufrieden betrachtete er sich von allen Seiten. Aber er war nicht mehr hundertprozentig sicher, ob sich die Issy-Situation wirklich so leicht lösen ließ wie erwartet.

In den Sommermonaten nahm der Betrieb im Café nicht etwa ab, ganz im Gegenteil. Issy überlegte sich, im nächsten Jahr vielleicht auch ein paar Sorten vernünftiges, hausgemachtes Bio-Eis anzubieten, das wäre jetzt weggegangen wie warme Semmeln. Vielleicht gab es sogar die Möglichkeit, für die Laufkundschaft draußen einen Wagen hinzustellen. Den könnte Felipe übernehmen und auf seiner Geige spielen, wenn nicht viel los war. Dafür eine Erlaubnis zu beantragen bedeutete natürlich noch mehr Bürokratie, aber sie würde sich trotzdem darum kümmern. Wirklich erstaunlich, dachte sie, wie leicht ihr jetzt der ganze Papierkram, den sie doch am Anfang so gehasst hatte, von der Hand ging. Und plötzlich fiel ihr auf, dass sie – mal abgesehen von dem Moment, an dem Graeme sie beinahe mit Austin überrascht hatte – jetzt viel seltener rot wurde. Was für ein seltsamer Nebeneffekt der Arbeit als professionelle Bäckerin. Und sie weigerte sich strikt, je wieder an diesen Vorfall mit Austin zu denken oder auch nur zur Bank zu gehen – na ja, irgendwann würde sie zwar wieder dort vorbeischauen müssen, schließlich zahlte sie ja ihr Darlehen zurück, aber solange es nicht unumgänglich war, übernahm Pearl das fürs Erste.

Als sie von einer kurzen Pause im Park (natürlich mit Eis und allem Drum und Dran) zurückkehrte, lagen sich Pearl und Caroline gerade in den Haaren. Oh-oh. In letzter Zeit schienen die beiden sich doch ganz gut zu verstehen. Pearl war meistens gut gelaunt, und Caroline hatte angefangen, winzige Trägershirts zu tragen, die bei einer zwanzig Jahre jüngeren Frau gut ausgesehen hätten, bei ihr jedoch nur das vorstehende Schlüsselbein und den Madonna-Bizeps unterstrichen. Issy bekam mit, dass die Handwerker Sprüche über ihre Angestellten klopften, ignorierte das jedoch einfach. Pearl war mittlerweise regelrecht aufgeblüht. Schon allein durch die Tatsache, dass sie jeden Tag zur Arbeit kam, statt zu Hause rumzusitzen, hatte sie zwei Kleidergrößen abgenommen und sah in Issys Augen jetzt so aus, wie ihr Körper das eigentlich vorgesehen hatte, nämlich perfekt proportioniert.

»Seine Tanten kommen vorbei, und jeder bringt was zu trinken mit, und das reicht völlig«, erklärte Pearl dickköpfig.

»Was zu trinken? Zum dritten Geburtstag? Nein, das geht nun wirklich nicht«, widersprach Caroline. »Er sollte ein richtiges Fest haben, wie alle anderen auch.«

Pearl biss sich auf die Lippe. Durch seine unermüdliche gute Laune und den Wunsch der anderen Mütter, nicht als intolerant dazustehen, hatte Louis inzwischen die eine oder andere Einladung zu Geburtstagsfeiern bekommen, Pearl hatte sich die jedoch nur angesehen und sie schnell wieder weggelegt. Diese Veranstaltungen fanden alle an wirklich teuren Orten wie dem Zoo oder dem Naturkundemuseum statt, und sie war sich nicht sicher, ob sie sich das schon leisten konnte. Jetzt, wo das Café besser lief, hatte Issy ihr (gegen Mrs Precotts Rat, das war ihr klar) den Lohn erhöht, aber Pearl gab das Geld lieber für Dinge aus, die sie wirklich brauchten – wie zum Beispiel ein vernünftiges Bett für Louis, neue Laken und Handtücher, und nicht etwa für kostspielige Geschenke und teure Partys. Sie wusste ja nicht, dass die Eltern des Geburtstagskindes den Eintritt übernahmen, das hätte sie wohl noch mehr schockiert, wenn sie es erfahren hätte. Bislang hatte sie Louis immer ablenken können, aber langsam wurde er älter. Irgendwann würde er das alles verstehen und begreifen, dass er anders war, aber sie wollte diesen Moment lieber noch hinauszögern.

Und wenn in etwa einem Jahr die Schule losgehen würde, dann würde er sich ja gar nicht mehr von seinen Kameraden unterscheiden. Manchmal bekam Pearl Bauchschmerzen, wenn sie an die Grundschule in der Nähe der Sozialsiedlung dachte. Die Stadt bemühte sich wirklich, trotzdem umgaben Stacheldrahtzäune das Schulgebäude, es war von Graffiti übersät, und seit dem Regierungswechsel war es noch einmal schlimmer geworden. Ihre Freundinnen, die etwas mit der Schule zu tun hatten, sprachen von herrischen und gleichgültigen Lehrern, mussten aber zähneknirschend zugeben, dass die Schulleitung ihr Bestes gab. Pearl war jedoch nicht sicher, ob ihr Bestes für Louis gut genug war. Ihr war der Kontakt zum Kindergarten zwar oft unangenehm, aber man konnte nicht leugnen, dass sich ihr Sohn dort prächtig entwickelte. Er konnte inzwischen bis zwanzig zählen, Puzzles legen, Lieder singen, die er nicht aus Werbespots kannte, und Dreirad fahren. Und sie konnte ihm gar nicht genug Bücher aus der Bibliothek mitbringen. Die Vorstellung, dass ihm seine Wissbegierde in der Schule womöglich ausgetrieben wurde, machte sie traurig. Andererseits wollte sie aber auch keinen Waschlappen großziehen, der an seinem Geburtstag mit Schickimicki-Freunden Themenpartys feierte.

»Das wird ja auch ein richtiges Fest«, entgegnete sie schließlich. Sie konnte es gar nicht leiden, wenn Caroline recht hatte.

»Warum lädst du denn nicht seine Freunde ein?«, bohrte die auf ihre arrogante Art wieder. »Einfach nur die engsten zehn oder so.«

Pearl versuchte, sich auszumalen, wie zehn Harrys und Liddys und Alices und Arthurs auf der Schlafcouch ihrer Mutter herumturnten. Schwer vorstellbar.

»Was ist denn los?«, erkundigte sich Issy fröhlich, als sie mit Graemes Wäsche von der Reinigung hereinkam. Es war natürlich viel sinnvoller, dass sie die abholte, selbst wenn er das Auto hatte.

»Wir planen Louis' Geburtstagsfeier«, behauptete Caroline gut gelaunt.

Pearl warf ihr einen Blick zu. »Vielleicht.«

»Na, dann frag ihn doch, ob er eine richtige Party will«, schlug ihre Kollegin vor.

Pearl sah verzweifelt zu Issy hinüber. Der kam plötzlich eine Idee.

»Ich denke da schon seit Längerem drüber nach«, erklärte sie. »Ihr wisst doch, wie ruhig es hier samstags immer ist? Ich hatte mir schon überlegt, das Café am Wochenende gar nicht aufzumachen, aber dann bringt mich Mrs Prescott um und Austin auch etc. Also könnten wir doch vielleicht … Cupcake-Geburtstagspartys anbieten. Natürlich vor allem für kleine Mädchen. Aber die Grundidee wäre, dass die Kinder herkommen und ihre eigenen Küchlein backen und verzieren. Wir besorgen ihnen kleine Schürzen und Schüsselchen und kriegen unser Geld über die Lokalmiete rein. Das wird bestimmt die reinste Goldgrube. Und für die Kinder wäre es auch gut, heutzutage lernt doch keiner mehr backen.«

Issy hatte ja keine Ahnung, wie sehr sie bei diesen Worten wie ihr Großvater klang.

»Brillant!«, rief Caroline. »Das werde ich meinen Mädels sofort erzählen und darauf bestehen, dass alle mitmachen. Und für die Erwachsenen gibt es Tee. Obwohl ich bisher«, fügte sie nachdenklich hinzu, »nicht einen einzigen von diesen Kindergeburtstagen ohne etwas Stärkeres überstanden habe. Wisst ihr, das liegt an dem ganzen Geschrei.«

»Wir beantragen keine Alkohol-Lizenz«, entrüstete sich Pearl. »Das habe ich meinem Pfarrer versprochen.«

»Nein, natürlich nicht«, lenkte Caroline ein, deren Miene aber trotzdem Bedauern ausdrückte.

»Mach es doch wie Prinz Charles und bring einen Flachmann mit«, schlug Issy vor. »Wir könnten das Ganze mit Louis und seinen Freunden ausprobieren, um zu sehen, wie es läuft. Vielleicht sogar als Werbung ein paar schöne Fotos von den mehlbestäubten Knirpsen schießen, so was in der Art.«

»Also wird das genauso wie jeder andere Arbeitstag auch, nur noch anstrengender«, seufzte Pearl.

»O Gott, das ist doch bei allen Kindergeburtstagen so«, seufzte Caroline. »Die sind die reinste Hölle.«

Graeme wollte sich gerne auch so zuversichtlich und selbstbewusst fühlen, wie er aussah – er betrachtete sich im Spiegel seines BMW, bevor er aus dem Auto stieg und ein Kind ignorierte, das eine Grimasse zog. Normalerweise ging er doch zu den Meetings wie ein Raubtier auf Beutezug, aggressiv und souverän, heute war er jedoch aufgeregt. Kein Zweifel, er war richtig nervös. Das wurde langsam albern. Er war doch Graeme Denton. Er gehörte nicht zu den Typen, die wegen einer Frau so ein Theater machten, das war doch noch nie vorgekommen. Aber er hatte Issy immer noch nichts von seinem Plan erzählt. Bei Kalinga Deniki wollten sie jeden Tag von seinen Fortschritten hören, drängten darauf, dass der Bauantrag eingereicht wurde und sie endlich grünes Licht bekamen. Ihnen lag bereits ein vorläufiges Gutachten vor, und heute würde er sich mit Mr Barstow treffen, dem die meisten Gebäude am Pear Tree Court gehörten.

Als der Vermieter hereinkam, hielt er sich nicht mit Formalitäten auf. Er streckte ihm nur seine feiste kleine Hand entgegen und grunzte. Graeme nickte ihm zu und bat Dermot, seinen neuen Assistenten, die Powerpoint-Präsentation zu starten. Dermot war neun Jahre jünger als er, ein kleines Licht. Er zog sich an wie ein altmodischer Gangster, versuchte stets, die geheimen Projekte seines Chefs auszuspionieren, und erinnerte Graeme an sich selbst in seiner Anfangszeit. Graeme begann mit seiner Präsentation, unterstrich, wie fantastisch es doch für Mr Barstow wäre, wenn er auf einen Schlag sowohl die genutzten als auch die leer stehenden Gebäude loswürde, und bemerkte, dass er KD daher doch durchaus einen Rabatt einräumen könnte. Bei der dritten Graphik wurde Mr Barstows Blick langsam glasig. Er winkte in Richtung Bildschirm.

»Okay, okay. Notieren Sie mir auf einem Stück Papier, was Sie mir bieten.«

Graeme zögerte kurz und beschloss dann, genau das zu tun. Mr Barstow warf einen verächtlichen Blick auf die Summe und schüttelte den Kopf. »Nö. Außerdem habe ich in Nr. 4 eine Mieterin, die führt da ein kleines Café. Das läuft gar nicht schlecht. Treibt in der Umgebung die Preise in die Höhe.«

Innerlich rollte Graeme mit den Augen. Das hatte ihm gerade noch gefehlt, jetzt war Issy ihm sogar ein Hindernis.

»Aber ihr Halbjahresvertrag läuft doch ohnehin bald aus. Sie werden es nicht bereuen.«

Einen Moment lang hatte Graeme fast ein schlechtes Gewissen. Eigentlich konnte er Issys Vertragsfrist gar nicht kennen, aber natürlich war er trotzdem im Bilde. Mr Barstow zog die Augenbrauen hoch. »Sie haben also mit ihr darüber gesprochen? Na ja, ich denke, wenn sie damit einverstanden ist …«

Graeme verzog keine Miene und ließ damit offen, ob er nun mit ihr geredet hatte oder nicht. Das ging Mr Barstow nichts an.

»Ich weiß allerdings nicht, wie ich diesen Eisenwarenhändler da rauskriegen soll. Der war schon lange vor mir da«, grunzte der Vermieter. Er kratzte sich am Doppelkinn. »Keine Ahnung, wie der da überhaupt Geld verdienen kann.«

Graeme war das völlig egal. »Wir werden ihm ein Angebot machen, das er gar nicht ablehnen kann.«

Mr Barstow sah ihn wieder argwöhnisch an.

»Na, dann schreiben Sie aber besser noch einmal etwas auf diesen Umschlag, mein Freund.«

Kapitel 16

Irgendwelche Scones. Scones, Issy. Scones.

260 oz (7300 g) Mehl
4 oz (110 g) Mehl
Mehl zum Bestäuben
50 oz (1400 g) weißer Zucker
6 oz (170 g) brauner Zucker
6 oz (170 g) Salz

Issy ließ den Brief sinken und seufzte. Das brach ihr das Herz. Es war furchtbar. Sie machte sich mit etwas Selbstgebackenem auf den Weg zu Gramps, vielleicht würde ihm der Anblick frischer Cupcakes ja helfen. Issy wusste, wie unpraktisch es sein würde, die alle im Bus mitzuschleppen, aber das war ihr egal. Insgesamt hatte das Heim 47 Bewohner (obwohl sich diese Zahl jederzeit ändern konnte, das war ihr schon klar) und dreißig Angestellte, und sie würde jedem Einzelnen von ihnen einen Cupcake mitbringen, und damit basta.

Issy dachte an den vergangenen Sonntag zurück, an dem sie endlich Graemes Mutter kennengelernt hatte. Seine Eltern hatten sich getrennt, als er noch klein gewesen war – er war ein Einzelkind –, und sie war wirklich neugierig gewesen, besonders nach dem Anruf von ihrer eigenen Mutter.

»Issy!«, hatte Marian gebrüllt, so als würde sie ohne Telefon aus Florida herüberrufen. »Isabel! Hör mal zu! Ich bin mir nicht

sicher, wie es deinem Großvater geht. Könntest du vielleicht hingehen und mal nach ihm sehen?«

Issy hatte alles heruntergeschluckt, was sie ihrer Mutter jetzt am liebsten entgegengeschleudert hätte – dass sie ihn sowieso schon jeden Sonntag besuchte und dass sie ihre Mutter schon seit Wochen per E-Mail über seinen Zustand informiert hatte.

»Ich bin doch ständig bei ihm, Mum«, hatte sie schließlich hervorgebracht.

»Oh, gut. Gut. Das ist gut.«

»Ich denke … ich denke, er würde dich wirklich gerne sehen. Besuchst du uns bald mal wieder? In nächster Zeit?« Issy versuchte, nicht sarkastisch zu klingen, aber das hätte ihre Mutter sowieso nicht mitbekommen.

»Oh, ich weiß auch nicht, Liebes. Brick hat so viel zu tun …« Die Stimme ihrer Mutter verstummte langsam. »Und wie läuft es bei dir, Schätzchen?«

»Mir geht's gut«, sagte Issy. »Ich bin bei Graeme eingezogen.«

Marian hatte Graeme nie kennengelernt. Und Issy wollte es auch lieber so lange wie möglich dabei belassen.

»Oh, das ist ja toll, Liebes. Okay, pass auf dich auf. Ciao!«

Also war es kein Wunder, dass Issy sich darauf gefreut hatte, die Frau kennenzulernen, die womöglich einmal ihre Schwiegermutter werden würde. In ihrer Vorstellung war sie eine nette, ein wenig rundliche Dame, die es allen recht machen wollte. Bestimmt hatte sie Graemes tolles dunkles Haar und leuchtende Augen, sie würden sich bestens verstehen und bald schon Rezepte austauschen. Vielleicht hätte sie ja gerne eine Tochter gehabt. Jedenfalls schlüpfte Issy aufgeregt in ihr hübschestes Sommerkleid und nahm als Gastgeschenk ihren locker-luftigen Victoria Sponge mit.

Mrs Denton wohnte in Canary Wharf in einem makellosen, modernen Reihenhäuschen, in einer Gegend, in der alle Straßen exakt gleich aussahen. Das Haus war winzig und hatte niedrige

Decken, aber allen modernen Schnickschnack – Graeme hatte es für sie ausfindig gemacht.

»Hallo«, grüßte Issy herzlich und sah an ihr vorbei in den tadellos aufgeräumten Flur. An den Wänden hingen, abgesehen von einem Foto, das Graeme als Schuljungen zeigte, keine Bilder, und es lag auch nirgendwo Kram herum. »Ooh, jetzt wird mir klar, woher Ihr Sohn seinen Ordnungssinn hat!«

Graemes Mutter lächelte, wirkte einen Moment lang aber fast ein wenig durcheinander.

»Ich hab Ihnen Kuchen mitgebracht«, fuhr Issy fröhlich fort. »Hat Graeme Ihnen erzählt, dass ich Bäckerin bin?«

Carole stand wie angewurzelt da. Sie war so aufgeregt gewesen – das war das erste Mal seit vier oder fünf Jahren, dass Graeme ein Mädchen mit nach Hause brachte. Es machte sie so stolz, dass er da draußen seinen Weg ging und sich so gut schlug – sie erzählte ihren Freundinnen gerne, dass er eine große Nummer im Immobiliengeschäft war. Ohne es wirklich auszusprechen, deutete sie dabei auch an, dass er ihr das Haus gekauft hatte. Die letzten Mädchen – na ja, die waren ganz, ganz furchtbar hübsch gewesen, besonders die mit der langen blonden Mähne. Natürlich brachte er umwerfende Frauen mit nach Hause, man musste sich ihren Sohn doch nur mal ansehen. Aber sie hatte trotzdem gewusst, dass das nichts Ernstes war. Zunächst musste Graeme an seiner Karriere arbeiten, er hatte ja gar keine Zeit, um sich jetzt schon zu binden.

Aber in letzter Zeit konnte sie ihren Freundinnen gegenüber den Mund leider nicht mehr so voll nehmen, die redeten nämlich alle über die Hochzeiten ihrer Kinder – darüber, wie groß das Festzelt sein würde, wie viele Gäste geladen waren, wie man am besten die Geschenke arrangierte –, und das Schlimmste daran war, dass sie bei diesen Hochzeiten erscheinen, glücklich lächeln und ihren Freundinnen zu ihrem guten Geschmack gratulieren musste, selbst wenn der kalte Lachs nach nichts schmeckte und es diese lauten Diskos mit DJ gab. Und jetzt war das Unvorstellbare eingetroffen: Ausgerechnet Lilian Johnson, diese lächerliche graue Maus Lilian Johnson, hatte sie übertrumpft. Als sie Unistudentin gewesen war, hatte ihre Tochter Shelley die Nase wer weiß wie hoch getragen, inzwischen war sie jedoch nur eine einfache Sozialarbeiterin, und es wusste ja auch jeder, was für eine Sippschaft die Johnsons waren. Tja, Shelley hatte geheiratet. Das Hühnchen beim Empfang war nicht besonders gewesen, aber das war sicher in Ordnung, wenn man so etwas mochte, und Shelley hatte in Violett ganz reizend ausgesehen. Und jetzt war sie auch noch schwanger. Lilian wurde bald Großmutter – das konnte Carole einfach nicht ertragen. Also konnte sie es kaum erwarten, dass Graeme endlich in die Gänge kam.

Sie hatte sich eins von diesen hübschen, zarten Mädchen für ihn vorgestellt – so in Richtung Gwyneth Paltrow –, eine mit Köpfchen, die aber absolut dazu bereit war, ihre Karriere aufzugeben und sich nur noch um ihren Jungen zu kümmern. Sie würde bestimmt verzweifelt wissen wollen, was Graeme denn mochte und nicht mochte, wie man seine Lieblingsgerichte kochte und was seinem Geschmack entsprach – und da würde sie natürlich weiterhelfen. Sie hatte sich ausgemalt, wie sie zusammen zu John Lewis gingen und das Mädchen schwärmte: »O Carole, du kennst ihn eben in- und auswendig!« Und dann würden sie zusammen Sachen fürs Kinderzimmer aussuchen, und das Mädchen würde erklären: »Also, Carole, ich habe keine Ahnung von Babys, du musst mir da wirklich zur Seite stehen.« Und Graeme würde hinzufügen: »Na, Mutter, dich konnte ich ja leider nicht heiraten, also musste ich mich mit der Nächstbesten zufriedengeben.« Nicht, dass Graeme solche Sachen wirklich laut aussprach, aber sie wollte gern glauben, dass er sie wenigstens dachte.

Das war es also, was sie sich vorgestellt hatte, als Graeme sie angerufen hatte, um eher kurz angebunden seinen Besuch mit »Issy« anzukündigen. Isabel – ein eleganter Name, recht ungewöhnlich. Nicht, dass sich Graeme je mit irgendetwas Gewöhnlichem zufriedengegeben hätte. Er hatte Geschmack, genau wie sie.

Und dann öffnete sie die Tür, und da stand diese kleine, pummelige Dunkelhaarige mit den roten Wangen – die ja nun mindestens, hm, wie alt wohl war, 34? 35? Konnte die überhaupt noch Kinder bekommen? Was hatte Graeme sich dabei nur gedacht? Das konnte doch niemals seine Freundin sein. Schließlich hatten schon seit seiner Kindheit alle gesagt, wie toll er doch aussah. Ihr Exmann war zwar ein absolutes Schwein gewesen, aber wenigstens ein gut aussehendes Schwein, das musste man ihm lassen, und in der Hinsicht schlug Graeme ihm nach. Und er war so schneidig, mit seinem schicken Auto, den schicken Anzügen, der schicken Wohnung. Das konnte wirklich nicht sein … Vielleicht war das ja gar nicht seine Freundin. Vielleicht war sie nur … Carole klammerte sich an den letzten Strohhalm. Vielleicht war das ja jemand, der ein Visum brauchte, um im Land bleiben zu können. Oder vielleicht die Freundin eines Freundes, die gerade in London war und die er freundlicherweise in seiner Wohnung beherbergte. Aber … warum würde er sie dann mitbringen? Das ergab doch alles keinen Sinn.

»Kuchen!«, wiederholte Issy. »Hm, ich weiß gar nicht, ob Sie Kuchen mögen.«

Sie spürte, dass sie wieder einmal rot wurde, und das machte sie wütend und gereizt. Sie kam sich dumm und blöd vor, so als ob sie nicht das wäre, womit Carole eigentlich gerechnet hatte. Unglücklich sah sie zu Graeme auf. Der ignorierte seine alberne Mutter normalerweise, jetzt war aber selbst ihm klar, dass sie sich ziemlich unhöflich benahm. Er drückte Issy kurz die Hand.

»Das ist Issy, meine Freundin«, betonte er, und die so Vorgestellte war ihm dafür unendlich dankbar. »Hm, Mum, können wir jetzt reinkommen?«

»Natürlich«, sagte Carole kläglich und trat beiseite. Issy marschierte über die Schwelle und den flauschigen hellen Teppich, ohne groß darüber nachzudenken. Sie erstarrte, als sie bemerkte, dass sich Graeme hinuntergebeugt und seine Schuhe ausgezogen hatte. Natürlich.

»Ah«, machte sie und streifte ihre Sandalen ab. Jetzt wünschte sie sich allerdings, sie wäre vorher bei der Pediküre gewesen – aber wer hatte für so etwas schon Zeit? Auch Carole warf einen kritischen Blick auf ihre Füße.

»Soll ich den Kuchen in die Küche stellen?«, fragte Issy heiter. Die Gastgeberin bedeutete ihr mit einer Geste, doch weiterzugehen. Die Küche war makellos rein. Issy entdeckte dort drei Teller mit vorgewaschenem Salat, ein paar sorgfältig zurechtgeschnittene Schinkenhäppchen aus Weißbrot und einen Krug Limonade.

Mit einem Seufzen stellte sie den Kuchen ab. Das konnte ein langer Nachmittag werden.

»Arbeiten Sie eigentlich?«, erkundigte sie sich höflich, als sie um den offensichtlich eher selten genutzten runden Tisch herumsaßen. Es war ein wunderschöner Tag, und sie hatte sehnsüchtig in den perfekt gepflegten Garten hinausgeschaut, Carole hatte jedoch laut verkündet, dass sie panische Angst vor Wespen und anderen Insekten hatte und sich nie draußen aufhielt. Issys Kompliment über ihre tolle Haut hatte sie völlig ignoriert, und nun hockten sie alle mit geschlossenen Fenstern drinnen und hatten den Fernseher angestellt, damit Graeme Sport gucken konnte.

Ihre Frage hatte Carole erstaunt, aber Issy hatte mit Graeme selten über seine Mutter gesprochen. Zu Anfang war ihre Beziehung viel zu locker für solche Fragen gewesen, und in letzter Zeit hatte sie eher das Gefühl gehabt, dass er das Thema vermied. Carole konnte nicht fassen, dass er diesem Mädchen nichts über sie erzählt hatte … oder eher gesagt dieser Frau,

»Mädchen« war hier wohl nicht so ganz der passende Ausdruck. Vielleicht war das zwischen ihnen ja doch nichts Ernstes.

»Nun, Graeme wird ja vermutlich meine Wohltätigkeitsarbeit erwähnt haben«, antwortete Carole steif. »Und natürlich nimmt auch der Rosenzüchterverein viel Zeit in Anspruch. Obwohl ich mich da überwiegend um den Papierkram kümmere. Sie wissen schon, wegen der Insekten. Aber wirklich dankbar zeigen die sich ja nie.«

»Wer, die Insekten?«

»Die Rosenzüchter«, schnaubte Carole. »Die Sitzungsprotokolle machen so viel Arbeit.«

»Davon kann ich ein Lied singen«, erklärte Issy mitfühlend, aber Carole schien sie gar nicht zu hören.

»Bist du im Büro immer noch so beliebt, Schätzchen?«, flötete sie in Richtung Graeme. »Dort haben ihn eben alle gern«, erklärte sie Issy.

»Ich weiß«, nickte diese. »Da haben wir uns ja kennengelernt.«

Carole zog die Augenbrauen hoch. »Ich dachte, Sie hätten gesagt, dass Sie in einem Laden arbeiten?«

»Inzwischen habe ich meine eigene Firma«, stellte Issy klar. »Ich bin Bäckerin. Ich verkaufe Kuchen und solche Sachen.«

»Ich kann keinen Kuchen essen«, murmelte Carole. »Den vertrage ich nicht.«

Issy dachte voller Bedauern an das luftig-leichte Biskuit in der Küche. Die Schinkenschnittchen hatten sie bereits verspeist – wozu sie ungefähr zwei Minuten gebraucht hatten –, und nun wartete sie mit knurrendem Magen darauf, dass der Tee abkühlte. Sie hatte das Gefühl, in der Falle zu sitzen.

»Also, hm«, murmelte sie und versuchte verzweifelt, die Unterhaltung in Gang zu bringen. Graeme bejubelte ein Tor, Issy hatte allerdings nicht die leiseste Ahnung, wer heute spielte. Aber immerhin saß da womöglich ihre zukünftige Schwiegermutter vor ihr. Vielleicht sogar die Großmutter ihrer ... Issy verdrängte diesen Gedanken ganz schnell. Die Sache war noch viel zu frisch und viel zu zerbrechlich, um jetzt schon über so etwas nachzudenken. Stattdessen beschloss sie, sich lieber auf sicherem Terrain zu bewegen.

»Also, Graeme ist im Büro wirklich der Beliebteste von allen. Er schlägt sich echt super, ich denke doch, das ist immer noch so. Sie müssen unheimlich stolz auf ihn sein.«

Für eine Sekunde ließ sich Carole beinahe erweichen, bevor sie wieder daran denken musste, dass dieses moppelige, alternde Weibsbild es gewagt hatte, hier mit einem Kuchen aufzutauchen, so als wollte sie damit andeuten, dass sie, Carole, ja nicht für ihren Sohn backte, und dann mit Schuhen hereinstolziert war, als gehöre das Haus bereits ihr.

»Ja, also, für meinen Sohn war ja immer nur das Beste gut genug«, bemerkte sie und ließ den Kommentar vor Zweideutigkeit nur so triefen. Das gab Issy den Rest.

Nun herrschte unangenehmes Schweigen, das nur vom Jubeln oder Seufzen des mit seiner Mannschaft mitfiebernden Graeme unterbrochen wurde.

»Sie hasst mich«, klagte Issy auf dem Weg nach Hause im Auto traurig.

»Sie hasst dich doch nicht«, widersprach Graeme. Er hatte schlechte Laune, weil sein Team wieder mal verloren hatte. Tatsächlich aber hatte Carole ihn in der Küche beiseitegenommen und ihm unmissverständlich klargemacht, dass ihr die Sache überhaupt nicht passte. War Issy nicht schon furchtbar alt? Und auch nur Bäckerin? Graeme war nicht daran gewöhnt, von seiner Mutter kritisiert zu werden, und jetzt nervte Issy ihn auch noch damit. Die hatte die beiden zwar nicht belauscht, aber dass Carole es für nötig gehalten hatte, sich mit Graeme in die Küche zurückzuziehen, sagte doch schon alles. »Sie findet dich nur ein bisschen zu alt.«

Graeme stellte Radio 5 Live an. Issy starrte aus dem Fenster in das Unwetter, das vom Osten her über Canary Wharf aufzog. Bald fielen dicke Regentropfen und prasselten gegen die Scheibe.

»Das hat sie gesagt?«, fragte Issy schnell.

»Hm«, machte Graeme.

»Findest du mich auch ein bisschen zu alt?«

»Wofür denn?« Graeme hatte eindeutig das Gefühl, dass er diese Unterhaltung überhaupt nicht führen wollte, aber jetzt saß er hier im Auto fest und hatte keine andere Wahl.

Issy schloss fest die Augen. Sie war so nah dran, dachte sie. So nah, sie könnte ihn nun einfach fragen. War das jetzt ihr großes Happy End? Vielleicht konnte sie die Sache in diesem Moment für sich entscheiden. Sie zum Abschluss bringen, mit Brief und Siegel. Aber was, wenn sie von ihm verlangte, sich festzulegen, und die Antwort »nein« lautete? Und was, wenn die Antwort »ja« lautete?

Und was hatte es bloß zu bedeuten, dass der Gedanke an die beiden möglichen Reaktionen sie unglücklich machte? Plötzlich sah sie vor ihrem geistigen Auge, wie sich die langen Jahre ihres Lebens vor ihr erstreckten ... Graeme kletterte weiter die Karriereleiter hinauf und benutzte sie als Resonanzboden, wenn er jemanden zum Reden brauchte, ansonsten aber eher als seine persönliche Sklavin ... ignorierte sie und sah lieber fern, so wie er es bei seiner Mutter machte. Sie wäre ein günstiger Fußabtreter ohne große Ansprüche.

Vielleicht war es auch bis jetzt ein wenig so gewesen – Helena hätte ihr da sicher zugestimmt. Aber sie hatte sich verändert. Das Café hatte sie verändert. Und zwar zum Besseren. Dieses Mal würde sie nicht rumschreien oder ein Riesentheater veranstalten und danach für ihn auf Abruf bereitstehen, falls er mal wieder eine warme Mahlzeit brauchte. Diese Mal würde sie es richtig machen.

»Graeme …«, stieß sie hervor und wandte sich im regenumprasselten Auto zu ihm um.

»Was soll das denn heißen?«, knurrte Graeme. Er war aufgebrachter, als Issy erwartet hatte, aber sie konnte ja auch nicht wissen, was das für seine Arbeit bedeutete.

»Ich glaube … ich glaube, das funktioniert einfach nicht. Oder bist du dir da so sicher?«, fragte Issy so ruhig, wie sie nur konnte. Dabei betrachtete sie sein schmuckes Profil und den angespannten Kiefer, als er mit spritzenden Reifen aus einem Kreisverkehr herausfuhr und dabei einem anderen Wagen die Vorfahrt nahm. Zunächst fluchte er mehrmals, machte dann völlig dicht und weigerte sich einfach, weiter mit ihr zu reden. Sobald es der Strom der Autos zuließ, fuhr er an den Straßenrand und warf sie hinaus. Irgendwie passte das, dachte Issy, als sie dem Sportwagen dabei zusah, wie er sich wieder in den Verkehr einreihte. Diesen kleinen Triumph gönnte sie ihm nur zu gern, und so kalt war es eigentlich nicht, der Regenguss störte sie kaum. Im Regen näherte sich ein Taxi, dessen Scheinwerfer erstrahlten wie ein rettender Leuchtturm. Sie winkte das Fahrzeug heran und ließ sich zu ihrer Wohnung bringen.

Bei ihrem Anblick quiekte Helena und wollte in allen Einzelheiten vom unheilvollen Besuch bei Graemes Mutter hören.

»So langsam wird einfach offensichtlich«, erklärte Issy, »dass diese Beziehung mir nicht … na ja, nicht guttut, egal, wer oder was da draußen nun noch auf mich wartet oder eben nicht. Allerdings«, fügte sie mit angeschlagenem Mut hinzu, »hätte ich schon gerne ein Baby bekommen.«

»Du kriegst dein Baby schon noch«, versicherte ihr Helena. »Lass aber für alle Fälle ein paar Eier einfrieren.«

»Danke, Lena«, seufzte Issy, während ihre Freundin sie fest und tröstlich in die Arme schloss.

Nachdem sie am nächsten Tag ausgeschlafen hatte, ging es Issy schon gleich viel besser. Sie lieferte im Wohnheim ihre süßen Gaben ab – die mit weitaus mehr Enthusiasmus entgegengenommen wurden als ihr Victoria Sponge am Vortag – und ließ sich dann auf Grampas Bett sinken, so als bräuchte sie seine Nähe nötiger als er.

»Hallo, Gramps.«

Ihr Großvater hatte seine Lesebrille mit den kleinen halbmondförmigen Gläsern auf. So eine hatte er auch in ihrer Kindheit getragen, vielleicht war es sogar dieselbe. Er gehörte noch zu dieser Generation, die Sachen nicht einfach wegwarf, weil sie ihrer überdrüssig war oder etwas Moderneres wollte. Damals kaufte man etwas oder heiratete jemanden und blieb dann dabei.

»Ich schreibe gerade ein Rezept für meine Enkelin in London auf«, verkündete er. »Die sollte solche Sachen wissen.«

»Toll«, lobte Issy. »Gramps, ich bin's doch. Ich bin hier! Wie geht es dir?«

Joe blinzelte ein paarmal, dann sah er plötzlich klarer und erkannte sie. »Issy«, sagte er. »Mein Mädchen«, und sie umarmte ihn.

»Gib mir das Rezept jetzt nicht mit«, bat sie. »Du hast ja keine Ahnung, wie sehr es mich immer aufbaut, deine Briefe mit der Post zu bekommen. Aber meine Anschrift hat sich schon wieder geändert – ich gebe sie gleich der Schwester.«

Joe bestand jedoch darauf, ihre Adresse selbst aufzuschreiben, und holte aus dem Nachttisch das alte, abgewetzte Lederbüchlein, das viele, viele Jahre auf dem Flurtischchen neben ihrem grünen Telefon mit Wählscheibe gelegen hatte. Sie sah ihm dabei zu, wie er darin blätterte, Seite um Seite mit Namen und alten, immer wieder durchgestrichenen Adressen und Telefonnummern, die zunächst aus wenigen Zahlen bestanden hatten – 4439 in Sheffield, 1133 in Lancaster – und dann immer länger und komplizierter geworden waren. Es war ein trauriges Zeitdokument, und dann fing ihr Großvater auch noch an, vor sich hin zu murmeln.

»Der ist schon nicht mehr unter uns«, sinnierte er leise. »Und die auch nicht mehr – beide nicht. Die zwei sind innerhalb eines Monats gestorben. Und ich weiß schon gar nicht mehr, wer das hier ist.«

Er schüttelte den gebrechlichen Kopf.

»Erzähl mir was«, bat Issy rasch, um ihn aufzuheitern. »Zum Beispiel von meiner Großmutter.«

Als sie klein gewesen war, hatte sie so gerne Anekdoten über ihre glamouröse Granny gehört, das war für Marian aber zu schmerzhaft gewesen, also hatte ihr Großvater damit gewartet, bis nur noch sie beide da waren.

»Nun«, begann Joe, und sein zerfurchtes Gesicht nahm angesichts der altbekannten Geschichte einen entspannten Ausdruck an. »Also, ich habe damals in der Bäckerei gearbeitet, und sie kam herein, um ein Cremehörnchen zu kaufen.«

Er wartete auf das beifällige Lachen, das auch prompt von Issy kam. Eine der Schwestern lief vorbei, steckte den Kopf zur Tür herein und blieb stehen, um mitzuhören.

»Und ich kannte sie natürlich – damals kannte jeder jeden. Sie war die jüngste Tochter des Hufschmieds, stammte also aus gutem Hause. Einen Bäckereigehilfen wie mich würdigte die keines Blickes.«

»Hm.«

»Aber dann stellte ich irgendwann fest, dass sie ziemlich oft vorbeikam, fast jeden Tag, dabei übernahmen solche Gänge damals die Hausangestellten. Und dann habe ich damit angefangen, ihr hier und da ein bisschen zusätzlich was in die Tüte zu stecken. Ein Stückchen Marmeladenkuchen, den ich übrig hatte, oder ein paar Milchbrötchen.

Und dann fiel es mir irgendwann auf – oh, das war zu schön. Ich meine, in jener Zeit waren die Frauen zierliche kleine Dinger, nicht diese riesigen Ackergäule, die heutzutage Tag und Nacht den Flur entlangstampfen«, fügte er mit Nachdruck hinzu. »Pscht«, machte Issy rasch, die recht üppig gebaute Krankenschwester lachte jedoch nur kopfschüttelnd.

»Aber dann begann sie schließlich, ein wenig zuzunehmen – nur ein ganz kleines bisschen an den richtigen Stellen, du weißt schon, am Hinterteil und obenrum. Und ich hab so bei mir gedacht, das liegt an meinem Kuchen. Sie hat für mich zugelegt. Und auf die Art und Weise wusste ich, dass sie Interesse an mir hatte. Denn wenn sie hinter irgendeinem anderen Burschen her gewesen wäre, dann hätte sie auf ihre Figur geachtet.«

Er lächelte zufrieden.

»Also hab ich zu ihr gesagt: ›Ich hab ein Auge auf dich geworfen.‹ Und sie hat mich angesehen und ganz keck gemeint: ›Tja, warum auch nicht?‹, und ist aus dem Laden stolziert wie Rita Hayworth. Da hatte ich keine Zweifel mehr. Und dann kam sie am Samstag zum Tanzabend der Royal Academy of Fine Arts und war schick herausgeputzt. Meine Freunde und ich drückten uns dort herum, um zu sehen, ob wir vielleicht welche von den neuen Ladenmädchen treffen würden, und dann sah ich sie mit ihren eleganten Freundinnen da stehen und lachen und mit einigen von den feinen Pinkeln. Und ich hab zu meinen Freunden gesagt: ›Wisst ihr was, ich fordere sie trotzdem zum Tanzen auf!‹ Da, wo wir normalerweise tanzen gingen, da hätten wir sie nie angetroffen, o nein. Das war an dem Abend wirklich pures Glück. Also bin ich zu ihr rübergegangen, und sie sagte …«

»›Eigentlich dachte ich ja, deine Haare wären weiß‹«, fiel Issy mit ein, die die Geschichte schon hundert Mal gehört hatte.

»Und dann hat sie die Hand ausgestreckt und mich am Haar berührt. Ich denke, da war alles klar.«

Issy hatte Fotos von der Hochzeit ihrer Großeltern gesehen. Er war ein attraktiver Mann gewesen, groß, mit vollem Lockenkopf und einem schüchternen Lächeln. Und ihre Großmutter war die reinste Wucht gewesen.

»Und dann fragte ich sie: ›Wie heißt du denn?‹, obwohl ich das natürlich genau wusste. Und dann sagte sie …«

»Isabel«, führte Issy seinen Satz zu Ende.

»Isabel«, nickte ihr Großvater.

Jetzt zupfte Issy an ihrem Rock herum wie ein kleines Mädchen.

»Aber warst du dir denn so sicher?«, fragte sie eindringlich. »Ich meine, wusstest du es sofort? Dass ihr euch verlieben und heiraten und Kinder kriegen würdet und dass du sie für immer lieben würdest und alles gut werden würde? Na ja, ich meine, bis …«

»Wir hatten immerhin zwanzig gemeinsame Jahre«, wandte ihr Großvater ein und tätschelte ihr die Hand. Issy hatte die Frau, nach der sie benannt war, nie kennengelernt. Sie war gestorben, als Issys Mutter fünfzehn gewesen war. »Das war eine wunderbare, glückliche Zeit. Hier wohnen viele Leute, die sechzig Jahre lang mit jemandem verheiratet waren, den sie nicht ausstehen konnten. Ich kenne Menschen, die beim Tod des Ehepartners erleichtert waren. Kannst du dir das vorstellen?«

Issy antwortete nicht. Das wollte sie sich lieber gar nicht vorstellen.

»Also, weißt du, sie war eine tolle Frau, immer so keck! Und äußerst selbstbewusst, während ich eher ein wenig schüchtern war. Nur an diesem einen Abend nicht. Ich weiß bis heute nicht, woher ich den Mut genommen habe, sie anzusprechen. Und ja, ich war mir von Anfang an sicher.«

Er schmunzelte, als er daran zurückdachte. »Es war allerdings gar nicht so einfach, ihren alten Herrn zu überzeugen. Oh, das war vielleicht ein Pedant. Als ich den dritten Laden eröffnet habe, da war er dann endlich zufrieden, das weiß ich noch.«

Joe berührte Issy an der Wange. »Sie hätte dich auch sehr gern gehabt.«

Issy schmiegte sich an die alte Hand. »Danke, Gramps.«

»Dann gib mir doch mal ein Stück Kuchen.«

Issy sah die Krankenpflegerin an und zog die Augenbrauen hoch. Heute war es nicht Keavie. Die Schwester brachte sie später zur Tür.

»Wo ist bloß all die Romantik geblieben?«, murmelte sie. »Heutzutage würde das ganz anders laufen. Er würde sie flachlegen, und dann gäbe es am nächsten Tag bestimmt keinen Ring. Damit meinte ich jetzt nicht Ihren Großvater«, fügte sie hastig hinzu, »sondern die Männer generell. Ganz allgemein. Ich glaube nicht, dass je ein Typ in einem Nachtclub auf mich zukommen und denken wird, okay, Baby, lass uns heiraten und Kinder kriegen. Oder falls das doch noch jemand vorhat, dann sollte er sich besser ranhalten.«

Issy lächelte mitfühlend.

»Viel Glück. Hätten Sie vielleicht gerne noch einen Cupcake?«

»Immer her damit.«

Kapitel 17

Graeme blickte auf seine Post und seufzte. Er wollte die Sendung nicht einmal öffnen. Er wusste, was er da vor sich hatte, einen riesigen Umschlag voller Unterlagen und Informationsblätter. Bei der Planung war ein großer Umschlag ein gutes Zeichen. Ein kleiner hingegen war schlecht und bedeutete eine Absage. Ein großes Kuvert hieß »Füllen Sie als Nächstes bitte diese Formulare aus«. Es brachte Aushänge an den Laternenmasten rund um Pear Tree Court mit sich. Jetzt ging es los, dafür musste er den Umschlag nicht mal öffnen. Ein blonder Kopf sah zur Tür herein. Es handelte sich um Marcus Boekhoorn, den holländischen Besitzer von Kalinga Deniki und etwa hundert anderen Firmen, der gerade auf Stippvisite in England war.

»Unser aufstrebender Stern«, rief er und eilte in den Raum. Bei Marcus ging immer alles ganz schnell, er war ständig in Bewegung, wie ein Haifisch. Graeme sprang augenblicklich auf.

»Jawohl, Sir!« Er war froh, dass er heute seinen knapp geschnittenen Paul-Smith-Anzug trug. Marcus war in Form und mochte es angeblich, wenn auch seine Männer schmal und hungrig wirkten.

»Mir gefällt dieses lokale Projekt«, erklärte Marcus und tippte sich mit dem Montblanc-Füller gegen die Zähne. »Das ist genau die Richtung, die ich mir für unser Unternehmen vorstelle. Lokale Geschäfte, lokale Kunden, Geld aus lokalen Quellen, lokale Handwerker, damit alle zufrieden sind. Verstanden?«

Graeme nickte.

»Ich denke, wenn Sie das hinkriegen, dann wartet eine große

Zukunft auf Sie. Und zwar da, wo Sie wollen. Lokale Entwicklung. Das ist der neuste Schrei. Ich bin wirklich zufrieden.«

Er warf einen Blick auf Graemes Schreibtisch. Obwohl der in einer anderen Sprache beschriftet war und falsch herum dalag, identifizierte er den Umschlag sofort. Ihm entging eben nichts.

»Sie haben die Genehmigung schon!«, rief er erfreut aus. Graeme versuchte zu verdrängen, dass er ihn am liebsten gar nicht aufmachen wollte.

»So sieht es wohl aus«, nickte er und gab sich so cool und gelassen wie möglich.

»Das ist eben Business!«, rief Marcus und klopfte ihm auf die Schulter. »Gut für Sie!«

Nachdem der Boss sich auf den Weg zum Heliport in Battersea gemacht hatte, kam Billy, sein aufgeblasener Makler-Kollege, zur Tür herein.

»Bei dem hast du wohl einen Stein im Brett«, knurrte er nicht sonderlich erfreut. Bei Kalinga Deniki legte man keinen großen Wert auf ein kooperatives Betriebsklima. In diesem Spiel gab es Gewinner und Verlierer.

Als Graeme aufsah, ärgerte es ihn, wie Billy sich mit seinen protzigen Slippern, dem goldenen Siegelring und seinem sorgfältig herangezogenen Dreitagebart vor ihm aufgebaut hatte.

»Hm«, brummelte Graeme. Er hatte nun wirklich keine Lust, dem kleinen Mistkerl gegenüber mit Informationen rauszurücken, die dieser nur zu seiner persönlichen Bereicherung nutzen würde.

»Wirklich süß«, murmelte Billy. »Dieses lokale Projekt. Na ja, warum auch nicht. Allerdings musst du dich dann auch bei einer Bank aus der Gegend um die Finanzierung bemühen. Das mit den Mieten ist das reinste Chaos, und du wirst da einiges an Geld reinstecken müssen.«

»Das weiß ich selbst.« Graeme gab sich lässig, obwohl es absolut nervtötend war, sich nicht wie sonst an eine der großen Handelsbanken wenden zu können.

»Gut«, grinste Billy. »Ich weiß auch nicht, ich hab das Gefühl, dass du gar nicht so scharf auf dieses Vorhaben bist. Irgendwie bist du nicht richtig bei der Sache. Das liegt wahrscheinlich an der ganzen Lauferei. Also, wenn du jemanden suchst, der dir die Chose abnimmt … Ich meine, du bist doch wirklich ziemlich überarbeitet.«

Graeme verengte die Augen zu Schlitzen.

»Pfoten weg von meinem Projekt«, fauchte er. Es sollte eigentlich humorvoll klingen, kam aber schärfer heraus als beabsichtigt.

»Oh, da ist aber jemand gereizt«, flötete Billy und hob die Hände. »Gut, gut. Ich will nur nicht, dass du den Mund zu voll nimmst und daran erstickst, das ist alles.«

»Danke für deine Fürsorge.« Graeme starrte Billy mit versteinerter Miene an, bis der den Raum verließ und die Tür hinter sich zuzog. Sobald er draußen war, warf Graeme den Umschlag wütend gegen die Wand.

Kapitel 18

Kinderbackparty-Cupcakes

150 g weiche Butter
150 g extrafeiner Zucker
175 g Mehl mit Backpulverzusatz
3 Eier
1 TL Vanillearoma
Glasur, Schweinespeck, Schokolinsen, bunte Streusel, Zuckersternchen, Orangen- und Zitronenscheibchen aus Weingummi, Lebensmittelfarbe (in allen Schattierungen), essbares Gold- und Silberpapier, Bonbons in Fußballform, Smarties, Zuckerröschen, alle möglichen Sorten Lakritz, gemahlene Mandeln, Karamell- und Schokoladensoße, Gummischnecken

Den Ofen auf 180°C/Gas Stufe 4 vorheizen.

Ein Blech für zwölf Cupcakes mit Papierförmchen auslegen.

Die Eier in eine Tasse schlagen und mit einer Gabel leicht verquirlen.

Alle Zutaten in eine große Schüssel geben und mit dem elektrischen Mixer zwei Minuten schlagen, bis die Mischung leicht und cremig ist. Sie gleichmäßig auf die Vertiefungen im Blech verteilen.

18–20 Minuten backen, bis die Küchlein aufgegangen sind und sich fest anfühlen. Ein paar Minuten abkühlen lassen und sie dann auf ein Drahtgitter geben. Hm, verzieren.

Während Issy sich nach der Trennung von Graeme in die Arbeit stürzte, um nicht über ihre widersprüchlichen Gefühle – Traurigkeit und Erleichterung – nachdenken zu müssen, und Graeme an einer Strategie feilte, um Issys Vertrauen wiederzugewinnen, zumindest, bis der Deal durch war, versuchte Pearl, aus Ben eine klare Antwort herauszubekommen, und Helena fing an, sich auf dem Wohnungsmarkt umzusehen.

Endlich war der große Tag da: Louis' Geburtstag.

»Du bist ja so voller Elan«, bemerkte Pearl, die Buzz-Lightyear-Servietten faltete.

»Natürlich«, rief Issy. »Denn heute hat ja unser wunderschöner Louis Geburtstag!«

»Mein Burtstag!«, bestätigte Louis, der auf dem Fußboden mit seinen Geschenken von Issy spielte, Iggle-Piggle- und Tombliboo-Puppen, die sich küssten und unsichtbare Cupcakes backten. »Ich bin gerne fünf!«

»Du bist doch nicht …« Issy beschloss, ihm an diesem Tag nicht den Spaß zu verderben. »Fünf ist ein tolles Alter«, bekräftigte sie daher. »Was ich besonders schön finde, sind all die Küsschen und Umarmungen, die man von so einem großen fünfjährigen Jungen bekommt.«

Louis begriff, dass man ihn durchschaut hatte, er war aber so eine Seele von Mensch, dass ihm das nicht viel ausmachte.

»Ich geb dir Küsschen und Umarmung, Issy!«

»Danke, Louis!«, strahlte die Cafébesitzerin und schloss ihn in die Arme. Wenn Louis das einzige Kind in ihrem Leben sein sollte, dann, so hatte sie beschlossen, würde sie eben das Beste daraus machen.

»Und feierst du heute eine große Geburtstagsparty?«

»Ja. Alle Freunde kommen zu Louis' Party.«

Issy sah zu Pearl hinüber, die nickte. »Also, es haben zumindest alle zugesagt«, erklärte sie und sah selbst ein wenig erstaunt aus.

»Warum denn auch nicht?«, fragte Issy.

Pearl zuckte mit den Achseln. Es kam ihr immer noch so vor, als ob man sie zu der ganzen Geschichte genötigt hatte. Und es war ja auch eine Sache, die Kinder aus seiner Gruppe in Issys sicheres, wohlbekanntes Café direkt bei ihnen um die Ecke einzuladen. Es wäre ganz anders gelaufen, wenn sie bei sich zu Hause gefeiert hätten. Dann hätten die anderen Mütter sich rausgeredet und irgendetwas von Schwimmstunden und einem schon lange geplanten Besuch der Großeltern gemurmelt. Als Erste an einer exklusiven Backparty teilnehmen zu können, das zog natürlich. Dass es dabei um Louis ging, war vermutlich nebensächlich.

»Wer kommt denn sonst noch?«, fragte Issy. Sie war ganz begeistert von der Vorstellung, sich zur Expertin in Sachen Kindergeburtstag zu mausern.

»Meine Mutter«, sagte Pearl, »und der Pfarrer. Und noch ein paar Leute aus der Gemeinde.«

Sie verriet Issy nicht, dass sie von ihren Freundinnen kaum jemanden gefragt hatte. Es war ja nicht etwa so, dass ihr das Café oder Louis' neue Freunde peinlich waren. Aber viele von ihnen hätten es sowieso nicht geschafft, die hatten mehr als ein Kind zu versorgen und dabei nicht so viel Hilfe wie sie mit ihrer Mutter. Und sie wollte auch einfach nicht, dass man sie für eine Angeberin hielt, weil sie für Louis eine große, extravagante Party schmiss und offensichtlich fand, dass der Mäckdoof um die Ecke für ihren Jungen nicht gut genug war (was ja auch stimmte). Die Leute sollten nicht denken, dass sie sich jetzt für was Besseres hielt. Immerhin würde Louis bald in die Schule kommen, und bei ihnen in der Siedlung war das Leben schon hart genug.

Vor allem aber erwähnte Pearl Ben nicht. Das brachte sie einfach nicht übers Herz. Obwohl er in letzter Zeit so nett gewesen war. So lieb. Sie hatten ihn neuerdings oft zu Gesicht bekommen und sogar zu hoffen gewagt … Na ja, schließlich arbeitete er sich drüben an der Olympiabaustelle langsam hoch und verdiente gutes Geld. Ihre Mutter konnte die Sozialwohnung behalten, aber es hinderte sie beide doch nichts daran … na ja, sich vielleicht zusammen etwas zu mieten. Ein kleines Apartment hier in der Gegend. Nicht zu weit weg von Bens Arbeit, aber so nah am Café, dass Louis hier im Kindergarten bleiben konnte … und nächstes Jahr vielleicht einen Platz an einer der tollen Schulen in der Gegend bekam, diesen von Licht und Kunst erfüllten Lehranstalten, in denen glückliche Kinder in schmucken Uniformen ein und aus gingen. Die waren hier nicht zu übersehen. Pearl fürchtete jedoch, das Schicksal hätte für sie so große Pläne nicht vorgesehen. Das war schließlich weit mehr, als sie sich vor nur einem Jahr je erträumt hätte. Und sie hatte Angst, dass es Unglück brachte, wenn sie darüber redete. Aber Ben wusste, wo die Party stattfand. Und er hatte versprochen vorbeizuschauen.

»Also, es wird jedenfalls toll«, versicherte Issy ihr und begann, die Zutaten auf kleine Schälchen zu verteilen. Sie hatte auch in ein Dutzend niedliche Schürzen investiert, bei deren Anblick sich die Frauen gar nicht mehr einkriegten. Pearl starrte sie aus zusammengekniffenen Augen an. Was war bloß mit Issy los?

»Mein Burtstag!«, verkündete Louis laut, weil das die letzten drei Minuten ja keiner mehr erwähnt hatte.

»Ach, tatsächlich, kleiner Mann?«, fragte Doti, der gerade zur Tür hereinkam. »Dann habe ich ja vielleicht auch ein paar Geburtstagswünsche für dich!«

Er öffnete seinen Postsack und förderte ein halbes Dutzend Umschläge in leuchtend bunten Farben hervor. Die Frauen und Louis scharten sich um den Briefträger. Einige der Briefe waren an Louis adressiert, auf anderen stand einfach nur »An den kleinen Jungen im Cupcake Café«. Pearl blinzelte.

Issy nahm Louis auf den Arm. »Hast du etwa allen erzählt, dass du heute Geburtstag hast?«, fragte sie ihn feierlich.

Louis nickte. »Am Samstag. Mein Burtstag am Samstag. Ich sage: ›Komm Samstag zur Burtstagsfeier. Ich mache meine Party im Café.‹«

Pearl und Issy tauschten besorgte Blicke.

»Aber ich schließe den Laden doch für ein halbes Dutzend Kleinkinder«, murmelte Issy.

Pearl beugte sich zu Louis vor.

»Wen hast du denn alles zu deinem Geburtstag eingeladen, Baby?«, fragte sie sanft.

»Na, mich zum Beispiel«, erklärte Doti. »Ich dachte, ich schaue nachher noch mal vorbei, wenn ich mit meiner Runde fertig bin. Ich hab auch ein tolles Geschenk für dich, junger Mann.«

»Jippie!«, rief Louis, lief zum Briefträger hinüber und umarmte seine Knie. »Ich mag Geschenke, Herr Postbote!«

»Nun, das ist gut.«

Doti sah noch einmal in seine Tasche. »Oh, da sind ja noch ein paar.«

»O Gott.« Pearl rollte mit den Augen. »Er hat die halbe Stadt eingeladen.«

»Bist du etwa ein unverbesserlicher Salonlöwe?«, neckte Issy Louis und fasste ihm an die Nase.

»Unbesserlicher Löwe!«, rief Louis eifrig und nickte dazu. Pearl sah bedeutungsschwer zu den beiden hinüber und bemerkte gar nicht, dass der Briefträger an sie herangetreten war.

»Meine Tasche ist heute ganz schön schwer«, erklärte er. »Ich glaube, ich brauche erst mal einen Kaffee zur Stärkung. Und einen von Ihren tollen Cupcakes.«

Pearl warf ihm ihren üblichen amüsierten Blick zu.

»Wie wäre es denn mit grünem Tee?«, fragte sie. »Und vielleicht leiste ich Ihnen sogar Gesellschaft. Wo Sie doch so ein guter Freund meines Sohnes sind.«

Der Postbote strahlte und setzte augenblicklich seine Tasche ab.

»Da wäre wirklich nett«, sagte er. Es war so ein wunderschöner Morgen, und jetzt ertönte im Radio auch noch ein Song von Owl City. Während Pearl und der Briefträger sich setzten, wirbelte Issy Louis in einem Tänzchen herum. Sie konnte spüren, wie sein kleines Herz dicht an ihrem schlug, und drückte ihn so fest, dass ihm fast die Luft wegblieb.

»Hipp, hipp, hurra!«, rief Louis.

»Verdammt noch mal. Au! Au! Au! Darny!« Austin wand sich auf dem Fußboden.

»Na, du hast ja auch nicht stillgehalten«, ertönte leise eine aufgebrachte Stimme.

»Und ob ich das habe!«, entgegnete Austin und fasste sich ins Gesicht. Wie erwartet zog er die Hand voller Blut zurück. »Geh jetzt wieder zu deinen Bären.«

»Ich werde niemals Robin Hood, wenn ich nicht vernünftig üben kann«, brummelte Darny. »Außerdem hat Big Bear schon verkündet, dass er nicht mehr die Zielscheibe spielen will.«

»Und warum?«, fragte Austin und lief die Treppe hinauf ins Badezimmer.

»Na, weil ... weil ihm das wehtut«, erklärte Darny, wurde dabei aber immer kleinlauter.

»Ganz genau!«

Austin blickte sich im Badezimmerspiegel an – der, wie er feststellen musste, auch mal wieder geputzt werden konnte. Er hatte zwar Geld für eine Haushaltshilfe, aber nicht genug für eine gute. Er seufzte und wischte mit einem Handtuch darüber. Wie er schon befürchtet hatte, zierte ein kreisrundes Loch seine Stirn – es blutete nicht stark, würde aber eine kleine Narbe hinterlassen. Er stöhnte. Natürlich hätte er gar nicht erst erlauben sollen, dass Darny mit Pfeilen auf ihn zielte, aber sein kleiner Bruder war wirklich überzeugend gewesen, und das sollte ja auch eigentlich nur ein Spielzeug sein ... Er rieb über die Stelle. An manchen Tagen musste er seine Lektionen als Ersatzvater eben auf die harte Tour lernen. Schließlich drückte er ein Papiertaschentuch auf die Wunde und kam die Treppe wieder runter. Er hatte einen Riesenstapel Papiere vor sich, die er gestern Abend in der Bank in seine Aktentasche geschoben hatte. Darum musste er sich unbedingt kümmern, die würden nämlich nicht von alleine weggehen – wie er oft zu Kunden sagte, die bei ihnen Schulden hatten.

»Okay«, murmelte er, stieg die Stufen hinunter und öffnete die Tür zum Wohnzimmer. Ein Pfeil verfehlte nur knapp seinen Kopf. »Du kannst dir diese hektischen japanischen Comics angucken, die du so toll findest. Ich muss noch arbeiten.«

»Und heute Nachmittag gehen wir dann zu einer Party«, stellte Darny lakonisch fest. Austin sah ihn misstrauisch an. Sein kleiner Bruder wurde eher selten eingeladen. Darny hatte erklärt, dass das an seinen Turnschuhen lag, aber auch, dass ihm das völlig egal war. Er fand es einfach blöd, jemanden wegen seiner Kleidung abzulehnen. Und ehrlich gesagt stand er gelegentlich schon auf der Gästeliste, das war dann aber eher ein Nebeneffekt, wie Austin schnell feststellen musste, weil dahinter immer alleinerziehende Mütter steckten, egal, ob deren Kinder nun Jungen, Mädchen oder überhaupt in Darnys Klasse waren. Darny beschwerte sich stets lautstark darüber und hasste es, als »Kuppler« missbraucht zu werden, wie er es nannte.

»Das Problem ist«, hatte Mrs Khan, eine frühere Lehrerin von ihm, mal erklärt, »dass er für sein Alter über ein äußerst fortgeschrittenes Vokabular verfügt. Was gleichzeitig gut und schlecht ist.«

»Welche Party denn?«, fragte Austin jetzt skeptisch. »Oh, und hör endlich auf, hier im Haus mit Pfeilen zu schießen.«

»Du hast mir gar nichts zu sagen«, verkündete Darny.

»Zum tausendsten Mal, ich hab hier alles zu sagen«, knurrte Austin. »Und jetzt sei ruhig, oder ich gehe nicht mit dir zu dieser Party. Wer feiert denn?«

»Louis«, erklärte Darny und schoss einen Pfeil in die Deckenbeleuchtung, wo er stecken blieb. Die beiden Brüder betrachteten ihn interessiert.

»Hm«, machte Darny.

»Das ist mir jetzt immer noch nicht klar«, drängte Austin. »Was denn für ein Louis?«

»Der Junge aus dem Café.«

Austin kniff die Augen zusammen. »Wie, der kleine Louis? Der ist doch noch ein Baby.«

»Du hast ganz schön viele Vorurteile«, meinte Darny. »Ich fände es ziemlich blöd, nur Freunde in meinem Alter zu haben.«

»Der hat heute Geburtstag? Und er hat dich eingeladen?«

»Ja«, sagte Darny. »Als du da mit dem Geld reingegangen bist.«

Austin hatte in der Woche zuvor im Café vorbeigeschaut. Nach Issys Party hatte er sie wiedersehen wollen, und wenn auch nur, um sicherzugehen, dass zwischen ihnen alles in Ordnung und die ganze Sache nicht allzu peinlich war. Und obwohl er sich das nur ungern eingestehen wollte, vermisste er sie auch. Jedes Mal, wenn er an dem inzwischen florierenden Alte-Männer-Pub vorbeikam, musste er daran denken, wie traurig oder aufgeregt oder einfach gefühlvoll sie schon morgens beim Frühstück war. Eins war klar, er verbrachte wirklich gerne Zeit mit ihr. Oder zumindest war es so gewesen. Das war jetzt ja wohl auch Vergangenheit, sie würde wohl kaum wieder zum Frühstück vorbeikommen.

Jedenfalls hatte er eines Tages auf dem Heimweg von der Schule kurz beim Café reingeschaut, aber sie war nicht da gewesen, sondern nur Pearl und diese furchteinflößende Frau mit den vorstehenden Wangenknochen, die ihn mit einer seltsam atemlosen Stimme bedient und ihm tief in die Augen geschaut hatte. Das sollte wohl sexy rüberkommen oder war vielleicht einfach nur ein hungriger Blick, das konnte er nicht so genau sagen. Und es stimmte schon, Darny und Louis hatten auf dem Fußboden zusammen gespielt. Louis hatte verkündet, dass er eine Maus gesehen hatte, woraufhin Pearl am liebsten im Boden versunken wäre – offensichtlich hatte der Kleine im Kindergarten eine Geschichte über eine Maus gehört, aber »Maus, Maus!« in einem Lokal zu rufen, in dem Essen serviert wurde, war nun wirklich nicht gut fürs Geschäft. Darny hatte die nächsten Male, die sie ausgegangen waren, in jedem Café oder Fastfood-Restaurant »Maus, Maus!« gerufen, und es stimmte schon, er hatte sich damit nicht viele Freunde gemacht.

»Hm«, brummelte Austin. Es war ein wunderschöner Julitag, und er hatte für diesen Nachmittag auch nichts anderes vor.

»Wir müssen auch mal wieder mit dir zum Friseur«, sagte er jedoch zu Darny.

»Nichts da!«, widersprach sein kleiner Bruder, der sich die Haare inzwischen ständig aus dem Gesicht streichen musste, um etwas sehen zu können.

Austin seufzte. »Ich setze mich dann zum Arbeiten nach vorne, okay? Und hör nicht so laut Musik.«

»Maus, Maus!«, rief Darny knurrig.

Austin machte sich darüber Gedanken, ob er Louis wohl ein Geburtstagsgeschenk besorgen musste, während er die Post aufmachte, die er während der Arbeit eilig eingesteckt hatte. Er starrte das Schreiben einige Minuten an, bevor er es endlich begriffen hatte. Das war ein Darlehensantrag von einer Immobilienentwicklungsfirma namens Kalinga Deniki … aktuell und ordnungsgemäß ausgefüllt. Er warf einen Blick auf die Adresse. Und dann noch einen. Das konnte doch nicht sein. Pear Tree Court. Aber nicht eine einzige Hausnummer, sondern das ganze Gässchen. »Ein neues Lifestyle-Paradigma, leben und arbeiten mitten in Stoke Newington, im Herzen eines bunten und geschäftigen Viertels«, hieß es da.

Austin schüttelte den Kopf. Das klang ja schrecklich. Dann warf er einen Blick auf den Namen am unteren Rand des Formulars und schloss bestürzt die Augen. Das konnte doch nicht sein. Das gab's doch nicht. Aber da stand es. Graeme Denton.

Völlig entgeistert ließ Austin das Blatt sinken. Auf gar keinen Fall. Das war doch sicher nicht Issys Graeme. Aber natürlich war er das. Graeme. Und das hieß, wie er auf der Geburtstagsparty schon gesehen hatte, Issy und Graeme. Zusammen.

Demnach hatten sie die ganze Sache gemeinsam ausgeheckt. Das war also ihr Plan. Die Gegend mit dem kleinen Cupcake Café aufzuwerten und später daran zu verdienen. Es war, das musste er zugeben, wirklich schlau eingefädelt. Der Laden hatte den Wert der Anlage auf jeden Fall gesteigert. Die beiden würden den Profit einstreichen, dann weiterziehen und die Nummer woanders von Neuem abziehen. Unglaublich. Er war geradezu beeindruckt. Schließlich warf er einen Blick auf die Pläne des Architekten, die gemeinsam mit dem Antrag eingereicht worden waren. Und da war es, ein großes Tor, das Pear Tree Court zur Straße hin abriegeln würde. Sie hatten vor, daraus ein Privatgrundstück zu machen. Anderen Menschen den Zugang zu dem hübschen kleinen Hof und dem Baum zu verwehren. Austin dachte zurück an den Abend vor ein paar Wochen, als eine Lichterkette in der Baumkrone geleuchtet und Felipe auf der Geige gespielt hatte. Es war ein so glückliches Fleckchen Erde gewesen. Er fragte sich allerdings, wie sie bloß den Eisenwarenhändler dazu bewegt hatten, seinen Laden abzugeben. Na ja, so skrupellose Typen … die schreckten vermutlich vor nichts zurück.

Andererseits konnte er nicht anders, er musste immer daran denken, wie eifrig und begeistert Issy gewirkt hatte, wenn es um ihr Unternehmen ging, wie hart sie gearbeitet und wie überzeugend sie gewirkt hatte. Er war ihnen völlig auf den Leim gegangen. Sie musste ihn ja für einen absoluten Idioten halten.

Austin ertappte sich dabei, dass er im Raum auf und ab ging. Das war doch einfach nur bescheuert. So bescheuert. Sie war jemand, der ein Darlehen bei der Bank beantragt hatte und auf dem bestem Wege war, es zurückzuzahlen, und jetzt brauchten sie eben einen neuen Kredit, hatten Sicherheiten vorzuweisen und alle nötigen Voraussetzungen. Es war einfach nur ein geschäftlicher Vorschlag, und zwar einer, den er theoretisch unterstützen musste. Graeme arbeitete bei einer angesehenen Firma, und dass die sich bei einem Institut hier aus der Gegend Geld leihen wollte, statt bei einem der Bankriesen aus der City, war eine für alle Seiten sinnvolle Überlegung und würde die Planer auf jeden Fall beeindrucken.

Aber er konnte einfach nicht fassen, dass er mit seiner Meinung über Issy so danebengelegen hatte. Der junge Mann begann, völlig an sich selbst zu zweifeln. Sie war nicht, wofür er sie gehalten hatte, ganz und gar nicht. Unglaublich.

»Okay, wir haben also Amelia, Celia, Ophelia, Jack 1, Jack 2, Jack 3, Jacob, Joshua 1, Joshua 2, Oliver 1 und Oliver 2«, las Issy von der Liste ab. »Harry kann nicht kommen.«

»Harry hat Winnpocken!«, erklärte Louis. Pearl rollte mit den Augen. Das bedeutete, dass in einigen Tagen alle Kinder flachliegen würden.

»Bei Winnpocken gibt es Eis«, verriet Louis Issy mit gewichtiger Miene.

»Also, wenn du Windpocken kriegen solltest, dann bekommst du gefrorenen Joghurt«, sagte Issy und küsste ihn auf den Scheitel.

»Eisjoghurt!«, verbesserte sie Louis. Draußen war das Wetter wunderschön, und Issy hatte den Kleinen schon ein paar Mal spielerisch um den Baum gejagt. Seine Mutter sah den beiden zu. Issy hatte ihr endlich alles erzählt. Pearl hielt es für das Beste, Graeme hatte auf sie wie ein äußerst launischer Typ gewirkt.

Und wenn später mal Nachwuchs kam, dann hatte man besser nicht zwei Kindsköpfe zu Hause.

Sie gestand sich einen kurzen Gedanken an Ben zu. Aber Menschen konnten sich ändern. Da war sie ganz sicher. Natürlich änderten sie sich. Kleine Jungen wurden erwachsen. Zu Männern. Und taten, was von Männern erwartet wurde. Aber in Issys Fall fand sie immer noch, dass es nur zu ihrem Besten war.

Pearl biss die Zähne zusammen und sah zu Issy hinüber, die Louis gerade am Bauch kitzelte. Selbst wenn es mit Ben nichts werden sollte – manchmal knüpfte man eben Familienbande, wo man sie kriegen konnte. Trotzdem. Sie seufzte schwer. Dieser nette Schluderer von der Bank. Gut, er war ein wenig durch den Wind, aber ein richtiger Mann. Ein Mann, der für seine Familie sorgen konnte.

»Okay!«, rief Issy, als an der Albion Road der erste Geländewagen vorfuhr und eine etwas nervöse, perfekt gestylte junge Mutter mit einem makellosen kleinen Jungen im Hemd mit Knopfleiste und Khakihosen ausstieg, der ein riesiges Geschenk umklammert hielt. Louis rannte los, um sie zu begrüßen.

»Jack! Hey, Jack!«

»Hallo, Louis!«, brüllte Jack. Erwartungsvoll starrte Louis das Päckchen an.

»Dann gib Louis jetzt sein Geschenk«, befahl die Mutter streng. Jack sah das Geschenk an. Louis ebenso.

»Gib es ihm jetzt, Jack«, knurrte die Mutter hinter zusammengebissenen Zähnen. »Denk daran, es ist Louis, der heute Geburtstag hat.«

»Mein Burtstag«, murmelte Jack und vergrub sein Gesicht im Geschenk.

»Nein, du hast heute nicht Geburtstag«, stellte die Mutter klar. »Jetzt gibt es ihm schon.«

»Mein Burtstag.«

»Ist mein Burtstag!«, fiel Louis mit ein. Jacks Lippe zitterte. Issy und Pearl eilten herbei.

»Hallo, hallo!«, rief Pearl. »Vielen Dank, dass Sie gekommen sind.«

»Guckt mal, was ich für euch habe«, lockte Issy und beugte sich mit zwei winzigen Schürzen zu Jack und Louis hinunter. »Ihr habt doch sicher Lust, wie ein berühmter Sternekoch mit mir Kuchen zu backen, oder?«

»Kuchen essen?«, fragte Jack misstrauisch.

»Ja, den essen wir auch! Wir backen unseren eigenen Kuchen und essen ihn dann.«

Jack ließ sich von ihr ein wenig widerwillig an die Hand nehmen, während hinter ihnen nach und nach die anderen Kinder eintrudelten. Aber nicht nur die kleinen Gäste: Mrs Hanowitz erschien mit einem schicken lilafarbenen Hut, dann die drei Bauarbeiter mit ihren Kindern, Mira und Elise natürlich, der Immobilienmakler Des mit Jamie, die beiden jungen Studenten, die eigentlich an ihrer Abschlussarbeit sitzen sollten, stattdessen aber offensichtlich viel mehr Gefallen aneinander gefunden hatten, zwei Feuerwehrmänner und Zac, Helena und Ashok.

»Hat Louis euch etwa eingeladen?«, fragte Issy begeistert. Ihre Mitbewohnerin und der Arzt konnten kaum die Finger voneinander lassen.

»Na, und ob«, sagte Helena. »Wir haben ihm einen Arztkoffer besorgt, und zwar einen echten, aber ohne spitze Gegenstände.«

»Und ich dachte, das staatliche Gesundheitswesen hätte finanzielle Engpässe«, bemerkte Issy und stellte die Kaffeemaschine an. Sie hatten alle Tische zusammengeschoben, sodass sie jetzt über eine lange Arbeitsfläche verfügten, und sobald alle da waren, Oliver nicht mehr weinend in der Ecke stand und seine Mutter ihn nicht mehr dafür schalt, weinend in der Ecke zu stehen, würde es losgehen.

An diesem Morgen war Graeme um fünf Uhr aufgewacht und hatte plötzlich senkrecht im Bett gesessen. Dann hatte er mit klopfendem Herzen dagelegen und die Decke angestarrt. Was hatte er sich bloß dabei gedacht? Was hatte er nur getan? Das war doch eine Katastrophe. Eine absolute Katastrophe. Wie hatte er nur zulassen können, dass Issy jetzt schon mit ihm Schluss machte? Sobald er den Deal in der Tasche hatte, konnte sie doch tun und lassen, was sie wollte.

Er sagte sein Squash-Spiel ab. Der Gedanke, jetzt mit Rob darüber Sprüche zu klopfen, wie sexy oder elchgesichtig sie die Frauen im Fitness-Studio fanden, war ihm unerträglich. Vielleicht würde er stattdessen eine Runde joggen gehen, um sich abzureagieren.

Er kehrte schweißgebadet in die Wohnung zurück. Das lag einerseits an der sportlichen Betätigung, zum anderen auch einfach an den Nerven. Er hatte eine Nachricht im Posteingang. Der Banker, bei dem er das Darlehen beantragt hatte, schlug für Montag ein Treffen vor. Mist. Mist, Mist, Mist, jetzt würden die auch noch zusagen. Natürlich würden sie. Da rackerst du dich dein halbes Leben ab, um die Dinge ins Rollen zu bringen, es passiert jedoch absolut gar nichts, und die Leute kriegen den Arsch nicht hoch. Aber wenn man es einmal bevorzugen würde, dass etwas nicht durchkommt, dann ist es im Handumdrehen erledigt. Graeme war schon auf dem Weg unter die Dusche, als ihm etwas auffiel, das ihm das Blut in den Adern gefrieren ließ. Der Name unter der E-Mail … Woher kannte er den bloß?

Austin Tyler.

Er schüttelte den Kopf. Mist. Das war doch dieser zauselige Typ, mit dem Issy befreundet war. Derselbe Kerl. O Gott, theoretisch unterlag der Antrag natürlich dem Bankgeheimnis, aber … der war ja auf ihrer Geburtstagsparty gewesen, Graeme hatte ihn dort gesehen. Wenn Austin die Unterlagen gelesen hatte, dann hatte er Issy mit Sicherheit davon erzählt. Denn er kümmerte sich doch um ihre Finanzen, oder etwa nicht? Es wäre seltsam, wenn er sie nicht darauf ansprechen würde. Und wenn sie es von jemand anderem als ihm selbst erfuhr … Es lief Graeme eiskalt den Rücken hinunter. Das würde ihr nicht gefallen. Wirklich nicht. Und wenn Issy das in den falschen Hals bekam, dann wären die Konsequenzen für ihn, für sie, für seinen Job …

Graeme duschte im Rekordtempo, streifte – für ihn völlig untypisch – die erstbesten Klamotten über, die ihm in die Hände fielen, und rannte zum Auto.

»Okay«, rief Issy, als endlich jeder mit Kaffee versorgt war. Die Leute drängten sich bis hinten an die Wand. Es war der helle Wahnsinn. Selbst Louis' Kindergärtnerinnen waren gekommen, dabei sollte man doch meinen, dass sie nach fünf langen Tagen mit den Plagegeistern am Samstag lieber zu Hause blieben, aber sie hatten ganz freiwillig hier vorbeigeschaut. Wenn man so recht darüber nachdachte, war das ja eigentlich nett. Es war wirklich ein toller Kindergarten. Den anderen Müttern war die Anwesenheit der Erzieherinnen auch schon aufgefallen, und sie fragten sich, warum *sie* nicht auf die Idee gekommen waren, sie einzuladen. Das roch doch geradezu nach Günstlingswirtschaft, schnaubten sie.

Und Pearl schnaubte zurück. Natürlich war das Günstlingswirtschaft. Ihren strahlenden Louis musste man doch einfach lieber haben als Oliver zum Beispiel, der gerade seine Hose und den Fußboden vollgepinkelt hatte und dessen Mutter inzwischen am Rande des Nervenzusammenbruchs stand. Sie sah sich um. Einer fehlte hier allerdings.

»Okay«, sagte Issy wieder, und alle nahmen Platz. Sie drehte Louis' Lieblings-Party-CD, die in ohrenbetäubender Lautstärke spielte und eine Version von *Cotton Eye Joe* in neunfacher Länge enthielt, ein wenig leiser.

»Habt ihr euch alle die Hände gewaschen?«

»Ja-ha!«, riefen die Kleinen im Chor. Trotz dieser Hygienemaßnahme würde der Kuchen bei all den Rotznasen wohl dennoch extra saftig werden.

»Dann nehmen wir zunächst unser Mehl …«

Wichser, dachte Graeme bei sich, als ein weißer Lieferwagen ihn auf dem Westway nicht vorbeiließ. Einmal quer durch London zu pendeln war doch total bescheuert, niemand, der sie noch alle beisammenhatte, würde diesen Weg jeden Tag auf sich nehmen. Der Verkehr war fürchterlich, und bei diesem schönen Wetter trieben sich alle draußen auf den Straßen herum, liefen über Zebrastreifen oder hingen an Straßenecken ab und waren ihm im Weg. Verdammt noch mal, er hatte es schließlich eilig.

»Austin!«

»Nein.«

»Ich will aber zu dieser Party!«

»Ich habe Nein gesagt!«

»Aber ich war doch total lieb.«

»Du hast vorhin einen Pfeil auf mich abgeschossen.«

»Dann geh ich eben alleine«, knurrte Darny. »Du kannst mich nicht aufhalten. Ich bin schon zehn.«

Darny setzte sich hin und begann, seine Schuhe zuzubinden. Das konnte zwar eine Weile dauern, aber trotzdem. Austin wusste nicht, was er tun sollte, wenn Darny darauf bestand zu gehen. Er hatte noch nie die Hand gegen seinen kleinen Bruder erhoben, nicht ein einziges Mal, nicht einmal, als Darny sein Portemonnaie über die Toilette gehalten und nach und nach darin ausgeleert hatte, Karte für Karte, während er ihm dabei die ganze Zeit in die Augen gesehen hatte. Und es stimmte ja auch: Darny hatte sich wirklich vorbildlich benommen, oder zumindest nicht schlimmer als sonst, und verdiente eigentlich keine Strafe. Aber Austin wollte Issy jetzt einfach nicht sehen. Er war wütend, er fühlte sich betrogen und hereingelegt, auch wenn er wusste, dass er dazu eigentlich keinen Grund hatte. Sie hatte ihm ja nie irgendetwas versprochen. Aber sie hatte sich eine kleine Ecke der Gegend zu eigen gemacht, in der er aufgewachsen war, einer Gegend, die ihm ans Herz gewachsen war, und hatte sie entzückend hergerichtet, im Hof Blumen gepflanzt, eine bunte Markise am Fenster angebracht und hübsche kleine Tische aufgestellt. Das war ein Ort, an dem man sich gerne aufhielt, wohin man gerne ging, um anderen dabei zuzusehen, wie sie ein wenig Ruhe und Frieden genossen, das passende Plätzchen für ein anregendes Gespräch oder einfach ein Stück himmlischen Kirschkuchen. Und jetzt würde sie ihren Laden wieder schließen, das alles aufgeben, nur für ein bisschen Geld. Er war nun wirklich nicht in der Stimmung für einen Kindergeburtstag. Sie würden da nicht hingehen.

Eine zugeschlagene Tür riss ihn aus seinen Träumen.

»Also«, sagte Issy. »Jetzt kommt der komplizierte Teil. Könnten die Mütter bitte mit den Eiern helfen?«

»Neeiin!«, quietschte ein Dutzend Stimmen gleichzeitig. »Selber machen!« Die Mütter tauschten Blicke. Issy zog die Augenbrauen hoch.

»Gut, ich habe extra viele Eier gekauft. Wie wäre es denn, wenn eine fremde Mummy den kleinen Bäckern zur Hand geht? Alle Mummys rücken bitte mal ein Kind weiter!«

Tatsächlich ließen sich die Kleinen nur zu gerne von jemand anderem helfen. Das merkte sich Issy für zukünftige Veranstaltungen. Die Sonne fiel durch das Fenster herein und erhellte ein fröhliches Bild: Die Erwachsenen plauderten vergnügt miteinander und schlossen neue Freundschaften, während die kleinen Jungen und Mädchen sich auf ihre hölzernen Löffel und Schüsselchen konzentrierten. Am Kopfende thronte mit einer großen Geburtstags-Kochmütze Louis, trommelte fröhlich auf dem Tisch herum und verteilte links und rechts Komplimente: »Sehr gut, Alice. Guter Kuchen!« Er gab hier die Caféautorität, die er, dachte Issy, inzwischen wohl wirklich war.

Kates Zwillinge versuchten, identische Kuchen zu backen, indem sie alles zusammenmischten, Kate teilte ihren Teig jedoch und veranstaltete dabei eine ziemliche Sauerei, während sie mit schriller Stimme verkündete: »Natürlich könnten wir längst in unserer eigenen Küche Kuchen backen, wenn wir nicht so faule, nutzlose Handwerker hätten.«

»Schließen Sie nicht von sich auf andere, Schätzchen«, rief der Chef der Arbeiter zu ihr hinüber, dessen Dreijähriger neben den Zwillingen wie der Teufel in seiner Schüssel herumrührte. Seraphina lehnte sich hinüber und gab dem kleinen Jungen einen Kuss. Kate klappte die Kinnlade runter. Wenn sie die Augenbrauen hätte bewegen können, wären die wohl nach oben gefahren. Dann schob sich Jane an dem Jungen vorbei und drückte ihm einen Schmatzer auf die andere Wange.

»Liebe dich, Ned«, verkündete sie. Der Bauarbeiter strahlte, während Kate demonstrativ aus dem Fenster starrte, als gäbe es da plötzlich etwas Neues und unheimlich Interessantes zu sehen.

»Achilles, mein Schatz«, flötete eine Stimme von der Theke her. »Stell dich gerade hin. Eine gute Haltung ist der Schlüssel zur Gesundheit.«

Der kleine Achilles erstarrte, drehte sich aber nicht nach seiner Mutter um. Issy strich ihm im Vorbeigehen über den Kopf. Hermia stand schüchtern neben ihm.

»Hallo, Süße«, begrüßte Issy sie und hockte sich neben das Mädchen. »Wie läuft es denn so in der Schule?«

»Sie macht das ganz toll«, ertönte laut Carolines Stimme. »Die überlegen sogar, sie in das Programm für Hochbegabte und Talentierte aufzunehmen. Und sie spielt so wunderbar Flöte!«

»Wirklich?«, staunte Issy. »Ich war in Musik immer ganz furchtbar. Kluges Köpfchen!«

Die Kleine winkte Issy heran und flüsterte ihr ins Ohr: »Aber ich bin doch auch furchtbar.«

»Das ist schon okay«, lächelte Issy. »Es gibt im Leben noch so viele andere Dinge. Mach dir darüber mal keine Sorgen! Würdest du vielleicht auch gern mitbacken? Ich wette, da bist du richtig gut.«

Hermia lächelte sie glücklich an, reihte sich neben Elise ein und rollte sorgfältig ihre Ärmel hoch.

Issy drehte eine Runde, um sicherzugehen, dass auch jeder etwas zu trinken hatte. Tief in ihrem Inneren überkam sie beim Klappern der Tassen, dem Stimmengewirr und dem Quietschen und Schnaufen der Kinder mit einem Mal ein Gefühl tiefen Friedens. Sie war stolz auf ihre Leistung, darauf, etwas mit eigenen Händen aus dem Nichts erschaffen zu haben. Das ist mein Werk, dachte sie bei sich. Auf einmal war sie so glücklich, dass es sie fast zu Tränen rührte. Am liebsten hätte sie Pearl, Helena und alle anderen in die Arme geschlossen, all die Freunde, die dazu beigetragen hatten, dass sie ihr Projekt in die Tat umsetzen konnte. Diese Menschen hatten es ihr ermöglicht, ihr Geld zu verdienen, indem sie mehlbestäubt an der Geburtstagsparty eines Dreijährigen teilnahm. Was für ein Privileg!

»Tolle Rührtechnik, Leute«, rief sie und biss sich auf die Lippe. »Sehr gut.«

Darny stolperte mit hochrotem Kopf zur Tür herein, zum einen, weil er hergelaufen war, zum anderen, weil er die Straße überquert hatte, ohne auf Austin zu warten, der langsam durchdrehte. Darny rechnete damit, dass er keine Lust darauf hatte, ihn vor all den Leuten herunterzuputzen. Vielleicht würde er sich die Standpauke für später aufheben, vielleicht würde er sie aber auch einfach vergessen. Er ließ es darauf ankommen.

»Hallo, Louis!«, grüßte er fröhlich.

»Daaany!«, strahlte Louis voller Bewunderung. Ohne sich auch nur den Teig von den Händen zu streifen, stürzte er sich begeistert auf den neuen Gast und bekleckerte dessen ohnehin schon schmuddeliges T-Shirt mit Mehl.

»Alles Gute zum Geburtstag!«, verkündete Darny. »Ich hab dir meinen besten Bogen mitgebracht, mit Pfeilen.«

Er überreichte das Geschenk feierlich.

»Yeah!«, jubelte Louis. Pearl und Issy sahen sich an.

»Die bringe ich besser mal in Sicherheit«, sagte Pearl, nahm Louis rasch sein neues Spielzeug ab und verstaute es außer Reichweite im Regal mit den Früchtetees.

»Hallo, Darny«, begrüßte Issy ihn herzlich. »Möchtest du auch gerne etwas backen?«

»Ja, klar«, nickte der Junge.

»Gut«, meinte Issy. »Wo steckt denn dein Bruder?«

Darny senkte den Blick.

»Hm, der kommt gleich auch noch …«

Gerade als Issy da etwas genauer nachhaken wollte, klingelte die Glocke an der Tür, und ein puterroter Austin stürmte herein.

»Was habe ich dir gesagt?«

Darny drehte sich um und wies mit dramatischer Miene auf den Raum voller Leute. Als Oliver Austin brüllen hörte, rollte er sich am Boden zusammen und begann wieder zu weinen.

»Okay, draußen!«, knurrte der Bankberater, der ziemlich mitgenommen aussah.

»Oh, kann er nicht bleiben?«, rief Issy, ohne nachzudenken. »Wir backen hier gerade was …«

Austin sah sie an. Es war doch einfach unfassbar. Da stand sie nun mit geblümter Schürze, rosigen Wangen und leuchtenden Augen beim Kuchenbacken mit einer Horde Hosenscheißer. Sie sah gar nicht aus wie eine böse Immobilienentwicklerin. Er konnte den Blick nur schwer von ihr abwenden.

»Ich hab ihm verboten herzukommen«, murmelte Austin, dem es so gar nicht schmeckte, dass ihn jetzt alle anstarrten.

»Ich hab mein Freund Daany eingeladen!«, ertönte eine leise Stimme auf Höhe seiner Knie. Austin sah hinunter. Na super, das hatte ihm gerade noch gefehlt. Louis konnte nämlich niemand etwas abschlagen.

»Heute is mein Burtstag. Ich bin drei, nicht fünf!«, erklärte Louis. »Nich fünf, nein«, wiederholte er erstaunt, als könne er es selbst kaum fassen. Und dann fügte er noch hinzu: »Daany mir Feil und Bogen geschenkt!«

Austin blinzelte, während er das übersetzte. Dann sah er erstaunt zu Darny hinüber.

»Du hast ihm wirklich deinen Bogen geschenkt?«, fragte er erstaunt.

Darny zuckte mit den Achseln. »Na klar, er ist doch mein Freund, oder etwa nich?«

»Sag nicht ›nich‹«, verbesserte ihn Austin automatisch. »Schön, gut gemacht. Gut. Das war gut.«

»Heißt das, dass er bleiben darf?«, rief Caroline von der Theke aus herüber. »Oh, gut. Hallo, Austin, Süßer, kann ich dir irgendwas bringen?«

Darny lief zum Tischende hinüber, an dem Pearl gerade den Kindern half, ihren Teig in die Cupcake-Formen zu gießen.

»Ihr spielt jetzt draußen Ringelreihen rund um den Baum«, erklärte sie. »Und wenn das Spiel zu Ende ist und ihr wieder reinkommt, dann ist euer Kuchen schon fertig.«

»Yeah!«, jubelten die Kinder.

»Nein danke«, lehnte Austin ab, überlegte es sich dann aber anders, »oder doch, bringen Sie mir ruhig einen Latte. Das ist vermutlich für lange Zeit meine letzte Chance auf einen anständigen Kaffee.«

Es erstaunte Issy, was für einen Stich ihr diese Bemerkung versetzte.

»Wieso«, fragte sie. »Gehst du etwa weg?«

Austin starrte sie an. »Nein. Du bist hier doch diejenige, die sich aus dem Staub macht.«

»Was soll das heißen?«, fragte Issy und ignorierte einfach mal, dass in diesem Moment ein Kind am anderen Ende des Tisches seinen Teig umwarf und Oliver ihn aufleckte wie ein Hündchen. Die Mutter dieses Jungen tat ihr wirklich leid.

Sie konzentrierte sich wieder. »Soll das heißen, du hast nicht vor umzuziehen?«

Ihr fiel wirklich ein Stein vom Herzen. Aber warum denn bloß? Und warum starrte Austin sie so an? Das war ein seltsamer Blick, voller Neugier, aber es lag auch so etwas wie Verachtung darin. Sie starrte zurück. Es war schon komisch, dachte sie, wie wenig sie doch bei ihrer ersten Begegnung auf ihn geachtet hatte. Damals war ihr nur aufgefallen, was für ein Schussel er doch war, und daran hatte sie sich längst gewöhnt.

Jetzt hingegen, wo er sie so wütend ansah, erkannte sie, was ihr zuvor entgangen war: Austin war einfach umwerfend. Nicht wie ein Typ aus der Rasierklingen-Werbung, wie Graeme, der überall nur Ecken und Kanten hatte, mit Action-Man-Kiefer und perfekt gegeltem Haar. Umwerfend auf eine offene, ehrliche, freundliche, lächelnde Art und Weise, mit breiter Stirn, diesen pfiffig zusammengekniffenen Augen, die sich immer über irgendeinen Insider-Witz zu amüsieren schienen, dem breiten Grinsen mit den Grübchen, dem zerzausten Schuljungen-Haar. Komisch, dass man so etwas nicht immer gleich bemerkte, zumindest nicht auf den ersten Blick.

Aber jetzt fiel es ihr wie Schuppen von den Augen. Kein Wunder, dass sie Lust hatte, ihn zu küssen. Auf der Party Lust gehabt hatte, ihn zu küssen, verbesserte sie sich rasch.

»Unfassbar«, schnaubte Austin. »Lassen Sie es gut sein mit dem Kaffee, äh …«

»Caroline«, flötete die Angesprochene.

»Ja, wie auch immer. Darny, ich hole dich in einer Stunde ab. Wir treffen uns draußen.«

Sein Bruder winkte flüchtig in seine Richtung und stieg dann genauso aufgeregt wie die Dreijährigen die Treppe hinunter, wo Pearl ihre Vorführung des Ofens mit furchtbaren Warnungen darüber begleitete, was passieren würde, wenn die Kleinen auch nur einen Finger in seine Richtung ausstreckten.

»Dieser Mann«, hauchte Caroline Issy ins linke Ohr, als Austin sich in Richtung Tür bewegte, »der ist unglaublich heiß. Zischend heiß.«

»Zischend heiß?«, fragte Issy genervt. »Hast du etwa schon wieder *Cougar Town* geguckt? Das ist alles nicht echt, das weißt du schon, oder?«

»Ich bin doch keine von denen!«, empörte sich Caroline. »Ich bin einfach nur eine moderne Frau, die weiß, was sie will. Und er ist ja immerhin Banker. Du weißt schon, falls ich ihn bei Dinnerpartys vorstellen muss.«

»Na, das hast du dir ja schön zurechtgelegt«, bemerkte Issy abwesend. Sie interessierte vielmehr, warum Austin so aufgebracht war. Lag es vielleicht daran, dass er sie zusammen mit Graeme gesehen hatte? Ihr Ego fand diese Vorstellung beinahe schmeichelhaft – vielleicht mochte er sie ja tatsächlich und hatte auf ihrer Party nicht nur mit ihr geflirtet, weil Alkohol mit im Spiel gewesen war. Aber wenn das der Fall war, was sollte sie dann am besten tun? Sie konnte ihm schließlich nicht ewig aus dem Weg gehen.

Während sie sich das alles durch den Kopf gehen ließ, wurde plötzlich die Tür aufgestoßen und flog Austin beinahe ins Gesicht. Der Bankberater machte einen Satz zurück. Graeme beachtete ihn gar nicht und stürmte ins Café.

Verwirrt sah Graeme sich um. Wer waren bloß all diese Leute? Am Samstag war hier doch sonst nichts los. Er schaute zu Issy hinüber, die bestürzt wirkte, ihn hier zu sehen. Austin war zwischen der Tür und einer Schlange aus kleinen Kindern mit Schürzen eingeklemmt, die von Pearl und dem Briefträger hinausgeführt wurden, um draußen um den Baum herum Ringelreihen zu tanzen. Issy mit diesen Rotzlöffeln zu sehen erinnerte Graeme wieder an seine Mission. Dann blieb sein Blick an Austin hängen.

»Sie hier?«, wunderte er sich.

Der Bankberater schloss die Tür. »Unser Meeting ist doch erst für Montag angesetzt«, sagte er leise.

»Was denn für ein Meeting?«, wollte Issy wissen. »Wovon redet ihr da?«

Austin drehte sich zu ihr herum. Der ganze Raum sah inzwischen aufmerksam zu.

»Du weißt schon. Unser Termin am Montag. Wegen des Darlehens für das Bauprojekt.«

»Was für ein Bauprojekt? Wovon zum Teufel redet ihr da?«

Austin starrte sie lange an. Langsam stiegen Bestürzung und Panik in ihr auf.

»Was ist hier los?«

»Soll das heißen, dass du gar nicht im Bilde bist?«

»Ich verstehe nur Bahnhof. Muss ich denn erst mit Kuchen um mich werfen, um hier mal eine Antwort zu kriegen?«

Austin sah wieder zu Graeme hinüber. Dieser Mann war ein noch viel größeres Arschloch, als er angenommen hatte. Unglaublich. Er schüttelte den Kopf.

»Sie haben es ihr nicht erzählt?«

»Mir was nicht erzählt?«

Schweigen lag jetzt über dem Café.

»Hm«, meinte Graeme, »können wir nicht woanders in Ruhe darüber sprechen?«

»Worüber sprechen?«, sagte Issy. Sie zitterte inzwischen am ganzen Körper. Graeme sah so seltsam aus – beide Männer. »Sag es mir hier. Und zwar jetzt! Was ist denn bloß los?«

Graeme rieb sich nervös den Nacken, wo seine Haare ein wenig abstanden, wie immer, wenn er sie nicht mit viel Gel zähmte. Er wusste ja nicht, dass es Issy so viel besser gefiel.

»Hm, Issy. Es ist ehrlich gesagt eine ziemlich gute Nachricht. Für uns. Wir haben die Genehmigung bekommen, hier am Pear Tree-Court Wohnungen zu bauen!«

»Was soll das heißen, ›für uns‹?«, fragte Issy, der nun das Blut in den Adern gefror. »Es gibt kein ›wir‹.«

»Na, du weißt schon, für dich, mich und Kalinga Deniki«, erklärte Graeme hastig. »Das ganze Gelände wird ein tolles Vorzeigeprojekt, ein Vorreiter für Immobilienentwicklung in Stoke Newington.«

»Wir wollen hier aber keine teuren Immobilien«, rief jemand aus dem Hintergrund. »Wir wollen unser Café.«

Issy trat einen Schritt an Graeme heran. »Du meinst, du wolltest hier etwas anleiern, wofür … mein Lokal geschlossen werden müsste, oder? Ohne es mir zu sagen?«

»Aber hör mal, Schatz«, gurrte Graeme, beugte sich zu ihr hinunter und schenkte ihr einen dieser intensiven Blicke aus zusammengekniffenen Augen, nach denen die Aushilfe von der Zeitarbeitsfirma immer gern noch etwas länger im Büro blieb. Er sprach leise weiter, damit die restlichen Anwesenden ihn nicht verstanden, aber Austin bekam das Wichtigste dennoch mit. »Hör mal, ich dachte, du und ich, wir könnten uns gemeinsam um dieses Projekt kümmern und richtig Kohle machen. Uns zusammen eine größere Wohnung kaufen. Und du müsstest nicht mehr morgens um sechs aufstehen, die ganze Nacht über dem Papierkram hocken, dich mit den Lieferanten herumschlagen oder von dieser Buchhalterin anschnauzen lassen. Hm?«

Issy sah zu ihm hoch. »Aber …«, stammelte sie. »Aber …«

»Du hast hier so tolle Arbeit geleistet, das wird der Grundstein für unsere Unabhängigkeit. Es wäre so gut für unsere Beziehung. Und du könntest dir vielleicht einen Job suchen, bei dem du nicht so viel schuften musst, hm?«

Sie starrte ihn an, aufgebracht und fassungslos. Sie war nicht einmal auf Graeme wütend – er war ein Firmenhai, das war eben seine Arbeit. Nein, sie war wütend auf sich selbst. Weil sie so lange mit ihm zusammen gewesen war. Weil sie diese Schlange in ihr Leben gelassen und so naiv geglaubt hatte, dass er sich schon ändern würde. Weil sie angenommen hatte, dieser – scharfzüngige, selbstsüchtige, attraktive, bindungsunfähige – Typ, den sie da getroffen hatte, würde sich über Nacht in den Mann verwandeln, den sie in ihm sehen wollte, einfach nur, weil sie es sich so sehr wünschte. Wie hatte sie sich das denn bloß vorgestellt? Das war doch völlig unlogisch. Sie war so ein Idiot. So ein Dummkopf.

»Aber das geht doch gar nicht!«, rief sie plötzlich. »Ich habe immerhin einen Mietvertrag.«

Graeme sah zerknirscht aus. »Mr Barstow ... verkauft nur zu gern an uns. Wir haben schon darüber gesprochen. Und deine sechs Monate laufen ja auch bald aus.«

»Und jetzt musst du langsam mit der Planung ...«

»Das ist schon längst im Gange. Wir reden hier ja nicht gerade über eine Landschaft von herausragender Schönheit.«

»Und ob, verdammt!«, knurrte Issy. Es machte sie wahnsinnig, dass ihr nun Tränen in die Augen schossen und sie einen dicken Kloß im Hals spürte. Draußen vor dem Fenster lachten die Kinder und spielten rund um ihr geliebtes, verkrüppeltes, krummes, hässliches Bäumchen.

»Begreifst du das denn nicht?«, flehte Graeme verzweifelt. »Das hier ist für uns! Ich hab das alles für uns getan, Schatz. Es könnte immer noch mit uns klappen.«

Issy starrte ihn an.

»Aber ... aber begreifst *du* es denn nicht? Ich stehe gerne morgens um sechs Uhr auf. Ich kümmere mich gerne um den

Papierkram. Und ich mag sogar Mrs Prescott, die alte Kuh. Und warum? Weil das alles meins ist, deshalb! Es gehört nicht dir, niemand anderem und ganz bestimmt nicht Kalinga Deniki, verdammt noch mal!«

»Das gehört eben nicht dir«, korrigierte Graeme sie sanft. »Es gehört der Bank.«

Bei diesen Worten drehte Issy sich zu Austin um. Er streckte ihr die Hände entgegen, bemerkte dann aber erstaunt, wie zornig sie ihn anfunkelte.

»Und du hast das gewusst!«, schrie sie. »Du hast es gewusst und mir nichts gesagt!«

»Ich dachte, du wärst im Bilde«, protestierte Austin, den ihr Zorn überraschte. »Ich dachte, das hättest du die ganze Zeit geplant! Hier alles aufzumotzen und dann an die City-Jungs zu verhökern!«

Bei diesen Worten zerbrach etwas in Issy. Sie wusste nicht, wie lange sie die Tränen noch zurückhalten konnte.

»Das hast du mir zugetraut?« Plötzlich war der ganze Ärger wie weggeblasen, und es blieb nur noch Traurigkeit. »Du hast mir das wirklich zugetraut.«

Auf einmal fühlte Austin sich schrecklich. Er hätte seinem Instinkt doch trauen sollen. Er kam näher.

»Bleib stehen!«, fauchte Issy. »Bleibt mir vom Leib! Alle beide! Geht! Weg! Raus hier!«

Austin und Graeme warfen sich gegenseitig einen hasserfüllten Blick zu, und Austin trat zurück, um dem kleineren Mann den Vortritt zu lassen.

»Moment noch!«, rief Issy plötzlich. »Wie … wie viel Zeit bleibt mir noch?«

Graeme zuckte mit den Achseln. Die plumpe, errötende Issy, die er doch verdammt noch mal unter den Tippsen auserwählt hatte – wie konnte sie sich nur erdreisten, ihm zu sagen, dass er nicht gut genug für sie war … Blöde Kuh. Wie konnte sie es nur wagen, ihn abzuservieren? Wie konnte sie sich anmaßen, seine Pläne zu durchkreuzen? Plötzlich verspürte er nur noch kalte Wut darüber, dass sie sein Vorhaben jetzt vereiteln wollte.

»Morgen geht es mit der Planung los«, verkündete er. »Dir bleibt noch ein Monat.«

In der Totenstille, die sich nun über das Café legte, ertönte plötzlich das Piepen des Ofens. Louis' Kuchen war fertig.

Als Pearl mit den Kleinen wieder hereinkam, starrte sie auf Issys tränenüberströmtes Gesicht und die Menge der besorgten, wohlmeinenden Gäste, die sie umringten. Sie beschloss, dass es nun an der Zeit für die Notfall-Weinflasche war, Alkohollizenz hin oder her. Zwei der Mütter, die begeistert waren, in so ein Drama hineingeraten zu sein, kümmerten sich um die Cupcakes der Kinder, die erst einmal ein wenig abkühlen mussten, um dann mit blauer oder rosa Glasur, Zuckerperlen und winzigen Silberkugeln dekoriert zu werden. Außerdem gab es Schüsselchen mit Obststückchen, Sesam, Möhrensticks, Hummus und Salzstangen. Damit hatte Caroline zur Verpflegung beigetragen, als »Geschenk für den lieben Louis«. Dieser hatte ihr angesichts des Gebotenen nur einen seiner unerbittlichen Blicke zugeworfen. Man hatte Carolines Beitrag unauffällig beiseitegestellt.

Pearl und Helena scharten sich um Issy.

»Alles klar bei dir?«, fragte Pearl besorgt.

»Diese Schlange«, rief Issy. »Ich bring ihn um. Ich mach ihn fertig. Wir werden Geld für unsere Rettung sammeln und Flugblätter verteilen! Den bring ich unter die Erde! Du hilfst mir doch, Helena, oder? Bist du dabei?«

Issy drehte sich zu Helena um, die Ashok oben gelassen hatte. Ihre Freundin wirkte plötzlich ein wenig geistesabwesend und biss sich auf die Lippe. Issy erklärte ihr alles noch einmal. Als sie schilderte, was Austin ihr alles zugetraut hatte, flossen sogar ein paar Tränchen. Pearl schüttelte den Kopf.

»Ich meine«, protestierte Issy, »das können die doch nicht machen. Die können hier doch nicht einfach einmarschieren, nicht wahr? Oder doch?«

Pearl zuckte mit den Achseln. »Na ja, es gehört alles Mr Barstow.«

»Du findest sicher ein anderes Lokal«, wandte Helena ein.

»Aber keins wie dieses«, sagte Issy und ließ den Blick durch ihren blitzblanken Vorratsraum wandern, blieb an der winzigen Aussicht auf das Kopfsteinpflaster draußen und an ihrem wunderschönen, perfekten Ofen hängen. »Es wird nicht so sein wie hier.«

»Vielleicht wird es sogar noch besser«, meinte Helena. »Such dir doch was Größeres. Du weißt, dass du das packen kannst. Vielleicht ist es an der Zeit zu expandieren. Immerhin stehen die hier inzwischen bis auf die Straße Schlange.«

Issy schob die Unterlippe vor. »Aber ich bin doch glücklich hier. Und das ist schließlich das Wichtigste.«

Helena schnaubte. »Na, es ist ja nun nicht so, als ob du auf mich gehört hättest, als ich dich vor Graeme gewarnt habe.«

»Ich weiß«, murmelte Issy. »Ich weiß. Warum höre ich eigentlich nie auf dich?«

»Keine Ahnung.«

»Auf mich hört sie auch nicht«, warf Pearl ein. Helena schob bedeutungsschwer das Kinn vor.

»Und jetzt werde ich ihm eins auswischen«, erklärte Issy. »Ich will ihm zeigen, dass man Menschen nicht einfach nach Gutdünken kaufen oder verkaufen kann. Den Leuten einfach so zu befehlen, ihren Kram zusammenzupacken und zu verschwinden – das geht doch nicht. Oh«, sagte sie. »Lena. Glaubst du, wir könnten vielleicht alle weiter zusammenwohnen? Es wird wohl etwas dauern, bis ich dieses Chaos entwirrt habe.«

»Ehrlich gesagt«, meinte Helena, die auf einmal ein wenig nervös wirkte, »nein. Ich denke, wir müssen wohl bald ausziehen.«

»Wieso?«

Helena wirkte fahrig und aufgeregt und voller Vorfreude und warf auf der Suche nach Ashok einen Blick die Treppe hinauf.

»Na ja«, begann sie. »Das kommt zwar alles etwas schneller als geplant, aber …«

Issy starrte sie völlig verwirrt an. Pearl hingegen war begeistert und erriet es sofort.

»Ein Baby!«

Helena nickte und wirkte zum ersten Mal in ihrem Leben schüchtern. Es würde gar nicht so einfach werden, mit dieser Lebensumstellung zurechtzukommen.

Issy riss sich so gut es ging am Riemen, kratzte zusammen, was ihr an Tapferkeit noch blieb.

Und sie hätte es auch fast geschafft. Ihre Lippen verzogen sich beinahe zu dem Lächeln, das sie Helena so gerne geschenkt hätte, das ihre Freundin so sehr verdient hätte. Aber am Schluss verließen ihre Kräfte sie dann doch. Ihr versagte die Stimme, und ihre Augen brannten.

»Herz …«, stammelte sie. Dann rannen ihr auf einmal die Tränen die Wangen hinunter. Sie hatte nichts, und Helena hatte alles. Das war so gemein, so unfair.

»O Issy … was ist denn? Es tut mir so leid, ich dachte, du würdest dich freuen«, stammelte Helena und eilte zu ihrer Freundin. »Ach, Süße, entschuldige. Wir werden uns nach einer neuen Wohnung umschauen, klar, aber du bist dann doch nicht allein … So war das zwar nicht geplant, wir finden es jedoch beide toll, und …«

»Oh, meine liebe Lena«, schnaufte Issy, »natürlich freue ich mich sehr für euch.« Die Frauen schlossen sich in die Arme.

»Aber klar freust du dich«, bekräftigte Helena. »Du wirst eine tolle Patentante und bringst dann unserem Kind das Backen bei.«

»Und du kannst dir bei der Geburt selbst assistieren!«, rief Issy. »O Gott, hat vielleicht jemand ein Taschentuch?«

Eine Mutter erschien oben an der Treppe.

»Hm, sollen wir jetzt *Happy Birthday* singen?«

»Mein Baby!«, rief Pearl. »Ich komme, ich eile.«

Als auch Issy die Kellertreppe hinaufging, um in den Chor mit einzufallen, blickte ein strahlender Louis gerade seine drei Kerzen an und verkündete: »Will aber fünf Kerzen!« Pearl platzte fast vor Stolz über ihren kleinen Jungen, der erst drei war und trotzdem schon so gut zählen konnte! Issy wusste, dass die drohende Schließung des Cafés hier jedem leidtat. Man bot ihr Unterstützung an, überlegte, Protestschreiben zu verfassen, Sit-ins zu organisieren und Immobilienmakler zu boykottieren (obwohl Issy am Sinn dieser Aktion doch stark zweifelte). Es war überwältigend.

»Danke, ihr alle«, wandte sich Pearl schließlich an die Runde. »Also, ich weiß noch nicht, was wir jetzt machen, ich verspreche euch aber, dass wir alles versuchen, um das Café zu retten. Und jetzt lasst uns Louis' Party genießen!«

Dann drehte sie die Musik wieder auf und sah den Kindern zu, die durch das Lokal tanzten, klebrige, unschuldige Gesichter voller Glückseligkeit, und Louis mittendrin. Sie wollte ja auch nicht, dass das alles ein Ende hatte. Das war nicht einfach nur ein Job. Das war jetzt ihr Leben. Und sie konnte nicht mehr ohne.

Für Issy war es eine absolute Tortur, ausharren zu müssen, bis sie das letzte Kind endlich mit einem Flummi und einem Stück Kuchen in der Tasche nach Hause geschickt hatten. Sie winkte Kunden und Freunden höflich hinterher, bedankte sich für ihre Besorgnis, sammelte den Müll auf, schaffte Ordnung und packte Carolines verschmähte Snacks für Berlioz zusammen. Das alles war ihr unerträglich, aber was danach anstand, war noch viel schlimmer. Pearl konnte es ihr ansehen.

»Musst du dich wirklich jetzt darum kümmern?«, fragte sie ihre Chefin. »Schätzchen, es macht doch nichts, wenn du deine Klamotten später abholst.«

»Nein«, sagte Issy. Vor lauter Angst und Beklommenheit verkrampfte sich ihr der Magen. »Nein. Wenn ich die Sachen erst mal bei Graeme lasse, dann steht mir das Schlimmste noch bevor, und ich werde es ewig aufschieben. Ich muss das jetzt so schnell wie möglich erledigen. Meinen Kram einfach holen. Es ist sowieso nicht viel. Stauraum war bei Graeme immer Mangelware, er braucht nämlich ziemlich viel Platz für sein Haargel.«

»Das ist die richtige Einstellung!«, rief Pearl. Sie sahen zu Louis hinüber, der auf dem Fußboden glücklich seine Geschenke inspizierte. »Weißt du«, fuhr sie dann fort, »ich würde an meinem Leben nichts ändern wollen, nicht mal ein winzig kleines bisschen. Aber manchmal denke ich … na ja, es ist vermutlich einfacher, sich vorher zu trennen, als nachher. Wenn du verstehst, was ich meine.«

Issy nickte langsam.

»Aber Pearl … ich bin jetzt zweiunddreißig. Zweiunddreißig! Was, wenn das meine letzte Chance war, ein Baby zu bekommen? Wenn ich jetzt zusammenpacken und irgendwo anders arbeiten muss … Wie soll ich denn da jemals einen Mann kennenlernen? Wenn ich eine Anstellung bei einer Kette finde und hinten in der Backstube stehe … Ich kann das nicht noch einmal alles aufbauen, Pearl, das schaffe ich einfach nicht. Ich hab keine Kraft mehr, ich hab all meine Energie in das Café gesteckt.«

»Natürlich schaffst du das«, widersprach Pearl. »Den schwierigsten Teil hast du schon hinter dir. Alle Fehler, die du machen musstest, hast du gemacht. Beim nächsten Mal wird alles wie am Schnürchen laufen. Und zweiunddreißig ist doch heutzutage kein Alter. Natürlich wirst du noch jemanden kennenlernen. Was ist denn mit dem tollen Bankberater? Ich wette, der würde viel besser zu dir passen.«

»Austin?« Auf einmal wurden Issys Züge hart. »Ich kann das einfach nicht fassen. Ich fasse nicht, dass er dachte, ich würde hinter der ganzen Sache stecken. Er hat geglaubt, ich würde das alles ohne mit der Wimper zu zucken verschachern. Und ich dachte, er mag mich.«

»Er mag dich ja auch«, sagte Pearl. »Und du wirst auf jeden Fall jemanden kennenlernen. Ich weiß, dass es gerade etwas mau aussieht, aber …«

Sie sahen sich an. Dann begannen sie auf einmal, albern zu lachen. Issy kicherte hysterisch, bis ihr Tränen in den Augen standen.

»Ja«, meinte sie, als sie endlich wieder zu Atem kam, »ja, man könnte schon sagen, dass es nicht *ganz so gut* aussieht.«

»Hey, du weißt schon, was ich meine«, protestierte Pearl.

»Wirklich, der Tag ist nicht ganz optimal gelaufen.«

Pearl lachte immer noch. »Es gab schon bessere Zeiten.«

»Allerdings«, schnaufte Issy. »Mein letzter Abstrich war spaßiger.«

Louis wollte wissen, was denn so lustig war, und trippelte auf sie zu. Die Cafébesitzerin sah ihn reumütig an.

»Mein bester Burtstag«, verkündete er stolz. »Louis' bester Burtstag.« Dann wurde er ein wenig stiller. »Wo ist Daddy, Mummy?«

Ben war nämlich nicht aufgetaucht. Pearls Miene blieb völlig emotionslos.

Graemes Wohnung hatte keine Fenster zur Straße hin, also konnte Issy ohne zu klingeln nicht wissen, ob er zu Hause war oder nicht. Und sie hatte nun wirklich nicht vor, mit ihm auch nur über die Gegensprechanlage zu kommunizieren, wenn es nicht unumgänglich war. Sie schluckte und wäre am liebsten gar nicht aus dem Taxi gestiegen.

»Alles in Ordnung, Schätzchen?«, fragte der Fahrer, und sie hätte ihm beinahe ihr Herz ausgeschüttet, riss sich dann aber doch am Riemen. Draußen hatte es sich etwas abgekühlt, noch war ihr in ihrem Strickjäckchen jedoch warm genug.

»Ja«, antwortete sie und dachte daran, dass sie hier jetzt zum letzten Mal aussteigen würde. Graeme war bestimmt ausgegangen. Immerhin war ja Samstagabend, er war doch sicher mit seinen Kumpels unterwegs und versuchte vielleicht, jemanden in einem neuen Nachtclub aufzureißen. Er lachte vermutlich über das alles, stieß auf seinen zurückerlangten Singlestatus an und prahlte damit, wie viel Geld er mit dem neuen Deal verdienen würde. Sie schluckte. Sie war ihm ganz egal. Er hatte sich nie um sie geschert. Für ihn war es immer nur um Geld gegangen, die ganze Zeit. Er hatte sie um den kleinen Finger gewickelt wie eine Idiotin, und sie war komplett darauf reingefallen.

Issy war von ihrem Szenario eines Cocktails schlürfenden und Blondinen aufreißenden Graeme so überzeugt, dass sie gar nicht damit gerechnet hatte, auf ihn zu treffen, als sie den schwach beleuchteten Flur betrat.

Tatsächlich hätte sie ihn beinahe übersehen: Im Morgenmantel hockte er in seinem falschen Le-Corbusier-Stuhl – Issy hatte nicht einmal gewusst, dass er einen Morgenmantel hatte – und starrte mit einem Glas in der Hand aus dem Fenster, hinaus in den minimalistischen Innenhof, der wie immer verwaist dalag. Er regte sich zwar, als sie hereinkam, sah aber nicht zu ihr hinüber. Issy stand einfach nur da. Ihr tat das Herz in der Brust weh, es klopfte heftig.

»Ich bin gekommen, um meine Sachen zu holen«, erklärte sie laut. Nach dem Trubel des Tages kam ihr die Ruhe in der Wohnung wie Grabesstille vor. Graeme umklammerte sein Glas fester. Issy wurde klar, dass sie sich selbst jetzt noch ein Zeichen erhoffte … irgendeinen Hinweis auf seine Zuneigung, darauf, dass sie ihm wichtig gewesen war, ihm gefallen hatte. Dass sie für ihn mehr gewesen war als nur irgendein Mädchen aus dem Büro, das ihm gerade recht kam. Jemand, den er für seine Zwecke nutzen konnte, um seine Ziele zu erreichen.

»Meinetwegen«, stieß Graeme hervor und schaute sie immer noch nicht an.

Issy packte ihre Siebensachen in einen kleinen Koffer. Viel war es ja nicht. Graeme rührte in der ganzen Zeit keinen Finger. Schließlich marschierte Issy in die Küche, die dank ihrer Einkäufe mit allen nötigen Vorräten ausgestattet war. Aus 250 g Mehl, fünf Eiern, einer ganzen Flasche Sirup und einer kleinen Tüte Zuckerperlchen rührte sie einen Teig zusammen.

Dann nahm sie das Ganze mit ins Wohnzimmer und goss Graeme die Mischung mit einer geübten Handbewegung über den Kopf.

Irgendetwas war an ihrer Wohnung anders, auch wenn Issy es nicht genau benennen konnte. Das lag nicht nur daran, dass seit ein paar Wochen noch jemand hier lebte – Ashok war immerhin interessant, ernsthaft und wirklich charmant –, es wehte einfach ein neuer Wind, denn jetzt lagen Unterlagen von Immobilienmaklern und eine Ausgabe von *Schwangerschaft und Geburt* herum.

Langsam hatte Issy den Eindruck, dass sich die Welt für jeden weiterdrehte, nur für sie nicht. Und als sie in ihre pinkfarbene Küche marschierte und sich auf das riesige weiche Sofa sinken ließ, konnte sie dort einfach nicht mehr so entspannen wie früher – wieder einmal war sie eine Fremde in ihrem eigenen Zuhause. Was lächerlich war, das wusste sie. Aber vor allem schämte sie sich, weil sie bei ihrem ersten und einzigen Versuch, mit einem Mann zusammenzuleben, so schnell und kläglich gescheitert war.

Graeme war nie der Richtige für sie gewesen, Helena wusste jedoch, dass es ihre Freundin nicht aufbauen würde, wenn sie ihr das unter die Nase rieb. Ihr Gesellschaft zu leisten war hingegen eine gute Idee, also tat Helena ihr Bestes, auch wenn sie alle fünf Minuten einzuschlafen drohte.

»Und was hast du jetzt vor?«, fragte sie, praktisch wie immer. Issy starrte auf den Fernseher, sah aber nichts.

»Na, am Montagmorgen mache ich auf ... Aber was danach kommt, weiß ich noch nicht.«

»Du hast es schon einmal gepackt«, meinte Helena. »Du schaffst das wieder.«

»Ich bin aber müde«, seufzte Issy. »So müde.«

Helena brachte sie ins Bett, obwohl Issy befürchtete, kein Auge zumachen zu können. Stattdessen verschlief sie den halben Sonntag. Die warmen Strahlen, die am nächsten Tag durch die Vorhänge hereinfielen, stimmten sie optimistisch. Zumindest verhalten optimistisch.

»Ich könnte ja versuchen, mich nach einem Job als Bäckerin umzusehen«, überlegte sie. »Das Problem ist nur, dass meine Arbeitszeiten dann noch schlechter wären und es auch schon eine Million tolle Patissiers in London gibt, und ...«

»Jetzt hör mit dem Gejammer auf!«, unterbrach sie Helena.

»Vielleicht hatten ja doch alle recht – wäre ich mal Fußpflegerin geworden!«

Am Montagmorgen lag ein Umschlag auf der Fußmatte. Ja, da war es also. Das Kündigungsschreiben von Mr Barstow. Und an den Straßenlaternen rund um den Hof hingen laminierte Schilder, die die Umrisse des Bauprojekts markierten. Issy brachte es nicht über sich, sich das genauer anzusehen. Sie begann den Tag, indem sie ganz automatisch ihr Backprogramm abspulte und sich eine erste Tasse Kaffee kochte. Die üblichen Handgriffe würden sie hoffentlich von der langsam aufsteigenden Panik ablenken. Es würde schon alles gut werden. Sie würde etwas finden. Sie würde mit Des sprechen, der wüsste sicher etwas. In ihrer Verwirrung rief sie ihn an, bevor ihr klar wurde, dass es erst kurz nach sieben war. Der Immobilienmakler ging jedoch sofort dran.

»Oh, Entschuldigung«, sagte Issy.

»Das ist schon in Ordnung«, meinte Des. »Ich bin schon seit Stunden auf. Wegen der Zähne.«

»O Gott«, sagte Issy. »Haben Sie sich schon einen Termin geholt?«

»Hm, es geht um Jamie. Der zahnt mal wieder.«

»Ja, ja, natürlich.« Issy schüttelte den Kopf. »Hm …«

»Tut mir leid«, beteuerte Des augenblicklich. »Tut mir leid. Rufen Sie an, um mich anzuschreien?«

»Weshalb denn?«, fragte Issy.

»Na, vermutlich kümmern wir uns doch um den Verkauf der neuen Wohnungen. Tut mir leid. Das war nicht meine Entscheidung, so ist eben …«

Darüber hatte Issy noch gar nicht nachgedacht, sie rief ja nur an, um nach einem freien Lokal zu fragen. Aber klar.

»… das Geschäft«, ergänzte sie dumpf.

»Ja«, meinte Des. »Ich dachte, Sie hätten es gewusst.«

»Nein«, erwiderte Issy mit teilnahmsloser Stimme. »Habe ich nicht.«

»Es tut mir leid«, wiederholte Des, und das hörte sich so an, als meinte er es wirklich ernst. »Schauen Sie sich schon nach einem neuen Lokal um? Soll ich ein bisschen rumtelefonieren? Ich höre mich einfach mal um und versuche, etwas Passendes für Sie zu finden, in Ordnung? Das ist doch das Mindeste, was ich tun kann. Aber wissen Sie – aus diesen Spekulationsgeschäften wird oft gar nichts … Ich wollte Sie nicht unnötig beunruhigen. Es tut mir wirklich leid.«

Man hörte Jamie über das Telefon brüllen.

»Jamie tut es auch leid.«

»Das ist schon okay«, meinte Issy. »Sie können jetzt aufhören, sich zu entschuldigen, es war ja nicht Ihre Schuld. Und wenn Sie etwas hören … ja, bitte.«

»In Ordnung«, sagte Des. »Okay. Sorry. Ja. Genau.«

Er entschuldigte sich immer noch, als Issy auflegte.

Pearl sah finster drein. »Kopf hoch!«, sagte Caroline. »Irgendwas findet sich schon.«

»Das ist es ja gar nicht«, erwiderte Pearl. Sie hatte Ben seit zwei Tagen nicht mehr gesehen. Am Samstag war er mit seinen Freunden unterwegs gewesen und verstand gar nicht, warum sie daraus so eine große Sache machte. Louis würde doch noch oft Geburtstag haben, und er hatte ihm ja auch ein Geschenk gekauft (eine riesige Autorennbahn, die gar nicht in die Wohnung passte). Pearl hatte sich seine Entschuldigung angehört und ihm dann die Tür vor der Nase zugemacht.

»Ich kann nicht fassen, dass er den Geburtstag seines Jungen verpasst hat«, erklärte sie Caroline, die ihre Bemerkung nur mit einem Grunzen quittierte.

»Das ist doch gar nichts. Mein Ex hat es nicht zu einem einzigen Geburtstag geschafft, nicht zu Konzerten, Schulaufführungen oder Sporttagen … nicht ein einziges Mal. Er musste immer ›arbeiten‹«, schnaufte sie. »Von wegen.«

»Na, eben«, meinte Pearl. »Deshalb ist er ja auch dein Ex.«

»Damit hat das gar nichts zu tun«, stellte Caroline klar. »Keiner von den Vätern hier macht bei so was mit. Die sind viel zu sehr damit beschäftigt, die großen, schicken Häuser abzubezahlen. Hier in der Gegend weiß kein Kind, wie sein Daddy aussieht. Abgeschossen hab ich ihn wegen seiner Affäre mit dieser üblen Schlampe. Die ja übrigens auch zeigt, dass er so gar keinen Geschmack hat. Ha, wenn man einen Mann dafür fallen lassen würde, dass er seine Kinder vernachlässigt …«

Die Tür öffnete sich mit einem Klingeln. Es war einer von den Bauarbeitern, derjenige, der seinen Sohn zu Louis' Party mitgebracht hatte.

»Kopf hoch, Liebes«, grüßte er wie immer.

Mit wohlmeinendem Blick musterte ihn Caroline von oben bis unten. Sie betrachtete seine wohl gerundeten Brustmuskeln, das freche Grinsen und die Hand ohne Ehering.

»Bei dieser Aussicht geht's mir schon gleich viel besser«, flötete sie und lehnte sich über die Theke, womit sie ordentlich Busen gezeigt hätte, wenn da denn welcher gewesen wäre. »Wenigstens einmal am Tag was Nettes …«

»Ihr Schickimickitussis«, murmelte der Arbeiter und grinste geschmeichelt. »Lassen Sie doch mal einen Kaffee rüberwachsen, Süße.«

Pearl rollte mit den Augen.

Aber dann dachte sie über Carolines Worte nach. Auf der Party waren jede Menge Hausmädchen und einige aufgebrezelte Mütter gekommen, und Austin natürlich, aber tatsächlich kaum Väter. Sie seufzte.

»Hat er dich gedemütigt, indem er mit einer von deinen Freundinnen im Bett war?«, fragte Caroline, als der Arbeiter weg war, ihr aber ein Zwinkern und seine Telefonnummer dagelassen hatte.

»Noch nicht«, musste Pearl zugeben.

»Na, das ist doch schon mal was«, meinte Caroline. »Ich würde ihn noch nicht ganz abschreiben.« Sie schwenkte einen Brief. »Du glaubst nicht, was ich heute Morgen bekommen habe.«

»Was denn?«

»Ein Schreiben von seinen Anwälten. Wenn meine Arbeit sicher wäre, könnte ich zu Hause wohnen bleiben. Dann wäre ich nämlich nahe genug dran, um die Kinder selbst abzuholen, und bräuchte kein Hausmädchen.« Caroline schüttelte den Kopf. »Aber jetzt bin ich wieder ganz am Anfang. Ich stehe ohne Job da, habe aber bewiesen, dass ich arbeiten kann, also muss ich auch ran, den Hintern hochkriegen. Mein Gott. Kein Wunder, dass mir so ein kleiner Flirt ganz guttut.«

Sie seufzte.

»Hm«, knurrte Pearl und widmete sich wieder ihren Papieren.

»Was machst du da eigentlich?«, fragte Issy, als sie die Treppe hinaufkam.

»Ich setze ein Schreiben an die Baubehörde auf.«

»Oh«, machte Issy.

»Hältst du das für keine gute Idee?«

»Eher nicht. Außerdem kenne ich Kalinga Deniki. Wenn das nicht längst unter Dach und Fach wäre, würden die sich die Mühe gar nicht machen.«

»Okay, gut, dann leg eben die Hände in den Schoß«, stichelte Pearl und schrieb weiter. Im Café war es ruhig, der erste morgendliche Ansturm war vorbei, und es dauerte noch, bis am späten Vormittag die üblichen Mütter vorbeischauen würden.

Issy starrte aus dem Fenster und stieß einen tiefen Seufzer aus.

»Und jetzt hör auf zu seufzen, das nervt.«

»Klar, das ist ja auch viel besser, als alle fünf Minuten rumzuschnauben!«

»Ich schnaube doch gar nicht.«

Issy zog die Augenbrauen hoch, griff dann aber lieber nach ihrer Kaffeetasse und ging hinaus in den Hof, von wo aus sie das Café kritisch betrachtete. Seit es wärmer war, hatten sie den Außenbereich ein wenig aufgemotzt. Das Fenster zierte nun eine rosa-weiß gestreifte Markise, die bei gutem Wetter hübsch und frisch aussah und zu Grampas Tischen und Stühlen passte. Bei diesem Sonnenschein wirkte ihr Schatten unglaublich einladend, der Schlüsselanhänger glänzte, und die Pflanzen, die Pearl neben dem Eingang aufgestellt hatte, verstärkten diesen gemütlichen Effekt nur noch. Issy blinzelte die Tränen weg. Sie durfte nicht schon wieder weinen. Aber es fiel ihr schwer sich vorzustellen, ihre kleine Oase woanders wieder aufzubauen. Das hier war ihr Winkel der Welt, ihr kleines Königreich. Und jetzt würden sie das Lokal schließen, es niederreißen und dann irgend so eine blöde Garage für bescheuerte überteuerte Manager-Apartments daraus machen …

Issy schlenderte zum Laden des Eisenwarenhändlers hinüber. Was wollte er wohl dagegen unternehmen? Hatten sie sich ihn auch vom Hals geschafft, oder war es ihm irgendwie gelungen, diesem Schicksal zu entkommen? Sie wusste nicht einmal, ob Mr Barstow sein Vermieter war.

Jetzt, um zehn Uhr morgens, hatte der Laden immer noch zu. Issy kniff die Augen zusammen und versuchte, durch die Metalljalousie hindurch etwas zu erkennen. Was verbarg sich bloß dahinter? Der Rollladen aus Metall hatte kleine Löcher, aber bei diesem grellen Sonnenschein konnte sie kaum etwas erkennen. Sie konzentrierte sich. Als sich ihre Augen nach und nach an das Dämmerlicht gewöhnten, konnte sie auf der anderen Seite der Scheibe dunkle Schatten erkennen. Auf einmal bewegte sich ein heller Umriss.

Issy stieß einen Schrei aus und machte einen Satz weg von der Jalousie. Die begann sich plötzlich mit ohrenbetäubendem Lärm automatisch zu öffnen. Es musste jemand im Inneren des Ladens sein – jemand, den sie vermutlich kannte. Sie schluckte.

Nachdem sich der Rollladen ganz hochgefahren hatte, wurde die Tür von innen geöffnet, und da stand der Eisenwarenhändler. Im Schlafanzug. Issy war völlig perplex. Sie brauchte ein paar Sekunden, um sich wieder zu fangen

»Wohnen Sie etwa hier?«, fragte sie verblüfft. Chester nickte auf seine förmliche Art und bat sie hinein.

Als Issy nun zum ersten Mal den Eisenwarenladen betrat, war sie völlig platt. Im vorderen Bereich befanden sich zwar Töpfe und Pfannen, Mopps und Schraubenzieher. Hinten lag jedoch ein exquisiter Perserteppich, auf dem ein holzgeschnitztes balinesisches Doppelbett stand. Daneben entdeckte sie einen kleinen Nachttisch mit einem Stapel Bücher und einer Tiffany-Lampe, außerdem einen großen Schrank mit verspiegelter Tür. Issy musste zweimal hinsehen.

»O mein Gott«, murmelte sie. »Sie … Sie wohnen hier ja tatsächlich.«

Chester sah beschämt drein. »Hm, ja. Ja, das stimmt. Normalerweise hängt hier tagsüber ein Vorhang … oder ich mache einfach zu, wenn sich potenzielle Kunden nähern. Kaffee?«

Ganz hinten gab es eine kleine, blitzblanke Kochnische. Auf dem Herd blubberte eine teure Gaggia-Kaffeemaschine vor sich hin und verströmte einen wunderbaren Duft.

»Hm, ja«, stimmte Issy zu, obwohl sie schon viel zu viel Koffein intus hatte. Aber dieser Ort, Aladins kleine Höhle, kam ihr so unwirklich vor. Der Mann führte sie zu einem geblümten Sessel.

»Setzen Sie sich doch bitte. Also wissen Sie, Sie haben mir das Leben ganz schön schwer gemacht.«

Issy schüttelte den Kopf. »Aber ich bin jahrelang an diesem Gässchen vorbeigekommen, und Ihr Geschäft war doch schon immer da.«

»O ja«, bestätigte Chester. »Genau. Ich wohne hier seit neunundzwanzig Jahren.«

»Sie wohnen seit neunundzwanzig Jahren in diesem Laden?«

»Und bisher hat mich noch nie jemand belästigt«, sagte er. »Das ist eben das Schöne an London.«

Jetzt fiel Issy wieder der Akzent auf.

»Niemand schert sich hier darum, was die anderen so tun. Das mag ich. Natürlich nur, bis *Sie* gekommen sind. Das ganze Hin und Her, und dann wollten Sie mir Kuchen spendieren und hatten tausend Fragen. Und all die Kunden! Sie haben zum ersten Mal Leute hierhergebracht.«

»Und jetzt …«

»Ja, jetzt müssen wir fort.« Der Mann blickte auf das Kündigungsschreiben in seiner Hand. »Ach, irgendwann wäre es ohnehin so weit gewesen. Wie geht es Ihrem Großvater?«

»Ehrlich gesagt wollte ich ihn längst wieder besuchen.«

»Oh, gut. Kann man sich denn mit ihm unterhalten?«

»Kaum«, murmelte Issy. »Aber mir geht es danach immer besser. Ich weiß, das ist ganz schön egoistisch.«

Chester schüttelte den Kopf. »Ist es nicht, und das wissen Sie ganz genau.«

»Es tut mir so leid«, beteuerte Issy. »Ich hab die Immobilienhaie hergelockt. Das war zwar nicht meine Absicht, aber es ist trotzdem meine Schuld.«

Der Eisenwarenhändler schüttelte wieder den Kopf.

»Nein, das lag nicht an Ihnen«, beruhigte er sie erneut. »Wissen Sie, nach Stoke Newington fuhr man von London aus früher mal einen halben Tag. Es war eine hübsche kleine Ortschaft, weit weg von der großen Stadt. Und selbst als ich hierherkam, war hier zwar alles ein bisschen rau und heruntergekommen, aber man konnte tun und lassen, was man wollte. Nach seiner eigenen Fasson selig werden. Gegen den Strom schwimmen, seinen eigenen Weg gehen.«

Chester servierte den Kaffee mit Sahne und in zwei winzigen, eleganten Porzellantässchen.

»Jetzt aber wird überall renoviert und aufgewertet. Vor allem Gegenden mit ihrem ganz eigenen Charme, so wie diese hier. Vom alten London ist leider nicht mehr viel übrig.«

Issy senkte den Blick.

»Seien Sie nicht traurig, junge Dame. Das neue London bringt auch viel Gutes mit sich. Jetzt sehen Sie sich doch an, Sie haben noch so viel vor sich.«

»Ich weiß aber gar nicht, wo ich jetzt hin soll.«

»Hm, damit wären wir dann schon zwei.«

»Moment mal, wohnen Sie hier etwa illegal?«, fragte Issy. »Könnten Sie nicht das Nutzungsrecht für das Lokal beantragen?«

»Nein«, meinte Chester. »Allerdings müsste hier irgendwo noch ein Mietvertrag herumliegen …«

Sie saßen da und nippten an ihrem Kaffee.

»Aber irgendetwas müssen Sie doch tun können«, überlegte Issy.

»Den Fortschritt kann man eben nicht aufhalten«, seufzte Chester und ließ klimpernd den Löffel sinken. »Glauben Sie mir, ich muss es wissen.«

Ausnahmsweise kam Austin heute einmal pünktlich. Und er hatte sich richtig in Schale geworfen, soweit er das eben hinbekam, ohne Darny zu verraten, wo er das Bügeleisen aufbewahrte. Nervös fuhr er sich mit der Hand durchs Haar. Er konnte nicht glauben, dass er das wirklich durchziehen würde. Damit setzte er womöglich alles aufs Spiel. Und wofür? Für eine blöde kleine Firma, die sich ja irgendwann doch größere Räumlichkeiten suchen würde. Für eine Frau, die ihn keines Blickes mehr würdigte.

Janet war natürlich schon da, effizient und heiter wie immer. Auch sie war bei der Geburtstagsparty gewesen und wusste, was heute auf dem Programm stand. Sie schaute ihn an.

»Das ist doch schrecklich«, verkündete sie ungewöhnlich aufgebracht. »Einfach furchtbar, was dieser Typ vorhat.«

Austin blickte sie an.

»Was er dieser netten Frau und dem hübschen Lädchen antut, nur um das Gässchen in eine weitere seelenlose Wohnanlage für blöde Manager zu verwandeln, das ist doch übel. Das wollte ich nur sagen.«

Austins Mundwinkel zuckten.

»Danke, Janet. Das hilft mir wirklich weiter.«

»Und Sie sehen heute so schick aus.«

»Sie sind nicht meine Mutter, Janet.«

»Sie sollten diese Frau anrufen.«

»Ich werde sie nicht anrufen«, widersprach Austin. Inzwischen würde Issy ihn nicht einmal mehr mit der Kneifzange anrühren, und er musste mit Bedauern zugeben, dass sie dafür auch einen guten Grund hatte.

»Sollten Sie aber.«

Austin ließ sich die Sache durch den Kopf gehen, während er den Kaffee schlürfte, für den Janet extra den weiten Weg zum Cupcake Café auf sich genommen hatte. Das Gebräu war längst kalt, aber er stellte sich vor, daran noch ein wenig von Issys süßem Duft erschnuppern zu können. Er ging sicher, dass ihm dabei auch keiner zusah, und sog den Geruch dann mit geschlossenen Augen tief in sich ein.

Janet klopfte an.

»Er ist hier«, verkündete sie und führte Graeme dann mit ungewöhnlich frostiger Miene herein.

Der Immobilienentwickler bemerkte es gar nicht. Er wollte das alles nur möglichst rasch abhaken. Diese alberne lokale Mikrofinanzierung, kleine Banken und das Theater bei zeitraubenden, furchtbar verworrenen Darlehensangelegenheiten hasste er mehr als alles andere in seinem Job.

Gut. Also, er brauchte hier nur noch den Stempel für das Geld, musste dann Mr Boekhoorn anrufen und die Sache so schnell wie möglich hinter sich bringen. Und dann vielleicht mal Urlaub machen. Einen richtigen Männerurlaub, das war es, was er jetzt brauchte. Seine Kumpel hatten auf die Nachricht von seiner Trennung nicht mit den erwarteten Sympathiebekundungen reagiert. Tatsächlich schienen viele von ihnen inzwischen ernst zu machen und hockten traut mit der Freundin zu Hause rum. Egal, das war ihm schnuppe. Er wollte irgendwohin, wo es Cocktails und Bikinischönheiten gab, die einen Geschäftsmann zu respektieren wussten.

»Hey«, grüßte er und blickte Austin finster an, als er ihm die Hand schüttelte.

»Hi«, sagte Austin.

»Sollen wir es kurz machen?«, fragte Graeme. »Für die noch verbleibenden Objekte wurden bei Ihnen Anleihen aufgenommen, wir müssen diese Kredite zusammenlegen und eine Rate für das kombinierte Darlehen errechnen. Dann lassen Sie uns mal einen Blick auf die Sache werfen!«

Er überflog die Unterlagen rasch. Austin lehnte sich zurück und seufzte schwer. Also, dann mal los. Vermutlich würde diese Geschichte seine Karriere ruinieren, wenn seine Vorgesetzten je Wind davon bekamen. Eigentlich sollte es ihm doch egal sein, ob seine kleine Welt immer gewinnorientierter, vereinheitlichter und spießiger wurde. Aber es störte ihn. So war es einfach. Er fand es gut, dass Darny so viele verschiedene Freunde hatte, und nicht nur solche, die Felix hießen. Es gefiel ihm, dass er jederzeit Cupcakes – oder Falafel oder Hummus oder Mithai oder Bagels – kaufen konnte, wenn ihm danach war. Er mochte die Mischung aus Wasserpfeifen-Cafés, Läden mit afrikanischen Haarprodukten, Holzspielzeug-Imperien und Dieselgestank, die für diese Gegend typisch war. Er wollte nicht, dass sie von Langweilern, schnellem Geld und den Graemes dieser Welt übernommen wurde.

Und außerdem war da noch etwas, das er nicht aus dem Kopf bekam: Issys Gesicht, das im Schein der Lichterkette leuchtete und glücklich strahlte. Es hatte ihn wirklich mitgenommen, als er sie für eine von diesen selbstsüchtigen, gierigen Immobilientypen gehalten hatte. Jetzt wusste er hingegen, dass sie genauso empfand wie er und an die gleichen Dinge glaubte … Aber als ihm nun langsam klar wurde, dass er nichts lieber täte, als bei ihr Geschäftliches und Privates zu vermischen, da war es längst zu spät.

Ah, scheiß drauf, dachte Austin bei sich. Eine Sache konnte er doch für sie tun. Er lehnte sich über den Schreibtisch.

»Es tut mir leid, Mr Denton«, erklärte er und versuchte, nicht allzu schwülstig zu klingen. »Unser Leitfaden für Finanzgeschäfte sieht vor, dass hier auch das Wohl der Gemeinschaft berücksichtigt werden muss« (was durchaus stimmte, auch wenn da noch nie jemand reingeschaut hatte), »und ich fürchte, Ihr Entwurf ist mit diesen Richtlinien nicht zu vereinbaren. Leider können wir die Darlehen daher nicht bündeln.«

»Aber man hat uns das Vorhaben doch schon genehmigt«, knurrte Graeme. »Also liegt für diese Gegend wohl doch ein Nutzen darin.«

»Die Bank sieht das nicht so«, behauptete Austin und drückte insgeheim die Daumen, dass die Bank niemals von dieser abgelehnten soliden Investition erfahren würde. »Es tut uns leid. Wir werden die Darlehen so aufrechterhalten wie bisher.«

Graeme starrte ihn lange an.

»Was zum Teufel soll das?«, brach es schließlich aus ihm heraus. »Wollen Sie mich fertigmachen? Sind Sie scharf auf meine Freundin, oder was?«

Austin versuchte so auszusehen, als ob er von dieser völlig verrückten Idee gerade zum ersten Mal hörte.

»Ganz und gar nicht«, sagte er, als wäre er ob dieser Anschuldigung furchtbar gekränkt. »So entspricht es der Politik unseres Institutes, das ist alles. Es tut mir leid, aber das müssen Sie doch verstehen. Beim aktuellen finanziellen Klima ...«

Graeme lehnte sich zu ihm vor. »Erzählen. Sie«, verkündete er ganz, ganz langsam, »Mir. Nichts. Über. Das aktuelle finanzielle Klima.«

»Natürlich nicht, Sir«, antwortete Austin. Dann herrschte Stille. Der Bankberater wollte nicht als Erster das Wort ergreifen. Graeme reckte die Hände gen Himmel.

»Sie wollen mir damit also sagen, dass ich bei Ihnen kein Darlehen bekomme.«

»Das ist richtig, Sir.«

»Jetzt soll ich also, nur um Ihre blöden kleinen Kredite zu übernehmen und auseinanderzuklamüsern, die vermutlich mit total bescheuerten Konditionen verbunden sind und durch die so einiges Geld in dunklen Kanälen versickert ist, eine andere Bank mit ins Spiel bringen und der eine Kommission zahlen?«

»Jap.«

»Das ist doch Blödsinn. Völliger Schwachsinn!«

»Außerdem munkelt man, dass es doch noch Kritik an dem Vorhaben gibt. Möglicherweise in dem Maße, dass die Entscheidung noch revidiert wird.«

»Das können die nicht machen.«

»Das Bauamt kann tun und lassen, was es will.«

Mittlerweile war Graeme vor Wut rot angelaufen.

»Ich kriege das Geld, das wissen Sie doch ganz genau. Sie werden schon sehen. Und dann stehen Sie bei Ihren Vorgesetzten da wie ein Idiot.«

Was vermutlich ohnehin schon der Fall war, aber das machte Austin komischerweise gar nichts aus. Vielleicht war auch gar nicht so wichtig, was die Bosse dachten, schoss es ihm durch den Kopf. Von wem er das wohl hatte?

Graeme starrte Austin ein letztes Mal an, bevor er sich schließlich zum Gehen anschickte.

»Sie werden bei ihr nie eine Chance haben«, höhnte er. »Sie sind nicht ihr Typ!«

Na, Sie ja wohl auch nicht, dachte Austin nachsichtig, als er die Unterlagen im Papierkorb entsorgte. Dennoch spürte er, wie sich sein Herz traurig zusammenzog.

Dafür war jetzt aber keine Zeit. Er griff nach dem Telefon und rief die Nummer an, die vor ihm auf dem Schreibtisch lag. Sobald er verbunden war, legte er seine Entscheidung dar. Am anderen Ende der Leitung hagelte es Flüche. Dann herrschte kurz Schweigen, ein Seufzen war zu vernehmen, und schließlich wurde in den Hörer geblafft, dass er fünfzehn Minuten Zeit hatte, um sich mal am Riemen zu reißen, und dann wieder vernünftige Geschäfte anstanden.

Jetzt musste er nur noch ein weiteres Telefonat hinter sich bringen. Er benutzte das Banktelefon, um Issy auf dem Handy anzurufen. Jetzt musste sie ja wohl drangehen. Er drückte die Daumen.

Mit klopfendem Herzen tippte er die Nummer ein … eine Nummer, die er, wie er jetzt feststellen musste, doch tatsächlich auswendig konnte. Was war er bloß für ein Idiot! Issy ging direkt ran.

»Hallo?«, sagte sie. Ihre Stimme hörte sich unsicher und nervös an.

»Issy!«, rief Austin, aber er klang ein wenig erstickt. »Äh, leg jetzt bitte nicht gleich auf. Hör mal, ich weiß, dass du sauer bist und denkst, dass ich es ziemlich verbockt habe, aber ich glaube … ich glaube, ich kann da noch was drehen. Ich meine jetzt nicht bei dir, sondern für das Café. Aber ich denke … ahhh, ich hab für so was jetzt keine Zeit. Hör zu, du musst dich einfach sofort draußen an die Straße stellen.«

»Aber ich kann jetzt nicht«, antwortete Issy panisch.

Sie hatte den alten Mann im Bett kaum wiedererkannt, er war nur noch ein Schatten seiner selbst. Ihr geliebter Großvater mit den riesigen Händen, die so kraftvoll waren, wenn sie einen Teigbatzen drückten und kneteten und rollten, so behutsam, wenn sie eine Zuckerrose formten, und so geschickt, wenn sie einen langen Battenburg-Kuchen schnitten. Er hatte ihr Vater und Mutter ersetzt, war immer für sie da gewesen, wenn sie ihn brauchte, ihr Fels in der Brandung.

Doch jetzt, am absoluten Tiefpunkt, war er machtlos. Er lag mit weit aufgerissenen Augen im Bett, während sie ihm ihre Geschichte erzählte, und auf einmal überkam Issy ein quälendes Gefühl der Schuld, als er versuchte, sich aufzurichten.

»Nein, Gramps, nicht«, bat sie verzweifelt. »Bitte. Bleib doch bitte liegen. Es ist alles in Ordnung.«

»Du schaffst das schon, mein Schatz«, sagte Gramps, aber er atmete keuchend und stoßweise, seine Augen waren wässrig und blutunterlaufen, und sein Gesicht nahm plötzlich eine furchtbar gräuliche Farbe an.

»Bitte, Gramps.« Issy läutete nach der Schwester, klammerte sich mit aller Macht an ihren Großvater und versuchte ihn zu beruhigen. Als Keavie hereinkam und einen Blick auf den Patienten warf, drückte ihre sonst so geruhsame Miene mit einem Mal Besorgnis aus. Die Pflegerin rief augenblicklich nach Verstärkung, und es eilten zwei Männer mit einer Sauerstoffflasche herbei, die versuchten, Joe die Atemmaske überzustreifen.

»Es tut mir so leid, es tut mir so leid«, stammelte Issy, als sie ohne ihre Hilfe weitermachten. In diesem Moment klingelte ihr Handy, und Keavie scheuchte sie aus dem Raum, während sie verzweifelt versuchten, ihren Großvater zu stabilisieren.

Nachdem Austin aufgelegt hatte, eilte Issy zurück ins Zimmer. Verzweiflung nagte an ihr, aber Gramps war bei Bewusstsein, er trug jetzt die Maske und atmete schon viel ruhiger.

»Es tut mir so leid«, stieß Issy hastig hervor. »So, so leid!«

»Na, na«, beruhigte sie Keavie. »Das lag ja nicht an Ihnen. So etwas ist jetzt schon öfter passiert.«

Sie fasste Issy am Arm und zog sie zu sich heran, bis sie Auge in Auge dastanden.

»Eines sollte Ihnen klar sein, Issy«, erklärte sie mit freundlicher, aber energischer Stimme. Issy kannte diesen Tonfall, sie hatte ihn bei Helena gehört, wenn ihre Freundin jemandem schlechte Nachrichten überbringen musste. »Das ist ganz normal und gehört eben zum Lauf der Dinge.«

Issy unterdrückte ein Schluchzen, ging dann zu Gramps hinüber und griff nach seiner Hand. Er bekam langsam wieder etwas Farbe und konnte die Sauerstoffmaske abnehmen.

»Wer hat denn da angerufen? War das deine Mutter?«

»Äh, nein«, murmelte Issy. »Das ... das war die Bank. Sie scheinen einen Weg gefunden zu haben, das Café zu retten, aber das musste gleich erledigt werden, und inzwischen ist es bestimmt schon zu spät ...«

Issy spürte, wie ihr Großvater ihr nun ganz fest die Hand drückte.

»Dann los!«, befahl er streng. »Du gehst jetzt da raus und eroberst dein Café zurück! Sofort! Und das meine ich ernst, Isabel! Zieh los und kämpf für dein Unternehmen!«

»Ich lasse dich hier nicht allein«, sagte Issy.

»Und ob du das tust«, knurrte Grampa Joe. »Keavie, sagen Sie es ihr!«

Dann ließ er ihre Hand los und drehte sich zur Wand um.

»Jetzt geh!«

»Können Sie Ihr Café wirklich retten?«, fragte Keavie. »Und all die tollen Kuchen?«

Issy zuckte mit den Achseln. »Ich weiß nicht. Wahrscheinlich ist es schon zu spät.«

»Dann auf!«, rief Keavie. »Los mit Ihnen!«

Issy rannte die Straße in Richtung Bahnhof entlang, und einmal, ein einziges Mal, waren die Welt und das Londoner Transportsystem auf ihrer Seite: Ein Zug, der sie an der Blackhorse Road absetzen würde, stand gerade am Gleis. Sie sprang hinein und rief Austin an.

»Ich zögere die Sache noch hinaus«, versprach Austin fest entschlossen. Er wollte nicht durchblicken lassen, was für ein Risiko er damit auf sich nahm. »Mach, so schnell du kannst.«

»Das tu ich ja schon.«

»Wie … wie steht es um deinen Großvater?«

»Also, es geht ihm schon wieder gut genug, um auf mich sauer zu sein«, erklärte Issy.

»Das ist doch was«, meinte Austin.

»Wir fahren gerade in die Station ein.«

»Lauf wie der Wind! Und egal, was er dir anbietet, schlag ein! Ein Jahr, zwei Jahre, egal!«

Issy rannte sogar schneller als die neuen, glänzenden Doppeldecker, die sich die Albion Road entlangschoben. Auf einem der Busse entdeckte Issy oben Linda. Sie winkte, und ihre Freundin von der Bushaltestellte winkte fröhlich zurück. Dann kam direkt vor Issy ein riesiges schwarzes Auto zum Stehen. Sie starrte den Wagen an. War es das, was Austin gemeint hatte? Durch die verdunkelten Scheiben konnte man nichts erkennen, aber dann wurde das hintere Fenster langsam hinuntergelassen. Issy beugte sich vor und blinzelte ins grelle Sonnenlicht.

»Hey, Sie! Kuchenmädel! Ich könnte jetzt gut etwas Süßes vertragen!«, erklang eine ruppige Stimme. Automatisch reichte Issy Mr Barstow die zuckerbestäubten Blütenhonigküchlein, die sie dabeihatte. Er griff mit seinen fetten Wurstfingern danach, und ein paar Sekunden lang waren nur Kaugeräusche zu hören. Dann sah er durch die große Sonnenbrille zu ihr hinaus.

»Ich hab gehört, dass die Entwickler Probleme mit der Finanzierung haben«, knurrte er. »Also, mit so was will ich mich nicht rumschlagen. Dann kriege ich mein Geld lieber von Ihnen. Hier. Unterschreiben Sie.«

Er reichte ihr einen Vertrag. Die Miete war jetzt zwar höher – aber weiterhin bezahlbar. Und er hatte ihr die Vertragslaufzeit verlängert – nämlich auf achtzehn Monate. Achtzehn Monate! Ihr Herz machte einen Satz. Damit würde das Lokal zwar immer noch nicht ihr gehören, aber sie hatte auf jeden Fall Zeit gewonnen, um sich endgültig zu etablieren. Und wenn es gut lief … dann konnte sie sich am Ende dieser achtzehn Monate vielleicht sogar nach etwas Größerem umsehen. Außer …

»Warten Sie hier«, bat sie, rannte dann mit fliegenden Rockschößen über den Hof und trommelte an die Tür des Eisenwarenhändlers. Sie zerrte den Mann zum Auto hinüber.

»Er auch«, verlangte sie und schob ihn vor. »Ich unterschreibe für ihn mit. Oder er kann für mich unterschreiben.«

Mr Barstow seufzte und zündete sich eine Zigarette an.

»Ich kann nicht hierbleiben«, protestierte Chester. »Meine Zeit hier ist abgelaufen.«

»Nein«, widersprach Issy. »Begreifen Sie denn nicht? Ich könnte auch noch den Eisenwarenladen übernehmen. Hören Sie, wir brauchen Platz, um das Geschäft zu erweitern.« Sie deutete hinüber zum Cupcake Café, vor dem sich im warmen Innenhof eine Schlange hungriger, lachender Kunden drängte, die sich einen Vorrat an Issys süßen Leckereien zulegen wollten, falls das Café wirklich zumachen musste.

»Ich hab bereits vier weitere Buchungen für Kindergeburtstage. Und ich könnte auch viel mehr Aufträge für spezielle Geschenke annehmen, wenn ich mehr Platz hätte. Wenn wir beide Lokale übernehmen …«, sie sprach jetzt leiser, »dann brauchen wir hier wahrscheinlich auch einen Nachtwächter. Da wir ja kein Sicherheitstor haben. Jemanden, der das Gelände außerhalb der Öffnungszeiten im Auge behält. Natürlich wäre das nicht besonders gut bezahlt …«

Chester setzte eifrig seinen Namen unter das Papier. Zehn Sekunden später standen sie auf dem Bürgersteig, sahen zu, wie der schnittige schwarze Wagen sich in den immer dichteren Verkehr einfädelte, und starrten einander dann ungläubig an.

»Kein Verstecken mehr«, verkündete Issy. »Na, wie ist das?«

»Ihr Großvater hatte recht, was Sie angeht«, bemerkte der alte Herr.

»Yeah!«, quiekte Issy plötzlich, als ihr klar wurde, was das gerade bedeutet hatte. Sie rannte ins Café. »Pearl! Wir sind gerettet! Wir sind gerettet!«

Ihre Angestellte riss die Augen auf. »Was soll das heißen?«

Issy schwenkte die Papiere. »Man hat uns den Vertrag verlängert! Graeme hat sein Darlehen nicht bekommen!«

Mit offenem Mund hielt Pearl inne.

»Du machst Witze.«

Issy schüttelte den Kopf. »Achtzehn Monate. Wir haben achtzehn Monate.«

Es war für Pearl nicht einfach gewesen, vor Issy zu verbergen, wie viel diese Arbeit ihr bedeutete. Wie schwierig es geworden wäre, jetzt etwas anderes zu finden, wie schrecklich sie es gefunden hätte, Louis aus dem Kindergarten zu nehmen, in dem er so glücklich war – und sogar beliebt, wie sie widerwillig zugeben musste. Sorge und Anspannung hatten sich so lange in ihr aufgestaut, dass sie jetzt einfach auf den Hocker hinter der Theke sank und in Tränen ausbrach.

»Und«, verkündete Issy, »wir werden das Geschäft erweitern! Wir übernehmen den Eisenwarenladen, und du leitest darin die Filiale für den Catering- und Geschenkservice! Herzlichen Glückwunsch zur Beförderung!«

Pearl wischte sich mit einem rot-weiß gestreiften Trockentuch über die Augen.

»Ich kann nicht fassen, wie wichtig mir dieser blöde Job ist«, murmelte sie kopfschüttelnd. Issy warf einen Blick auf die etwas verwirrt dreinblickenden Kunden. Caroline trat einen Schritt vor.

»Ich wusste, dass du es schaffen würdest«, sagte sie. »Und ich kann bleiben! Ich kann bleiben! Himmel, ich wüsste auch wirklich nicht, wie ich mit nur drei Schlafzimmern klarkommen sollte. Gott sei Dank!«

Die drei Frauen umarmten einander. Endlich sah Issy auf.

»Entschuldigt, alle miteinander«, rief sie. »Wir hatten befürchtet, hier vielleicht zumachen zu müssen. Gerade kam aber die Nachricht, dass dem nicht so ist.«

Auf allen Gesichtern in der langen Schlange lag ein seliges Lächeln.

»Also, das heißt dann wohl … und das wollte ich immer schon mal sagen …«, erklärte Issy, Caroline und Pearl im Arm, und holte tief Luft: »Cupcakes für alle! Die Runde geht aufs Haus!«

Das hat sich ja fast gelohnt, dachte Austin, wenn auch wegen Janets bewunderndem Blick. Beinahe.

»Den habe ich erst mal abgewimmelt«, erklärte er. »Aber das ist natürlich nicht von Dauer. Er wird die Darlehen einfach woanders zusammenlegen lassen und dann mit neuer Energie zurückkehren. So läuft das mit solchen Kakerlaken.«

»Da haben Sie ein gutes Werk getan«, meinte Janet. Sie runzelte die Stirn. »Überlassen Sie den Papierkram ruhig mir, ich werde versuchen, die Sache bei den Chefs hinzubiegen. Und jetzt ziehen Sie lieber los und machen fünfhundert richtig tolle Investitionen, um die da oben abzulenken.«

»Heute nicht mehr«, winkte Austin ab. »Ich platze nämlich vor Adrenalin und Männlichkeit. Ich hole in der Mittagspause lieber Darny von der Schule ab. Dann können wir im Park zusammen rumgrölen.«

»Soll ich das auch Ihrem Zwölf-Uhr-Termin mitteilen?«, fragte Janet liebevoll.

»Ja, bitte.«

Einerseits hatte es ihn gewundert, dass Issy nicht zurückgerufen hatte, aber dann vielleicht auch wieder nicht. Sie hatte gerade eine Beziehung hinter sich, ihr Geschäft war nur knapp der Schließung entronnen, und jetzt feierte sie das wahrscheinlich im Café oder versuchte erst mal, sich über das alles klar zu werden, oder … na ja, sie hatte ja ohnehin deutlich zum Ausdruck gebracht, dass sie mit ihm nichts mehr zu tun haben wollte. Also, egal. Wie auch immer. Er kaufte an der Ecke Sandwiches und Pommes und ging zur Schule hinüber, um seinen Jungen abzuholen.

Das strahlende Gesicht eines Zehnjährigen, der von seinem großen Bruder mit einem Mittagessen im Park überrascht wird, machte dann doch wieder alles wett, dachte er, all den Ärger, das Geschrei, die tägliche Überzeugungsarbeit und die Einschränkungen, was seine sozialen und sexuellen Aktivitäten anging. Darnys Grinsen reichte von einem Ohr zum anderen.

»Auussstttiiinnnn!«

»Dann wollen wir mal, Kumpel. Übrigens ist dein großer Bruder ein richtiger Superheld.«

»Einer von den Guten?«

»Und ob!«

»Mr Tyler, hätten Sie vielleicht einen Moment Zeit für mich?«, fragte die Rektorin, als sie schon auf dem Weg nach draußen waren.

»Jetzt gerade nicht«, wimmelte Austin sie ab. »Nachher vielleicht.«

Kirsty sah ihm nach, als er die Schule verließ. Eigentlich hatte sie bei seinem Anblick beschlossen, sich endlich ein Herz zu fassen und ihn um ein Date zu bitten. Aber er wirkte so gereizt und abwesend, dass sie das wohl besser auf später verschob.

»Nach der Mittagspause?«, fragte sie.

»Sicher«, nickte Austin, dem zum ersten Mal auffiel, dass Kirsty für eine Lehrerin gar nicht so schlecht aussah. Vielleicht war es ja langsam an der Zeit, sich nach einer netten Frau umzusehen, die ihn mochte und nicht auf absolute Idioten stand. Die, die er wirklich wollte, die konnte er nicht haben. Also war es möglicherweise an der Zeit, sich neuen Ufern zuzuwenden. Vielleicht bald.

»Aber jetzt gehen wir erst mal Löwen jagen. Wir werden sie mitten ins Herz treffen, dann reißen wir ihnen das Herz raus, dann rösten wir das Herz am Feuer, und dann verspeisen wir das …«

»Raus mit dir, Darny. Raus!« Kirsty sah zu, wie sie den Schulhof überquerten.

Draußen im warmen Sonnenschein zog Austin sein Jackett aus und löste die ohnehin schon locker sitzende Krawatte. Es war ein wunderschöner Tag. Im Clisson Park reihten sich die Eiswagen wie Wachposten rund um die Eingangstore, und die Sonne schien munteren Familien, sich bräunenden Büroangestellten und glücklichen Rentnern auf den Pelz. Darny und Austin ließen sich einfach vom Menschenstrom vor den Toren mitreißen. Als sie den Eingang fast erreicht hatten, hörte Austin plötzlich, wie jemand seinen Namen rief.

»Austin! Austin!«

Er drehte sich um. Es war Issy, die mit leuchtenden Wangen und einer großen Schachtel auf sie zugerannt kam.

»Du bist ja ganz rot«, sagte Austin.

Issy schloss die Augen. Das war eine blöde Idee gewesen. Und natürlich brannte ihr Gesicht schon wieder. Wahrscheinlich war sie auch völlig verschwitzt. Das war wirklich ungerecht. Sie folgte ihnen in den Park. Darny war augenblicklich zu ihr rübergekommen und hatte nach ihrer Hand gegriffen. Die hatte sie fest gedrückt, sie konnte nämlich jeden Beistand brauchen.

»Find ich gut«, fuhr Austin fort. »Rot steht dir.«

Für diesen blöden Kommentar hätte er sich am liebsten in den Hintern gebissen. Einen Moment lang starrten sie einander an. Nervös richtete der Bankangestellte seine Aufmerksamkeit auf die Schachtel. »Sind die für mich? Denn du weißt ja, dass ich keine …«

»Jetzt hör schon auf«, knurrte Issy. »Ich möchte mich damit doch nur bedanken. Danke. Vielen Dank. Ich kann … egal, die sind sowieso nicht für dich, sondern für Darny. Weil die nämlich nichts geworden sind, die sehen ganz furchtbar aus und …«

Ohne auch nur darüber nachzudenken oder hinzusehen, riss Austin ihr die Schachtel aus der Hand und schleuderte sie mit aller Kraft fort. Sie flog in hohem Bogen davon und landete in einem Grüppchen Bäume ganz in der Nähe. Vor dem Blau des Himmels und dem Grün der Kronen hatte man die rosa Schleife besonders gut flattern sehen, der Karton war dabei aber nicht kaputt gegangen.

»Darny«, stieß Austin hervor. »Das waren jede Menge Cupcakes. Wenn du sie findest, gehören sie dir!«

Der Junge schoss wie von der Tarantel gestochen davon.

Fassungslos blickte Issy ihren Bankberater an: »Das waren meine Cupcakes! Und zwar mit einer Nachricht darauf!«

Hastig griff Austin nach ihrer Hand. Er hatte plötzlich das Gefühl, dass ihm nicht viel Zeit blieb.

»Du kannst doch noch andere Küchlein backen. Aber wenn du mir etwas sagen willst, Issy … dann verrat mir doch bitte, bitte, was es war.«

Issy spürte den warmen Händedruck und bemerkte, dass sie in sein starkes, attraktives Gesicht starrte. Und plötzlich, ganz plötzlich, vielleicht zum ersten Mal in ihrem Leben, war sie gar nicht mehr nervös. Völlig unverhofft war sie jetzt ruhig und gelassen. Es scherte sie überhaupt nicht, was ihm wohl durch den Kopf ging, wie sie aussah, ob sie das Richtige tat und was die anderen Leute wohl dachten. Jetzt war sie sich nur noch einer einzigen Sache bewusst, nämlich ihres gegenwärtigen, absoluten Verlangens, von diesem Mann in die Arme geschlossen zu werden. Sie atmete einmal tief durch und machte dann die Augen zu, während Austin ihr Kinn anhob, und dann gab sie sich voll und ganz seinem heißen und perfekten Kuss hin, mitten im belebten Park, mitten an einem geschäftigen Tag, mitten in einer der hektischsten Städte der Welt.

»Iss Mück?«, ertönte aus weiter Ferne eine verdrießliche Stimme. »Warum sollte ich denn eine Mücke essen? Was soll das heißen?«

Widerwillig und mehr als nur ein wenig errötet und verschwitzt fuhren Austin und Issy auseinander. Ein verwirrt aussehender Darny stand vor ihnen.

»Das steht doch auf deinen Cupcakes.«

Er hielt die ramponierte und verbeulte Schachtel mit den Überresten von sieben Küchlein in der Hand, eines fehlte nämlich. Mit den verbliebenen hatte er die Nachricht I-S-S-M-Ü-C-K gelegt.

»War es das, was du mir sagen wolltest?«, fragte Austin.

»Öh, nicht so ganz«, murmelte Issy völlig benommen. So schwindelig, wie ihr war, hatte sie Angst, womöglich noch in Ohnmacht zu fallen.

»Okay«, grinste Austin breit. »Okay, Darny. Wir futtern jetzt erst mal was, dann fünf Minuten Löwenjagd, und dann haben Issy und ich noch etwas Geschäftliches zu besprechen, in Ordnung?«

»Isst du mit uns?«, fragte Darny, bevor er davonsauste, um ein paar Tauben aufzuscheuchen. »Cool!«

Die beiden Erwachsenen standen da und sahen ihm lächelnd nach.

»Wow«, hauchte Issy.

»Oh, danke«, murmelte Austin verlegen. Dann sah er sie wieder an. »Mein Gott«, sagte er hastig, »komm her! Ich habe das Gefühl, als hätte ich ewig auf dich gewartet.«

Er küsste sie heftig und starrte sie dann so intensiv an, dass sie glaubte, ihr müsse das Herz in der Brust zerspringen.

»Bitte«, bat er innig, »bleib bitte so, wie du bist.«

Kapitel 19

Simnel Cake

6 oz (170 g) Butter
6 oz (170 g) weicher brauner Zucker
3 Eier, verquirlt
6 oz (170 g) Mehl
eine Prise Salz
1 TL Ground-Mixed-Spice-Gewürzmischung (optional)
12 oz (340 g) gemischte Rosinen, Korinthen und Sultaninen
2 oz (60 g) kandierte Zitrusfrüchteschalen, gehackt
die abgeriebene Schale einer Zitrone
1–2 EL Aprikosenmarmelade
1 verquirltes Ei zum Bestreichen

Besorg dir im Feinkostladen Mandelpaste. Die kann man zwar auch selbst herstellen, aber wir sind ja nicht verrückt.

Die Paste eine Minute lang kneten, bis sie weich und formbar ist. Sie zu einem Kreis mit 18 cm Durchmesser ausrollen.

Den Ofen auf 140°C/Gas Stufe 1 vorheizen. Eine runde Backform mit 18 cm Durchmesser fetten und mit Backpapier auslegen.

Für den Kuchen die Butter und den Zucker zusammen schaumig rühren. Die Eier einzeln einarbeiten und dann nach und nach Mehl, Salz und die Gewürzmischung (falls verwendet) untersieben. Zum Schluss das Trockenobst, die kandierten Schalen und die frische Zitronenzeste unter die Mischung rühren.

Die Hälfte des Teiges in die vorbereitete Backform geben, die Oberfläche glatt streichen und den Deckel aus Mandelpaste darauflegen. Die andere Hälfte daraufgießen und wieder die Oberfläche glätten. In der Mitte sollte der Teig eine kleine Vertiefung haben, da der Kuchen noch aufgeht. Etwa 105 Minuten im vorgeheizten Ofen backen, bis ein Zahnstocher sauber herauskommt. Den Kuchen nach dem Backen sofort aus dem Ofen holen, ihn zum Abkühlen auf ein Drahtgitter stellen und zum Schluss mit einer weiteren dünnen Schicht Mandelpaste bedecken.

»Es geht leider mit ihm bergab«, flüsterte die Schwester. Als ob Issy das nicht selbst wüsste – sie hatte keine Briefe mehr bekommen, keine Rezepte. Schon seit Wochen nicht mehr.

»Das ist schon in Ordnung«, schnaufte Issy, obwohl es das überhaupt nicht war, verdammt noch mal. Es war einfach nicht fair. Ihr Großvater hatte so ein langes Leben hinter sich, er war einfach alles für sie, und er hatte es doch wohl verdient, sie endlich glücklich zu sehen.

Der Raum war still, bis auf die Maschinen, die in der Ecke vor sich hinsummten. Grampa Joe kam ihr noch magerer vor, wenn das überhaupt möglich war. Jetzt war so wenig von ihm übrig, nur noch eine dünne Hautschicht über dem bleichen, haarlosen Skelett. Austin wäre natürlich gerne mitgekommen. Während einer ihrer langen weinseligen Abende, an denen sie Erfahrungen austauschten und schier endlose Unterhaltungen führten, hatte er ihr von seiner Mutter und seinem Vater erzählt und von dem Unfall, der mit seinem einfachen, faulen Studentenleben Schluss gemacht, ihn in den Erziehungsberechtigten eines arroganten, aber unglaublich liebenswerten Vierjährigen verwandelt und ihn zu Anzug und Schlips verdammt hatte, bevor er dafür wirklich bereit war.

Sie musste sich sehr zusammenreißen, um ihm noch nicht ihre Liebe zu gestehen. Je besser sie ihn kannte, desto mehr war sich Issy über ihre Gefühle im Klaren, aber … na ja, noch war sie nicht bereit, das große Wort auszusprechen. Denn dafür war es ja viel zu früh. Aber neben ihm sah einfach jeder andere Mann, den sie je kennengelernt hatte, ganz schön alt aus. Die ganze Truppe. Und jetzt war sie so sicher, dass sie es am liebsten laut verkündet, es in alle Welt hinausposaunt hätte, aber noch den richtigen Zeitpunkt abwartete. Jetzt war sie nicht einmal mehr sicher, ob ihr noch Zeit blieb.

»Gramps«, flüsterte Issy. »Gramps! Ich bin's! Isabel.«

Nichts.

»Ich hab Kuchen mitgebracht!« Sie knisterte mit der Alufolie. Dieses Mal hatte sie nicht ihren Lieblingskuchen dabei, sondern seinen, den harten, flachen Simnel Cake, den vor vielen, vielen Jahren seine eigene Mutter in seiner Kindheit für ihn gebacken hatte.

Sie umarmte Gramps und sprach mit ihm, erzählte ihm all ihre wunderbaren Neuigkeiten, aber er reagierte nicht auf ihre Stimme oder die Berührung oder darauf, dass sie im Raum auf und ab ging. Er atmete noch, so schien es, aber nur noch sehr flach.

Keavie legte ihr die Hand auf den Arm. »Ich denke nicht, dass es jetzt noch lange dauern wird.«

»Ich wollte … das klingt jetzt vielleicht albern, aber ich wollte so gerne, dass er meinen neuen Freund kennenlernt«, erklärte Issy. »Ich denke, er hätte ihn gemocht.«

Die Krankenschwester lachte.

»Komisch, dass Sie das sagen«, antwortete sie, »aber ich hätte ihm meinen neuen Freund auch gern vorgestellt. Er hätte uns sicher seinen Segen gegeben.«

»Wie ist er denn so?«, fragte Issy.

»Also, er ist stark … und ein guter Mensch. Er ist kein

Schlappschwanz … der lässt sich von niemandem herumschubsen. Und er ist witzig und echt heiß und wow, er ist einfach unglaublich, und wenn er mich anruft und ich seinen Namen auf dem Display sehe, dann denke ich jedes Mal, dass ich mir gleich vor Aufregung in die Hosen mache«, plapperte die Schwester los. »Oh, sorry. Tut mir leid, das war jetzt nicht sehr passend.«

»Ach, wieso?«, sagte Issy. »Schließlich hab ich endlich, endlich jemanden gefunden, bei dem es mir genauso geht.«

Die beiden Frauen lächelten einander an.

»Das war die Warterei doch wert, oder?«, fragte Keavie.

Issy biss sich auf die Lippe. »O ja«, nickte sie.

Die Schwester sah zu Grampa Joe hinüber.

»Ich bin sicher, er weiß es … Erzählen Sie ihm besser nicht, dass meiner Metzger ist.«

»Was soll ich denn sagen!«, rief Issy, »meiner ist Bankberater.«

»Das ist ja noch schlimmer«, grinste die Schwester und eilte davon, weil ihr Piepser losging.

Issy zupfte an den Blumen herum, die sie mitgebracht hatte, und setzte sich dann wieder hin. Sie wusste nicht, was sie tun sollte. Plötzlich öffnete sich knarrend die Tür. Issy sah auf. Vor ihr stand eine Frau, die ihr so unglaublich vertraut und dennoch fast eine Fremde war. Sie hatte wallendes graues Haar, was oft komisch aussehen konnte, bei ihr aber ein wenig an Joni Mitchell erinnerte, und sie war in einen langen Mantel gehüllt. Ihre Miene war gelassen, aber Issy bemerkte die tiefen Falten in ihrem Gesicht, Furchen, die von Sonne und langen, harten Tagen Zeugnis ablegten. Dennoch war es ein freundliches Gesicht.

»Mum«, sagte Issy so sanft, dass es beinahe wie ein Seufzer klang.

Dann saßen die drei beisammen und sagten fast kein Wort. Issys Mutter hielt Joes Hand und beteuerte immer wieder, wie sehr sie ihn doch geliebt hatte und wie leid ihr das alles tat. Issy sagte ihr ganz ehrlich, dass sie sich nicht zu grämen brauchte, denn immerhin war am Ende doch alles gut geworden, und daraufhin spürten Mutter und Tochter, wie Joe ihnen die Hand drückte. Issy schnürte es jedes Mal die Kehle zu, wenn sein nächster Atemzug quälend lange auf sich warten ließ.

»Was ist das?«, fragte ihre Mutter leise und griff nach der Tüte mit dem schlichten, flachen Kuchen. Sie steckte die Nase hinein.

»Oh, Issy«, seufzte sie, »den hat meine Großmutter für mich gebacken, als ich klein war. Der roch auch so. Genau so! Dein Großvater hat diesen Kuchen geliebt, davon hat er immer jede Menge verdrückt. Der war sein absolutes Leibgericht.«

Issy war das klar, aber sie hätte nicht gedacht, dass ihre Mutter es auch wusste.

»O Gott, das weckt vielleicht Erinnerungen.«

Marian schluchzte jetzt vor sich hin, und die Tränen rannen ihr über die Wangen. Sie stand auf und setzte sich aufs Bett, dann öffnete sie den Beutel und hielt ihn Joe vor die Nase, sodass er das würzige Aroma einatmen konnte. Issy hatte mal irgendwo gehört, dass der Geruchssinn noch gut funktionierte, selbst wenn der Rest der Wahrnehmung versagte. Über Düfte gelangte man mitten ins Herz des Bewusstseins, sie waren eine Verbindung zu Gefühlen, zur Kindheit und Erinnerung. Aber wie viel war von ihrem Gramps noch übrig?

Beide Frauen hörten ihn tief und keuchend einatmen. Dann ging plötzlich ein Ruck durch seinen Körper, und er riss die Augen auf. Über der schwachen, wässrigen Pupille lag ein Film. Joe atmete noch einmal ein, roch am Kuchen, und wieder, tiefer, so als versuchte er, seine Essenz in sich aufzusaugen. Er blinzelte ein paar Mal und bemühte sich erfolglos, irgendetwas zu erkennen. Und plötzlich sah er dann doch etwas – er starrte auf irgendetwas direkt vor ihm, das Issy nicht sehen konnte.

»Da ist sie ja«, sagte er in sanftem, kindlichem, erstauntem Tonfall. »Da ist sie!« Dann legte sich ein leises Lächeln auf seine Züge, er schloss wieder die Augen, und sie begriffen, dass er für immer gegangen war.

Epilog

Februar

»Ich hätte nie gedacht, dass dein Busen noch größer werden könnte«, sagte Pearl zu Helena. »Wenn du neben dem Fenster stehst, versperrst du allen die Sicht. Der ist ja noch größer als meiner.«

Das bleiche Nachmittagslicht fiel durch die Scheiben ins Cupcake Café hinein – als es im Herbst kalt und windig geworden war, hatten sie die Markise eingerollt – und legte sich über die Tische und die Etageren mit Baby-Cupcakes in rosa und blau, über Einschlagpapier, Karten und Geschenke, die den ganzen Boden übersäten. Helena thronte auf dem Sofa, ein riesiges, majestätisches Schiff mit geblähten Segeln. In ihrem engen blauen Kleid trug sie schamlos einen riesigen Kugelbauch zur Schau, ihr prächtiger Busen erhob sich darüber, und ihre tizianrote Mähne ergoss sich über ihre Schultern. Ashok, der neben ihr winzig wirkte, platzte fast vor Stolz. Issy fand, dass ihre Freundin nie schöner ausgesehen hatte.

Draußen tollte Ben mit Louis herum. Man konnte eben nicht alles haben, dachte Pearl. Aber wenn der Junge seinen Vater doch liebte … Ben war nicht immer da, aber wenn er kam, dann strahlte Louis und blühte auf, und sie würde nie, niemals irgendetwas tun, um dieses Glück zu stören. Sie würde sich auf keinen Fall zwischen die beiden stellen. Am Eingang des Gässchens entdeckte sie Doti. Sie sahen einander lange an und wandten dann den Blick ab.

Helena tätschelte sich wohlmeinend den Bauch.

»Mein Schatz, ich hab dich wirklich lieb«, sagte sie zu ihrem Baby, »aber du darfst jetzt langsam mal rauskommen. Ich kann nämlich nicht mehr aufstehen.«

»Das musst du doch auch gar nicht«, meinte Issy und eilte herbei. »Was brauchst du denn?«

»Ich muss aufs Klo«, erklärte Helena. »Mal wieder.«

»Oh. Okay. Dabei kann ich dir vermutlich nicht helfen.« Issy bot ihr trotzdem den Arm an, auf den Helena sich dankbar stützte.

Pearl ging mit frischen Cupcakes über den Hof. Sie hatten das neue Gebäude innerhalb kürzester Zeit als Laden eingerichtet, und jetzt rannten die Kunden Pearl dort die Bude ein. Unterstützt wurde sie von Felipe, dem Geiger, der sich in der Küche recht geschickt anstellte, wenn er nicht gerade im Hof auf seinem Instrument übte. Selbst Marian hatte am Wochenende häufig vorbeigeschaut, bevor das Fernweh zu stark geworden und sie abgereist war, um Brick wiederzusehen – aber nicht, bevor sie sich lange mit ihrer Tochter unterhalten hatte, und die ihr gezeigt hatte, wie man E-Mails schrieb.

Inzwischen hatte Issy für das Café zwei fröhliche junge Frauen aus Australien eingestellt, die mit Caroline problemlos den Laden schmissen, und die ganze Sache schien beinahe von selbst zu laufen. In letzter Zeit hatte Issy sich sogar öfter mal gefragt, ob sie nicht vielleicht irgendwo anders noch ein kleines Café eröffnen sollten … vielleicht in einem abgelegenen kleinen Winkel in Archway. Sie hatte sich die Idee schon häufiger durch den Kopf gehen lassen.

Des' Ehefrau Ems war eine verkniffene Person mit engen Röcken, die gerade Jamie dazu zu bringen versuchte, ans Sofa gelehnt alleine zu stehen, während sie Helena mit guten Ratschlägen überschüttete. Die Schwangere, die wohl schon öfter Babys im Arm gehalten als Ems warm zu Abend gegessen hatte (so wie sie aussah, hatte Ems abends noch nie warm gegessen), nickte unverbindlich. Louis stand zwischen Helenas Beinen und unterhielt sich im Flüsterton mit sich selbst, Helenas Bauch und einem kleinen Plastikdinosaurier, den er fest umklammerte.

»Ein netter Dino«, erklärte er. »Dieser Dino frisst keine Babys.«

»Ich will Babys fressen!«, rief der Dinosaurier.

»Nein«, schalt ihn Louis streng. »Böser Dino!«

Pearl warf ihm einen liebevollen Blick zu, als sie zur Tür hereinkam. Sie hatte es Issy eigentlich noch nicht erzählen wollen und fürchtete Carolines »Ich hab's dir ja gesagt«-Blicke, aber früher oder später würde es ja doch herauskommen.

»Also, ich, äh, ich hab gerade ein Schreiben abgeschickt«, verriet sie schließlich. »Es sieht so aus, als würden wir bald umziehen.«

»Wohin denn?«, fragte Issy begeistert.

Pearl zuckte mit den Achseln. »Na ja, als Managerin kann ich mir jetzt etwas anderes als eine Sozialwohnung leisten ... und wir dachten ... also, Ben und ich haben uns überlegt ...«

»Es ist also offiziell?«, bohrte Caroline triumphierend nach.

»Es ist, was es ist«, entgegnete Pearl widerwillig. »Es ist, was es ist.«

»Aber was denn?«, fragte Issy. »Was habt ihr vor?«

Caroline, die nach einer weiteren Nacht in den Armen des äußerst begabten jungen Handwerkers glühte – ihr Ex kochte, weil dieser Typ sie in seinem Wohnzimmer flachlegte und man sich in der Schule schon das Maul zerriss –, erriet es sofort.

»Ihr zieht hierher. Nein ... nein.« Sie legte sich die Hand an die Stirn wie eine Wahrsagerin. »Ihr zieht in die Dynevor Road. Oder zumindest in die Nähe.«

Pearl sah völlig entnervt aus. »Na ja«, murmelte sie. »Also ...«

»Was denn? Was ist bloß in der Dynevor Road?«, wollte Issy wissen, die langsam die Geduld verlor.

»Nur die William Patten, die beste Schule in Stoke Newington«, erklärte Caroline triumphierend. »Für einen Platz dort würden die meisten Mütter alles geben. Da gibt es eine Töpferei und ein Kunstzentrum.«

Caroline sah zu Louis hinüber, dessen Dinosaurier gerade liebevoll Helenas Bauch küsste.

»Er würde das Vorgespräch wohl mit Bravour meistern!«, überlegte sie.

»Aber das ist doch toll«, meinte Issy. »Was denn? Du verleugnest doch deine Wurzeln nicht, nur weil du dein Kind auf eine gute Schule schickst.«

»Nein«, murmelte Pearl wenig überzeugt. »Das Problem mit Louis ist nur, dass er, ihr wisst schon, eventuell hochbegabt ist und vielleicht besondere Förderung braucht, die er an anderen Schulen so nicht kriegt …«

Caroline legte ihr den Arm um die Schulter.

»Jetzt hör dich nur an«, jubilierte sie mit stolzgeschwellter Brust, »du klingst ja schon wie eine richtige Stoke-Newington-Mum.«

Helena winkte Issy heran.

»Ich kann leider nicht mehr auf Austin warten«, erklärte sie. »Der kommt ja wie immer zu spät. Vielen Dank für all die tollen Geschenke, wir sind wirklich begeistert, und danke, dass wir meine Babyparty hier abhalten durften, Issy.«

Mit einem Trockentuch in der Hand winkte ihre Freundin bescheiden ab.

»Wir haben für dich auch etwas. Zac hat ewig dafür gebraucht, weil er ja so viel zu tun hat.«

»Was ich nur dir zu verdanken habe«, meinte Zac und strich sich schüchtern über den zurzeit lindgrünen Irokesen. »Hier kommt also unser kleines Präsent.«

Issy trat einen Schritt vor, und Helena überreichte ihr ein großes flaches Päckchen. Sie öffnete es und schnappte nach Luft. Im altbekannten Cupcake-Café-Birnenbaum-Design lag ein Buch in hübschem Rosa vor ihr, auf dem einfach nur »Rezepte«

stand. Und im Inneren hatten sie Seite um Seite Gramps' Erbe zusammengetragen, alles, was er ihr auf Zetteln, maschinengeschriebenen Blättern und in Briefen geschrieben oder auf zerknitterten Umschlägen notiert hatte – zumindest alle kompletten Rezepte. Vor ihr lagen die Anweisungen für jeden einzelnen Cupcake ihres Repertoires, gesetzt und gedruckt und mit Zacs zauberhafter Blumenborte am Rand.

»Also musst du die losen Blätter jetzt nicht mehr in der Wohnung rumfliegen lassen«, bemerkte Helena fürsorglich und reichte ihr auch die Originale.

»Oh«, machte Issy, der vor Rührung die Worte fehlten. »Oh. Gramps wäre begeistert gewesen. Und ich bin's natürlich auch.«

Die Party ging noch lange weiter, und Austin tauchte mal wieder viel zu spät auf. Janet hatte Issy vorgewarnt und sie über all seine schlechten Eigenschaften aufgeklärt, das hielt sie für die Pflicht einer guten persönlichen Assistentin. Issy war es aber eher vorgekommen, als plaudere sie da mit ihrer hocherfreuten Schwiegermutter. Austin und sie hatten für Helena doch diese wunderschöne Babytrage besorgt, die sie ihr eigentlich gemeinsam überreichen wollten. Issy war sich ein wenig vorgekommen wie eine Hochstaplerin, als sie durch den John-Lewis-Laden geschlendert waren und Ausschau nach etwas Hübschem gehalten hatten, aber sobald sie sich erst einmal daran gewöhnt hatte, dass die Leute sie fragten, ob das ihr kleiner Junge sei, der dort herumturnte, hatte sie es eigentlich genossen. Arm in Arm mit Austin machte aber auch wirklich alles Spaß, dachte sie schließlich. Selbst Darny zu seiner Tetanus-Auffrischung zu begleiten. Sie dachte ungeduldig daran, wie sehr sie ihn schon wieder vermisste. Am Ende des Tages sehnte sie sich einfach nach ihn, und am Morgen fehlte er ihr schon, wenn er gerade erst zur Tür raus war, und außerdem wollte sie ihm auch ihr wunderschönes Buch zeigen.

Als der Mond hinter den Häusern aufging, entdeckte sie endlich seine große, schlaksige Silhouette, und ihr Herz machte vor Liebe wie jedes Mal einen Satz.

»Austin!«, rief sie und rannte hinaus. Darny tauchte hinter ihm auf, begrüßte Issy mit einem lautstarken Hallo und lief dann zu Louis hinein.

»Mein liebes Mädchen«, murmelte Austin ein wenig zerstreut, nahm sie fest in den Arm und drückte ihr einen Kuss aufs Haar.

»Wo hast du denn nur gesteckt? Ich will dir unbedingt was zeigen.«

»Ah, ja«, murmelte er. »Es gibt Neuigkeiten.«

Er hielt die Trage hoch, die er offensichtlich im Dunkeln eingepackt hatte. »Sollen wir Helena nicht zuerst das Geschenk geben?«

»Nein«, sagte Issy, die ihr Buch längst vergessen hatte. »Zuerst deine Neuigkeiten!«

In diesem Moment ging die Lichterkette an, die Austin mit einer Zeitschaltuhr versehen hatte. Chester trat im Laden ans Fenster, um die Vorhänge zuzuziehen, und winkte zu ihnen herüber. Sie winkten zurück. Der verkrüppelte kleine Baum war nun hell erleuchtet und mit einem Mal schön.

»Es geht um die Arbeit«, erklärte Austin. »Sie haben … also, scheinbar habe ich in letzter Zeit die eine oder andere Sache ganz gut hingekriegt …«

Das war noch untertrieben. Manchmal kam es ihm vor, als ob seine Absage an Graeme und die Tatsache, dass er die Frau seiner Träume gefunden hatte, ihn irgendwie wachgerüttelt hätten. Mit einem Mal war ihm klar geworden, dass er nicht einfach weiter wie ein Schlafwandler durch die Welt stolpern konnte, er musste sich zusammenreißen und in seinem Leben etwas zustande bringen, bevor es zu spät war. Das und der diskrete, manchmal auch weniger diskrete Einfluss von Issy, die es zu Hause gerne gemütlich und aufgeräumt hatte und inzwischen quasi bei ihnen wohnte, auch wenn sie nie offiziell eingezogen war, hatten seinem Auftreten frischen Schwung verliehen, und mit einem Mal war er ganz heiß auf neue Geschäfte und Aufstiegschancen.

»Wie auch immer … also, es ist so. Die wollten wissen, ob ich, äh, bereit wäre wegzugehen. Ins Ausland.«

»Weg?«, fragte Issy, die plötzlich kalte Angst überkam. »Wohin denn?«

Austin zuckte mit den Achseln. »Ich weiß auch nicht. Es hieß nur ›ein Posten in Übersee‹. Aber auf jeden Fall in der Nähe einer guten Schule für Darny.«

»Und einer Notaufnahme«, murmelte Issy. »O Mann. Mein Gott!«

»Du weißt ja, dass ich noch nicht viel rumgekommen bin.« Er sah sie erwartungsvoll an.

Issys hübsches Gesicht war jetzt ernst, sie runzelte ein wenig die Stirn.

»Also, ich denke …«, verkündete sie schließlich, »es ist vielleicht an der Zeit … international zu expandieren.«

Austins Herz machte einen Satz.

»Meinst du?«, stieß er begeistert hervor. »Teufel auch!«

»Irgendwo«, überlegte Issy, »wo Bankberater sich nur zu gerne bestechen lassen.«

Sie lächelten einander an. Issys Augen leuchteten.

»Das ist toll, Austin. Ich meine, das ist eine Riesensache. Furchteinflößend und riesig.«

»Würde es helfen«, fragte Austin, »wenn ich dir sage, dass ich dich liebe?«

»Könntest du mich unter der Lichterkette küssen, während du mir das sagst?«, flüsterte Issy. »Ich glaube, dann würde ich überall mit dir hingehen. Hoffentlich ist es nicht der Jemen.«

»Ich liebe Stokey«, überlegte Austin. »Aber weißt du was? Vielleicht ist mein Zuhause einfach da, wo Darny und du sind.«

Und dann küsste er sie leidenschaftlich unter dem kleinen, verkümmerten Birnbaum, der bereits vom Frühling träumte.

Danksagung

Danksagung

Ganz besonders danke ich Ali Gunn und Jo Dickinson, außerdem Ursula Mackenzie, David Shelley, Manpreet Grewal, Tamsin Kitson, Kate Webster, Rob Manser, Frances Doyle, Adrian Foxman, Andy Coles, Fabia Ma, Sara Talbot, Robert Mackenzie, Gill Midgley, Alan Scollan, Nick Hammick, Andrew Hally, Alison Emery, Richard Barker, Nigel Andrews und dem ganzen fantastischen Team bei Little, Brown, dem »Verlag des Jahres 2010«. Danke an Deborah Adams fürs Lektorat.

Ebenso danke ich der wunderbaren Caked Crusader, deren wahre Identität NIEMALS enthüllt werden darf, von www.thecakedcrusader.blogspot.com; der Patisserie Zambietti, durch deren gesamtes Repertoire ich mich mehrmals mit schamlosem Vergnügen gefuttert habe und in der an einem verregneten Morgen immer ein freundliches Lächeln, eine Tasse Kaffee und ein Plunderteilchen (pardon, ein Millefeuille) auf mich warten. Ich danke Geri und Marina, Mads für jenes Mittagessen, Lise, der weltbesten Arbeitskollegin, wie immer dem Gremium und all den Warings, Dingles, Lee-Elliotts und McCarthys für ihre Zuneigung und Freundschaft. Und Mr B und meinen drei kleinen Bs: Ich liebe euch wie verrückt und finde euch in jeder Hinsicht einfach nur großartig. Und nein, ihr kriegt jetzt keinen Kuchen, dann habt ihr beim Abendessen nämlich keinen Hunger mehr. Nicht einmal du, Großer.